ポケットマスターピース08

スティーヴンソン

Robert Louis Stevenson

辻原 登=編
編集協力=中和彩子

集英社文庫ヘリテージシリーズ

❷

❶

❸

❶灯台技師の父トマスと(1860年) ❷大学時代の土木工学のノート。落書きで埋めつくされている(1869年) ❸資格取得後、法廷弁護士姿で。実際には弁護士としてほとんど活動しなかった(1875年)

❺

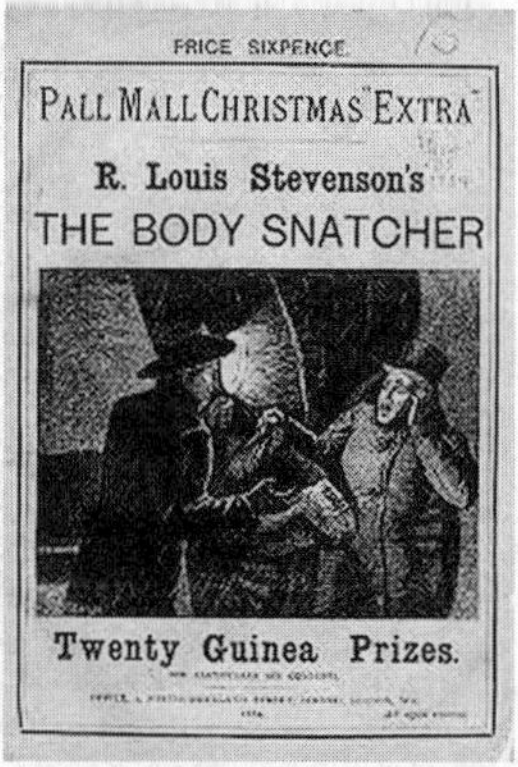

❹

❻

❹著名な画家ウォルター・クレインによる『驢馬との旅』口絵（1879年）　❺「死体泥棒」雑誌掲載時の表紙（1884年）　❻『ジーキル博士とハイド氏』は刊行直後の1887年、舞台化された。タイトルの二役はリチャード・マンスフィールドの当たり役となり、米英でロングランとなった（～1906年）。これは宣伝用の合成写真

❼

❽

❼スティーヴンソン（右端）と妻ファニー（左から二人目）、ギルバート諸島ブタリタリ島にて現地人と（1889年）❽サモア諸島ウポル島に構えたヴァイリマ・ハウス

❾

❾ヴァイリマ・ハウスのベランダで（1892年）。上段左より、ジョー・ストロング（ファニーの娘ベルの夫）、スティーヴンソンの母（横向き）、ロイド（腕組み）、スティーヴンソン、ファニー。ファニーの前の母子は、ベルとその息子オースティン。そのほかの8名は使用人（メイドを除き現地人）

08 | スティーヴンソン | 目次

ジーキル博士とハイド氏

キャサリン・ド・マトスに

神が結べと命じた絆《きずな》を解くのは悪しきこと、
だからぼくらはいつまでも風とヒースの子供たちだ。
ふるさとを遠く離れても、きみとぼくのために
北の故国ではエニシダが美しく咲いている。

扉の物語

弁護士アタソン氏は顔つきいかめしく、けっして晴れやかに笑うことがなかった。話しぶりは冷たく、そっけなく、ぎこちなく、表情にも乏しい。痩せぎすでのっぽ、面白味に欠けて陰気なのだが、それでもどこか愛すべき部分があった。気のおけない友人の集まりで口に合うワインが出されると、その目は人間らしい光を帯びた。アタソン氏のそうした部分は、言葉には現れない。かといって晩餐《ばんさん》のあと瞳に浮かぶひそかな輝きにだけ姿を見せるわけではなく、普段のおこないの中にいっそうわかりやすく、しかも頻繁《ひんぱん》に窺《うかが》えた。アタソン氏はおのれを厳しく律していた。来客のないときにはジンしか飲まないのも年代物のワインへの嗜好《しこう》を押し殺すためだった。また、芝居好きなのに二十年も劇場に足を踏み入れていなかった。とはいえ彼が他人に対して寛容なのは周知の事実だ。悪事にいそしむ人々のしたたかな精神に目を見張り、羨望に近い気持ちすら抱いて、彼らが窮地に陥ったときには責めるのではなく手をさしのべた。「わたしはカインさながらの異端者らしい」と、アタソンは古めかしいたとえを持ち出した。「兄弟が地獄に向かっているのを止めもしないのだから」こんな人柄だったので、アタソン氏はしばしば、正道を踏み外した人々にとって、立派な人間としては最後の頼みの綱となり、最後までよき影響を与え続ける唯一の人物となった。そして、そうした人々が訪ねてきても以前と変わらぬ態度で接した。

こんな芸当もアタソン氏には朝飯前だったにちがいない。よく言えば感情をあらわにしない質《たち》であり、友情さえわけへだてない寛大さに基づいているようなのだ。慎《つつ》ましい人は与えられた人間関係をそのまま受け入れるものである。アタソン氏がまさにそうだった。友人といえば血縁者か昔なじみばかり。彼にとって親愛の情とは蔦《つた》のように時間とともに成長していくもので、相手がふさわしい人物かどうかは二の次なのだ。遠縁にあたる名うての遊び人リチャード・エンフィールド氏との付き合いもそうやって生まれた。たがいに相手のどこを気に入っているのか、共通の話題などあるのかと、多くの人が首をかしげた。日曜の午後になると一緒に散歩に出るのだが、たまたま両氏と行きあった人々によれば、二人は口もきかず、退屈きわまりない様子で、知り合いに会えて見るからにほっとしたように声をかけてきたという。にもかかわらず二人の紳士はこの散歩を大切にし、毎週の最も貴重な楽しみと見なしているようだった。心おきなく散歩するために、ほかの遊びの予定を入れないのはもちろん、必要な用事さえ後まわしにした。

あるとき、いつものように散歩していた二人はロンドンの繁華街にある裏通りにふらりと足を向けた。狭く、いわゆる「閑静な」通りだったが、週日には商いで賑《にぎ》わう。住民の暮らし向きも悪くなさそうだが、さらに上を目指すべく、儲《もう》けをつぎこんで店がまえを蠱惑《こわく》的に飾り立てていた。そのため街路の両側に並ぶ店は女の売り子たちがほほえみながら客を誘っているかのようだった。日曜日なので、活気のある週日よりは華やかさに欠け、人影もまばらだったが、それでも周囲のみすぼらしい通りに比べると森の中のかがり火のように目立っていた。塗り直されたばかりのよろい戸、磨きあげられた真鍮《しんちゅう》、そして全体にこざっぱりして明るい雰囲気は通行人の目を惹《ひ》き、楽しませた。

さて、この裏通りを東に向かっていくと、左側の家並みは交差点から二軒目でとぎれ、袋小路に通じる入口があった。その横には一棟の陰鬱《いんうつ》な家が建ち、通りに破風《はふ》を突き出していた。二階建てで窓はなく、一階には扉、二階部分には色あせた壁面があるだけ。どこをとっても薄汚れたまま長く放置されてきたのはあきらかだ。扉には呼び鈴もノッカーもなく、塗料は剝《は》げて変色している。浮浪者たちは奥まった戸口にもぐりこんで羽目板でマッチを擦《す》り、幼い子供たちは階段でお店屋さんごっこをし、小学生は刳形《くりがた》でナイフの切れ味を試した。どうやら何十年ものあいだ、気まぐれに入りこむこうした侵入者たちを誰も追い払おうとはせず、傷つけられた痕を修繕しようともしていないらしい。

エンフィールド氏と弁護士はこの建物の向かい側を歩いていた。戸口の正面に並んで立つと、エンフィールド氏は杖《つえ》の先で扉を指した。

「あの家の扉が気になったことはあるかい」彼は尋ね、アタソン氏が肯定の返事をすると、こうつけ加えた。「ぼくには、あの扉にまつわる奇妙な思い出があるんだ」

「ほう」アタソン氏の声の調子がわずかに変わった。「どういう話だい」

「そう、確かあれは」エンフィールド氏は語りはじめた。「遠いところから帰る途中だった。真っ暗な冬の夜中の三時ごろで、歩いていても目に入るのは街灯の明かりだけ。どの通りの人々もみな眠りにつき、どの通りも行列でも待ち受けるように明るく照らされ、教会のようにがらんとしていた。さんざん聞き耳を立てたあげく、しまいには警官でも現れてくれないだろうかと祈るような気分になった。ちょうどそのとき二つの人影を見たんだ。一人は小男で、東に向かってせかせか歩き、もう一人は女の子で、八歳か十歳くらいかな、男と交差する道をけんめいに走ってくる。当然、二人は十字路で衝突した。恐ろしいのはそのあとだ。男は女の子を平然と踏みつけ、彼女が地べたで泣き叫んでいるのもかまわず立ち去ろうとしたんだ。話で聞くぶんにはどうってことはないだろうが、実際に目にするとむごたらしい光景だったよ。その男がインドの魔神ジャガーノートに見えた。『たいへんだ』ぼくは大声を上げて駆け出し、小男の襟首《えりくび》を摑《つか》むと、泣きじゃくる子供を取り囲んでいる人々のところに引っ立てていった。そいつはまるで動じず、抵抗もしない。だが、こっちをちらりと見たその目つきがあまりにもおぞましくて、ぼくはまるで走ったあとみたいに汗びっしょりさ。集まっていたのは女の子の家族だ。もとはといえばその子は医者を呼びに出かけていたんだが、当の医者がまもなく姿を現した。女の子の怪我はたいしたことはない、おびえているだけだというのが大先生の見立てだった。これで万事解決と思うだろう。でもひとつとても妙なことがあったんだ。ぼくは一目見ただけで小柄な紳士に憎しみを覚えた。むろん、女の子の家族も同じ気持ちらしい。意外だったのは医者の反応だ。いたって平凡な町医者で、年格好も外見もありきたり、強いエディンバラ訛《なま》りのある、バグパイプ並みに鈍重な御仁《ごじん》だった。その彼もやっぱり同じなんだ。捕えられた小男に目をやるたび、大先生ときたら殺してやりたいといわんばかりに憤り、顔を青くした。ぼくには医者の気持ちが手に取るようにわかったし、医者のほうでもぼくの心中が読めただろう。もちろん殺すなんて論外だから、次善の策に訴えた。小男を責めたててやったんだ、『この一件を世間に公表してやる。ロンドン中に悪名が広まるぞ。なけなしの友人や信用だって失わせてやる』と。女たちはできるだけ小男から遠ざけておいた。妖鳥ハーピーみたいに怒り狂っていたからね。あれだけ憎しみをむきだしにした顔が取り巻いているのを見たのは初めてだよ。その中心で小男は落ち着きはらい、意地悪くせせら笑っていた。びくびくしながらも、魔王のようにふるまって、この場を切り抜けようとしている。『この事故につけこんで金儲けをたくらんでいるなら』小男は言った。『仕方ない。わたしも紳士だ。騒ぎは避けたい』と言う。『いくら出せばいい?』そう、こっちは女の子の家族のために、そいつから百ポンドばかり絞りとってやるつもりだった。小男は見るからに不満そうだったが、野次馬たちが今にも襲いかからんばかりの雰囲気なので、しぶしぶ折れた。次は金を受けとる番だ。そいつがぼくたちを案内したのが、どこあろう、この家の戸口だったんだ。彼はさっと鍵を取り出すと中に入り、すぐに出てきた。手には金貨で十ポンドと、残り九十ポンドぶんのクーツ銀行の持参者払い小切手を持っている。しかも署名つき。その名前こそぼくの話の要なんだが、誰なのかは言えない。よく知られた、新聞でも見かける名前だよ。高額の小切手だったが、署名が本物ならそれ以上の金額でも問題なく引き出せる人物だ。ぼくは小男に言ってやった。どうにもうさん臭い、朝の四時に裏口から家に入って、他人の署名のある百ポンド近い小切手を持って出てくるなんて現実ばなれしてるとね。けれども小男は動じず、鼻で笑いながら『安心なさい』と言った。『銀行が開くまで一緒にいますよ。わたしが自分で現金化する』そこで全員、つまり医者と女の子の父親と小男とでぼくの下宿まで行き、夜明けを待った。朝になって、食事を済ませてから雁首《がんくび》並べて銀行に行った。こいつはどこからどう見ても偽物にちがいない、そう言ってぼくは小切手を渡した。とんでもない、小切手は本物だったんだ」

「おやおや」アタソン氏は舌打ちした。

「きみだってぼくと同じだろう」エンフィールド氏は言った。「まったく腹の立つ話だよ。小男は誰からも疎《うと》んじられそうな実に不愉快なやつだった。一方、小切手に署名したのは社会道徳の権化ともいうべき人物で、声望も高く、(さらにひどいことに)世にいう『善行』とやらを積んでいる紳士の一人なんだから。たぶん恐喝《きょうかつ》だろう。廉潔《れんけつ》な紳士が、若いころの不始末をネタに法外な金をゆすり取られているんだ。それ以来、ぼくはこの扉の家を『恐喝の家』と呼んでいる。それでもすべての説明がつくわけじゃないんだが」エンフィールド氏は言い添えると、考えこんでしまった。

アタソン氏がだしぬけに質問して、エンフィールド氏を現実に引き戻した。「署名の紳士は、この家に住んでいるのかね？」

「いかにもそれっぽい場所だろ？」エンフィールド氏は言った。「でもちがうんだ。たまたま彼の住所を見たことがあるが、どこかの広場《スクエア》だったよ」

「では尋ねてみなかったのか……この扉のある家のことを？」

「ああ。ぼくにも慎みってものがあるからね」というのがエンフィールド氏の答えだった。ひとつ質問するのは、石をひとつ転がすみたいなものだ。まるで最後の審判じゃないか。ひとつ質問するのは、石をひとつ転がすみたいなものだ。質問者は丘の上でのんびりしている。転がり落ちた最初の石にぶつかった石も次々に転がっていって、そのうち自宅の裏庭でくつろいでいた（質問者が思ってもいなかった）おとなしい老人の頭にゴツンと当たり、あの世に送ってしまう。その結果、彼の一族郎党こぞって名前を変えなきゃならない羽目になる。いかがわしい話が出てきそうなときには質問を控えるように、というのがぼくの主義なんでね」

「立派な主義だ」弁護士は言った。

「ただ、自力でこの家を探ってはみた」エンフィールド氏は続けた。「まるで家とは呼べないような場所だよ。扉はこれひとつきりで、ほとんど誰一人出入りしない。例の小男がたまに出入りするだけだ。二階には袋小路を見下ろす三つの窓があるけれど、一階には窓はない。二階の窓は、きれいに磨かれているものの、閉められたままだ。煙突にはたいてい煙が立っているから、誰か住んでいるようだが、確信は持てない。袋小路を囲んでびっしり建物が建っていて、どこからどこまでが一軒の家なのか、よくわからないんだ」

二人はしばらく黙ったまま歩き続けた。それから、「エンフィールド」とアタソン氏は言った。「きみの主義は立派だ」

「自分でもそう思うよ」エンフィールドは答えた。

「とはいえ」弁護士は続けた。「ひとつだけ訊《き》きたい。子供を踏みつけた男の名前はなんというのかね」

「そうだな」とエンフィールド氏。「それくらいなら言っても差しつかえないだろう。ハイドという名だ」

「ふうむ」とアタソン氏。「外見はどんな感じだ?」

「説明するのは難しい。見た目がなんだか不自然なんだ。不愉快でひたすらおぞましい。あれほど嫌悪感を催させる人間に会ったのは初めてだ。理由はわからない。どこかが歪《ゆが》んでいるんだろう。具体的にどことは言えないんだが、いびつだという印象を受ける。とても普通とは言えない容貌なのに、うまく言葉にできない。そう、まったく説明できないんだ。覚えていないってわけじゃない。それどころか、今でも姿がまぶたに焼きついているほどなのに」

アタソン氏はまた黙りこみ、物思いに耽《ふけ》っている様子で少し歩いた。ややあって、「ハイドが鍵を使ったというのは確かかね」と尋ねた。

「それはどういう……」エンフィールドは呆気《あっけ》にとられて口を開いた。

「妙なことを訊くと思うだろうね」アタソンは言った。「だが実を言うと、署名した紳士が誰なのか、きみから聞くまでもなくわかってしまったんだ。リチャード、この話はわたしにとって重大なことだ。不正確な点があるなら訂正してくれたまえ」

「知っているなら、前もって言ってくれればよかったのに」エンフィールドはいささか不機嫌そうに言った。「学者みたいに正確に話したつもりだよ。そうとも、やつは鍵を持っていた。それだけじゃない、今も持っているはずだ。一週間ばかり前、ハイドが鍵を使って扉を開けるのを目撃したばかりだから」

アタソン氏は深くため息をついたが、何も言わなかった。やがて若い相方は言った。「やっぱり口は慎むべきだったね。余計な話を持ち出して、すまなかった。この件については二度と話題にしないことにしよう」

「喜んで」と弁護士は言った。「これっきりにしておこう、リチャード」

ハイド氏さがし

その夜、アタソン氏は暗い気持ちで一人住まいの我が家に帰り、夕食の席についたが食は進まなかった。日曜日には食事のあと暖炉の傍《かたわ》らに坐《すわ》り、読書机に向かって無味乾燥な神学書をひもとくのが常だった。近くの教会が十二時の鐘を鳴らすまで本を読み、静かに感謝の念を抱いて床《とこ》につくのだ。しかし今夜は、食卓が片づけられると蠟燭《ろうそく》を持って事務室に向かった。金庫を開き、一番奥から「ジーキル博士の遺言状」と表書きされた封筒を取り出すと、難しい顔をして腰を下ろし、内容を再確認した。遺言状はジーキル博士の自筆である。アタソン氏は、完成した文書の保管だけは引き受けたものの、作成に手を貸すことを断固として拒んだのだ。遺言状によれば、ヘンリー・ジーキル（医学博士、民法学博士、法学博士、英国学士院会員、等々）逝去のさいには全財産が「友人にして恩人であるエドワード・ハイド」の手に渡ることになっていた。それだけではない。ジーキル博士が「三か月を超えて失踪もしくは原因不明の不在」となった場合もまた、使用人たちにいくらか支払う以外には義務も債務もなく、前記エドワード・ハイドは前記ヘンリー・ジーキルの財産をただちに相続できるものとする、とあるのだ。この遺言状は長らく悩みの種だった。法律家であり、また世間の常識と慣習を重んじ、常軌を逸《いっ》した考えを不謹慎だと見なすアタソンにとっては我慢のならない代物だ。これまではハイド氏とやらの素性を知らないことに苛立《いらだ》っていた。しかし今やアタソンは知ってしまったのだ。「ハイド」という名前しかわからないというだけでも充分にひどい話だった。その名前に卑しい性質がまといつくようになったのだから始末に負えない。これまでアタソンの目を覆《おお》ってきたぼんやりとたゆたう霧がとつぜん晴れて、一人の悪党がくっきりと姿を現したのだ。

「たんなる気まぐれだと思っていたが」彼はひとりごち、呪わしい書類を金庫に戻した。「ひょっとして不名誉な事情が隠れているんじゃないか」

彼は蠟燭を吹き消し、厚手の外套《がいとう》に身を包んで、ロンドンにおける医学の砦《とりで》キャヴェンディッシュ・スクエアめざして歩きだした。友人の名医ラニヨン博士もそこに居をかまえ、大勢の患者を捌《さば》いている。「ラニヨンなら何かを知っているかもしれない」とアタソンは考えたのだ。

ラニヨン家の謹厳実直な執事はアタソンと顔なじみで、恭しく迎えてくれた。待たされることなく食堂に通してもらうと、ラニヨン博士が一人でワインをたしなんでいた。博士はいかにも健康そのもので、身だしなみのいい赤ら顔の紳士である。ぼさぼさの髪は年のわりに白く、物腰ははつらつとして迷いがない。アタソン氏に気づくと椅子からさっと立ち上がり、両手をひろげて歓迎した。博士もちまえの心のこもった応対だったが、やや芝居がかっていた。とはいえ歓迎の気持ちに偽りはない。二人は長年の友人である。パブリックスクールから大学まで一緒に過ごし、自分と相手をともに誇りに思っていた。また、こうした関係にしては珍しく、二人きりで気兼ねなく過ごすこともできた。

ひとしきり他愛ない話をしたあと、弁護士は自分の懸念を持ち出した。

「なあ、ラニヨン」アタソンは言った。「わたしたちはヘンリー・ジーキルのもっとも古い友人じゃないか」

「もっと若い友人同士ならよかったんだが」ラニヨン博士はクックッと笑った。「しかし確かにそのとおり。どうかしたかね？　最近、とんと会っていないんだ」

「そうなのか？」とアタソン。「きみたちは科学という共通の関心で結ばれていると思っていたよ」

「以前はそうだった」博士は答えた。「だが十年ほど前から、ヘンリー・ジーキルの発想が突飛すぎて、ついて行けなくなった。あいつはまちがった方向に歩みはじめた。頭がおかしくなったのさ。むろん、昔のよしみで今でも気にはかけているよ。だがめったに顔は合わせない。あんな非科学的なたわごとを聞いたら」と、ふいに顔を真っ赤にして博士はつけ加えた。「ダモン[*1]とピュティアスのような親友同士だって心が離れるだろう」

博士が短気を起こしたので、かえってアタソン氏は気が楽になった。「仲たがいの原因は、学問上の見解の相違なんだな」アタソンは考えた。彼自身は（不動産譲渡手続きを除けば）学問的情熱などとは無縁の男だったので、「せいぜいその程度のことか！」とさえ思った。アタソンは博士の機嫌が直るのを待って、自分が抱えてきた問題を切り出した。「ジーキルが世話をしている、ハイドとかいう男に会ったことがあるかね」アタソンは尋ねた。

「ハイド？」ラニヨンは訊き返した。「聞いたこともないな。まったく」

結局さしたる情報も得られぬまま弁護士は帰宅した。彼は夜が明けそめるまで大きな暗いベッドで輾転反側《てんてんはんそく》していた。真っ暗闇の中、疑問にさいなまれ続けた彼の悩める心にとって、休まることのない夜だった。

都合よく近所にある教会の鐘が朝の六時を告げても、アタソン氏はまだこの問題について考えをめぐらせていた。以前は知的な関心しか寄せていなかったが、今や想像力まで活発に働きだした。いや、それどころか心がすっかりとらわれてしまっている。夜の闇に包まれ、カーテンに囲まれた寝室で寝つけずにいると、エンフィールド氏の話が幻灯のように心に浮かんだ。まず街灯に照らされた夜の街の一角が見える。足早に歩く怪しい男の影。医者のところから帰宅する子供。二人が鉢合わせると、男はジャガーノートのように子供を突き飛ばし、彼女が泣き叫ぶのもかまわず踏みつける。次に贅沢《ぜいたく》な屋敷の一室が見える。そこには友人ジーキルが、夢を見ながら微笑を浮かべて眠っている。そのとき寝室の扉が開き、ベッドのカーテンが乱暴に引きあけられ、友人は眠りから覚まされる。なんたることか！　枕元に人影が立っている。その男には力が与えられており、真夜中のこんな時間でも、ジーキルは起きて命令に従わねばならないのだ。この二つの場面に登場する人影は、夜どおし弁護士にとりついて離れなかった。うとうとすると夢にこの男の姿が現れた。眠る家々のあいだを抜き足さし足、早く、どんどん早く、目まぐるしい速度で動きまわり、街灯が照らす広い都市の迷路に出ていくと、あちこちの交差点で子供とぶつかっては突き倒し、泣き叫ばせた。男が誰なのか、顔がないため弁護士には知るすべもなかった。夢の中でさえ、男は顔を持たなかったり、あるいはアタソンを惑わせるように目の前で男の顔がぼやけたりした。それだけにいっそう、実際にハイド氏の顔を見てみたいという、いつになく強い好奇心が弁護士の胸に芽生え、膨らんでいった。ハイド氏に会えば、不思議な物事を念入りに調べたときの常として、謎は解き明かされ、消え去るだろう。ジーキルがハイドに寄せる不可解な好意という か連帯感（どういう呼び方をしてもいいが）の理由や、常識外れの遺言状の条項の理由を知ることもできるだろう。少なくとも一見に値する顔なのはまちがいない。人間らしい情というものを一切欠いた男の顔、ちらりと見ただけで、めったなことでは動じないエンフィールドの心に消えがたい嫌悪の念を引き起こすような顔。

こうしてアタソン氏は、商店の並ぶ裏通りにある、問題の扉の付近に足しげく通いはじめた。仕事前の朝、業務が山積みで時間のない昼間、月が都会の霧にぼやけて見える夜。陽《ひ》の光のもとでも街灯のもとでも、人影まばらなときも人通りの多いときも、決まった場所に立って様子を窺う弁護士の姿が見られた。

「やつが隠れる男《ミスター・ハイド》なら」と彼は考えていた。「わたしは探す男《ミスター・シーク》になろう」

ついに忍耐が報われる日が来た。よく晴れて乾燥した夜で、空気は凍てつくほどだった。街路は舞踏会場の床のように塵《ちり》ひとつ落ちていない。街灯の炎を揺らす風もやみ、光と影が明確な模様を作りだしている。十時にもなると店は閉まり、裏通りは人影もまばらになって、ロンドンの街の低いざわめきが四方から聞こえてくるものの、しんと静まりかえっていた。ささいな物音も遠くまで届いた。家々から漏れる暮らしの音が道の両側から聞こえた。通行人の足音は、当人が現れるはるか前から通りに響きわたった。アタソン氏がいつもの持ち場について数分後、奇妙な軽い足音が近づいてくるのに気づいた。夜ごと見張っているうちに、アタソンは、ロンドンの喧噪《けんそう》の中から、遠くにいる特定の人物の足音の響きだけがふいにくっきり浮かび上がってくるという不思議な現象を何度も体験していた。だがこれほど注意を惹きつけられたのは初めてだ。当たりだ、と迷信めいた強い予感を抱いて、アタソンは袋小路の入口に身を潜めた。

足音はすばやく近よってきて、角を曲がったのだろう、急に大きくなった。弁護士が袋小路の入口から顔を出すと、これから対峙《たいじ》する男の様子を観察できた。小柄で地味な服装、そして離れたところからでも見る者に嫌悪感を引き起こすところがあった。小男は時間を惜しんで道路をつっきり、扉に向かって直進しながら、まるで自宅に帰り着いたかのようにポケットから鍵を取り出した。

アタソン氏は前に進み出て、通りすぎようとする男の肩に手を置いた。「ハイドさんですね？」

ハイド氏はひるみ、歯のあいだから息を吸った。しかしそれも一瞬のこと。弁護士とまともに目を合わせようとはしなかったが、冷静に返事をした。「確かにわたしがハイドだ。いったいなんの用です？」

「家に入られるところですね」弁護士は答えた。「わたしはジーキル博士の古い友人で、ゴーント街のアタソンと言います。たぶんあなたもご存じでしょう。ちょうどいい、わたしも入れてもらえませんか」

「ジーキル博士には会えませんよ。留守ですから」ハイド氏はうつむいて鍵に息を吹きかけながら答えた。それから顔を伏せたまま、だしぬけに尋ねた。「どうしてわたしがわかったんです？」

「まず、こちらの頼みをきいてほしいのですが」アタソン氏は言った。

「いいですとも」とハイド氏。「なんでしょう？」

「お顔を拝見したい」弁護士は言った。

ハイド氏はためらいを見せた。それから急に考えを変えたらしく、挑むように面を上げた。

二人は数秒間、たがいにじっくり見つめあった。「これで次にお目にかかってもわかりますね」アタソン氏は言った。「きっと役に立つでしょう」

「ええ」ハイド氏は答えた。「お会いできてよかった。どうせなら、こちらの住所も教えておきましょう」と、ソーホー地区にある通りの番地を告げた。

「なんてことだ！」アタソン氏は思った。「こいつも遺言状のことを考えていたのか？」だがその考えは口に出さず、ただ低い声で礼を述べた。

「それで」とハイド氏は尋ねた。「どうしてわたしのことがわかったんです？」

「あなたの容貌について、説明を受けていたのでね」

「誰から？」

「わたしたちには何人か、共通の知人がいるでしょう」アタソン氏は言った。

「共通の知人？」ハイド氏はしゃがれ声でくり返した。「誰のことです」

「例えばジーキル博士」弁護士は言った。

「あいつが話すはずがない」ハイド氏は突如、感情を爆発させてどなった。「まさかあんたが嘘《うそ》をつくとはね」

「おやおや」アタソン氏は言った。「嘘つき呼ばわりはおだやかじゃありませんね」

ハイド氏は低くうなり、野卑な笑い声を上げた。次の瞬間、すさまじい速さで扉の鍵を開け、家の中に消えた。

とり残された弁護士はしばらくそのまま、不安そのものといった様子で立ちすくんでいた。

それからのろのろ歩きだしたが、一、二歩進むたびに、心が乱れたように額に手をあてて足を止めた。歩きながら解決がつかない難問に頭を悩ませていたのだ。ハイド氏は青じろく、小柄だった。具体的に名指せるいびつな部分はないのに、どこかしら形が歪んでいるという印象を受けた。笑い方は気味が悪く、弁護士に向ける態度には臆病さと図々しさが凶暴に入り混じっていた。しゃがれ声で、囁《ささや》くようなとぎれがちの話し方だった。何もかも不快だったが、こうした要素をすべて足しあわせても、アタソン氏がハイド氏に対して感じた経験したことのないほどの嫌悪感、おぞましさや戦慄《せんりつ》を説明しきれるものではない。「なにか別の理由があるはずだ」当惑しながらアタソン氏はひとりごちた。「どう呼ぶべきかわからないが、ほかの原因があるにちがいない。まったく、人間とは思えない！　穴居人《けっきょじん》とでもいうのだろうか？　理由なく忌み嫌われるフェル博士[*2]の同類なのか？　それとも、汚れた魂が外見にも現れて、肉体そのものまで醜く変えてしまったのか？　最後のが一番可能性が高い。気の毒な友ヘンリー・ジーキル、悪魔の印を刻まれた人間の顔があるとしたら、きみの新しい友人ハイドの顔こそまさにそれだぞ」

裏通りから角を曲がると、古くからの立派な邸宅が軒を連ねる広場《スクエア》に出た。もっとも、かつての由緒ある家のほとんどは零落して、貸間や下宿をしているところが多く、ありとあらゆる輩《やから》が住みついていた。地図製作者、建築家、インチキ弁護士、得体の知れない事業の代理人。そんな中、角から二軒目の屋敷だけは一人の持ち主が変わらず所有していた。屋敷の玄関からも富と安楽な生活が窺えたが、今は夜の闇に包まれて、扉の上部の採光窓から漏れる光だけが目に入る。アタソン氏は立ち止まってノックした。身だしなみの整った年配の召使いが扉を開いた。

「やあプール、ジーキル博士はいるかね」弁護士は尋ねた。

「見てまいりましょう、アタソンさま」プールはそう言いながら、客を通した。天井の低い、広々として快適な玄関ホールは板石敷きで、（カントリー・ハウス風に）赤々と燃える炎に暖められ、オーク材の高価な飾り棚が据えつけられていた。「暖炉のそばでお待ちになりますか？　それとも食堂に明かりをつけましょうか」

「ここで待つよ、ありがとう」弁護士は答え、暖炉に近づいて背の高い炉格子《ろごうし》に寄りかかった。彼一人が残った玄関ホールは、友人ジーキル博士が趣向を凝らしたお気に入りの場所だった。アタソンも、つねづねここをロンドンで一番居心地のいい部屋だと評していた。けれども今夜は体の芯まで寒気がした。ハイドの顔が記憶に重くのしかかっていたせいだ。彼にしては珍しいことだが、人生が疎ましく、不快なものに感じられた。鬱々としながら室内を眺めると、磨かれた飾り棚に反射する炎のゆらめきや天井で揺れ動く影にさえ、不吉な前兆が見てとれるようだ。ほどなくプールが戻ってきて、ジーキル博士は留守のようですと告げたとき、アタソンは我知らずほっとしながらも、そう感じたことが恥ずかしかった。

「実は、さっきハイド氏が昔の解剖実習室のほうの扉から入ったのを見たんだよ、プール」アタソンは言った。「ジーキル博士が不在だというのに、いいのか」

「かまわないのです、アタソンさま」召使いは答えた。「ハイドさまは鍵をお持ちですから」

「博士はあの若者をずいぶん信頼しているようだね、プール」とアタソン氏は考えこんだ。

「ええ」プールは言った。「わたくしども使用人はみな、ハイドさまの言いつけに従うようにとのお達しで」

「わたしは今まで、この屋敷でハイド氏に会ったことがないと思うが」

「それはそうでしょう。ここではお食事をされませんので」執事は答えた。「実のところ、わたくしも母屋ではめったにハイドさまをお見かけしないのです。たいていは実験室のある別棟を出入りなさっているようですから」

「わかった。ありがとうプール、おやすみ」

「おやすみなさいませ、アタソンさま」

弁護士は暗澹《あんたん》たる気持ちのまま家路についた。「気の毒なヘンリー・ジーキル」彼は考えた。「どうやら窮地に追いこまれているらしい。若いころは彼も悪さをしたものだ。もうずいぶん昔のことだが、人間の法はいざしらず、神の法には時効なんてない。きっとそういうことだ。昔の罪の亡霊、隠してきた不祥事が現れたんだ。歳月とともに記憶が薄れ、おのれに甘い心の働きのおかげで自責の念も消えたころになって、おぼつかない足どり《ペデ・クラウド》で、遅ればせに罰がやって来たわけだ」そう思うと弁護士も怖くなった。びっくり箱から飛び出すように往時の不始末がふいに現れはすまいかと、みずからの半生を顧み、記憶をくまなく探ってみた。アタソンの経歴にはまず一点の曇りもなかった。アタソンほど良心の呵責《かしゃく》を覚えず自分の過去を振り返れる人はまれだろう。それでもささいな過ちを数えては落ちこみ、あやうく犯さずにすんだ多くの罪を思い出しては気を取り直して、粛然たる気持ちで感謝した。さきほどからの懸案にあらためて思いを巡らせたとき、アタソンは一縷《いちる》の希望を見いだした。「ハイドの過去を洗ってやろう」と彼は考えた。「うしろ暗いことの一つや二つあるはずだ。見た目からして、どす黒い秘密を隠しているにちがいない。ハイドの秘密に比べれば、ジーキルの最悪の秘密だってかわいいものだろう。もしハイドの過去を突きとめれば、今までみたいに好き勝手はさせない。あのけだものが盗《ぬす》っ人《と》よろしくハリー［ヘンリーの愛称］の枕元に立っている光景を思い浮かべるとぞっとする。あわれなハリー、なんておぞましい目覚めだろう！　それに今の状況は剣呑《けんのん》だ。ハイドが遺言状の存在を知ったら、一刻も早く相続したくなるだろう。ああ、どんなことでもしてやるんだが――ジーキルさえその気になってくれれば」アタソンはつけ加えた。「そう、ジーキルがその気になってくれさえすれば」ここでまた彼の心に、遺言状の奇怪な条項が透かし絵のごとくくっきりと浮かび上がった。

くつろぐジーキル博士

二週間ほどのち、好都合なことに、ジーキル博士は五、六人の旧友を招いて、いつもの気のおけない晩餐会を催した。客人は知的で高名な人々ばかりで、みなワイン通だった。アタソン氏はうまく按配《あんばい》して他の客が帰ったあと自分ひとりが残るようにした。これは初めてではなく、しばしばあったことだ。アタソンはいったん好かれると、とことん好かれるタイプなのである。上機嫌な客や口の軽い客が帰るころ、晩餐の主催者たちはしばしば寡黙な弁護士アタソンを引き留めようとした。みな、この慎み深い男を相手にして来《きた》るべき孤独にそなえ、彼の豊かな沈黙によって、浮かれ騒ぎで疲労し緊張した心をほぐすのだ。ジーキル博士も例外ではない。彼は今、暖炉を挟んでアタソンと差し向かいに坐っている。大柄で体格のよい、きれいに髭《ひげ》をあたった五十がらみの男で、いくらか小狡《こずる》そうなところも窺えるとはいえ、才気と度量は外見にもあきらかだ。表情からは、博士がアタソン氏に心からの友情を抱いていることがわかる。

「ずっと話したかったんだ」アタソン氏が口火を切った。「遺言状の中味を覚えているかい」

注意深く観察すれば、これがジーキル博士にとって不愉快な話題なのだと推測できたかもしれない。しかし博士は軽く受け流した。「アタソン、きみも気の毒に」ジーキルは言った。「わたしみたいな依頼人を持ったのが不運だったね。あの遺言状を見たきみほど悩んでいるやつはほかにいないよ。もっとも、頭の固い知ったかぶりのラニヨンは別だ。わたしの研究を『異端』呼ばわりして、きみと同様に頭を悩ませている。そりゃ、ラニヨンがいい人間だってことは重々承知さ。そんなしかめ面するなよ。すぐれた研究者だし、わたしのほうではもっと頻繁に会いたいと思ってる。そうは言っても、あいつが頭の固い知ったかぶりだってのは事実だ。無知で俗物の知ったかぶり。本当にがっかりさせられたよ」

「あれに納得していないのは知っているだろう」ジーキルの持ち出した話題には頑として耳を貸さず、アタソンは話を続けた。

「わたしの遺言状にかい？　ああ、知っているとも」博士はわずかに気色《けしき》ばんで言った。「前にも聞いたからね」

「よろしい、今日も言わせてもらうよ」弁護士は続けた。「最近、ハイドという若者のことがいくらかわかってきてね」

ジーキル博士の整った大きな顔が唇まで真っ青になり、目元に暗い影がさした。「それ以上聞きたくない」博士は言った。「遺言状に関してはおたがい納得して、もう話さないことになってただろう」

「ハイドの悪い噂《うわさ》を聞いたんだ」アタソンは言った。

「だからといって何も変わらないよ。きみにはわたしの立場がわかってないんだ」博士は言い返した。彼の態度には、どこか一貫しないところがあった。「わたしは難しい状況に置かれているんだ、アタソン。実に奇怪な、そう、奇怪きわまりない立場に置かれている。これはいくら議論してもどうにもできないことなんだ」

「ジーキル」アタソンは言った。「わたしがどんな人間か知っているはずだ。信頼してくれ。包み隠すことなく打ち明けてほしい。必ずきみを助けるから」

「ありがとう、アタソン」博士は言った。「本当にいいやつだな。感謝の言葉もない。もちろん、きみのことは信じているとも。知り合いの誰より、いや自分以上に頼りにしているよ。だが、これはきみの思っているようなことじゃないんだ。そこまで悪い話じゃない。きみの善良な心をなだめるために、ひとつだけ言っておこう。その気になれば、ハイドとはいつでも手を切れるんだ。誓ってもいい。きみにはいくら感謝してもしきれないんだが、最後にもうひとつだけ言わせてもらう。悪く取らないでくれよ。これはあくまでも個人的な問題だ。口を出さないでもらいたい」

アタソンは炎を見つめながらしばらく考えた。

やがて、「きみの言うことは実にもっともだ」と言って立ち上がった。

「これっきりにしてほしいとはいえ、せっかくこの話題が出たんだ」博士は続けた。「わかってもらいたいことがある。わたしは気の毒なハイドのことを心底気にかけているんだ。彼に会ったんだって？　ハイドから聞いたよ。さぞ無礼だったろうね。それでもあの若者のことが心配なんだ。だからアタソン、万一わたしがいなくなったら、どうかハイドの態度には辛抱して、彼の正当な権利を守ってやってほしい。事情がわかっていれば、きっとそうしてくれるはずなんだ。きみが約束してくれれば、肩の荷を下ろせる」

「ハイドが好きだなんて、嘘でも言えないね」弁護士は言った。

「好きになってくれなんて言わない」ジーキルはアタソンの腕に手を置いて懇願した。「ただ公平であってほしいんだ。わたしがいなくなったときには、わたしのために、ハイドを助けてやってくれ」

アタソンは抑えきれずため息を漏らした。「わかったよ」と彼は言った。「約束しよう」

カルー殺人事件

それからほぼ一年後、一八——年の十月のこと、きわめて残虐な犯罪にロンドン中が震撼《しんかん》した。犠牲者が高い地位にある人物だったために事件はいっそう注目を集めた。犯行の仔細《しさい》についで判明したことはごくわずかだが、驚くべきものだった。テムズ河のほど近くに一人で暮らしている女中が、夜の十一時ごろ二階に寝に上がった。事件の晩、真夜中すぎになると濃い霧がたちこめたのだが、その時間にはまだ雲ひとつなくて、女中の部屋から見下ろす路地は満月の光で明るく照らされていた。彼女はロマンチックな質だったらしく、窓際に置いた箱に坐り、ぼんやり物思いに耽った。あれほど（と、この夜のことを語るたび、涙を流しながら彼女は言ったものだ）、あれほどおだやかな気持ちで人々に思いを馳《は》せ、世界に対して優しい気持ちになったのは初めてだったわ。そんなふうに窓辺に腰を下ろしていたとき、眼下の道を、ハンサムな白髪の老紳士がこちらに向かってきた。そこにもう一人のやけに小柄な紳士が近づいた。女中ははじめ小柄な紳士には注意を払わなかった。会話できる距離まで二人の紳士が接近したところで（女中の真下だった）、老紳士のほうが会釈し、慇懃《いんぎん》に何かを話しかけた。さして重要でない用件らしい。実際、老紳士が指さすしぐさからして、たんに道を尋ねているだけのようだった。話す老紳士の顔が月明かりを浴びて輝くのを、彼女は楽しく眺めた。顔だちからは昔気質《むかしかたぎ》の素直な善良さが窺えたが、同時に根拠のある自信

それが道ならぬ用件であることを察した。そのとき女中の目はもう一人の紳士に向けられた。それは小柄な男で、本来は目もくれないはずの相手だった。一度、彼女が働いている家の主人を訪ねてきたことがあり、そのときに不快な印象を受けたのだ。ハイド氏は重そうな杖を手で弄《もてあそ》んでいた。老紳士の言葉にはひとことも答えず、見るからに苛々しながら耳を傾けていた。唐突にハイド氏は怒りを爆発させた。足を踏みならし、杖を振りまわして、狂人さながらに（と女中は表現した）わめき出した。老紳士は困惑し、いささか心外そうに一歩退いた。ハイド氏はここで自制心をなくし、老紳士を杖で地面に叩《たた》き伏せた。次の瞬間、猿のように激昂《げっこう》して犠牲者を踏みにじり、杖で何度となく殴った。骨の砕ける音がして、老人の体が道ばたで跳ね上がった。見るにも聞くにも酸鼻《さんび》を極めた光景で、女中は気を失った。

彼女が正気に返り、警察を呼んだのは午前二時だった。殺人者はとうに姿をくらましている。だが犠牲者は道の真ん中に倒れたままで、全身がありえないほどねじ曲がっていた。凶器となった杖は、非常に頑丈で重く珍しい木材だったが、常軌を逸した蛮行のせいでまっぷたつに折れていた。半分はすぐそばの側溝で見つかった。もう半分は殺人者が持って逃げたにちがいない。被害者の財布と金時計は手つかずだった。身元を示すような名刺や書類はなかったものの、封印された封筒が見つかった。被害者はこれを投函しに行くところだったのだろう。弁護士アタソンの名前と住所が宛先に書かれていた。

翌朝、アタソン氏に連絡が行った。彼はまだベッドにいた。自分宛ての封筒を見せられ、状況の説明を受けると、弁護士は唇を突き出して険しい顔をした。「遺体を見ないと確かなことは言えないが」と彼は言った。「重大な事件のようだ。着替えるから待っていてくれ」深刻な表情のまま、急いで朝食を済ませると馬車で警察署に向かった。遺体はすでに運びこまれていた。死体安置室に入るやいなやアタソン氏はうなずいた。

「まちがいない。サー・ダンヴァーズ・カルーです」

「なんですって」刑事は叫んだ。「そんな馬鹿な」即座に職業上の野心に目をきらりと光らせ、「大騒ぎになるでしょうな」と言った。「犯人逮捕にご協力願えませんか」刑事は女中の目撃談を簡潔に説明し、折れた杖を見せた。

ハイドの名前が出た時点でアタソン氏はすでに悪い予感がしていた。さらに凶器を見せられると、もはや疑う余地はなかった。折れて摩耗《まもう》していたが、何年も前にアタソン自身がヘンリー・ジーキルに贈った杖だったのだ。

「そのハイド氏というのは小柄な人物ですか」アタソン氏は尋ねた。

「ひどく小柄で、ひどく邪悪な人相だと女中は言っていました」刑事は答えた。

アタソン氏は考えた。やがて顔を上げ、「わたしの馬車で一緒に行きましょう」と言った。「ハイドの家に案内できると思います」

すでに午前九時近く、季節の最初の霧がかかっていた。チョコレート色の帳《とばり》がたれこめる空にはひっきりなしに風が突撃し、布陣する霧を潰走《かいそう》させた。そのため、馬車が街をのろのろ進むあいだ、アタソン氏の目には、不思議なほど表情を変える薄明の景色が映った。ある地点では夜半を思わせるほどの暗闇。別の場所では奇妙な大火のごとくまばゆく輝く褐色の光。そうかと思えば霧が一瞬だけ完全にとぎれ、渦巻く靄《もや》のあいまから弱々しく日光が射すこともあった。泥だらけの道、とぼとぼ歩く通行人たち。街灯がついているのは、ずっと消さずにいるのか、あるいは霧のせいでまた暗くなったために新たに火がともされたのか。目まぐるしく変わる視界の中の陰気なソーホーの街角は、弁護士の目には悪夢の都市のように見えた。そうでなくても弁護士の胸中は鬱屈する思いで満たされていたのだ。彼は同乗する刑事を横目で見ながらかすかに恐怖を覚えていた――高潔な人でも感じることがある、法や法の番人に対する恐怖を。

馬車が指示された住所に着くと、いくらか霧も晴れ、アタソンの視界が開けた。目に入るのは、わびしく煤《すす》けた街路、けばけばしい安酒場、安っぽいフランス料理店、三文雑誌や安価な惣菜《そうざい》を売る店、戸口にたむろするボロ服をまとった少年たち、鍵を手に朝の一杯をひっかけにいくさまざまな国出身の女性たち。だが次の瞬間、褐色顔料《アンバー》のように茶色い霧が再度この一角にたちこめて、周囲の俗悪な風景をアタソンの目から覆い隠した。ヘンリー・ジーキル寵愛《ちょうあい》の若者、二十五万ポンドの相続人は、こんなところに住んでいるのだ。

生白い顔をした銀髪の老女が扉を開けた。彼女は邪悪な顔だちを偽善的な態度で取り繕っていた。とはいえ立ち居ふるまいは申し分ない。ええ、と彼女は言った。こちらがハイドさんのお宅です。でも今はお留守ですよ。昨晩遅くにお戻りになりましたが、一時間もしないうちにまた出て行かれました。いえ、別に変わったことじゃありません。あの方の生活はとにかく不規則で、しょっちゅう家を空けておいでなんです。何しろ、ゆうべお会いしたのも二か月ぶりだったんですから。

「よろしい、では部屋を見せてもらおうか」弁護士が言った。駄目ですよ、と老女が抗弁すると、「こちらの方を紹介したほうがいいね」と言い添えた。「スコットランド・ヤードのニューコメン警視だ」

老女は底意地の悪そうな喜びを顔に浮かべた。「ははあん」と彼女は言った。「ハイドさん、何かやらかしたんですね。何をしたんです？」

アタソン氏と警視は視線を交わした。「どうやらハイド氏の人気は上々というわけでもなさそうですね」警視は言った。「とにかく、わたしとこちらの紳士に家の中を見せてもらおうか」

老女のほかは誰一人いない建物の中で、ハイド氏が実際に使用しているのは二部屋だけだった。だが、どちらの部屋も趣味のよい調度品で贅沢に飾られていた。戸棚にずらりと並ぶワインの壜《びん》。銀の食器、優美なナプキン類。壁には見事な絵画が掛かっている。おそらく目利きのヘンリー・ジーキルからの贈り物だろうとアタソンは考えた。毛足の長い絨毯《じゅうたん》は色合いもすばらしかった。とはいえ目下この部屋には、あわただしく引っかきまわされた痕跡があちこちに残っていた。洋服は床に散らばり、ポケットは裏返されていた。錠つき抽斗《ひきだし》も開いたままだ。炉床《ろしょう》には書類の束を燃やしたとおぼしき灰がうずたかく積もっている。警視はそこから緑色の小切手帳の燃えさしを掘り起こした。扉の陰からは折れた杖の残り半分が見つかった。「これで決まりです」と警視は満足げに宣言した。銀行を訪ねてみると、殺人者の口座には数千ポンドの預金が残っており、警視は大いに満足した。

「こいつは役に立ちますよ」警視はアタソン氏に言った。「犯人を捕まえたも同然です。「よっぽど慌てふためいてたんでしょうね。さもなきゃ凶器の杖をそのままにしたり、小切手帳を燃やしたりするはずがない。あとはやつが銀行に現れるのを待ち伏せ、人相書きを公開するだけです」

しかし、人相書きを作るのは困難を極めた。まずハイド氏の知己はごく限られていた。目撃者である女中の主人でさえ二度しか彼と会ったことがないという。家族や親戚も見つからない。ハイド氏は写真に撮られたこともなかった。数名の証人が現れたものの、彼らの説明するハイド氏の容貌はまちまちだった。素人の観察力などそんなものである。とはいえ、ただひとつの点において証人たちの意見は一致した。逃亡したこの殺人者を見ると、いわく言いがたい異形の印象が刻みつけられて、頭から離れないということだ。

手紙の事件

アタソン氏がジーキル博士の屋敷を訪れたのは、その日の午後遅くなってからだった。着くとすぐに執事のプールに案内されて、厨房《ちゅうぼう》を抜け、以前はよく手入れされていた中庭を横切って、実験室棟とか解剖実習室棟などと呼ばれる別棟に入った。この屋敷は、もともと高名な外科医が住んでいた邸宅を、ジーキル博士が遺族から買い受けたものである。ジーキルは解剖学よりも化学に興味があったので、中庭の奥にある建物の用途を変更していた。弁護士が別棟に通されるのは初めてだった。好奇心に駆られて窓のない陰鬱な建物をしげしげと眺め、解剖実習室を通り抜けるさいには不快な違和感をおぼえて四囲を見まわした。かつては熱心な医学生が集ったであろう実習室も、今ではひっそりと静まりかえっていた。テーブルには化学の実験道具が並び、床にはいくつもの木箱が放置され、荷造り用の藁《わら》が散らばり、ぼんやり煙る丸天井からくすんだ光が射しこんでいる。実習室の奥の階段を上ると赤い羅紗《らしゃ》張《ば》りの扉があった。そこを抜けてアタソン氏はようやく博士の書斎に迎え入れられた。書斎は広かった。四方の壁にはガラスの陳列棚が据えつけられ、多くの調度品にまじって大きな姿見と事務机もあった。袋小路を見下ろす埃《ほこり》まみれの三つの窓には鉄の棒がはめこんである。暖炉では炎が燃え、さらに炉棚の上にランプがともされていた。屋内にまで濃い霧が淀《よど》みはじめていたからである。ジーキル博士は暖炉のそばに坐っていた。かなり具合が悪そうだ。客を迎えるのに立とうともせず、冷たい手を差し出して握手を求め、変わりはてた声で挨拶《あいさつ》した。

「それはそうと」プールが出て行くとすぐにアタソン氏は切り出した。「例の事件のことは聞いたかい」

博士は身震いした。「前の広場《スクエア》で新聞売りが騒いでいた」と彼は言った。「食堂にいたときに、聞こえたよ」

「ひとことだけ言わせてくれ」と弁護士は言った。「カルーはわたしの依頼人だった。だが、それはきみも同じだ。自分がかかわっている件はきちんと把握しておきたい。きみはまさか、あの男を匿《かくま》うほど狂っちゃいないだろうね」

「神に誓うよ、アタソン」博士は叫んだ。「神に誓うとも、二度とあの男とは会わないと。名誉にかけて、きっぱり手を切った。完全に終わったんだ。それにやつのほうだってわたしの助けなど必要としていない。きみはわたしほどやつのことを知らないだろう。やつはもう大丈夫。絶対に危険はない。信じてくれ、金輪際《こんりんざい》やつの噂を聞くことはあるまい」

弁護士は深刻な顔つきで耳を傾けた。熱に浮かされたような友人の口調が気に入らなかった。「ずいぶん彼のことを信頼しているようだが」アタソンは言った。「きみのためにも、その見立てが正しいことを願うよ。彼が裁判にかけられれば、きみの名前だって出るかもしれない」

「ハイドのことはもう大丈夫」ジーキルは言った。「誰にも言えないが、そう思うだけの確かな根拠があるんだ。でもひとつだけ助言してほしいことがある。わたしは――わたしは、ある手紙を受けとったんだ。警察に見せるかどうか迷っている。それでアタソン、その手紙をきみに託したい。きみなら適切に判断してくれるはずだ。それほどきみを頼りにしているんだよ」

「ふむ。その手紙が彼の居場所を突き止める手がかりになるのを恐れているわけか？」

「いや」博士は首を振った。「ハイドなんてどうなろうと知ったことじゃない。やつとは手を切ったんだ。気にかけているのは自分自身のことさ。今度の恐ろしい事件で、はっきりわかったんだ」

アタソンはしばらく考えた。友人の身勝手な言いぐさにはあきれたものの、安心もした。

「いいだろう」やがて口を開いた。「その手紙を見せてくれ」

手紙の筆跡は変にぎこちなく、「エドワード・ハイド」の署名があった。内容はごく短いものだ。ジーキル博士には、長らく多大な恩恵を被《こうむ》りながらさしたる恩返しもしなかった。確実な逃亡の手立てがあるので、身の安全については心配していただくに及ばない、と。弁護士はこの手紙に満足した。ジーキルとハイドの関係が、懸念していたような性質のものではないと裏づけてくれたからだ。妙に勘ぐっていたことを後ろめたくさえ思った。

「封筒はあるかね？」

「うっかり燃やしてしまった」ジーキルは言った。「しかし消印はなかったよ。手紙は手渡されたんだ」

「預かって、しばらく考えてもいいかい？」アタソンは言った。

「きみの判断に任せる」というのが返事だった。「自分が信じられなくなってしまったんでね」

「わかったよ」弁護士は答えた。「もうひとつだけ教えてくれ。きみが失踪もしくは原因不明の不在のとき云々という遺言状の条項は、ハイドが口述させたものなのか？」

博士は一瞬、気が遠くなったように見えた。口を固く結び、ただうなずいた。

「やはりそうだったか」アタソンは言った。「彼はきみを殺すつもりだったんだ。きみはあやうく命拾いしたというわけさ」

「それどころじゃない」博士は重苦しい口調で言った。「わたしは教訓を得たんだ――大きな教訓を得たんだよ、アタソン！」そう言って、しばらく手で顔を覆った。

帰りぎわ、弁護士は立ち止まってプールと二言三言ことばを交わした。「ところで今日、手紙を持って来た人がいただろう。どんな人物だったね？」しかしプールによれば、通常の郵便以外に手紙は来なかったという。「それも宣伝のチラシばかりです」とプール。

これを聞いてアタソンの疑念は再びかきたてられた。プールの言うとおりなら、手紙は実験室棟の裏口に届けられたことになる。それどころか書斎で書かれた可能性さえ否定できない。だとすると、この手紙は思っていたより慎重に扱わねばならない。帰り道、新聞の売り子たちが声を嗄《か》らして口々に叫んでいた。「号外。国会議員、惨殺」それが友人にして依頼人だったカルーへの弔辞だった。もう一人の友人にして依頼人であるジーキルの名声が醜聞に巻きこまれるのではないかと不安を感じないわけにはいかなかった。微妙な判断を下さなければならないのは確かだ。自信家のアタソンだったが、誰かに助言を求めたくなった。直接相談するのは無理でも、必要な情報をそれとなく探り出せるかもしれない。

ほどなく、アタソン氏は自宅に戻って炉辺の片側に腰を下ろしていた。反対側には氏の右腕である事務主任のゲスト氏が坐っている。二人のちょうど真ん中、炎から絶妙の距離に、長らく地下室に蔵されてきた上物の古いワインの壜が置かれていた。霧は風に乗ってロンドンを覆いつくしながら上空で眠りにつき、街灯はルビーのように明滅した。息苦しいほどにたれこめる雲を貫き、街の生命である人馬が烈風のように騒がしく大動脈を流れていた。しかしアタソンの部屋は暖炉の光で明るかった。壜の中のワインは酸味がとっくに消え、ステンドグラスの色調がしだいに深みを増すのと同様、濃い緋色《ひいろ》も時とともに和らいでいた。山肌のブドウ畑に降り注いだ暑い秋の午後の光が今にも解き放たれ、ロンドンの霧を散らそうとしているようだ。知らず知らず弁護士はおだやかな気持ちになっていた。アタソン氏が誰よりも多くの秘密を打ち明ける相手がこのゲスト氏である。彼に対しては、自分で意図した以上のことを打ち明けてきたかもしれない。仕事柄、ゲスト氏はたびたびジーキル博士の家を訪れていた。プールとも顔なじみだ。ハイド氏がジーキルの家でわがもの顔にふるまっているという噂も耳にしているだろう。そこから何か察している可能性もある。となれば謎を解明するために手紙をゲストに見せてもかまうまい。ゲストは年季の入った筆跡の研究家であり鑑定家だから、相談されるのを当然と思い、感謝さえするだろう。それに助言にも長《た》けている。こんな奇妙な文書を読めば何かしら言ってくれるはずだ。ゲストの意見しだいで、アタソン氏は取るべき道を決められるかもしれない。

「サー・ダンヴァーズは気の毒だった」とアタソンは水を向けた。

「ええ、まったくです。世間も大騒ぎですよ」ゲストは答えた。「もちろん犯人は頭がおかしいんでしょう」

「そのことで意見を聞きたい」アタソンは言った。「実は犯人の手書きの文書を持っているんだ。くれぐれも内密にしてくれよ。この手紙をどう扱うべきか決めかねている。どう転んでもおもしろくない話になりそうなんだ。ともかく目を通してほしい。きみの専門分野だ。殺人者の自筆さ」

ゲスト氏の目がきらりと光った。すぐさま腰を下ろして、熱心に調べはじめた。「思っていたのとちがいますね」やがて言った。「狂人ではない。ですが非常に変わった筆跡です」

「それに非常に変わった書き手によるものだ」弁護士がつけ加えた。

そのとき召使いが手紙を持って来た。

「ジーキル博士からですか？」事務主任が尋ねた。「筆跡に見覚えがあります。個人的なお手紙でしょうか？」

「晩餐への招待状さ。どうして？　読みたいのかね？」

「ちょっと拝借」そう言って、事務主任は二通の手紙を並べ、文面を入念に見比べた。「ありがとうございました」やがて両方ともアタソンに返した。「すこぶる興味深い筆跡ですね」

しばし沈黙が流れた。その間、アタソン氏の心は葛藤していた。「なぜ手紙を見比べていたんだ、ゲスト？」だしぬけに尋ねた。

「ええ、実は」事務主任は答えた。「非常に特徴的な類似が見られるんです。二つの筆跡は、多くの点でほぼ同一です。ただし、字の傾き方だけは異なるのですが」

「まったくおかしな話だ」アタソンは言った。

「おっしゃるとおり、おかしな話ですね」ゲストが答えた。

「この手紙のことは誰にも言わずにおこう」雇い主が言った。

「もちろん」事務主任は応じた。「了解しました」

その夜、一人になるとすぐ、アタソン氏は問題の手紙を金庫にしまい、その後もけっして取り出そうとはしなかった。「なんてことだ」アタソンは考えた。「ヘンリー・ジーキルが殺人者の片棒をかついで偽手紙を書くなんて！」血の凍る思いがした。

ラニヨン博士の驚くべき事件

時は流れた。数千ポンドの報奨金が出された。サー・ダンヴァーズ殺害は社会への挑戦と見なされ、世間の怒りをかきたてていたからだ。しかしハイド氏は警察の追及の手から逃れ、忽然《こつぜん》と姿を消した。あたかも最初からそんな人物など存在しなかったかのようだ。表沙汰になったハイド氏の過去の行状は、外聞をはばかるような話ばかりだった――冷酷かつ凶暴な所業、乱れた生活、怪しげな交友関係、あちこちでハイドに向けられた敵意。にもかかわらず彼の行方は杳《よう》として知れなかった。殺人を犯した翌朝ソーホーの自宅を出たあと、ハイド氏はただふっつりと消えてしまったようなのだ。時が経《た》つにつれ、しだいにアタソン氏は当初の懸念を和らげ、徐々に心の平穏を取り戻していった。彼の考えによれば、サー・ダンヴァーズの死はハイド氏の失踪によって充分すぎるほど償われたのだ。ハイドの悪影響が消えたおかげでジーキル博士の生活も一新された。引きこもりがちの暮らしから抜け出して友人たちと旧交を温め、客人としても主人役としても再び親しく付き合いはじめた。もともと慈善家として名を馳せていたが、加えて篤《あつ》い信仰心でも知られるようになった。精力的に動きまわり、ひっきりなしに外出して善行を積んだ。社会に貢献しているという自覚が外見にも現れたのか、表情も明るく晴れやかになった。こうして二か月のあいだ、ジーキル博士はおだやかな日々を過ごした。

一月八日、アタソンは少数の友人とともに博士の家の晩餐に招かれた。ラニヨンも同席していた。ジーキルは、かつて三人が離れがたい友だったころのように、アタソンとラニヨンの顔を交互に眺めた。その後、一月十二日、さらに十四日と、二回続けて弁護士はジーキルに面会を断られた。「博士は家に閉じこもっておいでです」プールは言った。「どなたともお会いになりません」十五日、アタソンはもう一度訪れてみたが、やはり通してもらえなかった。この二か月というもの毎日のようにジーキルと会っていたアタソンは、友人が隠遁《いんとん》生活に舞い戻ってしまったことを悲しんだ。翌晩、彼はゲスト氏を自宅に招いて夕食を共にした。さらにその次の夜、彼はラニヨン博士の家に足を向けた。

ここでは少なくとも門前払いをくらうことはなかった。しかし部屋に通されると、アタソンはラニヨン博士の様変わりした外見にショックを受けた。顔には死相がありありと浮かんでいる。血色のよかった顔は青ざめ、体は痩せこけ、髪も薄くなり、めっきり老けこんでいた。だが急激な老化の徴候以上に弁護士の注意を惹いたのは、目つきと態度である。そこからは精神の奥深くに恐怖が根を下ろしているのが窺えた。ラニヨンほどの名医が死を恐れるなどありそうもないことだ。だがアタソンとしてはそう思わざるをえなかった。「そうとも」

アタソンは考えた。「医者だけに自分の体調もわかるし、もう長くないと悟っているんだ。そんなことを知っていたら耐えられないだろう」具合が悪そうだね、とアタソンが言うと、ラニヨンは「もう長くないよ」としっかりした口調で答えた。

「ひどいショックを受けてね」ラニヨンは言った。「立ち直れんのだ。あと数週間というところか。まあいい、愉快な人生だった。充分楽しんだよ。というより、昔は楽しかった。ときどき思うんだが、もしすべてを知ってしまったら、この世から逃げ出せるのをありがたく思うんじゃないかな」

「そういえばジーキルも病気らしい」アタソンは言った。「最近、彼に会ったかね？」

とたんにラニヨンの表情が変わった。わななく手でアタソンを制止し、「ジーキル博士の顔など二度と見たくないし、話も聞きたくない」と弱々しい声を張り上げた。「あんな男とは縁切りだ。わたしにとっては死んだも同然、二度とあいつの話は持ち出さないでくれ」

「おやおや」アタソン氏は舌打ちした。しばらく間を置いてから、「わたしにできることはないかね？」と尋ねた。「わたしたち三人は大昔からの友だちじゃないか、ラニヨン。残りの人生でこんな友人は作れないだろう」

「何もできんよ」ラニヨンは答えた。「ジーキルに訊くんだな」

「会ってくれないんだ」弁護士が言った。

「そりゃそうだろう」とラニヨン。「アタソン、わたしが死んだあとで、ひょっとしたらきみも事の真相を知るかもしれない。わたしの口からは話せないんだ。ともかく、ちがう話だったら喜んで聴くよ。だが、どうしてもその忌まわしい話をするつもりなら出ていってくれ。我慢ならない」

自宅に戻るとすぐ、アタソンは机に向かってジーキルに一筆したためた。家に通してもらえないことに不平を述べ、ラニヨンと不幸にも仲たがいした理由を教えてくれるよう頼んだ。翌日、長い返事が届いた。感情的な言葉づかいで、謎めいた部分の多い手紙だった。ラニヨンとの仲は修復不可能だという。「われらが旧友ラニヨンを責めることはできない」ジーキルは書いていた。「それどころか二度と会わないほうがよいという彼の意見に賛成だ。今後、わたしは完全に隠棲《いんせい》する。訪ねてくれても会えないことが多くなるだろうが、心外に思ったり、友情を疑ったりしないでもらいたい。わたしには暗い道を歩ませてくれ。言葉にできない罪と危機を招いたのは自業自得なのだから。わたしはもっとも罪深き者であり、同時にもっとも苦しむ者だ。人の生きる力を奪ってしまうほど巨大な苦悩や恐怖がこの地上にあるとは思わなかった。アタソン、わたしの悲運を和らげるためにきみのなしうることはただひとつ、わたしの沈黙を尊重してくれることだ」アタソンは仰天した。ハイドの悪影響は遠ざかり、博士は昔のように仕事と友情の世界に戻っていた。つい一週間前には明るい未来がほほえみかけ、快活で輝かしい晩年が約束されていたはずだ。それが一瞬にして、友情も心の平安も人生設計もすべて台無しになったという。前触れもなくこんな劇的な変化が起こるなんて、気でも狂ったとしか思えない。けれどもラニヨンの言動から察するところ、もっと深い原因がありそうだった。

一週間後、ラニヨン博士は寝たきりになり、二週間もしないうちにこの世を去った。アタソンは悲嘆に暮れて葬儀に参列した。その夜、アタソンは鍵をかけて事務室にこもると、蠟燭の憂鬱な光のもと腰を下ろした。そして親友ラニヨンが署名し封印した封筒を取り出し、目の前に置いた。「極秘。J・G・アタソンのみ開封可。かりに同君がわたしより先に死亡せる場合は、何人も読まずに破棄すべし」と表書きに強調されていた。弁護士は内容を見るのが怖かった。「今日、友を一人葬ったばかりだというのに」アタソンは考えた。「この手紙のせいでもう一人の友まで失うことにならないだろうか?」こんなふうにおびえていてはラニヨンの信頼に背くことになると考え、封印を解いた。中に入っていた別の封筒もやはり封印され、表に「ヘンリー・ジーキル博士の死亡もしくは失踪のときまで開封すべからず」と書かれていた。アタソンは我が目を疑った。まちがいない、「失踪」とある。とっくの昔にジーキルに返した異常な遺言状と同じように、失踪という言葉とヘンリー・ジーキルの名前が結びついている。しかし遺言状の失踪に関する条項はハイドが邪悪にもジーキルに書かせたものだったはずだ。あれは露骨に犯罪的な意図で仕組まれていた。ラニヨンはどういうつもりで「失踪」などと書いたのだろう? 遺言執行人たるアタソンは大いに好奇心をそそられた。封筒に書かれた禁止令に背いて、ただちに謎を究明したかった。けれども職業的良心と亡き友人への信義を裏切るわけにはいかない。こうして亡友ラニヨンの残した封書は金庫の奥深くで眠ることになった。

好奇心を抑えたからといって完全に克服したわけではない。その日以降、アタソンが、生き残った友人ジーキルとの交際を以前ほど熱心に求めたかといえば疑わしい。ジーキルのことは気にかけていたが不安と危惧を拭いきれなかった。なるほどジーキル邸を訪ねはした。だが門前払いをくらわされると、かえって胸をなで下ろすようになった。ジーキルが閉じこもる屋敷に通され、何を考えているかわからない世捨て人と会話するくらいなら、街の喧噪を感じながら玄関先でプールと言葉を交わすほうがましだと内心では思っていた。とはいえプールもよい知らせを持っているわけではない。どうやら博士は別棟の書斎に前以上に引きこもり、そこで寝起きさえしているらしい。ぼんやりし、めっきり無口になり、本も読まず、何かに心がとらわれているようだという。プールの報告は毎回変わりばえせず、アタソンも徐々にジーキルの家から足が遠のいていった。

窓辺の事件

日曜日のことだった。アタソン氏はいつもどおりエンフィールド氏と散歩に出た。いつのまにか二人は例の裏通りを歩いていた。問題の戸口にさしかかると、そろって足を止め、じっと扉を見つめた。

「まあ」とエンフィールドは言った。「ぼくの話にも一応のケリはついたってことだね。もう二度とハイド氏に会うことはないだろう」

「そう願いたいものだ」アタソンは言った。「これは話したかな？　わたしも一度ハイドに会ったんだ。君と同じく、ぞっとしたよ」

「会えば誰でもそうなるのさ」エンフィールドが言った。「だけど、さだめしぼくを間抜けだと思っただろう。この扉がジーキル博士の屋敷の裏口だってことに気づかなかったんだからね。あとからそうとわかったのも、きみが口を滑らせたおかげなんだが」

「じゃあ、今はきみも知っているんだね」アタソンは言った。「それなら路地に入って、窓を覗《のぞ》いてみないか。正直なところ、ジーキルのことが心配でしょうがない。せめて家のすぐ外に友人がいれば、彼の励みになるんじゃないかと思うんだ」

袋小路はひんやりとして少し湿っぽかった。見上げる空は夕映えでまだ明るいのに、ここは早くも宵闇のようだ。三つの窓のうち真ん中のひとつが半開きになっていて、窓辺には鬱屈した囚人のように無限の悲しみを背負うジーキル博士の姿が見えた。

「やあ、ジーキル!」アタソンは呼びかけた。「具合はよくなったのかい」

「最悪だよ、アタソン」博士は物憂げに答えた。「最悪さ。ありがたいことに、もう長くはあるまい」

「家にこもっているからだ」弁護士は言った。「外に出て、エンフィールドやわたしみたいに(紹介しよう、彼が従弟《いとこ》のエンフィールド氏。こちらがジーキル博士)、血のめぐりをよくしなければ。降りてこいよ。帽子をかぶって、その辺をぶらぶらしようじゃないか」

「ありがとう」博士はため息をついた。「そうしたいのはやまやまなんだが、絶対に駄目だ。どうあってもできない。とても無理さ。けれど、会えて本当によかった。嬉《うれ》しいよ。きみとエンフィールド氏に上がってもらいたいところだが、この部屋はちょっとまずくてね」

「そういうことなら」と弁護士は快活に言った。「ここからきみを見上げて話すとしようか」

「そうしてもらえると助かるね」博士はかすかに笑って答えた。だが言い終えたとたん、博士の顔から笑みが消え、おぞましい恐怖と絶望の表情にとってかわった。下から見ていた二人の紳士は血が凍るほどぞっとした。窓がすぐに閉められたので、目にしたのはほんの一瞬だったが、一目で充分だった。二人はきびすを返すと、ひとことも言わずに袋小路を出た。押し黙って裏通りを歩き、日曜とはいえいくらか活気のある大通りに出るまで、どちらも口をきかなかった。ようやくアタソン氏は連れのほうを見た。二人とも顔を真っ青にして、瞳にはそれに釣り合うだけの恐怖が浮かんでいた。

「なんてことだ。なんてことだ」アタソン氏が言った。

エンフィールド氏は深刻な面持ちでただうなずくばかりだった。二人は黙りこくったまま再び歩きはじめた。

最後の夜

ある夜、夕食を終えたアタソン氏が炉辺でくつろいでいると、意外にもプールが訪ねてきた。

「どうしたプール。何があった?」アタソンは叫んだ。それからあらためてプールを眺め、

「何か気がかりでも？」と尋ねた。「博士の容態が悪いのか？」

「アタソンさま」とプールは言った。「どうにもいけません」

「坐りたまえ。ほら、まずワインを一口飲んで」弁護士は促した。「落ち着いて、わかるように用件を話しなさい」

「博士の暮らしぶりはご存じですよね」プールは言った。「つまり博士がすっかり引きこもっておられるということは。ええ、またしても書斎に閉じこもってしまわれたのです。嫌な予感がします。まったくもって嫌な予感です。アタソンさま、わたくしは心配なのです」

「さあプール」と弁護士は言った。「わかるように言ってくれ。何が心配なんだ？」

「一週間というもの、心配しどおしなんです」プールはかたくなにアタソンの問いかけを無視した。「これ以上、耐えきれません」

確かにプールの態度はそれを裏づけていた。落ち着きがなく、最初におのれの恐怖を告白したときを除いて弁護士と目を合わせようとしない。まだワインには口をつけず、じっと床の一隅に目を据えたままだ。「もう耐えきれないのです」プールはくり返した。

「よろしい」弁護士は言った。「それなりの理由があるのはわかったよ、プール。深刻な事態なんだろう。説明してみてくれ」

「犯罪があったのではないかと」かすれた声でプールは言った。

「犯罪だと！」ぎょっとして、ますます苛立った弁護士は叫んだ。「どんな犯罪だ？　いったいどういうことだ？」

「とても申し上げられません」とプールは答えた。「一緒にいらして、ご自身で確かめていただけませんか」

アタソン氏は返事をするかわりに立ち上がり、帽子と厚手の外套を羽織った。プールが安堵《あんど》の表情を浮かべるのを、アタソンは驚きの目で見た。そしてプールが立ち上がったとき、彼のワインが手つかずのままだったことにも驚いた。

風の強い、三月らしい寒い夜だった。青じろい三日月は風に煽《あお》られたかのごとく傾き、極薄の亜麻布《あまぬの》に似た雲がたなびいていた。強風のせいで会話もままならず、顔はまだらに赤くなった。風に吹き払われたように、通りはいつになく人影が少ない。ロンドンのこの界隈《かいわい》がこんなに閑散としているのは初めてだとアタソン氏は考え、もっと賑やかならいいのにと思った。人間の姿を見たい、身近に感じたいとこれほど切実に願ったことはなかった。それというのも、迫りくる破局の予感が、いくら振り払おうとしても頭から離れなかったからだ。二人が着いたとき、博士の家のある広場《スクエア》は特に風が激しく、埃が舞い、庭の細い木々がしなって柵に叩きつけられていた。アタソンより一、二歩先を進んでいたプールは歩道の真ん中で足を止め、身を切るほどの寒さだというのに帽子を脱いで赤いハンカチで額を拭った。道中ずっと早足だったとはいえ、急いだせいではなく、締めつけられるような苦しみで汗ばんでいるのだ。プールの顔は蒼白《そうはく》で、口を開いたとき、声はしゃがれてとぎれがちだった。

「さあ、アタソンさま」プールは言った。「着きました。まだ何も起こっていないといいのですが」

「アーメン」弁護士は応じた。

執事は用心深く玄関の扉をノックした。扉はチェーンをしたまま開いた。中から尋ねる声がした。「プールさん？」

「そうだ」プールは答えた。「開けてくれ」

アタソンとプールが入ってみると、玄関ホールは煌々《こうこう》と照らされていた。暖炉の炎が燃えさかり、そのまわりに男女の使用人が一人残らず羊のように寄り集まっている。アタソン氏の姿を見たとたん、女中がヒステリックに啜《すす》り泣きはじめた。料理女は、「よかった！　アタソンさまだ」と叫ぶと、抱きつきそうな勢いで駆け寄ってきた。

「いったいどうした？　みんなでこんなところにいるなんて？」弁護士は腹立たしげに言った。「あるまじきことだぞ、見苦しい。おまえたちの主人もとうてい喜ぶまい」

「みんな、おびえきっているのです」とプール。

誰もが口を閉ざし、反論しなかった。ひとり女中だけが、今や大声を上げて泣きはじめた。

「黙りなさい！」プールが叱った。その語調が荒々しいのは、彼自身の神経が参っている証拠だ。実際、女中が声高に泣き出したとたん、使用人たちはびくっとして、恐ろしいものを待ち受けるような顔をいっせいに奥に通じる扉に向けたのである。「よし」執事は下働きの若者に言った。「蠟燭をよこしなさい。わたしたちが片をつける」そしてアタソン氏に同行を請うと、先に立って中庭に向かった。

「できるだけ静かにおいでください」プールは言った。「聞いていただきたいものがあるのです。ただし、こちらの物音は聞かれたくありません。たとえ書斎に入るように言われても、けっして入らないでください」

思いがけない成り行きに、アタソン氏の神経はたかぶり、体勢を崩しそうになった。なんとかみずからを鼓舞し、執事のあとから実験室棟に入ると、木箱や壜が雑然と散らばる解剖実習室を抜け、書斎へと続く階段の下までたどり着いた。片側に寄ってよく聞いているようにとプールが身振りで合図した。プール自身は蠟燭を床に置くと、はた目にもわかるほど無理に勇気をふりしぼって階段を上り、赤い羅紗張りの扉を心もとなさそうにノックした。

「アタソンさまがお目にかかりたいとおっしゃっています」プールは声をかけ、同時に、もう一度大げさな身振りで、耳をすましているよう弁護士に指示した。

書斎の中から声がした。「誰にも会えないと伝えてくれ」懇願めいた口調だった。

「承知いたしました」プールは答えた。その声にはどこかしら勝ち誇ったような響きがあった。蠟燭を取り上げると、アタソン氏とともに中庭を横切り、広い台所に戻った。暖炉の火は消え、虫が床を跳ねまわっていた。

「さて」プールはアタソン氏の目を覗きこみながら言った。「あれがジーキルさまの声でしょうか？」

「まるきり変わってしまったみたいだ」青ざめながら、弁護士はプールの目を見て答えた。

「変わった？　もちろんですとも」執事は言った。「二十年来、ジーキルさまにお仕えしてきたわたくしが、声を聞きちがえるなどとお思いですか？　まさか。ご主人さまは殺されたのです。殺されたんですよ、八日前、罰当たりな罵声を耳にしたあのときに。ご主人さまのかわりに書斎にいるのはいったい誰なんでしょう？　なぜそいつは居坐っているのでしょう？　アタソンさま、まったく恐ろしいことではありませんか！」

「それはおかしな話だよ、プール。とうてい信じられん」アタソン氏は指を噛みながら言った。「もしおまえの思っているとおり、ジーキル博士が……そう、殺されたのだとしたら、どうして犯人は逃げずに部屋に留《とど》まっているんだ。無理があるよ。理屈が通らない」

「アタソンさまはさすがに手厳しい。ですが、どうにか納得していただけるように説明しましょう」プールは言った。「よろしいですか、この一週間、人か獣か、とにかく書斎に潜んでいるやつは、何かの薬品を求めて昼夜を分かたず泣きわめいています。しかし希望どおりに手に入らないのです。必要な薬品を書いた紙を階段に置いておくのが、いつもの——つまり、ご主人さまのやり方でした。この一週間はそんな調子だったんです。指示を記した紙切れ、閉じっぱなしの書斎の扉。扉の前に置いた食事さえ、誰も見ていない隙《すき》にこっそり室内に運びこまれてしまう。ええ、薬の注文と薬への不満が書きつらねられたメモが日に二度も三度も残されていました。そのたびにわたくしはロンドン中の薬屋を訪ねまわる羽目になるのです。頼まれた薬品を買って帰ると、決まって次の指示があって、それを返してこいという。買ってきた薬は不純物が混じっていてよくない、と。さらに別の薬屋に別の薬を買いに行くよう指示するメモも置いてある。なんのためかはわかりませんが、喉《のど》から手が出るほどその薬品を欲しがっているのです」

「どれかメモは残っているかね？」アタソン氏は尋ねた。

プールはポケットを探り、しわくちゃになった紙を取り出した。弁護士は身をかがめてその紙を蠟燭に近づけ、じっくり検分した。こう書いてある。「ジーキル博士より、モー商会御中。先ごろ届いた薬品のサンプルは不純であり、それゆえ目下の実験に役立たない。一八――年、貴店より大量の薬品を購入したはずだ。ついては同じ品質の在庫が残されていないかを入念に調べ、速やかに届けてほしい。費用は不問。その薬品はわたしにとって、どれほど重要だといっても過言ではないものである」ここまでは冷静に綴《つづ》られていたが、突如として書き手の感情がほとばしったらしく、あとは筆遣いが乱れていた。「なんとしてでも」彼は書き加えていた。「前と同じ薬品を手に入れてくれ」

「奇妙なメモだね」アタソン氏は言い、それから鋭く尋ねた。「どうして封を開けたんだ？」

「モー商会の店員がえらく腹を立てて、ゴミみたいに投げ返したものですから」プールが答えた。

「これはまちがいなく博士の筆跡だ、ちがうかね？」弁護士は訊いた。

「そっくりに見えます」執事は不承不承認めてから、声の調子を変えて「ですが筆跡なんてどうでもいいではありませんか」と言った。「だって、やつを見たんですから！」

「見たって？」アタソン氏は尋ねた。「本当かね？」

「ええ」プールは答えた。「わたくしが中庭からいきなり実習室に入ったときのことでした。やつは薬か何かを確認しようと、書斎からこっそり出て来たらしいのです。書斎の扉は開いており、やつは実習室の奥で床に散らばった木箱をひっかき回していました。顔を上げ、わたくしに気づくと一声叫び、すばやく階段を駆け上がって書斎に飛びこみました。姿を見たのは一分足らずだったでしょう。それでもぞっとして髪の毛が逆立ちました。アタソンさま、あれがご主人さまだとしたら、なぜ顔にマスクなんてかぶっていたんですか？　なぜネズミじみた悲鳴を上げて逃げ出したのです？　博士には長いことお仕えしてきたのですよ。それに……」執事は口をつぐみ、手で顔を拭った。

「奇怪きわまりない状況だ」アタソン氏は言った。「だが、どうやらはっきりしてきたぞ。プール、おまえの主人はきっと、苦痛のあまり容姿まで変わってしまうほどの病気にかかっているんだ。わたしは医学は素人だが、声の変化もたぶんそのせいだろう。マスクをかぶっていることや友人を避けていることも、それで説明がつく。だからこそ気の毒なジーキルは回復の望みを託し、躍起になって薬を手に入れようとしているのだろう。彼の願いがかなうといいのだが！　これがわたしの推理だ。もちろん悲惨なことだよ、プール、考えるだに恐ろしい。だが、このように考えれば明快かつ自然だし、あらゆる点で辻褄《つじつま》があっている。むやみにおびえなくていいはずだ」

「アタソンさま」青ざめた執事の顔に赤い斑点が浮かんだ。「あれはご主人さまではありません。確かです。ご主人さまは」ここで四方を見まわし、声をひそめて言った。「背の高い、恰幅《かっぷく》のよい方です。あれはむしろ小人でした」アタソンは反論しようとした。「いいえ」プールは叫んだ。「二十年もお仕えしたご主人さまを見誤るなどとお考えですか？　博士の頭が書斎の扉のどのあたりの高さにくるのか、長年のあいだ毎朝欠かさず見てきたわたくしが知らないとでも？　アタソンさま、マスクをかぶったあれは、絶対にジーキル博士ではありません。あれがなんなのかは知りませんが、博士ではないのです。殺人があったのだと、わたくしは確信しております」

「プール」弁護士は言った。「そこまで言うのなら、事態をあきらかにするのがわたしのつとめだ。おまえの主人の感情を害したくないし、メモの文面を見ると彼がまだ生きているようにも思えて解せないのだが、書斎の扉を破るしかあるまい」

「ああアタソンさま、よくぞ言ってくださいました！」執事は声を張り上げた。

「さて、次の問題だ」アタソンが訊いた。「誰が扉を開ける？」

「もちろん、あなたとわたくしで」と、剛胆な返事がかえってきた。

「よく言った」と弁護士。「どんな結果になろうとも、おまえには累が及ばないようにしよう」

「実習室に斧《おの》があります」プールは続けた。「アタソンさまは台所の火かき棒をお持ちください」

弁護士は粗末だがずっしりした棒を手にとって重さを確かめた。「プール」顔を上げて言った。「わたしたちは危険に足を踏み入れようとしているわけだな」

「そう言ってもよろしいかと」と執事は答えた。

「うむ、それなら腹を割って話そう」弁護士は言った。「おたがい口にした以上のことを考えているはずだ。手の内をさらそうじゃないか。マスクをかぶった男を見て、誰だと思った？」

「そうですね、すばやかったですし、体を屈《かが》めていましたから、確実には申せません」というのが答えだった。「ですがアタソンさま、ハイド氏だったかとお尋ねなのでしたら――ええ、そう思う、とお答えします！　何しろ背丈がちょうどあの方と同じぐらいでした。それにあの身軽さ。第一、あの方以外の誰が実験室側の扉から入ることができるでしょう？　覚えておいでですか、サー・ダンヴァーズが殺されたとき、彼はまだ裏口の鍵を持っていたんですよ。ほかにもあります。アタソンさま、ハイド氏と会ったことは？」

「ああ」弁護士は答えた。「一度だけ話したことがある」

「でしたらご存じでしょう。あの方にはどこか面妖なところ――人をおびえさせるところがあると。どこがどうとは申し上げられません。ただ言えるのは、寒気がするほどうす気味悪いものを感じるということだけです」

「わたしもそんな感じがしたよ」アタソン氏は言った。

「そうでしょう」とプール。「マスクをかぶった男が薬品の箱のあいだから猿みたいに飛び上がり、さっと書斎に逃げこんだとき、氷のような感覚が背筋に走りました。むろん、そんなことが証拠にならないのは百も承知です。いくらか本も読みましたから。ですが人にはそれぞれ他人に与える決まった印象というのがあるのです。聖書に誓って、あれはハイド氏でした！」

「わかった」弁護士は言った。「実はわたしもそうではないかと恐れている。二人の悪《あ》しき関係から悪しき結果が生じたのではないかと。そう、おまえの言うとおり、わたしも哀れなヘンリーが殺されたと信じている。そればかりか、彼を殺害した人物が（どういうつもりかは知らないが）、いまだ犠牲者の書斎に潜んでいる、とも。さあ、かたきを討ちに行こう。ブラッドショーを呼んでくれ」

やって来た従僕は、血の気の引いた顔でびくびくしていた。

「しっかりしろ、ブラッドショー」弁護士は言った。「どっちつかずの状況のせいで参っているのはわかる。だがそろそろ決着をつけよう。ここにいるプールとわたしで書斎の扉をこじ開けるつもりだ。取り越し苦労だったら、わたしが扉を壊した責任を取る。万が一にも不手際があって裏口から悪党が逃げださないように、きみと給仕の少年は丈夫な杖を持って角を回り、裏口の前で見張るんだ。十分間やるから持ち場についてくれ」

ブラッドショーが去ると弁護士は懐中時計を見た。「さあプール、われわれも持ち場につこうじゃないか」と彼は言い、火かき棒を小脇に抱えると、先に立って中庭に入った。ちぎれ雲が月にかかり、あたりは真っ暗だ。建物の奥まった一角なので、強い風もここでは隙間風程度だったが、それでも解剖実習室に着くまで蠟燭の炎は一歩ごとに前後に揺れた。実習室に入ると二人は黙って腰を下ろし、待機した。建物はロンドンの街の低いざわめきに取り囲まれていた。しかし屋内は静かで、書斎を行きつ戻りつする足音だけが響いた。

「昼間はずっとあんな具合に部屋の中を歩いているのです」声をひそめてプールが言った。

「それどころか、夜中もたいていは歩きまわっています。足音がとだえるのは薬屋から新しいサンプルが届くときだけです。良心の呵責で落ち着かないのでしょう。あの一歩一歩が被害者の血にまみれているのですよ。さあ、少し近づいてもういちど聞いてください。よく耳をすませて。どうですアタソンさま、あれが博士の足音でしょうか？」

足音は奇妙に軽やかで、ゆっくり歩いているのにリズミカルだった。重く床を軋《きし》らせるヘンリー・ジーキルの足どりとはちがう。アタソンはため息をついた。「ほかに気づいたことは？」

プールはうなずいた。「一度など、啜り泣くのが聞こえましたよ！」

「泣くだって？　どんなふうに？」ふいに寒気を感じながら、弁護士は尋ねた。

「まるで女みたいな、あるいは地獄に堕《お》ちた魂みたいな泣き声でした」執事は答えた。「わたくしも取り乱してしまって、その場を離れるときには自分も泣きたいほどでした」

十分の待ち時間も終わろうとしている。プールは荷造り用の藁の下から斧を取り出した。突入にそなえて蠟燭は一番近くのテーブルの上に置かれた。二人は息を殺し、夜のしじまの中、休みなく室内を行き来する足音のほうに近づいていった。

「ジーキル」アタソンはどなった。「どうか顔を見せてくれ」ちょっと間を置いたが返事はない。「あらかじめ警告しておく。わたしたちは疑念を抱いている。だからどうしてもきみに会わなければならないし、絶対に会ってみせる」そして続けた。「まっとうな方法で駄目なら力ずくで――きみが嫌だと言うなら無理にでも入るぞ」

「アタソン」声が答えた。「後生だ、勘弁してくれ！」

「やっぱりジーキルの声じゃない。ハイドの声だ！」アタソンは叫んだ。「扉を壊せ、プール！」

プールは斧を振り上げた。一撃すると建物全体が揺れ、赤い羅紗張りの扉は錠と蝶番《ちょうつがい》に押さえつけられたまま大きくたわんだ。みじめな獣じみた金切り声が書斎から響いてきた。斧を振りかざし、何度も打ち下ろすうちに、羽目板は割れ、扉の枠が弾んだ。四度、斧を叩きこんだが、木は丈夫で、おまけに腕の良い職人の技で枠にぴったりはまっていた。五度目でようやく錠が壊れ、扉の残骸が書斎の絨毯の上に崩れ落ちた。

二人の襲撃者は、自分たちの蛮行と、そのあとに続いた静寂にぞっとして少しあとずさりし、および腰で中を覗きこんだ。書斎は落ち着いたランプの光で照らされていた。炎は暖炉でパチパチと音を立てながら赤々と燃え、湯沸かしがかぼそい音を立てていた。抽斗は一つか二つ開いたままで、書類はきちんと事務机の上にそろえられている。暖炉の近くにはお茶の準備も整っていた。今宵《こよい》のロンドンでもっとも静かな部屋と言ってもよかったし、薬瓶がずらりと並ぶガラスの陳列棚を別にすれば、もっともありふれた部屋と呼ぶこともできただろう。

部屋の中央に男が倒れていた。四肢はひどくねじ曲がり、まだぴくぴくと痙攣《けいれん》していた。二人はそっと近よった。仰向《あおむ》けにするとエドワード・ハイドの顔が現れた。ハイドはぶかぶかの服を身にまとっていた。ジーキル博士のような偉丈夫《いじょうふ》にこそふさわしい大きな服だ。顔の筋肉はまだ生命の名残をとどめているかのごとく動いていたが、あきらかに事切れている。片手に割れた小瓶を握りしめ、アーモンドの強い匂いがあたりに漂っていたことから、アタソンは目の前にあるのが自殺者の死体だと知った。

「この男を救うにも罰するにも」と彼は言った。「間に合わなかった。ハイドは死んだ。あとはおまえの主人の遺体を探すだけだ」

別棟の大部分は解剖実習室と書斎だった。実習室が一階のすべてを占め、天井から光を取りこんでいる。書斎は二階の、袋小路に面した側にあった。実習室から例の裏口の扉に通じる廊下が延びており、書斎も別の階段でその扉に繋《つな》がっていた。ほかにいくつかの薄暗い物置部屋と広い地下室があり、二人はくまなく調べてまわった。物置は一瞥《いちべつ》するだけで足りた。どれも空っぽだったし、扉を開けたとき落ちてきた埃から察するに、長らく閉め切ってあったのは確実だ。地下室はわけのわからないがらくたで一杯だったが、ほとんどはジーキルの前に外科医が住んでいたころのものだった。そもそも扉を開けたとたん、長年入口を塞《ふさ》いでいた厚ぼったい蜘蛛《くも》の巣が落ちてきて、地下室を探索するのは無意味だとわかった。生きているにせよ死んでいるにせよ、ヘンリー・ジーキルの姿は見当たらない。

プールは廊下の敷石を足で踏みつけた。「ここに埋められているにちがいありません」音に耳を傾けながら言った。

「あるいは逃げたか」アタソンは言って、裏通りに面した扉を調べてみた。錠が下りている。敷石の近くに、錆《さ》びついた鍵が落ちていた。

「使われていないようだ」弁護士が言った。

「使う？」とプールは鸚鵡返《おうむがえ》しに言った。「アタソンさま、この鍵は壊れております。まるで誰かが踏んで砕いたように」

「確かに」アタソンは言った。「ひびの奥まで錆びついている」二人はおびえたようにたがいの顔を見た。「どうもわからないな、プール」弁護士は言った。「書斎に戻ろう」

黙りこくって階段を上り、畏怖のまなざしをちらちらと死体に向けながら、書斎にあるものを念入りに調べはじめた。テーブルには化学実験の痕跡があった。白い塩のような粉末が計量され、大小の山となってガラス皿に盛られている。不幸な男は実験の途中で邪魔されたらしい。

「わたくしがいつも買っていた薬品でございます」プールが言った。ちょうどそのとき、ぎょっとさせるような音を立てて湯沸かしの湯が吹きこぼれた。

そこで二人は暖炉に近づいた。安楽椅子が居心地よさそうな位置に据えられ、人が坐ったときの肘のあたりにお茶の用意がしてあった。カップには砂糖も入っている。棚には幾冊かの書物が並び、ティーセットのそばにも一冊開いてあった。つねづねジーキルが賞賛していた宗教書だ。その本に、ジーキルの手ですさまじい瀆神《とくしん》の言葉が書きこまれているのを見つけて、アタソンは愕然《がくぜん》とした。

書斎の中で次に注意を惹いたのは巨大な姿見だ。我知らず寒気を覚えながら覗きこんだ。しかし角度の関係で、映っているのは天井に反射する薔薇色《ばらいろ》の光とガラスの陳列棚に無数に映る炎のきらめき、そして屈んで鏡を覗く自分たちの恐れおののく青じろい顔だけだった。

「この鏡は奇妙な出来事を見てきたにちがいありません」プールが囁いた。

「何より、この鏡そのものが奇妙だよ」弁護士がやはり囁き声で答えた。「ジーキルはなんのために」と、ここでみずからの言葉に困惑したようにいったん口をつぐんだが、臆する気持ちを抑えて続けた。「ジーキルは鏡を何に使おうとしたんだろう？」

「まったくですね」プールは相づちを打った。

次に事務机を調べた。きちんと重ねられた書類の一番上に大きな封筒が置かれ、博士の筆跡でアタソン氏の名が記されていた。弁護士は封を破った。封入されていた数通の文書が床に落ちた。ひとつは遺書だった。六か月前にアタソンが返却したときと変わらず、常識外れの条項が記されており、博士死亡のさいには遺書、失踪のさいには財産譲渡証明書として使われることになっていた。けれども相続人として挙がっているのはエドワード・ハイドではなく、意外なことにゲイブリエル・ジョン・アタソンの名前だった。アタソンはプールを見、もう一度遺書を見てから、絨毯に横たわる殺人者の死体に目を向けた。

「頭がくらくらする」弁護士は言った。「ハイドは何日ものあいだこの遺書を手にしていたんだ。こいつがわたしに好意を抱く理由などない。自分が遺言から外されたと知れば怒り狂うはずだ。なのに遺書を破棄しなかった」

アタソンは次の文書を手に取った。博士の筆跡で書かれた短い手紙で、一番上に日付が記されている。「なんてことだ、プール」弁護士は叫んだ。「博士は今日までこの部屋の中で生きていたんだ。こんな短時間で殺されるはずがない。どこかで生きているはずだ。逃げたにちがいない！　しかしなぜ逃げた？　どうやって？　それに、ジーキルが逃げたのだとすればハイドの自殺を公にしていいものかどうか。慎重にならなければ。さもないと、おまえの主人をとんでもない厄介ごとに巻きこみかねない」

「どうしてその手紙をお読みにならないのですか」プールが尋ねた。

「怖いんだよ」弁護士は陰鬱な調子で答えた。「杞憂《きゆう》ならいいんだが！」そう言うと、顔に手紙を近づけて読んだ。

「親愛なるアタソン。この手紙がきみの手に渡るころ、わたしは姿を消しているはずだ。どんな状況で失踪するかは予想できない。しかし直感と、わたしの置かれた名づけようもなく恐ろしい状況が、避けがたい終焉《しゅうえん》が間近に迫っていると告げている。ラニヨンがきみ宛てに手記を残すと言っていた。まずはそちらに目を通してほしい。さらに詳しく知りたいと思ったなら、わたしの告白も読んでくれ。

きみにふさわしくない不幸な友人、ヘンリー・ジーキル」

「封筒の中に、もうひとつ文書があったかね？」アタソンが言った。

「ええ、これです」プールは、何か所も封をした分厚い包みをアタソンに手渡した。

弁護士はそれをポケットにしまった。「この手紙のことは口外しないつもりだ。きみの主人が逃げたにせよ死んだにせよ、少なくとも彼の声望だけは守らねばならない。もう十時だ。いったん家に帰ってこの文書を読んでみる。零時前には戻ってくるから、そのあと警察を呼ぼう」

二人は実習室を出て、扉に錠を下ろした。玄関ホールの暖炉のまわりに集まっている使用人たちを残し、アタソンは重い足どりで自宅の事務室に戻った。謎を解き明かしてくれるはずの、二通の手記を読むために。

ラニヨン博士の手記

四日前、一月九日のことだ。夜の便で書留の封書が届いた。研究者仲間で、学校時代からの古い友人でもあるヘンリー・ジーキルの筆跡で宛名が書いてある。意外に思った。わたしたちはふだん文通などしない。それにジーキルとは前夜、夕食をともにしたばかりだ。そのときのやりとりからして、堅苦しく書留郵便を送ってくるなど不自然だ。封筒の中を見てさらに驚いた。こんな手紙が入っていたからだ。

「一八——年十二月十日［日付に矛盾はあるが原文のまま］

親愛なるラニヨン。きみはもっとも古い友人の一人だ。ときに科学上の問題で見解を異にしたとはいえ、少なくともわたしのほうでは一度たりとも友情にひびが入ったことはないと思っている。もしきみが『ジーキル、わたしの命も、名誉も、理性も、きみにかかっている』と言えば、わたしは全財産も、左手さえも差し出すだろう。さてラニヨン、わたしの命も名誉も理性も、すべてきみにかかっている。今夜きみに見捨てられてしまえば、わたしはおしまいだ。この前置きを読めば、さぞ不名誉なことを依頼しようとしていると思うにちがいない。そこはきみ自身で判断してくれ。

今夜はほかの用件をすべて延期してほしい。そう、たとえどこかの皇帝の病床に召し出されることになっていたとしてもだ。自家用馬車が家の前に待ちかまえているのでなければ辻馬車を拾ってくれ。あとで参照するためにこの手紙を持って、まっすぐわたしの家に来てほしい。執事のプールにはすでに指示を与えてある。彼は錠前屋と一緒にきみの到着を待っているだろう。書斎の扉をこじあけて、きみ一人で中に入り、左側にあるガラス張りの陳列棚（Eと記してある）を開けてくれ。鍵がかかっていたらガラスを割ってもかまわない。そして上から四番目の抽斗、あるいは（同じことだが）下から三番目の抽斗を、中味はそのままにして、取り出してほしい。今は動揺していて、誤った指示を与えているんじゃないかと不安でしょうがない。よしんば指示がまちがっていたとしても、中味を見れば目当ての抽斗かどうかわかるはずだ。中には、粉薬の包みと薬瓶ひとつ、そして一冊のノートが入っている。その抽斗を、中味には触らず、そっくりそのままキャヴェンディッシュ・スクエアのきみの家に持ち帰ってほしい。

きみに頼みたいことの第一段階はここまでだ。次は第二段階。この手紙を受けとってすぐに行動してくれれば、深夜零時になるだいぶ前に帰宅しているはずだ。とはいえ少し余裕を見ておこう。避けえず、予期しえない障害があるかもしれないし、召使いたちがすっかり寝入ってからのほうが仕事がやりやすい。だから深夜零時ということにしよう。一人で診察室にいてくれ。わたしの使いだと言って男が現れたら、きみ自身が中に通し、書斎から持ち出した抽斗を彼に手渡す。それできみの役目はおしまいだ。わたしは心からの感謝を捧げるだろう。説明がほしいところかもしれないが、すべてが終わって五分もすれば、こうした手続きが生死にかかわる重要なものだったとわかるだろう。突拍子もない頼みに思えるかもしれない。しかし、ひとつでも手抜かりがあれば、きみはわたしの死、もしくはわたしの理性の崩壊を目の当たりにして良心の呵責を感じたはずだと、そのときになれば納得してくれるにちがいない。

きみにかぎって、よもやこの頼みをおろそかにすまいと信じてはいるものの、それでも万一のことを考えただけで心は沈み、手は震える。どうかわたしの姿を思い浮かべてくれ。今この瞬間、どこか知らない場所で、どれだけ大げさに言っても足りないほどの絶望的な状況で必死にもがいているのだと。きみが指示どおりに動いてくれれば、語り終えた物語のようにわたしの苦しみも終わるだろう。頼みを聞いてくれ、親愛なるラニヨン、どうか救ってくれ。

きみの友　H・J

追伸。封をしてから、恐ろしいことに気づいた。郵便局の手ちがいで、この手紙が明朝まで届かないかもしれない。そうなったらラニヨンよ、明日の昼間、都合のいいときに頼みを果たしてほしい。そしてあらためて深夜零時にわたしからの使いを待つんだ。ただしその場合、すでに手遅れになっている可能性が高い。明日の夜に何も起きなければ、ヘンリー・ジーキルには二度と会えないと思ってくれ」

この手紙を読んで、ジーキルは正気を失っていると思った。とはいえ、それが一点の曇りもなく証明されるまでは要求されたとおりに行動するしかない。わけのわからない指示ではあるが、意味を理解できない以上、わたしはその重要性を云々《うんぬん》できる立場ではない。それに、これだけ言葉を尽くして頼まれているのをないがしろにしては、無責任のそしりを免れまい。だからただちに席を立つと、辻馬車に乗り、ジーキルの家に直行した。執事はわたしの到着を待ちわびていた。彼も夜の郵便でジーキルの指示が記された書留を受けとり、さっそく錠前屋と大工を呼びにやっていた。わたしたちが話しているあいだに職人たちも到着した。全員そろって亡きデンマン博士の解剖実習室に向かった。きみも知っているだろうが、ジーキルの書斎に行くにはあの部屋を通るのが一番便利なのだ。扉は非常に堅く、錠前は頑丈だった。力まかせに入るとなれば苦労するだろうし、扉をそうとう壊さなくてはならないと大工は言った。錠前屋もほとんどあきらめていた。だが彼は手先が器用で、二時間ばかり奮闘すると、首尾よく扉を開けることができた。Eと記された戸棚は施錠されていなかった。わたしは抽斗を取り出し、藁を詰め、シーツにくるんで自宅に持ち帰った。

家に帰ってから抽斗の中味を調べてみた。粉薬はきちんと包んであったが、薬剤師ほど手際よくはない。ジーキルが自分でやったのだろう。包みをひとつ開いてみたところ、白い塩《えん》の結晶のようだった。次に薬瓶に注意を向けた。血のように赤い液体が半分ほど入っている。燐《りん》と揮発性のエーテルが含まれているのか、鼻を突く刺激臭がした。それ以外の成分については見当がつかなかった。ノートは普通の判型で、日付が並んでいるほかはほとんど記述がない。記録は何年かにわたっていたが、一年ほど前に突然とぎれている。ところどころ短いコメントがあった。たいていは一語だけだ。全部で数百の記述のうち「二倍」というのが六回ほど出てくる。ごく最初のほうに、感嘆符を重ねて「完全な失敗!!!」とも記されている。興味を惹かれたが、具体的なことは何もわからない。チンキ剤らしきものが入った薬瓶、塩のような粉末の包まれた紙、(ジーキルの大部分の研究と同様)実用には役立たないであろう実験記録。わが家に運びこまれたこれらの品々が、気まぐれな友人の名誉や理性や生命にとってどんな意味を持つというのだろう? ジーキルの使者は、わたしの家にやって来られるくらいなら、直接書斎に行って抽斗を取ってくれればよかったのではないか? 仮によんどころない事情があるにせよ、なぜその使者をこっそり招じ入れなければならないのか? 考えれば考えるほど、まちがいなく相手は脳を患っているのだと確信するようになった。使用人たちは床に下がらせたが、護身の必要が生じることも考えて、古い回転式銃《リヴォルヴァー》に弾を込めておいた。

ロンドンの夜空に零時を告げる鐘が響くやいなや、扉のノッカーがやけに静かに鳴らされた。迎えに出ると、ポーチの柱にもたれて小柄な男がうずくまっていた。

「ジーキル博士の使いかね？」わたしは尋ねた。

男は「そうだ」と、言葉ではなくぎこちない身振りで答えた。中に入るよう促したが、彼はまず探るような目つきで、暗い広場《スクエア》を一瞥した。さほど遠くないところに警官が一人立っており、ランタンの蓋を開いて近づいてきた。男はぎくっとしたらしく、大慌てで家に入った。

あまりにも挙動不審である。彼のあとに続いて明るい診察室に向かう途中、わたしはずっと拳銃を握りしめていた。診察室に着いて、ようやく男をじっくり観察することができた。今まで会ったことがないのは確かだ。見たとおり小柄な男だった。もうひとつ印象深かったのは、彼の顔に浮かんだ気味の悪い表情だ。非常に活発な筋肉の動きと貧弱そのものといった骨格が著しい対照をなしている。何より、彼の近くにいると不穏な胸騒ぎがした。悪寒の初期症状に似ていて、脈拍まで低下するのだ。その時点では、たんにわたし個人の嫌悪感が原因だと考え、そのわりに明らかな身体反応が生じるのを不思議に思っていた。のちに、この男に対する感情は人間の本性深くに根ざしており、たんなる好き嫌い以上の高邁《こうまい》な性質が関係しているのだと考えるようになった。

その人物（家に入ってきた瞬間から、わたしの中に不気味なものに対する好奇心とでもいうほかない感情をかきたてていた）は、普通の人間が着ていたのなら滑稽きわまりないような服装をしていた。生地は上質で落ち着いた色合いだったが、全体にぶかぶかで大きすぎるのだ。ズボンはゆるく、地面につかないよう裾を巻いてある。上着のウエスト部分は腰より下にあるし、襟は肩全体にだらしなく広がっている。だが奇妙なことに、おかしな衣裳を見ても笑う気になれなかった。目の前にいる男には本質的に異常でいびつなところがあり、見る者の心をわしづかみにし、驚かせ、反発を抱かせた。ちぐはぐな服装はむしろ男の本性にふさわしく、それを裏打ちしているようだった。そのため、男の性質や性格だけでなく、出生や来歴、財産や社会的地位などに対しても関心が芽生えた。

長々と書きとめてきたが、実際にはほんの数秒のあいだ観察した結果である。謎の客人は暗い興奮に心をたかぶらせていた。

「持って来てくれたか?」その男は叫んだ。「持って来てくれたのか?」苛立ちを抑えきれなかったのか、彼はわたしの腕に手をかけて体を揺すぶらんばかりだった。

触れられた部分から、氷のようなぞくりとする感触が全身を巡り、わたしは彼を押し戻した。「待ちなさい」わたしは言った。「自己紹介もまだじゃないか。まずは坐って」手本を示そうと自分から診察椅子に腰かけた。夜も遅かったし、好奇心や相手に対する恐怖のせいで難しくはあったが、いつも患者を迎えるときのように自然な態度をとろうとした。

「失礼しました、ラニヨン博士」男も今度は丁重に言った。「おっしゃるとおり。気がせいたばかりに、つい礼節をないがしろにしてしまいました。わたしは、あなたの同僚ヘンリー・ジーキル博士の代理として、喫緊の用件で来ました。きっと……」男は口をつぐみ、喉を手で押さえた。平静を保とうとしているものの、ヒステリーの発作を抑えこもうとしているのはあきらかだ。「きっと、あなたは抽斗を……」

客人の苦悶《くもん》をそれ以上見ているのに忍びなかったし、好奇心も抑えきれなかった。「そこにありますよ」わたしは、シーツでくるんだままテーブルの先の床に置いてある抽斗を指さした。

男はそれに飛びつき、一拍置いてから片手で左胸を押さえた。顎《あご》がぴくぴくと動き、歯ぎしりの音が聞こえた。顔は正視に耐えないほど醜く歪み、彼が死ぬか、あるいは正気を失うのではないかと気が気でなかった。

「落ち着いて」わたしは声をかけた。

男は不気味な笑みをこちらに向けた。そして決死の覚悟で臨むようにシーツを取り払った。抽斗の中味を確認すると、男は安堵のあまり、むせび泣きに似た声を放った。それを聞いて、わたしは椅子から動けなくなった。次の瞬間、男はすっかり冷静さを取り戻した声で、「目盛りつきのビーカーはありますか」と尋ねた。

どうにか立ち上がり、頼まれた道具を渡した。

男は笑いながらうなずいて感謝の意をあらわし、ごく少量の赤いチンキ液を計って、そこにひと包みの粉薬を入れた。できあがった液体は、最初は赤かったが、粉末の結晶が溶けるにつれて明るい色になった。ブクブクと泡が立ち、蒸気がのぼった。だが突然、泡が消え、同時に色は濃い紫になり、ゆっくり淡い緑に変わっていった。一連の変化を見まもっていた訪問者は笑みを浮かべると、ビーカーをテーブルに置き、探るような目をこちらに向けた。

「さて」男は言った。「このあとどうするか、はっきりさせよう。きみは賢くなりたいか？　未知の世界に導いてもらいたいか？　これで会見を打ち切り、ビーカーだけを持たせてわたしを家から追い払うかね？　それとも、すっかり好奇心のとりこかな？　よく考えてから答えるんだ、言うとおりにするから。きみが望むなら、今と変わらぬままでいられる。その場合、財産も知識も増えないだろう。死ぬほど苦しんでいた男に救いの手を差しのべたことで、魂はいくらか豊かになったと感じるかもしれないが。けれども、もうひとつの道を選べば、知識の新たな領域と、名声と権力への新たな道が、今この部屋で、たちどころに目の前に開けるのだ。魔王なみの不信心さえ揺るがすほどの奇跡によって、これまでの世界観は吹き飛ばされてしまうだろう」

「やけに謎めいたことを言うんですね」気持ちはかき乱されていたが、努めて冷静を装って答えた。「そんな話に耳を貸すと思いますか？　とはいえ、意味もわからずここまで手伝わされたんだ。最後まで見とどけましょう」

「けっこう」訪問者は言った。「ラニヨン、医師としての誓約を覚えているだろう。これから起こることは、われわれの職業上の秘密に属することだ。さあ、狭量な物質主義に長くとらわれてきたラニヨンよ、超常医学の力を否定してきたラニヨンよ、自分より優れた人々をあざ笑ってきたラニヨンよ、見るがいい！」

男はビーカーを口に運び、一息に飲みほした。続いて、一声叫んだ。ふらつきながらテーブルの端を摑み、充血した目をかっと見ひらき、口を開けて喘《あえ》いだ。見る見る変化が起きた。体が膨張したように見えた。突如顔が黒ずみ、目鼻が溶けて形を変えた。わたしは飛び上がって壁際に後ずさった。怪物から身を守ろうと腕で顔を覆い隠しながら、わたしは恐怖のどん底に突き落とされた。

「おお、神よ！」わたしは絶叫した。「神よ！」何度も叫んだ。なぜなら目の前に立っていたのは、青ざめ、震え、半ば気を失いかけ、甦《よみがえ》った死者のごとく手であたりを探るヘンリー・ジーキルだったからだ。

その後の一時間にジーキルが語ったことを書きとめる気にはなれない。わたしは確かに見た。確かに聞いた。そして心の底からぞっとした。しかし今、あの光景が目の前から消えてしまうと、本当にあんなことを信じられるのかと問われても、答えられない。わたしの人生は根底から揺さぶられた。もはや眠ることもできない。昼も夜も、最悪の恐怖が心についてまわる。わたしの命運は定まった。まちがいなくもうすぐ死ぬだろう。しかも何ひとつ信じられないまま死ぬのだ。悔悟《かいご》の涙を流してはいたが、あの男が見せつけた道徳的な堕落は、思い出すだにおぞましいものだった。アタソン、ひとことだけ言い残しておきたい。（きみに信じる気があれば）それだけで充分だろう。あの晩わたしの家にこっそり入ってきた男は、ジーキル自身の告白によれば、ハイドという名で知られ、カルー殺しの犯人としてイギリス全土で追われている男だったのだ。

ヘイスティ・ラニヨン

ヘンリー・ジーキルによる事件の全貌の告白

わたしは一八——年、資産家の家に生まれた。天稟《てんぴん》に恵まれ、生まれつき勤勉で、同胞のうちでも賢く善良な人々から敬意を払われるのを好んでいたから、名誉ある卓越した前途が当然のように保証されていた。他方、わたしの最大の短所は貪欲に快楽を求めることだった。多くの人にとっては幸福の源泉になりうるこの性質も、わたしのように人に頭を下げることを潔しとせず、公衆の面前ではことさら重々しくふるまっていたいと望む人間にとっては都合が悪い。わたしは人目を忍んで快楽に耽るようになった。分別のある年齢を迎え、自分の立場を知り、社会における功績や地位を考えはじめるころには、すでにどっぷり二重生活にはまりこんでいた。わたしが罪悪感を覚えるような放縦の数々を、むしろ勲功《いさおし》として吹聴《ふいちょう》する男たちも少なくなかろう。だが高邁な理想をかかげていたわたしは不品行を病的なまでに恥じ、隠しとおした。わたしが現在ある人格になったのも、欠点が堕落の度合いを深めたためではなく、大望のためにおのれを厳しく律した結果である。こうしてわたしの場合、人間の二面を分かちかつ構成してもいる善と悪という領域が、大多数の人々よりもはるかに深い溝で隔てられるようになった。そのためわたしは、宗教の根底にあり、数知れぬ苦悩を生み出しもする生の掟《おきて》について徹底的に考え抜くようになった。二重生活が骨がらみになっていたとはいえ、わたしはけっして偽善者ではない。善にも悪にも真剣に取り組んだ。規範を外れて恥ずべき行為に溺《おぼ》れるときも、陽の光の下で知識を探究し、悲惨な人々に救いの手を差しのべるときも、どちらも自分以外の何者でもなかった。偶然にもわたしの研究は神秘的で超常的な領域に向かい、分裂した自我のたえまない闘争を対象とし、光を投げかけるようになった。知性の二つの側面、すなわち道徳性と合理性の両面から、わたしは日々着々と真実へと近づいていったが、生半可に真実を見いだしたからこそ、かくも無残な破滅に到《いた》ったのだ。わたしの発見は、人間が単一の存在ではなく、二つの存在だということである。二つというのは、現在のわたしの知識ではそれ以上進めないからだ。ほかの学者たちが研究を続けてくれれば、この発見を超えることもあるだろう。あえて推測をたくましくすれば、つまるところ人間とは雑多で独立した、おたがい相容《あいい》れない住人たちの集まるひとつの国家だと判明するのではないだろうか。わたし自身に関して言えば、裏表のある人生を送ってきたせいで、ひとつの方向に、ひとつの方向だけに研究を進めていった。人間が本質的に二重性を持つのだと認識するようになったのは道徳面においてであり、みずからの生活を通してであった。意識の内部で相争う二つの性質のうち、どちらか片方を本当のわたしだと言えるのは、わたしが両方の性質をそなえているからにほかならない。実験によって人格の分離が実現する見こみが立つよりもずっと前から、奇跡が起きて善悪の要素を二つに分けられればいいのにと、益体《やくたい》もない空想に耽ったものだ。異なる人格が異なる肉体に宿ることができれば、人は耐えがたい苦しみの数々から解放されるだろう。悪しき人格は、善良な分身の理想や良心にわずらわされず、悪の道を突き進める。善なる人格のほうでも、縁を切った悪しき人格の行状によって恥辱や悔悟を感じることなく、喜びをもって善行に励み、着実に高い理想を目指すことができる。そもそも共存すべきでない二つの人格がひとつに束ねられていること、つまり苦しむ自意識の胎内で正反対の双子がたえず争わねばならないことこそ人類の不幸ではないのか。では、どうすれば人格を分離できるだろう?

このように思案に暮れていたある日のこと、すでに述べたとおり、実験室のテーブルがこの問題に別の角度から光を投げかけてくれた。わたしたちがまとっている一見堅牢《けんろう》な肉体が、実は揺れ動く非物質的な存在であり、霧のようなかりそめのものにすぎないという事実を、わたしは従来述べられてきたよりも深く理解しはじめていた。風がテントの幕をめくるように肉体という衣裳を揺さぶり、引きはがす力を持つ物質を発見したのだ。とはいえ二つのしかるべき理由から、この告白では科学的な仔細には立ち入らない。第一に、人生の宿命と重荷は永遠に人間の肩に背負わされており、たとえかなぐり捨てようとしても結局は未知の恐ろしい力となって跳ね返ってくるということを学んだからだ。第二の理由は、この告白を読み進んでもらえればわかるとおり、遺憾ながらわたしの発見が不完全だったということである。したがって次の事実だけを述べておけば充分だろう。わたしは、肉体とは精神を構成する諸力から生まれる光暈《こううん》にすぎないということに気がついた。そればかりか、肉体を生み出す精神を王位から追放し、結果として新たな肉体と容貌に置き換えるような薬を発明したのだ。第二の肉体は魂の下等な部分の表現であり、その刻印を帯びているのだから、わたしにとっては最初の肉体と同じく自然なものである。

理論を実地に移すまでにはずいぶん逡巡《しゅんじゅん》した。命を失う危険があることはわかっていた。アイデンティティという城塞を制圧し、揺さぶりを掛けるほどの強力な薬だ。ちょっとでもさじ加減を誤ったり、投薬のタイミングをまちがえたりすれば、わたしが変化させたいと望むかりそめの肉体などあっさり消滅してしまうだろう。けれども独創的かつ深遠な発見への誘惑が、ついには警戒心を打ち負かした。チンキ剤はとうにできあがっており、すぐさま、とある薬屋から特殊な塩《えん》を大量に購入した。実験の結果、その塩こそ完成に必要な最後の成分だと判明していたのだ。こうしてあの呪われた日の夜遅く、わたしは集めた材料を調合し、ビーカーの中で液体が熱を帯び、煙を上げるのを見守った。沸騰がおさまったところで、勇気をふりしぼって完成した薬を飲みほした。

激烈な痛みが襲ってきた。軋む骨、ひどい吐き気、誕生の瞬間や死の瞬間さえ凌駕《りょうが》する恐怖。やがてそうした苦痛がすっと退《ひ》いて、大病から恢復《かいふく》して意識を取り戻したときのように我に返った。奇妙な感覚だった。言葉にできないほど新鮮で、その新しさゆえに信じがたいほど甘美な感覚。肉体は今までよりずっと若く軽やかで満ち足りている。まとまりのない官能的なイメージが水車を回す奔流のごとくほとばしり、世間の約束ごとからの解放感と、魂にとって未知ではあるが無垢《むく》ではない自由を感じた。新しい生命を呼吸した最初の瞬間から、自分がはるかに邪悪な――十倍も邪悪な存在となり、心に潜んでいた悪に身を売り渡したことを悟った。しかしこのときはむしろ、その事実がワインのようにわたしに活力を与え、興奮させた。わたしは生まれたての感覚を楽しみながら両手を伸ばした。そのとき突如、身長が縮んでいることに気づいた。

　当時はまだ書斎に鏡がなかった。今こうして告白を記しているかたわらにある鏡は、変身後の姿を知るために後日搬入されたものである。さて、初めて変身した夜も明け方に近づいていた。まだ闇は深かったが、朝の光は今にも生まれ落ちそうだ。わが家の使用人たちも深い眠りの牢に閉じこめられている時刻だろう。希望と勝利で顔を火照《ほて》らせながら、この姿のまま母屋にある寝室まで行ってみようと決心した。中庭を横切るわたしを、夜空の星座が見下ろしていた。太古より不寝番を続けてきた星々も、今のわたしのような生き物を目にするのは初めてにちがいないと思うと、不思議な気がした。みずからの家にありながら異邦人であるわたしは、忍び足で廊下を通り抜けた。寝室に着いて、わたしは初めてエドワード・ハイドの姿を目の当たりにした。

　以下に述べるのは純然たる推論である。裏づけのある事実ではなく、可能性の高い仮説にすぎない。肉体を与えられた悪しき性質は、わたしが脱ぎ捨てた善なる部分よりも虚弱で未熟だった。前述のとおり、それまでの人生は九割がた刻苦と美徳と節制が占めていたため、邪悪な部分は活動の機会に乏しく、消耗も段ちがいに少なかった。ゆえにエドワード・ハイドはヘンリー・ジーキルに比べてはるかに小柄で、ひょろりとして、若いのだろう。ジーキルの顔が善で輝いているように、ハイドの顔には悪が隅々まで明瞭に書きこまれていた。邪悪さ（わたしは今も、これが人間にとって有害だと確信している）は、肉体にも異形と退廃の痕を刻みつけていた。にもかかわらず、鏡に映るこの醜い影像を眺めながら、微塵《みじん》も厭《いと》わしく思わないどころか、小躍りまでしたものだ。この姿もまた、わたし自身にほかならない。自然で人間らしくさえある。わたしの目には、見慣れたジーキルの顔、すなわち善と悪にひき裂かれた不完全な顔よりも、精神をいっそう生き生きと表現した雄弁で純粋な姿に見えた。この点でわたしの考えは正しかった。エドワード・ハイドの姿をまとっているときに近づいてくる者が、例外なく肉体的な恐怖を露わにするのをわたしは見てきた。おそらく、通常われわれが出会う人間はみな善と悪の混合体なのに対し、エドワード・ハイドだけは全人類の中でただ一人、純粋な悪だからだろう。

鏡の前に立っていたのはほんのわずかな時間だった。もうひとつの重要な実験が残っている。ジーキルとしてのアイデンティティを取り戻せなければ、夜が明ける前に、もはや自分のものではないこの家から逃げ出さなければならない。急いで書斎にとって返し、ビーカーを用意して飲みほした。またしても体が引き裂かれる苦しみを経たのち、性格も体格も顔もヘンリー・ジーキルに戻った。

その夜、わたしは重要な岐路に立っていたのだ。かりに高邁な精神でこの発見をしたのなら、つまりこの実験が高潔で敬虔《けいけん》な志に基づくものだったら、結果はちがっていたはずだ。誕生や死にも比すべき変身の苦痛のあとに、悪鬼ではなく天使が生まれていただろう。変身の薬そのものは善悪を区別する力を持たない。邪悪でも神聖でもないのだ。薬はただ、わたしの人格という牢獄の扉を揺さぶるだけである。その結果、フィリピ[*3]の囚人たちさながら、心の中にいた者が走り出てくるのだ。実験をおこなったとき、わたしの美徳は眠りこんでいた。一方、悪徳のほうは野望に燃えて目を覚ましており、すかさずチャンスを捉え、表に現れたのだ。それが投影されたのがエドワード・ハイドである。かくして、わたしは二つの容貌と二つの性格を手に入れた。ただし一人は完全な悪であるのに対し、もう一人は相も変わらぬヘンリー・ジーキル、すなわち矛盾する善と悪との混合体のままであり、この人格を矯正《きようせい》したり向上させたりすることを、わたしはとっくに諦めていた。こうして変化はもっぱら悪の側へ向かったのである。

そのころもまだ、わたしは索漠たる学究生活への嫌悪感を克服していなかった。あいかわらず羽目を外して遊興に耽ることもあった。だがわたしの欲する快楽は、控えめに言ってもけっして自慢できる性質のものではない。名声を得て広く顔が知られていたし、初老にさしかかってきたせいもあって、分裂した生活はますます耐えがたくなっていた。この弱みにつけこんで、新たな薬品の力はわたしを誘惑し、隷属させた。ビーカー一杯の薬を飲むだけで高名な教授の外見は消えうせ、厚い外套のようにエドワード・ハイドの姿をまとうことができる。そう考えてわたしはほくそえんだ。そのときは愉快なアイデアに思えたのだ。周到に準備をした。ソーホーに家を借り、家具を据えつけた。警察がハイドを追ってたどり着いたあの家だ。口が固く、道徳心などからきし持たないことで知られる女を家政婦として雇った。同時に、ハイド氏(わたしは人相を伝えた)が広場《スクエア》の屋敷を自由に使ってよいことにすると使用人たちに告げた。さらに念を入れて、ハイド氏の姿で自宅を訪問し、使用人たちと顔見知りになっておいた。次に、きみがずいぶん反対した例の遺書を作成した。万が一、ジーキル博士としての身に何かが起こったとしても、金銭上の不都合なくエドワード・ハイドとして暮らすためだ。こうして、当時の考えでは水も漏らさぬ手はずを整えたわたしは、この奇怪な自由を有効に活用しはじめた。

悪漢を雇って犯罪を代行させ、みずからは手を汚さずに名声を保つ人々はいつの世にもいた。しかし快楽を代行させたのはわたしが初めてだろう。世間的には温厚で尊敬すべき身として地道な活動をしながら、学童のようにたちまち借り着を脱ぎ捨て、放埒《ほうらつ》の海に飛びこめるのは、わたしが初めてなのだ。しかも他人には見通すことのできないマントを羽織っているのだから絶対に安全だ。考えてもみたまえ、わたしは存在さえしていない。書斎の扉をくぐり、あらかじめ用意してある薬品を調合して飲みほす数秒の猶予さえあれば、外でどんな無法を働こうと、エドワード・ハイドは鏡に吹きかけた息の曇りのごとく消えうせてしまう。かわりに、真夜中の書斎でランプの芯を切りそろえながらくつろぎ、どんな疑惑も余裕綽々《しゃくしゃく》で笑い飛ばせる男、すなわちヘンリー・ジーキルが現れるのだ。

偽りの姿をまとってまで性急に追い求めた快楽は、前に述べたとおり、とうてい自慢できないものだった。そう、せいぜい「自慢できない」という程度のものだったのだ。しかし、ひとたびエドワード・ハイドの手にかかるや、そうした快楽は怪物的とも呼べる性質を帯びるようになった。いかがわしい遠出を終えて戻ってきたときなど、わが代理人ハイドのすさまじい堕落ぶりにしばしば呆然《ぼうぜん》としたものだ。おのれの魂から呼び出し、存分に悦楽をむさぼらせた内なる分身は、どこまでも非道な極悪人だった。考えも行動もひたすら自己中心的で、他人を苦しめる機会があれば見逃さず、そこからけだもののような貪欲さで悦《よろこ》びをくみとった。心は石のごとく非情だった。ヘンリー・ジーキルは、エドワード・ハイドの所業に幾度となく愕然とした。しかし常識的な規範からはかけはなれた状況ゆえ、知らぬまに良心も手綱をゆるめていた。なんといっても罪深いのはハイドであり、ハイド一人なのだ。ジーキルのほうは変わることがない。一見したところ善良な性質を損なうことなく目覚め、可能なときはハイドが犯した罪を急いで償いさえした。こうしてジーキルの良心は眠ったままになっていた。

このように黙認してきた（というのも、この期《ご》に及んでもそれを自分で犯したものとは思えないからだ）悪行をつぶさに語るつもりはない。罰の予兆が現れ、それがしだいに迫ってきたいきさつに絞って話を進めよう。わたしはある事故に遭遇した。たいしたことはなかったから、簡単に触れるだけにとどめておく。幼い少女に対するむごいふるまいに、一人の通行人が義憤をかきたてられたらしい。最近になって、彼がきみの従弟だと知った。医者や女の子の家族も彼に同調し、わたしは身の危険さえ感じた。そこで、人々の無理からぬ怒りをなだめるべく、エドワード・ハイドはあの戸口まで彼らを連れて行き、ヘンリー・ジーキルと署名した小切手を手渡した。その後、エドワード・ハイドの名で口座を開いてからは、こうした不測の事態も容易に避けられるようになった。わが分身が署名するときには筆跡を斜めうしろに傾かせることにした。それで破滅を免れられると考えたのだ。

サー・ダンヴァーズ殺害の二か月ほど前のことである。いつもどおり悖徳《はいとく》の冒険に出かけ、夜遅く帰ってきた。翌朝目覚めたときに、なんだかおかしな感覚がした。周囲を見まわしてもとりたてて変わった様子はない。広場《スクエア》の自室にふさわしい上品な家具と高い天井。ベッドを囲むカーテンの模様やマホガニー製のベッド枠のデザインもいつもと同じ。にもかかわらず、いてはならない場所にいるような、目覚めてはならない場所で目覚めてしまったような気がしてならなかった。エドワード・ハイドの姿のときに寝泊まりしている、ソーホーの小さな部屋にいるみたいに感じたのだ。わたしは苦笑し、どうしてこんな錯覚を起こしたのだろうと、ねぼけた頭で科学者らしく自分の心理を分析しながら、うつらうつら朝寝を楽しんでいた。何度目かに眠りから覚めたとき、ふと手に目がとまった。ヘンリー・ジーキルの手は、(きみもしばしば言っていたように)医者にふさわしい形と大きさをしている。大きくがっしりとしながら、白くて整った手だ。しかし今目の前にある手、朝のロンドンの黄色い光に照らされてシーツの上で半ば閉じられている手は、痩せて筋ばり、節くれだって、血の気がなく浅黒く、びっしりと毛に覆われていた。エドワード・ハイドの手だ。

すっかり度肝《どぎも》を抜かれて三十秒近くその手を眺めていた。シンバルでも打ち鳴らすように唐突におぞましい恐怖がこみ上げてきた。ベッドから飛び降り、鏡に駆け寄った。そこに映ったハイドの姿を見て、さあっと血が引き、凍りついた。まちがいない、わたしはヘンリー・ジーキルとして床につき、エドワード・ハイドとして目覚めたのだ。どうしてこんなことに? わたしは自問し、そこで新たな恐怖が襲ってきた。どうすればジーキルに戻れるだろう? もう朝も遅い時間だ。使用人たちも起きている。必要な薬は書斎にある——こうして恐怖で立ちすくんでいる母屋の寝室からは長い道のりだ。階段を二つ下り、裏の廊下を通り、中庭を横切り、解剖実習室を抜けなければならない。顔を覆うことはできるが、身長の変化をごまかせない以上、無意味だ。そのとき、使用人たちはハイドが屋敷を出入りすることに慣れているのを思い出し、安堵に胸をなで下ろした。すかさず、ジーキルの服をなるべくうまく身につけた。家の中を通るときブラッドショーに見つかったのだが、彼はこんな時刻に妙な服装のハイド氏に出くわして、ギクッと後ずさりした。十分後、ジーキル博士はもとの姿に戻り、眉を曇らせながら朝食をとるふりをした。

食欲がなかったのだ。説明のつかない今回の事件はこれまでの体験をくつがえし、バビロンの宮殿の壁に書かれた文字のごとく審判を突きつけてきた。二重人格の問題点と今後起こりうることについて、わたしは今までになく真剣に考えはじめた。薬の力で表に現れる人格は、このところ活発に動き、栄養をとっている。エドワード・ハイドの身長も伸びたようで、(ハイドの姿をまとっているときに)体内に潤沢な血液が巡っているのを感じていた。わたしは危険を察知した。今の状態が長く続けば、人格のバランスが永遠に逆転してしまうかもしれない。みずからの意志で変身する力が失われ、エドワード・ハイドの人格がわたしそのものになり、ジーキルに戻れなくなるのではないか。薬の力はいつも均等に働くわけではなかった。ごく初期の実験で全然効果がなかったこともある。以来、幾度か倍の分量を服用しなければならなかった。一度など生命の危険を冒して量を三倍にしたこともある。たまにこうした予想外なことが起きて、わたしの楽しみに唯一の不安の影を投げかけていた。しかし今朝の出来事ではっきりわかった。従来はジーキルの身体を脱ぎ捨てるのに困難を覚えていたのが、徐々に、しかし確実に逆になってきたのだ。もとの善なる人格がコントロールを失い、悪しき第二の人格に同化しつつあるということを、あらゆる徴候が示していた。

二つの人格のどちらを選ぶかを決断する時が来たのである。両者は記憶こそ共有しているが、それ以外の機能は不均等に振り分けられていた。ジーキル（善と悪の混合体）は、神経質におびえながらも欲望の発作に駆られてハイドの姿を作り出し、快楽と冒険をともに愉しんでいる。だがハイドのほうではジーキルに関心を持っていない。せいぜい、山賊が追跡を逃れるために身を潜める洞窟を思い出すようにジーキルのことを思い出すだけだろう。ジーキルは父親が息子を思う以上にハイドのことを思っている。ハイドは息子が父親に無関心である以上に無関心だ。ジーキルとして生きることを選ぶなら、長いあいだひそかに育み、最近は大っぴらに楽しんでいる欲望を諦めなければならない。ハイドを選べば、さまざまな興味や野心を捨てて軽蔑と孤独の中で生きていくことになる。迷うまでもない、と言うだろうか。ただし両者の比較においては別の要素も考慮しなければならない。ジーキルがハイドを断念した場合には、節制の炎に身を焦がして苦しむだろうが、ハイドの人格になりきってしまえば、ジーキルとして多くのものを失うことなど気にもとめないだろう。わたしの置かれた状況は特異だったが、こうしたジレンマ自体は人類の始原から続くありふれたものである。欲望と節制とがサイコロを投げて、誘惑におののく罪人の運命を決めてきたのだ。結局わたしも大多数の同胞と変わらぬ道をたどった。つまり、善を選択しながらそれを貫きとおすだけの強さが欠けていたのだ。

そう、わたしは友人に囲まれて立派な希望を抱きながらも不満をかこつ中年医師ジーキルを選んだ。ハイドの姿で享受した逸脱、若さ、軽やかな足どり、胸の高鳴り、秘密の悦楽といったものに決然と別れを告げたのだ。だがジーキルの人生を選択しながらも無意識のうちに未練を残していたのだろう。ソーホーの隠れ家は解約しなかったし、エドワード・ハイドの服も捨てず、書斎に隠しておいた。それでも二か月は決意を忠実に守った。かつてないほど厳格に暮らし、快楽を諦めたぶん良心から賞賛を受けた。しかし時が経つにつれ、当初の鮮烈な不安は薄れていった。良心の賞賛も目新しくなくなった。わたしは苦痛と欲望にさいなまれ、ハイドも自由を求めてあがいた。道徳心が弱まったあるとき、とうとう変身の薬を調合し、飲みほしてしまった。

酒飲みが悪習をあらためようとするときに、泥酔《でいすい》して正気を失ったさいに冒した危険を考慮に入れることなど五百回のうち一回もあるまい。わたしも同じだった。自分の立場についてさんざん悩んできたくせに、エドワード・ハイドの性格の中心にある倫理観の欠如や無鉄砲なまでの悪への衝動を充分に考慮していなかった。それゆえ罰を受けたのだ。長いこと封じこめられていた内なる悪魔が、雄叫《おたけ》びをあげながら飛び出してきた。薬を飲みながら、すでにわたしの中では以前にもまして抑えがたい悪への欲望が荒ぶっていた。不運なカルーが慇懃に話しかけてきたときに、どうしようもなく腹を立てたのも無理からぬことだ。神の前で断言するが、正常な道徳観念を持つ人間なら、あんなにちっぽけな怒りであそこまでの犯罪に手を染めることなどありえない。わたしは病気の子供が玩具《おもちゃ》を壊すような理不尽な心持ちで犠牲者を殴った。最低の悪党でさえ、諸々《もろもろ》の誘惑を避けるためにいくらかは身につけている平衡感覚を、わたしはみずから進んで捨てていた。その結果、ささいな誘惑に負けて一気に転落してしまったのだ。

胸の中でたちまち地獄の魂が目覚め、怒り狂った。喜びに我を忘れて無抵抗な体を打ちすえ、一打加えるごとにうっとりした。疲れを感じてようやく、陶酔しきっていた心に冷たい戦慄が走り抜けた。霧がさっと晴れた。死刑になる罪を犯してしまったのだ。暴行の現場から逃げ出すときには、勝ち誇る気持ちと恐れおののく気持ちが半々だった。悪への嗜好が満たされ、ますます刺激される一方で、生きることへの執着も強まった。ソーホーの隠れ家に駆けこみ、(念には念を入れて)書類を破棄した。それから、あいかわらず喜びと恐怖にひき裂かれて興奮した頭のまま街灯の照らす通りに出た。おのれの犯罪を満足げに思い返し、この先どんな悪行をしてやろうかと胸を躍らせながら、同時に歩みを早め、復讐者の足音が迫っていないかと耳をすませた。書斎に着くと、ハイドは鼻歌まじりで薬を調合し、犠牲者に乾杯して飲みほした。身がひき裂かれるような変身の苦しみも収まらぬうちに、ヘンリー・ジーキルは感謝と後悔の涙を流しながらひざまずき、組んだ両手を神に向かって差し上げた。全身を覆っていた放縦のベールが頭からつま先まで裂けると、わたしはおのれの来し方を振り返った。父に手を引かれて歩いた子供時代に始まり、身を粉にして研究にはげんだ日々を経て、最後には必ずその夜の呪わしい惨劇の場面にたどり着くのだが、まるで現実感がない。大声で泣きわめきたかった。涙にくれて祈りを捧げながら、記憶の中に押しよせてくる忌まわしいイメージと音を消し去ろうとした。そうやって祈りを捧げるあいまにも、罪深いわたしの醜い顔が心の内を覗きこんでいた。痛切な後悔の念がおさまると、喜びが湧きおこってきた。どのように生きていくべきかがはっきりしたのだ。もうハイドになることはできない。望もうと望むまいと、わたしは善良な性格の中に閉じこめられたのである。そうと知って、どれほど嬉しかったことだろう。謙虚な気持ちで、あらためて自然な生活という制約を受け入れた。二度と使うまいと決心して、これまで何度となく行き来した裏口の扉に錠をおろし、鍵を踵《かかと》で踏み砕いた。

翌日のニュースで、殺人が目撃されていたことや、ハイドが犯人だと知れわたっていること、被害者が世評の高い人物だったことが伝えられた。たんなる犯罪ではなく、狂気が引き起こした惨劇だと見なされていた。報道を知って、かえって晴れやかな気分になったように思う。というのも、ハイドの姿を捨てるという正しい決意が、絞首台への恐怖によっていっそう強まり、確実なものになったからだ。ジーキルの姿は今やわたしにとっての逃れの町だ。ハイドがちょっとでも姿を現せば、人々は彼を捕らえてなぶり殺すだろうから。

わたしは今後の行動で過去を償っていこうと決意した。そのとおり、かなりの善行をなしたと胸を張れる。昨年後半の数か月間、わたしが苦しんでいる人々を熱心に救おうとしたことはきみも承知しているだろう。世のために尽くし、おだやかで満ち足りた日々を送ったことも知っているはずだ。有益で清廉潔白な生活にも退屈しなかった。それどころか日が経つにつれてこうした生活をますます楽しむようになった。だが、わたしは依然として二つの目的にひき裂かれていた。当初の後悔の切っ先が鈍ってくると、長いこと野放しにされたあとで最近は鎖に繋がれるようになった低劣な部分が、自由を求めてうなり声を上げはじめたのだ。さすがにハイドを呼び起こそうなどとは思わなかった。そんなことを考えただけでもぞっとする。そうではなく、ジーキルの姿のまま、もう一度良心を弄びたいという誘惑に駆られたのである。ほどなく誘惑に屈して、わたしはこっそり享楽に溺れる、世にありふれた罪人の一人になった。

あらゆるものには終わりがある。どれほど大きな器もいつかは満たされてしまうのだ。ほんのわずか悪の囁きに身を屈したために、わたしの魂はついにバランスを失ってしまった。けれども、わたしは危機を察知しなかった。堕落はごく自然なことで、薬を発明する前の、人目を忍んで快楽に耽った日々に戻るだけだと思っていた。気持ちよい一月のある日のこと。足元は溶けた霜でぬかるんでいたが、空には雲ひとつなかった。リージェント・パークは冬鳥のさえずりに満ちあふれ、早春の甘い香りがただよっていた。わたしはベンチで陽射しを浴びていた。心の中の獣は舌なめずりしながら歓楽の思い出を味わっていた。一方、高邁な精神はまどろみ、あとで後悔することを予感しつつも、まだ動き出していない。結局のところ、わたしだって世間の人々と変わらないのだと思った。微笑を浮かべながら、わが身を他人と比べてみた。わたしは積極的に慈善活動をしているが、大多数の人々は薄情にも世の悲惨から目をそむけているではないか。こう自惚《うぬぼ》れていたまさにそのとき、ふいにめまいがして吐き気と悪寒に襲われ、それが収まるとぐったりした。やがて体に力がよみがえってくると考え方ががらりと変わっていた。大胆不敵で向こう見ずになり、どんな義務にも縛られなくなっていたのだ。目を下に向けると、縮んだ手足に服がだらしなく引っかかっている。膝《ひざ》に置かれた手は筋ばり、毛深い。わたしは再びエドワード・ハイドになっていた。たった今まで、わたしは世の尊敬を集め、裕福で人々に愛される安全な存在だった。自宅に帰ればテーブルに夕食も用意されていた。それが今や、人々に獲物として狩りたてられる、家も持たない、絞首台行き確実の悪名高き殺人犯となったのだ。

狼狽《ろうばい》したが、完全に理性を失ったわけではなかった。前から気づいていたことだが、ハイドという第二の人格でいると、頭脳が鋭さを増し、精神も柔軟に働くのだ。ジーキルなら音《ね》を上げてしまうような困難な状況にもハイドは敢然と立ち向かうことができた。薬は書斎の陳列棚にしまってある。どうすればそこまでたどり着けるだろうか。わたしは（両手でこめかみを強く押さえながら）解決策を見つけようとした。実験室棟にある裏口は二度と開かないようにしてしまった。表玄関から屋敷に入ろうものなら使用人たちがわたしを絞首台に突き出すだろう。誰か他人の手を借りなければならない。ラニヨンのことが頭に浮かんだ。どうやって彼に連絡する？　どうやって説得する？　首尾よく街中で捕縛されなかったとしても、どのように彼に近づけばいいのか。初対面の不愉快な訪問者であるわたしが、著名な科学者ラニヨンを説きふせ、友人ジーキルの書斎から薬を盗ませることなど可能だろうか。そのとき、ジーキルの人格のうち、ひとつだけ今も残っている要素があるのを思い出した。ジーキルの筆跡で書くことならできる。この思いつきを出発点にして、実行すべき計画がくっきりと見えてきた。

まず、できるだけ見苦しくないよう服を整えた。通りがかりの辻馬車をつかまえ、たまたま名前を覚えていたポートランド街のホテルに向かわせた。わたしの姿（悲劇的な運命を包んでいるとはいえ、あきらかに喜劇的な服装だった）を見て、駆者《ぎょしゃ》は笑いをこらえきれない様子だった。悪鬼のような怒りの発作に駆られてわたしは歯ぎしりした。駆者の顔から笑みが消えた——それは彼にとって幸いだったという以上に、こちらにとって幸いだった。さもないとただちに彼を駆者台から引きずり下ろしていただろうから。宿に着くと凶悪な顔つきで周囲を睨《ね》めまわし、従業員たちを震え上がらせた。彼らはわたしの前では視線さえ交わさず、へつらうようにわたしを部屋に案内し、筆記用具を持ってきた。生命の危険にさらされたハイドの状態を経験するのは、わたしにとって初めてだった。無軌道な怒りに体をわななかせ、人を殺したい衝動に駆られ、他人に苦痛を与えたくてうずうずしている。しかしハイドはずるがしこい生き物だ。強い意志で憤怒を抑え、ラニヨンに一通、プールに一通、重要な手紙を書き上げた。そして確実に投函したという証拠が残るように、書留で送ることを従業員に命じた。

それから彼は部屋の暖炉のそばに坐り、一日じゅう爪を噛んでいた。不安におののきながら食事も室内で済ませた。彼と目が合うと、給仕はあからさまにおびえていた。とっぷり夜も更けてから、彼は箱形の辻馬車の隅に身を潜めて、ロンドン市街を行ったり来たりした。

わたしはハイドのことを「彼」と呼ぶ。どうしても「わたし」とは言えない。この地獄の申し子には人間らしさなど皆無だった。彼の心に巣食っているのは恐怖と憎しみだけである。やがて馭者が疑念を抱きはじめると馬車を降りた。人目を惹くぶかぶかの服を着たまま、意を決して夜の雑踏へと踏み出したとき、彼の心に荒れ狂っていたのは、まさにこの恐怖と憎しみという二つの原始的な感情だった。彼は恐怖に追い立てられて足早に歩いた。独り言をつぶやきながら、できるだけ人通りのない道を選んで、真夜中まであと何分かとじりじりしながら数えていた。一度、女が話しかけてきてマッチ箱か何かを差し出した。彼が女の顔を殴りつけると、女は逃げていった。

ラニヨンの家でもとの姿に戻ったとき、わが旧友の顔に浮かんだ恐怖にいくぶん影響されたかもしれない。わたしにはわからない。それさえ、この数時間、告白を記しながらわたしが感じている猛烈な嫌悪に比べれば、大海の一滴にすぎなかった。わたしの心は変化していた。絞首台への恐れではなく、再びハイドになるという恐怖に苦しむようになっていたのだ。わたしは夢うつつでラニヨンの非難を聞き、夢うつつのまま帰宅して床に入った。疲れ切った一日のあとだったので、わたしをさいなむ悪夢さえ邪魔できないほど深い眠りに引きずりこまれた。翌朝目覚めたときは消耗していたが、気持ちは晴れやかだった。心の中に獣が眠っていると思うと嫌悪と恐怖を覚えたし、前日に切り抜けた危険は忘れられるものではない。それでも今は自宅にいて、薬も手近にある。窮地を脱したことへの感謝の念が、希望の光と見まがうほどに魂を明るく照らしていた。

朝食を終えると、心地よい涼気を胸に吸いこみながらのんびり中庭を歩いた。するとまたしても、変身の前兆である、いわく言いがたい感覚に襲われた。すんでのところで書斎に逃げこんだときには、激昂しつつ恐怖におののくハイドになっていた。今度はもとに戻るために二倍の分量が必要だった。そしてなんたることか、六時間後、鬱々と暖炉の火を眺めて坐っていたとき、また激痛にみまわれ、薬を飲まなければならなかった。要するにその日以降、運動選手のように懸命な努力と薬のすばやい服用によって、わたしはかろうじてジーキルの姿を保っていたのだ。夜といわず昼といわず、変身の前兆となる悪寒に襲われた。とりわけ眠りについたり、それどころか椅子に腰かけて少しでもまどろんだりしようものなら、目覚めたときには必ずハイドになっていた。たえず迫りくる運命に緊張を強いられ、みずからに不眠を――人間の限界を超える不眠を課していたために、熱病で消耗しきったようになってしまい、身も心も衰弱して痩せ細り、ただひとつの想念、すなわちもう一人の自分に対する恐怖に取りつかれていた。しかし眠ったり薬の効果が切れたりすると、わたしは段階を踏まず一気に（というのも、変身に伴う痛みが日に日に感じられなくなってきたからだ）ハイドに変わった。そうなると頭には恐ろしいイメージがあふれ、心には理由のない憎悪が煮えたぎり、弱った体では支えきれそうにないほどの生命力で満ちあふれた。ジーキルが衰弱するにつれてハイドの力が増していくようだった。両者は今や同じくらい相手を憎んでいた。ジーキルの側の憎しみは生存本能にかかわっていた。意識の一部を共有し、生死を共にするハイドは徹底して異形の存在である。そんな相手と一蓮托生《いちれんたくしょう》だという点がジーキルにとって最大の苦痛だった。彼はハイドを、その生命力にもかかわらず、忌まわしい無生物のように見なしていた。地獄の泥土に等しいものが叫び声を上げ、不定形の塵が人まねをして罪を犯し、死せる形なき存在が人間の地位を奪おうとしているのだから、衝撃的だ。さらに衝撃的なのは、この恐るべき反逆者ハイドが、妻よりも、目よりも緊密にジーキル自身と結びついていることだ。自分の肉体に封じこめられたハイドのつぶやきが聞こえ、どうにかして生まれ出ようと苦闘するのが感じられた。弱っているときや眠っているときにはハイドはジーキルを制圧し、ジーキルを生者の立場から追いやってしまう。一方、ハイドのほうがジーキルに抱く憎悪は別種のものだ。ハイドがしばしば一時的に存在を抹消し、一人前の人間ではなく人間の一部という副次的な地位に甘んじているのは、絞首台送りが怖いからである。だが、そうせざるをえないということがハイドには耐えられない。ジーキルが意気消沈しているのにも我慢ならないし、ジーキルに憎まれるのにもうんざりしていた。そこでハイドは猿のような悪さをわたしに仕掛けてきた。わたし自身の筆跡で本に冒瀆的な落書きをしたり、手紙を焼いたり、父の肖像を破いたりするのだ。それどころか、死を恐れる気持ちさえなければ、ハイドはわたしを道連れにすべく、みずから破滅への道を選んでいただろう。しかし生に対するハイドの執着は見事なほどだ。ハイドのことを考えるだけで吐き気を催し、寒気を覚えるものの、彼の愚かしくも激しい生命への執着や、わたしが自殺すれば自分もおしまいだと彼がおびえていることを思うと、憐憫《れんびん》の情さえ湧いてくる。

　だが、これ以上説明の言葉を費やすのは無意味だし、時間がもったいない。かつてこのような苦しみを経験した者はいなかったと言えばそれで充分だろう。とはいえ、こんな状況にさえ人は慣れてしまうものだ。もちろん苦痛が緩和されるわけではない。ただ、精神の感度が鈍ってきて、絶望のはての諦めといった境地に到るのだ。だから最後の災厄《さいやく》が訪れて自分の顔と性格を永遠に手放すことにならなければ、贖罪《しょくざい》の日々はもう何年か続いたかもしれない。最初の実験以来買い足していなかったために、特殊な塩《えん》が底をついてきたのだ。新しく買ってこさせた塩で薬を調合すると、沸騰し、最初の色の変化は起きるのだが、第二の変化が起きない。試しに飲んでみても効果はなかった。ロンドン中の薬屋を探しまわらせたことはプールから聞いているだろう。しかし無駄だった。きっと最初の実験で使った塩には不純物が混じっており、その謎の不純物が薬に変身の効果を与えていたのだろうと、今は考えている。

およそ一週間がすぎた。わたしは以前の塩で作った最後の薬を飲んで、この告白を書き終えようとしている。つまり、奇跡でも起きないかぎり、ヘンリー・ジーキルが自分の頭で考えるのも、鏡に自分の顔(ひどく面変わりしてしまったが!)を見るのも、これで終わりということだ。いつまでも引き延ばさず、そろそろ締めくくらねばなるまい。わたしの告白が今まで破棄されずにすんだのは、用心に用心を重ねたうえ、幸運に恵まれていたからだ。執筆中に変身の発作が起きていたら、ハイドはまちがいなく破り捨ててしまっただろう。しかし、この告白をどこかに隠してしばらく時間が経ってしまえば、あきれるほど自己中心的で目先のことにしか興味がないハイドのことだ、この文書に猿じみた悪意を向けることもないだろう。実際、わたしたち二人に迫る運命を恐れるあまり、ハイドはすっかり押しひしがれてしまった。三十分もすれば、わたしは再び、今度は永遠に、あの卑しい人格を身にまとう。そのときわたしは、椅子に坐ってぶるぶる震えながら泣きじゃくっているか、あるいは緊張と恐怖に圧倒されながら夢中で耳をそばだて、書斎（地上におけるわたしの最後の逃げ場）の中をうろうろ歩きまわり、近づく脅威を聞きとろうとしているだろう。ハイドは絞首台で死ぬのか。それとも最後の瞬間になって、勇気をもって自分を解き放つのか。わたしには知るよしもないし、どちらでもかまわない。わたしにとっては今こそ死の瞬間であり、この先何があろうと、それはすべて別人の身に起こることだからだ。わたしはここに筆を擱《お》き、告白に封をして、不幸なヘンリー・ジーキルの人生に幕を下ろす。

（大久保 譲＝訳）

「ジーキル博士とハイド氏」訳注

1—**ダモンとピュティアス**　専制君主に反逆し、処刑されることになったピュティアス（ピンティアス）が、身辺整理のために帰宅するのを申し出、身代わりに親友ダモンが入牢する。ピュティアスは約束どおり戻り、王は感心して二人を許す。この伝説のラテン語版を基にしたシラーの詩「人質」にもとづいて書かれたのが、太宰治「走れメロス」。

2—**フェル博士**　十七世紀に実在したオックスフォード主教ジョン・フェル博士。古代ローマの諷刺詩人マルティアリスのエピグラムを、トム・ブラウンがこのフェル博士に当てつけて英訳したことで後世に名を残した。

I do not love thee, Dr.Fell,
The reason why I cannot tell;
But this I know and know full well,
I do not love thee, Dr.Fell.

（あなたが嫌いだ、フェル博士／どうしてだかはわからない／だけどこれだけはハッキリしてる／あなたが嫌いだ、フェル博士）

この戯詩はマザーグースのひとつとして普及している。

3—**フィリピの囚人たち**　『使徒言行録』十六章二十六節。フィリピの町に大地震が起きて、牢獄の扉が開き、囚人たちの鎖が外れてしまった事件が描かれる。ただし聖書本文では、囚人たちは逃げ出さなかったことになっている。

自殺クラブ

クリームタルトを持った若者の話

ボヘミアのフロリゼル王子は諸芸に通じ、ロンドン在住中は、魅力的な物腰と行きとどいた思いやりによってあらゆる階層の人々から敬愛されていた。世に知られている事績だけでも傑出した人物だったが、実はそれは王子の活躍のごく一部でしかない。ふだんはいたって穏やかで、農夫のように世間の慣習を受け入れていたものの、このボヘミアの王子は、生まれついた高貴な身分に許される以上の波瀾万丈《はらんばんじょう》な生き方に憧れていた。それゆえ、気分が落ちこんだときやロンドンの劇場で面白い芝居がかかっていないとき、そして無敵の強さを誇る野外スポーツができない季節などには、王子は腹心である主馬官《しゅめかん》ジェラルディーン大佐を呼びだして、夜の都会に繰りだすべく支度をさせた。主馬官は勇敢、いやいっそ無鉄砲と言ってもいい青年将校である。拝命すると喜びいさんで出かける準備を整えた。長い習練と豊富な経験のおかげで大佐は変装を得意としていた。顔や姿形ばかりか、声、さらには考え方すら変えて、いかなる身分や性格や国籍の人間にも化けた。そうやって王子への注目をそらし、ときには二人で怪しげな界隈《かいわい》に入りこんだのである。当局には秘密のまま、数々の冒険がなされた。何事にも動じない王子の勇気と大佐の騎士道的な忠誠心によって幾度も危険をくぐり抜けた彼らは、時とともにたがいへの信頼を深めていった。

三月のある夜、急にみぞれが降りだしたので、二人はレスター広場のすぐ近くにある牡蠣料理店《オイスター・バー》に入った。ジェラルディーン大佐は落魄《らくはく》した三文ジャーナリストのような服と化粧を身にまとい、王子のほうはいつものように偽の頬髭《ほおひげ》と太い眉毛を貼りつけて変装していた。むさくるしくうらぶれた様子は洗練された王子とかけ離れたもので、いちばん見破られにくい扮装《ふんそう》である。別人になりすました主人と従者は、安心してブランデーのソーダ割りを啜《すす》った。

店内は男女の客でにぎわっていた。二人の冒険者に声をかけてくる者たちもいたが、そういった連中と親しくなってもあまり面白いことは起きそうにない。この店に集まっているのはロンドンの残り滓《かす》や下層階級の見本のような人々ばかり。王子はすでにあくびをしはじめ、今宵《こよい》の遠征にうんざりしているようだ。そのとき自在扉が勢いよく開き、若い男が二人の従者をしたがえて店に入ってきた。従者はそれぞれ大皿を持っており、店に入るとすぐに皿の覆《おお》いをとった。現れたのは山盛りのクリームタルトだ。若者は客のあいだをまわり、大げさなほど礼儀正しく、一人一人に菓子を勧めた。笑って受けとる者もいれば、かたくなに、あるいはいらだたしげに固辞する者もいた。断られたときには、若者は剽軽《ひょうきん》な口上をひとくさり述べてから、自分でタルトをたいらげた。

最後に若者は、フロリゼル王子のそばにやってきた。

「失礼」若者はふかぶかと頭を下げながら、親指と人さし指でタルトをつまんで差し出した。

「お初にお目にかかる者ながら、貴君のご厚意にあずかれませんか？　この菓子の味なら保証します。なにしろ夕方五時から二十七個も食べているので」

「わたしは常々」と王子は答えた。「贈り物の中身より、どんな気持ちをこめて贈られたのかを重んじています」

「ぼくがこめた気持ちは」若者はもう一度お辞儀をして答えた。「嘲《あざけ》りですよ」

「嘲り？」フロリゼルは鸚鵡《おうむ》返《がえ》しに言った。「しかし、誰を嘲っているのです？」

「ここに来たのは、自分の哲学を語るためではなく、クリームタルトを配るためなんですが」若者は答えた。「ぼくが本気でこんな馬鹿げたことに手を染めているのだと申し上げれば、あなたの面目も立つし、タルトも食べていただけるでしょう。さもないと、無理に二十八個目を食べなきゃならない。正直なところ、これ以上つめこむのはうんざりなんです」

「お気の毒に」王子は言った。「助けてあげたい気持ちは山々ですが、ひとつ条件があります。友人とわたしがタルトを食べたら――二人とも甘い物はあまり好きじゃないんですが――かわりに、夕食につきあってもらえませんか」

若者は考えている様子だった。

「タルトはまだ何ダースも残っているんですよ」やがて若者は言った。「あと何軒か酒場を回らなければ、この厄介な仕事は終わりません。けっこう時間もかかるでしょう。だから、あなたがたがすぐに食事するというなら、残念ですが……」

王子は丁重な身振りでさえぎり、「ご一緒しますよ」と言った。「タルトを配って回るという愉快な夜の過ごし方に興味津々なんですから。さて、講和の予備交渉は終わりました。条約に調印させてください」

王子は優雅なしぐさでタルトをぺろりとたいらげた。「これはうまい」

「あなたは食通のようですね」若者は言った。

ジェラルディーン大佐も、同じように気持ちよく菓子を飲み込んだ。酒場の客たちはそれぞれ菓子を受けとったり断ったりした。クリームタルトを持った若者は、先に立って、別の同じような店に向かった。二人の従者は若者の愚行にすっかり慣れたらしく、そそくさと後を追った。王子と大佐は腕を組み、ほほえみを交わしながら、しんがりからついていった。この順序のまま一行はさらに二軒の食堂を訪れた。どちらでも同じような光景が演じられた。ふらりと現れた謎の人物からの供応を拒む客もいれば、受け入れる客もいる。断られるたび、若者はタルトを自分で食べるのだった。

三軒目の店を出たときに、若者はタルトを数えた。あと九つ残っている。ひとつの皿に三つ、もうひとつの皿に六つ。

「お二方」若者は後からついてきた王子と大佐に告げた。「あなたがたの夕食を遅らせたくはありません。お腹《なか》もすいておられるでしょう。ご厚意には報いなければなりません。それに今日はぼくにとって大事な日なんです。愚行続きの生涯を、このように派手ないたずらで締めくくるにあたり、親切にしてくださる方にはきちんとお礼がしたい。食べ過ぎで体が保《も》たないくらいですが、命を賭《と》してでもケリをつけてしまいましょう」

そう言うと、残りの九個を口に押しこみ、一気に飲みくだした。それから従者たちのほうを向いてソヴリン金貨を二枚渡した。「ありがとう、よく辛抱してつきあってくれた」

若者はそれぞれに向かって頭を下げ、二人の従者を解放した。そして謝礼を払った財布をしばらく見つめていたが、笑い声を上げると、それを道のまん中に放り出し、夕食に向かう準備ができましたよ、と告げた。

いっとき過分な評判を得たものの、今では早くも忘れられかけた小ぶりなフランス料理店がソーホーにある。その店の階段を二つ上がった個室で、三人はたいへん優雅な晩餐《ばんさん》を楽しみ、シャンパンを三、四本空けてとりとめのない雑談にふけった。若者は饒舌《じょうぜつ》で陽気だったが、良家らしい育ちに似つかわしくない大声で笑った。手はぶるぶる震え、ときどきふいに声の調子が変わったが、どうやら無意識にそうなるらしい。デザートの皿が下げられ、三人が葉巻に火を点《つ》けると、王子は若者に話しかけた。

「失礼ながら立ち入ったことをうかがいます。あなたのなさったことは、すこぶる愉快ではあったものの、それ以上に謎めいていました。軽率だと思われたくありませんが、友人もわたしも安心して秘密を打ち明けられる人間です。わたしたち自身、たくさんの秘密を抱えていて、それをふさわしくない相手にしょっちゅう漏らしている。想像どおり、あなたの事情が馬鹿げたものだとしても遠慮はいりません。こちらも二人そろってイングランドきっての馬鹿者ですからね。わたしの名はゴドール、シオフィラス・ゴドール。友人はアルフレッド・ハマースミス少佐――本当のところはどうあれ、その名前で通すつもりです。荒唐無稽《こうとうむけい》な冒険を求めて生きてきたので、どんな荒唐無稽な話にも共感できますよ」

「気に入りましたよ、ゴドールさん」と若者は答えた。「直感的に、あなたを信じてもいいって気がするんです。ご友人の少佐にもまったく不服はありません。ほんとうはおしのびの貴族じゃないんですか。少なくとも軍人には見えない」

変装の完璧さを認められて、大佐はほほえんだ。若者は勢いづいて続けた。

「身の上話をできない理由ならいくらでもあります。とはいえ、だからこそ今から身の上を打ち明けようとしているのかもしれません。それに馬鹿げた話を聞きたくてうずうずしていらっしゃるご様子、がっかりさせるのも気の毒です。せっかく名乗っていただきましたが、こちらの名前は伏せておきましょう。ぼくの年齢もこの話には関係ありません。先祖代々、ごく順当に継承されてきた家の出です。今のところまだ生きている健康な身体と、年三百ポンドの収入も受け継ぎました。先祖からは気まぐれな性質も伝えられたようで、浮ついて遊び暮らしてきました。立派な教育を受け、町の演芸場の楽団で雇ってもらえるくらいにはバイオリンも弾けますが、玄人はだしとは言えません。フルートやフレンチホルンも同じです。ホイスト［トランプゲームの一種］は、この科学的な遊戯で年に百ポンド負ける程度には学びました。フランス語の知識はといえば、パリにいてもロンドンと同じくらい気ままに散財できるほど。要するに男としてのたしなみはひととおり身につけています。あらゆる冒険をしましたし、つまらないことで決闘までやらかしました。さて、つい二か月前のこと、心ばえも見た目も好みにぴったりの若いご婦人と知り合ったのです。心もとろけ、ついに運命を共にすべき女性と巡り会えたのだと確信し、まさに恋に落ちる寸前でした。ところが手持ちの財産を数えてみたら、四百ポンド足らずだったんです。率直にお訊《き》きしますが、自尊心のある男が四百ポンドしか持たずに恋に落ちたりできますか？　ぼくには無理でした。そこで彼女の前から姿を消し、ふだんより金づかいを荒くして、今朝までに八十ポンドに減らしました。それをさらに半分に分けて、四十ポンドを特別な目的のために取っておき、残る四十ポンドを夜までに使い切ってしまおうと決心したんです。実に楽しい一日でしたよ。お二人と知り合うきっかけになったクリームタルト騒ぎの前にもさんざん羽目を外しました。さきほどお話ししましたよね、愚行続きの生涯を締めくくるために、最大の馬鹿騒ぎをやらかすと決めていたわけです。道路に財布を放り投げたときには四十ポンドは底をついていました。さあ、これですっかりおわかりでしょう。大馬鹿者なりに、愚行には一貫した理屈があるんです。それに信じてください、ぼくは泣き虫でも臆病者でもない」

　言葉の端々から、若者が自分にうんざりし、軽蔑さえしているのが察せられた。彼はその恋愛を、口で言うよりはるかに深刻に受けとめ、自殺を考えるほど思いつめたのではないかと、話を聞いた二人は想像した。クリームタルトをめぐる笑劇が、何やら秘められた悲劇の雰囲気さえ帯びてきた。

「不思議な巡り合わせですね」ジェラルディーン大佐はフロリゼル王子に目配せしながらだしぬけに言った。「ロンドンのような広い荒野で知り合ったわたしたち三人が、似たような境遇にあるなんて」

「なんですって」若者は声を張り上げた。「あなたがたも人生の負け犬なんですか？　ぼくのクリームタルトのように、この晩餐も最後の馬鹿騒ぎだったんですか？　悪魔が三人の中し子を引き合わせて酒宴の場を設けたとでも？」

「そう、悪魔もたまには粋なはからいをするんですよ」フロリゼル王子は答えた。「偶然の一致に心を打たれました。わたしたちの立場はまったく同じというわけではありませんが、これからその違いをなくそうと思います。残ったクリームタルトを飲みこんだ、あなたの勇敢な行為を見習いましょう」

そう言いながら、王子は財布を出し、中から小さな札束を引き抜いた。

「一週間ばかり遅れをとりましたが、これから追いついて同着でゴールしますよ、ほら」話し続けながら一枚の札をテーブルの上に置き、「勘定はこれで足りるでしょう。残りは――」

王子が札束を暖炉に投げこむとめらめらと燃えあがって、一筋の炎が煙突を昇っていった。

若者は王子の腕を摑《つか》もうとしたが、あいだを隔てるテーブルにさえぎられてまにあわなかった。

「なんてことを」若者は叫んだ。「全部燃やしちゃいけなかったのに。四十ポンドは残しておくべきでした」

「四十ポンドですって」王子は繰り返した。「いったい四十ポンドがどうしたんです？」

「八十ポンドじゃなくて？」大佐が声を上げた。「たしか、今のは百ポンドくらいの札束だったはずですが」

「必要なのは四十ポンドだけです」若者は暗い顔をして告げた。「でも、それがなければ入会できません。厳しい規則なんです。一人あたり四十ポンド。まったく嫌な世の中だ、金がなけりゃ死ぬことさえできない！」

王子と大佐はちらりと視線を交わした。

「説明してください」大佐は言った。「わたしはまだ大金の入った財布を持っています。言うまでもなく、ゴドールと分け合うのにやぶさかではありません。とはいえ、なんのために金を使うのかを心得ておきたい。事情をお話しください」

若者は我に返ったようだ。落ち着きなく王子と大佐を見比べ、顔を真っ赤にした。

「からかっておられるんじゃないでしょうね」彼は尋ねた。「本当に、ぼくと同じく人生の負け犬なんですね？」

「もちろんですとも」大佐は言った。

「わたしもですよ」王子は言った。「証拠はお見せしたでしょう。負け犬でなければ、誰が火の中に札束を投げこんだりしますか。あれが何よりの証拠です」

「負け犬——確かに」若者はなおも疑わしそうだ。「でも、ひょっとしたら大金持ちなのかも」

「よしてください」王子は言った。「このわたしが言うんですよ。自分の言葉を疑われることには慣れていないんだ」

「負け犬なんですね？」若者は言った。「ぼくと同じく負け犬なんですね？　気ままに一生を送ったあげく、好きなことができるのもあと一回だけ、というところまで追いこまれたと？　あなたたちは――」と声を潜めて続けた。「あなたたちは最後にひとつだけ好きなことをしてみますか？　確実かつ安易な方法で、今までの愚行の報いを受けまいとするんですか？　唯一の逃げ道を通って、良心という追っ手をまくつもりですか？」

若者はとつぜん話をやめ、笑おうとした。

「さあ、あなたたちの健康に乾杯！」大声で言って、グラスを飲みほした。「おやすみなさい、陽気な負け犬のお二人」

立ち上がろうとする若者の腕を、ジェラルディーン大佐が摑んで引き止めた。

「信用されていないのですね」大佐は言った。「それはまちがいだ。さきほどの問いに対する答えはすべてイエスです。とはいえ、わたしは臆病者でないので、回りくどい言い方はしません。あなたと同様、わたしたちは人生に飽き飽きしており、命を絶つ決意をしています。遅かれ早かれ、また一人だろうと二人一緒だろうと、死神を捜し出し、堂々と向き合うつもりでした。そんなときちょうどあなたと出会った。どうやらあなたのほうが追いつめられているご様子、それならば今夜こそ好機です。お望みならすぐにでも、三人いっしょに死のうじゃないですか」大佐は高らかに言った。「一文なしの三人組が腕を組んで冥府の王のもとへ向かい、幽鬼たちのあいだで、いくらかでも助け合いましょう！」

ジェラルディーンは態度といい口調といい、演技とは思えないほど真に迫っていた。王子は不安をおぼえ、疑いの目で腹心の部下を一瞥《いちべつ》した。若者はといえば、ふたたび頰に濃い赤みがさし、目をきらきらと輝かせた。

「あなたたちは心の友だ！」若者は不気味なほど陽気に叫んだ。「友情のあかしに握手しましょう！（彼の手は冷たく湿っぽかった）あなたたちはこれからどんな人々の仲間になるのか知らない。クリームタルトを食べたことが、どれほど幸運だったのかも知らない。ぼくはたった一人ですが、大きな組織の中の一人なんです。ぼくは死神のもとへ通じる裏口を知っている。死神とは親しいんだ。儀式めいたことやスキャンダルは抜きで死神のもとにご案内できますよ」

王子と大佐は、若者が何を言っているのか、詳しい説明を求めた。

「お二人で八十ポンド用意できますか？」若者は尋ねた。

ジェラルディーンはもったいをつけて紙入れを探り、「ええ」と答えた。

「それはよかった！」若者は叫んだ。「自殺クラブに入会するには、四十ポンド必要ですから」

「自殺クラブ？」王子は言った。「いったいそれは何なんです」

「説明しましょう」若者は言った。「いまは万事について便利な時代ですよね。中でも究極の便利な発明についてお話ししたい。人はほうぼうに用事がある。そこで鉄道が生まれました。でも鉄道は友人とのあいだを遠く隔ててしまう。そこで遠距離でもコミュニケーションがとれるように電報が発明されました。ホテルにはエレベーターが設けられ、何百段も階段を上る手間を省いてくれるようになりました。さて現在、ぼくたちは人生が舞台でしかないと思っています。楽しめるあいだだけ道化を演じているにすぎないとね。となると今の便利な暮らしに欠けているものはなんでしょうか。品位を保ちつつ、楽に人生という舞台から降りる方法ですよ。自由への裏階段といってもいい。それがつまり、死神のもとへ通じる裏口というわけです。ぼくと同じく世に背こうというお二方、自殺クラブはその方法を提供してくれるんですよ。自殺したいという至極《しごく》もっともな欲求を口にするのはぼくたちだけじゃないし、珍しいことでもない。生涯にわたって毎日、道化芝居を演じ続けなきゃならないのに心底うんざりしている仲間は大勢います。でもみんな、ほんのひとつふたつの理由のせいで逃げ出せないんだ。ことが公になったらショックを受けたり世間から責められたりしそうな家族がいるだとか、臆病のためにいざ本当に死ぬことを考えると尻ごみしてしまうとか。これはぼく自身の経験にも基づいています。ピストルを頭に当てて引き金をひこうとしても、できなかった。何か自分よりも大きな力が働いて押しとどめてしまう。人生にうんざりしているくせに、死神を捕まえて仕事をやりとげさせるだけの気力がなかったというわけです。そこで、ぼくのような人間のために、そして死後にスキャンダルを引き起こさないようなやり方で浮き世の煩《わずら》わしさを逃れたいと願うすべての人々のために、自殺クラブが設立されました。どのように運営されているのか、どんな経緯があるのか、イギリス以外に支部があるのか――それはわかりません。組織について知っていることも教えるわけにはいかないんです。でも、それ以外の点についてはお役に立てると思います。もし本当に人生に倦《う》んでいらっしゃるのなら、今夜の例会にお連れしましょう。そうすれば、今夜でないにせよ、今週中には、あなたたちも人生から解放されるでしょう。さて（と若者は懐中時計を見た）十一時です。遅くとも十一時半までにはここを出なければなりません。つまり、ぼくの提案について三十分は考えられるわけです。クリームタルトを食べるかどうかよりも、もっと深刻な問題ですからね」若者は笑ってつけ加えた。「それに、もっとお口に合うことでしょう」

「確かにずっと深刻ですね」ジェラルディーン大佐は答えた。「重大な問題ですから、友人のゴドール君と、五分ほど二人きりで話させてもらえませんか」

「もちろんですとも」若者は言った。「よろしければ、席を外しましょう」

「恐縮です」と大佐。

二人きりになるとすぐ、フロリゼル王子は言った。「相談する必要などあるのかね、ジェラルディーン？　おまえは動揺しているようだが、わたしは肚《はら》をくっている。ことの成り行きを最後まで見届けるつもりだ」

「殿下」大佐は青ざめていた。「ご友人たちにとってばかりでなく、社会全体にとって、殿下のお命がどれほど大切なものか、お考えください。『今夜でないにせよ』と頭のおかしなあの男は口にしておりました。ですが万が一今夜、取り返しのつかない災厄《さいやく》が殿下の身に降りかかりでもしたら、わたしの絶望はいかほどか、偉大な国家にとっていかほどの不幸と災

「最後まで見届けるよ」王子は落ち着き払ってもう一度言った。「ジェラルディーン大佐、紳士として約束した言葉を忘れず守ってほしいね。特別の許可がなければ、微行《びこう》のさいには何があっても身分を明かしてはいけない、そういう命令だったはずだ。改めてその命令を繰り返しておく。さて」王子は締めくくった。「勘定を頼む」

ジェラルディーン大佐はおとなしく一礼した。とはいえ、クリームタルトの若者を呼び戻し、給仕に指図をしたとき、大佐の顔は真っ青だった。王子のほうは悠然とした態度を崩さず、若い自殺志願者にむかって、パレ・ロワイヤル座の笑劇について、さも愉快そうに語った。訴えかけるような大佐のまなざしをさりげなく避け、いつもより念入りに両切り葉巻を一本選んだ。いま部屋の中でとり乱していないのは王子だけだった。

勘定を払うとき、王子は釣り銭を残らず給仕に与えてびっくりさせた。三人は四輪辻馬車に乗りこんだ。いくらも行かないうちに、馬車は薄暗い路地の入口で止まり、全員が降りた。

ジェラルディーンが馬車の支払いを済ませると、若者は振り向いてフロリゼル王子に告げた。

「ゴドールさん、今ならまだ人生という隷属《れいぞく》状態に戻れますよ。あなたもです、ハマースミス少佐。踏み出す前によく考えてください。心は嫌だと言っていませんか。ここが運命の分かれ道ですよ」

「案内してください」と王子。「わたしは前言を翻《ひるがえ》すような男ではありません」

「あなたが冷静なので助かります」若者は言った。「この期《ご》に及んでそんなふうに落ち着いていられる方を見たことがありません。実は、この扉の前に人を連れてきたのは初めてじゃないんです。ぼくも遠からず向かうはずの場所に、幾人もの友達が先だっていきました。でもあなたには関係ない話ですね。少々お待ちください。紹介の手筈《てはず》を整えたら、すぐに戻ってきます」

そう言うと若者は二人に手を振って路地に入っていき、一軒の家の戸口に姿を消した。

「さんざん馬鹿なことをしてきましたが、今回のはいちばん無謀で、危険きわまりないものです」ジェラルディーン大佐はささやいた。

「まちがいなく、そうだね」王子は答えた。

「まだ時間があります」大佐は説得しようとした。「殿下、お願いですから今のうちに帰りましょう。どんな結果を招くか皆目見当もつきませんし、おそろしいことになるやもしれません。非公式の場ではふだんから、殿下はわたしに自由にふるまうことを許してくださっています。お言葉に甘えて、差し出がましいようですが、そのように提案させてください」

「ジェラルディーン大佐は怖がっていると考えていいんだね」殿下は口から葉巻を取ると、大佐の顔をじっと見た。

「わが身を案じているわけではありません」大佐は胸を張った。「その点は殿下もご承知おきください」

「そうだと思っていた」王子は冷静かつ上機嫌だった。「ただ、おまえに身分の違いを思い出させたくなかったものでね。ああ——もういいよ」ジェラルディーンが謝ろうとするのを見て、王子は言った。「言い訳は必要ない」

王子が柵にもたれて平然と葉巻をくゆらせていると、若者が戻ってきた。

「さて、入会の準備はできましたか」王子は尋ねた。

「こちらへどうぞ」若者は答えた。「会長が部屋で面接するそうです。質問には正直に答えてください。ぼくが保証人になりますが、クラブは入会前に念入りな身元調査をおこなうんです。会員の一人でも軽率なふるまいをしでかせば、クラブそのものが解散に追いこまれますから」

王子とジェラルディーンは顔を寄せて少しだけ相談した。「わたしは誰それでいく」と一人が言い、「では、わたしは誰それで」ともう一人が言った。大胆にも共通の知人たちの特徴を借りることにしたので、話は即座にまとまった。二人は若者の案内にしたがって会長室に向かった。

途中にてごわい関門などはなかった。外側の扉は開けっぱなしで、会長室の扉も半開きだ。狭いけれど天井の高いその部屋に、若者はふたたび二人を残して立ち去った。そのさい会釈しながら、

「会長はまもなく来ます」と言い残した。

会長室の折り戸の向こうから人々の声が聞こえてきた。会話のあいまにときおりシャンパンの栓を抜く音がし、つづいて大笑いする声が響いた。ひとつだけ開いた縦長の窓からは、

テムズ川と河岸通りが見える。街灯の並びから、二人にはここがチャリング・クロス駅からほど遠からぬ場所だとわかった。調度品は少なく、カバーは擦り切れていた。動かせるものは円卓のまん中に置いてある呼び鈴と、壁の釘《くぎ》に掛かっているたくさんの帽子と外套《がいとう》だけだった。

「ここはいったいどんな場所なんでしょうね」ジェラルディーンは言った。

「それを見に来たんじゃないか」と王子。「敷地内に悪魔でも飼っているのなら、面白くなるんだが」

ちょうどそのとき折り戸が一人だけ通れるくらいに細く開けられた。人々の声がひときわ大きく聞こえると同時に、おそるべき自殺クラブの会長が部屋に入ってきた。五十を少し出たくらいの年格好だ。大柄でゆったりとした歩きぶり、頬髭を伸ばし、頭のてっぺんは禿《は》げ、どんよりした灰色の目をときおり光らせている。会長は太い葉巻をくわえた口をもぐもぐと左右に動かしながら、二人の新参者を冷たい視線で鋭く見つめた。明るい色のツイードの服を着て、縞模様《しまもよう》のシャツの襟《えり》を大きくはだけ、小脇に議事録を抱えていた。

「こんばんは」会長は戸を閉めてから口を開いた。「わたしに話があるとか」

「自殺クラブに入会したいんです」大佐が答えた。

会長は口先で葉巻をくるりと回し、ぶっきらぼうに言った。

「そりゃなんのことですかな」

「失礼ながら、そちらこそクラブについて詳しく教えてくれるべきではないでしょうか」大佐は応じた。

「わたしが？」会長は素《す》っ頓狂《とんきょう》な声を上げた。「自殺クラブですって？　いやはや、エイプリル・フールの悪ふざけですな。酔っておられるのなら大目に見ましょう。ですが、この話はこれきりということで」

「ご自分のクラブをどう呼んでおられようとかまいません」大佐は言いはった。「折り戸の向こうに客人たちが来ているじゃないですか。その仲間に加わりたいんです」

「お気の毒だが誤解されているようだ」会長はそっけなく言った。「ここは個人の邸宅です。すぐにお帰りください」

会話のあいだじゅう、王子は黙って椅子に坐《すわ》っていた。だが、ここで大佐が「これで納得して、さあ帰りましょう！」と目くばせで告げると、両切り葉巻を口から外して言った――

「わたしはあなたの友人に招かれてここに来ました。こちらにお邪魔した理由についてはお聞きおよびでしょう。わたしのような境遇に置かれた人間は、しがらみがないぶん、無礼な態度にはさほど寛容になれないことをお忘れなく。わたしはふだんはおとなしい男ですが、あなたが先刻ご承知のささいな件で願いを聞き届けてもらえないのなら、この部屋にわたしを通したことを後悔するはめになりますよ」

会長は声を上げて笑った。

「話たるものかくあるべし」会長は言った。「あなたは男の中の男だ。わたしの心に訴えかけるやり方をご存じですね。なんなりとおっしゃるとおりにしましょう。そちらは」とジェラルディーンのほうを見て、「四、五分、席を外してもらえますか。まずご友人から話をつけてしまいます。クラブの手続きの中には、一対一でおこなうものもありますから」

そう言うと小部屋に通じる扉を開けて、二人きりになると、会長はフロリゼルに言った。「だが、

「あなたのことは信用しましょう」二人きりになると、会長はフロリゼルに言った。「だが、ご友人のほうは大丈夫ですかな？」

「彼にはわたし以上に切実な理由がありますが、大丈夫かどうかはわかりません」王子は答えた。「とはいえ、安心してここまで一緒に来られるくらいには信頼しています。彼はどんなに人生に執着している人間でも死にたくなるような目に遭ってきました。このあいだもいかさまトランプで軍隊を馘首《くび》になったばかりです」

「それは充分な理由ですな」会長は言った。「メンバーの中に少なくとも一人、同じような境遇の男がいますよ。ええ、ご友人は信用できるでしょう。失礼ですが、あなたも軍務につかれた経験がおありですか？」

「ええ」と王子。「ただし怠惰《たいだ》な人間だったもので、早々に辞めてしまいました」

「なぜ人生が厭《いや》になったのです？」会長は尋ねた。

「要するに軍を退いたのと同じ理由です」王子は答えた。「どうしようもなく億劫《おっくう》になったんですよ」

会長はびっくりしたようだ。「まさか。もっとましな理由があるはずでしょう」

「金が底を尽きましてね」王子はつけ加えた。「それも確かに厄介な点です。そのせいで、

生来の怠け癖が、よけい身にこたえるようになりました」

会長はしばらく葉巻を口でくるくる回し、この変わった新参者の目をじっと覗《のぞ》きこんだ。だが王子は疑り深いまなざしを平然と受け流した。

「わたしが充分な経験を積んでいなければ、あなたを叩《たた》き出すところです」やがて会長は口を開いた。「だが、わたしは世間というものを熟知している。そしてなんであれ、つまらなく見えるものこそ、往々にしてもっとも強力な自殺の理由になりうることを理解しています。それに、あなたのことを好きになったように、相手が気に入ったときは、規則を曲げてでも受け入れたくなるたちでね」

王子と大佐は順番に、長々と細かな質問を受けた。会長はまず王子を一人にして面談した。次に、王子を同伴させてジェラルディーンに質問を投げかけた。そうすれば、一方が質問攻めにあっている間のもう一人の表情を観察できるというわけだ。結果は満足のいくものだった。会長は二人についての詳細をいくつか帳面に書きこんでから、誓約書を取り出し、承諾を求めた。ここで求められる服従は絶対的で、誓いを立てた者がしたがうべき条項もこの上なく厳しいものだった。こんなにおそろしい誓約を破ったとしたら、誠実さのかけらもないと見なされ、どのような宗教によっても救われないことは確実だ。フロリゼルは誓約書に署名したものの、さすがにいくらか震えていた。大佐はふさぎこんだ様子で王子に倣《なら》った。会長は入会金を徴収すると、二人をすんなりと自殺クラブの喫煙室に案内した。

喫煙室は、続き部屋である会長室と天井の高さは同じくらいだったが、はるかに広かった。

壁には上から下までオーク材風の羽目板が貼られていた。陽気に燃えさかる暖炉の火とたくさんのガス灯が一座を照らす。王子と従者が加わってぜんぶで十八名になった。ほぼ全員が紫煙をくゆらし、シャンパンを飲んでいた。熱病に浮かされたような陽気さが一同を包んでいたが、ときおりぞっとするような沈黙の瞬間が訪れた。

「これで全員ですか？」王子は尋ねた。

「半分ほどです」会長は言った。「ところで、持ち合わせがあるならシャンパンを奢《おご》るのがここのならわしです。気分がよくなるし、わたしにとってはささやかな役得でもある」

「ハマースミス」フロリゼルは言った。「シャンパンの支払いは君に任せる」

そして向きを変えると、会員たちのあいだを回りはじめた。最上流の社交界で主人役を務めてきたフロリゼルのこと、近づく誰もを惹《ひ》きつけ、虜《とりこ》にした。話しぶりには愛嬌《あいきょう》もあれば威厳もあったし、半ば狂躁《きょうそう》状態にある人々の中で、王子の冷静さは際立っていた。次々に会員たちと言葉を交わしながら、目を見開き耳をそばだてて観察した結果、王子には周囲にいる人々の全体的な性向が見えてきた。人が集まる場所にはきまって中心となるタイプがいるものだ。この場合、それはある種の若者たちだった――すなわち、知性も感受性も人並み以上にそなえているらしいのに、世俗的成功に必要な力や性質には恵まれていない青年たちだ。三十路《みそじ》を超えている者はほとんどおらず、逆にまだ十代らしいのがちらほらいる。みなテーブルに寄りかかり、左右の足に交互に重心を移しながら、落ち着かなげに立っている。すごい勢いで葉巻をスパスパふかしたかと思えば、火が消えても気にしない。饒舌になっている者もいたが、たいていは緊張感からしゃべりまくっているだけで、機知も中身もなかった。新しくシャンパンの瓶が開けられるたび、会員たちは目に見えて陽気になっていった。坐っているのは二人きり。一人は窓辺の奥まったところにある椅子に腰かけ、うなだれて、ズボンのポケットに両手を深く突っこんでいる。びっしょり汗をかき、一言も口をきかず、心も体もぼろぼろの様子である。もう一人は暖炉のそばの長椅子に腰を下ろしていたが、他の人々とはあまりに雰囲気が違うので目立っていた。おそらく四十の坂を越したくらいだろうが、それより十歳は老けて見える。これほど醜く、疾病と破滅的な興奮のせいでやつれ果てた人間は見たことがない、とフロリゼルは思った。ほとんど骨と皮ばかりで、しかも体の一部は麻痺《まひ》しているらしい。ありえないほど度の強そうな眼鏡をかけているせいでレンズごしに覗く目はおそろしく拡大され、形が歪《ゆが》んでいる。王子と会長を除けば、部屋の中でふだんの冷静さを保っていたのはこの男だけだった。

クラブの会員たちに慎みなどなかった。自殺に追いこまれる原因となった恥ずべき行為を得意げに吹聴《ふいちょう》する者もいれば、神妙に聞きいる者もいる。道徳的判断は避けるべしという暗黙の了解があるのだ。このクラブの門をくぐった者は誰であれ、早くも死者ならではの特権を楽しみ、何をやっても許されるかのようだ。たがいの思い出に乾杯しあい、また過去のすばらしい自殺者に乾杯した。それぞれ異なる死生観を持ちだして、比較し、敷衍《ふえん》した。今夜こそみごと昇天して、偉大な死者たちと交われるのではないかという希望に胸を膨らませている者もいた。

「自殺者の手本たるトレンク男爵［オーストリアの軍人、一七一一―四九。軍紀違反で収監中に死亡］の永遠の思い出に！」一人が乾杯した。「彼は狭い独房から出て、もっと狭い独房へと入った。ふたたび自由になるために」

「ぼくはただ」二番目の男が言った。「目を覆う布と綿の耳栓がほしいだけだ。あいにくこの世には充分に分厚い耳栓がない」

三番目の男はあの世に行って生命の神秘を解きたいと願っていた。四番目の男は、ダーウィンの進化論を信じるようにならなければ、自殺クラブに入らなかっただろうと告白した。「自分が猿から進化したなんて耐えられない」と、この驚くべき自殺志願者は言った。

総じて、王子は会員たちの態度や発言に失望した。

「大騒ぎするようなことじゃないだろう」彼は考えた。「命を絶つと決めたなら、男らしく死ねばいいんだ。そわそわしたり大言壮語したり、みっともない」

同じころジェラルディーン大佐は最悪の予感にとらわれていた。クラブ自体も規則も、いまだ謎に包まれたままだ。大佐は部屋を見まわして気分を落ち着かせてくれそうな相手を探した。目に入ったのが、度の強い眼鏡をかけた、例の中風病《ちゆうふうや》みの男である。彼の平然たる態度を見て、大佐は、忙《せわ》しく部屋を出入りしている会長に、長椅子の紳士に紹介していただけないだろうかと頼んだ。

このクラブでは形式ばった挨拶など不要ですと言いつつも、会長はハマースミス氏とマルサス氏を引き合わせてくれた。

マルサス氏は興味を惹かれたように大佐を見ると右どなりに坐るよう促した。

「新しく入会されたんですね」マルサス氏は言った。「知りたいことがあるんでしょう？　わたしは最適任者ですよ。この魅力的なクラブに初めて足を踏み入れてから、かれこれ二年になる」

大佐はふたたび大きく息をついた。マルサス氏がここに二年間も通いつめて無事なのだとしたら、王子がたった一晩過ごしたところで危険はなさそうだ。とはいえ、驚いたジェラルディーンは、何かごまかしがあるのではないかと疑った。

「なんですって」大佐は声を上げた。「二年も！　わたしはてっきり――いや、そんなはずはない、からかっていらっしゃるんでしょう」

「そうではありません」マルサス氏は穏やかに言った。「わたしは特別なんです。正直に申し上げれば、自殺志願者でもありません。いわば名誉会員というところです。クラブに来るのも二か月に一、二度。病弱なのと会長のご厚意で、少しばかり自由にさせてもらっています――そのために追加料金も払っていますが。なんにせよ、これまで幸運に恵まれてきたのは確かです」

「もっと具体的に説明していただけませんか」大佐は言った。「おわかりでしょうが、クラブの規則をまったく知らないんです」

「あなたのように死を求めてやってくる通常の会員は、運命が味方するまで、毎晩足を運ぶのです」中風病みの男は答えた。「たとえ一文無しだったとしても、会長が食事と宿を世話してくれます。きちんとした清潔なところですよ、豪華ではないでしょうが。会費が安いんですから（と、わたしには思えますが）、ぜいたくは望めません。それに会長と過ごすだけでも愉快なはずです」

「まさか！」ジェラルディーンは叫んだ。「わたしはあまり好きになれませんでしたが」

「おやおや」とマルサス氏。「それは会長をよく知らないからですよ。彼はユーモアにあふれている！　興味尽きない話の数々！　見事なシニシズム！　おそろしく世事に通じていますし、おまけにここだけの話、キリスト教世界で右に出る者のいない大悪党です」

「で、会長も終身会員なんですか――なんというか、あなたと同じように」

「いや、終身会員といっても、わたしとはまったく違いますよ」マルサス氏は答えた。「わたしは今まで運よく生き延びてきたが、いつかは死ななきゃならない。でも会長は絶対にゲームに加わりません。会員のためにカードを切って配り、必要な手筈を整えるだけ。あの人はね、ハマースミスさん、実にやり手ですよ。三年ものあいだロンドンで、有益かつ、こういってよければ芸術的な仕事に携わってきて、微塵《みじん》も怪しまれなかったんですから。きっと霊感があるんですな。話題になったから覚えておいででしょう、六か月前、さる紳士が薬屋で誤って毒を飲んだ事件。会長の思いつきのなかでは、もっともつまらない、ありふれたもののひとつでしたがね。とはいえ驚くほど単純で安全な方法だ！」

「びっくりしました」大佐は言った。「するとあの不運な紳士も――」犠牲者、と口に出しかけて思いとどまり、言い直した。「クラブの会員だったんですか」

同時に、死に焦がれる他の会員とは異なる口調でマルサス氏が話していることに気づくと、大佐は急いでつけ加えた。

「でも、まだよくわかりません。カードを切るとか配るとかおっしゃいましたが、なんのためですか？　それに、あなた自身は死にたいとは思っていないようだ。なのに、どうしてクラブに通っているのか、さっぱり理解できません」

「ご理解いただけないのもごもっとも」マルサス氏はいよいよ調子づいて話しだした。「それはね、このクラブが陶酔の殿堂だからですよ。ここで得られる興奮に病弱な体が耐えられるなら、もっと足しげく通いたいところです。長年の病気と慎重な体調管理のおかげで節制の習慣が身についているから、わたしにとって最後の気晴らしであるこのクラブにも、どうにか溺《おぼ》れずにいられます。これまでありとあらゆる気晴らしを試してきました」マルサス氏は大佐の腕に触れながら続けた。「名誉にかけて断言しますが、そのどれもが、世間では不当なほど過大評価されています。人々は恋愛を楽しむ。でも、今のわたしには恋愛がそこまで強い感情だとは思えない。恐怖こそが最強の感情ですよ。生きる喜びを本当に味わいたければ、恐怖をこそ楽しまなくては。わたしが羨《うらや》ましいでしょう——羨ましいはずです」マルサス氏はくっくっと笑った。「なにせ、わたしは臆病者ですからね！」

この嘆かわしい悪党に対して強烈な嫌悪感が湧きおこったものの、ジェラルディーンはどうにか我慢して質問を続けた。

「ここなら興奮を長続きさせられるというわけですか？　そんな恐怖がどこにあるんで

す？」

「説明しましょう。毎晩、犠牲者が選ばれるんですよ」マルサス氏は答えた。「犠牲者だけじゃない、もう一人の会員がクラブの手先として、その晩の死の司祭長を務めるために選ばれるんです」

「なんだって！　会員同士が殺し合うんですか」

「ええ。自殺を実行するさいの面倒が省けますからね」マルサス氏はうなずいて認めた。

「なんてことだ！」大佐はつい叫んでしまった。「するとあなたが――あるいはわたしが――あるいは殿――いや、わたしの友人が――今夜、他の誰かの体と不滅の霊魂を葬《ほうむ》る役割に選ばれるかもしれないのですか？　普通の人間同士のあいだで、そんなことが可能なんでしょうか？　ああ、なんと忌まわしい！」

　大佐は恐怖のあまり立ち上がろうとしたが、そこで王子の視線に気づいた。王子は部屋の向こうから不機嫌そうに睨《にら》みつけている。ジェラルディーンはすぐに平静を取り戻した。

「まあ、それもいいでしょう。あなたも興味深いゲームだとおっしゃることだし、毒を食らわば皿まで、クラブの規則にしたがいますよ！」

　マルサス氏は大佐が驚き、嫌悪感を示すのを楽しそうに眺めていた。悪人ならではの虚栄心があって、堕落しきっているせいで自分では抱けなくなった高潔な感情に他人が苦しめられる姿を、超然と見おろすのが愉快なのだ。

「さあ、最初のショックは乗り越えたのですから、わたしたちのクラブを存分に楽しめるでしょう。このしくみで、ギャンブルと決闘とそれを見るローマの観客の愉悦がいっぺんに味わえるわけです。古代の異教徒たちは実にうまくやっていた。わたしは心から彼らの洗練された精神を賞賛します。ですが究極の、純粋かつ絶対的な快楽に到達したのは、キリスト教国家たるイギリスなのです。おわかりでしょう、ひとたびこの楽しみを知ってしまうと、どんな娯楽も味気ないものになってしまう。わたしたちがおこなうゲームは、単純そのものです」マルサスは続けた。「一組のトランプを用いて――いや、実際に見ていただくほうがよさそうだ。腕を貸してもらえませんか。あいにく中風でしてね」

なるほど、マルサス氏が説明しようとした矢先に反対側の折り戸が開いて、会員たちは慌ただしく隣室に移動した。そこは元いた部屋とそっくりだが、調度は少し違っている。中央に緑色の長いテーブルがあり、会長が腰を据えて、念入りに一組のトランプを切っていた。杖《つえ》と大佐に支えられていてさえ、マルサス氏は歩くのが難儀らしく、二人を待っていた王子ともども部屋に入ったときには他の会員たちはすでに着席していた。三人は肩を寄せ合ってテーブルの下手に坐ることになった。

「五十二枚のトランプだ」マルサス氏はささやいた。「スペードのエースに気をつけなさい。それが死のしるしだ。そしてクラブのエースが当たった者が今夜の執行人になる。若い人がうらやましい」マルサス氏は言い添えた。「目がいいから、ゲームの進行をちゃんと見ることができるでしょう。わたしなどテーブルごしにはエースと二の札を見分けることもできません」そう言って、もうひとつの眼鏡をかけた。「せめて顔だけでも拝みたいですからな」

大佐は名誉会員マルサス氏の話と、前途に横たわるおそろしい運命を手短に王子に告げた。王子はぞくりとして胸苦しさを覚えた。ごくりと唾を飲みこむと、迷路の中で途方に暮れた人のように左右を見た。

「ひとつ派手に暴れてやりましょう。そうすればまだ逃げられますよ」大佐はささやいた。だが、その言葉で王子の勇気がよみがえった。

「黙るんだ」彼は言った。「どんなに危険な賭けをしていても、紳士らしくふるまえるところを見せてくれ」

王子はふたたび悠然と周囲を見わたしたものの、心臓はどきどきし、胸のうちに不快な熱気を感じていた。会員たちは静まりかえってゲームに集中している。誰もが青ざめていたが、マルサス氏ほど青ざめている者はなかった。彼の目は飛び出さんばかり、首を背骨の上で無意識に前後させていた。両手をかわるがわる口もとに運んでは、震える灰色の唇を摑んだ。この名誉会員は明らかに、ろくでもないやり方で特権を楽しんでいるのだ。

「始めますよ、みなさん」会長が宣言した。

彼はゆっくりと反時計回りにカードを配っていき、会員一人一人が受けとったカードを見るまで次に進まなかった。ほぼ一人残らずめくるのをためらった。運命を決める一枚を裏返す指はしばしば震えている。王子は順番が近づくと、息苦しいほど興奮が高まるのを感じた。だがギャンブラーの素質があるためか、自分がいくらか楽しんでもいることに気づいて、われながら驚いた。王子が手にしたのはクラブの九。ジェラルディーンはスペードの三。マルサス氏はハートのクイーンを受けとって、思わず安堵《あんど》の呻《うめ》き声《ごえ》をもらした。クリームタルトの若者はそのあとすぐにクラブのエースを配られて、カードを手に持ったまま恐怖のあまり凍りついてしまった。彼が自殺クラブに来たのは殺されるためで、殺すためではなかったのだ。王子は若者の立場に同情して、自分と従者がまだ死の危険にさらされていることを忘れかけていた。

二巡目になっても、死の札はまだ現れない。会員たちは息を殺し、あえぐように呼吸していた。王子のカードはまたしてもクラブ。ジェラルディーンはダイヤ。だが、マルサス氏がカードを開いたとき、何かが壊れるような、おそろしい音が彼の口からこぼれた。彼は中風のことなど忘れたかのように椅子から立ち上がると、ふたたび坐りこんだ。スペードのエースだった。今回ばかりは、名誉会員も恐怖をおもちゃにしすぎたのだ。

たちまちおしゃべりが再開した。会員たちは見るからにリラックスしてテーブルを離れ、二、三人ずつ連れだって喫煙室に戻っていった。会長は一日の仕事を終えたように両腕を伸ばしてあくびをした。けれどもマルサス氏は席に残ったまま、テーブルに突っ伏して頭を抱え、酔いつぶれたかのごとく身じろぎひとつしない。すっかり打ちのめされていたのだ。

王子とジェラルディーンは早々にクラブから出た。冷たい夜気にあたると、今しがた目撃した光景がいっそう忌まわしく感じられた。

「なんてことだ」王子は叫んだ。「こんなふうに誓約に縛られるなんて！　大がかりな殺人稼業が、罰されもせず利益をあげているのを黙認せざるをえないとは。誓いを破ることさえできれば！」

「殿下には無理です」大佐が答えた。「殿下の名誉はボヘミアの名誉なのですから。ですが、わたしなら誓いを破ることができますし、そうしてもかまいますまい」

「ジェラルディーン」王子は言った。「わたしが巻きこんだ冒険のせいでおまえの名誉が傷つくことになったら、わたしはおまえを許せないし――それにこのほうがおまえにはこたえるだろうが――自分のことも許せないよ」

「御意《ぎょい》のままに」大佐は答えた。「この呪われた場所から離れましょうか」

「ああ。とにかく辻馬車を呼んでくれ。眠って、今夜の恥辱を忘れることにしよう」

しかし立ち去る前に、王子がその路地の名前を注意深く記憶にとどめておいたのはさすがだった。

翌朝、王子が目覚めるとまもなく、ジェラルディーン大佐が新聞を手にして現れた。その中の次の記事に、しるしがつけられている。

「悲惨な事故――今日の午前二時ごろ、ウェストボーン・グローヴ、チェプストウ・プレイス十六番地のバーソロミュー・マルサス氏が、友人宅でのパーティからの帰路、トラファルガー広場の胸壁から落ちて頭蓋骨《ずがいこつ》が砕け、腕と脚も骨折、即死した。マルサス氏に同行していた友人が辻馬車を探している最中に事故に遭ったもよう。氏は中風を患っていたため、発作が起きて転落したものと思われる。不幸なこの紳士は上流社会において著名な人物であり、その死は多くの人から悼《いた》まれることだろう」

「まっさかさまに地獄に落ちる魂があるとすれば、あの中風病みの男こそそれでしょう」ジェラルディーンは重々しく言った。

王子は手に顔を埋《うず》め、押し黙ったままだった。

「あいつが死んで嬉しいくらいですよ」大佐は続けた。「ですが、クリームタルトの若者のことを考えると、正直なところ胸が痛みます」

「ジェラルディーン」王子は顔を上げて言った。「あの不幸な若者は、昨夜はまだ、わたしたちと同じように汚れなき身だった。なのに今朝はもう魂を殺人の罪で汚してしまったんだ。自殺クラブの会長のことを考えると吐き気がする。どうしたらいいのかはわからないが、必ずあの悪党を成敗してやる。昨夜のトランプゲームは、なんたる経験、なんたる教訓だったことか!」

「二度とごめんこうむりたいものです」大佐は言った。

王子がずっと返事をしなかったので、ジェラルディーンは不安になった。

「まさか、もう一度行かれるおつもりではないでしょうね。殿下はさんざん苦しみ、存分に恐怖を味わったはず。殿下の高貴な地位をお考えください、あのような危険を二度と冒してはなりません」

「おまえの言うことはもっともだ」フロリゼル王子は答えた。「わたしだって好きこのんでそうしたいわけじゃない。でもね、ああ! 王侯の衣をまとっていても、中身はただの人間じゃないか? 今ほど自分の弱さを感じたことはないよ、ジェラルディーン。だがその弱さに勝てないんだ。つい何時間か前、夕食を共にした不幸な若者の運命に無関心でいられるか？　会長が悪辣《あくらつ》きわまる所業を続けるのを見過ごしておけるか？　こんなにわくわくする冒険を始めておいて、途中でやめられるか？　無理だよ、ジェラルディーン。おまえは人間にできないことを王子に求めている。今夜また、自殺クラブのテーブルにつくぞ」

　ジェラルディーン大佐はひざまずいた。

「殿下がわたしの命を求められるのでしたら」大佐は声を張り上げた。「どうぞお取りください。わたしの命は殿下のもの。ですが後生です、殿下がそのような危険を冒すのに手を貸せなどとおっしゃらないでください！」

「ジェラルディーン大佐」王子はいささか傲岸《ごうがん》な態度になって言った。「おまえの命はおまえ自身のものだ。わたしが求めているのは服従のみ、いやいやしたがうならもう頼まぬ。この件で説教されるのには飽き飽きだ」

　主馬官はすぐさま立ち上がった。

「殿下、本日の午後はおそばを離れてよろしいでしょうか。名誉を重んずる人間として、身辺のことを片づけてからでないと、あのようなおそろしい家にもう一度足を踏み入れることはできません。臣下の中でもっとも忠節を誓い、恩義を感じる者として、今後は異論を申し上げないとお約束します」

「親愛なるジェラルディーン」フロリゼル王子は答えた。「おまえに身分の違いを思い出させられるたびに悲しくなるよ。今日は好きなように過ごすがいい。だが十一時には昨日と同じ変装をして戻ってきてくれ」

ふたたび訪れたクラブは、昨晩に比べて閑散としていた。ジェラルディーンと王子が着いたとき、喫煙室には五、六人しかいなかった。殿下は会長をかたわらに呼んで、マルサス氏の逝去を心から祝した。

「有能な人とつきあうのは楽しいものです」王子は言った。「あなたは実に有能だ。微妙な手際のいる仕事を、人目につかず巧みにおこなう才能をそなえておられる」

殿下のような立派な器量の持ち主から賞賛されて、会長もいささか心を動かされたようだ。彼は謙遜するかのように礼を述べた。

「気の毒なマルシー！」会長はつけ加えた。「彼がいないと、まるで別のクラブのように思えます。うちの会員の大部分は若者、それも夢見がちな若者で、話し相手にはなりません。マルシーにも夢見がちなところはありましたが、わたしにも理解できるタイプでしたからね」

「あなたとマルサス氏が意気投合したのはわかります」王子は言った。「実に個性的な人物でしたからね」

クリームタルトの若者も部屋にいたが、ひどく落ちこみ、黙りこくっていた。王子と大佐は彼を会話に誘いこもうとしたが無駄だった。

「こんなおぞましいところに、あなたたちを連れてこなければよかった！」若者は嘆いた。

「手を汚す前にここを離れてください。落ちていくときにあの紳士が上げた悲鳴を、舗道で骨が折れる音を聞かせてあげたい！　ぼくみたいな堕落した人間に情けをかけてくれるつもりなら、今夜こそスペードのエースを引けるように祈ってください」

夜が更けて、さらに数名の会員が現れたが、テーブルを囲むときになっても十三人しかそろわなかった。今夜も王子は、緊張しつつ楽しんでいた。一方、ジェラルディーンが昨夜に比べて格段に落ち着き払っているのを見て驚いた。

「たいしたものだ」王子は思った。「遺書を残してきたのか破棄してきたのか、いずれにせよ、それだけで若い男がこれだけ堂々とした態度になるのだから」

「始めますよ、みなさん」会長が宣言し、カードを配りだした。

三枚ずつカードが配られてもまだ、例の二枚のカードは会長の手元にあった。四枚目のカードが配られだしたときの興奮は耐えがたいほどだった。ちょうど全員に一枚ずつわたるだけのカードしか残っていない。ここではカードを反時計回りに配っていくので、会長の左から二番目に坐っている王子は、最後から二枚目のカードを受けとることになる。三人目の会員が黒のエースを引いた――クラブのエースだ。次はダイヤ、次はハートと続く。王子の左どなりのジェラルディーンの番がきて、カードをめくるとエースだった。ただしハート。

運命を決めるカードが目の前の卓上に置かれるのを見て、フロリゼル王子の心臓が止まった。さしもの勇敢な男の顔にも汗が浮かんだ。五分五分の確率で彼の命運が決まる。カードをめくった。スペードのエース。頭がガンガン鳴り、テーブルが目の前でぐらぐら揺れた。右側に坐っていた男が、喜びとも失望ともつかぬ声で発作的に笑いだすのが聞こえた。会員たちが足早に部屋を後にするのが目に入った。しかし王子の頭は別の考えで占められていた。自分の行動がどれほど軽率で罪深いものだったかをやっと悟った。健康で男盛りの王家の跡取りが、我とわが将来と勇敢で忠義ぶかい国民の未来をギャンブルで失ってしまったのだ。「神よ、われを許したまえ」王子は叫んだ。同時に乱れた気持ちがおさまり、瞬時に自制心を取り戻した。

驚いたことに、ジェラルディーンの姿が見えない。ゲームの部屋に残っている会員は二人だけだった。王子を殺す任務を負った男は会長と話しあっていた。もう一人はクリームタルトの若者で、王子に忍びよると耳元でささやいた。

「もし百万ポンド持っていたら、あなたの幸運を買い取りたいところです」去っていく若者を見ながら、もっとずっと安い金額でもこんな運命を売り払うのに、と殿下は思った。

密談が終わり、クラブのエースを持った男は心得顔で部屋を出ていった。会長は不運な王子に近づくと手を差し出した。

「お会いできてよかった。それに、ささやかながらお手伝いができて何よりです。少なくとも遅すぎるとはおっしゃいますまい。二晩目に当たるとは――幸運な方だ！」

王子ははっきりした口調で返事をしようと思ったが、無理だった。口の中はからからで、舌はまるで痺《しび》れているようだ。

「ご気分がすぐれないようですね」会長は気遣いを示した。「たいていの方がそうなるのです。ブランデーでもいかがですか？」

王子はうなずいた。会長はすぐさまグラスに酒を注《つ》いだ。

「マルシーも気の毒に！」王子が飲みほす横で、会長は嘆いた。「彼は一パイントも飲んだんですが、気を鎮めるには役立たなかったようですな」

「わたしは薬が効きやすいたちでね」王子はずいぶん落ち着きを取り戻していた。「ごらんのとおり、しゃんとしているでしょう。で、どうすればいいんです？」

「ストランド街の左側の舗道を、シティに向かって歩いていってください。やがていま部屋を出ていった紳士に出会うでしょう。あとは彼が指示を出しますから、したがってください。今夜、クラブは彼に権限を託してあります。それでは」会長は言い添えた。「どうぞ楽しい散歩を」

フロリゼルはややぎこちなく挨拶に応えて部屋を出た。喫煙室では会員たちがまだ居残ってシャンパンを飲んでいる。王子が注文して金を払ったシャンパンもあった。心の中で彼らに毒づいている自分に気づいて、王子は愕然《がくぜん》とした。控えの間で外套と帽子を身につけ、隅から傘を取った。こんな日常的な動作をするのも最後なのだと考えて、王子は発作的に笑いだした。耳障りな笑い声だった。部屋を出るのに気後れして、窓辺に近づいた。街灯と暗闇のひろがる光景を目にすると王子はわれを取り戻した。

「しっかりしろ、男じゃないか」彼は己に言い聞かせた。「さっさと行こう」

ボックス・コートの隅で三人の男がフロリゼル王子に襲いかかり、有無を言わせず馬車に押しこんだ。馬車はすぐさま走りだした。車内には先客がいた。

「乱暴をお許しください、殿下」聞き慣れた声がした。

安堵のあまり、王子は大佐の首に抱きついた。

「どうやって感謝すればいい？」王子は尋ねた。「これはいったいどういうことだ？」

覚悟を決めて死すべき運命に向かっていたとはいえ、味方に力ずくで捕えられ、生の世界に引き戻されたことを、王子はことのほか喜んでいた。

「今後、こうした危険なふるまいを二度となさらなければ、わたしへの感謝はそれで充分です」大佐は答えた。「二番目のご質問についてですが、すべての手筈はごく単純なものでした。今日の午後、高名な探偵に相談したのです。秘密を守るよう約束させ、礼金を支払いました。実際に動いたのは殿下の家中の者たちです。ボックス・コートの家は夕方からずっと監視下にありました。そして殿下の馬車の一台が、一時間前から待ちかまえていたという次第です」

「で、わたしを殺す役目を負った気の毒な男——彼はどうしたのかね」王子が尋ねた。

「クラブを出ると同時に拘束しました。お屋敷で殿下のお裁きを待っております。共犯者どもも、まもなく連行されるでしょう」

「ジェラルディーン、おまえは命令に背いてまでわたしを助け出してくれた。よくやった。命を救ってくれたばかりではない、大事なことを教えてくれた。おまえに感謝しなければ、わたしの地位がすたるというもの。なんなりと望みを言ってくれ」

しばらく沈黙があった。そのあいだも馬車は通りを走りぬけていく。二人の男はそれぞれの物思いにふけっていた。やがて口を開いたのはジェラルディーン大佐だった。

「殿下はすでに多数の囚人を捕えました。その中にただ一人、正義の裁きを下すべき悪人がおります。誓いを立てた以上、法に訴えるわけにはまいりません。たとえ誓いがなくても表沙汰にはしないほうがいいでしょう。殿下はあやつをどうなさるおつもりですか」

「決まっている」フロリゼルは答えた。「会長は決闘で倒さなければならない。問題は誰が相手をするかだ」

「殿下はなんなりと望みを言うようおっしゃいました。その役目を、わが弟にお任せいただけないでしょうか。名誉ある任務ですが、弟は立派に果たすことでしょう」

「ぶしつけな願いだが、断るわけにもいくまい」王子は答えた。

大佐は深い愛情をこめて王子の手に口づけた。そのときちょうど、馬車は王子の豪壮な邸宅のアーチ門をくぐり抜けた。

一時間後、正装をし、ボヘミアのあらゆる勲章を身につけたフロリゼルは、自殺クラブの会員たちを引見した。

「愚かな悪党諸君」王子は言った。「諸君のうち、運悪くこんな窮状に追いこまれた者は、みなわたしの役人たちが職と給料を与える。罪悪感に苦しんでいる者は、わたしよりも気高く寛大な君主たる神にすがるしかない。わたしは諸君が考えているよりもずっと同情しているのだ。明日、それぞれの事情を打ち明けるがよい。率直に話してくれれば、それだけ容易に不幸から救ってやれるだろう。ただしおまえについては」王子は会長のほうを向いた。「助けるなどと言ったら、おまえほどの才覚のある男に対して失礼にあたるだろう。かわりに気晴らしをくれてやる」そう言ってジェラルディーン大佐の弟の肩に手を置いた。「彼はわたしの部下の一人なのだが、大陸に行ってみたいという。そこで頼みたいのだが、旅に付き添ってやってはくれまいか。ときにおまえは」王子はがらりと口調を変えた。「射撃に自信はあるかね？　その腕前が必要になるかもしれない。男二人が旅をするとなれば、あらゆることにそなえておくべきだ。言っておくが、万が一途中で若いジェラルディーン氏とはぐれるようなことがあったら、すぐに代わりの配下を送るぞ。会長、わたしは遠くまで目が届き、遠くまで手を伸ばせる人間として知られているのだ」

これらのことを厳しい口調で告げると、王子は話を終えた。翌朝、クラブの会員たちは王子の海容によってしかるべきものをあてがわれた。自殺クラブの会長は、ジェラルディーン氏と、王子の家中で仕込まれた忠実で有能な従僕二人に付き添われて旅立った。それだけでなく、ボックス・コートの家は思慮深い代理人の手に渡り、自殺クラブとその役員に宛てた手紙や訪問者は、すべてフロリゼル王子がじきじきに調べた。

これで（とわがアラビア人の著者は言う）、「クリームタルトを持った若者の話」はおしまい。若者はいま、キャヴェンディッシュ・スクエアのウィグモア街に居心地のいい家を構えている。明らかな理由から番地は伏せさせていただこう。フロリゼル王子と自

――殺クラブ会長の冒険の続きが気になる方は、「医者とサラトガ・トランクの話」をお読みになるとよい。

医者とサラトガ・トランクの話

サイラス・Q・スカダモア氏は単純で無邪気なアメリカ人青年である。ニューイングランドの出だということを考えると氏の性格はいっそう嘉《よみ》すべきものだ。新世界のこの地方は、そうした気質で知られているとはとうてい言えないのだから。大金持ちだったのに、支出をいちいち小さな手帳に書きつけていた。おまけに、パリの魅力を探求するための拠点としてカルチエ・ラタンにあるいわゆる家具つきホテルの七階を選んだ。しまり屋ぶりはほとんど習慣となっていて、仲間うちでも際立って身持ちが固いのは、主として若さと臆病によるものだった。

スカダモア氏の隣室には、たいそう魅力的な物腰で身なりも優雅な婦人が住んでいた。居を構えた当初、彼は彼女を伯爵夫人だと思いこんでいた。だが、しばらくすると彼女がマダム・ゼフェリーヌという名で通っており、いかなる地位にあるにせよ、爵位は持っていないことがわかった。アメリカ人青年を誘惑するつもりか、マダム・ゼフェリーヌは階段で行き違うさいには丁寧に会釈し、とりとめのない挨拶を交わし、黒い瞳で悩殺するような視線を送ったあと、シルクの服で衣擦《きぬず》れの音を立てながら、見事な足とくるぶしをちらりと覗かせて去っていくのだった。こうした挑発を受けて、スカダモア氏は鼓舞《こぶ》されるどころか恥じ入って萎縮した。火を借りたいと言ったり、飼っているプードルが悪さをしたという作り話をしたりして、夫人は彼の部屋を再三訪れた。それでもこのように素晴らしい女性が目の前に現れると、彼は口がきけなくなり、フランス語もたちまち忘れてしまい、相手が立ち去るまで目を丸くしてもごもごとつぶやくばかり。その程度の浅いつきあいだったにもかかわらず、悪友たちと集まる場では、スカダモア氏は夫人との関係をさも思わせぶりに話してみせた。

スカダモア氏のもう一方の隣室は——ホテルには各階三室ずつあった——怪しげな噂《うわさ》のつきまとう年配のイギリス人医師が借りていた。ドクター・ノエルという名で、ロンドンでは繁盛した開業医だったが、わけあってそこを離れたという。警察の動きがあって引っ越さざるをえなかったともささやかれていた。ともあれ若いころ盛名をはせた博士も、いまはカルチエ・ラタンにひとり隠棲《いんせい》し、研究に没頭しているのだった。スカダモア氏はこの医者とも知り合いになり、時々はホテルの向かいのレストランでつましい夕食をともにした。

サイラス・Q・スカダモアには、さして恥じるほどもない悪癖がいくつかあり、慎みを忘れて少々いかがわしい行状にふけっていた。中でも一番の欠点は好奇心だ。生まれついてのゴシップ好きだった。他人の人生、とりわけ自身は経験のしたことのない人生のさまざまな側面に、スカダモア氏はどうしようもなく惹きつけられるのだ。図々しく始末に負えない詮《せん》索屋《さくや》で、しつこく無分別に根掘り葉掘り質問した。郵便ポストに手紙を持っていくときに、掌で重さを量り、ためつすがめつ宛先を調べる姿も目撃されている。また、マダム・ゼフェリーヌの部屋とのあいだの仕切り壁にひび割れを見つけると、それを修繕するどころか広げて、隣人の生活を監視するための覗き穴として使った。

三月の終わりのある日、いよいよ好奇心を募らせたスカダモア氏は穴をさらに大きくして、隣室が隅から隅まで見えるようにした。その夜、いつものようにマダム・ゼフェリーヌの動静を探ろうとすると、覗き穴が反対側から奇妙な具合にふさがれているのに気づいて仰天した。さらに驚いたことに、障害物がふいに取り除かれて、くすくす笑う声が彼の耳にまで届いたのである。しっくいの一部がはげ落ちて覗き穴の秘密がばれ、隣人が意趣返しをしたのだ。スカダモア氏は機嫌を損ね、マダム・ゼフェリーヌを口汚くののしり、はては己を責めさえした。けれども翌日になって、夫人が自分の楽しみを妨げる手立てをとっていないと知ると、彼女の無頓着をいいことに、引き続き益体《やくたい》もない好奇心を満たしていた。

翌日、マダム・ゼフェリーヌのところに、のっぽでしまりのない体格の五十がらみの男が訪れ、長居をした。サイラスがそれまで見たことのない人物だ。ツイードの背広に色つきのシャツ、むさくるしい頬髭からしてイギリス人らしく、その淀んだ灰色の瞳はサイラスをぞっとさせた。男はひそひそ声で話しながら、口をしきりにもぐもぐ動かしていた。ニューイングランド出身の青年は、男とマダム・ゼフェリーヌが何度か自分の部屋を指さしたような気がした。しかしいくら耳をそばだててみても、聞こえてくるのは嫌がっているか、あるいは反対しているらしい夫人に向かって話すイギリス人のうわずった声だけだった。

「あの男の趣味をじっくり調べたんだ。何度でも言うが、頼めるのはあんたしかおらん」

これに対してマダム・ゼフェリーヌはため息をつき、観念するようなしぐさをした。まるで絶対的な権力に屈服したかのようだ。

その日の午後、とうとう覗き穴がふさがれた。反対側に衣装箪笥《いしようだんす》が置かれたのだ。サイラスは不運を嘆き、例のイギリス人が余計な忠告をしたせいだろうと考えた。そこに管理人が、女の筆跡の手紙を届けに来た。手紙は綴《つづ》りの怪しいフランス語で書かれ、署名はなく、何やら気を持たせるような言葉遣いでアメリカ人青年を誘っていた――今夜十一時、ビュリエ・ダンスホールのこれこれの場所においでください、と。好奇心と臆病さが葛藤をくり広げた。あらゆる道徳観念と大胆な情熱のあいだで心が揺れ動いた。結局、夜十時よりだいぶ前に、サイラス・Q・スカダモア氏は一分の隙もない身なりでビュリエ・ダンスホールの入口に姿を現した。無謀な行為だと知りつつ、それに魅力も感じて入場料を払った。

ちょうど謝肉祭の時期だったから、ホールは満員でがやがやとにぎわっていた。われらが若き冒険者は光の渦と人混みのせいで最初のうちこそどぎまぎしていたが、やがて陶然としてきて、ふだんならありえないような男らしい気持ちがこみあげてきた。彼は悪魔とだって向き合えるくらいの勢いでホールの中を騎士のように意気揚々と歩いた。そうして闊歩《かつぽ》していると、マダム・ゼフェリーヌと例のイギリス人が柱の陰で話しこんでいるのに気がついた。盗み聞き好きの猫のような性癖がたちまち頭をもたげる。サイラスは二人の背後から忍びより、声が聞こえるところまで近づいた。

「あの男だ」イギリス人は言っていた。「ほら――長い金髪の――緑色のドレスの女性と話している」

サイラスにはそれが小柄な美青年のことだとわかった。二人はその青年を話題にしているのだ。

「わかった」マダム・ゼフェリーヌは言った。「やってみるわ。でも、こういうことは誰がやっても失敗するときは失敗するんだってことは承知しておいてね」

「ふん」男は答えた。「結果については責任を取る。三十人の中から君を選んだんだ。さあ行け。ただ王子には気をつけろよ。あいつ、どういう風の吹き回しで今夜はこんな店に来たんだ？　学生や店員ふぜいが騒いでいるところより、もっと王子にふさわしいダンスホールがパリにはごまんとあるっていうのに。ああやって坐っているところなんぞ、休暇を過ごす王子というより、自国に君臨する皇帝みたいじゃないか」

これも幸運なことに、サイラスは王子とやらを見つけることができた。恰幅《かっぷく》のよい、目立って顔かたちの整った男が、上品かつ堂々たる物腰でテーブルについている。かたわらで王子よりもいくつか年下の、やはり美しい青年がうやうやしく話しかけていた。王子という称号は、共和国の民であるサイラスの耳には尊いものとして響いた。王子と呼ばれた人物の風貌は、他の人々同様、サイラスの心をも魅了した。そこでマダム・ゼフェリーヌのそばを離れ、人の波をかき分けて、王子と腹心が腰を下ろしているテーブルに近づいた。

「ジェラルディーン」王子は話していた。「こんなのは正気の沙汰じゃない。おまえには弟の行動を監視する任務に弟を選んだのは（幸い記憶しているが）おまえ自身だ。おまえには弟の行動を監視する義務がある。彼はパリに長逗留《ながとうりゅう》することを請け合ってしまったが、敵の性格を考えると、それだけでも軽率だった。おまけに四十八時間以内にパリを発《た》つ、つまり二、三日で決着をつけなければならないのに、おまえの弟がこんなところで時間を潰しているのはおかしい。本当なら射撃場で練習をすべきだし、たっぷり眠って適度に足腰を鍛えておくべきだ。食事も制限して、白ワインやブランデーは控えなければ。あいつは茶番劇でも演じているつもりなのか？　ジェラルディーン、これは生死にかかわる重大事なんだぞ」

「弟のことはよく知っていますので、口出しするつもりはありませんし、心配もしておりません」ジェラルディーン大佐は答えた。「あれは殿下がお考えになっているよりも用心深く、度胸のある男です。女相手ならこんなことは申しませんが、相手が会長だったら、弟と二人の従僕に任せておけばなんの心配もないでしょう」

「それを聞いて安心した」王子は言った。「しかし嫌な予感がする。従僕たちは腕の立つ見張り役だったのに、あの悪党は三度もその目をかいくぐって、数時間行方しれずだった。何か危険な企みをしているんじゃないか？　素人ならたまたま見失うこともあるだろう。だがルドルフとジェロームがまかれたとなると意図的に姿をくらましたとしか考えられないし、あの男にはそうするだけの動機と、並はずれた悪知恵があったということだ」

「これはもはや弟とわたしのあいだの問題です」ジェラルディーンはわずかに気色ばんだ。

「そのとおりだ、ジェラルディーン大佐」フロリゼル王子は答えた。「だからこそ忠告を受け入れてもよいと思うのだが。まあ、この話はよそう。あの黄色い服を着た娘の踊りはいいね」

　こうして、会話は謝肉祭の時期のパリのダンスホールらしい話題に移っていった。サイラスはここがどこだったかを思い出し、指定された場所に行く時間が近づいているのに気づいた。考えれば考えるほど気が重い。だから人の流れに乗って出口のほうに運ばれていくと、逆らわずに身を任せた。人波に押されて回廊の真下の一角に追いこまれたとき、サイラスの耳にマダム・ゼフェリーヌの声が飛びこんできた。三十分ほど前に怪しいイギリス人が指さしていた金髪の青年と、フランス語で話している。

「わたしの名誉にかかわる問題なんです」彼女は言った。「そうでなければ、心の命ずるままに、他の条件なんてつけません。ともかく門番にそれだけおっしゃってください。何も言わずに通してくれますから」

「でも、どうしてこんな借金の話など？」相手の青年は憤然と言った。

「あら、わたしが自分のホテルのこともわからないとお思いなの？」

　そして愛おしそうに青年の腕につかまって、サイラスの横を通っていった。

　これを見てサイラスは手紙のことを思い出した。

「今から十分もすれば」と彼は考えた。「ぼくはマダム・ゼフェリーヌと同じくらい美しい、もっと華やかに着飾った女性と歩いているかもしれないんだ——本物の淑女、ひょっとすると貴族の女性と」

　だが、手紙の綴りを思い出すと気分が萎えてきた。

「まあ、あれは女中に書かせたのかもしれないし」サイラスは想像した。

あとほんの数分で約束の時間だ。間際になってみると、不快なほど妙に心臓が高鳴る。絶対に行かなくちゃならない義理はないんだと考えると気が楽になった。道義心と弱気がせめぎ合い、彼はふたたび出口へ、しかし今度は自分の意志で、さきほどとは逆向きに流れ出している人波に逆らって歩いていった。こんなふうに長いこと抵抗したせいで疲れてしまったのか、あるいはひとつの決心をしばらく保とうとすると、反動で違ったことをしたくなってしまうことがあるが、そんな精神状態になったのか。ともあれ彼はまたしても踵《きびす》を返すと、待ち合わせ場所から数ヤードほどのところに姿を隠せる一角を見つけ、そこに向かった。

サイラスは苦悩し何度か神に助けを求めた。敬虔《けいけん》なクリスチャンたるべく育てられてきたのである。この期に至ると、もはや謎の女性と対面する気持ちなどどこにもなかった。どうにか踏みとどまったのは、男らしくないと思われては困るという馬鹿げた恐怖のためだった。とはいえその恐怖は他のどんな感情にもまして強力だった。そのため、先には進めないまでも、逃げ出しはしなかった。やがて約束の時刻から十分が過ぎた。若きスカダモア氏は気を取り直した。部屋の隅から待ち合わせ場所をうかがってみたが、誰もいない。謎の手紙の送り主は待ちくたびれて行ってしまったのだろう。さっきまでの気後れが嘘のように大胆になった。どれだけ遅れたにせよ、ともかく待ち合わせ場所まで来た以上、臆病だとなじられることはあるまい。それどころか、あの手紙はいたずらだったのではないかと考えはじめ、用心深く相手を出し抜いた己の知恵を自画自賛した。若者の心はこんなにも移ろいやすいのだ！

安心したスカダモア氏は、思いきって部屋の隅を離れた。だが二、三歩もいかないうちに腕に手が触れてきた。振り返ると、堂々たる体軀《たいく》で立派な顔だちの婦人がいる。しかしその表情は穏やかだった。

「とんだ自惚《うぬぼ》れ屋《や》の女たらしね」彼女は言った。「こんなふうに待たせるなんて。でも、どうしてもお会いしたかったの。我を忘れて自分から言い寄るような女ですもの、つまらない自尊心なんてとっくに棄《す》てています」

サイラスは手紙の主が大柄で魅力的だったうえ、だしぬけに迫ってこられたので圧倒されてしまった。けれども彼女はすぐに彼の緊張をほぐしてくれた。親しみやすく優しい物腰だった。彼に冗談を言わせては、しきりにほめそやした。おだてられ、温かいブランデーをさんざんきこしめしたせいで、サイラスはあっというまに彼女に恋をしている気になった。それどころか熱烈な愛の告白さえした。

「まあ」女は言った。「そう言っていただいてとても嬉しいのですけれど、はたして喜んでいいものかしら。わたしは今まで一人で苦しんできました。これからはあなたと二人で苦しむことになるのね。わたしは自由の身ではありません。夫が厳しく見張っているので、うちに来ていただくことができないの。どうしましょう」女はいったん口をつぐんだ。「わたしは弱い女ですが、あなたより年上です。あなたは勇敢で肝が据わっているけれど、二人のためには、わたしの経験を活かさないと。お住まいはどちら？」

彼は家具つきのホテルに住んでいると答え、通りと番地を教えた。

女はしばらく思案顔だった。「そうだわ」やがて彼女は言った。「約束をちゃんと守ってくださる?」

サイラスは熱をこめて忠誠を誓った。

「それじゃあ明日の夜にしましょう」勇気づけるようなほほえみを浮かべて、女は続けた。「夜の早いうちはホテルから動かないで。お友達が訪ねてきても、適当な口実で帰っていただいてね。ホテルは十時には閉まるのかしら」

「十一時です」サイラスは答えた。

「十一時十五分にホテルを出ていらして。門番にはドアを開けさせるだけにして、余計なことは話さないでちょうだい。台無しになってしまうから。そのままリュクサンブール公園とサン=ミシェル通りがぶつかる角まで来て。そこでお待ちしています。正確にこのとおりにしてね。少しでも約束をたがえたら、ひとりの女がひどい目に遭うってことを忘れずに。その女は、あなたを一目見て恋に落ちたこと以外、なんの罪もないのだから」

「でも、どうしてそんな面倒なことをしなくちゃいけないんですか」サイラスは尋ねた。

「あら、さっそく主人気取りで指図する気?」女は扇で彼の腕をはたいた。「我慢なさって! すぐにあなたの思いのままになるから。女って、最初のうちは恋人に言うことを聞いてもらいたいものなの。あとになれば喜んで言いなりになるんだけど。後生だから言ったとおりにして。さもないと何もお約束できません。そうそう」女はさらに先の困難を見越したようにつけ加えた。「邪魔なお客が訪ねてこないようにする、いい方法があるわ。誰も通さないようにあらかじめ門番に指示しておくのよ——ただし借金を取り立てにくるかもしれないから、その人は別だと言って。いかにも借金取りを怖がっているふうに話せば、門番も信じるでしょう」

「邪魔な客くらい自分で追い払えますよ」サイラスはむっとして言った。

「言うとおりしてくださらないと」女は冷たく言い放った。「殿方っていつもそう。女にとって世間体がどんなに大切かなんて考えないのよ」

サイラスは顔を赤くして恥じ入り、うつむいた。彼自身、女との経緯を友人たちの前で自慢げに披露する心づもりだったからだ。

「何より大切なのは、外出の時、門番に話しかけないことよ」

「え、どうして？　あなたの指示の中でも、一番どうでもいいことに思えるけど」

「他の指示だって最初は疑ってらしたじゃないの。でも、今じゃそれが必要だってわかっているでしょう？　信じて、ちゃんと意味があることなの。最初からこんな小さなお願いも聞いてもらえないんじゃ、あなたの愛情を当てにしていいのかどうかわからないわ」

サイラスはあわてて釈明したり謝ったりした。そうこうするうちに女は時計を見上げると、手を打ち鳴らして小さく叫んだ。

「まあ、もうこんな時間？　すぐに帰らなければなりません。ああ、女ってみじめね、奴隷そのものだわ！　今だってこんなに危険を冒しているのよ、あなたのために」

女はわざとらしくサイラスに触れ、色っぽい流し目をよこしながら指示を繰り返したあと、別れを告げて人ごみの中に姿を消した。

翌日ずっと、サイラスはたいそう偉くなったような気分で過ごした。あの女性は伯爵夫人に違いない。夜になると、女の指示をきっちり守り、約束の時間にリュクサンブール公園の角に立った。誰もいない。あたりをうろついたり、通りかかる人々の顔を覗きこんだりしながら、半時間も待った。サン＝ミシェル通りの他の角にも足を延ばし、外周の柵に沿って公園を一周さえした。けれども、彼の腕に身を投げかけてくる伯爵夫人など影も形もない。やがて、後ろ髪を引かれながら、とぼとぼとホテルへの道をたどりはじめた。その途中、ダンスホールでマダム・ゼフェリーヌと金髪の青年が交わしていた会話を思い出し、不安な気持ちになった。

「なんだか、誰もがホテルの門番に嘘をついているみたいだ」

サイラスは呼び鈴を鳴らした。ドアが開き、寝間着姿の門番が灯《あか》りを持って現れた。

「あの人はもう帰りましたか？」門番は尋ねた。

「あの人？　誰のことだい」サイラスは辛辣《しんらつ》な口調で言った。約束を破られたせいで、むしゃくしゃしていたのだ。

「出ていくのは気づきませんでした」門番は続けた。「でも、ちゃんとお支払いになったんでしょうね。このホテルには、借金を抱えこむ人は泊めたくありませんから」

「いったいなんの話だ」サイラスはつっけんどんに尋ねた。「ちんぷんかんぷんだよ」

「借金を取り立てにきた、小柄で金髪の青年ですよ」門番が答えた。「決まってるじゃありませんか。だって、他の人は入れるなっておっしゃったでしょう」

「えっ、まさか、そんな奴が来るはずない」サイラスは反駁《はんばく》した。

「わたしは起きたままを申し上げただけです」そう言って、門番はいたずらっぽく舌で頬を膨らませた。

「君はとんでもない悪党だ」サイラスは声を張りあげた。だが、感情をむき出しにしすぎたと思い、同時に妙な不安に襲われて、背中を向けると急いで階段を駆け上った。

「灯りはいらないんですか」背中から門番が叫んだ。

だがサイラスはさらに急いで、七階の踊り場にある自室に着くまで足を止めなかった。最悪の予感に襲われ、部屋に入るのを躊躇《ちゅうちょ》しながら、しばらく息を整えた。

意を決して足を踏み入れると、部屋は真っ暗で、見たところ人のいる気配もなかったので胸をなでおろした。彼は大きくため息をついた。ふたたび安全なわが住まいに戻ったのだ。馬鹿なまねはこれきりにしなければ。ベッド脇の小さなテーブルに置いたマッチのほうに手探りで進んだ。暗がりの中を進んでいるうちに、また不安が膨らんできた。足が何かにぶつかって、それがただの椅子だとわかったときにはほっとした。やっとカーテンに触れた。かすかに見える窓の位置から判断して、ベッドの足元にいることがわかった。あとはベッドづたいにテーブルまで手を伸ばせばいい。

サイラスは手をベッドに下ろした。けれども手に触れたのはただのベッドカバーではなかった。カバーの下に、何やら人間の脚のようなものがある。サイラスは腕を引っこめ、一瞬その場に凍りついた。

「こ、これはいったいなんだ？」彼は考えた。

じっと耳を澄ませたが、息づかいは聞こえない。勇気を振り絞り、もう一度、さっき触った場所に指先で触れてみた。今度は半ヤードばかり飛びのいて、ぶるぶる震えながら突っ立ち、恐怖のあまり身動きできなくなってしまった。何かがベッドの中にある。その正体はわからなかったけれど、何かがあるのは確かだ。

しばらくしてようやく動けるようになった。それから本能に導かれるようにしてマッチに飛びつき、ベッドに背中を向けて蠟燭《ろうそく》に火をつけた。炎が燃えあがると、彼はゆっくりと振り向いて、見たくはなかったが、おそるおそるそれに目を向けた。まちがいない、最悪の想像が当たってしまった。ベッドカバーは枕のところまで引き上げられ、人の形に盛りあがっていて、ぴくりとも動かない。駆け寄ってカバーをさっとめくると、そこには昨夜ビュリエ・ダンスホールで見かけた金髪の青年が横たわっていた。目をうつろに見開き、顔は黒ずんで膨らみ、鼻孔から細く血が流れ出している。

サイラスは長々と震え声をあげ、蠟燭を落とすと、ベッドの脇にへなへなと崩れ落ちた。おそろしい発見のせいで呆然《ぼうぜん》としていたが、ゆっくりと控えめに部屋の扉がノックされる音で我に返った。自分の置かれた状況を思い出すまでに数秒かかり、誰にせよ部屋に入って来るのをあわてて止めようとしたが、時すでに遅し。ナイトキャップを後ろに垂らしたドクター・ノエルの面長の青白い顔が、手にしたランプに照らされて浮かび上がった。医者はおずおずと、鳥のように首を突き出して覗きこむと、おもむろに扉を開いて部屋の真ん中までやってきた。

「叫び声を聞いたような気がしたんだ」医者は言った。「もしや具合でも悪いのかと思ってお邪魔させてもらったよ」

サイラスは顔を真っ赤にし、胸をどきどきさせながら医者とベッドのあいだに立ちはだかった。とはいえ、返事をしようにも声が出ない。

「真っ暗な部屋にいるのに」医者は続けた。「君は寝る支度もしていない。わたしの目はごまかせんよ。君には友人か医者が必要だと、顔にちゃんと書いてある。必要なのはどちらだね？　脈を見せてくれ。心臓の具合を知るにはそれが一番だ」

医者は後ずさりするサイラスに近づいて手首をつかもうとした。けれどもアメリカ人青年の神経はこれ以上の緊張には耐えられなかった。医者の手を激しく払いのけ、床に身を投げ出してわんわん泣きはじめた。

ベッドに横たわった遺体に気づくと、ドクター・ノエルの表情は暗くなった。開けっぱなしだった部屋の扉を急いで閉め、錠を二重に下ろした。

「立ちなさい！」医者は強い口調でサイラスに命じた。「めそめそしている時間はない。君は何をした？　この死体はどうやってこの部屋に来たんだね？　正直に話すんだ。力になれるかもしれない。わたしが君を破滅させると思うかね？　君の枕に寝転がったこの死骸のせいで、君への同情が薄れるとでも？　そそっかしい若者だね。不公平な法律から見ればおぞましいような行為に手を染めた者であっても、愛する者にとっては怖くもなんともない。心からの友が血まみれで現れたとしても、わたしの愛情は変わらないだろう。さあ立って。善も悪も妄想にすぎない。人生にあるのはしょせん運命だけだ。それに、どんな状況に陥ろうとも、最後まで君の味方になる人間が一人はいるものさ」

こんなふうに励まされて、サイラスはどうにか気を取り直し、震え声で、医者の問いかけに助けられながら、どうにかいきさつを語り終えた。ただし、王子とジェラルディーンのあいだで交わされていた会話はすべて省いた。二人が何について話していたのか皆目わかっていなかったし、だいいち自分の不運とは関係ないように思えたからだ。

「なんてことだ！」ドクター・ノエルは声を上げた。「思い違いでなければ、君は知らないうちに、ヨーロッパでもっとも危険な連中の手に落ちたことになる。かわいそうに、君が無邪気なばっかりに、とんだ落とし穴を掘られたもんだな！　不注意のあまり、たいへんな危険に誘いこまれてしまったんだ！　君が二度見かけたという男、そのイギリス人こそ、陰謀の中心人物ではないかとわたしは睨んでいるのだが、どんな奴だったかね。若いか、年寄りか？　背は高いか、低いか？」

あいにくサイラスは、詮索好きのくせに観察力はからきしで、漠然とした印象しか伝えられず、男の姿はまったく浮かんでこない。

「学校でそういう教育もすべきだな」医者は声を荒らげた。「敵の特徴を観察し、記憶しておくこともできないのなら、視力や言語能力なんて無用の長物だ。わたしはヨーロッパじゅうの悪党を知っているから、そいつが誰だかわかっただろうし、そうすれば君を守る手立ても講じられたはずだ。観察力を磨いておくんだよ。将来、役に立つこともあるだろう」

「将来なんて」サイラスは鸚鵡返しに言った。「ぼくの将来に待っているのは絞首台だけですよ」

「若いころは臆病なものさ」医者は慰めた。「それに、ひどい目に遭っている当人は実際よりも事態を悪く見がちだ。わたしは老人だが、けっして絶望はしないよ」

「警察にこの話をしてもいいですか？」サイラスが尋ねた。

「とんでもない。思うに、君が巻きこまれた謀略では、警察に行くのは最悪の選択だ。頭の固い司法当局から見れば、君はまちがいなく有罪だろう。それに、わたしたちは陰謀のほんの一部しか知らないということを忘れてはいかん。悪辣な策略家たちのことだ、他にも多くの罠《わな》を仕掛けているにちがいない。警察の捜査でそれが明らかになれば、無実の君がいよいよ罪をかぶるはめになる」

「じゃあ、もうおしまいだ！」サイラスは泣き叫んだ。

「そうは言っていない」医者は言った。「わたしは用心深い男だからね」

「でも、これを見てください！」サイラスは死体を指さした。「ベッドにあるこれを。釈明もできない、片づけることもできない、怖くて見ることもできない」

「怖いだと？」医者は応じた。「人間という時計も、動きを止めてしまえば、わたしにとっては外科用メスで解剖すべき精巧な機械仕掛けにすぎない。ひとたび冷たくなり流れが止まれば、血だって人間の血とは言えない。肉体も死んでしまえば、もはや愛する恋人の肉体、尊敬する友人の肉体ではない。優美さも魅力も恐怖も、魂とともに肉体から消えてしまう。死体を平然と眺められるように慣れることだ。わたしの計画が実行に移されれば、君は否応《いやおう》なしに数日間、そんなふうに怖がっている当の死体の近くで過ごさなければならないのだからね」

「計画ですって」サイラスは声を張り上げた。「どういう計画ですか？　もったいぶらずに教えてください、先生。もう生きていく気力もないくらいなんです」

それには答えず、ドクター・ノエルはベッドに向きなおり、死体の検分を始めた。

「完全に死んでいる」医者はつぶやいた。「うむ、やはりポケットは空だったか。名前はシャツから切りとられている。やつらは完璧に仕事をこなしたようだな。さいわい、この男は小柄だ」

サイラスはとめどない不安を感じながら医者の言葉を聞いていた。やがて医者は検死を終え、椅子に腰を下ろすと、ほほえみながらアメリカ人青年に話しかけた。

「この部屋に入ってから、わたしは耳と舌を忙しく働かせてきたが、目だって怠けていたわけではない。さっき気がついたのだが、部屋の隅に、君の同国人が地球上どこに旅する時も持ち運んでいる馬鹿でかい箱があるね。そう、サラトガ・トランク［旅行用の大型トランク］だ。今の今まで、なんの役に立つのか見当もつかなかったが、やっとわかったよ。奴隷貿易に必要だったのか、早まってボウイナイフを振り回したときの後始末に使ったのかは知らんが、ひとつだけはっきりと言える――この大きな箱の用途は、人間の体をしまいこむことなんだとね」

「やめてください」サイラスは泣きわめいた。「冗談を言っている場合じゃありません」

「いくらか面白がって話しているのは確かだが」医者は言い返した。「わたしは本気で言っているんだよ。若き友よ、まず中身を全部出してトランクを空にしなければならん」

自信たっぷりのドクター・ノエルの指示にしたがって、サイラスは仕事にかかった。サラトガ・トランクの中身は取り出され、床に大きな山となって積みあげられた。そして――サイラスが足を、医者が肩を持ち――殺された男の体をベッドから下ろし、どうにか二つ折りにして空のトランクに詰めこむと、二人で力いっぱい押して、異常な荷物に蓋をした。医者がみずからトランクに錠をし、ロープでくくった。サイラスのほうは取り出された品々をクロゼットと抽斗《ひきだし》にしまった。

「さて」医者は言った。「第一段階は済んだぞ。明日、というかもう今日だな、君はホテルのつけをぜんぶ払って門番の疑いを晴らしておくんだ。そのあいだにうまく片をつけるために必要な手筈を整えるから、信じて待っていてくれ。さて、わたしの部屋に来なさい。安全で強力な鎮静剤をあげよう。なんにせよ、今は休まないといけない」

翌日は、サイラスの記憶のなかでもっとも長い一日になった。まるで永遠に終わらないように感じられた。友達と会うのを避けて部屋の隅に坐りこみ、陰鬱な顔でサラトガ・トランクを凝視した。今までの無分別が彼に跳ね返ってきていた。というのも、壁の穴がふたたび開いて、マダム・ゼフェリーヌの部屋からたえず監視されているような気がしたからだ。その苦しみに耐えかねて、とうとうこちら側から覗き穴をふさいでしまった。こうして見られる危険がなくなると、サイラスは大半の時間を悔恨の涙にくれながら祈って過ごした。

夜遅く、ドクター・ノエルが部屋に現れた。封だけして宛先の書いていない封筒を二通、持っている。片方はひどくかさばり、もう片方は何も入っていないかのように薄い。

「サイラス」テーブルにつくと医者は言った。「君を救う計画を打ち明けるときが来た。明日の朝早く、数日間パリで謝肉祭を見物したボヘミアのフロリゼル王子が、ロンドンに帰ることになっている。ずっと前になるが、王子の主馬官ジェラルディーン大佐に、医者としてはごくあたりまえの、ちょっとした手助けをしてあげたことがある。わたしたちはどちらもそのことを忘れていない。大佐がわたしにどんな義理があるのかは、詳しく話すまでもないだろう。肝腎なのは彼が、どんなことであれわたしのために働いてくれるということだ。さて、君はトランクを開けないままロンドンに行かねばならない。むろん税関はたやすくそんなことを許さないだろう。だが王子くらい重要な人物の荷物となれば、礼儀上、税関の検査を受けずに通り抜けられるはずだ。ジェラルディーン大佐には連絡して、承諾の返事を受けとった。明日の午前六時前に王子の泊まっているホテルに行けば、トランクは王子の荷物のひとつとして扱われ、君自身も王子の随員に加わることになる」

「そういえばビュリエ・ダンスホールで王子とジェラルディーン大佐を見かけた気がします。

二人の会話を小耳にはさみました」

「ありそうなことだ。王子はいろいろな階層の人々と交わることを好むからな」と医者は言った。「ロンドンに着いたら君の仕事は片づいたも同然だ。厚いほうの封筒には、宛先は書かずにおいたが、手紙が入っている。薄いほうの封筒にはある家の住所が入っているから、手紙とトランクを持ってそこに行きなさい。そうすれば君は厄介ごとから解放されるだろう」

「ああ」サイラスは言った。「信じたいのは山々ですが、無理です。あなたは明るい見通しを語ってくれました。でも、そんなふうに解決できるなんてとうてい思えません。お願いですから、その計画がどういうことなのかくわしく教えてください」

医者は困ったような顔をした。

「ううむ、ずいぶん面倒なことを言うね。だが仕方ない。恥をさらすのは慣れっこだ。それに、これだけ世話を焼いてやって、今さら頼みを聞かないのも妙だろう。それじゃ話すが、今でこそ静かな暮らしをしている——ひとりつつましく研究に専念している——ものの、わたしも若いころには、ロンドンの抜け目のない危険な悪党たちのあいだで名の通った存在だった。表向きは世間から敬意を払われる生き方をしていたが、秘密の、身の毛もよだつ犯罪の分野でこそ本領を発揮したものさ。君をピンチから救い出すために、当時の部下の一人に連絡することにしたんだ。部下たちは国籍も特技もばらばらだったが、恐怖の誓いで結束し、同じ目的のために働いていた。人殺しをなりわいとする組織だ。こうして話している今のわたしは虫も殺さぬように見えるだろうが、そのおそろしい連中の頭《かしら》だったのさ」

「なんですって」サイラスは叫んだ。「あなたが人殺し？　しかもそれを商売にしていただって？　そんな人の助けを借りていいのか？　恩を着せられるのか？　腹黒い犯罪者め、未熟なぼくのピンチにつけこんで、悪の道に引きこむつもりなのか？」

医者は苦笑いした。

「真面目なんだな、スカダモアくん。しかしこれは、殺された男と人殺しのどちらを仲間にするかという選択だ。わたしの助けを借りるのが良心に反するというのなら、はっきり言いなさい。すぐに出ていくよ。そうすれば君はトランクとその中身を、良心にそむかない形で処理できるんだろう」

「すみません、まちがっていました」サイラスは謝った。「あなたはぼくが無実を訴える前から救いの手を差し伸べてくれたんですから。これからもありがたくご忠告にしたがいます」

「よろしい」医者はうなずいた。「どうやら君も、少しは賢くなったようだね」

「でも」とニューイングランド出身の若者は言った。「あなたはこうしたことに慣れているそうだし、ぼくが接触する相手もあなたの昔のお仲間なんですよね。それならなぜ、ご自分でトランクの運搬をして、今すぐぼくをこの忌まわしい代物から解放してくれないんですか」

「やれやれ、ほとほと感心するよ。まだ君の面倒を見たりないとでも？　もう充分親切にしてやったと思うがね。提案を受け入れるか、拒否するかだ。感謝の言葉などいらん。君のおつむもたかが知れたものだが、君からの敬意など、それ以下の価値しかない。もし精神を健全に保ったまま、この先何年も生き延びることができたら、いつかは君も事態をまったく違うふうにとらえ、今夜の言動を恥じることだろう」

医者はそう言って椅子から立ち上がり、簡潔に指示を繰り返すと、サイラスに返事をする間も与えず、そそくさと部屋を出ていった。

翌朝サイラスがみずからホテルに赴くと、ジェラルディーン大佐に丁重に迎えられ、トランクと、背筋も凍るその中身についての心配からはとりあえず解放された。イギリスへの旅路は大過なかったが、船員や鉄道のポーターが王子の荷物の尋常ならざる重さに不平をこぼしているのを耳にするたび、青年は恐怖におののいた。サイラスは従者たちと同じ客車に乗った。王子が主馬官と二人きりで過ごすことを望んだからだ。だが船の甲板で、いまだ将来への不安でいっぱいのサイラスが沈鬱な面持ちで荷物の山をぼんやり見ている様子に、王子の注意は惹きつけられた。

「あの若者は何かで悩んでいるに違いない」王子は言った。

「あれが殿下に同行する許可をいただいた、例のアメリカ人です」ジェラルディーンが答えた。

「そうだ、挨拶するのを忘れていた」フロリゼル王子はサイラスに近づき、心のこもった言葉を述べた。

「お若い方、ジェラルディーン大佐を通して、あなたの望みをかなえることができてうれしい。今後、より困難な問題についても喜んでお役に立ちたいと思っていますので、どうぞお忘れなく」

王子はアメリカの政治状況についていくつか質問をし、サイラスは良識のある適切な返答をした。

「まだお若いのに、年に似合わず真面目な方とお見受けしました。おそらく何か深刻なことを考えていらっしゃるのでしょうね。こんなことを言うと、つらい話題に不作法にも触れてしまうことになるのかもしれませんが」

「たしかに、自分がこの上なくみじめな人間だと考えるだけの理由があります」サイラスは答えた。「無実の身でこれほどひどい目に遭った人はほかにないでしょう」

「事情を打ち明けてくれとは言いません」王子は言った。「しかしジェラルディーン大佐による推薦は何にも代えがたい通行手形だということを覚えておいてください。わたしは喜んでお役に立ちますし、おそらくたいていの人よりも有能ですよ」

王子のような大物が示してくれた親愛の情に、サイラスはすっかり舞い上がった。とはいえ、思いはすぐさま陰鬱な心配ごとに戻ってしまう。王子が共和国民に向けてくれた厚意でさえ、苦悩する心を懸案から解き放つことはできないのだ。

鉄道がチャリング・クロス駅に到着した。税務官たちはいつものように、王子の荷物には敬意を払って手を触れない。優雅な馬車が何台か待っていて、サイラスは他の人々と一緒に、王子の居館まで乗せられていった。王子の家に着くと、ジェラルディーン大佐はサイラスを見つけ出し、尊敬する医師の友人の役に立てたことを嬉しく思う、と言った。「陶器は壊れていないはずですよ」大佐はつけたした。「王子の荷物は丁重に扱うよう、特別に指示してありますから」

大佐は召使いたちに命じて若い紳士のために馬車を一台用意させ、すぐさまサラトガ・トランクを運びこませた。そして握手を交わすと、王子の家の仕事があるからと、その場を辞した。

さて、サイラスは行先の入った封筒を開けると、がっしりした従僕に、ストランド街に面したボックス・コートに向かうようにと告げた。従僕はその場所に覚えがあるらしく、驚いた様子で、もう一度指示を繰り返すように頼んできた。不安ではちきれそうになりながら、サイラスは豪華な馬車に乗りこむと、目的地まで運ばれていった。ボックス・コートの入口は狭く、馬車は入れなかった。両端に支柱のある柵に挟まれた、ただの歩道だ。支柱のひとつに坐っていた男がぴょんと跳びおりて、御者と親しげに言葉を交わした。そのあいだに、従僕は馬車の扉を開け、サラトガ・トランクを下ろすかどうか、どこの番地に運ぶのかをサイラスに尋ねた。

「じゃあ、三番に」サイラスは言った。

従僕と柱に坐っていた男は、サイラスの助けも借りながら、どうにかトランクを運んだ。問題の家の前にトランクが置かれるというときに、大勢の通行人が見ているのに気づいて、サイラスは肝を冷やした。どうにか表情をとりつくろいながら扉をノックし、中から出てきた男に、分厚い封筒を手渡した。

「主人は留守です」男は言った。「手紙を置いて、明日の朝早くお越しいただければ、主人があなたと会えるかどうか、お知らせします。トランクは置いていかれますか？」

「もちろんだ！」サイラスは叫んだ。けれども次の瞬間、軽率だったと思い直し、やはりホテルに持って帰ると言った。

野次馬たちはサイラスの優柔不断を馬鹿にして、馬車に戻るサイラスに侮蔑の言葉を投げつけながらついてきた。サイラスは恥ずかしく、また恐ろしくなって、近くの静かで快適な宿に案内してくれと従僕たちに頼みこんだ。

王子の馬車はクレイヴン街のクレイヴン・ホテルでサイラスを下ろすと、彼をホテルの従業員たちに託してすぐに走り去った。空いているのは、階段を四つも上がったところにある、裏通りに面した小部屋だけらしい。二人の大柄なポーターが、さんざん苦労し、愚痴をこぼしながら、この隠れ家までサラトガ・トランクを運び上げた。二人が階段を上っていくあいだ、サイラスはすぐ後ろをついていき、角を曲がるたびに心臓が口から飛び出しそうになっていたのは言うまでもない。一歩でも足を踏み外せば、トランクは手すりを越えて一階まで落ち、おそろしい中身が玄関ホールの床にさらけ出されてしまう、とサイラスはおびえていた。

部屋に着くと、サイラスはベッドの端に腰を下ろし、今まで耐え忍んできた苦悩からようやく解放された。しかし落ち着く間もないうちに宿づきの靴磨きの男の動きにふたたびぞっとさせられた。靴磨きはトランクの横にしゃがみこむと、入念に縛ったロープを解こうとしたのだ。

「そのままにしておいてくれ！」サイラスはどなりつけた。「ここに泊まっているあいだは、それに触ってほしくないんだ」

「だったら玄関ホールに置いておけばよかったのに」靴磨きは不平を言った。「教会みたいにでかくて重い代物だ。中身がなんなのか見当もつかねえ。これがぜんぶ金《かね》なら、旦那は俺よりもよっぽど金持ちだね」

「金？」サイラスは突然うろたえて、鸚鵡返しに言った。「金ってどういうことだ。金なんて持ってない。馬鹿げたことを言わないでくれ」

「旦那、ご心配なく」靴磨きはウインクして答えた。「誰もあんたのお金に触りゃしませんよ。俺は金庫みたいに安全な男です」そしてこうつけ加えた。「でもこんなに重いトランクを運んだんだ、旦那の健康を祝して一杯やっても悪くないですね」

サイラスは二枚のナポレオン金貨を男の手に押しつけながら、面倒な外国の金で申し訳ない、こちらに着いたばかりでと言い訳をした。男はますます不平たらたらで、馬鹿にしたように掌の金貨とサラトガ・トランクをかわるがわる見ていたが、やがて諦めて引き下がった。

死体がサイラスのトランクに詰めこまれてから二日が経っていた。一人になると、不幸なニューイングランド人はトランクのひびや隙間に鼻を寄せてくんくん嗅いでみた。幸い涼しかったので、トランクはおぞましい秘密をどうにか隠しおおせていた。

サイラスはトランクのかたわらの椅子に坐り、両手に顔を埋めて、深くもの思いにふけった。早くこの問題を解決しなければ、遠からずことが露見してしまうことは確実だ。見知らぬ都会に独りきり、友人も共犯者もいない。医者の手づるが役に立たないとなれば、将来を断たれた無力なニューイングランド人だ。彼は悲しい気持ちで、野心に燃えて思い描いていた自分の未来について考えた。もはや生まれ故郷のメイン州バンゴアの英雄となり、議員となる夢はかなうまい。かつて楽しく空想していたように、出世して名声をほしいままにすることもあるまい。合衆国大統領として歓呼の声に迎えられ、死後、芸術としては最低の彼の彫像がワシントンの国会議事堂を飾るという希望もきっぱり諦めるべきなのだろう。何しろ今や、二つ折りでサラトガ・トランクに詰めこまれたイギリス人の死体に縛りつけられた身だ。これを始末しないかぎり、国家の偉人の名簿に名を残すことなどできない!

青年が、医者や殺された男やマダム・ゼフェリーヌや宿の靴磨きや王子の従僕たち、要するに忌まわしい運命にちょっとでもかかわりあった人々をどんな言葉で罵ったのかを記すのは控えておこう。

夜の七時になると、こそこそ食事に降りていった。だが食堂の黄色い壁にはげんなりさせられたし、他の客が疑いの目を向けているような気がした。それに上の階に置いてきたサラトガ・トランクから心が離れない。給仕がチーズを運んできたとき、サイラスの神経は限界まで張りつめていたので、びくりと椅子から跳び上がり、飲み残したビールをテーブルクロスにひっくり返してしまった。

食後、その給仕が喫煙室に案内しましょうと言った。すぐにでも危険な秘密を隠したトランクのもとに飛んで帰りたいところだったが、断る気力もない。階段を降りていき、通されたのはガス灯に照らされた薄暗い地下室。そこが当時の、そしておそらくは今も、クレイヴン・ホテルの喫煙場所だった。

悲しげな顔つきの男が二人、賭けビリヤードをし、横で肺病病みの男が点数係をつとめている。サイラスは一瞬、喫煙室にいるのはこの三人だけかと思った。しかし改めて見ると、奥まった隅で目を伏せたまま煙草をふかしている上品な男に目がとまった。どこかで見た顔だとサイラスは考えた。そう、服を完全に着替えてはいたが、先刻ボックス・コートの柱に腰かけていて、馬車からトランクを下ろすのを手伝った男だ。ニューイングランド青年はただちに踵を返すと走りだし、寝室に飛びこんで鍵をかけ、錠を下ろした。

そのあとは一晩中おそろしい空想に苦しみながら、サイラスは死骸の詰まったおぞましいトランクの横でまんじりともしなかった。トランクに金が入っているなどと靴磨きが口にしたせいで、片目だけでもつぶろうとすると、新たに不安が湧き起こってくる。ボックス・コートをうろついていた男が、あきらかに変装して喫煙室にいたところをみると、自分はふたたび謎めいた陰謀の渦中にあるのだと思わずにはいられなかった。

真夜中を告げる鐘が鳴ってしばらくしたころ、疑心暗鬼に駆られて、サイラスは寝室の扉を開き、廊下の様子をうかがった。廊下はガス灯がひとつともっているだけで薄暗い。やや離れたところでは、ホテルの下男の服を着た男が床で眠りこけている。サイラスはこっそり近づいた。男はあおむけになって半身をよじり、右腕で顔を覆っている。しかし、アメリカ人が覗きこんでいるときに、だしぬけに腕をよけて目を開いた。サイラスは目の前の男が、またしてもボックス・コートをうろついていた人物だと気づいた。

「こんばんは」男は陽気に挨拶した。

けれどもサイラスは動揺のあまり答えることができず、黙って部屋に逃げ帰った。

朝が近づくころ、憔悴《しょうすい》しきったサイラスは椅子に坐ったままトランクに頭をもたせかけて眠っていた。不自然な姿勢、不気味な枕にもかかわらず、彼は熟睡した。扉を強くノックする音で目が覚めたのは、もうだいぶ遅い時間になってからだ。

急いで扉をあけると、靴磨きが立っていた。

「昨日ボックス・コートに行った紳士ってのは旦那で?」彼は尋ねた。

サイラスは身震いしながらそうだと言った。

「それなら、これは旦那宛の手紙です」靴磨きは言って、封をした封筒を差し出した。

サイラスは封を切った。文面はこうだった。「十二時」

彼は時間どおりに訪ねていった。トランクは数名の頑強な使用人が先に運んでいった。サイラス自身が部屋に招じ入れられると、一人の男が、暖炉にあたりながら戸口に背を向けて坐っていた。多くの人々が部屋を出入りする足音にも、むき出しの床板の上にトランクが置かれる音にも、男は注意を払わなかった。サイラスは苦悶《くもん》にさいなまれながらその場に立ちつくし、相手が自分に気づいてくれるのを待っていた。

五分ほどして、男がゆっくりと振り返った。ボヘミアの王子フロリゼルだった。

「つまり、君は」王子は峻厳《しゅんげん》な口調で言った。「厚意につけこんだということか。わたしの一行に加わったのは、要するに自分の罪を逃れるためだったわけだ。なるほど、昨日話しかけたとき、動揺していたのもうなずける」

「違うんです」サイラスは悲鳴を上げた。「ぼくは無実です。運が悪かっただけで」

そしてしどろもどろながら率直に、災難の一部始終を王子に打ち明けた。

「ふむ、どうやらわたしがまちがっていたようだ」話をしまいまで聞くと、殿下は言った。「君は被害者なんだな。それなら罰するつもりはない。できるだけ力になってあげよう。さあ、本題に入ろう」王子は続けた。「すぐにトランクを開けて、中身を見せなさい」

サイラスの顔色が変わった。

「あれを見るのが怖いんです」彼は絶叫した。

「だが」と王子は言った。「君はすでに一度見ているんじゃないかね？　そういう弱さは克服しなければ。われわれが気持ちを動かされるべきなのは、まだ助けられる病人を見るときだ。助けることも害することも、愛することも憎むこともできない死人を相手にするときじゃなくてね。しっかりしたまえ、スカダモアくん」それから、サイラスがまだ躊躇しているのを見て言い添えた。「手荒な手段に訴える前に頼みを聞いてほしいものだね」

アメリカ人青年はまるで夢から覚めたように正気に返ると、嫌悪感におののきながら、どうにかロープをほどいてサラトガ・トランクの錠を外した。王子は後ろ手に手を組んで立ち、顔色ひとつ変えずに眺めていた。死体はすっかり硬直していたので、サイラスは精神的にも肉体的にも非常な苦労をしながら取り出し、死者の顔をあらわにした。

フロリゼル王子は悲痛な驚きの声を上げて後ずさりした。

「なんてことだ!」王子は叫んだ。「スカダモアくん、君がどんな残酷な贈り物を届けたのか、わかるまい。この若者はわが随員の一人、しかも親友の弟だ。それなのに、彼はわたしのせいで、卑劣な凶漢の手にかかってしまったのだ。かわいそうなジェラルディーン」王子はまるで独り言のように続けた。「いったいどんな言葉で弟の運命を伝えてやればいいんだ? おまえの弟を不自然で残虐な死に追いやった向こう見ずな計画を立てたわたしは、おまえに、そして神にどうやって釈明すればいい? ああ、フロリゼル、フロリゼル! いつになったら、死すべき人間にふさわしい思慮分別を身につけ、自由に権力を操るイメージに惑わされなくなるんだ? 権力か!」王子は叫んだ。「わたしほど力のないものが他にいるだろうか? スカダモアくん、こうして自分が犠牲にした若者を見おろしながら、王子の地位がどんなにちっぽけなものか、身にしみて感じているよ」

サイラスは王子の感情の発露に心を動かされた。たどたどしく慰めの言葉をかけようとしたあげく泣きだしてしまった。王子はサイラスのまごころに胸を衝《つ》かれて、青年に近づくと手をとった。

「しっかりなさい」王子は言った。「わたしたちにはまだ学ぶべきことがたくさんある。今日こうして出会ったおかげで、二人とも、いくらかましな人間になるだろう」

サイラスは親愛のまなざしを向け、黙って王子に謝意を表した。

「ドクター・ノエルの住所をここに書いてくれ」王子はサイラスをテーブルに連れていって頼んだ。「忠告しよう、パリに戻っても、あんな危険な男とはかかわらないことだ。まあ、今回の件では、純粋に親切で動いてくれたのだろう。それはまちがいない。もし彼がジェラルディーンの弟の死にかかわっているのなら、死体を殺人者本人のもとに送りつけたりしないだろうから」

「殺人者本人ですって！」サイラスはびっくりして繰り返した。

「そうだ」王子は言った。「全能の神のはからいで、奇《く》しくもわたしの手に届けられたこの手紙は、この若者を殺した当の人物、すなわち悪名高き自殺クラブの会長に宛てられたものだ。これ以上、危険に首を突っこむのはよしなさい。奇跡的に逃れられたことに満足して、すぐにここから出ていくんだ。わたしにはさし迫った用事があるし、つい先日まで堂々たる美丈夫だったこの哀れな死者を葬る手筈も整えなければならない」

サイラスは感謝しながら、おとなしくフロリゼル王子のそばを離れた。だが、王子が豪奢《ごうしゃ》な馬車に乗って警察のヘンダソン大佐のもとに向かうのを見届けるまで、ボックス・コートをうろうろしていた。アメリカ人青年は共和制支持者だったが、それでも去りゆく馬車に忠誠を誓うように帽子を脱いで一礼した。そしてその夜、鉄道でパリへの帰路についた。

これで（とわがアラビア人の著者は言う）、「医者とサラトガ・トランクの話」はおしまいだ。原文では非常に重要な役割を占めている神の力についての考察は省略した。わたしたち西洋人の好みには合わないからだ。一言だけつけ加えるなら、スカダモア氏はすでに政治的名声の階梯《かいてい》を登りはじめており、最新の報告によれば生まれ故郷の保安官になったという。

二輪馬車の冒険

ブラックンベリー・リッチ中尉は、インド高原地方での局地戦のひとつで大いに武名を上げた。敵の首魁《しゅかい》をみずからの手で捕虜にし、勇猛さを広く賞賛された。帰国したときには、サーベルの忌まわしい傷跡と長引くジャングルの熱で弱りきっていたが、社交界は、中尉をちょっとした名士として歓迎する心づもりでいた。しかし彼は飾らない謙虚さをそなえた人物だった。冒険は性《しょう》に合うが、おべっかを使われるのは好まない。だから武勲《ぶくん》の評判が、ことわざに言うとおり九日間を過ぎて人々の記憶から消えはじめるまで、外国の湯治場《とうじば》やアルジェで過ごした。社交シーズンが始まり、やっとロンドンに到着したころには、望みどおりほとんど注目を集めなかった。もともと孤児で、遠い親戚が地方に住んでいるきりだったから、血を流して尽くした国の首都に身を落ち着けたとき、中尉は外国人も同然だった。

到着の翌日、彼は将校クラブでひとり食事をとった。かつての戦友たちと握手を交わし、暖かい歓迎を受けた。しかし友人たちはそれぞれ晩の予定があったので、ブラックンベリーは夜をどのように過ごそうと自由だった。彼は劇場に行くつもりで正装していた。しかし大都市ロンドンそのものが彼には目新しい。なにしろ地方の学校から士官学校へ進み、そこから直接インドに赴いたのだ。だから探検すべきこの世界でさまざまな楽しみに出会えるものと胸を躍らせていた。ステッキを振りながら、彼は西に向かった。穏やかな晩で、すでにすっかり日は落ち、いまにも雨が降りそうだ。街灯に照らされた顔が途切れることなく現れて中尉の想像力をかきたてた。刺激的な都市の空気に浸り、四百万人の私生活の謎に囲まれて、永遠に歩き続けられそうな気がした。家並みに目をやり、暖かな窓の光の裏で何が起きているのだろうと考えた。次々に現れる顔を覗きこむと、どの顔からも、不穏なものから平穏なものまで余人にはうかがい知れない関心事にとらわれているのが見てとれた。

「人は戦争について云々《うんぬん》する」彼は思った。「だがロンドンこそ、人類にとって最大の戦場だ」

それから彼は、この錯綜《さくそう》した情景の中を歩き続けているのに冒険の気配にすら当たらないのはどうしたことかと不思議に思った。

「なに、いずれ出くわすさ」と彼は考えた。「ぼくはまだよそ者だ。よそ者の雰囲気があるのかもしれない。でもそのうち渦に巻きこまれるだろう」

夜もだいぶ更けたころ、突然、冷たい雨がざあっと降りだした。ブラックンベリーは木の下に避難した。そのとき二輪辻馬車の御者が、空いていますよと合図を送ってきたのが目に入った。これ幸いと、すぐにステッキを上げて応え、まもなくロンドンのゴンドラの屋根の下に逃げこんだ。

「どちらへ」御者は尋ねた。

「どこでも好きなところへ」ブラックンベリーは答えた。

たちまち驚くべき速さで馬車は走りだし、雨をついて住宅地の迷路に入っていった。どの家も前庭つきで同じように見えるし、馬車があいだを縫うように飛ばしている、灯火に照らされた人気《ひとけ》のない街路や三日月型の街並みは、どれも似たり寄ったりだ。そのため、ほどなくブラックンベリーは今どこを走っているのかまったくわからなくなってしまった。御者は狭い範囲をぐるぐると出たり入ったりして、面白半分に客を連れ回しているのではなかろうか、とつい考えてしまいそうになる。しかし、そうではないとブラックンベリーは確信した。馬車のスピードに能率の良さが感じられたからだ。御者には意図がある。確かな目的地に向かって急いでいるのだ。ブラックンベリーは、入り組んだ迷路をすり抜ける運転技術に舌を巻くと同時に、何をそんなに急いでいるのか、いささか気にかかった。ロンドンで不運な目に遭ったよそ者の話なら耳にしていた。この御者は、血塗られた危険な結社の一員ではないのか。急ぎ運ばれる先で、殺されてしまうのでは？

そんな考えが浮かびかけたところに、辻馬車は角を曲がり、長く広い街路に面した邸宅の門前に止まった。家は煌々《こうこう》と輝いていた。別の二輪馬車が今しも走り去ったところだ。紳士が一人、正面玄関まで連れられ、お仕着せを着た召使いたちに迎えられるのが見えた。ブラックンベリーが驚いたのは、御者が、ちょうど客を招き入れている屋敷のすぐ前に馬車を止めたことだ。たんなる偶然だろうと思い、悠々と葉巻を吹かしながら坐っていると、頭上で屋根の蓋が跳ねあがる音がした。

「着きました」と御者が窓から声をかけた。

「着いただって！」ブラックンベリーは繰り返した。「どこに？」

「どこでも好きなところに、との仰せでしたね」男はくすくす笑いながら答えた。「それがここです」

ブラックンベリーは、その声が、御者のような身分のものにしては心地よく優雅なのに意表を衝かれた。そして馬車のスピードを思い出し、この二輪馬車のしつらえが、普通の辻馬車に比べて豪華だということにも気がついた。

「説明してくれないか」彼は言った。「雨の中に放り出すつもりかい？　ねえ君、選ぶのはぼくじゃないのかね」

「選ぶのはもちろんそちらですが」と御者は答えた。「全部ご説明申し上げたあとで、あなたのような紳士がどちらに決められるか、わたしは存じています。このお屋敷で紳士たちがパーティを催しています。ご主人がロンドンに来たばかりで、直接のお知り合いがいらっしゃらないのか、それとも変わった考えの持ち主なのか、それは存じません。確かなのは、夜会服を着た連れのない紳士をさらってくるためにわたしが雇われたということです。人数は自由、ただしなるべくなら陸軍士官が好ましいと。あなたは屋敷に入って、モリス氏から招待されたと告げるだけでいいんです」

「君がモリス氏なのか？」中尉は尋ねた。

「とんでもない」御者は答えた。「モリス様はこの屋敷のご主人です」

「客を集める方法としては、ずいぶん常識外れだな」とブラックンベリーは言った。「だが変わり者なら、無礼を働くつもりなどなく、こんな気まぐれを起こしても不思議じゃない。もしモリス氏の招待を断ったら、どうなるのかね？」

「あなたを乗せた場所までお帰しすることになっております」と御者は答えた。「それからまた真夜中まで、他のお客様を探しに出ます。こういう冒険が好みではない方は、モリス様によれば、そもそも招くべきではないとのこと」

この言葉を聞いたとたん、中尉の心は決まった。

「けっきょく」彼は馬車から降りながら考えた。「冒険に出会うのに、そう長くはかからなかったな」

歩道に降り立ち、運賃を出そうとポケットを探っているうちに、二輪馬車はもう向きを変え、やってきた道を、さきほどと同じ無謀な速さで去ってしまった。とり残されたブラックンベリーは大声で御者を呼んだが、相手はまったく注意を払わず、どんどん遠ざかっていく。しかし彼の叫び声は家の中に届いていたらしい。扉がふたたびさっと開き、まばゆい光が庭にあふれた。召使いが彼のところまで駆けてきて、傘を差しかけた。

「御者への支払いは済んでおります」召使いは慇懃《いんぎん》きわまる口調で述べ、ブラックンベリーを案内して正面玄関へと続く小道を歩き、階段を上がった。玄関ホールには侍者たちも控えていて、帽子、杖、外套を受けとり、引き換えに数字札を渡した。それから丁重に彼を促し、南国の花で飾られた階段を急いで上がらせ、二階の一室の扉の前で止まった。ここで威厳のある執事が彼に名前を尋ねたあと、「ブラックンベリー・リッチ中尉のお越しでございます」と告げ、彼を客間に案内した。

細身できわだってハンサムな若者が進み出て、上品でありながら心のこもった態度で挨拶をした。最高級の蠟でできた何百もの蠟燭が部屋を照らしていた。階段と同じように、美しく珍しい花のついた低木がふんだんに飾られ、部屋中に芳香を漂わせていた。サイドテーブルには食欲をそそる料理が山と積まれ、幾人もの召使いたちが果物やシャンパンのゴブレットを手に歩き回っている。客は十五、六人だろうか。全員が男で、人生の盛りを越した者はほんのわずか、ほかはほぼ例外なく颯爽《さっそう》とした有能そうな外見の者ばかりだ。客は二手に分かれていた。ルーレット盤の周りに集まった人々と、客の一人がバカラの親をしているテーブルを囲む人々と。

「そういうことか」ブラックンベリーは思った。「ここは私設の賭博場で、御者は客引きだったんだ」

主人がまだ手を離しもしないうちに、ブラックンベリーの目は細かな点まで捉え、頭はこんな結論を出した。すばやく部屋を眺めると、中尉は主人に視線を戻した。改めて見たモリス氏は、最初の一瞥よりもっと彼を驚かせた。立ち居ふるまいのゆったりとした優雅さ、眉《び》目《もく》にあらわれた非凡さ、人当たりのよさ、そして勇気。それらは中尉の考えていた、闇の賭場の経営者にはまったく不釣り合いであった。モリス氏の会話ぶりは、地位も才覚も身につけた人物にふさわしく、際立っていた。ブラックンベリーはこの娯楽場の主人を直感的に気に入った。馬鹿げた趣味だとみずからをたしなめつつも、モリス氏の風采と人格の打ち解けた魅力には抗しがたかった。

「お噂はうかがっておりますよ、リッチ中尉」モリス氏は声を低めて言った。「お近づきになれて心より嬉しく存じます。インドでのご令名は、帰国される前から承っていましたが、それにふさわしい風貌をそなえておいでだ。しばしのあいだ、異例のやり方で拙宅にお招きしたことを忘れていただければ光栄に存じますし、心から嬉しいのですが。未開の騎士どもをひと呑《の》みにしてしまうような御仁なら」と彼は笑いながらつけ加えた。「不作法な扱いぐらいではびくともしないはず。相当にひどい不作法であってもね」

モリス氏は中尉を壁際にそなえつけたテーブルに案内し、軽食を勧めた。

「驚いたな」中尉は考えた。「きわめつきに気持ちのいい男だ。それにこれはきっと、ロンドンでもきわめつきの愉快な会合に違いない」

口にしたシャンパンも極上の味だった。客の大半がすでに食後の喫煙を始めているのに気づくと、マニラ葉巻を一本取り出して火をつけ、ルーレット盤のほうにぶらぶらと近寄り、時には賭け、時には他の人々の幸運をにこやかに眺めた。こんなふうに暇つぶしをしているうちに、ブラックンベリーは、すべての客が鋭い吟味のまなざしにさらされていることに気づいた。モリス氏はあちこち動き回り、うわべは忙しそうに客をもてなしていたが、常に油断なく目を光らせている。主人がふいに向ける探るような視線を、客は誰ひとりとして免れなかった。モリス氏はぼろ負けした人々の態度を鑑定し、賭けの額を評価し、会話に没頭する人々の背後で立ちどまった。要するに、そこにいる人々の特徴をほとんどひとつ残らず目に留め、心に刻んでいるようなのだ。ブラックンベリーは、ここは本当に賭場なのだろうかといぶかりはじめた。むしろ私的な審問所のようではないか。彼は、モリス氏の一挙手一投足を目で追った。笑顔を絶やさないモリス氏であるが、仮面の下に、やつれ、悩み疲れ、何かを気にかけている本心が見てとれるように思えた。まわりの連中は笑いながらゲームをしていたが、ブラックンベリーは客たちへの興味を失っていた。

「モリスという男は」彼は思った。「暇つぶしをしているわけじゃない。理由があってこうしているのだ。その理由を探ってやろう」

ときおりモリス氏は客の一人を脇に呼んで控えの間で短い面談をし、一人で戻ってきた。出て行った客は二度と姿を現さなかった。これが何度か繰り返されて、ブラックンベリーの好奇心はいやがうえにも高まった。ただちにこのちょっとした謎の真相を探り当てようと、控えの間にぶらりと入りこんで、当世風の緑色のカーテンの陰に奥まった窓を見つけた。そこにすばやく身を潜めていると、いくらも待たぬうちに、足音と声が客間のほうから近づいてきた。カーテンの隙間から覗き見たところ、モリス氏は恰幅のよい赤ら顔の人物を連れている。どこか行商人めいた風貌だ。賭けのテーブルでの耳障りな笑い方と育ちの悪いふるまいで、ブラックンベリーの記憶に残っていた。モリス氏と男は窓のすぐ手前で立ちどまったので、ブラックンベリーは次の会話を一語たりとも聞き逃さなかった。

「重ね重ね申し訳ありません」とモリス氏は慇懃《いんぎん》な口調で口火を切った。「ぶしつけに思われるかもしれませんが、きっと快くお許しいただけることと存じます。ロンドンはこのとおり広いですから、思いがけない誤解がしょっちゅう起こるのは避けようもありません。ですから誤解が起こったときには、なるべく早く正すべきでしょう。はっきり申し上げますが、何か思い違いをされて拙宅にお越しになったのではありませんか。正直なところ、お顔を拝見した覚えがないものですから。単刀直入にうかがいます――お互い名誉ある紳士ですから、一言で充分でしょう――ここを誰の家だとお考えですか？」

「モリスさんのお宅だと」と男は答えたが、おおいに困惑している様子である。主人の言葉の終わりのほうで、すでに目に見えて当惑を募らせていたのだ。

「ジョンか、ジェームズか、どちらのモリスでしょう」と主人は訊き返した。

「実はわからないのですよ」不運な客は答えた。「その方を直接知っているわけではないものので。あなたのこともそうですが」

「なるほど」とモリス氏は言った。「同じ名前の人物が通りの先に住んでいます。警官に訊けば番地を教えてくれるはずですよ。誤解からとはいえ、これほど長時間ご一緒できたのは幸運でした。もっと普通の機会にまたお目にかかりたいものですな。今夜のところは、これ以上お引き留めして、ご友人をお待たせするような真似はいたしません。ジョン」彼は声を張り上げた。「こちらの方に外套をお渡ししなさい」

モリス氏は非常に感じよく、客を控えの間の戸口まで連れていき、執事に引き渡した。窓の前を通って客間に戻るとき、モリス氏が深いため息をつくのがブラックンベリーの耳に入った。まるで胸に大きな心配を抱えこみ、取りかかった仕事ですでに神経が疲れ果てているかのようなため息だ。

それから一時間ほど、辻馬車はひっきりなしに到着し、モリス氏は客を一人送り帰すごとに新しい客を一人迎えなくてはならないほどであった。その結果、客の数は一定に保たれていた。しかし、やがて客の到着も間遠になり、とうとうぱったり途絶えてしまった。一方、追い出しのほうはあいかわらず活発に続けられたため、客間はがらんとしはじめた。バカラは親のなり手がいなくなって中断した。自分から辞去の挨拶をする客もいたが、特に引き留められることなく自由に出ていくことができた。その間、モリス氏は残った客をいっそう感じよくもてなしていた。集団から集団へ、人から人へ、彼は渡り歩き、進んで共感を示し、当を得た感じのよい言葉をかけた。男主人《ホスト》というよりは女主人《ホステス》のようで、物腰には女らしい媚《こ》びと控えめさがあり、みなを魅了した。

客がまばらになってきたころ、リッチ中尉は新鮮な空気を求め、客間からぶらりと廊下に出た。けれども控えの間の敷居をまたいだとたん、度胆《どぎも》を抜かれるような発見をして、足が止まってしまった。花をつけた木々が階段から姿を消していた。家具運搬用の大きな荷馬車が三台、庭の門に横づけになっており、召使いたちはせっせと家の飾り付けを外している。

中にはすでに外套を着こんで、帰らんばかりの者もいた。まるで、請負業者によってお膳立てされた田舎の舞踏会が終わるときのようだ。ブラックンベリーは頭をひねった。まずは客だ。けっきょく誰も本当の客ではなく、追い払われた。そして召使い。これも本物の召使いであるはずがなく、さっさと帰りはじめている。

「建物全体が偽物だったのか?」彼は自問した。「朝には消えてしまう、一夜限りの幻ってわけか?」

ブラックンベリーは機会をうかがって階段を駆けのぼり、屋敷の最上階に向かった。予想したとおりだ。部屋から部屋へと急いで見て回ったが、家具もなければ壁に一枚の絵もかかっていない。ペンキが塗られ、壁紙が貼ってあったものの、この家には現在誰も住んでいないばかりか、これまでも誰一人住んだことがないのだ。屋敷に到着したときの、悠々と落ち着いた、客を歓迎するような雰囲気を思い出して、若い将校は愕然とした。これほど大掛かりないかさまをやるには、相当の費用がかかったにちがいない。

モリス氏の正体は誰なんだ? ロンドンの西のはずれで一夜限りの屋敷の主を演じたのはどういうわけだ? 何より、なぜロンドンの路上から適当に客を集めてきたんだ?

ブラックンベリーはかなり長く席を外していることを思い出し、急いで客間に向かった。中座しているあいだに、多くの客が姿を消していた。さっきまであんなににぎわっていた客間には、中尉とモリス氏を含めて五人しか残っていない。モリス氏は部屋に戻ってきたブラックンベリーに笑顔で挨拶すると、さっと立ち上がった。

「さて、いよいよ」彼は言った。「お楽しみを中断していただいて、みなさんをここに招いた本当の理由を説明するときが来たようです。今夜はさほど退屈なさらなかったと信じますが、実のところ、わたしの目的は、みなさんを楽しませることではありません。不運にも窮地に陥ったわたしに手を貸していただきたいのです。あなたがたは全員、紳士です」彼は続けた。「外見を見れば充分わかりますから、それ以上の保証は必要ありません。ですから腹蔵なくお話ししましょう。わたしのために、危険かつ慎重を要する仕事を引き受けていただきたい。危険だというのは、命にかかわるかもしれないからです。そして慎重を要するというのは、これから見聞きすることについて、絶対に口外しないでほしいからです。赤の他人からこのように頼まれるなんて、途方もなく馬鹿げたことだと思われるでしょう。わかっています。急いでつけ加えましょう、もうこんな話はたくさんだという方、危険な依頼も、見知らぬ相手に対するドン・キホーテじみた献身もごめんだという方はどうぞお引き取りください。お別れを申し上げ、ご多幸をお祈りしますので」

のっぽで色黒でひどい猫背の男が、この言葉にすぐに反応した。

「あなたの率直さに感謝します」男は言った。「帰らせてもらいますよ。あなたに含むところはないが、どうしても疑いの気持ちを拭い切れない。ええ、帰らせてもらいます。ただ、なぜそう決心したか、一言述べさせてもらうわけにはいかんでしょうな」

「とんでもない」モリス氏は言った。「おっしゃりたいことがあれば、ありがたく承ります。わたしの提案は重大きわまることですから」

「よろしい、みなさんはどう思いますか？」のっぽの男は他の客に向けて言った。「わたしたちは楽しい夕べを過ごした。このまま平和に家に帰らないかね？　明日の朝、曇りなき身で無事に朝日を拝めれば、わたしの忠告が正しかったとわかるはずだよ」

男は「曇りなき身で無事に」というところに力をこめて主張した。顔には深刻でもっともらしい表情を浮かべている。客の一人はそそくさと立ち上がり、おびえた様子で帰り支度を始めた。ただ二人残った、ブラックンベリーと鼻の赤い年配の騎兵少佐は、どっしりかまえて動かない。すばやく意味ありげな視線を交わしたほかは、たった今なされた議論にはまったく関心がないようだ。

立ち去る二人を送り出すとすぐにモリス氏は扉を閉めた。そして向き直ると、安堵と活気が入り混じった表情をうかべ、二人の将校に次のように告げた。

「わたしは聖書のヨシュア〔『出エジプト記』十七章九節〕のように仲間を選びました」モリス氏は言った。「おかげで、ロンドンでも選《え》り抜きの方々を手に入れたと思っています。あなたがたの風貌はわたしの御者たちの意に適い、わたしにも満足のいくものでした。今宵、見知らぬ人々のただなかで、異常な状況に置かれたお二人のふるまいを観察していました。賭けっぷりや、負けたときの態度をね。しまいには、今のような突拍子もない申し出をしてみたわけですが、あなたがたはまるでディナーに招待されたかのように、こともなげに聞きいれた」ここでモリス氏は声を張り上げた。「長年のあいだ、ヨーロッパでもっとも勇敢かつ英邁《えいまい》な君主の臣下にして弟子として仕えてきたことは、無駄ではなかった！」

「ブンデルチャンの戦いのとき」少佐は言った。「十二人の志願者を募ったら、騎兵は一人残らず手を挙げたもんだ。だが賭博は戦地の連隊とはちがう。二人も残ったのだから、満足すべきでしょう。いざというときに裏切らない二人だ。逃げた二人は、これまで会ったなかでも最低の犬どもだ。リッチ中尉」ブラックンベリーに向けて少佐は言った。「君の噂は聞いているよ。おそらく君もわしのことは耳にしているだろう。オルック少佐だ」

老兵は震える赤い手を、若い中尉に差し出した。

「もちろん存じ上げておりますとも」ブラックンベリーは答えた。

「このささやかな一件が片づいたあかつきには」モリス氏は言った。「あなたがたは、すでに充分に報われたと思うことでしょう。お二人を知り合わせること以上に有意義なお礼などできませんから」

「それで」オルック少佐が尋ねた。「これは決闘なのかね?」

「一種の決闘です」モリス氏は答えた。「未知の危険な敵との決闘、それも命を賭した戦いになるのではないかとおそれています。お願いがあるのですが、以後、モリスと呼ばないでいただきたい。よろしければハマースミスとお呼びください。わたしの本名は、ほどなくお二人に会っていただく方の本名同様、質問したり探ったりしないでいただけるとありがたい。その人物が三日前、突然姿を消したのです。今朝に至るまで、なんの手がかりも得られません。彼はある人物に私的な制裁を加えるつもりなのだと言えば、わたしの危惧もおわかりいただけるでしょう。軽々しく不運な誓いを立ててしまったせいで、法の手を借りずに卑劣非道な悪人を抹殺しなければならないのです。すでに二人の仲間が——一人はわたしの血を分けた弟です——この計画の途中で命を落としました。わたしの勘違いでなければ、その方も同じ危険な罠にかかってしまったのです。ですが少なくとも彼はまだ生きていて、希望も残っています。ごらんください」

こう言って、語り手——他ならぬジェラルディーン大佐は、次の手紙を見せた。

「ハマースミス少佐へ——水曜日の午前三時、リージェント・パークにあるロチェスター・ハウスの庭園に通じる小さな扉に来てくれ。そこに、わたしの味方をしてくれる男が待っている。一秒たりとも遅れないでほしい。わたしの剣を収めた箱を持ってきてくれ。そして、もし見つかるなら、わたしのことを知らない立派で分別のある紳士を一人か二人同伴してほしい。この件でわたしの名を出すことは禁ずる。

T・ゴドール」

「わが友は聡明な人物ですから」二人が好奇心を満足させると、ジェラルディーン大佐は続けた。「たとえ肩書などなくても、彼の指示には無条件でしたがうべきなのです。ですから、わたしがロチェスター・ハウスの近くに行ったことがなく、あなたたち同様、友人がどんな窮地に陥っているのか皆目見当がつかないことは、このさい関係ありません。命令を受けるとすぐに内装屋を訪ねました。そして数時間で、この屋敷を祭りのように飾り立てたのです。

なかなか独創的な計画だったでしょう。結果として、オルック少佐とブラックンベリー・リッチ中尉の力添えを得られたわけですから、後悔などしていません。とはいえ、通りを行く召使いたちは仰天するでしょうね。夜は煌々と灯りに照らされ、客でいっぱいだった屋敷が、朝には無人になって売りに出されているのですから。深刻な状況においても」大佐はつけ加えた。「このような愉快な面はあるわけですよ」

「結末も愉快にしたいものですね」とブラックンベリー。

大佐は懐中時計を見た。

「もうすぐ夜中の二時です」彼は言った。「あと一時間。速い馬車が玄関に待っている。さあ、力を貸していただけますか?」

「ずいぶん長く生きてきたが」オルック少佐は答えた。「一度出した手を引っこめたことはないし、両天秤《りょうてんびん》をかけたこともない」

ブラックンベリーも適切な言葉で同行を承諾した。全員、ワインをグラスに二、三杯ひっかけてから、大佐は二人に装塡されたリボルバーを渡した。三人は馬車に乗り、指定された場所に向かった。

ロチェスター・ハウスは運河のほとりに建つ大邸宅だった。広大な庭園のおかげで周囲の喧騒《けんそう》からはまったく切り離されている。さながら大貴族か富豪が鹿を放し飼いにしている庭のようだ。通りから見るかぎり、館の無数の窓のどこにも灯りは見えない。そもそも屋敷全体が、あたかも主人が長らく留守にしているかのように、打ち捨てられた風情である。

馬車を降りると、三人の紳士はすぐに問題の小さな扉を見つけた。二つの庭園の壁に挟まれた小道にある、一種の裏口だ。約束の時間までまだ十分から十五分ほどあった。雨が激しく降っていたので、冒険者たちは垂れたツタの下に避難し、まもなく訪れる試練について低い声で語りあった。

ふいにジェラルディーンが指を上げて、静かにするように命じた。三人はじっと聞き耳を立てた。ひきもきらぬ雨音ごしに、壁の向こうにいる二人の男の足音と話し声が聞こえる。彼らが近づいてくると、耳ざといブラックンベリーには会話の断片すら聞きとれた。

「墓は掘ったか？」一人が尋ねた。

「掘った」もう一人が答えた。「ゲッケイジュの生垣の裏だ。ことが済んだら、杭《くい》を積んで隠せばいい」

最初の男が笑った。あまりに陽気だったので、壁の反対側で耳を澄ましていた三人はショックを受けた。

「あと一時間か」男は言った。

二人が別れ、反対方向に歩いていったのが、足音でわかった。

その直後、裏口がそっと開き、白い顔が小道に突きだされた。片手が三人を招く。まったき沈黙のなか、三人は扉をくぐった。扉はたちまち錠を下ろされた。案内役の男につきしたがって、庭園内の道をいくつか抜けると、館の勝手口にたどり着いた。広い石畳の台所には一本だけ蠟燭がともされていたが、通常の調度品は何ひとつない。一行はらせん階段を上っていった。途中、鼠《ねずみ》たちが信じがたいほど騒ぎ立てて、この家が荒廃しきっていることをまざまざと示した。

案内人は蠟燭を持って先頭に立っていた。瘦せて腰も曲がっていたが、動きは機敏だった。ときどき、静かにするようにと、注意するようにと手ぶりで示した。ジェラルディーン大佐は剣の入った箱を片手に抱え、発射準備のできた銃をもう片方の手にかまえて、すぐあとに続いた。ブラックンベリーの心臓は早鐘を打つように高鳴る。まだ時間に余裕があることはわかっていたが、案内役の老人が急いでいることから、行動を起こす時間がいよいよ迫っているのだと思った。状況は曖昧で不安をかきたてるし、怪しい行為にいかにもふさわしい場所だったので、ブラックンベリーよりも年長である少佐が、一行のしんがりを務めてらせん階段を上りながらいささか興奮を禁じ得なかったのも、許されてしかるべきだろう。

階段を上りきると、案内人は扉を開け、すすけたランプと控えめな暖炉の火に照らされた小部屋に三人の将校を招じ入れた。暖炉のそばに、壮年の男が一人坐っている。恰幅がよく、洗練された威厳のある物腰だ。態度と表情は冷静沈着そのものだった。味わうように両切り葉巻をくゆらせ、肘の脇の卓上には泡立つ飲み物の入った細長いグラスが置かれて、そこから部屋中に芳香が漂っていた。

「よく来た」男はジェラルディーン大佐に手を差しのべながら言った。「おまえの几帳面《きちょうめん》さは信頼できると思っていたよ」

「几帳面さはともかく、献身には信を置いていただいて結構です」大佐は一礼した。

「ご友人を紹介してくれ」男は続けた。ひとしきり紹介が済むと、きわめて愛想よく言った。「お二人には、もっと楽しい催しを用意してさしあげたかった。深刻な事態を通じてお近づきになるなんて面目ない。事態は切迫していて、よき友情を育んでいる場合ではないのです。不愉快な夜を過ごさせてしまうことをお許しいただきたい。ただ、それがわたしにとってはたいへんな恩恵なのだと申し上げれば、あなたたちほどの人物にとっては充分でしょう」

「殿下」少佐が言った。「不作法をお許しください。わたしは知っていることを隠せません。さきほどからハマースミス少佐のことも、ひょっとしたらと疑っていました。ですが今、ゴドール氏を見て確信しました。ボヘミアのフロリゼル王子を知らない人間を、ロンドンで二人も見つけるなどということは、いかな運命の女神といえども荷が重かったようです」

「フロリゼル王子ですって！」ブラックンベリーが仰天して叫んだ。

そして目の前にいる高貴な人物のことをまじまじと見つめた。

「正体がばれても残念だとは思わない」王子は言った。「おかげで、いっそう権威のある立場から感謝を告げられるのだから。あなたたちは、ゴドール氏に対しても、ボヘミア王子に対するのと同じように尽くしてくれただろう。だが、こちらからすれば、ボヘミア王子であったほうがよりよく報いることができる。得をするのはわたしのほうだ」そう言って優雅に一礼した。

次の瞬間には、王子は二人の将校を相手に、インドの軍隊や原地人の兵士について会話を交わしていた。他のことについてと同様、王子はこの話題に関しても豊富な知識と卓見を有していた。

死の危険にさらされている王子の態度には印象深いものがあり、ブラックンベリーは畏敬の念に圧倒された。魅力的な話術や、驚くほど穏やかな口調にも感服させられた。しぐさや抑揚のひとつひとつが高貴であるだけでなく、幸運にも話し相手となった人間まで高められるようなのだ。これこそ勇者が喜んで一命を差し出すに値する主君だと、ブラックンベリーは胸を熱くした。

数分がたった。一行をここまで案内し、その後は部屋の隅で、手にした時計を見ながらじっと坐っていた男が席を立って、王子の耳に何事かをささやいた。

「わかった、ドクター・ノエル」フロリゼルは答え、他の面々に告げた。「みなさんを暗闇の中で待たせることになりますが、ご容赦ください。まもなく、そのときがやってきます」

ドクター・ノエルはランプの灯《ひ》を消した。夜明けを知らせる、ぼんやりした灰色の光が窓から射しこんできたが、部屋を照らすには不充分だった。王子が立ち上がってしまうと、どんな表情を浮かべているのか見ることも、話すときにどんな感情に支配されているのかを推察することもできなかった。王子は扉に近づき、用心ぶかくその片側に身をひそめた。

「絶対に音を立てず、暗がりに隠れていてほしい」と王子。

三人の将校と医師は、急いで指示にしたがった。十分ものあいだ、ロチェスター・ハウスに響く音といえば、壁の裏を走りまわる鼠の足音だけだった。やがて、蝶番《ちようつがい》が軋《きし》るびっくりするほど大きな音がして、静寂を破った。ほどなく、待ちかまえていた一行の耳に、台所の階段を上ってくる、ゆっくりとした慎重な足音が聞こえてきた。一歩進むたびに、侵入者は立ちどまって耳を澄ましているようだ。ほとんど無限にも思えるそのあいだ、部屋で足音を聞いている一同の胸に底知れない不安が湧きおこった。危険には慣れているはずのドクター・ノエルでさえ哀れなくらい疲労困憊《こんぱい》していて、肺の中で息がひゅうひゅう鳴るし、歯はがちがち震えるし、落ち着かなげに体を動かすたびに関節がみしみし音を立てた。

とうとう扉に手がかけられ、かすかな音を立てて錠が外された。またしても沈黙。そのすきに、王子がこれから起こる尋常ならざる活動にそなえて音もなく身がまえるのを、ブラックンベリーは見た。扉が開き、朝の光がほんのわずか射しこんだ。敷居のところに男の姿が現れ、じっと立ちつくした。背が高く、手にはナイフを持っている。薄明かりの中でも、上の歯がむき出しになって光っているのが見えた。今にも飛びかかろうとする猟犬のように口を開いているのだ。ほんの一、二分前まで男が全身水につかっていたのは明らかだった。立っているあいだ、濡れた服から床に水滴がしたたり落ちていた。

次の瞬間、男は敷居をまたいだ。何者かが飛びかかり、押し殺した叫びが聞こえ、たちまち乱闘が起きた。ジェラルディーン大佐が助けに飛びだす前に、王子は男の武器を奪い、手も足も出ないようにして、肩をがっしりと捕まえていた。

「ドクター・ノエル、ランプをつけてくれ」王子が言った。

男をジェラルディーンとブラックンベリーにゆだねると、王子は部屋を横切ってマントルピースを背に立った。ランプに火がともされると、一同は、いつもとはちがって険しい王子の顔を見た。のんきな紳士フロリゼルではない。怒りに燃え、命がけの決意を秘めたボヘミアの王子だった。昂然と頭を上げ、捕えられた自殺クラブ会長に向かって告げた。

「会長、最後の罠を仕掛けたつもりで、まんまと自分でその中に足を踏み入れたな。今日は始まったばかりだ。これがおまえにとって最後の朝になるだろう。リージェント運河を泳いできたんだな。それがおまえにとって、この世で最後の水浴だ。おまえの昔の仲間ドクター・ノエルは、わたしを裏切るどころか、正義の裁きを与えるために、おまえを引き渡してくれたのだ。昨日の午後、おまえがわたしのために掘った墓穴は、神の大いなる思し召《おぼしめ》しによって、おまえ自身の末路を人々の好奇心から隠すために使われるだろう。そうしたければひざまずいて祈るがいい。残された時間は短いからな。神も、おまえの不品行にはほとほと嫌気がさしている」

会長は口もきかず、反応も示さなかった。王子の厳しい視線に気づいているかのようにうなだれて、ふてくされたようすで床を見ている。

「諸君」フロリゼルはいつもの口調に戻って言った。「これが長いあいだわたしの手を逃れてきた男だ。ドクター・ノエルのおかげで、やっと尻尾を捕まえることができた。こいつの悪行三昧《ざんまい》を語っていけば、いま許された時間ではとうてい足りない。だが、もしリージェント運河にこの男の犠牲者の血だけが流れているとしても、こいつは今と同じくらいずぶ濡れになっていただろう。こんな場合であっても、わたしは名誉ある形式を守ろうと思っている。あなたがたには判事になってもらいたい——ただしこれは決闘というより処刑なのだ。この悪漢に武器まで選ばせるのは、いくらなんでも親切すぎる。わたしはこんなことで命を落とすつもりはない」王子は言いながら、剣の入った箱の錠を外した。「鉄砲の弾はしばしばでたらめな方向に飛んでいく。熟練した勇敢な男が、ぶるぶる震える射手にうっかり撃ち殺されないともかぎらない。だから、賛成してもらえるだろうが、剣で決着をつけたい」

この言葉は主としてブラックンベリーとオルック少佐に向けられていた。二人はそれぞれ賛意を示した。「さあ、早く剣を選べ」フロリゼル王子は会長に言った。「わたしを待たせるな。とっととおまえとの縁を切りたいんだ」

捕えられ、武器を奪われてから初めて、会長は顔を上げた。彼がたちまち度胸を取り戻しはじめたのがはっきりわかった。

「一対一の闘いなんだな?」彼は必死で尋ねた。「あなたとわたしだけの?」

「その程度には敬意を払ってやろうというのだ」王子が答えた。

「よかろう」会長は叫んだ。「正々堂々の勝負なら、結果がどう転ぶかわかるまい? 殿下のふるまいは実に立派ですな。最悪の場合でも、ヨーロッパ随一の勇敢な紳士の手にかかって死ねるわけだ」

会長は、将校たちの手から放されるとテーブルに近づき、細心の注意を払って剣を選びはじめた。意気軒昂とし、果たし合いに勝つと確信しているかのようだ。自信たっぷりな姿に、周囲で見守る者たちは警戒心を募らせ、考え直してはどうかとフロリゼル王子に言った。

「こんなものは茶番にすぎない」王子は答えた。「約束しよう、そんなに長くはかからないよ」

「殿下、油断なさいますな」ジェラルディーン大佐が言った。

「ジェラルディーン」王子は言った。「わたしが借金を踏み倒したことがあったかね？　おまえにはこの男の死を借りている。きちんと返すよ」

会長はようやく満足のいく細剣を選び、荒々しい高貴さを帯びていなくもないしぐさで準備ができたことを知らせた。死の危険と度胸のおかげで、この救いがたい悪人も、男らしさと一種の優雅さをそなえていた。

王子は無造作に一本の剣を取った。

「ジェラルディーン大佐とドクター・ノエルは、ここで待っていてくれ。果たし合いに友人を巻きこみたくない。オルック少佐、あなたは経験豊富で武名も高い方だ――会長の介添えをお願いする。リッチ中尉はわたしの介添え人になってくれ。若い人がこうした経験を積むのは悪くない」

「殿下」ブラックンベリーは答えた。「喜んでその名誉に浴します」

「よろしい」フロリゼル王子は応じた。「いつかもっと重大な局面で、あなたの味方につきたいものだ」

そう言うと、先頭に立って部屋を出て、台所の階段を降りていった。

部屋に残された二人の男は、窓を大きく開けて身を乗り出し、全身の感覚を研ぎ澄ませて、これから起こる悲劇の予兆を感じとろうとした。雨は上がっていた。夜は今まさに明けようとしており、庭園の草むらの中や木々の梢《こずえ》で鳥たちが歌っていた。花咲く茂みのあいだの小道を通る一瞬、王子とその一行の姿が視界に入った。だが最初の角を曲がると、草木の葉にさえぎられて、ふたたび視界から消えてしまった。大佐と医師に見えたのはこれだけだった。庭園は広大で、闘いの場は館から遠く離れていたため、剣を交わす音さえ彼らの耳には届かなかった。

「王子は彼を墓のほうに連れていきました」ドクター・ノエルがおののきながら言った。

「神よ」大佐は叫んだ。「神よ、正しき者を守りたまえ！」

二人は黙って待った。医師は恐怖のあまり震え、大佐は不安に駆られて汗を流した。長い時間が過ぎた。日がいよいよ高くなり、庭の鳥たちの歌声もひときわ力づよくなったころ、ようやく戻ってくる足音がして、二人の視線は扉に向けられた。王子と、インド帰りの二人の将校が入ってきた。神は正しい者を守ったのだ。

「恥ずかしいことだが感情的になってしまった」フロリゼル王子は言った。「われながら地位に似つかわしくない弱さだと思う。しかし、あの地獄の猟犬が生き延びているということが、宿痾《しゆくあ》のように苦しかった。あいつが死んだおかげで、一晩熟睡したよりもすっきりした気分だよ。ほら、ジェラルディーン」王子は剣を床に放り投げた。「おまえの弟を殺した男の血だ。いい眺めだろう。それなのに」王子は続けた。「われわれ人間というのは奇妙なものだ。復讐《ふくしゆう》を果たして五分と経っていないのに、この不確かな人生において、そもそも復讐なんて可能なのかと自問しはじめている。会長が犯した罪悪をなかったことにできる者がいるだろうか？　巨万の富を築いたあの男の人生（今われわれがいる屋敷だって、彼のものだったんだ）――その人生も、人類の大きな運命の一部になっている。最後の審判の日まで、わたしが剣の切っ先を突き続けたところで、ジェラルディーンの弟はあいかわらず死んだままだし、他の数千もの無辜《むこ》の人々はあいかわらず名誉を汚され、堕落したままだ。人間の存在は、奪ってしまえばちっぽけなもの、用いれば大いなるものなんだ。ああ！」王子は叫んだ。「人生において、目的を達成してしまうことほど人を幻滅させるものはない」

「神の正義がなされたのです」医師は答えた。「それだけはわかっています。殿下、今回の件は骨身にこたえる教訓となりました。わたしは戦々恐々として、己の番を待ちます」

「何をしゃべっていたのだろう？」王子は叫んだ。「わたしは罰を与えた。そしてすぐそばに、過去の罪をつぐなう手伝いをしてくれる者がいる。ああ、ドクター・ノエル！　あなたとわたしには、厳しくも誠意をもって労苦を果たす長い日々が待っている。ひょっとすると、その仕事を終える前に、あなたは若かりし日の過《あやま》ちを充分につぐなうことができるかもしれない」

「とりあえずその前に」医師は言った。「失礼して、昔の友人を葬らせてください」

――――

これが（と博学なアラビア人は言う）、この物語の幸福な結末である。言うまでもないことだが、王子は今回の一件で手助けしてくれた人々を誰一人として忘れなかった。今日に至るまで、権威と影響力を行使して、彼らが社会の中で成功するのを後押しし、同時に、身分を超えた友情を示すことによって、彼らの生活に楽しみを与えている。王子が神に代わる役割を演じた不思議な冒険のすべてを集めようとすれば（と、われらが著者は続ける）、地球上の人が住める空間をすべて本で埋め尽くすことになるだろう。だが、ラージャのダイヤモンドの運命をめぐる物語は、あまりに愉快なので（と著者は言う）語らずに済ませるわけにはいかない。この東洋人のあとを思慮深くたどって、新しい物語を始めることにしよう。まずは「帽子箱の物語」から。

（大久保 譲＝訳）

嘘の顛末

第一章　提督の登場

パリに住んでいた時分、ディック・ネイズビー青年は奇妙な連中と知り合った。それというのも、彼は聞くべきことを聞く耳を持ち、知性ばかりでなく目も働かせる人物だったからだ。思想家ジョン・スチュアート・ミルに劣らず多くのことを考えていたが、ディックの哲学は血肉を備えていて、もっぱら実地で試してみるものである。彼は珍しいタイプの人間を追うハンターだった。ちっぽけな獲物や没個性的な人物は、たとえ公爵だろうと旅商人だろうと一顧《いっこ》だにしない。けれども、洗練された顔や力強い顔、低く通る声や甲高《かんだか》い声、生彩あるまなざしや情熱的なしぐさや意味ありげな微笑などに惹《ひ》きつけられると、ディックの精神はたちまち生き生きと動きだす。「ここに本物の男がいる、ここに本物の女がいる」とでも言いたげに、芸術家が創作に感じるのと同じ喜びを覚えながら、相手を理解しようと努めるのだ。

じっさい、ディックの興味の持ち方は芸術家と同じだ。個人の性格を究明するための科学的な方法など存在しない。人間を理解することは創造に等しい。わたしがある女性を愛したならば、彼女はいくぶんかわたしの作品となるのだ。すぐれた恋人は、すぐれた画家と同様、対象となる女性を飾りたて、たんなる人間以上の存在へと高める。同時に、相手の本質にもとづいて巧みに神格化するので、彼女は現実の女性として、あるがままに自分らしくふるまうことができる。彼女が欠点を覗《のぞ》かせ、恨《うら》みを抱き、俗悪な楽しみに夢中になっても、男のほうは矛盾を感じずに崇拝しつづける。ある性格を愛するのは、要するにその性格を英雄的に理解することにほかならない。自分の高貴なやり方によるにせよ相手の高貴なふるまいや性質によるにせよ、愛するときには、われわれは心の中のもっとも高貴な部分で愛の対象を理解する。また、奇矯《ききょう》な人物に好奇心を抱くときには、ひたすら寛容に接することが肝腎である。理解の始まりが共感の始まりだ。他人を理解するにはまずその人の欠点や長所をわが身に置き換えなければならない。よく知られるとおり芸術家は失敗した自作に対して寛容なものだ。同じように、ディック・ネイズビーは高潔な精神の持ち主で、実直で立派な紳士だったが、自分が出会い、観察した相手に対しては、たとえぞっとするような人物であっても愛着を抱いた。

その一例がピーター・ヴァン・トロンプ氏である。英語を話す、いわゆる「国際人」に属する二足歩行動物で、よろずの便宜を図ってくれるから役には立つが、胡散臭《うさんくさ》いことはなはだしい。かつては植民地でそれなりに名の売れた画家だった。「ヴァン・トロンプ」と署名された肖像画が、総督や判事の名誉を讃《たた》えたものだ。結婚もしていて、妻といとけない娘を乗せて軽馬車を走らせていた。だのに、どうして落ちぶれてしまったのか？　誰も仔細《しさい》を知らなかった。ともあれ過去十年というものパリに居坐って、訪れる外国人に寄生して暮らしていた。

ヴァン・トロンプのなりわいを正確に定義するのは難しい。おおまかに理解するなら、あまり使われなくなったある名前で呼ぶのが適切だろう。社会の明暗の階梯《キアロスクーロ》の中の位置づけとして、本人が巧みに語らぬままでいるのを額面どおりに受けとれば、礼儀正しい人々が彼を職業画家と呼ぶことはいまだに可能だった。グランド・ホテルと数軒の安っぽいカフェがヴァン・トロンプのなわばりだ。インスピレーションに促されるかのように手早くスケッチをしている姿を見ることができるだろう。いつでも愛想よく、おまけに気軽に会話に乗った。ひとたびヴァン・トロンプと言葉を交わせば、しまいには奇妙な親密さが生まれるのが常だった。三十六時間もすれば、驚くべきことにあれこれの雑用をうまく片付けてくれた。友人と従者の中間のような存在となり、礼金など差し出そうものなら、当惑したようすで謝絶する。ただし、こうして彼に働いてもらった人々はきまって、彼の描いた出来の悪い小さな絵画を買うことになっている。長期間にわたって慎重を要するサービスを受けた場合には、大きな絵を一枚注文して購入してもよい。買い手の側としては、それで取引は終了だと確信を持てるのである。

パリ在住の芸術家のあいだで、ヴァン・トロンプは、画家としてではない名声を博していた。芸術家仲間が望んでも得られないほどの金――優に三人ぶんの財産だと囁《ささや》かれていた――を羽振りよく使ってきたからだ。植民地で成功しただけでなく、四門の真鍮《しんちゆう》製《せい》カロネード砲を備えたブリガンティン型帆船《はんせん》でギリシャに行ったこともあった。四輪馬車を駆ってヨーロッパを遊覧し、ドイツの王侯貴族の城門前に馬を繋いだこともあった。人気の歌姫や踊り子が羊のようにおとなしくついてきて、服屋への支払いを肩代わりしたものだ。それが今や、些少《さしよう》の金を融通してもらうためにあわれっぽくへりくだり、十九歳の画学生相手に朝食をたかっている。しかるべきときに死に損ない、落魄《らくはく》のドン・ファンとなったヴァン・トロンプの姿は、想像力ゆたかな若者たちにはロマンチックに映った。名前と噂話のプリズムを通してかいま見える輝かしい過去のおかげで、ヴァン・トロンプは「提督」というあだ名を頂戴していた。

ディックが提督を初めて見たとき、彼はカフェの帳場にいた。すばやく筆を走らせ、二羽のメンドリと一羽のオンドリを小さな水彩絵の具箱の内側に描き、美の女神《ミューズ》から霊感を得ようというつもりか、ときおり天井を一瞥《いちべつ》した。カフェでアブサンをやりながら絵を描く画家とは珍しい。ディックは興味を惹かれて男を眺めた。若作りの服装のせいで、老残の放蕩者《ほうとうもの》といった風情がいっそうきわだっている。灰色の髪はうすよごれ、赤むけの鼻もうすよごれている。しかし男の外壁たる外套《がいとう》と立ち居ふるまいにおいては、いまだに人目を意識していた。ディックは男のテーブルに近づき、仕事ぶりを見学していいかと尋ねた。提督の喜ぶまいことか。

「つまらないものだがね」画家は言った。「こうしてさっと描きとめるだけなんだ。そう、さっとね」と、筆を走らせる手つきをした。

「まったくそうですね」作品のお粗末さにあきれながら、ディックは言った。

「仕方ないのさ」ヴァン・トロンプは続けた。「わたしは俗人にすぎん。だが、一度でも芸術家になった者は一生芸術家のままなんだ。街を歩いていると突然霊感が湧いてくる。そのアイデアに取《と》り憑《つ》かれる。美女のようなもので、抵抗しても無駄だ。そうなると急いで描きなぐるしかない」

「なるほど」とディック。

「そう」画家はさらに言葉を継いだ。「インスピレーションはたやすく、実にたやすく降りてくる。わたしにとっては仕事じゃない。喜びなんだ。人生がわたしの仕事。人生——この偉大なる都市パリ——宵闇《よいやみ》のパリ——パリの灯、公園、裏通り。ああ！」彼は叫んだ。「若かりしころに戻りたいよ！　わが心は若い、だが足どりは鉛のように重い。年老いていくというのは、なんともみじめであわれなものさ。わたしに残されたのは、思索的な人間にとっての喜びたる鋭い目だけだ。ええと……」画家は言いさして、ディックが名のるのを待った。

「ネイズビーです」ディックは答えた。

ヴァン・トロンプはただちにディックに酒をふるまい、異邦で同国人に相まみえる喜びを縷々《るる》語った。まるで二人が中央アフリカで出会ったかのような大げさな口調だ。これほどあっさり好意を示し、気安くうちとけた態度で接する人間に、ディックは会ったことがなかった。年輩の世慣れた人間が、馬の合う機知に富んだ若者と知り合って喜んでいるように見えた。「わたしも堅物《かたぶつ》じゃあないが、血気盛んだったころでさえ、ディックくんほど世慣れていなかったよ」と。ディックが否定しても無駄だった。相手に応じたうまいやり方で親密な関係に持ちこむのは、ヴァン・トロンプの十八番《おはこ》なのだ。年上に対してはすんなり懐《ふところ》に忍び込んだ。若者に向かっては押し出しよく、しかも相手に理想を押しつけた。若者の側にしてみれば、どうにかしてその理想に追いつくか、さもなければこの年長の放蕩者に軽蔑されるか、という選択を迫られる。若者たるもの、多少の悪さもできない朴念仁《ぼくねんじん》だと思われて心穏やかでいられるわけがない。

夕食の時間が近づくと、とうとうヴァン・トロンプは尋ねた。「パリには詳しいかね?」

「あなたほどでは」ディックは謙遜した。

「まあ、そうだろうな」ヴァン・トロンプは嬉しげに応じた。「パリ! 若き友よ――こう呼んでもいいかね? ――わたしみたいにパリを知るころには、数えきれないほど〈奇妙な物事〉を経験しているはずだ。それ以上は言わずにおこう。まさに〈奇妙な物事〉さ。われわれは俗人だよ、君もわたしも。そしてパリ、つまり文明世界の中心にいる。これは大きなチャンスなんだ、ネイズビーくん。夕食に行こう。いい店を教えてあげるから」

ディックは同意した。食事に向かう道すがら、提督はよい手袋の店を教え、ディックに手袋を買わせた。よい葉巻の店も教え、大量に買わせ、その一部を快く受け取った。レストランでは注文すべき美酒佳肴《かこう》を教え、結果として目の玉が飛び出るような額が伝票に記された。

その夜、ヴァン・トロンプがどれだけ手数料を稼いだのかはわからない。こんな仕打ちを受けても、ディックは鷹揚《おうよう》にほほえんでいた。どんな目に遭っているのかは百も承知だった。特異な性格の人間と知り合うためであれば、狩人が猟犬を犠牲にするように、このくらいの損失は甘んじて負うつもりだった。〈奇妙な物事〉について言えば、期待されるほど奇妙ではなかったと知れば、読者諸氏は安心なさるだろう。ディックはヴァン・トロンプのような金のかかる案内人などいなくても、その程度の〈奇妙な物事〉には出会えるのだ。とはいえヴァン・トロンプも並みの案内人ではない。見せるものが魅力に乏しくとも、流麗かつ想像力に富んだ発言でそれを補った。

「そう、これこそ」ヴァン・トロンプはしゃっくりをしながら宣言した。「これこそパリだ」

「ふふん！」ディックは鼻であしらった。外連味《けれんみ》たっぷりのヴァン・トロンプの芝居に辟易《へきえき》していたのである。

提督は首を傾《かし》げ、怪しむような目で、ちらりと見あげた。

「今夜はこれで」、とディック。「くたびれたので」

「イギリス的だ！」ヴァン・トロンプは大声を上げてディックの腕を摑《つか》んだ。「まったくイギリス的だなあ！　木石《ブラーゼ》のようだ！　なんとも魅力的なお方ですな！　家まで送ろう」

「いやいや」ディックは断った。「今夜はこれで帰ります。あなたは愉快な人だ。気に入りましたよ、ある意味でね。でも今夜はもう充分。これ以上葉巻もなし、手数料もなしです」

「おい、そんな言いぐさはないだろう！」提督は威厳をもって声を張りあげた。

「おやおや」ディックは言った。「悪い意味で言ったんじゃありませんよ。もっと世慣れた人だと思っていたのに。ぼくはあなたを研究した。それももう終わりです。学費は払ったでしょう？　じゃあ、また《オ・ルヴォアール》」

ヴァン・トロンプは陽気に笑い、大げさな握手をして、ちょくちょくお会いしたいものですな、と心を込めて言った。しかしディックを見送りながら、自尊心を傷つけられて震えていた。爾来《じらい》、二人はしょっちゅう顔を合わせた。ディックはこの老蕩児《ろうとうじ》にたびたび朝食をおごった。むろんディック自身が選んだレストランで、料理もささやかなものだったが。ヴァン・トロンプに一ポンドばかり都合してやることもしばしばだった。オーストラリアに移住するつもりだと言う老紳士の助けになればと思ってのことだ。感動的な別れの一幕。ところが一週間かひと月もすると、二人は同じ通りでばったり出くわした。どちらも驚いたり当惑したりしない。その間、ディックはこの御仁《ごじん》についてあちこちから聞き込んでいた。帆船のこと、馬車のこと、信じやすい人々の間での短い名声、酒が入るときまって愚痴《ぐち》る愛娘《まなむすめ》のこと、人にたかり寄生する言語道断な生き方。こうした情報を耳にするたびに、ディックの心には、芸術の恥ずべき継子《ままこ》ヴァン・トロンプに対して、たんなる好奇心ではなく、かといって親愛の情とも言えない感情が育っていった。パリを離れる前に開いたお別れパーティーにも、客の一人としてヴァン・トロンプを招いた。老紳士はその晩、代表として歓送の辞を述べると、テーブルの下にもぐり込み、すすり泣き、笑い、酔いつぶれてしまった。

第二章　新聞への投書

老ネイズビー氏は、上層中流階級《アッパーミドルクラス》らしい頑固な自主自立の精神の持ち主だった。世界は彼にとって単純そのものだ。「これは正しい」「これはまちがっている」としばしば断言し、万事けりをつけてしまう。たとえささいな事柄についてであっても、彼の発言には預言者めいた重々しさがあった。何が悪いことか、ネイズビー氏にはわかるのだ。わからない輩《やから》がいるとしたら、心がねじ曲がっているにちがいない。そういう相手に対すると、ネイズビー氏の頭に血がのぼった。だから同席するには気詰まりだったけれど、その点を除けば、ネイズビー氏はイングランドでも指折りの、高潔で癇癪《かんしゃく》持ちで直情径行の老紳士だった。血色がよく、白髪で、老いたるユピテルのような顔だち、年季の入ったキツネ狩人《かりうど》の風貌。大きな栗毛の馬を縦横に走らせる姿は、所領であるタイム渓谷一帯を活気づけた。

ネイズビー氏は、才能ゆたかな息子ディックを大事に思っていた。ディックのほうも、男の中の男というべき父を敬っていたが、自立をめざす若者にありがちな反抗心から、その敬意を抑えるようにしていた。二人はしょっちゅう議論した。どちらも自信家で、頭を使うのが好きだったからだ。ネイズビー氏が不敬な罵《ののし》り言葉を連発しながらイギリス国教会を擁護したり、ポートワインの助けを借りて熱心に禁欲の美徳を説いたりするのは愉快だった。ディックのほうはしだいに気分を害するのが常で、父親の議論が巧みなこともあり、まちがいを認めざるをえないことも多かった。そんなときにはディックは一段と声を張りあげ、白を黒と、青を黄と、熱くなって言いつのる。だが朝になると前の晩の議論の行き過ぎが罪のように心に重くのしかかり、謝罪のために、タイム渓谷を見おろす高台で朝食前の散歩をしている父のところに向かった。

「父さん、昨夜のことを謝ろうと思って……」ディックが話しかける。

「ああ、いいとも」老紳士は上機嫌でさえぎった。「おまえは馬鹿みたいな口のききかたをしていたぞ。この件はこれで水に流そう」

「ちがうんだよ、父さん。ぼくが言いたいのは、可能性論の観点からは、父さんの議論には説得力があると認めざるをえないってことだ」

「もちろんさ。厩舎《きゆうしや》のほうを見てきてくれないか。ただし」と父は言い添えるのだった。「これだけは覚えておくんだぞ。わたしぐらいの年になって経験を積んだ男は、駆け出しの坊やよりもずっと自分の言葉の正しさを知っているんだとな」

父は、世の父親よりもずっと嫌味ったらしく「坊や」という単語を口にした。謝罪があっさり受け入れられることも、ディックを深く傷つけた。ディックは父に引け目を感じ、それから、謝るのはいつも自分のほうだと思い返した。おかげでディックは自尊心を保つことができたし、結果としてふるまいも改善されていった。ディックは血気盛んではあったが素直であり、正当な理由があれば、従順であることに誇りを抱いた。

親子の仲はこんなふうに続いていた。しかし、有名なさる事件がきっかけで、二人の仲は大きく変わってしまった。父ネイズビー氏が、信頼のおける政党の候補者を確実に当選させようと躍起になって運動を始め、各新聞に激烈な投書を送りつけた。党派的な手紙につきものの欠点だらけの代物だ。狂信者ならではのエネルギーに溢れ、思い込みが激しく、なかば以上は公平さを欠き、四分の一ほどはまったくの言いがかりなのである。もちろんネイズビー氏には意図的に虚偽を広めるつもりなどなかった。それは確かだ。しかし偏見のままにゴシップを鵜呑《うの》みにし、よく考えもせず自らの名を冠して公《おおやけ》にしようとしたのだ。

「つまり自由党の候補者は」投書の中でネイズビー氏は結論づけた。「公然たる変節者なのだ。われわれはこんな人物を求めているのだろうか？　彼は嘘《うそ》を暴かれ、その屈辱に反論もしない。われわれはこんな人物を求めているのだろうか？　はっきり言おう、否！　心からの確信とともに言おう、否！」

ネイズビー氏は、文筆の素人ならではの自負心をもって投書に署名し日付を記した。そして、一夜のうちに著名人の仲間入りをするものと期待していた。

その不吉な朝、まっさきに目を覚ましたのは、何も知らない息子のディックだった。庭の四阿《あずまや》に朝刊を持って行き、ある欄に父の檄文が載っているのを発見した。別の欄に社説があった。「当紙の知るかぎり」とその社説は述べていた。「この件に関してネイズビー氏に意見を求めた者はいない。だが、たとえネイズビー氏が全有権者から頼まれたのだとしても、氏の投書はドルトン氏に対して卑劣であり不当であろう。当紙はあえてネイズビー氏を嘘つき呼ばわりはすまい。そんなことをしたらどうなるかは火を見るよりも明らかだ。代わりに、この頭に血が上った党派人ネイズビー氏の言及した両候補に関する諸事実を、別面に掲載した。ネイズビー氏は当地の大地主である。しかし、事実と礼節と英文法を重んじることは土地持ちであることよりもはるかに重要な性質だ。N氏はなるほど偉大な御仁である。自身の所有するいくつもの広い果樹園と半マイルも続く温室の中で知性と精神とを熟成させてきたのだろう。氏が自領で雇い人たちに対して何をおっしゃろうとかまわない。だが（スコットランド人が言うとおり）、

「ここでは
威張り散らそうなどと思ってはならぬ」

「リベラリズムの成長は」と無署名の記者は続けていた。「自由かつ健全なものである」云々《うんぬん》。

ディック・ネイズビーは最初から最後まで記事に目を通した。恥ずかしさのあまり心が押しつぶされそうになった。父はとんだ道化を演じている。鳴り物いりで戦《いくさ》におもむき、ほうほうのていで帰還したのだ。進撃のラッパが吹き鳴らされたときには、すでに落馬していたに等しい。事実に関しては誤解の余地がなく、ひとつ残らず父の見解に不利なものだ。この記事を公にせずにすむなら、ディックはどんな犠牲でも払っただろう。それも今となっては無理な話だ。そこで彼は馬に鞍《くら》をつけさせ、手ごろな杖《つえ》を摑むと、ただちにタイムベリーの

町に向かった。

編集者は、だだっ広く殺風景な部屋で朝食をとっていた。家具がなく、卓上の食事もみすぼらしく、このたびの元凶が目をぎらぎら光らせた肺病を思わせる顔つきなのを見て、ディックの勢いはそがれた。それでも杖を握りしめ、ひるむことなく論戦に挑んだ。

「朝刊の社説を書いたのはあなたですか」ディックは問いつめた。

「ネイズビー氏のご子息ですね。ええ、新聞を発行したのはわたしです」編集者は立ちあがりながら答えた。

「父は年寄りです」ディックは感情を爆発させた。「それに、あなたやドルトンなんかより、よっぽど立派な人なんだ!」いったん言葉を呑み込んだ。整然と話を進めるつもりだったのだ。「ひとつうかがいたいことがあります」ディックは続けた。「父が事実を誤認していたのなら、投書を掲載せず、内々にその旨を伝えてくれるべきだったのでは?」

「実は」編集者は答えた。「今回はそうしたやり方は無理だったんです。ネイズビー氏は添え状に、同じ投書をほかの三つの新聞に送ったと書いていました。それどころか、うちの新聞が投書を取りあげなければ、そのことを暴露するなどと言ってこちらを脅《おど》したのです。起こってしまったことは残念です。あなたのお気持ちは立派だし、同情もします。ですが、ドルトン氏に対する父上の非難は低劣で目に余りました。ですから、応戦のために父上の投書を掲載せざるをえなかった。党派にはそれに伴う義務があります」記者は、祝辞を述べる人のように顔を輝かせてそうつけ加えた。「そして父上の非難は目に余りました」

ディックは三十秒ほど立ち尽くし、編集者の言葉をどうにか受けとめた。フェアプレイの神がディックの心を支配し、「お邪魔しました」とだけ呟《つぶや》いて、逃げるように通りに出た。

帰りは馬を急がせなかったので、ディックは朝食の席に遅れた。父は卒中でも起こしそうなようすで暖炉を背に立ち、背中で両手の指を強く握りあわせていた。ディックが入っていくと、父はタラのように口を開いたり閉じたりした。見ひらいた目は今にも飛び出しそうだ。

「見たかね」父は声を荒らげて、顎《あご》で新聞を指した。

「ええ、父さん」ディックは答えた。

「ふうん、読んだのか、そうか」

「はい、読みました」ディックはうつむいて答えた。

「ふむ。で、おまえの意見は？」老紳士は尋ねた。

「父さんは誤解していたようです」ディックは言った。

「それで？　それでどうした？　おまえの頭は空っぽか？　意見なり提案なりないのかね？」

「父さん、ドルトンさんに謝ってください。自分から認めるほうがずっと潔《いさぎよ》い、誠実な態度でしょう――」ディックは口をつぐんだ。こんなときには何を言っても的外れになるように感じられた。

「それはわたしが考えることだ」父はどなった。「どの口がそんなことを言うんだ。ほんとうの孝行息子なら、そんなこと思いつきもしないだろう。父親がこんな嘆かわしい窮地におちいったとき、わたしなら編集者のところに駆けつけて、殺しそうな勢いで相手を責めたてただろう。そうとも、責めたてるはずだ。もちろん烏滸《おこ》の沙汰《さた》さ。だがそうすれば、わたしが血の通《かよ》った、人間らしい自然な情を持つ男だという証明にはなる。息子だと？　おまえなんか息子じゃない、わたしの息子じゃないぞ」

「父さん！」ディックは叫んだ。

「おまえがどういう人間か、教えてやろう」地主は続けた。「計算高いベンサム主義者だ。おまえなんぞ勘当だ。母さんが生きていたら恥ずかしさのあまり死んでいただろう。母さんには現代風の考えなんかこれっぽっちもなかった。母さんの考えじゃ――母さんは言っていた――あいつが墓に入っていてくれてありがたいよ、ディック・ネイズビー。誤解！　誤解していた、だと？　おまえには、親への尊敬も、勇気も、自然な情愛もないのか？　おまえは心のない機械仕掛けか、ん？　出ていけ！　ここはおまえのいる場所じゃない。出ていけ！」父は追い払うように手を振った。「出ていけ！　近づくな！」

その瞬間、ディックは部屋を飛び出した。心は千々に乱れ、血管はどくどくと脈打ち、体の調子がおかしくなって話すことも聞くこともできない。激しく動揺しながら、許しがたく不当な扱いを受けた感覚だけが、ディックの記憶に深く刻みこまれた。

第三章　提督の名のもとに

この話題が再び父子の口にのぼることはなかった。このとき以来、ディックと父との関係は冷え切った。姿勢のよい老紳士は、息子に会うときにはいっそうぴんと背筋を伸ばし、けっして消えることのない怒りに顔をこわばらせた。ぞっとするような慇懃《いんぎん》さで息子の体調について尋ね、天候や作物の出来について言葉を交わした。父は不自然なほどはっきりした口調で話し、明瞭でよそよそしい声は、ときおり抑えた怒りに震えた。

ディックのほうは、まるで人生が突然終わりを迎えたように感じていた。これまで信じてきた考え方も知恵も役に立たない。若さに似合わず世知に長《た》け、旅暮らしだったころはそのことを誇りにしてもいたのだが、父との断絶という真の悲しみを前に「恥じいって縮こまってしまった」。自尊心と傷ついた名誉と憐《あわ》れみと父への敬意が、心の中で日々争った。身を投げ出して父の慈悲を乞いそうになることもあった。真夜中に出奔《しゅっぽん》して、二度とネイズビー屋敷に戻るまいと思うこともあった。父の姿が目に入るたびに心が痛んだ。それどころか、見なれた谷間の風景を眺めるだけでもつらかった。その隅々まで思い出があったからだ。子供時代の記憶に包囲されているようなものだった。いっそ知らない土地に逃れ、見知らぬ人の間で暮らせせば、運命から解放されるかもしれない。心も軽く、人生をやり直せるかもしれない。丘陵の一番高い頂《いただき》は、ときおり雲の切れ間から射《さ》す日の光を浴びて、突き立てた指のように輝いていた。羊飼いが晴れた日にそこに立てば、きらめく海を望むこともできる。海にこそ希望があるにちがいないとディックは考えた。けれども父の姿を見るとその決意もくじけてしまう。ディックを待ち受けているのは海や陸の旅ではない。彼は精神の旅をする運命だった。その旅は、彼が思っていたより早く始まった。

ある日のこと、あてどなく歩いていたディックは、あまり足を踏み入れたことのない高台にたどり着いた。生い茂る森を這《は》うようにして抜けると、遠く丘陵まで広がる荒れ地《ムーア》に出た。しっかり根を張ったアカマツが数本、小高い丘に立っている。ふもとには清らかな泉が湧き出し、曲がりくねった小さな流れとなってヒースのあいだを抜けていく。少し前に驟雨《しゅうう》がさっと通りすぎたが、今は太陽が燦々《さんさん》と輝き、マツと草の匂いが漂っている。若い女性が、木立の下にある石に腰かけてスケッチをしていた。われわれは女性というものを、変化する記号のようなものとして考えている。愛しい女性のことを考えるとき、てっとりばやいやり方は、相手を主としてペチコートからなる複合的な存在として思い浮かべることだ。しかし人間性は衣裳に勝利を収め、ドレスの外観や肌理《きめ》も生気を帯びてくる。衣裳という外皮の内側に自らを縫いこめたはずの女性が、スカートの端からにじみ出て姿を見せるものだ。ディック・ネイズビーの目にとまったのは黒いドレスにすぎなかった。だが、それは彼の心をとらえ、ほかの考えはどこかへ消えてしまった。ディックが近づくと、娘はこちらを向いた。顔を見てディックは驚いた。まさしく彼が求めていたとおりの顔だ。ディックは空気を吸い込むように娘の顔をすばやく胸に刻みこんだ。

「失礼」ディックは帽子をとって挨拶《あいさつ》した。「スケッチをなさっているんですね」

「あら」娘は驚いて声を上げた。「ただの手すさびよ。つまらないものだわ」

「ご謙遜を」とディック。「こんなことを言うのは、同類だからです。ぼくもスケッチをするんですよ。どういうことか、わかりますか」

「いいえ、わからないわ」

「ふたつあります。まず、ぼくはそんなに手厳しい批評家じゃないってこと。もうひとつは、ぼくにはあなたの描いた絵を見る権利があるってこと」

娘はスケッチ板を両手で隠した。「だめよ、恥ずかしい」

「じゃあ、いいことを教えましょう」ディックは言った。「ぼく自身は画家じゃありませんが、画家の知り合いは多い。パリにいたころは、親しい画家たちのアトリエに出入りしていたものです」

「パリですって?」娘は目をぱっと輝かせて叫んだ。「もしかして、ヴァン・トロンプって画家をご存じ?」

「ヴァン・トロンプ? 知っていますとも。まさか提督のお嬢さんじゃないですよね?」

「提督? そんなふうに呼ばれているの?」娘は興奮していた。「ああ、なんて素敵なの! 若い画家たちから、そんなふうに呼ばれているのね」

「ええ」ディックはいくらか心苦しくなった。

「じゃ、わかってくれるはずよ」娘は満足げで誇り高い、なんとも言えない口調で続けた。

「わたしがスケッチを見せたくない理由《わけ》を。ヴァン・トロンプの娘！　提督の娘！　気に入ったわ。提督ですって！　そう、父とお知り合いなのね」

「まあ」ディックは答えた。「しょっちゅうお目にかかっていましたよ。親しかったと言ってもいい。ひょっとして、お父上からぼくの名前を聞いていらっしゃるんじゃありませんか。ネイズビーと言います」

「父はめったに手紙をよこさないんです。芸術に身を捧げているせいで時間がないの。ときどき思うわ」娘は笑いながら言った。「父がもっと平凡な人だったらよかったのに、って。わたしが手助けできるような、わたしを自慢の娘と思ってくれるような人だったらいいのに。でもたまに考えるだけ。本気じゃないわ。だって父は偉大な画家なんですもの！　父の絵はご覧になって？」

「何枚かは」ディックは答えた。「そうですね——とてもよかったです」

娘は声を出して笑い、ディックの言葉を繰り返してみせた。「よかった、ですって？　芸術にはあまり興味がないみたいね」

「そうかもしれません」ディックは認めた。「でも、ヴァン・トロンプさんの絵を喜んで買う人がたくさんいることは知っていますよ」

「ねえ、父のことは『提督』って呼んで！」娘は叫んだ。「そのほうが温かくて親しみが感じられる。それに、父が若い画家たちに尊敬され、憧れられているって考えると嬉しいの。父は世間から認められてきたわけじゃないから。長いあいだ、みじめな暮らしを送ってきた。

そのことを思うと」娘は目に涙を浮かべた。「そのことを思うと、情けなくなる」彼女は話を打ち切った。「ああ、もう家に帰る時間だわ。あなたのおかげでとっても幸せ。ネイズビーさん、わたしは六歳の時から父に会っていないの。なのに、いつも父のことばかり考えてる！　きっとうちにいらしてね。伯母も喜ぶわ。うちに来て、父のことをぜんぶ――ひとつ残らず話してちょうだい。お願い」

ディックは娘がスケッチ道具をまとめるのを手伝った。帰り支度が済むと、娘はディックに手を差し出し、恥ずかしがったりせずにしっかり握り返した。

「あなたは父のお友達だから」彼女は言った。「わたしたちもきっと、いいお友達になれるわ。ぜったい会いに来てね」

そう言うと娘は丘を駆けおりていった。ディックは当惑し、いや、それどころかいささか心苦しくなって、立ち尽くした。ことのなりゆきは愉快と言ってもいいくらいだった。だが、黒いドレスとその上の顔、さらに握りしめた手の感触のせいで、彼は事態を真剣に受けとめた。こういう状況で、どのように行動すればよいのだろう。ひょっとして、彼女を避けるべきだろうか。それもひとつの手だ。それとも真実を打ち明けるべきか。いや、父親に対する心酔ぶりを考えるとうまくいくまい。むしろ、あからさまな嘘をつかないようにしながら、彼女の幻想を維持し、現実を脚色し、思い込みをそのままにしておこうか。よく考えてみよう。会わずにすませることも選択肢のひとつだが。この最後の可能性をじっくり考えた結果、翌日の午後、ディックは娘の家に向かった。

娘のほうは、喜びに震えながら、鳥のように軽い足どりでまっすぐ家に帰った。彼女は小さなコテージに独り身の伯母と二人で暮らしている。厳格そうな六十がらみのスコットランド人である伯母に向かって、彼女は熱心にディックとの出会いや、彼を招待したことを伝えた。

「おまえの父さんの友達だって？」伯母は叫んだ。「どんな人だい。その人の名前、なんと言ったかね」

娘は黙りこみ、暗い顔になって伯母をじっと見た。それから、とてもゆっくり言った。

「父の友人だと言いましたでしょう。家にご招待したから、きっといらっしゃると思うわ」それだけ告げると自室に向かった。部屋では、娘は夜どおし壁を眺めていた。ミス・マグラシャン――それが伯母の名前だった――はキッチンで、殉教者めいた喜びを覚えながら大判の聖書を読んでいた。

翌日、やや堅苦しい服装をしたディックがコテージの前に着いたのは三時半ごろだった。ドアをノックすると、中からどうぞと声がした。キッチンは庭のすぐ横で、木々の葉の陰になって少し暗かった。それでも、娘が奥から彼を迎えに来てくれるのが見えた。二度目に見る彼女の姿はディックを驚かせた。くっきりした黒い眉は、熱しやすく冷めにくい気質を示していた。口は小さく、神経質な弱々しさを感じさせた。彼女の性格の大部分を占める誠実さや思いやりや高邁《こうまい》さの下に、危険で陰鬱《いんうつ》な要素が潜んでいるのだ。

「父をご存じなのですから」娘は言った。「心から歓迎しますわ」

彼女は軽くお辞儀をして、ディックに手を差し出した。いささか型にはまっていたものの、愛くるしい歓迎のしぐさだ。ディックは神々の一員になったような気がした。娘はディックをキッチンから客間に連れていき、ミス・マグラシャンに紹介した。

「エスター」と伯母は言った。「ネイズビーさんにお茶をお出しなさい」

言いつけに従って娘が出ていくと、老婦人は部屋を横切って、まるで脅しをかけるかのようにディックに近づいた。

「あの男を知っているんですか」彼女は高圧的な囁き声で尋ねた。

「ヴァン・トロンプさんのことですか？」とディック。「ええ、知っています」

「そう。で、何が目当てでいらしたの」老婦人は尋ねた。「わたしはあの子の母親を救えませんでした――死んだんです――でも、あの子は！」事情を知らないディックを仰天させるような激しさが彼女の声にはあった。「それで何？　お金がほしいの？」

「すみません」とディック。「誤解なさっていますね。ぼくはネイズビー屋敷の長男です。ヴァン・トロンプさんとは、ちょっとした知り合いってだけです。ヴァン・トロンプ嬢は、ぼくと父上がじっさい以上に親しいと思い込んでおられるようですが。ヴァン・トロンプさんの個人的な問題は知りませんし、興味もありません。パリにいたとき、たまに会っていた――それだけの仲です」

ミス・マグラシャンはふうっとため息をついた。「パリですって？」彼女は言った。「そう。で、あなたは彼のことをどうお考えかしら。どうお考えなの？」調子を変えて、同じことを二度尋ねた。こうした質問は苦手だったので、ディックはしばらく返事をためらった。

「いっしょにいて楽しい人でしたよ」

「なるほど」と老婦人。「それがあなたの感想ってわけね！　で、彼は何をやって食べているの？」

「そうですね」ディックは動揺を抑えながら答えた。「ヴァン・トロンプさんには、気前のいい友人がおおぜいいるみたいですよ」

「そりゃそうでしょう」老婦人は鼻を鳴らした。そしてディックが二の句を継げずにいるうちに、部屋から出て行ってしまった。

エスターはお茶を持って戻ってくると、腰を下ろした。

「さあ」くつろいだ様子で彼女は言った。「父のことを話して」

「お父さんは——」ディックは言いよどんだ。「いっしょにいて楽しい人ですよ」

「あなたはそうじゃないような気がしてきたわ、ネイズビーさん」娘は笑った。「お忘れなく、わたしは彼の娘なのよ。最初からぜんぶ話して。あなたが見た父のすべてを、父が何を話し、あなたがどんなふうに答えたのかを。どこで知り合ったの？　まずそこから話して」

それでディックは最初から話しはじめた——最初は、カフェで提督が絵を描いているのを見かけました。芸術にとりつかれた提督は、家に帰ってから絵を完成させようなどという悠長な気持ちになれなかったのです。（エスターの質問に答えて）その絵は、一羽のオンドリと二羽のメンドリが麦をつついている場面でした。提督はオンドリやメンドリを好んでいたんです。だからといって、より野心的な芸術様式に無関心だったわけではありません。提督のアトリエには、ギリシャの何かを題材にした作品があり、いくつかの点でとてもすばらしい絵だという評判でした。誰もその絵を見たことがないし、アトリエの正確な場所も知られていないのですが、精魂こめて、しかし秘密裡《ひみつり》に描かれている最中なのだとか。（エスターの示唆を受けて）このように人目をはばかるのは、提督だけでなく、ミケランジェロその他の偉大な芸術家にも共通の特徴です。ぼくたち（ディックとヴァン・トロンプ）はたちまち意気投合し、その夜いっしょに食事をしました。提督は物乞いに金を与えたことがあります。提督の口からは、かわいい娘への思いがとめどなく溢れ出たものです。娘に人形を送るために、一度だけ借金をしたことがありました。ニュートンのようだと言っていい性質です。なぜなら娘は少なくとも十九歳になっていたのだから。万が一、人形がエスターの元に届いていないのだとしたら（どうやら届かなかったらしい）、それもまた常人には理解しがたい創造的才能の高みを示す性質のひとつにほかなりません。提督の外見は——いや、けっして眉目秀麗《びもくしゅうれい》というわけではなく——そう、「目立つ」のです、そう断言します——抜群に際立っていました。ブーツはひもで締めるようになっていて、上着は黒の、モーニングではなくフロックコート。ディックはこんな調子でつぶさに語った。意外にも、ほとんど嘘をつく必要はなかった。けっきょくのところ、嘘をつかずに生きていくのは難しい、などと世間で言われているのは大げさすぎる。ときおり舵《かじ》をわずかに動かして適切に話の方向転換をすれば、そして聞き手が熱心であれば、肝腎なところを曖昧にしたまま、延々と話すことができるものだ。ミス・マグラシャンが何度か客間に姿を見せ、冷ややかな態度でしばらく聞いていたときには、嘘をまじえずに提督の話をするという仕事はとてつもなく難しく感じられた。しかし好奇心もあらわに、夢中になってディックを見つめながら話に聞きいるエスターに対しては、言葉が流暢《りゅうちょう》に流れ、巧妙に話をはぐらかす方法をいくらでも思いついた。そして――。

エスターにとって、なんとすばらしい午後になったことだろう！

「ああ！」すべて聞き終えたとき、エスターは言った。「お話をうかがえて、ほんとうによかった！　わかるでしょう、伯母は心が狭くて、信仰にこりかたまっているのよ。芸術家の生き方が理解できないんだわ。でも、わたしは平気」エスターは胸を張った。「だって芸術家の娘だもの」

娘の言葉を聞いて、ディックは彼女を欺いているのではないかという懸念を払拭《ふっしょく》することができた。とどのつまり、エスターはさほど現実から目を背けているわけではないのだ。これをペテンだというのなら信仰心だってペテンだろう。娘の胸の内にある父親への信頼と尊敬を守ってやるのは、義務といっても差しつかえないのではないか。とりわけそうした気持ちが、たとえまちがったものにせよ、彼女にふさわしい、胸に秘めた宝石であるならば。もちろん別の思惑もあった。すなわち、相手に取り入りたいといういくらか卑怯な下心である。ディックとて人の子、これ以外の行動は期待しようがないではないか。

第四章　エスター、子の務めについて語る

ひと月後、ディックとエスターは辻の脇の踏み越し段《スタイル》のところで落ちあった。鳥や夏の虫のほかに見ている者がいたならば、二人のようすが以前会っていたときとは違っていることに気づいただろう。ディックは彼女を腕に抱き、二人は長いこと唇を重ねた。体を離してもディックは彼女の背中に手を回したままで、二人はたがいの目をじっと見つめあった。

「エスター！」とディックは言った——その声の優しさといったら！

「ディック！」エスターは応えた。

「幸せだよ！」

ほどなく二人は歩きだした。ディックはエスターの肩を抱き、二人は体をぴったり寄せて歩いた。太陽、小鳥たち、木々のあいだを渡る西風と、触れあう体、視線、固くからめた指と指——それらが二人の心を喜びで満たした。彼らが歩く道にはヒースとブルーベリーが生い茂り、松林へと続いていた。ディックはいくらか気どったしぐさで、心地よい草の絨毯《じゅうたん》にエスターを坐らせた。

「エスター！」ディックは語りはじめた。「話しておきたいことがある。父が金持ちなのは知っているだろう。しかも、ぼくらは愛し合っているのだから、望めばすぐにでも結婚できると思っているはずだ。だけどひょっとしたら、かなり待つことになるかもしれない。我慢

が必要になる」

「なんでも立ち向かえるわ」エスターは言った。「だって今とても幸せだもの。あなたがいて、お父さんがいて、お金にも困っていない。待つのなんかへいちゃらよ、一生待ち続けたって待ちくたびれたりしない」

エスターが提督に言及したことで、ディックの胸は痛んだ。「最後まで聞いてくれ」彼は続けた。「もっと前に打ち明けておくべきだった。でも怖くて言えなかったんだ。ほんとうなら、今だって話したくないくらいだ。実は父とはほとんど口もきかない仲なんだ」

「お父さまと?」エスターの顔は蒼ざめた。

「変だと思うだろうね。でも、自分に落度があるとはどうしても思えなくて」ディックは言った。「わけを話すよ」

「ああ、ディック」話を聞き終えると、エスターは言った。「なんて勇敢で、気高い人なの。でもわたしなら父親に意地なんて張らない。ちゃんと話すわ」

「まさか」ディックは叫んだ。「何か月も経《た》ってから、父の前にのこのこ出て行って、編集者をやっつけようとしたけど、けっきょくやめたよ、なんて自慢するっていうのかい?　しかもその理由ときたら、思った以上に父が馬鹿な真似をしていたからだと?　そんなこと言えるもんか」

ディックの語気にひるんでエスターは体を離した。「でも、それがお父さまの望んだことなら」彼女は抗弁した。「あなたが編集者のところに駆けつけたことをご存じだったら、お父さまだって満足して誇らしく思ったはずよ。『さすがわが息子だ、父と同じように考え、同じ騎士道精神を持っている』と認めたでしょう。あなたは今、自分を不当に貶《おとし》めている。編集者がみじめな弱々しい男で、しかも言い訳したからこそ、最初の決意を翻したんでしょう。相手が鬚《ひげ》をはやした赤ら顔の大男だったら殴り倒していた——そうでしょう?——たとえお父さまが、じっさいの十倍もまちがっていたとしても。今の話で、わたしはすぐ事情を呑み込めたわ。だとしたら、お父さまに話すのはそんなに難しいことかしら。わたしよりもお父さまのほうがあなたの気持ちを理解しないなんてこと、あると思う? もちろんわたしはあなたを愛してるわ、ディック。でも、なんといってもお父さまはお父さまなのだから」

「エスター」ディックは絶望しながら言った。「君はわかっていないんだ。理解されず、ささいな行き違いが積み重なる毎日が、子供のころから少年をへて大人になるまで続くのが、どんなにつらいことなのか。やがて話を聞いてもらうことを諦めるようになり、苦しみが悪夢のようにのしかかってきて、しまいには愛してやまない相手の姿を見るのさえ厭《いと》わしくなる。ほかならぬ父親だっていうのに。エスター、父親がいるっていうのがどういうことなのか、君にはわかっていないんだ。だから無邪気なことが言えるのさ」

「そういうこと」エスターは考え考え言った。「つまり、わたしに父親がいないのは幸運だと思っているのね。でもそんなことないわ。忘れたの、わたしは父を直接は知らないのよ。知っているのはあなたのほう。わたしの父じゃなく、あなたの父親だと言ってもいいくら

「い」エスターはディックの手を取った。ディックの心臓は氷のように冷たくなった。「でも、ほんとうに気の毒だわ」エスターは続けた。「とてもつらい、さびしいことでしょうね」

「君は誤解している」ディックは声を詰まらせた。「ぼくにとって父は世界一の男だ。ぼくなんかの百倍もの価値がある。ただ、父はぼくのことを理解しないし、どうしても理解してもらえないってだけだよ」

しばらく沈黙が続いた。「ディック」エスターは口を開いた。「お願いがあるの。あなたが好きだと言ってくれてから、初めてのお願い。お父さまを見てもいい？――お父さまには気づかれないように、こっそり姿を見たいんだけど」

「どうして？」とディック。

「ただの気まぐれよ。わかるでしょ、父親というものに憧れているの」

エスターの気持ちが伝わってきてディックにはつらかった。すぐさま同意すると、ひそかに後悔と自己嫌悪にさいなまれながら、エスターの手を引いて裏道を抜け、茂みに彼女を坐らせた。ここからなら、夕食をとりに帰る地主の姿を見ることができる。二人は手を取りあい、口もきかずに三十分ほどじっと待った。やがて遠くから馬の足音が聞こえ、敷地の扉がガシャンと開くと、ネイズビー氏が現れた。背中を丸め、気むずかしい顔で物憂《ものう》げに馬をだく足で走らせていた。エスターにはそれがネイズビー氏だとすぐにわかった。以前にも見かけたことがあった。ただ彼女は、愛する少数の人たち以外には驚くほど関心がなかったので、その男が誰かなど考えもしなかったのだ。けれども今、彼女はネイズビー氏をはっきりと認識した。地主はじっさいよりも十歳も老けて見え、動きに弾みがなく、永遠の悲嘆に押しつぶされているようだった。

「ああ、ディック、ディック！」エスターは叫んだ。涙が頬を濡らし、それを隠すためにディックの胸に顔を埋めた。ディックも嗚咽《おえつ》した。二人は重い足どりで家路についた。その夜、情愛と誠実さにあふれたディックは、父を喜ばせようとできるかぎりの努力をした。父への尊敬と愛を伝え、仲違《なかたが》いを解消し、ふたつの心を改めて結びつけようとした。残念ながら徒労に終わった。地主は陰鬱な怒りに満ちていた。今日いちにち、ディックの離反——彼はそのように捉えていた——を思って気が滅入っていたのである。そして今、うなり声と冷たい言葉としぐさで、ディックが差し伸べた手をはねのけると、自分では正当だと信じている怨《えん》嗟《さ》の殻《から》に閉じこもってしまったのだ。

第五章　放蕩の父、初お目見え

以上は火曜日の出来事である。同じ週の木曜日、約束があり、ディックはいつもより早い時間にコテージへの道を歩いていた。その途中、タイムベリーから来た貸馬車に行き会ってディックは驚いた。ミス・マグラシャンが乗っていたのだ。すれ違うとき、老婦人はディックに挨拶もしなかった。顔を涙でぐしゃぐしゃにしながら、周囲に山積みになった手荷物ばかりを気にしている。ディックは立ち尽くし、これはどうしたことだろうと自問した。すこぶる気持ちのいい日で、不吉な予感など抱くのは嫌だったのだが、コテージで決定的な何かが起きたのはまちがいない。ミス・マグラシャンが、なけなしの財産をいくつもの小さな茶色い紙包みにまとめて家出したのだ。しかも老婦人のようすからは、激しいいさかいの挙げ句、完膚無《かんぷな》きまでに敗れ去ったことがうかがえた。ディックもコテージに入れてもらえないのだろうか？　家にはエスターだけが残っているのか、それとも何百万人ものヨーロッパ人の中から新しい庇護者が現れたのか？　恋しているとき、人はえてして愛する人の近親者に対して反発を感じるものだ。歴史上の数々の逸話《いつわ》がこの感情を証明しており、ことに「おじさん」連中のふるまいは、独立独歩の小説家の非難の的になってきた。こうなってみると、去っていったミス・マグラシャンがすばらしい人であったかのように惜しまれる。彼女の跡を継いでエスターの後見人になるのが誰であろうと、状況は悪化するような気がした。ディックは急いだ。一足ごとに不安がつのった。コテージの庭についたとき、男の声が耳に届いた。ディックはたちどころに足を止めた。今度は疑念からではない。確実に悪いことが起きる。

青天の霹靂《へきれき》だった。提督が来ているのだ。

一瞬、パニックにおちいって、ディックはすんでのところで逃げ出しそうになった。けれどもエスターは恋人の到着を今か今かと待ちわびていた。彼女はすぐさまディックに駆けよった。嬉しい知らせを携え、喜びでいっぱいのエスターは、ディックの動揺に気づかず、話すのはおろか抱きつくのさえ忘れるほど興奮しきっていた。指先をつかんで（一刻も早く父親に会わせたくて、エスターのほうから手を伸ばしてきたのだ）ディックを引きよせると、背中を押して扉をくぐらせ、ヴァン・トロンプ氏と向き合わせた。画家はフランスの田舎風別珍の上下に身を包み、鼻に大きなできものをこしらえていた。エスターのほうは、これ以上の喜びには耐えられないとでもいうように、恋人と父親に背を向けると部屋から走りでてしまった。

残された二人はどちらも困惑して、しばらく相手を見つめていた。当然ながらヴァン・トロンプが先に我に返って、優雅な動作で握手を求めた。

「すると、君はわが娘エスターの知り合いなのか」ヴァン・トロンプは言った。「嬉しいね。これこそ思い描いてきた故郷というものだ。年老いた放浪者には似つかわしくない言葉かな？　しかし、どれだけ隠そうとも、けっきょくは誰しも故郷や、故郷のようなものへの憧れを抱いている。だからわたしもここに来たんだよ、ネイズビーくん」そして役者になったら成功しただろうと思わせる、見事に悲しみと威厳を帯びた、世知に長けたと同時に哲学を感じさせる抑揚で締めくくった。「ごらんのとおり、ここにいるのは満ち足りた一人の男だ」

「そのようですね」とディック。

「まあかけたまえ」居候はそう言って、自分から腰を下ろした。「ツキに見放されてね。（ほら、ブランデーにシロップを混ぜているところだ――長旅のあとだからね）落魄《らくはく》の身さ、ネイズビーくん。ここだけの話、すっからかん《デカヴェ》だった。五十フラン借りて、管理人の目をかいくぐって荷物を持ち出し――われながらうまくやったよ――ここに来たわけさ！」

「ええ、ここに来たんですね」ディックは馬鹿みたいに繰り返した。

エスターが部屋に戻ってきた。

「お父さんに会えて嬉しい?」彼女はディックの耳に囁いた。その声は喜びに溢れ、囁くというよりも歌うようだ。

「もちろん」とディック。「とっても」

「だと思った」エスターはうなずいた。「あなたはお父さんのことが大好きなんだって、話していたのよ」

「まあくつろいでくれたまえ。新しい生活に乾杯しようじゃないか」と提督。

「新しい生活に」ディックは機械的に唱和して、タンブラーを口まで運んだが、飲まずにテーブルに置いた。今日はこれ以上、新しい体験などしたくない。

エスターは父親の足元にあるスツールに腰かけていた。膝をかかえ、誇らしそうに二人の客人――恋人と父親――を眺めていた。瞳がきらきら輝いていた。涙が浮かんだので、涙が浮かんだとしてもわからなかっただろう。喜びのあまり体をうち震わせ、ときに顎を引き、ときに感極まって天を仰いだ。いわゆる「幸せすぎて自分を抑えられない」状態なのだ。ディックの苦しみは筆舌《ひつぜつ》に尽くしがたかった。

その間、ヴァン・トロンプはとめどなくしゃべりつづけていた。

「わたしは友達を忘れない」と彼は言った。「敵も忘れないが。もっとも、わたしの敵はたった二組――わたし自身と、それから一般大衆だけだ。どちらからも充分すぎるほど復讐《ふくしゅう》されたような気がするよ」と含み笑いをした。「だがそれも終わりだ。ヴァン・トロンプはここまでだ。彼はかつて成功を収めた。わたしが大いに名声を博したことは知っているだろう。しかし、そのことはもう口にすまい」ヴァン・トロンプはほほえんでネッカチーフをゆるめた。「かつてのヴァン・トロンプはもういない。強靭《きようじん》な意志の力で、わたしは以前の自分を抹殺した。詩人にもよくあることだ――まず、輝かしく華々しいキャリアを積む。あらゆる人々の注目の的になり、執達吏《しつたつり》からも注目される。それが突然、変わるんだ！　物静かで茶目っ気のある、年老いた田舎紳士になって、バラかなんかを育てる。パリではね、ネイズビーくん……」

「ディックって呼んで、お父さん」エスターが言った。

「ふむ、ディックと呼んでいいかね？　もともと古なじみだし、しかも今やご近所だからな。そうはいっても、隣人にしちゃずいぶん遠いがね。このコテージは君の父上――尊敬おくあたわざる一族だ――の土地に建っている。おまけに、この森はたしかトレヴァニオン卿のものだったね。いや、だからって気にしているわけじゃない。わたしは年老いたボヘミアンだ。社交とはすっぱり手を切った。もてはやされていたころだって人づきあいを絶ってきた。おかげで落ち目となった今も、威厳をもって社交界と縁を切ることができる。娘よ、これはささやかな自尊心《アムール・プロプル》というやつだ。父さんはね、誇りを持たねばならんのだ。こりゃどうも、じゃあ、ほんのちょびっと、ちょびっとだけな。いやいや、これくらいで、ごちそうさま！　充分いただいたよ。だがねディック、いま言ったように、いや言わなかったかな、この子は悪い教育を受けた。この子の伯母ときたらまるで家庭教師みたいだった。だからわたしを不信の目で見る。わたしの性格と家庭教師的な性格じゃあ、北極と南極のように正反対だ。とはいえわたしは今こうして、人生の戦いから降りてこの家に来た。これからは残された唯一の作品――ささやかな自負をもって、わが最高傑作と言おう――すなわち娘エスターのために生きていくつもりだ。万事あるべきところに収まっていくだろう。ディック、このあたりにはどんな人たちが住んでいるんだい」

ディックの返事は、タイム渓谷には多くの名家がある、という意味に受け取られた。

「わたしたちを紹介してくれるね？」と提督。

ディックのシャツは冷や汗で湿った。「もう行かないと」無理に口実を設けて立ち去ろうとした。エスターはそれを近所への配慮だと解釈し、好意的に受けとめて、ディックを引き留めはじめた。

「散歩がまだなのに？」エスターは叫んだ。「帰らないで！　散歩に行きましょう」

「みんなで歩こうか」提督も立ちあがった。

「お父さんも来るの？」エスターは父の肩にもたれて撫《な》でた。「前からのお友達のディックと、新しく来たお父さんのことを話したかったのに。でも今日はいっしょに来てもいいわ。やりたいことはなんでもやって。望みはぜんぶかなえてあげたい」

「もう一口だけ飲ませてもらおう」提督は体をかがめてブランデーを注《つ》いだ。「今回の旅で、思いがけないほど疲れてしまった。まあ、わたしも年をとったよ。年老いて、年老いて――

言いたくないが――禿《は》げてしまった」

ヴァン・トロンプは愛嬌《あいきよう》たっぷりのしぐさで、フェルト帽を頭に載せた。女たらしの習性が抜けないのだ。エスターのほうは帽子をかぶり終え、出かけるばかりになっていたのに、父親は鏡で身なりを確かめていた。鼻のできものが気になってしかたないらしい。

「余はパパなるぞ、立派にならねば」ヴァン・トロンプはディックに向かって、ダンディズムにこだわる理由を説明した。それから荷物をあさって、一本の杖を選び出した。パリ時代に手にしていたおしゃれな杖の数々はどこへ？　いまヴァン・トロンプが持っているのは、年寄りが歩くときに体を支える杖であり、田舎の風景に似つかわしい代物だった。ヴァン・トロンプが新しい役割を楽しみ、いかにも「それらしく」田舎紳士を演じているのを、ディックは興味深く見守った。ヴァン・トロンプは娘と田舎道を歩くための新しい歩きかたまで案出していた。それがまた実に雰囲気に合っている。少し歩くとくたびれて杖にもたれかかり、四囲を見まわし、悲しげにほほえみながら、目に映るすべてのものに共感しているようだ。草花の名前を尋ね、町育ちゆえに動植物に通じていないことを、いささか自嘲《じちよう》さえした。

「田舎暮らしで、若返りそうだ」ヴァン・トロンプはため息をもらした。夜にさしかかるころ、三人は丘の頂に着いた。太陽は沈みつつあり、西の空だけがわずかに色づいていた。斜めから射す柔らかい夕陽が丘の稜線をぼんやりと浮かびあがらせる。峡谷とハシバミの林が縦横に走る開けた野原で、西と北をかすかな残光が照らす。するとヴァン・トロンプの画家としての習性が目覚めたようだ。

「おお、ディック」彼は叫んだ。「値千金《あたいせんきん》の眺めではないか！」

四百行もの頌詩《オード》を捧げられるより、父のこの一言のほうがエスターにとっては感動的だったにちがいない。幸せのあまり彼女は涙を浮かべた。ディックが話したとおりの、憧れの父がすぐそばにいる。純朴で、情熱的で、世間知らずで、根っからの画家気質で、洗練された物腰の紳士である父が。

ちょうどそのとき、路傍の一軒の家が提督の注意を惹いた。玄関先にかけられた看板が、喉を潤したい散歩者には魅力的に映ったらしい。

「ここは」杖の先で指しながら尋ねた。「パブかい」

これがきわめて重要な問いだとでもいうように、ヴァン・トロンプの声の調子が変わった。エスターは、父が警句か箴言《しんげん》でも口にするのではないかと期待して、耳を澄ませた。

「そうです」とディックは答えた。

「入ったことはあるかね」提督は重ねて訊《き》いた。

「いいえ。何百回も前を通っていますが」ディックは答えた。

「そうか」ヴァン・トロンプはほほえみ、やれやれと頭を振った。「君はわたしのような老残兵じゃないからな。これから世界を学んでいくのさ。さて、わが家のすぐそばにパブを見つけた。これぞまさしくご近所さんじゃないか。親交を深めるとしようか。いやいや、おまえたちは来なくていい。すぐに戻る」

提督はディックとエスターを道ばたに残して、いそいそとパブに駆けこんだ。

「ディック」エスターは言った。「二人きりでお話しできて、ほんとうに嬉しい。わたし、すごく幸せだわ。言いたいことがたくさんあるし、お願いもあったから。父さんは絵の具もイーゼルも持たずに来たの。だから買ってあげたくて。わたしのかわりにタイムベリーの町で画材を買ってきてくれないかしら？　見たわよね、父さんはさっき、絵を描きたくてうずうずしてたでしょ」そして「ああいう人たちは、絵を描かずには生きていけないものなのね」と付け加えた。「ああいう人たち」というのは、ヴァン・トロンプやミケランジェロのことを指すのだろう。

このときまで、エスターはディックの不自然な態度に気づいていなかった。幸せすぎて注意が向かなかったのだ。彼女が父と呼ぶ、偉大で善良な人物を前にしてディックが黙りこんでいるのは、当然の殊勝な心がけだと考えていた。だが、いま二人きりになってみると、彼女は恋人とのあいだに壁ができているのを意識した。疑いの気持ちがめばえた。

「ディック」エスターは叫んだ。「わたしのこと、愛してないのね」

「愛しているとも」ディックは心から言った。

「でもつらそうに見える。なんだか変だわ。まるで——まるで父さんに会ったのが嬉しくないみたい」彼女は声をうわずらせた。

「エスター、君のことは愛しているよ。言ったじゃないか。君もぼくを愛しているなら、わかるはずだ。ぼくが願っているのは君の幸せだけだ。君が喜ぶのを嫌がるはずがないだろう？　エスター、ぼくは嬉しいんだよ。たとえ落ちつかず、居心地悪そうにしているとしても、たとえ——信じてくれ、とにかく信じてくれ」そう叫ぶと、幸福な気持ちがこみあげてきたのか、議論を打ち切った。

だが、エスターの心には疑念が生じてしまった。この話題はもう深追いしなかったが（父親が戻ってきたのだ）、彼女はそれを引きずった。暗い表情と感情的な言葉で喜びに水をさすディックの身勝手さにうんざりした。女性にとって、共感できない感情的な言葉ほど許しがたいものはないからだ。だがその一方で、彼女はディックが父に嫉妬《しっと》しているのも感じとっていた。その気持ちは理解できたものの、彼女はディックを軽蔑した。どちらにせよ、二人の心が離れていく危険が生まれていた。エスターは、最愛の友と心がちぐはぐになっているのを感じた。ディックの心を覗いても、そこに自分と同じ気持ちは読み取れなかった。もはやディックが人生に幸福を降り注ぐ太陽だなどと思えない。彼を慕う彼女に暗く冷たい息を吹きかけ、凍えるような闇で迎えたのだから。要するに、ほんの少しずつではあるが、エスターの愛は冷めはじめていたのである。

第六章　放蕩の父、つけあがる

提督が故郷に腰を据えるまでの経緯を、ことこまかに述べる必要はあるまい。破局に向かって急いで物語を進めていこう。ただし、いくつかの重要な出来事だけは記しておく。ここでわれわれは全面的にディックの証言に頼っている。というのも、現在エスターは、生涯のもっともつらい時期だったこの頃について断固として口を緘《かん》しているからだ。提督に関して言えば——そう、この海軍士官氏は今なお健在である。港町に居心地のいい一家を構え、庭先に望遠鏡と旗を据えつけて——この件に関してわずかなりとも光を投じることなどできない。提督は筆者に向かって、ことあるごとに述べている。「ねえ君、もしどういうことかわかってさえいたら、わたしはきっと——」おそらく今のような姿にはなっていなかったということなのだ。それから提督は娘の写真を眺め、楽しそうに首を振り、心を落ち着かせるために、もう一杯グロッグ「水割りリキュール」をこしらえるだろう。一度だけ、提督がもっと先まで話を進めるのを聞いたことがある。彼はエスターに対する気持ちを、たった一語で雄弁に表現してみせた。「はねっかえり《ミンクス》だよ、あれは」と提督は言ったのだ。腹を立てているというより面白がっているようで、すぐさま、娘の健康を心から願いつつ一杯飲んだのだ。最悪の敵でさえ、提督が悪気のない人間だということは認めないわけにはいかないだろう。他人に憎しみを抱こうにも、そのために必要な執着心や集中力が欠けているのだ。

ともあれ、詳《つまび》らかではないこの一時期に、ほんとうのドラマは起こっていた。主な舞台となったのは、他人の目からはうかがい知れないエスターの胸の内である。生き生きとして率直で、しかし暗い部分を秘めたこの娘を、運命が違うふうに取り扱っていれば、あるいはせめて出来事が異なった順番で起こっていれば——出来事は簡単に連鎖してしまうものだ——物語の展開も違っていただろうし、エスターも家出などしなかっただろう。じっさいには、われわれがごくわずかしか知りえない言動の積み重ねや、想像するほかない気持ちの変化によって、エスターは四日のうちに人生の夢から覚めてしまったのだ。

エスターの魔法が解ける最初のはっきりしたきっかけは、金曜日の夕方、ディックが画材一式を抱えてコテージを訪ねたことだった。提督は暖炉のそばに腰を下ろし、またしても水割りブランデーにシロップを混ぜていた。エスターはテーブルで仕事をしている。二人とも席を立って、ディックを歓迎した。エスターはディックから重い荷物を受け取ると、父に差し出した。ヴァン・トロンプはうんざりした顔で、苛立《いらだ》ちをあらわにした。

「なんてこった。エスター、後生だから余計なことはしないでくれ」憎しみもあらわにヴァン・トロンプは言い放った。

「お父さん」とエスター。「ごめんなさい。もう絵は描かないって言っていたの、知ってるんだけど……」

「そうとも！」提督は大声を上げた。「最後の審判の日まで、絶対に絵筆は持たん！」

「ごめんなさい」エスターは頑固に主張した。「だけどやっぱり、その決心はまちがっている。どうしてもそう思うの。そりゃ確かに世間はお父さんにつらく当たったんでしょう。誰からも理解されていないのかもしれない。それでも自分に正直に生きるべきよ。それに、お父さんが帰ってきて喜んでいるわたしの気持ちを台無しにしないで。わたしのお父さんでいても、画家という天職をまっとうできることを見せてほしい。わたし、ほかの娘とは違うわ。お父さんの仕事に嫉妬したりしない。理解したいの」

おぞましくも滑稽《こっけい》な芝居を見せられているようだった。ディックは内心、うめき苦しんだ。

老いかさま師に飛びかかって責め立てたかった。いかさま師本人はどう思っているのか。心穏やかでいられたとお思いだろうか。わたしの見るところ、まちがいなくヴァン・トロンプ自身もみじめさにさいなまれていた。内心の苦しさの表れか、愚かしく見苦しい怒りの発作を起こした。パイプを折り、水割りブランデーを暖炉に捨て、悪態をついた。とはいえ、それも長くは続かなかった。ヴァン・トロンプは正気を取り戻して、感情の暴発から三分もたたないうちに、上機嫌でユーモアたっぷりにふるまった。

「わたしは年老いた道化者さ」彼は率直に認めた。「子供の頃から甘やかされてきたんだ。エスター、おまえはどうやら母親に似たらしい。不健全な義務感、特に他人に対する義務感にかられているんだ。そういうのはよしたほうがいいぞ、娘よ――よしたほうがいい。買ってくれた絵の具は、うん、いつか使うとも、そのうちにな。本気だという証拠に、ディックにキャンバスを用意してもらおう」

ディックはただちに作業に取りかからされた。提督はといえばディックの仕事ぶりを確かめるでもなく、新たに注いだグロッグに気をとられ、おしゃべりに興じていた。

少しするとエスターは口実を作って立ちあがり、寝室に引っ込んでしまった。ディックは一人キャンバスと格闘しながら、小一時間ばかりヴァン・トロンプにつきあう羽目になった。

翌日は土曜日だった。エスターと父親のあいだでささいな口論があったらしい。正午近く、ディックはパブの方角からやってくる提督に出くわした。提督はパブの主人とすっかり懇意になっていた。飲みしろはどこから出ているのかとディックは不思議に思ったが、エスターの寛大さにつけこんで居候先から小遣いをせしめているのだと気づいて、老紳士を殴り倒したくなった。提督のほうは優雅ぶってやたらと愛想がいい。

「やあ、ディック」提督はディックの腕を取った。「隣人らしい親切なところを見せてくれるじゃないか。会いたいときに絶妙のタイミングで来てくれるとは。とても気分がいいんだ。そういうときは、友達に会いたくなる」

「お幸せそうで何よりですよ」ディックは苦々しい口調で言った。「あなたには悩みなんてたいしてないんでしょうね」

「ああ」提督はうなずいた。「ほとんどないね。ぎりぎりのところで逃げ出せたから。それに、ここでは――そう、ここではあらゆるものが心地いい。わたしの趣味も質素になったし。ところで、わたしがどれだけ娘を愛しているか、訊いてくれないんだねえ」

「まさか」ディックはきっぱりと答えた。「訊くもんですか」

「これからも尋ねる気はないというわけか。どうしてだね、ディック？　エスターは確かにわが娘だ。とはいえ経験豊かな見識ある男として、わたしには身贔屓《みびいき》なしに意見を述べる資格がある。そうともディック、身贔屓なしにね。率直なところ、あの子はなかなかのものだ。見た目も文句のつけようがない。母親譲りだな。つまり、娘の容姿を選んだのはわたしだと言ってもいいだろう。そのうえ献身的だ。父親に対しても、いたって献身的だ――」

「エスターは世界一の女性です！」ディックはたまらず口をはさんだ。

「ディック」提督は声を上げ、はたと立ち止まった。「思ったとおりだ。それじゃ――トレヴァニオン・アームズ亭に戻って、一杯やりながら、娘について語り合おうじゃないか」

「お断りします」とディック。「飲み過ぎじゃないですか」

これを聞いて、居候氏はむっとした。しかしディックの顔をちらりと見ると、パリ時代の二人の関係を思い出したのか、頭を働かせて腹立ちを抑えた。

「好きにしたまえ」とヴァン・トロンプ。「何を言っているのか、さっぱりわからんがね――まあいいさ。じゃあ歩こう。君はまだ若い。わたしが君ぐらいの年だったころは――いやいや、話を続けよう。前から君を気に入っていたよ、ディック。初めて会ったときからずっと。さて、エスターはなかなか素敵な娘だ。結婚すればもっとよくなるだろう。知ってのとおり、彼女には自分の収入がある。エスターの財産は、容姿と同様、あわれで親切で善良だったあれの母親から受け継いだものだ。エスターは母親に恵まれた。夫にも恵まれることだろう。で、君に白羽の矢を立てた。ディック、ほかの男じゃ駄目だ。だから今夜にも、エスターに君への気持ちを尋ねてみるよ」

ディックは呆然《ぼうぜん》とした。

「ヴァン・トロンプさん、お願いです」ディックは懇願した。「あなたは好きなように生きてくれてかまわない。だけど後生ですから、エスターは巻きこまないでください」

「これはわたしの義務だ」提督は答えた。「それにな若いの、ここだけの話、わたしの趣味でもある。今夜はうちに来ないほうがいいぞ。それじゃ、また。任せなさい、コツは心得ている。若い男女の仲を取り持つのは初めてじゃないんだ」

いくら言い合っても無駄だった。年老いた小悪党はかたくなに自分の思いつきに固執《こしつ》した。こんなことが実行に移されれば、将来の計画が台無しになるのは明らかだったから、ディックも必死で抵抗した。どうにか妥協点が見つかりそうになることもあった。提督は、結論を急がず、トレヴァニオン・アームズ亭に戻って飲みながら話そうと誘った。ディックはあらためて断った。ヴァン・トロンプは一人でパブに引き返すかどうか、少しのあいだ、迷ったようだった。ヴァン・トロンプがパブに入ってくれれば、ディックはとっととその場を逃げ出せただろう。そしてエスターに父親の目論見《もくろみ》を話し、どうしてこんな話になったのかを伝えられただろう。けれども提督は一瞬の逡巡《しゅんじゅん》ののち、家でブランデーを飲むことにしたようで、コテージに帰っていった。

提督が娘にディックへの気持ちを尋ねた結果、どうなったのかはわからない。

あけて日曜日、提督は身なりを整えて教区の教会に姿を現した。空席を見つけて坐り、あたりまえのように唱和と讃美歌に加わった。狙いどおり、彼の外見は集まった信者からそれなりの注目を集めた。例えばネイズビー氏もヴァン・トロンプ氏をじっと見ていた。

「教会で、反対側に酔っ払ったごろつきがいたな」馬車で家に帰る途中、ネイズビー氏はディックに尋ねた。「あれは誰だ?」

「たしか――ヴァン・トロンプとかいう男です」ディックは答えた。

「やれやれ、外国人か!」地主は言った。

うまく急場をしのげたと喜んではいられない。ディックが父親といっしょのときに提督に出くわしたら、どうなってしまうことか。こんな剣呑《けんのん》な状況をいつまでも続けられるものだろうか。嵐が目前に迫っているように感じられた。じっさい、破局はディックが思っていたよりも早くやって来た。

その日の午後、恐れと羞恥心から、ディックはコテージを訪ねなかった。だがネイズビー屋敷で夕食を終え、地主がうとうと眠ってしまったあと、ディックはそっと部屋を抜けだすと、野原を突っ切ってコテージに急いだ。走ったのは時間を節約するためもあったが、萎《な》えそうな気力をどうにか保《も》たせるためでもあった。いまやコテージや提督のことを考えるのも疎ましい。エスターのことを思うのは嫌でこそないものの恐ろしかった。彼女の考えは見当もつかないが、ディックに対する評価が下がったことは否定しようもない。彼にのぼせ上がっていたころの彼女の姿を思い出しては、辱《はずかし》めにあったように苦しんだ。

ディックはノックし、中に通された。部屋の様子は前回の訪問のときからたいして変わっていない。エスターはテーブルに向かい、ヴァン・トロンプは暖炉の近くに坐っている。しかし二人の表情が違っていた。娘はいつもより蒼ざめ、瞳は暗く、目の周囲からは色つやが失せ、さっと動く視線はまるで睨《にら》みつけるようだ。いっぽう提督のほうは赤ら顔で、だらしなく涙ぐんでいた。襟《えり》のあたりまで顎を落とし、笑顔はしまりなくぼんやりしている。だらけきって視線をさまよわせ、片目は鼻先の吹き出物の成長を観察するかのように内側を向いていた。外見で人を悪く取るのはよくないことだが、提督はあきらかに酔っ払っている。ディックが入ってきても立ちあがろうとせず、横目でちらりと見ると、手にしたパイプを振って歓迎の意を表すだけだった。エスターはといえば、ほとんどディックに関心を示そうとしない。

「やあ、ディック！」画家は大声を上げた。「今日は教会に行ったんだ。ほんとうだ。君を見かけたよ。そっちは気づいちゃくれなかったがね。そうそう、えらく可愛らしいご婦人もいたっけ。もしこんなに禿げてなくて、自分でもごまかしようがないほどの二日酔いでなけりゃ――そのほかにも、あれやこれやがなけりゃ、きっと――うん？　何を言おうとしてたんだっけ。まあいい。話すことなら山ほどある。今夜はしゃべりたくてうずうずしているんだ。秘密をあらいざらいぶちまけるぞ。舞台に立っているような気分なのさ。ネブカドネザル王のように幸せになるためには、耳の聞こえないやつだってかまわん、聴衆さえいればいい」

続く二時間については、簡単に記すだけで充分だろう。提督は不謹慎きわまりなかった。とことん陽気で、不愉快なところはみじんも見せない。かたわらに娘がいるのを意識しているのはまちがいなく、レディにふさわしくない話題や言葉遣いを慎重に避けていた。こんな場合でなければ、ディックも提督との会話を楽しんだだろう。ヴァン・トロンプのうぬぼれは酒の力で飛翔し、たんなる虚栄心を超えた地点にまで達した。彼はあらいざらい話したがった。聴衆を話に引きずり込み、胸の奥底にある自負の念を打ち明けようとしていた。自身に関する豊富な知識と計りしれない虚栄心を混ぜあわせた奇妙な雑種動物を作りあげ、それを自分の姿として誇示した。シーザーや聖パウロさえ喜ばせるような美徳の羽根で飾り立てたかと思うと、諷刺画家顔負けの仮借ないリアリズムの筆致で自画像を描いてみせた。

「さて、ここなるディックは」提督は言った。「鋭い男だ。初めて会ったときから、わたしの正体を見透かしていた。しかもそのことを真正面から言ってのけたんだ。当時のわたしには、まだ真正面を向くだけの気骨があったというわけだが。恨んだりはしていないよ、ディック。君が言ったとおり、わたしはペテン師さ」

憧れの二人が出会って生じた新たな局面を前にして、エスターがたじろいだのは想像がつくだろう。

再び脱線してヴァン・トロンプは言った。「あれは、絵の具を塗りたくって小汚い落描きをしなきゃならなかったころのことさ」

さらに話す中で、笑いながら、いかにも真実らしくこう言った。

「わたしはどんな相手にだって、ためらわずにたかってやるぞ」

ここでディックは立ちあがった。

「そろそろ寝る時間じゃないですか」ディックは弱々しく弁解じみた笑みを浮かべた。

「とんでもない」提督は叫んだ。「いい案がある。お嬢ちゃんは」と娘を指し、「ベッドに行きなさい。二人でとことん語り合おう」

立ちあがったエスターは不機嫌のきわみだった。彼女は二時間じっと坐ってくだくだしい話を聞いていた。そのあいだずっと、彼女の偶像たる父は自らを貶め、自らの神性を鼻であしらったのである。ひとつまたひとつとエスターの幻想は潰《つい》えていった。あまつさえ父が、彼女の家で、彼女に向かってベッドに行けと命じるなんて！　しかも「お嬢ちゃん」だなんて！　おまけに椅子にひっくり返ってパイプの柄を三つに折ってしまった。毛を刈ってくれる人に向かって、羊がこんなに威丈高《いたけだか》な態度をとったことはなかった。彼女の声は穏やかで、話しかたはゆっくりして明瞭だった。父親の面前に立って話す彼女の姿は、乙女ならではの真率さにあふれていた。

「いいえ」とエスター。「ネイズビーさんはすぐにお帰りになります。お父さんこそベッドに行ってください」

砕けたパイプの破片が提督の指のあいだから落ちた。長生きはしたくないものだ、とでも言いたげな顔だが、奇妙なことに抗弁しようともせず、ただ雷に打たれたように口をぽかんと開けて腰を下ろした。

エスターはディックに向かってつっけんどんに玄関を指し示した。ディックはしたがうしかない。玄関ポーチで、エスターがすぐうしろにいるのに気づくと、ディックは思いきって立ち止まり、囁いた。「君はうまくあしらったよ」

「やりたいようにやっただけ」とエスター。「お父さんってほんとうに絵を描けるの？」

「彼の絵を好きな人はたくさんいる」ディックは押し殺した声で答えた。「ぼくは違った。好きだなんて言わなかっただろ」彼はつけ加えた。攻撃される前から、必死で弁解しているのだ。

「わたしは、お父さんがちゃんとした絵を描けるかどうかを訊いているのよ。はぐらかさないで。描けるの？」

「いや」とディック。

「絵を描くのは好きなの？」

「今は違うみたいだね」

「で、お父さんは飲んだくれなのかしら？」――エスターは嫌悪感たっぷりにその言葉を口にした。

「いつも飲んでいた」

「もう行って」彼女は言い、家に入るまぎわ、思いついたように「明日の朝、踏み越し段《スタイル》のところで会いましょう」とつけ加えた。

「わかった」ディックは答えた。

エスターはドアを閉めた。ディックは暗闇に一人取り残された。扉の隙間《すきま》からはまだ光が漏れていた。窓の内側には暖かく穏やかな光。コテージの屋根やいくつかの土手やハシバミの木立が夜空を背に暗い影となって浮かびあがっていた。けれどもそれ以外のものはすべて形を失い、息もせず、音もしない。まるで炭坑のようだ。ディックはエスターが家に入ったときと同じ場所に立ちつくしていた。片脚で体を支え、反対側の脚はつまさきをついているだけだった。その姿勢のまま耳をそばだてた。椅子が床で軋《きし》る鋭い音がして、心臓が口から飛び出しそうなくらいぎょっとした。しかしコテージ周辺はまたすぐに静まりかえった。家の中で何が起こっていたのか、余人には知りえない。ただ、すべてが終わったあと、エスターが感情のこもらない声で三十秒ほど話し続け、それが済むと重くおぼつかない足音が客間を横切り、階段を上っていった。

娘が父をなだめ、ヴァン・トロンプはおとなしくベッドに向かったのだ。そこまでは路上で様子をうかがっていたディックにも明らかだった。だが彼はまだ待ちかまえていた。恐怖と吐き気を覚えながら、耳を澄ませた。エスターが父親の後を追って二階に上がったのなら、そして人も自然もすっかり静まり返っている中で少しでも彼女が動いたのなら、玄関前に陣取るディックにはたちまちわかったはずである。彼女が動かないとしたら、気絶しているのか、それとも死んでしまったのか？

コテージの時計がゆっくりと時を刻む音がディックには聞こえた。彼と同じく時間も止まっているようだ。迷信じみた恐怖にとらわれて動けなかった。やがて耐えきれなくなり、小さな庭を二またぎで横切り、窓に顔を押しつけた。ブラインドは完全には閉まっておらず、窓ガラスの下から一インチのところに隙間が空いていて、そこから客間をくまなく見ることができた。

エスターはテーブルに向かって坐り、片手で頭を支え、目は蠟燭《ろうそく》を見据えていた。眉をかすかに傾げ、口はかすかに開いていた。あまりに静かでじっとしているので、彼女が息をしているとは信じられないほどだった。ディックが近づいた音にも身じろぎひとつしない。直後に、時計が大いなる夜のしじまを打ち破った。しばらくウズラのようなあわれっぽい声を上げてから、カッコーのように十一回鳴いた。それでもエスターは蠟燭から目を離さない。

真夜中が訪れ、深夜一時を迎えた。だがエスターは微動だにせず、ディック・ネイズビーも窓から離れなかった。一時半ごろ、エスターが見つめていた蠟燭の芯がぱっと燃え尽きそうになった。エスターは小さく声を上げて席を立った。周囲を見まわし、灯《あか》りを吹き消すと、窓に背を向けた。暗がりの中、急いで階段を上っていく足音が聞こえた。

ディックはふたたび闇に一人取り残された。頭は物狂おしくぼんやりしている。最悪の気分だったが、これ以上悪くなることはないと思えばかえって気が楽だ。彼はコテージに背を向け、踏み越し段《スタイル》を目指してのろのろと歩いていった。落ち合う時間は決めなかったが、エスターがいつ現れてもいいように待っているつもりだ。夜が明けそめるころ踏み越し段《スタイル》につき、垣根にもたれて消えゆく夜の影を眺めた。東の空の雲間から太陽が昇りはじめた。一日の先触れとなる風が吹き、地表の草を揺らし、朝露を散らした。「なんてことだ」ディック・ネイズビーは考えた。「こんなに不愉快な一日の訪れがまたとあるだろうか？」けれどもほんとうの試練はこれからだった。

第七章　駆け落ち

十時ごろ、ディックが土手にもたれてうとうとしているところに、荷物を抱えたエスターがやって来た。虫の知らせか、もしかすると彼方から軽い足音が聞こえたせいか、エスターがまだ遠くにいるうちにディックは眠りから覚め、体を半分起こして目をしばたたかせた。

考えていたことを思い出すのにしばらくかかった。思いがけない遺産を贈られた男のように、ぼんやりした子供じみた歓喜に包まれて目を覚ましたのである。しかし喜びは次第に薄れていき、突然頭をガツンと殴られたように現実に直面した。昨夜の出来事が、今しがた目撃したばかりのように細部にいたるまで甦《よみがえ》ってきた。ディックは立ちあがると、つらい気持で勇気をふりしぼり、恋人のほうに向かった。

エスターは迷いなく足早に近づいてきた。昨夜と同じく顔面蒼白《そうはく》だったが、身なりは整っている。約束の場所で恋人の姿を見つけても、驚きも安堵《あんど》も喜びも表に出さなかった。手を差し出そうとさえしない。

「待っていたよ」ディックは声をかけた。

「ええ」エスターは答え、ためらいなく淡々と続けた。「どこか遠くに連れていって」

「遠くに?」ディックはおうむ返しに言った。「どうやって? どこへ?」

「今日、すぐに」とエスター。「どこでもかまわない。とにかく遠くに連れていってほしいの」

「いつまで? わけがわからない」ディックは驚きのあまり息が止まりそうだった。

「もうここには戻って来ないつもりよ」エスターは答えた。

こんなふうに冷静な態度と声で告げられると、無謀な言葉は聞き手に対していっそう力をふるうものだ。ディックは混乱した。一時の驚愕《きょうがく》から我に返ると、今度は疑念と警戒心がめばえた。どんな恋人も意気阻喪《いきそそう》させる氷のような態度を見て、彼女の心を覗くのが怖くなった。

「ぼくのところに来る？」ディックは尋ねた。「うちに来るかい、エスター？」

「遠くに連れていってほしいの」エスターはうんざりしたように繰り返した。「連れ出して——ここから連れ出して」

状況がよくわからない。彼女は正気なのだろうかとディックは自問した。彼女を連れ出すこと、結婚すること、彼女を助けるために全力を尽くすこと、どれも喜んでするつもりだ。とはいえ、まずは彼を愛しているという証拠を見せてもらいたかった。彼は、銃剣をつきつけて恋人に結婚を無理強いするような鉄面皮《てつめんぴ》で了見《りょうけん》の狭い男ではない。女性が自分のもとに来るときには、情熱とはいかないまでも、自発的な意志の力で来てほしかった。今のエスターは、愛ではなく絶望に駆られているようにしか見えない。ディックはようやく冷静になり、頭も回りだした。

「エスター」と彼は説得した。「望みを言ってくれればかなえてあげるし、何を考えているか教えてくれればアドバイスもしてあげる。だけど計画もなし、考えもなしに出ていくなんて狂気の沙汰だ。なんの意味もない。こんなことを言うのは男らしくないかもしれないけど、ほんとうのことだ。何度でも言うよ、君のやろうとしていることは無茶だし、まちがっているし、ひどい結果になる」

エスターは怒りのこもった暗く物憂げなまなざしをディックに向けた。

「じゃあ、連れていってくれないのね」彼女は言った。「いいわ。一人で行くから」

そして歩き始めた。ディックは急いで彼女の前に立ちふさがった。

「エスター、エスターってば」彼は叫んだ。

「行かせてよ――触らないで――なんの権利があって邪魔をするの？　わたしに触るなんて、何様のつもり？」怒りのあまり、金切り声で彼女はどなった。

エスターが暴れたので、ディックは大胆になり、彼女の腕を荒っぽくつかむと、そのまましゃべった。

「何様だって？　ぼくが誰なのか、どんな人間なのか、どれだけ君を愛しているかを知っているだろう。ぼくが助けにならないと言うけれど、心の奥底では、そうじゃないとわかっているはずだ。君のほうこそぼくを困らせているんだよ。だって何を望んでいるのか教えてくれないんだから。わかるだろう――いや、その気になればわかるはずだ――君の役に立とうと、一晩中こうして待っていたってことが。ぼくは事情を知りたかっただけだ。ちょっと考えてほしかっただけなんだ。今でも考え直してほしいと思っている。だけど君の気持ちが変わらないならしかたない、頼むかわりに命令する。一人で出て行くなんて許さないよ」

エスターはしばらくのあいだ、冷たく無慈悲な目でディックを見定めていた。まるで道具の強度を計るような目つきだ。

「いいわ、じゃあ連れていって」ため息をつきながら、エスターは言った。

「わかった。うちの厩舎に行こう。ポニーの引く小型馬車があるから、それに乗って乗換駅《ジャンクション》に行こう。今夜までにロンドンに着けるよ。ぼくは君の意のまま、何も言われなくても君のものだ。言葉なんて無用さ。神よ、ぼくが君の役に立てますように――神が助けてくださいますように！　だって君は助けてくれそうもないからね」

それ以上話すこともなく、二人は出発した。落ち合った場所から少し離れたとき、ディックはエスターがまだハンドバッグを持っているのに気づいた。エスターは素直にそれをディックに渡した。しかし差し出されたディックの腕につかまるのは拒み、ただ首を振って唇を固く結んだだけだった。太陽は明るく心地よい。さわやかな風が二人の顔に吹きつけ、森や野原の新鮮な香りを運ぶ。タイム渓谷を下りていくと、小川のせせらぎが永遠にとぎれぬ笑い声のように空中に響いていた。遠くの丘では、強い日射しと影が競うように斜面を走り、頂から頂へと飛び移った。大地と空気と水は普段の朝よりもずっと健やかで、生命の息吹を感じさせた。東から西まで、谷底から上空まで、目に入るもの、触れるもの、香りのすべてから、宇宙の永続的な精神が存在するのだと誰しも確信するだろう。

こうした中、エスターは鳥のように小刻みに歩きながら、黙りこくって太い眉を曇らせていた。美しい自然に無頓着《むとんちゃく》なばかりか同伴者のことも目に入っていないらしい。考えに没頭してわき目もふらず、ひたすら前方の道を見つめている。けれども橋にさしかかると立ち止まり、欄干《らんかん》にもたれかかった。そして束の間《つかのま》、澄んだ茶色の淵と、早瀬に生まれては消える吹き寄せられた雪のような泡に目をこらした。

「喉が渇いたわ」エスターは言い、曲がりくねった道をくだって川辺に下りた。

エスターは手で水をすくってごくごく飲み、こめかみを洗った。水の冷たさが、彼女にかけられた魔法をわずかのあいだ解いたようだ。単調な足どりでひたすら先を急ぐのをやめ、分近くその場にたたずみ、まっすぐ前を見ていた。ディックは橋の上にとどまって見おろしていた。エスターの顔に奇妙に謎めいた笑みがゆっくりと浮かんだかと思うと、あっというまに消え去って、また深刻な顔つきになった。ディックはますます痛切に恋人との耐え難い懸隔《けんかく》を感じていた。エスターの考えがさっぱり読めない。彼女の心は鍵と錠で閉ざされている。彼は締め出され、あわれっぽい目でむなしく訴えかけるだけだ。

「気分はよくなった？」エスターが戻ってくるとディックは尋ねた。長いこと緊張して黙りこんでいたせいで、自分の声がまるで他人の声のようだ。

答える前に、彼女はほんの十数秒、彼のことを見た。返事はたった一言――「ええ」ディックの気遣いは摘み取られ、凍りついた。出かかった言葉も消えてしまった。力づけてもらえなかった彼の目は、彼女の目を見つめるのをやめた。二人は口をきかずにカートン集落を抜けた。一人の老人が、おそらく彼らの若さと愛を羨んだのだろう、目で追ってきた。二人はアイヴィ川を渡った。水車が水を跳ねあげながら、ゴトゴトと独り言のように低い音を立てる。そこに谷間の木々が格子状《こうしじょう》の影を落とし、水車小屋の扉の前では粉屋が口笛でメロディーを奏でながら手の粉をはたく。高い木立の脇を登っていくと両側に山並みが望めた。再び丘を下り、小屋が建ち並ぶネイズビー屋敷の裏手に出た。道中ずっとエスターが先を歩き、ディックはおとなしく後をついてきたのだが、厩舎に近づくと足を早めて先に立った。馬車を用意して戻るまで、ディックは彼女に道で待っていてほしかったはずだ。だが何度も鼻であしらわれ、冷たく無視されたあげく、そんなことを切り出す勇気はなかった。加えて、エスコートしている女性を目の届くところに置いておくほうが賢明だと思ったのかもしれない。二人は放浪者とその妻のように、一列縦隊で裏庭に入った。

ディックがポニーの馬車の用意を命じると、馬番は驚いて眉を上げた。準備しながら眉を上げっぱなしだった。エスターは背筋を伸ばして庭の隅のニワトリを眺めていた。若旦那はいつもと違うと馬番は思った。護符《ごふ》のようにハンドバックを抱え持ち、気だるそうに立ち尽くしているかと思えば、だしぬけに右へ左へときびきびした足どりで歩きだすのだ。おまけに手も洗い忘れているようすで、まるでハシバミの実を拾いに行った帰りのような雰囲気だ。馬番は今にも口笛を吹きそうな表情を浮かべた。謎めいたディックとエスターの二人を乗せた馬車が角を曲がり、がたがたと本道に出ていくやいなや、馬番は口笛を吹いた——長く低い、震えるような音で。こうして口笛で驚きを示したあと、彼は残る驚きをたった一語で表現した。水兵や煤《すす》にまみれた炭坑夫の口からよく聞かれる一語だ。馬番はとるものもとりあえず、このニュースをネイズビー屋敷の召使部屋に伝えに行った。あと一時間あまりで昼食がテーブルに並べられる。そうなれば地主は席に着いたとたん息子を呼べと言うに違いない。賢明な読者であれば、この複雑な事態において馬番には果たすべき役割があるとおわかりだろう。

一方、ディックは苦々しい思いに耽《ふけ》っていた。恋人の心は離れてしまったようだ。それはまちがいない。とはいえ、まだかろうじて手の届くところにある。きちんと接し、適切な言葉を掛けることができれば、彼女の心はディックの存在を認めて打ち解けるのではないか。

それでもディックは口を開く勇気がなかった。正門を出て曲がり、屋敷の塀と平行に走る道に入るまで黙って馬車を走らせたところで、いま話さなければ永久にチャンスはないとディックは思った。

「君はぼくを殺す気かい？」彼は叫んだ。「何かしゃべってくれ。こっちを見てくれ。ぼくを人間らしく扱ってくれ」

エスターはゆっくりとディックのほうを見た。さっきよりもいくらか目つきが優しくなったような気がする。彼は手綱《たづな》を置いて彼女の手を握った。彼女は振り払いこそしなかったが、握り返しもしなかった。だが、ディックが腰に腕を回して口づけを求めると――恋人のようにではなく、口づけをしたいからでもなく、財産の価値を必死に確かめるように口づけを求めると――エスターは表情をゆがめて身を引き、乱暴に顔をそむけて彼を押しのけた。もう誤解の余地はない。彼女は自分を嫌い、恨んでさえいるのだとディックは思い知らされた。

「じゃあ、愛してないのか？」ディックは彼女に押し返された部分が火傷《やけど》でもしたかのようにさっと身を離した。彼女は答えない。ディックは追いつめられたみじめな口調で繰り返した。「ぼくを愛していないのか？　どうなんだ？　どうなんだ？」

「わからないわよ」エスターは答えた。「どうしてそんなことを聞くの？　わかるわけないじゃない。なにもかも嘘だった――嘘、嘘、嘘ばっかり！」

ディックは、体を痛めつけられたようなあわれな声で、彼女の名を呼んだ。タイムベリー乗換駅《ジャンクション》に着くまでのあいだに交わされた、それが最後の言葉になった。

この乗換駅は荒れ地《ムーア》のただ中にぽつんと建っているのだが、ロンドンへと続く鉄道の本線が通っていた。もっとも近い町はその名のとおりタイムベリーで、支線であるタイム渓谷鉄道沿いに七マイル［一マイルは一・六〇九三四キロメートル］離れたところにあった。時刻は正午を三十分ほど回っており、下り列車は行ったばかりだ。三時四十五分発のロンドン行き急行に接続する支線からの列車が三時半に到着するまでは何も来ない。駅長はすでに持ち場を離れ、半マイル先の荒れ地《ムーア》の谷間にある自分の庭に向かっていた。ポーターも駅を出るところで、ディックたちが乗ってきた馬車を引き受けると、夜になる前にネイズビー屋敷に戻しておくと請け合ってくれた。耳の遠い、脂くさい、険しい顔つきの老人だけがディックとエスターに礼を尽くすように残っていた。

馬車が去るとエスターは駅舎に入り、ベンチに腰を下ろした。荒涼とした荒れ地《ムーア》が彼女の前に目路のかぎり広がって、地平線まで視界を遮るものは何もない。二本のレールと貨物車の小屋と何本かの電信柱だけが風景にいくらかの変化をつけていた。静寂を破って聞こえるのは、電線の鳴る音と荒野を渡るチドリの声ばかり。日が高くなるにつれて風は徐々に止んできた。今はうだるように暑く、日射しの中で空気が揺らめいている。

ディックはホームの手前でちょっとためらってからエスターの隣に行き、泣きそうになりながら話しかけた。

「エスター、つれなくしないでくれ。ぼくがいったい何をした？　許せないっていうのかい？　エスター、前は愛してくれたじゃないか——もう愛せないのか？」

「わたしに何が言えるの？　どうしてわたしにわかるの？」エスターは答えた。「あなたの言ったこと、どれも嘘だったじゃない。最初から最後まで、みんな嘘。愛してるなんて言って、馬鹿なわたしを笑ってたんでしょ。子供だと思ってからかってたんでしょ。どっちがほんとうなの？　少しでも真実があったの？　それともぜんぶ冗談だったのかしら？　そんなことを考えてて、疲れてしまったの。わたしがあなたを愛していたって言ったわね。わたしが愛したのは、素敵なお父さんの友達だった人。あの男が帰ってきて、騙《だま》されていたことに気づくまでは、嘘つきのあなたなんか知らなかったし、愛したこともなかった。お父さんを返してよ。昔のあなたに戻ってよ。そうじゃなきゃ、愛だのなんだの言っても意味がないわ」

「じゃあ許してくれないのか――無理なのか？」ディックは尋ねた。

「許すもなにも」彼女は答えた。「やっぱりわかってないのね」

「言うことはそれだけかい、エスター」ディックは唇を嚙《か》みしめ、顔を蒼くした。

「ええ、これだけ」とエスター。

「なら、こんなところに二人でいるのはまちがっている。もうここにいちゃだめだ」ディックは言った。「君がまだぼくを愛しているのなら、正しかろうとまちがっていようと、君を連れていく。幸せにしてあげられるからね。でも、こうなってしまうと――はっきり言わせてもらうよ――いっしょに逃げるっていう考えは、君の品位を貶めるものだし、ぼくにとっては侮辱《ぶじょく》だし、お父さんにとっては残酷な仕打ちだ。そりゃ、お父さんに対して思うところはあるだろうけど、少なくとも同じ人間として扱ってあげるべきだよ」

「それ、どういう意味？」エスターはかっとなった。「あの人には、家と全財産を残していくわ。そんな資格なんてないのにね。どういうつもりで、あの人の話なんか持ち出すのよ。だいいち、あの人が気にしているのは家とお金のことだけ。ぜんぶあげてしまって、縁を切るの」

「君は父親ってものにロマンチックな夢を抱いているんだと思っていた」とディック。

「それって皮肉？」

「いや、わかってもらいたいのさ。無理にお父さんを好きになってもらうことはできない。でも、せめてみじめな思いを味わわせないであげてくれ。提督は年寄りなんだよ、エスター。年をとって打ちのめされているんだ。ぼくだって同情している。彼の人生は、ぼくなら耐えられないような失敗の連続だった。伯母さんに手紙を書きなよ。伯母さんが返事をくれれば、君は正々堂々と家を出ていける。ぼくが伯母さんの家まで連れて行ってあげてもいい。だけど、それまでは家にいなきゃだめだ。一文なしじゃ何もできないだろう？　言うとおりにするんだ。信じてくれエスター、君のためになることならなんでもする。すべて君のためなんだよ、天に誓う」

エスターは意味もなくポケットに手を出し入れした。

「あなたのこと頼りにしてたのに」彼女は悲しげに言った。

「もちろん、それでよかったんだ」ディックは答えた。「君を今だけ満足させるために、ぼくら二人の一生を台無しにはできない。結婚するわけにいかない以上、ぼくらは遠くまで来すぎた。すぐに家に戻らなければ」

「ディック」エスターは突然、叫んだ。「ひょっとして、わたしが――ひょっとして、いつか――ひょっとしたら――」

「今回のことに関して『ひょっとして』はないよ」ディックはさえぎった。「すぐに馬車を呼び戻さなきゃ」

そう言うと、情熱と善意で高揚して大股《おおまた》で駅を出て行った。エスターは、最後の言葉を発したときには目を生き生きと輝かせ、頰を火照《ほて》らせていたが、すぐに石のような無表情になってしまった。一人でいるあいだ身じろぎひとつせず、ディックが戻ってくるとやっとのことで馬車に乗りこみ、うつろな顔で、疲れた子供のように家路についた。今の状態に比べれば、朝のエスターはまだしも自然にふるまっていた。彼女は蒼ざめ、よそよそしく沈黙して、瞳にはどんな感情も浮かんでいなかった。気の毒に、ディックはポニーを何度も手綱で打ちながら、一度は口笛を吹こうとした。だが彼の勇気は萎えはじめていた。胸には巨大な絶望の黒雲が立ちこめ、その闇を切り裂いて、ときおり熱情と後悔の稲妻が走った。彼は恋人を失った――失ったのだ、永久に。

ポニーは疲れており、丘陵の道は長く傾斜も急で、おまけに風がぱったり途絶えてしまったためにますます蒸し暑くなってきた。陰惨な帰り道はいつまでも続くように思えた。あわれなディックは、一人になってみじめな気分にひたることすらできない。もはやディックの望みは、顔をそむけて彼を責める彼女のそばから逃げ出したいということだけだった。ぼくは恋人を失った、とディックは思った。失ったのだ、永久に。

コテージが近づいたとき、ディックにふたたび迷いが生じた。低い声で熱心に、途切れがちの言葉であらためて訴えかけた。

「君の愛なしでは生きていけない」とディックは締めくくった。

「何を言ってるの」エスターは答えた。ほんとうに理解していないにちがいない。

「それじゃあ」骨の髄まで傷ついてディックは言った。「伯母さんに迎えに来てもらうといい。もちろん、君がそうしたいなら連れていってあげよう。でも迎えに来てもらうほうがいいんじゃないか」

「そうね」疲れきって彼女は言った。「そのほうがいいわね」

四時ごろになるまで、二人が交わした言葉はこれだけだった。馬車が道を登っていくと、草の生えた土手のあいだにコテージが見えてきた。煙突からは細い煙がたなびき、庭の花々も道端のサンザシも暑さでうなだれている。静寂の中、蹄《ひづめ》の音だけが響いた。門の前でお仕着せを着た召使が馬に乗ってゆっくりと行ったり来たりし、もう一頭の馬を引いていた。それが父の愛馬の栗毛だと気づいて、ディックはぞっとした。

ああ！　あわれなディックよ、これはなんの前触れだ？

召使は礼儀正しく馬から下り、馬車を預かった。しかしディックは、帽子に手を掛けて挨拶した召使がにやりとしたような気がした。エスターは相変わらずなされるがままで、馬車から降ろされると、機械的な足どりでのろのろと庭を横切っていった。ディックは彼女のすぐうしろを追った。コテージの中から父の罵声《ばせい》が聞こえ、提督が甲高い声で戦うかのごとく応じていた。

第八章　バトル・ロワイヤル

ネイズビー氏は昼食の席で息子はどうしたのかと尋ねた。昨日の夕食以来、姿を見かけていなかったからだ。召使はおずおず答えた。「リチャード若旦那は一度戻られましたが、すぐにポニーの引く馬車に乗って出て行かれました」父は疑念にかられ、召使を問いつめて、ことの次第をすべて聞き出した。

どうやらディックはこの一か月というもの、谷間に住む娘——ミス・ヴァン・トロンプと逢瀬《おうせ》を重ねていたらしい。彼女はトレヴァニオン卿の森の近くに住んでいる。最近、長らく家を空けていた父親が外国から戻ってきた。この父親というのが話好きの、パブではやけに金ばなれのいい老紳士でして——こう聞くとネイズビー氏の顔が紅潮した。娘の父親は「提督」と呼ばれており——こう聞くとネイズビー氏は悪態をつくように、鋭くひゅうと息を吐き出した。若旦那は娘の父親とえらく親しいようで——「なんてことだ！」ネイズビー氏は言った。昨夜、若旦那は戻られませんでした。そして今朝になって、小型馬車に乗って行かれました。若いレディといっしょに——。

「若い女だろう」ネイズビー氏は訂正した。

「そうでした」召使は言った。ゴシップを打ち明けるのは最初から気が進まなかった。主人に話した結果がどうなるのだろうとおびえていた。「若い女です」

「荷物は持っていたのか？」地主は訊いた。

「はい」

ネイズビー氏は、波立つ感情を押さえ込もうと、しばらく口を閉ざしていた。悲しみの淵に落ちこみそうになりながらどうにか気持ちを切り替え、嘲笑的な気分をこしらえた。

「で、その――そのヴァン・ダンクとかいう男もいっしょなのか？」軽蔑するように名前を強調して、ネイズビー氏は尋ねた。

そうは思いませんと召使は答え、責任を転嫁しようと「馬番のジョージにじかにお尋ねになっては」と提案した。

「栗毛に鞍をつけて、出かける準備をしておくようジョージに伝えておけ。やつは葦毛の騸《せん》馬《ば》に乗ればいい。急ぐからな。これは下げてよい」と、ネイズビー氏は昼食を指さした。怒りをたたえて厳かに席を立つと、テラスに出て馬が引かれてくるのを待った。

そこに、ディックの年老いた乳母ナンスがおそるおそる近づいてきた。駆け落ちのニュースは野火のようにネイズビー屋敷に広まっており、彼女はおどおどしながら「どうか坊ちゃんをお責めにならないで」とこいねがった。

「あいつを助け出してやるんだ」地主は言った。まるで「脱穀機にかけてやる」と言わんばかりの苦々しい口調だ。「悪い連中から救い出してやる。次からは知らん。あいつは下等な連中とつるむのが好きなんだ。親子の自然な情愛に任せていては引き留められない。わたしとはつきあえないというんだ。ナンス、あいつはオランダ人とつるんでいた。それでこんな羽目に陥ったんだ。今度のことで目が覚めるように祈るしかない」そしておごそかに付け加えた。「だが、若者は過ちを犯すもの。年寄りは正しい道に引きもどしてやるものだ」ネイズビーナンスはしくしく泣きながら、ディックの幼いころの逸話をいくつも物語った。ちょうどそこに馬が連れて来られた。ネイズビー氏も心を動かされて、鼻をすすり、乳母の手を強く握りしめた。

彼は拍車をかけてタイムベリーに直行した。案に相違して町に駆け落ちのニュースは広まっていなかった。ジョージ亭で二人の姿を見た者はおらず、駅でも目撃されていない。ネイズビー氏の表情は暗くなった。乗換駅《ジャンクション》のことは思いつかず、最後の可能性としてヴァン・トロンプのコテージを考えた。ジョージに案内させてそこに向かうあいだ、ネイズビー氏の胸には、悲しみと不安と怒りがみなぎっていた。

「ここです」馬を止めてジョージが言った。

「なんと！　うちの地所じゃないか！」ネイズビー氏は叫んだ。「いったいどういうことだ？　この家は確か――マワーターだかマグラシャンだかに貸していたはずだ」

「ミス・マグラシャンが、たしかそのお嬢さんの伯母にあたる人で」ジョージが説明した。

「ええい――くそっ」地主は言った。「地代はもうあきらめるとするか。よし、馬をつないでおけ」

その暑い午後、提督は窓辺に坐ってタンブラーを傾けていた。ネイズビー氏なら前に見かけて知っていた。コテージの前で馬から降り、大股で庭を横切ってくる地主の姿を見て、提督は、エスターを息子の嫁として迎える縁談をまとめに来たのだと思いこんだ。

「だから娘は家にいないのか」提督は考えた。「ディックが気を利かせたんだろう」

提督はいささか気取って身なりを整え、乗馬鞭《むち》で扉を叩きつける音に対して、優美に「どうぞお入りください」と告げた。笑顔でお辞儀をしながら来客を出迎えると、「ネイズビーさんですね」と言った。

地主は戦闘態勢で入ってきた。相手を頭のてっぺんからつま先まで、軽蔑に満ちたまなざしですばやく一瞥し、どんな態度で臨むかを即座に決めた。この男に、こちらが一切がっさい見抜いているのだと思い知らせてやろう。

「ヴァン・トロンプさんだね？」ネイズビー氏はぶしつけに言い、差し出された手を無視した。

「いかにも」提督は答えた。「どうぞおかけください」

「いや」地主はそっけなく断り、言葉を継いだ。「坐るつもりはない。あんた、提督だそうだね」

「いいえ、提督じゃありません」ヴァン・トロンプは答えた。ここでようやくいらついてきて、この会見の敵対的な雰囲気に気づきはじめた。

「ふん、じゃあなんで提督なんて名乗ってるんだ?」

「失礼ながらそんなふうに名乗った覚えはありませんな」ヴァン・トロンプは法王のような威厳をもって答えた。

しかし地主に対してはのれんに腕押しだった。

「あんたは徹頭徹尾、まがいものだ」ネイズビー氏は言った。「この家だって、偽名で借りている」

「ここはわたしの家じゃない。娘の客として滞在しているのです」提督は答えた。「ここがほんとうにわたしの家なら、あなたなど――」

「ほう?」地主は言った。「わたしがなんだって? え?」

提督は相手を尊大に見据えたが、何も言わなかった。

「いいか」ネイズビー氏は続けた。「脅しても時間の無駄だ。わたしには効かない。無意味な手だ。あれこれ言い逃れをして時間稼ぎしようったって、そうは問屋がおろさんぞ。なんのために来たか、とっくに気づいているだろう」

「いいえ。なぜ押し入ってこられたのか、理解に苦しみますな」ヴァン・トロンプは一礼して手を振ってみせた。

「それなら聞かせてやろう。ここに来たのは父親としてだ」――乗馬鞭がテーブルを叩く――「正義はこちらにある。あんたの企みは先刻承知だ。あいにく、わたしの存在を計算に入れていなかったたな。わたしは世の中のことをよく知っている。あんたがどんな人間か、何を企んでいるのかなぞお見通しだ。これは陰謀だ――そうとも、はっきり言ってやろう、よからぬことを企んでいるんだ。暴きたてて粉砕してやる。さあ、計画がどこまで進んでいるのか話すんだ。あわれな息子をどこに隠したかも」

「何を言ってるんだ！」ヴァン・トロンプは叫んだ。「もううんざりだ。あなたの息子？どこに行ったのかなんて知るか。あなたの息子なぞ興味ない。それを言うならうちの娘だっていないんだ。むしろ娘の行方を訊きたいですな。どうお答えになりますか？　しかし、まったく馬鹿げた話だ。はっきり言うことを言って、出て行ってくれ」

「何度言わせる気だ」地主はどなった。「今日、あんたの娘が、息子を馬車でどこかに連れ去ったんだ。どこに行った？」

「馬車で？」ヴァン・トロンプは繰り返した。

「そうとも――荷物もいっしょに」

「荷物だって？」――ヴァン・トロンプの顔は徐々に蒼ざめていた。

「そうだ、荷物を持って――荷物だぞ！」ネイズビーはわめいた。「いい加減、ごまかすのはよせ。息子はどこだ？　父親が訊いているんだぞ、父親が」

「しかし、それがほんとうなら」ヴァン・トロンプはここで、うまい切り返しを思いついた。「むしろ娘を連れて行かれたわたしのほうこそ、説明を要求したいですな」

「そのとおり。だから陰謀だと言うんだ」ネイズビーは言い返した。「そうとも！　世の中のことならよくわかっている。あんたがどんな人間なのか、底の底まで見抜いているぞ」

ようやくヴァン・トロンプにも事態が呑み込めてきた。「ネイズビーさん、父親がどうこうとおっしゃいますがね」と彼は言った。「お忘れかもしれないが、父親という点じゃ同じ立場じゃないですか。あなたのように、いきなり家に上がりこんで赤の他人を侮辱するなんてことが、人として——紳士としてとはあえて言いません——どうしてできるのか、理解に苦しみますな。どんな下劣なことをほのめかされているのか、やっとわかりましたよ。わたしはその考えも、あなたのことも軽蔑します。聞くところによるとあなたは工場主なのだとか。わたしは芸術家だ。かつては華やかな日々を送っていた。あなたなどとうてい受け入れてもらえないような上流社会に出入りして、わたしが食べているのを見学するためだけにあなたが喜んで一ポンド払うような高級な店で食事もした。いわゆる富める新興上流階級など軽蔑します。手を貸すつもりはないし、手を貸してもらおうとも思わない。さあ、出口はあちらです」

提督は堂々と前に進み出た。

ディックが入って来たのはこのときだ。しばらく前から玄関ポーチでことの成り行きをうかがっていたのである。気の抜けたようすのエスターもいっしょだったが、ディックは入口を腕で塞いで、彼女が先に入らないようにした。エスターは驚くふうもなく従った。彼女も話を聞いていたはずだが、理解しているようには見えない。けれどもディックの顔は紙のように真っ白だった。目を爛々《らんらん》と輝かせ、唇を怒りにわななかせて扉を押し開けると、騎士道的な礼儀正しさでエスターを通した。それから前に進み出て、まさに飛びかからんばかりに決然と帽子を頭に深くかぶり直した。

「いったいどうしたっていうんです」ディックは尋ねた。

「こちらは君の父上かね、ネイズビーくん？」提督は問いただした。

「ええ」青年は答えた。

「ご立派な方ですな」とヴァン・トロンプ。

「ディック！」父親が叫んでだしぬけに前に出て来た。「手遅れじゃなかったか、え？　助けに来てやったぞ。さあ来なさい、いっしょに来るんだ——こんなところからとっとと出て行こう」

そしてディックに優しく手をかけようとした。

「触らないでください」ディックは声を荒らげた。父を冷たくあしらうつもりはなかったが、みじめなことばかり続いたので、神経がぼろぼろになっていたのだ。

「なあ」老地主は言った。「父さんを拒まないでくれ、ディック。助けに来てやったんだぞ。嫌わないでくれ、息子よ。これまでつらく当たってきたかもしれない。思いやりが足りず、厳しすぎたかもしれない。だが愛していなかったからじゃない。昔のことを思い出してくれ。わたしも優しかっただろう？　おまえがまだ小さかったころ、母さんがまだ生きていたころだ」ネイズビー氏の言葉はすすり泣きのような声で途切れた。ディックは呆然と父を見た。

「おいで」囁くように父はかきくどいた。「心配はいらん。ディック、わたしは世の中のことをよくわかっている。この娘に不当な要求などさせん——絶対にだ。安心しろ。とはいえ、わたしたちは寛大な人間だ――こいつらには充分な金をやろう、父親にも娘にも。それで縁切りだ」

ネイズビー氏はディックをドアのほうに押しやろうとした。しかし息子は抵抗した。

「言葉には気をつけてください、父さん。あなたはレディを侮辱している」息子は夜のように陰鬱な表情を浮かべていた。

「おまえ、まさか父親と愛人を秤《はかり》にかけるつもりか?」父は言った。

「今、彼女のことをなんて呼びました?」ディックは高くはっきりとした声で叫んだ。

父ネイズビー氏の辞書に、寛容や忍耐という言葉はない。

「愛人、と言った」彼はわめいた。「それどころじゃない、この女は――」

「とんでもない嘘です」ディックはゆっくりと言った。

「ディック!」父は叫んだ。「ディック!」

「取り消すつもりはない」息子は、心を鬼にして言い切った。「それは――それは嘘です。まちがいありません」

一瞬の沈黙。

「ディック」ようやく口を開いたとき、老父の声は突風に吹かれたように震えていた。「わたしは出て行く。おまえは仲間のもとに残るがいい――そう、お仲間のもとに。わたしはおまえのために来てやった。いま、すべてを失って去っていく。何年ものあいだ、いつかこんな日が来ると思っていた。今日がその日だ。おまえはわたしを愛したことなんてなかったんだ。これまでずっとわたしを苦しめてきた。満足だろう。神がおまえを許してくださるように」

そう言ってネイズビー氏は去った。残された三人は蹄の音が遠ざかっていくのを聞いていた。それまでなんの反応も示さなかったエスターは、騒ぎが終わっても沈黙したままだった。かわりに、それまで何度か前に出ようとしては後戻りしていた提督がようやく進み出た。

「君は気骨があるな」提督はディックに言った。「干渉する親は好きじゃないんだが、それにしても君は父上にいささか厳しすぎたんじゃないかね」それから含み笑いをしながら付け加えた。「ディック、君は銀の匙《さじ》をくわえて生まれてきた。やっとほかの人々と同じ立場になったわけだ。働け、働け。働くほどいいことはない。君には才能があるし礼儀もわきまえている。精励恪勤《せいれいかっきん》すれば、死ぬまでには百万長者になれるかもしれんぞ」

ディックは身震いした。エスターの手を取り、悲しげに彼女を見つめた。

「これでお別れだ」ディックは言った。

「そうね」エスターは答えた。彼女の声には感情がこもっていなかった。彼を見つめ返しさえしなかった。

「永久に」とディック。

「永久に」エスターは機械的に繰り返した。

「君からは厳しい評価を受けた」ディックは続けた。「いずれは、ぼくが愛するに足る人間だということがわかってもらえたはずだ。どれだけ君を愛していたかを示せるだけの充分な時間はなかった。だけど、もう終わったことだ。ぼくはすべてを失った」

手を離したあとも、ディックはまだ彼女を見つめていた。彼女は背中を向けて部屋を出て行こうとした。

「おいおい、こりゃどうしたわけだね？」ヴァン・トロンプは叫んだ。「エスター、戻っておいで！」

「行かせてやってください」ディックは彼女が姿を消すのを、複雑な感情で見送った。彼の心は新たな段階に入っていた。不幸に揺すぶられ、運命に殴打され、破滅という代償を払ってでも宙づり状態から解放してくれる決定的な何かを求めて突き進んだのだ。これもまた密《ひそ》やかな自殺のひとつの形である。

「彼女はぼくを愛していません」ディックはヴァン・トロンプのほうを向いて言った。

「娘に君のことを尋ねたときから、そんなことじゃないかと心配していた」と提督。「ああ、気の毒なディック、気の毒に。君と同じくらい悲しいよ。わたしは他人の幸せを見るのが好きだから」

「お忘れですか」ディックはいくらか軽蔑を含んだ口調で言った。「ぼくは一文無しなんですよ」

ヴァン・トロンプは指を鳴らした。

「大丈夫、エスターの財産さえあれば三人でやっていけるさ」

ディックは驚嘆のまなざしをヴァン・トロンプに向けた。このふがいない浪費家、役立たずの寄生虫が、けっきょくのところ、本心から金に無頓着な人間なのだということをディックはこのとき初めて知った。そういうことだったか。

「さて」とディック。「もう行かないと」

「行くだって？」ヴァン・トロンプは叫んだ。「どこに行くんだ？　行っちゃいかんよ、ディック・ネイズビーくん。しばらくここにいたまえ――そうだ、何か実際的なことをやるといい――個人秘書の職を求める広告を出すとか――仕事が決まれば喜んで送り出すよ。それまでは妙なプライドに振り回されちゃいけない。気心知れた仲間といるのが一番だ。しばらくのあいだ、このパパ・ヴァン・トロンプに寄生しなさい――さんざん他人に寄生してきたヴァン・トロンプに」

「ああ！」ディックは叫んだ。「なんていい人なんだ！」

「おおディック」提督はウインクをしながら言った。「やっと気づいたかね、わたしが最低の人間じゃないってことに」

「それじゃあ」とディックは言いかけて口をつぐんだ。「でもエスターは」再び言いかけて、もう一度口を閉じた。「実を言うと、提督」とうとうディックは思い切って打ち明けた。「お嬢さんは、今日、あなたから逃げ出そうとしていたんです。ぼくは苦労してやっと彼女を連れ戻したんだ」

「例の馬車でかね？」提督は仰天のあまり馬鹿みたいな顔をして訊いた。

「ええ」とディック。

「いやはや、いったいどうしてあの子は逃げようなんて思ったんだ？」

この質問に答えるのがとほうもなく難しいことにディックは気づいた。

「ええと」彼は言った。「わかるでしょう、あなたはちょっとだらしないから」

「あの子の前では、そうだな、イギリス国教会の大執事のように立派にふるまっているぞ」

ヴァン・トロンプはむきになって反論した。

「そうですね——でも、失礼ながら——けっこう飲まれるじゃないですか」ディックは言った。

「この家に来てから、ぐでんぐでんに酔っ払ったことが一度——たった一度だけあったが」と提督は言った。「しかしそのときでさえ、どこの客間に出しても恥ずかしくないふるまいをしていたはずだ。俗人であれ聖職者であれ、毎晩いったいどれだけの父親が酒を飲み、ロブスターみたいに真っ赤な顔をし、タラみたいに死んだ目をして寝てると思う？　そのくせ連中は、ぐったりするだけで——金を使ったぶん、陽気にはしゃいだりもしないんだぞ？いやはや、そんな理由であの子が出て行くって言うんなら、出て行ってかまわんよ！」

「だけど、わかってあげてください」ディックはもう一度説明しようとした。「エスターは父親ってものに、幻想を——」

「幻想なんて知るもんか！」ヴァン・トロンプは叫んだ。「エスターのことは大事にしてやったぞ。あの子も自分の好きにしていた。わたしは父親だった。あれのことはけっこう気に入っているんだ。できればずっと一緒に暮らしたいと思っていた。しかし本心を言えば、ディック、あの子が君の心をもてあそび——いやいや、だってそうじゃないか！——父親が自分にふさわしくないだなんて思っているんなら——あんな娘、どうなろうと知ったこっちゃないぞ、まったく」

「それでも、エスターには優しくしてやってくれませんか？」

「今まで、他人につらく当たったことなどない」提督は答えた。「わたしは頑固者かもしれないが、他人には優しくしてきた」

「よかった」ディックは手を差し出した。「神のお恵みがありますように。さようなら」

提督は必死に引き留めようとした。「ディック、君は身勝手だ。かわいそうな老提督のことは考えてくれないのか。わたしを一人にするつもりかね？」

そもそもこの家はヴァン・トロンプのものではないと思い出させようとしても無駄だった。そうしたことはまったく理解できない御仁なのである。だからディックは強引にヴァン・トロンプから身を引き離すと大声で別れを告げ、タイムベリーの町へと続く道を歩きはじめた。

第九章　この章では、リベラル派の編集者が、機械仕掛けの神《デウス・エクス・マキーナ》として再び姿を現す

一週間ほどのちのこと、ネイズビー氏が書斎で物思いに耽っていると、みすぼらしいなりをした、肺病持ちのような小柄な紳士が至急の用件で面会を求めてきた。

「お邪魔して申し訳ありません、ネイズビーさん」その客は言った。「ですが、義務を果たすためにやって参りました。名刺はお手元に届いているはずですが、そこには書いていないのでご存じないかもしれません。わたしは《タイムベリー・スター》紙の編集者です」

ネイズビー氏は憤然として顔を上げた。

「われわれに共通の話題があるとは思えないのだが」

「お伝えしたいのはたった一言――たったひとつの情報だけです。何か月か前、あなたとわたしは――古傷に触れることをお許しください、話の都合でどうしても必要なのです――あなたとわたしは、ある事柄に関して不幸にも意見の不一致を見ました」

「謝罪に来たのか？」ネイズビー氏はいかめしい調子で尋ねた。

「いいえ。いきさつを述べているだけです。さて、あの朝、ご子息のディック・ネイズビー氏が――」

「あいつの名前を口に出すことは許さん」

「いや、お許しになるはずです」編集者は答えた。

「君は残酷なやつだな」地主は言った。彼の言葉はもっともだ。息子のせいでうちひしがれていたのだから。

それから編集者は、ディックが警告を発しに編集室を訪れたときのことを語った。ディックの目を見て殴られると思ったこと。そうならずに済んだのは、ひとえにディックが情けをかけてくれたおかげだと、編集者は言った。「さよう、情けをかけてくれたのです。それにネイズビーさん」と彼は続けた。「あなたのために弁舌を振るうご子息をご覧になっていたらきっと誇りに思ったことでしょう。わたし自身感銘を受けました。だからこそ、こうしてやって来たのです」

「息子を誤解していた」地主は言った。「ディックの居場所を知っているのか？」

「ええ。タイムベリーで、病に臥《ふ》せっています」

「連れて行ってくれるかね」

「もちろん」

「神よ、どうかわたしを許したまえ」父は言った。

かくしてネイズビー氏と編集者は大急ぎで町に向かった。

翌日、ディックが父親と和解し、ネイズビー屋敷に連れ帰られたという噂が広まった。ディックはまだ寝込んだままで、ネイズビー氏は聖書の『箴言』で讃えられる女のように息子の看病をしているという。今回にかぎっては、噂はまぎれもない真実を伝えていた。病床では父と息子のあいだに多くの打ち明け話がなされ、過去何年も膨れあがっていた誤解の黒雲は、心優しき人々が願うだろうように、ほんの数時間で永久に吹き払われた。長い会話のおかげで親子は胸襟《きょうきん》を開いたが、すぐに表立った行動には出なかった。しかしとうとう、ある雨もよいの火曜日、コテージに向かうネイズビー氏の姿を見ることができた。

老紳士は浮き立つ気持ちを表に出さず、自制した顔を保っていた。和解のためにコテージの入口をくぐったときも、まるで死を告げる聖職者のような厳粛《げんしゅく》な態度だった。

提督も娘も在宅していた。訪れたネイズビー氏を、親子は歓迎というより驚きの目で見つめた。

「ヴァン・トロンプさん」ネイズビー氏は父親に向けて言った。「あなたに対して、わたしがどれだけひどいことをしてしまったか、聞かされました」

エスターの喉から小さな声が漏れた。彼女はすぐに手を胸に当てた。

「そのとおりですな、ネイズビーさん。しかし、それを認めてくだされば、充分です」提督は答えた。「あなたがわが友ディックと和解したと聞いたときから、あなたを許すつもりでいました。ですが、こちらの若いレディにはちゃんと謝っていただきたいものですな」

「あつかましいことだが、お嬢さんに、許しを乞う以上のことを求めたい」地主は言った。「ミス・ヴァン・トロンプ、かつてわたしは絶望の淵にいた。あなたのことも、あなたの性格も知らなかった。だが、今こうして心から詫《わ》びている老人に対して、かつての暴言を許してくださると信じています。あれ以来、あなたの話をさんざん聞かされました。わが家には、あなたの熱烈な讃美者がいるのですから。おわかりでしょう、息子のことです。残念ながら息子は健康とはほど遠い。医者が期待したようには回復していません。大きな悩みを抱えているせいです。はっきり申しましょう、お嬢さん、あなたが助けの手を差しのべてくださらなければ、息子を失ってしまいます。どうかあいつを許してやってください！　わたし自身、以前は息子に腹を立てていましたが、今は自分がまちがっていたことを知っています。あなたを誤解していたように、息子のことも誤解していたのです。信じてください。たったひとつの親切なおこないで、息子と、わたしと、あなた自身を幸せにできるのです」

エスターはすぐに戸口に向かった。だが扉にたどり着くはるか手前から、彼女は声を上げて泣きじゃくりはじめた。

「万事解決だ」と提督。「女心には詳しいのでね。ネイズビーさん、おめでとうと言わせてください」

地主は、安堵のあまり腹も立たなかった。

「お嬢さん」彼はエスターに告げた。「どうか興奮しないで」

「すぐにディックのところに行かせたほうがいい」ヴァン・トロンプが提案した。

「そこまでお願いするつもりはなかった」地主は言った。「礼儀《レ・コンヴナンス》というものがあるので――」

「お気になさらず《ジュ・マン・フィシュ》」提督は指を鳴らして叫んだ。「娘をわが友ディックに会いに行かせます。急いで支度なさい、エスター」

エスターは言いつけにしたがった。

「お嬢さんはあれから――もう家出しようとはしないんですか」エスターが出ていくと、ネイズビー氏は尋ねた。

「ええ」とヴァン・トロンプ。「一度も。ただ言っておきますが、娘はひどい変わり者ですぞ」

「とはいえ、この吹き出物だらけの男には我慢ならん」地主は思った。

かくしてネイズビー・ダウアー屋敷に新たな家庭と新たな赤ん坊が生まれ、ヴァン・トロンプはイングランド国内で優雅に暮らし、《タイムベリー・スター》紙が毎朝二十六部、ネイズビー屋敷に届けられることになった次第である。

（大久保譲＝訳）

ある古謡

第一章

ジョン・フォークナー中佐は一門の伝統を破って陸軍に入り、放蕩三昧《ほうとうざんまい》の破滅的な青年時代を送った。危うく除隊を求められそうになったり、士官クラブの基金をめぐってまずいことになったり、借金で首が回らなくなったり、おばが伝道パンフレットを送ってやれば、軍人らしく率直すぎる論評をペンで書き込んで送り返したり。嵐のような彼の存在は、こういった閃光《せんこう》や反響音によって、故郷の一族の前にときおり顕現《けんげん》したのである。それ以外のときには決して手紙を寄こさなかったから、インドからの便りと言えば、新たな厄介事を意味していた。

三十歳にして突然、彼は信仰復興集会の席で回心した。その瞬間から人が変わったようになった。その日以来、一度も祈りを欠かさず省略もしないというのが、何より大きな彼の自慢の種で、以前の習慣を知る人々はそう聞かされると強烈な印象を受けた。信仰心と同時にかのネイピア将軍の腹心となり、部下たちには半ば恐れられ、半ば崇《あが》められた。

父親が亡くなり、二人の甥《おい》とともに一族の数少ない生き残りとなると、彼は帰郷して甥たちおよび地所の監督をするのを義務と心得た。彼にとって、不快な義務は、ほかの人々にとっての隠れて味わう快楽と同じで、このうえなく甘美であり、大好物といってもよかった。不快な義務に血道を上げ、それが不快であればあるほど、果たしたときの満足は大きかった。グレーンジヘッド屋敷に住み、地所の管理をし、二人のいたずら坊主に悩まされ、自分の連隊に別れを告げること、これは彼が今までに出くわした中でも極上の不快な義務、考えられる限りで最も刺激的な自己犠牲、極め付きの殉教だった。船で帰国の途についたフォークナー中佐は、「黒い幸福」とでもいうべき満足感のとりこになっていた。

年老いたレベッカおばさん（かつて彼に伝道パンフレットを寄こした人物）は、ハムステッドのコテッジでいまだに生きながらえていた。以前から例の二人の甥たちを引き取っていたので、中佐が最初に立ち寄ったのはこのおばのところだった。

レベッカおばさんは、到着した人物が二輪辻馬車《つじばしゃ》から重々しく降り立つのを見て、いたく感銘を受けた。彼はとても背が高く、背筋は伸び、筋骨たくましく、どこか騎兵を思わせるところがあった——身のこなしに剣の使い手らしさがにじみ出ていたのである。顔は本場のインドカレーの色で、真っ白な口ひげをたっぷりとたくわえ、眉毛は黒くぼさぼさで奇妙なほど動かなかった。口元には堂々と、しかしどこか曖昧に厳《いか》めしい表情を潜ませていた。軍人らしい表情だった。何しろ、中佐は自分を偽るような人間ではなかったのだ。レベッカおばさんはすっかり動転していたが、彼はその左の眉にキスをし、どすの利いた声でご機嫌うかがいをして、緊張をあらかた解いてやった。彼は腰を下ろし、亡くなった身内の話を始めた。

「父はもちろん、信心がないわけではなかった」と中佐は言った。「だが信仰を実践していたようには見えなかったな」

「お父様は大きな喜びとともに亡くなられました」ミス・レベッカは、中佐が口にするのを恐れていた質問に答えた。

「ああ、それはありがたい」中佐は熱をこめて叫んだ。「レベッカおばさん、わたしは父にひどい態度をとりましたよ。ほんとうに情の薄い若造だった」

「いえ、あなたはほんとうにすてきな若者だったのよ、ジョン。いつだってあたくしのお気に入りだった。利発で思いやりがあって、美男子なんですものね。今のほうがもっとハンサムかもしれないけれど、内に燃えていた火は消えてしまったわね」

「いや、あれは山火事だった」と中佐は憂鬱《ゆううつ》そうに答えた。「子どもたちはどこです？」

レベッカおばさんは二人を呼び入れ、博物館の案内よろしく説明した。「こちらがジョン、こちらがマルカム。二人のうちではジョンのほうがお利口ですけど、マルカムは甘えん坊さんで、根が優しいのよ」等々、年寄りの独身女ならではの説明である。

「どっちが年上なんです？」中佐は尋ねた。

「ジョンのほうが三週間上」とおばさんは答えた。「大して違いはしないわね」

「じゃあジョンが年長者だ。そういうものなんです。ジョンがグレーンジヘッドを継ぐんですよ、レベッカおばさん」

「あら、そんなふうに考える必要があるのかしら?」と彼女は訊《き》いた。根が優しい甘えん坊さんのためを思い、少ししょげていた。彼女が中佐の方針に逆らったのはこれが初めてだった。そして最後だった、と付け加えてもよかろう。中佐は腹を立てはしなかった。罪のないご婦人を怖がらせるのは望むところではない。しかしこの男は、反対されたと思うといつも気持ちが奮《ふる》いたち、それに合わせて声高になる。その音量だけでもかよわい老婦人を震え上がらせるに十分だった。

「長子相続というのは国の定めた法律ですよ!」と彼はわめきたてた。「それに」——神の法でもあると付け加えてしまいそうになったが、この飛躍は思いとどまった。「それに、とてもよいことだ」彼は代わりにそう言った。「だが、わたしはこだわらず、子どもたちを徹底的に試してやりますよ」

「この人、軍人じゃなかったの?」ジョンは問いただした。入場料を払ったからにはその分は楽しんでやるといった口調だ。

「軍人だよ、坊や」と中佐は答えた。

「じゃあ剣はどこ」

「ここには戦う相手がいないだろう。優しいおばさんといい子たちだけだ。でもいつかわたしの剣を見せてやろう。二丁の拳銃もな。おまえは軍人になりたいのか？」

「なりたい！」と子どもは答えた。

「きっとなるだろう」心打たれて中佐は答えた。「キリストの兵士［熱心な伝道者を言う］にな」

明らかに、彼はジョンが気に入ったのだ。

第二章

一同はグレーンジヘッドに引っ越した。とりとめなく広がる古い屋敷だった。大部分が一階建てで、高いところでも二階までしかない。断続的に建て増しされてきたものらしい。どこまでが屋敷で、どこからが納屋や馬小屋なのかは判然としなかった。敷地にはヒイラギとゲッケイジュが茂っていた。夏になると茂みにきのこが大量に発生し、通りかかる人々に向かってかすかな臭気を吐き掛ける。だが、ライラックの木もたくさん植わっていて、春にはあたりを美しく飾り、よい香りで満たした。広大な馬の放牧場《パドック》――「パーク」の通称に恥じないぐらい広かった――が二人の少年の遊び場だった。おまけに、その囲い地の門の上には鐘楼《しょうろう》がある。広々と連なる屋根にも上がれる。灌木《かんぼく》の植え込みの陰、古いイチイの木の下にはつるべ井戸がある。ほかにも、少年が喜ぶ冒険ロマンス的な面白い場所がいくらでもあった。家庭教師《チューター》も音を上げて、午前中を子どもたちの好きなように使わせた。

中佐はといえば本領発揮といったところだ。教区教会の長老職を引き受け、その尊大な態度によってスコットランド長老派教会の自由きわまる集会に儀式らしさを添えた。自分のところの牧師との息もぴったりで、彼の大きな声は長老会を支配した。土曜か日曜の晩にはたまに、勉強部屋でちょっとした講話を行った。悔い改めない者たちを弾劾したかと思えば、軍人らしいエピソードや兵営精神を持ち出して無知で素朴な者たちを喜ばせた。そういうとき、フォークナー中佐が実に率直で気取りも企《たくら》みもなく、無邪気になり得ることを誰もが不思議に思った。というのも、彼はかなり世慣れた人間だったからだ。ときにはスコットランド訛《なま》りまるだしにしゃべることすらあった。皮肉っぽい友人たちが彼の口元に浮かぶ例の表情について取り沙汰するのは、そんな折だった。しかし庶民は大いに喜んだ。全身に有色人種の血を染み込ませ、軍隊で武功を上げたこの男は、グレーンジヘッドの勉強部屋に集められた聴衆の批評にさらされ真価を問われたとき、実は偉大な神学者などではなく、子どもたちの心を動かすのにはうってつけの平凡なキリスト教徒だと判明した。作男たちには、なんとなくそれぐらいが好ましく感じられた。結論として、中佐は男らしいキリスト教徒ということになった。地元民は、彼をそういう人間として分類したのだ。

気の毒なミス・レベッカは、老身ながらグレーンジヘッドへの出陣を命ぜられて子どもの世話を手伝っていたが、まもなく衰弱してきた。中佐は、彼女をいわば馬車馬のようにこきつかった。彼の鉄の神経、冷酷に響き渡る声、唐突な決定、彼の前で客をもてなし、軍隊的な礼拝に参加しなくてはならないこと。こういったすべてが、病気のように彼女をむしばんだ。フォークナー中佐は彼女の理想であり、欠点など何一つ目に入らなかった。しかしその彼のそばで、彼女はやつれはて——これは未婚女性にありがちな病だ——亡くなった。

中佐は悲しみに暮れ、その後は子どもたちに少し厳しくなった。もとから、決して薄情ではないが厳しくはあった。筆者のいわんとするところをおわかりいただけるだろうか。子どもたちは心の奥底ではおじを恐れておらず、曲がりなりにも慕ってすらいたが、彼と一緒にいるのはぞっとするほど嫌《いや》だった。彼は子どもたちを手荒く扱う主義だった。子どもたちの生活をできる限り退屈で苦痛なものにした。そうするのが本人たちにとって最善だと考えていたからだ。存在するすべてのものをつまらなくしてやった以上、子どもたちの手に届く喜びといえば、宗教の喜びのほかはなかろうと思った。彼の目には入っていなかったのだ——少年というものが、放牧場が、屋根が、灌木の植え込みの中のつるべ井戸が、ゲッケイジュの下に夏じゅう生え出るきのこが、太陽が、風が、四季が。中佐は最善を尽くした。しかし、どんな人数であれインド人兵《セポイ》を動かすほうが、若者たちの生活から興味と詩情を取り去るよりはまだ容易である。

ジョンはいわゆる底の知れないところのある少年だった。つまり幼いころから大人びていたのである。讃美歌《さんびか》のほか、さまざまな詩文をものしていたが、人が来ると慌てふためいて隠した。長い物思いにふけり、ときに気難しくて突飛な性質を見せた。概して世話の焼ける少年である。何しろ不幸になりたがる傾向が多分にあり、爆発寸前の激情を抱えているのだ。マルカムのほうは呑気《のんき》で、少々浅薄だった。自分のことしか考えないけちなところがある。

それに対してはジョンはいささか偉そうに譲ってやる。しかし他方で、マルカムは人の機嫌を取るためなら自尊心をしまっておける、魅力的な物腰の少年だった。

ジョンが跡取りであることは疑いえなかった。中佐の心に適《かな》った少年なのだ。誇り高く、雄々しく、陰気で、信心深く生まれついている。彼は然《しか》るべく、隣の領地の相続人である、同い年のミス・メアリー・ローランドと婚約した。メアリーとジョンは立場をよくわきまえ、幼いころから大の仲良しだった。ジョンが成年に達したら、二人は結婚することになっていた。

第三章

ジョンは一八××年五月十二日に十八歳の誕生日を迎えた。その日はすばらしい陽気だった。ライラックはこぞって花を咲かせ、鳥たちはこぞってグレーンジヘッドの庭のあちこちで愛を語らっていた。風は春の香りがした。メアリー・ローランドと父親はフォークナー家で食事をし、皆で庭に散歩に出た。中佐の食卓では、ワインをのんびり飲んでいることなどできないのである。

「いや、それは大目に見るわけにはいかん」中佐が吠《ほ》えたてた。「主義の問題だ。わたしはわずかなりとも緩めたりはしないよ」

「いや、でもねえ」とローランド氏が応じる。「こう言ったらなんだが、でも実際、あなたの受け止め方はちょっと冷静さに欠くよ。わたしだって主義を持った男だ。なおざりだのおざなりだのとは無縁に生きてきた。しかし区別はつけなきゃならない」

「わたしは区別などはしない」中佐は答えた。「主義の問題においてはな。これは主義の問題だろう、え、どっちなんだ」

「キリスト教信徒の自由は」とローランド氏は言い始めた。

「そんな言葉は聞きたくない」中佐は遮った。

「なんら非の打ちどころのない正統的な発言だろう」ローランド氏は少々いらだって言い返した。「典拠だって示せるはずだ。実際、わたしの思い違いでなければ、聖書にある言葉だよ。マルカム、一冊持ってきてくれないか？」

「聖書の濫用だよ、ローランドさん。みんな聖書を歪《ゆが》めて、自ら地獄に堕《お》ちるんだ。謙虚なキリスト教徒なら、聖書を謎のまま崇めるべきなのだ。議論の中でいいかげんに引っ張ってきたりせずにな」カレー色の頰はほのかに上気していた。その晩の中佐は、いわば軍馬にまたがっていたのである。

「行くよ、メアリー」とジョンは不機嫌に囁《ささや》いた。「こういう話となるときりがないんだから」

二人は常緑樹の間の小道を歩いていった。もう暗くなりかけていたが、遠くに見える道の先は、黄金色の空の一片で閉じられていた。木々は道の両側で音楽を奏でた。メアリーは地面を見つめてゆっくりと歩いた。ジョンは、半歩先を行くようにしながら、視線はメアリーに釘づけだった。彼女はまるで別人のように見えた。いつもより意味ありげで、活力に満ちている。青白く、しなやかな小枝のような少女が、花を咲かせ、枝を広げ、柔らかで華やかで、見慣れぬ姿に変わっていた。ジョンは戸惑った。

小道の行き止まりは広場である。ベンチと、公道を見下ろす低い手すり壁があり、森と草地が広く見晴るかせるが、北側の眺めは丘陵に遮られる。川が切れ切れの光の帯となって平野を流れていた。丘陵の輪郭が、輝く空に食い込んでいた。雲なす鳥の群れが、植林された木立の間を行き来した。

「新しい詩は書けた?」とジョンは尋ねた。

「いいえ」メアリーは抑えた声で言った。嘘《うそ》だった。まだ若いから、不器用な嘘をつく。

「ぼくの誕生日に何か書いてくれるって約束だったよね」

「できなかったのよ」と彼女は言った。

会話が途切れた。「嬉《うれ》しいよ、ぼくたち結婚するんだね」と彼は単刀直入に言った。返事はなく、相手は遠くの景色から目を離さない。ジョンはため息をつき、「ぼくは大好きだよ――夕日を見るのがさ」と言った。言葉は真っ二つに分かれ、後のほうは明らかに前とはうまくつながっていなかった。

「わたしもよ」彼女は熱っぽく答えた。

「ぼくたちどうしちゃったんだろうね。なんだか幸せじゃないみたいだ」ジョンは言った。

「あら、でもわたし幸せよ」

「ぼくもさ」と彼は返した。「すごく幸せ——すごく幸せだよ」そしてその言葉を何度かぼんやり繰り返した。乳母たちにキスを教えられて以来、二人は互いに触れ合うのを拒んだことはなかったから、ジョンは、彼女の手を取ろうとしたとたん不安げに引っ込められてしまったのには面食らった。ばつの悪い間《ま》があり、それから少し奮起した。彼女の慎みと自分の気持ちの混乱が怖くなり、なんとかしてこの呪縛を解いて二人を自然な間柄に戻したかったのだ。彼はキスしようとした。彼女はうろたえて飛び退《すさ》り、青ざめたり赤くなったりしたが、再び蒼白《そうはく》になると、黙り込んだまま、怒ったように少し離れた。

「嫌われたんだ」とジョンは考えた。彼は愛の大学においては大した学者ではなかった。気の毒に、教理問答のほうが得意であった。

メアリーを呼ぶローランド氏の声が聞こえたときには二人ともほっとして、無言で芝生に戻った。

ローランド氏に誘われて、ジョンは父娘と一緒に屋敷へと向かった。老紳士は道々とても優しく話し掛けた。メアリーはおし黙っていたが、顔を赤らめ、その目はもうジョンの視線を避けてはいないようで、とても明るく柔らかな光を宿していた。

高い鉄の門と、ライラックのアプローチを抜けて、彼らはグレーンジヘッドに入った。アプローチは薄い影に満たされていた。一羽のクロウタドリがライラックの間で得意げに歌っていた。黄昏時《たそがれどき》の甘い香りがあたりを漂い、視界の果てにはゲッケイジュの茂みのくっきりとした輪郭が浮かび、家の破風《はふ》が、輝く西の空に刻印されていた。マルカムが頭を垂れて後ろ手を堅く組み、のろのろとむらのある足取りで砂利道を歩いていた。振り向かないところを見ると、ジョンの近づく足音が聞こえないふりをしているのだ。だがジョンは追いつき、男子生徒がよくやるようにマルカムの首に腕を回した。マルカムはそれを振り払った。

「構わないでくれ」マルカムはつっけんどんに言った。

「あれ、どうしたんだい、マルカム」とジョンは尋ねた。

「ひとりでいたいんだ」

「そうか、じゃあ好きにしろよ」とジョンは答え、体面を傷つけられて憤りながら数歩行き過ぎた。しかし一瞬で優しい気持ちに立ち返った。マルカムが常になく心を高ぶらせているのは確かだ。礼儀をとやかく言っている場合ではない。そう思って引き返し、「どうしたんだい、話せよ、マルカム」としつこく尋ねた。「ほら、機嫌直してさ。どうしたのか話しなよ」

「おまえには何一つ話したことはないよな」マルカムはすかさず言い返した。「死んでも泣き言なんて言うもんか。おまえは何もかも手に入れるんだ。領地も、メアリーも、何もかも。放っておいてくれ」

ジョンは呆気《あっけ》にとられた。

「おい、マルカム」と彼は叫んだ。「よくわかってるだろう、俺のものはおまえのものだよ。よくわかってるだろう、俺たちはなんでも平等に半分こにするんだ。おまえをのけ者にして幸せになれると思うか。そんな俺じゃないってことぐらい知っているはずだ」

「領地の問題じゃないんだ」マルカムはすすり上げた。「あの子のことだよ。なあ、あの子のことなんだよ！」そう言うと、激昂《げっこう》して両手で顔を覆《おお》った。

ジョンは真剣になった。「彼女を愛しているのか」と尋ねた。「愛しているかって？ もちろんだ！」とマルカムは答え、激しい身振りで両手を挙げた。「もちろんだ！」どうにも幼いものである。

さまざまな醜悪な考えが一時《いちどき》にジョンの心の戸口を訪れた。彼の下唇は怒りにわなわなと震えた。「彼女はおまえを愛しているのか」とジョンは迫った。

「彼女がおまえを愛していると思ってるのか」従弟《いとこ》は、小ばかにしたような顔で言い返した。これは、北部の人々のいわゆるスコットランド式の返答なのだが、ジョンを絶望のどん底に突き落とした。これで何もかもわかった。メアリーは俺を嫌っているのだ。思っていたとおりだ。彼女はマルカムを愛している。二人は愛し合っている。十中八九、二人の間には了解ができている。俺にとって何より大事な二人の人間の人生において、俺は滑稽で忌々《いまいま》しい邪魔者に過ぎないのだ。

マルカムがこんな答え方をしたのは、むかっ腹を立てていた上に、もっと適切な言葉が出て来なかったからだ。メアリーに愛されているなどと考える根拠は何もなかった。確かに一緒にいるとメアリーは楽しそうだったが、二人の話題は大抵ジョンのことである。マルカムは悔やみ始めた。「領地の問題じゃないんだ」と、彼はすすり上げながら繰り返した。「俺が気に掛けているのはメアリーのことだけなんだ。メアリーなしでは生きていけない。でも死んだっていいさ」そう陽気に付け加えた。

「二つは切り離せないんだよ」とジョンは答えた。「二つとも手に入れるか、何も手に入らないか、どっちかしかないんだ。両方か無か」彼は長いこと、機械的に頭を振っていた。一族伝来の嗜好《しこう》で、自己犠牲の一大計画を練り上げていたのだ。頑迷《がんめい》なかつての契約派［十七世紀のスコットランドで、主教制を拒否し長老主義教会の保持を表明する二つの「契約」を支持した］の人々の血が、中佐の血が、彼の胸のうちでひそかに働いていた。

出し抜けに鐘の音が、品のない急《せ》いた金属音で静寂を破った。クロウタドリは飛び去った。家族礼拝の合図である。ジョンはマルカムの手を重々しく取った。

「マルカム」と彼は言った。「ぼくらはふつうの兄弟以上に近しい存在だ。ぼくは、君のために精一杯のことをするよ」

第四章

グレーンジヘッドの家族礼拝は、寸分の狂いもなく正確に執り行われる。使用人は朝も夕べも全員出席することになっている。中佐は旧約聖書から一章、新約から一章を読み上げ、即興の長い祈りを上げた。彼の声は大きく、せかせかしていた。まるで仕事に掛かる前に点呼を取っているかのようである。もちろん使用人たちは全然聞いていなかった。祈りが済むと、朝なら朝食が始まり、夜なら全員が床《とこ》に就くことになっていた。誕生日の晩、ジョンはおじに二人きりで話したいと願い出た。

中佐はジョンを鋭く見つめたが、書斎について来るよう命じた。そして椅子の一つに坐《すわ》り、身振りで甥に別の椅子を勧めた。けれどもジョンはあえて立っていた。

「で、なんだ」

「ぼくの理解では」とジョンは切り出した。「ぼくはおじさんの地所を継ぐことになっているはずです。ですが——」

「そのことなら話し合いたくない」中佐は言った。「おまえ相手ならなおさらだ。さしあたり、おまえはわたしの甥の一人でしかない。それで全部か?」

「いや、誤解です。説明させてもらいます。お話ししたいのは、良心の問題なんです」

「なんだ、良心の問題なのか!」中佐は言い、優雅な手振りで話を促した。

「マルカムはメアリーを愛しています」ジョンは言った。

「それで?」と中佐は声を張り上げた。

「あいつは、地所を継がないことにはメアリーと結婚できません」ジョンは続けた。「ぼくのほうは、むしろ継ぎたくないんです。自分で自分の道を切り開くほうがいい。独り立ちして、何事も心のままにやっていきたい。怖いことなんか何もありません。聖職者になって人々の魂を救ってもいいし、おじさんみたいに軍人になってもいいし、植民地に渡ってもいい。怖くはありません。どうか考えてみてください。かわいそうなマルカムが、この世で唯一心を寄せているものを失ったらどんな気持ちになるか。ぼくにしたって、それをあいつからすっかり奪い取ったんだとしたら、どんな気持ちになるか」

「おまえだってあの娘を好きなのだと思っていたよ」

「そうです」ジョンの口はからからに渇いていた。

中佐はやにわに立ち上がるとジョンの手を握り、激しく振った。

「いい奴《やつ》だよおまえは」と彼は叫んだ。「おまえの一言一言に頭が下がる。おまえはわたしの心に適った甥だ。おそらく神の御心《みこころ》にも適っていることだろう。とはいえおまえの言っていることは、もちろん話にならん。わたしは地所を自分の気の済むように、それから神の栄光のために、残すんだ。おまえやマルカムを満足させるためではない。だからおまえはそれを、わたしがそうしたように、天分として受け止めなくてはならない。そうなんだよ」と彼は続けた。「天分。その一言で、おまえはすべてをすんなり受け入れられるようになるだろう。さもなければ十字架か。神のためにそれを背負いたまえ」そう言って、彼はジョンの肩を温かく乱暴に叩《たた》いた。

「でもマルカムが」とジョンが口を開いた。

「もう寝る時間だ」中佐は怒鳴った。「おまえの言ったことについては大目に見てやるが、もうこれ以上聞く気はない。それからいいか、思い上がらないよう、祈れ。おまえのことはわかっているよ。いい奴だ。だがそれこそがつまずきの石だ。おまえはどうも殉教者になりたがる」人は、相手がたとえ鎖帷子《くさりかたびら》を着込んでいても、その隙間から自分と同じ弱点を見つけてしまうものである。

当然ながらジョンはひどく腹を立てた。こうして中佐に褒《ほ》められると良心がちくちく痛み、己の誠意が疑わしく思えてきた。たとえ自尊心を立て直す役にしか立たないとしても、この犠牲的行為はやり遂げなくてはならない。それに、中佐が最後にほのめかしたことは、あまりに図星でいらだたしかった。けれども彼は抗《あらが》うのはやめ、「おやすみなさい」と言って立ち去った。残された中佐は、ひざまずいて甥の美徳を神に感謝した。

部屋に戻ると、ジョンは窓を開け放ち、腰を下ろして捨て鉢の決意を胸のうちで思い返していた。西の空の残照はすっかり消え、満天の星が輝いていた。ほの暗い光の中で、漆黒の木々の茂みがくっつき合って一かたまりになり、かすかな風に揺すぶられていた。馬小屋の囲い地から、番犬が鎖をじゃらじゃらと鳴らす音や、眠れない馬が小屋の中で動く音が聞こえた。ジョンは呆《ほう》けたように星空を見つめていた。ときおり室内を歩き回った。ときおりまた腰を下ろし、饒舌《じようぜつ》な手紙をしたため始めた。しばしば激しくくずおれ、祈りを捧げた。この問題はそっくり全部彼の手を遠く離れ、妄想の領域に入ってしまった。妄想の中でそれは発酵し、空虚なえせ英雄物語が泡と湧きあがってきた。ぼくはみんなを幸せにする。そしてひとり不幸のどん底に落ちるのだ。みんなは贅沢《ぜいたく》にふけり、ぼくは屋根裏部屋でひからびたパンだけをかじって暮らす。余分な稼ぎがあれば、みんなの幸福をごくわずかでも増やすのにひそかに回すのだ。ときおり弱々しく青ざめた顔が茂みの間にのぞくことになろう。子どもたちは悲鳴を上げて逃げ出し、名もなき恩人は人知れず去ってゆく。ついにぼくは藁《わら》の寝床で死を迎える。みんなが取り囲んで涙にくれ、口々に詫《わ》びる。ぼくの墓は毎日、ぼくが尽くした人々によって訪《おとな》われる。この大げさで薄っぺらな英雄譚《えいゆうたん》は、あふれる真情によって何度も中断された。メアリーを愛する青年の気持ちは魂に根差していたから、彼女を失うことを思うと、ときどき自制がきかなくなったのだ。

朝の三時ごろ、窓から身を乗り出していると、汽車が何マイルも先の丘陵の裾を通った。その音が消える直前、汽笛の長く甲高い悲鳴が満天の星に向かって立ち昇った。かつて駅馬車や車掌の鳴らす警笛のあった時代に青年だった方々は、鉄道の汽笛の音が眠れぬ若者の胸にどんな苦しみをもたらすか、おわかりになるだろうか。若者は地上のすべての王国の幻を一望させられる。そして、親友がいて、書きかけの詩が机にしまってあり、今いる場所でこの上なく幸せなのにもかかわらず、そこを離れてよそへ行こうとしない己をすっかり軽蔑してしまう。ジョンにとってその汽笛の音が何を意味したのか、想像してみたらいい。ありがたい、世界はぼくの目の前にある。新たな一歩を踏み出し、何か崇高な仕事をして身を立ててゆくのだ。

ジョンは椅子でしばしまどろんだが、恐ろしい夢で目を覚ました。わけのわからない話し声ががやがや耳に鳴り響いていた。卑《いや》しい亡霊の群れの中で、こちらに押され、あちらに押されしていた。どこかわからない遠くから中佐の声が呼んでいる。目を覚ますと、蠟燭《ろうそく》の明かりがまぶしく苦痛に感じられ、影には脅かされた。

日の出前、突然鼻血が出た。止めるのにひと苦労だった。水を含ませた海綿を首筋に当てていると服がびしょ濡《ぬ》れになり、十分に冷えたので今度は風呂に入った。これで頭が冴《さ》え、神経も鎮まったようだ。激しいのぼせの症状は消えた。夜明けの庭に忍び出たときには、心に落ち着きらしきものを取り戻していた。

しばらくアプローチを歩き、情熱的な詩を作った。メアリーに、マルカムに、己の心に捧《ささ》げる詩。われに力を与えたまえと神に祈る詩。暁に捧げる詩。作るそばから忘れていったが、それもなんら重要なことではなかった。昨夜メアリーと一緒だった手すり壁のところに行き腰掛けた。石は朝露に濡れていた。平野はところどころ霞《かすみ》がかっている。牛がモーと鳴き、羊がメーと鳴く声が響き渡る。手桶《ており》を手にした女たちや口笛を吹く農夫たちが、下の公道を通り始める。彼はこの場所で心からの祈りを捧げ、とめどなく涙を流し、そして一瞬、志を放棄しそうになった。しかし祈りの時間を知らせる鐘がこの気分に割り込み、調子の狂った神経に混乱を引き起こして、彼の魂に暗い依怙地《いこじ》さを呼び戻した。間の悪い時に鳴る醜悪な鐘の音の弊害は、計り知れないものである。

第五章

朝食のときにジョンは何も食べずに濃い紅茶をたっぷり飲んだが、これはひどく体に障《さわ》った。日曜日は別として、朝食の席で会話が交わされることはあまりない。平日には、中佐は新聞のほかにかなりの量の書状を読まねばならないし、甥たちは大抵、本を食卓に持ち込んでいた。しかしこの日の朝に限っては、中佐は二度までもいつもの習慣を破ってジョンに愛想よく声を掛け、ときどき愛情たっぷりのまなざしをさりげなく注いだ。というのも中佐はこの甥のことをよくよく考え直してみて、すこぶる気に入ったからだ。ジョンは不機嫌にぶっきらぼうな返事をした。英雄でも殉教者でもある人間に向かって、朝の食卓で愛想よく話し掛けようだなんて！

食器が下げられ、ジョンは暖炉の前で新聞を読むふりをしていた。するとおじが一通の手紙を手にして戻り、目に優しい色を浮かべて話し掛けた。

「この手紙をハットンに届けてくれないか」（ハットンというのは、ローランド氏の住所である）「返事も受け取ってきてくれ」

行動のときが来た。ジョンはやっとの思いで気を引き締め、新聞から顔を上げなかった。

「あいにくですが」と彼は静かに返事した。「ここを動きたくありません」

グレーンジヘッドに雷が落ちたとしても、中佐はここまで狼狽《ろうばい》しなかっただろう。ジョンは新聞ごしに中佐を覗《のぞ》き見ることができた。中佐はじっと立っていたが、不動の眉毛が吊《つ》り上がり、顔全体がすばやく、かなりすさまじい変化を遂げた。何か言い出そうとしたようだが考え直し、窓辺に行き、一分半ほどであろうか、外を見た。それからジョンのほうに向き直り、もう一度呼び掛けた。

「聞こえなかったのかもしれんな。この手紙をハットンに届けてくれと言ったんだよ。わたしは命令を繰り返すのには慣れていない」ここまでは断固とした口調で、いつもの大声だったが、そこで突然怖気《おじけ》づいたらしく、頼りない調子で急いで付け足した。「馬を使ってもいいんだぞ、ジョン、使いたければな」

英雄か悪魔かという気分がみなぎっていたジョンですら、おじのへりくだりぶりには衝撃を受けた。ジョンの心はおじへの思慕に傾いた。その膝に取り付いて洗いざらい正直に話したくてたまらなくなった。生まれてこの方ずっと尊敬してきた人を侮辱するのはひどく辛《つら》いことだった。しかし悪魔のほうが勝った。

「ここを動きたくないと言ったはずですが」とジョンは答えた。

「じゃあいいさ」と中佐は言い、部屋を出て行った。

ジョンは一発殴られるものとばかり思っていた。事の成り行きにびくびくしながらも気分は昂揚《こうよう》し、熱心に祈りを捧げた。

そのころマルカムは、昨夜の醜態を悔いていた。子どもっぽい、どうも正直とはいいがたい振る舞いをしてしまったと感じ、償いにジョンに優しくしたいと心から思っていた。彼は深く悔いながらも上機嫌で食堂にやって来ると、暖炉の反対側に席を占めた。

「メアリーのことだけど」と彼は切り出した。

「うるさい！」ジョンは言い返した。張りつめていた気持ちが、思わず知らず、誰にともなくどっと噴き出してしまったのだ。途端に心は軽くなったが、今度はそれをなかったことにしようと言い訳をした。「ごめんよ。何を言いかけたんだい。聞いてなかった。今朝はちょっと調子が悪くて」

マルカムはじっとジョンを見つめた。

「メアリーのこと、それから昨日の夜二人で話したこと、それだけだよ」とマルカムは言葉を継いだ。

「きっとおまえの満足のいくようにしてやるよ」ジョンはもったいぶって答えた。「安心してろ。おまえの気持ちは受け取った。だからあとは俺の問題だ、任せろ」

「そんなに気負わなくたってさ」マルカムは言った。「ほんとに恩に着るよ、もちろん。でもこれは俺の問題でもある。それで、説明したいのは――」

「説明を聞くような気分じゃないんだ」ジョンが遮った。

「言うべきことを言うのは俺の勝手だろう」

「じゃあひとりで言ってろ」ジョンは立ち上がった。

「ジョン」とマルカムは言った。「乱暴な口をきいて悪かった。ほんと、悪気はなかったんだ。おまえとちょっと話したいだけなんだよ」

「放っておいてくれ」ジョンは従弟の口調そっくりに答えた。

「へえ、じゃあ出てきゃいいだろう」マルカムがかっとなって言った。「なんだよ、気取りやがってさ。くたばっちまえ!」

「ぼくだったらそんなふうに罵《ののし》ったりはしないよ、君」とジョンが見解を述べた。

マルカムはみごとに癇癪《かんしゃく》を起こして部屋を飛び出した。ジョンは、彼が家じゅうの扉を叩きつけるように閉めていく音を聞いた。しまいに中佐の書斎の中から彼を呼びつける大音声が飛び出し、続いて叱責《しっせき》の声が低く響いて、静けさが戻ってきた。ジョンはとてもおかしな気分だった。なんてことだ、これで一通りみんなとやりあってしまったじゃないか。彼は殉教の大海に乗り出していた。マルカムは幸せになる。ぼくのおかげだ。だが誰もぼくの英雄的な行為に気づかないのだ。筆者の思うに、ジョンはマルカムが心底憎く、彼を幸せにしてやるための犠牲を払い続けるより、今すぐ彼を見つけ出して絞め殺してやりたいくらいだったろう。ジョンは頭がくらくらした。足の向くまま道に出て、猛然と歩いた。木々は両側で踊った。世界がぐるぐる回った。ときどき目が眩《くら》んで何も見えなくなった。あるいはまた、道の曲がり角が嫌になるほどはっきりと目の前に立ち現れることもあった。それは意味ありげだった。彼の抱えている問題と何か関係があった。彼は曲がり角をじっと見つめ、心底嫌だと思った。気の毒に、彼は熱に浮かされていた。

こうしてあてどもなく歩くうち、州都に出た。喉が焼け付くように渇いていたのでホテルに入った。行商人用の食堂には、客が一人しかいなかった。青白く、赤毛の太った若い行商人で、火のそばに陣取り、背の高いタンブラーに入った飲み物を手元に置いている。ジョンはその男からできるだけ離れて坐り、鉄道時刻表を取り上げて頁をめくったが、一語たりとも目には入っていなかった。給仕が注文を取りに来ると、ジョンは黙って行商人のグラスを指さした。

「あちらのだんなと同じものですか？　はい、ただ今」給仕は言った。

さて、なんの因果か、ジョンが何も知らずに給仕に持って来るよう命じた飲み物は、世界中で一番、じわじわと効いてくるカクテルの一つなのである。ジンとジンジャービア、どちらも片方だけではぱっとしないのに、混ぜれば口当たりが非常によいばかりでなく、酔いが格別によく回る。ジョンはえらく気に入った。喉がひりひりし、頭は冴えた。時刻表の駅名が突如読めるようになった。これらの駅がどんな場所なのか思い浮かべ、一文無しの殉教者、ジョン・フォークナーが一駅ずつ順に訪れて道中珍しい冒険に出遭うさまを想像して、何やらよくわからない贅沢な気分に浸った。思うに、彼が二杯目に取り掛かっているとき、これらの冒険の中には美女たちの出番もあったのではなかろうか。というのも、マルカムへの愛ばかりかメアリーへの愛までもが「黒い幸福」との競り合いによって、そして夢も希望もがたがたになったせいで、損なわれてしまったからだ。

グレーンジヘッドに帰りつくころにはもう、晩の正餐《せいさん》を知らせる鐘が鳴っていた。顔がほてって苦しい。耳鳴りがする。目の前がぼやける。朝からずっと何も食べず、度が過ぎるほど飲んでいたのに、今なお癒されぬ喉の渇きに苦しんでいた。埃《ほこり》まみれで体調も悪かったが席につくと、真っ先に、シェリーをグラスに注いで飲み干すという振る舞いに出た。いやな味がして、飲み下すと頭が鈍く痛んだ。だが彼は経験がなさ過ぎて、酔っ払っているのがわからなかった。わかっていたのは、とても気分が悪くて――当たり前である――藁の寝床の傍《かたわ》らでの和解場面がその分早く到来しそうだ、ということだけだった。

中佐はジョンに一言も声を掛けなかった。マルカムは、ジョンが不興を買っていると感じたものの、昼食に帰らなかったという前代未聞の振る舞いのせいだとしか思っていなかった。

そしてやはり、ジョンに話し掛けるのが少々ためらわれた。朝の喧嘩については、とうの昔に水に流していた。

食事の終わるころに最初のシェリーが効き目をあらわし始め、ジョンは会話の音頭を取った。

「ここはいやなところですね、グレーンジヘッドは」彼は機嫌よく、自分から話し始めた。

中佐がきついまなざしを向けた。

「ここには人生ってものがない」とジョンは続けた。「変化もない。若者は世界を見るべきですよ」

マルカムはぎょっとして、黙れと目交ぜをしたが、ジョンにはその心が通じなかった。通じていたとしても、不快に思ったのだ。中佐は次第にジョンの言葉に引き込まれていった。中佐の方角から風が吹き始めていた。

「よくないですよ。あなたの考えはどうだか知りませんが」ジョンは話を続けた。「才能ある若者が、年寄りのもとに閉じ込められているっていうのはね。それがどんな年寄りであってもね」

ジョンはシェリーをタンブラーに注いで飲み干した。それから空になったタンブラーを見つめ、感傷的な笑い声を上げた。

「思うに」彼は言い始めた。「——思うにさ——」ふと言いさして、ほほえんだ。

「思うに」と中佐は怒鳴った。「おまえは酔っ払ってるぞ」

ジョンはおじを、ふらふらする目つきでじっと見つめた。

「でたらめ言ってら」とジョンは所感を述べた。それからくすくす笑いながら繰り返した。まるで、ちょっとうまいことでも言ったかのように。「でたらめ言ってら。でたらめ言ってら」

マルカムと中佐は同時に立ち上がった。マルカムのほうは、割って入ろうと考えたのである。中佐はジョンを椅子から引っ張り上げると、有無を言わさず正面玄関に引きずって行った。砂利敷きの地面と玄関ホールの間には、両側に短い鉄の手すりがついた三段の石段があった。中佐は一番上の段に立ち、甥をしたたかに突き飛ばした。甥は石段の下までひとっとび、左足で着地し、それから右膝をつき、最後に砂利の上に伸びてしまった。

「二度と顔を見せるな」と中佐は叫んだ。「家には二度と入らせない。金輪際、おまえを見限った。わたしがおまえを許すのと同じように、神からも許されんことを」この祈りの文句の皮肉に少しも気づかず、中佐は家の中に引っ込み、戸を閉めた。

ジョンは、落ちたままの姿勢で、ぼうっと横たわっていた。やがて太陽が西の空を黄金の湖に変えてゆき、ライラックの木立の間で、クロウタドリが前と同じように歌い出した。

第六章

食堂にひとり取り残されたマルカムは、気の毒な立場にあった。聞こえてきた音から、ジョンが外へつまみ出され、中佐が私室に引っ込んで物思いにふけっているのがわかった。グレーンジヘッドもメアリーもマルカムのものになった。とはいえ、彼がそのどちらにもこれっぽっちも意を払わなかったのは確かだ。従兄のこと、そして和解をもたらすためにはどうしたものかということで頭はいっぱいだった。彼は機械的にワインを飲み終えた。いつのまにか一時間が経《た》ち、彼はなおも目の前の皿に模様を描き続けていた。そこへ心配した召使いが覗きに来て、食卓を片付けてもよいか尋ねた。それをきっかけに決心を固め、マルカムはまっすぐにおじのところに向かった。マルカムがお気に入りの甥だったためしは一度たりともなかったことを思い出していただきたい。万事がうまく行っているときでさえ、彼が勇を奮って今のようにおじのところに押しかけるまでには、考えに考えたことだろう。

中佐は部屋に入ったときに読書ランプの火を大きくしておかなかったらしく、部屋の中は薄暗く、大きな影があちこちにできていた。彼は机についていた。片手で頭を支え、顔はすっかり陰になっていた。マルカムが入って呼び掛けても、生きている気配をまるで見せなかった。

「すみません」マルカムは言った。「ジョンと何か深刻なことになってはいませんよね」

「おまえか」と中佐は、額に手を当てたまま答えた。「来ると思っていたよ。みなまで言わなくていい。おまえの諫《いさ》めの言葉ぐらい、十分見当がつく。おまえはある人間の名を口にした。かつてはわたしの秘蔵っ子だったが、そいつとの間で、すべては終わった。わたしは罪深い人間だ。度し難いほど罪深いかもしれんが、少なくとも精一杯、あれに優しくしようとした。だが今、あれはわたしを怒らせてしまった。神の力をもってしても、許してやる気にはなれないほどにだ。わたしはあれを永久に記憶から抹消する」そして少し黙ってから、「それがどういうことか、わかるだろう」と続けた。「自分のためを思い、わたしの気持ちを重んじるなら、今後、この話題に触れてはならない。それから覚えておけ、これからはわたしの気に入るよう努めるんだぞ。わたしに残されたのはおまえだけなんだから」

　中佐はもう下がれと合図し、マルカムもあえて居残ろうとはしなかった。扉を閉めたとき、呻《うめ》き声が聞こえた気がした。改めて胸を衝《つ》かれ、恐ろしくなった。階段に腰を下ろし、両手で頭を抱え込んで考えようとした。しかし何も思い浮かばない。大地を支える柱が動き、自然の理法のすべてが宙吊《ちゅうづ》りになった。人間の頭の働きは、天地がひっくり返るような大事に際してはそうすぐには切り替えられない。

　彼はようやく立ち上がると、慎重に表口を開けた。あたりがますます暗くなる中、砂利の上に闇より一層黒いものが見えた。微動だにしないので不安が募り始めた。足音を忍ばせて石段を下り、横たわる体に近づいた。いびきまじりの寝息が、ときおり高まって大きないびきになったかと思うとふっつり止んだ。心配が収まってみれば、軽蔑と、いくばくかの嫌悪感が取って代わった。

　家の中に戻るころにはもう、グレーンジヘッドとメアリーは、ともかく遠景の一部に感じよく収まっていた。マルカムは新たな秩序と折り合いをつけつつあり、それを変えるよりはむしろ活《い》かそうとした。自分とジョンの貯金（二人は金を一緒に保管していた）から、三十ポンドほど財布にまとめた。これを大きな温かい御者用外套《がいとう》の片方のポケットに入れ、もう片方にはジョンの聖書を入れて釣り合いをとった。こうやって必要な準備をすると、マルカムは砂利の上に横たわる人影のもとへと引き返した。

「ジョン!」彼は呼んだ。「ジョン!」

ジョンは荒い鼻息でこれに応じた。マルカムのピューリタンらしい禁欲的な身体がすみずみまで嫌悪に震えた。従兄に外套を投げかけると、家の中に逃げ込んだ。

こんな夜はグレーンジヘッドでは初めてだった。お茶の時間も、家族礼拝もなかった。ジョン坊ちゃんは砂利の上で眠っている。マルカム坊ちゃんはダイニングルームの火の傍らで眠っている。中佐は眠らず、自室で瞑想《めいそう》と祈りにふけっていた。

第七章

その日からというもの、中佐はすっかり落ち込んでしまった。頭はにわかに驚くほど禿《は》げ上がった。顔はしなびて頬がこけ、声はしわがれた。マルカムはおじの前では決してジョンの名前を口にしなかったが、おじの変化を見るにつけ、しょっちゅうジョンのことを考えるのだった。老人は心臓を刺し貫かれていた——あとは、遅かれ早かれ死ぬばかりだ。

ジョンの暮らしぶりについて、中佐が絶えず情報を手に入れていたのは確かであり、和解してお気に入りの甥を家に呼び戻す口実があればきっと飛びついただろう。だがジョンの行いは、中佐にひどい心痛を与える種類のものだった。ジョンについての知らせはいちいち、すでに弱っている中佐の白髪頭をがんと殴りつけたに違いない。彼は陰ながら甥を援助したものの、悔い改めぬ放蕩息子の帰宅のために肥えた子牛を屠《ほふ》ってやる［『ルカによる福音書』十五章より］など、自尊心と主義が許しはしなかった。

終焉《しゅうえん》は、二人の青年が二十一歳となった年に訪れた。ジョンは、ロンドンのとある新聞の社説の原稿を執筆中で、マルカムは、まもなく行われるメアリー・ローランドとの婚礼を心待ちにしていた。中佐は思いがけず病に臥《ふ》した。その日は風が吹き荒れ、飛ぶように流れる霞が空を埋め尽くしていた。中佐は午後じゅう窓の外を眺めていたが、日の暮れかかるころマルカムを呼び、激しく揺れる木々と広場を舞う落ち葉を指さした。

「わたしはもう年で疲れた。こういうものには耐えられない。床に就こうと思う」と彼は言い、妙な目つきでマルカムを見た。そして「二度と起き上がるまい」と付け足したが、その言葉の通りになった。彼は病床で始終風の音を苦にしてぼやいていた。荒天が続いていたのである。彼は船乗りの危難について盛んに話した。海と陸を合法に旅する者たちのために祈る彼の声を漏れ聞いた者もある。

ついに、ある日の午後、中佐はマルカムに命じて蠟燭を灯《とも》させ、枕を支えに起き上がり、書類箱を持って来させた。

「延ばし延ばしにしてきてしまった。神よ、お助け下さい」中佐は言った。「先延ばしにしすぎたのかもしれない」

マルカムは箱を膝の上に載せてやった。

「はい、鍵です」と彼は言った。

「これもとう使い納めだ」中佐は、ほほえんで鍵を上げて見せた。「考えるとなんともおかしなものだな」すさまじい強風が煙突の中で唸り、家が震えた。「この風がなければなあ。だがわたしではなく、神よ、あなたのご意志なのです！　わたしの頭は、小娘じみたくだらん空想でいっぱいだよ」そう言って箱を開けた。「マルカム、これは一人の老兵のつまらん話なんだが、人間誰しも、終わりが近づくと弱気になるものだ。ほれ、ともしびは小さくなり、血は冷たくなる。わたしも若い時分には、苛酷な状況に置かれたことがある。海でも陸でもだ。もはやこれまでと幾度となく覚悟した。だが、今の今まで、われわれがどんなに神の助けを必要としているかわかっていなかった。正々堂々たる戦いなら構わんのだ。しかし真っ暗闇にこうして寝ていると、人間もう駄目だな」こう言いながら、書類をめくっていたが、つと封印のある封筒を差し出した。「ああ、これだ」と彼は言った。「さあ、マルカム、話をしっかり聞いてくれ。古傷は開きたくない。一度、おまえにこの話をしようかと考えたこともあるが、そうしたところで何もいいことはないだろうし、物事はそっとしておくのが一番だ。だからこうすることに決めた。この封筒の中身には、ある人物のことが書かれている。ここ何年も話にのぼせたことのない人物だ。わかってほしいのは、わたしがそれを、血を分けた息子同然に愛していたということだ。にもかかわらず、わたしは辛く当たった。ひどく辛くな。神の許しを願っているよ」

マルカムの頬を涙が滂沱《ぼうだ》と流れた。中佐を厳しく陰気な人間だと思っていただけに、なおのこと涙を誘われ、感動した。このように共感を表に現したばかりか、かつて誤解していたことで自らを責めた。

「違う」マルカムは叫んだ。「おじさんは辛く当たったことなどありません。とても親切にしてくれました」

「しっ」と老人は黙らせた。「世辞を言うときではない。わたしが今から行く場所では、ありのままの真実を聞くことになる。わたしは厳しく、高慢な人間だった。わたしは父親に辛く当たった。おまえに辛く当たった。あれにとても辛く当たった。ある方の功徳が必要な人間がいるとすれば、それはここに横たわっているわたしだよ、マルカム。ここにな。それでだが、ジョンに会ったときには、わたしが許していたことを伝え、ジョンの許しを求めるのだよ。この、ジョンの許しのことを忘れるんじゃないぞ。そして、おまえがどうしてもあれと言い争いたくなったりしたら、あるいは、あれに援助の手を差し伸べる力がありながらそうするのをためらうようなことがあったら、あるいはあれがおまえを許しがたく傷つけるようなことがあったら、この封筒を開《あ》け、中の手紙を二度読み通すのだ。いいか、二度だぞ。それから創造主の御前にひざまずいて導きを求めるのだ。覚えておくがいい。わたしは厳しい人間たろうとしてきた。挙句の果てにこんな死の床を迎えているわけなのだよ。寛大な人間になれ、マルカム。きっと、寛大な人間になるんだぞ!」

熱弁を振るった中佐は疲れ切って口をつぐんだ。

「でもどうしてぼくがジョンと言い争うことになるんですか?」マルカムは尋ねた。「それに、ジョンがぼくを傷つける理由なんてありますか?」

「さあどうだろう。状況の力というのは大きいものだ」と中佐は達観した答えを口にした。

「おじさん」マルカムは異議を唱えた。「おじさんは、ぼくの人生に秘密を投げ込もうとしているんです。封筒を開けさせてください。今すぐに、でなけりゃおじさんが――つまりあの――」

「わたしが息を引き取ったら、か!」と中佐は代わりに言ってやった。「開けてもよい場合については、もう話した。言ったことは取り消さない。これは命令なのだよ。わたしという人間は、いつだって絶対で、人に有無を言わせなかった。もちろん死んだ後にどうなるかなど、まったくといっていいほどわからない。だから間違っているかもしれんが、わたしは、絶対的な、誰にも有無を言わさぬ霊になるんじゃないかと思っているよ」そう言って、ぞっとするような笑顔を浮かべた。「もうわかったろう。箱を持って行きなさい。頼むから、しばらく一人にさせてくれ」

その週のうちに、老人の精神は錯乱気味になってきた。セポイの連隊に勇ましく号令を下すかと思えば、勉強部屋に集まった人々に向かって宗教的な話題で一席弁じた。しきりにジョンについて話した。ときおり無軌道な青年期の冒険の数々に立ち返ったが、その話しぶりは、ベッドのそばでひとり見守るマルカムにはひどい苦痛と恥辱であった。終わりのときが近づくと意識ははっきりし、かつ泰然と構え、家の者の一人一人に別れの挨拶をし、厳しい高慢な人間にならぬよう警告した。そしてついに、ある真っ暗な嵐の晩の六時から七時にかけて、多くの人々——生前の彼のことは恐れていた——が心から悲しむ中、剣を捨てて投降したのである。

マルカムはその夜、封印された封筒を手に、火のそばに立っていた。封筒を燃やしてどっちつかずの状態にけりをつけてしまおうかと思いもした。封筒のべろの下に指を差し入れ、破り開けようともした。しかしそれは死者への裏切りであり、名誉を重んじる彼の心は怯《ひる》んだ。この感情は四囲の状況に力を得ていなくもなかった。蠟燭の炎が隙間風にちらつき、動く影が部屋中に映し出される。影たちはまるで、彼を背後から監視しているようだ。風は闇の中、家の周りをごうごうと吹き荒れ、彼の血を凍らせ、迷信的な恐怖を抱かせる。とはいえ、風が吹きつけるたび、亡くなった中佐の霊がインドの軍馬にまたがって館のアプローチを突進してくるさまを、本当に思い浮かべたわけではない。それでもなぜか、片をつけるにふさわしい晩には思えなかった。だから封筒を空の小箱にしまって鍵を掛けると、騒がしく吹きすさぶ風の中をままよと突き進み、灌木の植え込みの間のつるべ井戸に鍵を投げ込んだ。

途端に気持ちが軽くなった。彼は実は、秘密の内容についてうがった推測をしており、それが正しいとわかったらどうしようかと怯《おび》えていたのだ。その後数日というものは、答えのわからない曖昧な状態に悩まされ続けたが、月の終わりごろにはもうほとんど忘れていた。妻を迎える準備もまだすっかり整わないうちに、秘密のことは、ほかに何も考えることがないときにふと知りたくなる、その程度にしか思い出さなくなっていた。

第八章

最初のうち、ジョンは生きるために必死で泳がねばならなかった。実際、彼がどうやって曲がりなりにも水面から顔を上げていられたのか、筆者にはよくわからない。しかしジョンには友人ができた。その連中が、二流新聞社への取っ掛かりをつけてくれた。そこが潰《つぶ》れると、ジョンは次の新聞社にもっと簡単に入り込んだ。そうやって、足が離れるそばから足掛かりの崩れていく丘の斜面を登るがごとく、彼は、次々にひっそりと消滅していく新聞から新聞へと渡り歩いた。彼の関わった新聞はどれも、一年と保《も》たなかったのではないか。彼は、自分とメアリー・ローランド、そしてマルカムのことをそれとわからないように巧みに歌い込んだ、大部の詩を書いていた。韻律《いんりつ》がよく整い、神への祈りが驚くほどたくさん出てくる、詩にしては句読点の見られない作品であったと筆者は聞いている。しかしどうしたわけか出版業者のお眼鏡に適わず、原稿は活字にならないでいた。ジョンは冷笑的で世慣れた振る舞いを身に付け、詩を軽蔑してみせ、いずれ政治に取り組んでヨーロッパの様相を一変させることになるかもしれないと、パブに行くたびにうそぶいた。

かつかつの生活だった。食うためには後ろ暗いことにも手を出し、それが冷笑癖を助長した。落ちぶれた男にとって、強烈な罵倒《ばとう》を放つのは、精神にとってのひとつまみの嗅ぎ煙草《たばこ》のようなもので、やれば気持ちがしゃんとする。かなり早いうちから、彼は家出の時の騒ぎを蔑みの目で振り返っていた。その空虚なところ、つまりふくれあがった虚栄は一目瞭然だった。ふと昔を思い出すたび、腹の底からではないにしろ、己を嘲笑った。この笑いが筆者にはどうも本物らしく思えないのは、彼がよく、こうした一人笑いの発作に襲われたあとに一杯引っ掛けていたからだ。しかし反面、当然ながら、ワインと笑いは相性がよいものだ。

彼はおじの訃報に接して心から悲しんだ。少し経って、マルカムの結婚が発表された。その晩のジョンは上機嫌で、皮肉も冴えていた。とりわけ、一座に酒を奢《おご》り、その破格の大盤振る舞いの理由を、少しくおどけた挨拶の中で説明したときには絶好調だった。私のおばはすでに亡く、私は邪《よこし》まな従弟の奸計《かんけい》をものともせずに、目を見張るような魅力と巨万の富を持つうら若き女性とこれから婚礼を挙げるところなのであります。このヒロインを描写し、どれだけ彼女に夢中かを縷々《るる》述べて、彼は一座を笑い転げさせた。そうしてから、自らもげらげら笑ったが、実は終始一貫、誰にも真似できないほどみごとに真面目さを保ってもいたのである。これでおわかりだろう。二十一歳のジョンは、大した若造だった。

三十代後半、彼の足の下でまた一つ、新聞社が崩れ落ちた。浪費の常習者だったから、給料が途絶えたとき、全財産は半ペニーもなかった。帰り道、ハイド・パークを通った。両手をポケットに突っ込み、もう原稿を書く義務はないのだと思うととても嬉しく、空の財布のことなどあまり気にならなかった。金に関して真のボヘミアン的感性――それを懐疑心と呼ぶべきか、信心と呼ぶべきか、筆者にはわからないのだが――を備えていたからだ。彼はふと子どもたちと話を始め（彼は一貫して子ども好きであった）、子どもたちを通じて無理やり子守女と近づきになった。その後、まがいものの宝石をじゃらじゃらさせた年寄りにくっついて歩き、おかげで年寄りは面白おかしく時を過ごした。そしてとうとう、晩飯にありつく見込みがろくに立たぬままに夜の闇が迫って来た。聖書の放蕩息子のごとく、彼はわが身を振り返った。突然、考えがひらめき、笑って叫んだ。「しかたねえ、田舎の従弟たちのところへ行くぞ」

翌日のうちに旅支度を整え、文無しの知人たちから金を借りた。目的地まで行くには足りず、最後の二十マイルは歩き通した。くたびれていた。そのうえ、鉄の門とそれに続くライラックのアプローチまでたどりついたときにはすでに暗かった。家に近づくにつれ、思いのほか感情が高ぶり、心臓は痛いほど高鳴った。呼び鈴の紐《ひも》を引いてしまってから逃げ出したいような気持ちになった。

マルカムと妻は椅子に掛けて火に当たっていた。妻は針仕事をしていた。夫が眠たそうなあくびを一つしたところへ、召使いが汚れた名刺を持って来た。

「ミスター・ジョン・フォークナー」マルカムが読み上げた。「嘘だろ!」

「よりによって、どうしてここに来たのかしら」メアリーは声を上げた。

「もちろん会わないわけにはいかないよ」夫は答えた。

「なんて迷惑な。こんなに経ってから!」と妻が言った。

「フォークナーさんをお通ししなさい」

ジョンが非常に温かく歓迎されるという展開にはなりそうになかった。実際、マルカムもメアリーもそれぞれに事情があった。ジョンはジョンで、戸口の上り段に立ったところで本来の冷笑癖を取り戻しつつあった。だから、腕を広げて近寄る従弟を目にする代わりに、召使いについて来るよう言われたときには、まるで、書いた社説が高尚過《こうしよう》ぎて世界の誰にも通じないときのような気分だった。

部屋の入口まで来たとき、ジョンは中の光景に胸の痛みを覚えて立ち止まった。部屋も二人も少しも変わっていないように見えた。瞬間、後悔と愛の嵐が彼を襲い、冷たい気持ちはことごとく溶け去った。ジョンが変わらぬ二人の姿にはっとさせられたとすれば、二人のほうも、寄る辺ない苛酷な生活の中でうらぶれてしまったジョンの姿に胸を衝かれた。二人は〈家庭的精神〉の詰まった酒瓶に貯蔵されていたが、ジョンは四方八方からの風に吹かれて転々としていたのだ。頭は禿げ、顔はやつれ、体は瘦せ細っていた。その彼が駆け寄り、二人の手を取って「マルカム！　メアリー！　マルカム！」と叫んだとき、二人の心はすっかり和らいだ。彼の手をしっかり握りしめ、まるで彼の帰りを待ち焦がれていたかのようにもてなした。

「おじさん亡くなったのか？」とジョンはふいに、噂《うわさ》を耳にしたのだが確証を得たいといった風に尋ねた。

「この前の冬で十八年になった」マルカムは答えた。「君の許しを求めて亡くなったよ」

「十八年前。十八年前か！」ジョンは繰り返した。「そして、俺の許しをか！　なんてこった。奇妙じゃないかい？」

ジョンが面食らい、いささか取り乱しているようだったので、マルカムは考えを逸《そ》らしてやろうとした。だが、ジョンはこだわった。

「おじさんは人が変わってしまっていたに違いない」と彼は言った。「別人のようにね。今からでもおじさんの死に目に会えるんだったら、なんだってするんだが。おじさん——フォークナー中佐——は立派な老人だった。神よ、彼の霊を休ましめたまえ。立派な老人だったよ！　そして君たちだが」と、ジョンは突然態度を変え、愛想よく言い足した。「どんなに幸せか、話してくれ。なんなら大げさにさ。君らはこの広い世界でたった二人の古い友達なんだからね。子どもたちの話をしてくれないか、メアリー！」

メアリーが床に就くころにはとうに十二時を過ぎていた。次いで主人が寝室に下がったときにはもう四時近かった。翌日から、ジョンはグレーンジヘッドに居ついた。いつまでかという話には誰も耳を貸そうとしなかった。かつてむごい運命によって離散し、今、幸せな再会を果たした家族がここにあった。

第九章

ジョンにはやることがたくさんあった。二人の無為の徒の間に交じった新入りの無為の徒は、けっこう忙しそうに見えた。彼は健康のため、庭仕事に熱中した。といっても、よくある素人の手すさびで、要するに午前中に十分間ジャガイモを掘り、夕方は麦わら帽子を頭に載せジョウロを手にうろうろするということだ。彼は一番上の男の子に体系だった読書を薦《すす》めたが、その中にはマルカムが唖然とするような、急進派の辛口な著作が含まれていた。下の子どもたちを相手にするとき、ジョンは常に魅力的だった。庭のベンチに坐り、陶製パイプを吹かしたり子どもたちに物語を聞かせたりして、夏の一日を過ごしたものだ。ときにはこんな展開になった。「君たち、ひとっ走りして、ジェインにくれぐれもよろしく伝えてくれ。それで、彼女に頼むんだぞ。ぼくに十分な敬意を払って、ビールの一杯でも寄こすように」ジョンにはいろいろ厄介なところがあった。いつ寝ていつ起きるものか、誰にも言い当てられない。ほんの些細な伝言も託せない。論争を招くような話題になると訪問客を無礼にやっつけることもある。教会に行くことを固く拒み、教区中の物議を大いに醸《かも》す。最も寛大な裁定を下したのは、堂々と物を言う中年の独身女性だった。彼女は『エレクテウス』「反逆的な詩人アルジャーノン・チャールズ・スウィンバーンによる詩（一八七六）」から『ロウセア』「保守党政治家のベンジャミン・ディズレイリによるベストセラー小説（一八七〇）」まで、ありとあらゆる本を読みあさったおかげで、人生を間接的に知悉《ちしつ》していた。「あの方はちょっとした文学者なのよ」と彼女は説明したものである。「ああいう人たちはだいたい、気質がフランス的でね」

一方、ジョンの心の中では大きな革命が起こりつつあった。彼はもはや自分の英雄的行為を皮肉な笑いをもって振り返りはせず、ひどく真面目に捉えるようになっていた。彼はかつてメアリーと並んで坐った手すり壁を避けた。塞《ふさ》ぎがちで、むら気で、独りきりの長い散歩を好んだ。マルカムはこうした徴候に気づいて気の毒に思った。ジョンの奴、相当な変人だな！

ある日、不注意な召使いがつるべ井戸に綱を落としてしまった。ジョンは昔からよじ登ったり下りたりするのが好きだったので、ここでも一つ気まぐれにやってみたくなった。彼は井戸を下り、果たして綱を持って上がって来たが、錆《さび》だらけの小さな鍵も手にしていた。鍵は見た目からして、彼の手がそれを探り当てた壁の出っ張りの上に、長年放置されていたに違いない。マルカムと彼は二人きりで、ゲッケイジュとイチイの木陰の、涼しく湿った一角に立っていた。少し先の、小道の行き止まりには、赤々と広場に沈む太陽が見え、そのため木陰がひときわ心地よく感じられた。

ジョンに鍵を見せられて、マルカムは動揺した。「これはまさに驚くべき神意のあらわれだ」彼は厳粛に言った。「この鍵が再び現れたのも理由あってのことだろう。ぼくはわざと投げ捨てたのだから」

「また捨ててしまおう」とジョンは応じ、まさに放り捨てようとしたが、マルカムがその腕をつかんだ。

「いや、だめだ。ぼくにくれ！」彼は言った。「戻ってきたからには、神のご意志が行われますように」

「おいおい」ジョンは井戸の縁に腰を掛け、腕組みして言った。「そいつはまずい言いようだ。確かに君はよく、信心めかした文句を発したがるね。まあ、昔の冒瀆癖《ぼうとくへき》の代わりなんだろう。だが、今の祈りにはまともな意味があるぜ。『ここにどうしても気に入らないものがある。私はそれには触りたくない』という意味だ。つまり、『神のご意志が行われますように。一方で私は、そうならないように、できる限りのことをしよう』と言ってるんだ。つまりは『畜生め！』と罵っているのと同じことだ。どうだ、弁解してみろ」

「おい、ジョン！　君は信仰心というものをすっかりなくしてしまったんじゃないか」

「そいつならもちろん、あいにくなくしてしまったね。でも今は鍵の話をしているんだ。これは〈青髭《あおひげ》〉の地下室の鍵なのか。はたまたこの荒れ果てた館と海岸をつなぐ地下通路の鍵なのか。落ち込んでるみたいだな、君。そいつを井戸に放り込んじまえよ。予兆なんて無視するんだ」

「実際落ち込むよ」マルカムは答え、「ジョン」と、声を低めて言い足した。「君は特別な神意のあらわれの存在を信じるか？」

「全然」ジョンは答えた。

「ぼくは信じることもある。今度のこれは——いいかい——まさしくそうなんだ」

「これ？　どれのことだ？」ジョンは迫った。「鍵か？　井戸か？　それとも、もしかして俺？　俺が特別な神意のあらわれだって？　特別派遣員ならしょっちゅうやってたけどな」

「起こったこと全部だよ」マルカムは答えた。「つまり——この状況さ。神意によって起きたんだよ、ジョン。そして、災いをはらんでいる」

「俺に言えるのは」と相手は言い返した。「神意とはたいがいそんなものだってことだ」

「そういうことを言うと、死ぬ間際に後悔するんだぞ」

「ショックを与えるつもりで言ったわけじゃない。ただ、一般的な言葉の使い方を批判してみただけだ。神意どうこうについて、俺に判定を求められてもなあ。そんなものには全然詳しくないし、関心もない」

「神意のあらわれの存在をまったく信じない、ということか」

「もちろん！　信じられるわけあるか――こんな人生でさ」ジョンは言った。

「ぼくは信じられる――こんな人生だからな」マルカムは明るく言い返した。

ジョンは鼻で笑った。

「俺だって、きっと信じられただろう。もしも金が唸るほどあって、女房と子どもたちがいれば。だが違うからな」

「その気があれば手に入れられたんじゃないかな」マルカムがむっとして答えた。

「まあ、そうだったのかもしれん」ジョンは言い、相手の眉間を奇妙な目つきでにらんだ。

「君のことは決して理解できそうにないよ、ジョン」

「まあ無理だろうさ」

二人は別れた。マルカムは鍵を持って家に入り、ジョンは庭仕事の時間だった。

第十章

メアリーはまったくもって女性の鑑《かがみ》であった。それでいてまんざら馬鹿でもない。ジョンとの婚約時代には、一緒に詩を作ったものだ。その後読んできたものは、『イングランド史』

（それを読んだ、と言える読者はいるまい）、料理の本一冊、かぎ針編みについての本一冊、大量の小説と新聞、そしてスタンリー氏による『リヴィングストン発見記』。実際、かなりの文学趣味がある。彼女はしっかりした良い頭脳と、もの静かで少しも融通のきかない性格の持ち主で、世間知らずでもあった。母親であることに全身全霊を捧げているようなもので、彼女にとって夫はもはや夫ではなく、子どもたちの父親と化していた。

彼女はジョンを子守りの下働きのようなものとして見ていたが、自分の楽しい話し相手にもしていた。無情にも彼の善意につけこんでいたのだが、恩恵を施してやっていると信じて疑わなかった。

ある日、彼女とジョンは下の二人の子どもの世話をしながら、手すり壁のそばのベンチに坐っていた。ジョンが一人のときにはあれほど坐らないように気をつけている場所である。メアリーはその一隅を贅沢に占めて、手仕事の準備を整えた。

「ああ、本があれば、あなたに朗読してもらえて楽しいのにね」と彼女は言った。

「取って来ようか」ジョンは尋ねた。

「あらいいのよ。気にしないで。おしゃべりすればいいわ。それで十分。チャーリー、戻ってらっしゃい。聞こえないの？　ダメねえあの子、手すり壁に登っているわ、ジョン。引き離してちょうだいな」

「グレーンジヘッドを立ち去る朝、ここに来た。永遠に帰らない、そう思っていた」ジョンはベンチに戻りながら言った。「夜明け前で、道路の向こうはあまり見通せなかった。まるで自分の将来を見つめているようだった。ぼくは行いを改める決心を山ほどした。ほとんど破ってしまったけどね」

「あなたらしいわね！」と彼女は言った。

「そうだな」

「その決心っていったいどんなことだったの？」

「山ほどあった。例えば、もう二度とグレーンジヘッドへは戻らない、とか」

「それは破ってくださって嬉しいわ！」

「常に酒を慎み、祈りを欠かさない、というのもあった」

「それも破ってしまったのねえ」

「あと、君のほかは決して誰も愛さない」と彼は続けた。

「あらあら！」と彼女は言った。「それが真っ先に消えたわけね！」

「そんなこと言ってやしないよ」彼は答えた。「すべての決心を破ったなんて言わなかった」

彼女は彼を盗み見た。彼は目の前の地面をじっと見つめていた。

「毛糸玉を落としちゃったわ！」彼女は言った。「どじね！　拾ってくださる？　ありがとう」

ジョンは少々むっとしていた。彼が物思いにふけっている間、メアリーは呑気にあれやこれやしゃべっていた。赤ん坊の歯が生えただの、はしかだの、医者の奥さんだの牧師の結婚していない妹だの。

「牧師は馬鹿者だ」とジョンが口を挟んだ。

「どうしてわかるの、お説教を聞きに行ったこともないくせに」

「ここに食事に来ただろう？　医者もだ。あれも馬鹿者だね」

「じゃあ、みんな馬鹿者だと思っているのね――田舎に住むわたしたちを」

「君は違うよ、ほんとうさ」

「マルカムは？」

「マルカム？　ああ、マルカムはまた別だ。ぼく自身、ここに住んでいた間は馬鹿者だった。以来ずっと、ぼくはその荷を背負っているんだ。空のポケットと破れた心を抱えて人生を始めるというのはあわれなものだよ。ああ、メアリー！　君にはわからないだろう。この世で愛するものすべてを捨てて、見知らぬ人々の間に出て行くってのがどういうことなのか。君は覚えているかい」――彼は今や激してきていた――「覚えているかい、ぼくたちがここに来た最後の晩を？　とても美しい晩だった。君に嫌われたと思って、それがぼくの人生を決したんだ」

彼女はほほえんだ。ジョンは、酒に酔って中佐を侮辱したためにグレーンジヘッドを追放された。それが彼の人生を決したのだ。

「あなたはとってもお馬鹿さんだったのね」と彼女は言った。「わたしがあなたを嫌うわけがあって？　わたしは誰も嫌いになったことなんてない。ましてやあなたみたいな子どもの頃からの友達なら」

「ぼくの誕生日のための詩を書いてくれてなかったね。約束したのに。それに——それに、キスを許してくれなかった」

「わたしはきっと、間違ってはいなかった」きっぱりと彼女は言った。「悪いけどチャーリーに気をつけてくださらない？　また壁に登っているわ。それから、そうだ、本を持ってきていただこうかしら。朗読を聴くのはきっと楽しいわ」

彼女は警戒心と怒りに燃えていた。無邪気さ、自尊心、自分本位の三重の鎧《よろい》に守られながらも、彼女はこの男がいまだに自分を愛していることに気づいた。婚約時代の話をするのは無礼だし、残酷だった。しかもあんなやり方で！　侮辱、それどころか恥辱といってよい。全身が火照《ほて》っていた。「いやだわ」かっとなって彼女は叫んだ。「帰って来なけりゃよかったのに。わたしたち、いったいどうやったら騒ぎを起こさずにあの人を追い払えるかしら」

ジョンが本を持って引き返すと、彼女は両手に子どもを連れ、衣《きぬ》ずれの音を立てて威風堂々小道を歩いて来るところだった。気が変わったの、家に入って休みます、と女王然とした会釈をもって彼女は彼を下がらせた。

ジョンは怒り狂って歩き去った。本能めいたものに従って、昔と同じ道をたどり、気がつくと州都に来ていた。同じ宿で食事をとり、晩にはその喫煙室の片隅で飲んだり、ほかの客たちの会話を聞いてひそかにせせら笑ったりしていた。一度、横からふざけた言葉を差し挟んだときには、喧嘩を引き起こすところだった。いざこざは曲がりなりにも、こぼれたワインをナプキンで隠すような具合に調停された。彼は謝罪しようとせず、一座に背を向けられた。これが大いに気に入った彼は、いつもの倍も冷笑的になった。

帰宅したのはかなり遅い時間だった。使用人たちはもう床に入っており、扉を開けたのはマルカムだった。ジョンは両手をズボンのポケットに突っ込み、マルカムが鎖を掛け、かんぬきを差す間、つっかかるようなまなざしで彼を眺めていた。

「遅かったな」マルカムは静かに言った。

しかしジョンは返事をする代わりにわざとらしい笑い声を上げただけで、挨拶もせずに二階に上がった。

第十一章

翌朝は大雨だった。ジョンはいつもより遅く起きた。一人きりで朝食に取り掛かっていると、マルカムが入って来て椅子に掛けた。きまり悪そうに見えた。

「なあ、ジョン」彼は切り出した。「このことについてぼくが何か言うとすれば、ひたすら君のためを思ってなんだと信じてほしいんだが、昨日の夜、ぼくが思うにどうも――」

「マルカム」ジョンは遮った。「確かに一杯引っ掛けていたよ。いったいなんで、遠回しに言う?」

「認めるんだな。よかった。じゃあ、一言言わせてくれ。その性癖をなんとかすべきだよ。酒のせいでずいぶん痛い目を見てきたじゃないか。努力しろよ」

ジョンは腹を立てた。

「俺はここで君の施しを受けて暮らしているさ、もちろん」ジョンは言った。「人もうらやむ境遇だよな。でも君には俺の心の中のことなどわかりっこない。一番遠い星で何が起きているかわからないのと一緒だ。君はしょっちゅう、俺を理解できないと言っている。じゃあそれらしく振る舞ったらどうだ。俺は昨日の夜、飲み過ぎた。なぜだかわかるか？　飲むのが好きだからか？　ひょっとして、上機嫌だったからか？　君は悲しみのなんたるかをまったくわかっていないよ」

「好きなだけ悲しみに暮れてりゃいいだろう」マルカムは言い返した。「今の言葉を聞いて残念だ。まさかぼくのせいじゃあるまいね。でも、だからといって、いくらなんでも、なあ――」

「けだものみたいになる必要はないって？」とジョンは続きを言ってやった。そして「もうたくさんだ」と、食卓から立ち上がった。「君がこのことについてどう思っているか、よくわかった。この家には酔っ払いを置いておけないんだな。そりゃそうだろう。俺は節制を約束するつもりはない。そんな理想はご立派すぎる。その代わり、今日中に出て行ってやるよ」

「腹立ちまぎれに言っているね、ジョン。でなけりゃいらだちまぎれぐらいか。君の十八歳の誕生日の夜に並木道で話したのを覚えているよな？　そのとき君は、それまでもよく二人で話していたことだったが、ぼくたちは財産を分かち合うと言った」

「青いね。ほとんど病気だ――二人して夢見がちな少年だったな」とジョンは言い、片手を払うように振った。

「あのときの君はそうは思わなかったんだよ、何もかも手に入ることになっていたときはさ。ぼくだってそうは思わないよ、何もかも手に入れた今はね。もちろん今のぼくには家族がいるし、昔のぼくらの考えはちょっとユートピア的だった。でもいいかい、ジョン、君がここに留まってくれることが、君がぼくにできる、何よりの親切なんだ。ぼくはそんなに卑しい人間ではないつもりだよ」

「まあ、そういうことなら」とジョンは笑った。

「いてくれるね？」マルカムは、片手を差し出しながら尋ねた。

「お望みどおり」ジョンは答え、無造作にその手を取った。「正直に認めるけれど、安楽な生活が好きなんだ。庭仕事も田舎の自家製バターも好きだ。独立独歩の誇りなんてなくてもやっていける。それに」と突然態度を変えて、「誰よりもちゃんとした権利があるのは俺だよ」そう言うと、立ち去った。

マルカムは首を振った。「本心じゃないな」彼は思った。「ぼくらの間には何か隔てがある。黙っていればよかった。とはいえ、朝っぱらから家の中を千鳥足でうろつかれるのは困る」

ジョンは二階の一室に上がった。そこは細長く、天井の低い部屋で、納戸と遊技室を兼ねていた。メアリー・ローランドは、父親が亡くなったときに大量の蔵書をハットンから持ち込んだが、ジョンがやって来て手伝いを申し出るまで、荷解《にほど》きされぬままになっていた。ジョンは実にのんびり手間を掛けた。雨の日の午前中にちょうどいい暇つぶしとして、だらだらと取り組んだ。たとえ二時間続けて働いたとしても、そのうちの一時間半は、面白そうな本を手に床に坐り込んでいた。

本を詰めた箱は、部屋の片隅の衝立《ついたて》の裏に置かれ、真向かいの端には暖炉があった。三十分ほどして、メアリーが入って来て炉辺の椅子に掛けた。ジョンは衝立の端からひょいと顔を出していささか冷淡に朝の挨拶をすると、再び引っ込んだ。メアリーには、彼が箱から本を取り出して床に下ろす音が聞こえた。ときおり彼が咳払《せきばら》いをした。外は土砂降りである。雨天に敬意を表して暖炉には火が入れられていた。炎がぱちぱちと心地よく燃え、ときおり灰が灰だめに落ちる。メアリーはそうした音をぼんやりと意識していた。おかげで物思いにふけらずに済み、手仕事に弾みがついた。

ジョンは先ほどから静かである。明らかに、面白いものを見つけて読み始めたのだ。とそのとき、衝立の裏から聞こえた奇妙な音に、メアリーはぎょっとさせられた。喘《あえ》ぎとも呻きともつかぬ声だった。「どうしたっていうのかしら」彼女は訝《いぶか》ったが、あとには完全な沈黙が続き、それを破るのは雨と暖炉の火だけだった。なぜだかそわそわしてきて、ジョンがグレーンジヘッドに帰って来なければよかったのにと心の底から思った。

ついに、いささか唐突にジョンは立ち上がると衝立の裏から現れ、一枚の紙を手に、彼女のほうにやって来た。だが彼はもう、それまでの彼ではなかった。二十歳老けて見えた。いや、それとも二十歳若く、だろうか?

「君が書いたのか？」彼は紙を手渡しながら掠《かす》れ声で尋ねた。

そこには少女じみた詩が書き連ねられていた。頭に「愛しいジョンへ、一八××年五月十二日、十八歳のお誕生日に」とあり、「ああ、愛しいジョン、あなたは私の大好きな人」で始まっている。しかし、メアリー・フォークナーの頰に血が上ったのは詩の出来のせいではなかった。既婚女性としての自尊心が傷つけられたのだ。ジョンの感情の高ぶりが侮辱のように思われ、恨《うら》めしかった。

「だとしたら」彼女は紙をぱっと火に投げ込むと、言い返した。「どうだって言うの？」

「じゃあ、君はぼくを愛していたのか？」彼は話を続けた。

「わたしたちが婚約していたことは、百も承知でしょう」彼女は答えた。「わたしはいつだって、本分をわきまえて生きてきたつもりです」（と、声を震わせて）「あなたと婚約している以上は当然、ほかの誰のことも考えたことはありませんでした。ご質問の意味がわかりかねます。なんて無神経な――失礼よ」

ジョンは寂しげな目で彼女を見つめた。「わかってさえいたら！」と彼は言った。「ただわかってさえいたら！」それからしばらく黙った。「でも今は夫を愛しているんだな？」彼はだしぬけに語気を荒らげて問い詰めた。

「この部屋を出て行ってください、フォークナーさん」彼女は言った。全身を震わせ、憤怒《ふんぬ》そのものといった様子であった。

「なんだ、そうだったのか！　やれやれ！」と彼は応じて笑い声らしきものを上げた。メアリーは動けなかった。動けたなら自分が部屋を立ち去っていただろう。ジョンは彼女を、頭のてっぺんからつま先まで眺め、それから暖炉の火に見入った。片方の鼻の穴から血が細く流れ出した（この性癖は昔から変わらなかったのである）が、それに気づく様子はなかった。ついに向きを変えると一言も発さずに立ち去った。階段の一番上で足を踏み外して転ぶ音が、彼女の耳に届いた。三十秒ほど倒れたままになっていただろうか。それから起き上がって、重い足取りで階段を下りて行った。彼が外に出て、扉の閉まる音が聞こえた。

ほぼ同時に、メアリーは我に返った。「一悶着《ひともんちやく》あろうがなかろうが、彼には二日以内にこの家から消えてもらう」と彼女は決めた。あわれみは少しも覚えなかった。感じられるのは不快さとばつの悪さばかりである。だから決めた——なんとしてでも彼を追い払うのだ。わたしは決して間違ってなどいない。彼女はただちに夫を探しに出た。

第十二章

気の毒なマルカム！　そうとしか言いようのない立場である。おじの最後の手紙は開かれ、膝の上に載っている。妻の言葉はまだ耳に響いている。そんな状態で坐っている彼が、二人のうちでより不運なほうでなかったとは言えないのではあるまいか。筆者の思うに、彼自身もそう考えていたに違いない。どうしてジョンはあんなにばかばかしい振る舞いに及んだのか。あいつがわざと酔っ払って帰って来たなどと、ぼくにどうしてわかり得ただろうか。こんな厄介なことをやらかして何になったというのか。事態がおのずから静かに破滅に向かっていくのを、黙って見ていればよかったものを。「ああ」と彼は叫び、動揺のあまり昔の悪い言葉遣いが出てしまった。「ちくしょう、おまえの憧れの英雄なんて知ったことかよ！」

ジョンは雨の中、ひどく気分を滅入らせて歩き回ったが、グレーンジヘッドをその晩のうちに離れる決心をつけて帰って来た。フォークナー氏に会いたい旨を召使いに告げると、書斎に通された。

マルカムはジョンが入って来たのを見て、やましそうに視線をテーブルに落とし、せっせと書き物をしているふりをした。ジョンはマルカムの後ろを、檻《おり》の中の獣のように歩き回った。マルカムはマルカムで、言うべきことを用意していたのに喉に塊がつかえていた。咳払いを何度も繰り返してやっと口にしたのは――

「ジョン！」

聞こえなかったのではないかと思い、もう一度繰り返した。

「なんだ？」とジョンはふいに足を止めた。

その口調の荒々しさに、マルカムはうろたえた。

「君にちょっと話があっただけなんだが」マルカムはすまなそうに返した。

「ああ！」ジョンは言った。

マルカムは紙を見つめた。手紙を書いているふりを続けるために、自分の名を幾度も幾度も書きなぐってあった。連続する名前を初めからしまいまで余さず読んで、元気づいたようだった。最後の署名の後ろに、彼はとても丁寧な字で住所を書き加えた。それから話を切り出そうとするかのように咳払いをしたものの、ペン先を親指の爪にこすりつけて吟味し始めた。

「話すんじゃなかったのか」ジョンが促した。

「ああ、あのな、ジョン」マルカムは喘ぎ、堰《せき》を切ったように話し始めた。「とても気の毒、というかなんというか、特に、今朝ああいうことになったあとで何なんだが、妻が、君にはやっぱり出て行ってもらうべきだと考えているんだ。いや、実際、そう言ってきかないんだよ。ぼくとしてはとても残念だ。だがもちろんこういうことは起こるものだからね、たぶん。そして――そしてもちろん、とても不愉快なことだ。つまり――」

マルカムは額を拭いた。相手を説き伏せるために用意しておいた台詞《せりふ》はどこかへ行ってしまった。どうしようもなく頭がこんがらがって、ひどく間抜けになった気がした。奇妙な炎が目に留まり、ふと心奪われた。その炎を一心に凝視し、俺は今、次に言うべきことを考えているのだと自分自身に言い聞かせながら、実は何も考えていなかった。そんなふうに呆然《ぼうぜん》と坐っていたが、電気が走ったかのように交感が起こり、ジョンがさっきより近くにいるのに気づいてふいに頭を上げた。二人の目が鏡の中で合った。ジョンの顔は憎悪に歪んでいた。一瞬で、マルカムの顔も、劣らず醜い恐怖の権化となった。互いを鏡の中で、細めた目でにらみ合いながら、ジョンの憎しみはマルカムの恐怖に比例して増していくようだった。しまいには二人は迷える二つの霊のように見えた。

最初に呪いを振り払ったのはマルカムだった。叫び声らしきものを上げてぴょんと立ち上がると、身を守ろうとするかのように後ろを振り返った。もしもじっと坐っていたならば、十中八九、何も起こらなかっただろうに、彼自身の動きが猛攻を招いてしまった。半分も振り向かないうちに、彼はテーブルに押し戻された。テーブルはひっくり返り、軽かったので真っ二つに割れ、二人の男はそのままがしゃんと暖炉の前に倒れ込んだ。マルカムが下になり、頭が鉄の火格子にぶち当たった。

意識が戻ったときには、シャツは緩められ、額は、水がなかったためにインクを浴びせられていた。体はジョンの膝にもたせ掛けられていた。

「気分はよくなったか」ジョンが尋ねた。

「あれ、どうしたんだ？　どうしてぼくはここにいる？　メアリーはどこだ？」

「ああ、メアリーなら大丈夫さ」とジョンは苦々しげに答えた。「君も大したことはなさそうだな。頭がぶち割れたんだぜ。いい気味だ。さて、よろしければ、お別れの挨拶といきましょうか」彼はマルカムの頭を床に下ろして立ち上がった。部屋の戸口で振り返ると、声を和らげて「じゃあな」と言った。それきり、彼は行ってしまった。

マルカムは酢を染ませた茶紙を頭の後ろに貼り付けてもらい、その晩はずっとむっつりとしていた。雨は絶え間なく降り続き、この地方の道路はどこも、徒歩の旅人にはほとんど通れるものではなかった。

（中和彩子＝訳）

死体泥棒

その年は毎晩のように、僕ら四人はデボナムの旅籠《はたご》「ジョージ亭」の小さな談話室に集っていた――葬儀屋と、旅籠の亭主と、フェッテスと、僕だ。たまに他の連中も顔を出すことはあったが、風が吹き荒れようが凪《な》いでいようが、雨が降ろうと雪が降ろうと霜が降りようと気にも留めずに、僕ら四人はいつもそれぞれ決まった肘掛椅子《ひじかけいす》に陣取った。フェッテスは年老いた飲んだくれのスコットランド人で、のらくら暮らせているところからすると、相応の教育を受けて、何某《なにがし》かの財産があることは明らかだった。デボナムにやって来たのはもう何年も昔、彼の若かりし頃だが、以来ここに住みつき、すっかり町の人間と化していた。フェッテスが着て歩くキャムレット地の青い外套《がいとう》は、教会の尖塔《せんとう》と並ぶ地元名物となっていた。ジョージ亭の談話室に絶えず出没しては存在感を誇示するくせに、教会にはとんと姿を見せず、老獪《ろうかい》で不節制きわまりなく、口に出すのも憚《はばか》られるような悪行を繰り返す、そんなフェッテスの所業はデボナムではもはや毎度馴染《なじ》みのこととなっていた。なにやら漠然と急進的な意見を持っていて、束の間無神論者となることもある。時々ばしんばしんと手のひらでテーブルを打ち鳴らしては、御託をまくしたてた。ラム酒を好み、毎晩決まって五杯飲んだ。

夜な夜なジョージ亭で過ごす時間の大半を、グラスを片手にアルコールに漬かって物憂げに過ごしていたのだ。僕らは彼を「医者《ドクター》」と呼んだ。医学の専門知識があるようだったし、その昔骨折や脱臼の応急手当てを彼が施したことがあるのは知られた話だった。だが、こういった些細《ささい》な事柄の他は、彼の素性や来歴について僕らは何も知らなかった。

ある暗い冬の夜のことだった。時計が九時を打ってしばらくすると、旅籠の亭主が僕らに合流した。その晩ジョージ亭には病人がいた。近所の大実業家が議会に向かう途中でいきなり卒中を起こして倒れたのだが、このお偉いさんの主治医たるにふさわしい、さらなるお偉いさんであるロンドンの医者が、電報で病人の枕元まで呼び出されたのだ。こんなことはデボナム史上初めてのことだった。鉄道がまだ新規開業したての頃だったのだから。そして僕らは皆この出来事に相応の感銘を受けた。

「その方がいらしてますよ」パイプに煙草《たばこ》を詰め、火を点《つ》けてから亭主が言った。

「その方って？」僕は言う。「誰のことだい？——その医者じゃないよな？」

「まさしくご本人さまです」亭主は応えた。

「名はなんというんだい？」

「マクファーレン博士だそうで」

三杯目も残りわずかとなっていたフェッテスはだらしなく酔いつぶれ、船を漕《こ》ぐかと思いきや、当惑したような眼差《まなざ》しで辺りを見遣《みや》ったりしていたが、僕らの会話の最後の言葉ではっと目を覚ましたようだった。そして「マクファーレン」という名を二度繰り返した。一度目は静かに、二度目は突然感情を込めて。「ええ、そうおっしゃるそうですよ。ウルフ・マクファーレン博士というお医者様だそうです」と亭主は言った。

その瞬間フェッテスは矢庭《やにわ》に素面《しらふ》に戻った。完全に目醒めてしまい、はっきりとした大声で発する言葉は力強く真剣だった。まるで死人が生き返ったかのような彼の変貌ぶりに、僕らは皆、目を見張った。

「失礼した」と彼は言った。「君たちの話をちゃんと聴いていなかったのだ。そのウルフ・マクファーレンというのは何者なのだ？」そして亭主の応えを聞くと、こう続けた。「ありえん、ありえん。いや、ともあれ、そいつの顔を直接見てみないことには」

「先生《ドクター》、そのお人をご存知なんですかい？」と葬儀屋が息を呑《の》んで尋ねる。

「まさか！」という応えが返ってきた。「だが、こんな変わった名前の持ち主が二人いるなんて筈《はず》はないだろう。なあ、そいつは歳は食ってるか？」

「そうですねえ」と旅籠の亭主は応えた。「お若くはないのは確かですねえ、白髪でいらっしゃいますし。でも、先生よりはお若いようでしたよ」

「いや、俺より年上なんだ。幾つもな。だが」ここでフェッテスはぴしゃりとテーブルを打った。「君たちの目には、俺はただの酔っ払いとしか見えないのだろう。積年のラム酒と罪が顔に刻み込まれているってわけだ。それに引き替えあの男ときたらどうだ。手温《てぬる》い良心をお持ちなどころか、さぞかし消化機能も頑丈なのだろう。良心だって！　俺がこんな言葉を口にするとはな。まるで善良でまっとうなキリスト教徒みたいじゃないか、そう思うだろう？　だがそうじゃない。俺に限って、違うのだ、俺は心にもない祈りを信心ぶって唱えたことはない。もしヴォルテール[*1]が俺の立場に立たされたらそうしていたかもしれんが。だが頭は――」ここで彼は自分の禿頭《はげあたま》を指でとんとんと叩いた。「頭は冴えてよく切れたんだよ。それに、俺はこの目で見たのだ、決して当てずっぽうじゃない」

「もしその医者と知り合いなら」会話が途切れ、いささか不気味な沈黙が続いた後に、僕は思い切って言ってみた。「察するに、どうもあなたは亭主《おやじ》さんほどには、その医者を買っていないようですね」

フェッテスは僕を無視した。

「よし」突如として彼は心を決めた。「やっと差し向かいで会わねばならん」

話が再び途切れた。その時、鋭い音を立てて二階で扉が閉まり、階段を下りる足音が聞こえてきた。

「あのお医者様です」と亭主が叫んだ。「急げばつかまえられますよ」

小さな談話室は古い旅籠ジョージ亭の玄関からほんの数歩のところにあった。オーク製の幅広い階段は、建物の外の通りに直《じか》につながっているといってもいいほどだった。玄関の敷居と、弧を描く螺旋《らせん》階段の最下部の間には、かろうじてトルコ絨毯《じゅうたん》を敷くことができるくらいの広さしかなかった。しかしこの小さな空間は、階段の明かり、旅籠の看板の下に吊り下げられた大きなランプ、そして酒場の窓の温かな輝きによって、毎晩きらびやかに照らし出されていた。冷えきった通りをゆく人々に向かって、こんなふうに燦爛《さんらん》と、ジョージ亭は自らを広告していたのだ。フェッテスは決然と歩を進め、後を追った僕らは、フェッテスが言った通りに医者と差し向かいでいるのを目撃した。警戒した様子ながらも、マクファーレン博士は活力に溢れていた。その白髪は、生気が漲《みなぎ》っているものの、青白く穏やかな顔を引き立てていた。極上の黒ラシャと純白の麻で仕立てた服を豪奢《ごうしゃ》に身にまとい、大きな金《きん》の懐中時計の鎖、同じく金でできた飾り鋲《びょう》や眼鏡で着飾っていた。白地に赤味がかった藤色の斑紋の入った幅広のネクタイを締め、着心地のよさそうな毛皮の外套を腕に掛けたその姿は、重ねた年齢に似つかわしい富と名声の匂いを遺憾なく放っていた。そして僕らの談話室仲間である、酔っ払い――禿げて薄汚れ、顔ときたら吹き出物だらけ、古いキャムレット織の外套に身を包んでいる――が階段の下で彼に立ちはだかるさまとは、はっとするような対照の妙を成していた。

「マクファーレン！」友人というよりも伝令官のような大声で、彼は言った。

名医は、この口調の馴《な》れ馴れしさに驚き、威厳を損なわれたかのように、階段の四段目で急に立ち止まった。

「トディ・マクファーレン！」フェッテスは繰り返した。

ロンドンからやって来た男はよろめきそうになった。一瞬、目の前の男を凝視すると、怯《おび》えたように後方に視線を投げ、驚いた声で囁《ささや》いた。「フェッテス！　君か！」

「おう、俺だよ！」対するフェッテスは言った。「俺も死んだとでも思っていたのかい？

腐れ縁ってやつだな」

「黙れ、しぃっ!」医者は叫んだ。「しぃっ! しぃっ! こんな場所で会うなんて思いもよらなかった。君が酷《ひど》いしょぼくれようなので、最初は誰だかわからなかったよ。だが、心から嬉しいよ——こんなすばらしい機会を得られて。しかし今は、ゆっくり話している時間がない、馬車を待たせているものでね、列車に乗り遅れるわけにはいかないのだ。でも、君は——ええと——うん、そうだ——君の住所を教えてくれたら、すぐに便りを出すよ。フェッテス、僕らは君のために何かしてやらなくてはいけない。金に困っているようだが、それも手当てせねばならない。昔、夕食のテーブルを囲んで皆で歌い誓った、*2『旧《ふる》きよしみ』のためにね」

「金だって!」フェッテスは叫んだ。「お前からの金か! お前が俺に寄越した金は、土砂降りの中で投げ捨てたあの場所に、まだそのままあるんだぜ」

話を続けるうちに、当初の自信と優越感に満ち溢れた態度を幾らか取り戻していたマクファーレン博士は、強烈な拒絶に気圧《けお》され再び狼狽《ろうばい》し始めた。

荘厳といってもいいほどの彼の面持ちに恐ろしく醜い表情が浮かんだ。「君」彼は言った。「好きなようにしたまえ。君を怒らせるつもりは毛頭ないのだ。邪魔はしないことにしよう。それでも、僕の住所は渡しておこう——」

「要らん——お前の隠れ住んでいるところなど、知りたいものか」フェッテスは遮《さえぎ》った。「名前を聞いてお前だと思った。つまるところ、俺は、はたして神はいるものかどうかを知りたいと思っていたんだ。今はっきりとわかったよ、いないってことがな。失《う》せろ!」

フェッテスは階段と出入り口の間を覆う絨毯の中央に佇《たたず》んだままだった。ロンドンの名医が逃げ出すためには、端《はじ》に寄って彼の脇を通らねばならなかった。この屈辱を前に、マクファーレンが躊躇《ためら》ったのは見紛《みまご》う余地もなかった。みるみるうちに顔が青ざめながらも、眼鏡の奥に剣呑《けんのん》なきらめきが見て取れた。躊躇いながら立ち尽くすうちに、馬車の御者が一風変わったこの光景を通りから覗《のぞ》き込んでいるのに彼は気づいた。同時に、カウンターの隅で肩を寄せ合い談話室から覗き込む僕らの姿も目に入った。これほど多くの人間に観《み》られていることに気づいた彼は、即座に逃げることにした。身を屈《かが》め、板張りの壁を軽くかすめながら、蛇が飛びかかるような動きでドアに突進した。だが、彼の苦難がこれで完結したわけではなかった。傍《そば》を通り過ぎようとしたまさにその瞬間、フェッテスが彼の腕を掴《つか》み、囁き声で、しかし痛いほど明瞭に、次の台詞《せりふ》を発したのだ。「その後、あれを見たことはあったかい?」

ロンドンからやって来た金持ちの名医は、喉を締め付けられたような鋭く大きな叫びを発した。フェッテスにぶつかりながらその場を横切り、頭を抱え、ドアの外に疾走するさまは、まるで盗みを暴かれた泥棒のようだった。僕らの誰一人として動けずにいる間に、がらがらと騒々しい音を立てながら馬車は駅へと向かっていった。夢のように幕は下りたが、確かな物証と痕跡とを後に残していた。次の日、召使が玄関で壊れた純金の眼鏡を見つけたのだ。間違いなくあの晩、僕らはみな息を呑んで酒場の窓辺に釘付《くぎづ》けになり、フェッテスは僕らの傍にいたのだ、酔いから醒めた真っ青な顔に、きっぱりとした表情を浮かべて。

「いったいなんてことだ、フェッテスさん！」最初に我に返った旅籠の亭主が言った。「今のは何だったんですか？　あなたは実に妙なことをおっしゃっていましたね」

振り向いたフェッテスは、皆の顔を順繰りに見て言った。「はたして君たちは黙っていられるかな。あのマクファーレンという男を怒らせると危険だぜ。うっかり怒らせてしまった人間は、悔やもうにもこの世では悔やめない目にあったのだからな」

そして三杯目のグラスを飲み残したまま、続きの二杯が出てくるのも待たずに、僕らに別れを告げて彼は行ってしまった。旅籠のランプの下から、夜の闇へと。

僕ら三人は暖炉に火が暖かく燃え、四本の蠟燭《ろうそく》が鮮やかに灯《とも》る談話室のそれぞれの指定席に戻った。あの出来事を振り返るうちに、当初の身の竦《すく》むような衝撃は沸《わ》き立つような好奇心へと姿を変え、僕らの会合は深夜に及んだ。僕の知る限り、あの古いジョージ亭でかつて催されたうち最も遅くまで続いた会合となった。散会する頃には、めいめいがそれぞれ立証すべき仮説を打ち立てていた。そして僕ら全員にとって、呪《のろ》われた仲間フェッテスの過去を突き止め、彼がロンドンの名医と分かち持っている秘密を訊《き》き出すことが、最重要の懸案事項となったのである。さほど自慢することではないが、僕はジョージ亭の他の仲間たちよりも、話を巧みに訊き出すことに長《た》けていた。そしておそらく今となっては、これからお話しする忌まわしく奇《あや》しい出来事を物語ることのできる生きた人間は、僕の他にいないだろう。

若き日のフェッテスはエディンバラの学校で医学を学んでいた。耳にしたことを即座に理解し、いとも容易《たやす》く習得する才に恵まれていた。自室で勉強することはほとんどなかったが、教師たちの前では礼儀正しく聡明《そうめい》で気がきいていた。じきに教師たちは、自分たちの言葉に熱心に耳を傾ける、記憶力の優れた若者だと彼を認めるようになった。いや、この話を初めて僕が聞いた時には不思議に思えたものだが、その頃の彼は教師たちのお気に入りの優等生だったのだ。当時、学外から教えに来ていた解剖学の教師がいた。ここでは彼をＫと呼ぼう。後に彼の名前はあまりにも有名になった。[*3]バークの処刑に拍手喝采を送った野次馬たちが、[*4]彼の雇い主の死刑を求め大声で騒ぎ立てている間、当の本人はエディンバラの通りを変装してこそこそ忍び歩いていたのだ。だが、当時Ｋ氏に寄せられた信望は絶頂に達していた。Ｋ氏の人気の理由の一つはその才覚と弁舌で、そしてもう一つは、彼の競争相手だった大学教授の無能ぶりにあった。少なくとも学生たちが彼に寄せる信頼は厚かった。そして、流星のごとく華々しい名声を博したこの男に気に入られたお蔭《かげ》で、フェッテスは成功の礎《いしずえ》を築くことができたのだと、フェッテス本人は無論のこと、他の誰もが確信していた。Ｋ氏は美食家《ボン・ヴィヴォン》であるとともに教養溢れ洗練された教師だった。周到に予習を行ったうえで授業に臨み、学識を如才なくちらつかせる類《たぐい》の学生を好んだ。この二つの能力を兼ね備えていたフェッテスがＫ氏の関心を惹《ひ》いたのももっともだった。二年生への進級を待たずして、彼はＫ氏の講義の手伝いをする副助手という、半ば正規教員のような地位に就いた。

立場上、階段式講堂や講義室にまつわる責任はフェッテス一人の肩にのしかかることとなった。建物の衛生管理や他の学生たちの指導をせねばならなかったし、解剖用の死体の補充、受け取り、割り振りもまた彼の仕事だった。ほかでもなく最後に挙げた職務――細心の注意を特に要する厄介なものだった――のために、Ｋ氏はフェッテスをまず解剖室のある建物と同じ路地《ワインド》の並びに下宿させ、終《しま》いには件《くだん》の建物そのものに住まわせた。夜の乱痴気《らんちき》騒ぎを終えて床に就いたかと思うと、冬の夜明け前の闇を縫って解剖台にブツを届けにきた、いかがわしく命知らずの闇商人たちに呼び起こされる。霞《かす》んだ眼を凝らし、震えの残る手で扉を開け、国じゅうに悪行が轟《とどろ》き渡った彼らをなかに入れてやる。その無残な荷をおろすのを手伝い、法外な値の支払いを済ませ、彼らが立ち去ると、かつては人間であった、幾つもの無愛想な残骸の只中《ただなか》に一人とり残される。それから一、二時間微睡《まどろ》んでは、夜に被った打撃と消耗からやっとの思いで回復し、昼間の仕事に備えて生気を取り戻したものだった。

このように死の徴《しるし》に取り囲まれて暮らしながら、何ら心を動かされない若者というのも珍しい。彼は世間一般のものごとにまるで関心を示さなかった。自らの欲望の奴隷となり、つまらぬ野心しか持たぬような他人の命運や栄達に興味など持ちえなかったのだ。つまるところ、冷淡で浅薄で利己的な彼ではあったが、人間が無茶な大酒や罰されても仕方のない盗みを犯さないよう制止する、道徳という名で誤称された分別を、いささかなりとも持ち合わせていたのだ。その上、教師たちや仲間の生徒たちに一目置かれるのを渇望しており、表だって派手な失態を演ずることは決して望まなかった。こうして学問で頭角を現すことを無上の喜びとした彼は、非の打ちどころのない仕事ぶりを来る日も来る日も見せていた、とはいっても雇い主のＫ氏が見ている間だけだったが。昼間の仕事の埋め合わせとして、粗暴でいかがわしい夜の享楽にフェッテスは耽《ふけ》った。そしてこの均衡がうまく取れた時、彼が良心と呼ぶ器官が、満たされたと表明するのだ。

　解剖用の死体の補充は彼の師のみならず、彼自身の絶え間ない悩みの種だった。あの大人数で活気のある解剖学のクラスでは、必要な材料は慢性的に不足していた。それゆえ必要不可欠となった任務は、それ自体愉《たの》しいものではないばかりか、関わる者すべてに危険をもたらす脅威になるものだった。取引に当たって、質問は一切行わないというのがK氏の方針だった。「奴らは死体を持ってくる《ゼイ・ブリング・ザ・ボディ》、我々は金を払う《アンド・ウィ・ペイ・ザ・プライス》、見返りに《クウィッド・プロウ・クウォウ》」[*5]頭韻を勘案しながら彼はよく言ったものだ。それから助手たちに向かって、どこか卑俗にこう言い放つのが常だった。「質問は一切するな。いいな」解剖用の死体が殺人という罪によってもたらされていたとは了解されていなかった。もしこの憶測を言葉にして突き付けたとしたら、彼は恐怖で尻込みしていたことだろう。だが、この事柄が帯びるこれほどの重みとは対照的に、彼が発する言葉は人の道に悖《もと》るほど軽く、取引相手の商人たちを誘い込むものだった。例えばフェッテスは死体がやけに新鮮なことにしばしば気付いていた。夜明け前に自分のもとにやって来るごろつきたちの、下劣で嫌悪感をもよおす顔つきに、幾度となく衝撃を受けてもいた。考えを整理するうちに、おそらく彼は、師の軽々《けいけい》とした言葉に潜む、あまりにも不道徳で絶対的な真意を見抜いていたのかもしれない。手短に言うと、次の三つが自分の任務だと彼は理解したのだ。運ばれたものを受け取ること、代金を支払うこと、そしていかなる犯罪の痕跡も見て見ぬふりをすること。

　ある十一月の朝、沈黙を貫くということの方針が厳しく試されることとなった。激しい歯痛のせいで彼は一睡もできなかった――檻《おり》のなかの獣のように部屋じゅうをうろつくかと思えば、猛然と寝床に体を投げ出したり――そしてようやく、痛みに苦しめられた夜の後につきものの、あの深く不安な眠りに落ちていたが、予《あらかじ》め決めておいた合図が三、四回けたたましく繰り返されたところで目を覚ました。月の薄明かりが皎々《こうこう》と差し、肌を刺すような寒さで、風が吹き荒《すさ》び霜が降りていた。町はまだ目覚めていなかったが、日中の喧騒と活気の先触れとなる漠とした動きがすでに始まっていた。墓場荒らしたちがやって来るのは普段より遅く、そのくせいつもより早く帰りたがっていた。寝起きで青白い顔をしたフェッテスは通路を灯りで照らし、彼らを上階に上げた。[*6]アイルランド訛《なま》りでぶつぶつ言う彼らの声が夢心地に聞こえていた。彼らがずだ袋から哀れな商品を取り出す間、フェッテスは壁に肩をもたせかけて微睡んでしまっていたので、懸命に体を揺さぶり起こし、やっとのことで代金を取り出した。そうこうするうちに死体の顔が目に入った。彼ははっとし、蠟燭を掲げて二歩近づいた。

「何ということだ！」彼は叫んだ。「ジェーン・ガルブレイスじゃないか！」

男たちは何も答えず、もぞもぞとドアの方にすり寄った。

「僕はこの娘《こ》を知ってる、本当だよ」彼は続けた。「昨日、この娘は生きてて、元気だったんだ。死んでるなんてあり得ない。この体を、お前たちがまっとうなやり方で手に入れたはずはないんだ」

「いやいや、旦那、それはまったくの誤解ですぜ」と男の一人が言った。

しかしもう一人の男はフェッテスの目をじっと陰気に見詰め、即座に金を払うよう要求した。

その嚇《おど》しを読み誤ることも、より大きな危険を冒すことも到底できなかった。若者には勇気がなかったのだ。口ごもりながら言い訳を述べると、彼は金を数え、いまいましい訪問者たちが立ち去るのを見送った。彼らが行ってしまうと、すぐさま疑念を確かめることにした。見紛う余地もない特徴が一ダースもあって、それは確かに前の日にふざけあった女性だった。彼女の体に暴行が加えられたであろう痕跡を見て取った彼に、戦慄が走った。驚き狼狽《うろた》え、自室に逃げ込んだ。そこで自分が知ってしまったことをじっくり考えてみた。K氏の指示が持つ意味を、そしてこのきわめて重大な任務に関わることの危うさを。やがて、ひどく混乱しつつも、彼の直属の上司である授業助手に助言を頼むことにした。

それはウルフ・マクファーレンという若い医者だった。彼は無鉄砲な盛りの学生たちから格別の人気を集めており、聡明で奔放、破廉恥《はれんち》さは度を超していた。外国を旅し留学した経験があった。物腰こそ感じのいいものの、いささか生意気だった。演劇に詳しく、スケートもゴルフも巧みで、品よく大胆な服をまとっていた。一頭立て二輪軽馬車《ギグ》と足の速い強健な馬を持っており、これらが彼の眩《まばゆ》いばかりの華麗さに仕上げの箔《はく》を添えていた。フェッテスと彼は昵懇《じっこん》の仲だった。実際、それぞれの仕事が互いに関わりあっていたため、ある種生活共同体のような関係が彼らの間に構築されていたのだ。解剖用の死体が足りなくなると、二人はマクファーレンの馬車で遠方の田舎まで出掛け、寂れた墓地を訪れては冒瀆《ぼうとく》の挙に及び、夜明け前に戦利品とともに解剖室の戸口に戻ったものだった。

　その朝に限って、マクファーレンはいつもより幾らか早く出勤していた。足音を聞きつけたフェッテスは彼を階段で出迎え、事の顚末《てんまつ》を話した上で恐怖の発端となったものを見せた。マクファーレンは彼女の体に残った傷跡を調べた。

　うなずいて彼は言った。「ああ、これは怪しいな」

「そうとなると、僕はどうしたらよいのでしょうか？」フェッテスは尋ねた。

「どうするって？」鸚鵡《おうむ》返しにマクファーレンは言った。「君は何をしようというんだ？下手に騒ぎ立てない方がいいって僕は思うね」

「誰か他のやつが気付くかもしれないじゃないですか。この娘は顔が広くて、カッスル・ロック[*7]と同じくらいに名が知られているんですから」とフェッテスは反駁《はんばく》した。

「そうならないことを祈ろう。そして、もし誰かが気づいても――無論、君は知らなかった、そうだよな？――それで問題なしだ。実際、これまでも相当長いことやってきたことだ。ここで事を荒立てようものなら、Kをとてつもない厄介事に巻き込むことになる。君だって酷い羽目に陥る。そうなれば、僕だってご同様さ。僕らのうちの一人でも、神聖なる法廷の証人席に立つことになったら、どんな体《てい》たらくを晒《さら》すことになるか、それに何を話せばいいんだ、教えてもらいたいね。一つだけ確かなのは――実のところ、僕らが使ってる解剖用の死体は全部殺されたものなんだよ」

「マクファーレンさん！」フェッテスは叫んだ。

「おいおい！」相手はせせら笑った。「まるでそんなこと疑ったこともないような口振りじゃないか！」

「疑いを持つことと――」

「証拠があることとは別物だよな。ああ、わかってる。それに、これがここに来ちまうなんて、君と同じく僕だって残念だよ」コツコツと杖《つえ》で死体を軽く叩きながらマクファーレンは言った。「僕にとっての次善の策は、知らんぷりすることとさ。それに」冷ややかに彼は付け加えた。「僕は本当に知らないわけだし。君はしたいようにするがいい。指図する気など毛頭ないが、世慣れた人間だったら僕と同じようにするだろう。もう一つ言っておくと、おそらくKも僕らにそうしてほしいはずだ。そもそも、どうして僕ら二人が助手に選ばれたのか？お喋《しゃべ》りな婆《ばあ》さんなど要らなかったからだ。僕はそう思うよ」

こうしたマクファーレンの口調は、フェッテスのような若者の心を動かすのにうってつけだった。彼はマクファーレンを見習うことをよしとした。哀れな女の子の遺体は滞りなく解剖に付されたが、彼女に気づいたと言う者も、気づいたように見える者も、一人としていなかった。

ある午後のことだった。昼の仕事を終えたフェッテスは流行《はや》りの居酒屋に立ち寄ったが、そこでマクファーレンが見知らぬ男と座っているのに気づいた。ひどく青ざめた顔の浅黒い小男で、瞳は石炭のように黒かった。面立ちこそ知性と品格を窺わせたが、振舞いは容姿に釣り合わず、よく知るようになるにつれ、実のところ卑しく粗暴で愚かな人物であることがわかった。それにも拘《かかわ》らず彼はマクファーレンを意のままに操り、とびきりの大物でもあるかのように命令を下した。マクファーレンが彼の命令に少しでも意見を差し挟んだり、返事がわずかに遅れたりしようものなら烈火のごとく怒るばかりか、ただひたすら命令に従うその奴隷根性を口さがなく罵るのだった。不愉快きわまりないこの男は、フェッテスをすぐさま気に入り、酒をどんどん勧めては度を越した馴れ馴れしさで彼の経歴を褒めそやした。この男の告白[*8]に仮に十分の一程度は真実も混ざっていたとしても、忌むべき悪党であることに変わりはなかった。そして、これほどまでに老獪な男の注目を惹いたことで、うら若きフェッテスの虚栄心はくすぐられた。

「俺は結構なワルだ」と見知らぬ男は言った。「だがこのマクファーレンも大したもんだぜ——トディ[*9]・マクファーレンって俺は呼んでるんだがな。おいトディ、お友だちにもう一杯酒を注文して差し上げろ」あるいは、こんな風にも。「トディ、ひとっ走りしてドアを閉めてこい」そして、繰り返しこうも言った。「トディは俺を大嫌いなんだ。ああ、そうなんだよ。トディ、そうだよな！」

「そんなひどい名前で僕を呼ばないでくれ」マクファーレンは不満げに言った。

「聞いたかい！　若いやつらがナイフでふざけているのを見たことあるか？　こいつは俺の体でそれをやりたがってるんだ」と見知らぬ男は言った。

「僕ら医者には、それよりいい方法がありますよ。嫌いな友人が死んだら、解剖すればいい」とフェッテスは言った。

この冗談が心外だとでもいうように、マクファーレンは鋭く見上げた。

午後は過ぎていった。グレイ――それが男の名だった――は一緒に夕食でもどうだとフェッテスを誘った。その夕食はなんとも豪勢で、注文を受けた居酒屋が慌てるほどだった。宴会が終わると、グレイはマクファーレンに勘定の支払いを命じた。彼らが別れる頃には、夜はとっくに更《ふ》けており、グレイという男は前後不覚に酔っ払っていた。怒りのあまりマクファーレンは酔いから醒めてしまい、浪費を強いられたことや、ただ耐え忍ぶしかなかった侮《ぶ》辱《じょく》の数々を反芻《はんすう》していた。次々に飲まされた雑多な酒が頭のなかで歌い狂うような、激しい頭痛に苛《さいな》まれ、フェッテスは千鳥足で朦朧《もうろう》と帰宅した。次の日マクファーレンは授業を欠席したが、今日も彼があの鼻持ちならないグレイのお供をして、居酒屋から居酒屋へ渡り歩くさまを思い浮かべ、フェッテスは一人微笑《ほほえ》んだ。時計が自由時間の到来を告げるやいなや、フェッテスは昨晩の仲間たちの姿を求めてあちこち探し回った。しかし、彼らはどこにもいなかった。仕方なく早めに部屋に戻り、早めに床に就き、まともな人間が取るべき睡眠を取った。

午前四時、お馴染みのあの合図で目が覚めた。階下に降り、戸口に向かうと馬車《ギグ》を従えたマクファーレンがおり、フェッテスは驚愕《きょうがく》した。馬車のなかには、彼があまりにもよく知っている、あの細長く気味悪い包みがあったのだ。

「どうしたっていうんです？」彼は叫んだ。「一人で出掛けていたんですか？　いったいどうやって、やってのけたんですか？」

しかしマクファーレンは有無を言わせず、仕事に掛かるように彼に命じた。死体を上の階に運び上げテーブルに載せると、マクファーレンは立ち去るような素振りをし、次いで立ち止まると躊躇《ちゅうちょ》するような様子を見せた。それから、「顔を見てくれ」と、どこか感情を押し殺したような口調で言った。「見てくれ」呆然《ぼうぜん》とフェッテスが彼を見つめると、マクファーレンはそう繰り返した。

「いったいどこで、どうやって、いつ、これを手に入れたんです？」フェッテスは叫んだ。

「顔を見ろ」返事はそれだけだった。

奇妙な疑念に襲われ、フェッテスはたじろいだ。若い医者と死体の間を視線が行き来した。ようやくはっと気づくと、彼は命じられたようにした。どんな光景が目に飛び込んでくるのか、ほぼ予測していたものの、それでも衝撃は凄《すさ》まじかった。居酒屋の入り口で別れた折には立派な服に身を包み、肉と罪に満ち溢れていた男が、死による硬直で一個の塊と化し、粗い袋地が重なりあった上に裸で載せられているさまを目にすると、非情なフェッテスでさえ良心の呵責《かしゃく》を呼び覚まされた。二人もの知人が、こうして氷のように冷たいテーブルに横たわることになってしまうとは、[*10]〈明日は我が身《クラース・ティビ》〉という格言が彼の魂に反響した。だが、このような考えは後で浮かんだものだった。真っ先に彼が気に掛けたのはウルフだった。これほど由々《ゆゆ》しき難題に対処する心の用意などなかったので、仲間の顔を面と向かって見ることができなかった。目を合わすことなど到底できず、相手にかける言葉も思いつかなければ呼びかけることもできなかった。

最初に動いたのはマクファーレンだった。彼はフェッテスの背後に静かに近づき、穏やかに、しかししっかりと、その肩に手を置いた。

「リチャードソンに頭をやろう」彼は言った。

さて、リチャードソンというのは、解剖用人体のこの部位に、かねてよりご執心の学生だった。返事がなかったので、この人殺しは話を続けた。「仕事の話だが、僕に金を支払ってもらわなくてはならないよ。わかっていると思うが、勘定を合わせなくてはいけないからな」

ようやくフェッテスは声を出すことができたが、まるで幽霊になったかのような声だった。「あなたに払うですって！」彼は叫んだ。「この死体の代金を払えっていうんですか？」

「おや、そうだ、もちろん払ってもらわなくては困るよ。何としても、どうあっても、そうしてもらわなくてはならない」と相手は返した。「僕はこれをただでやろうなんてまるで思ってないし、君だってただでもらおうなんて思ってないだろう。そんなことをしたら二人ともやばいことになる。ジェーン・ガルブレイスの時と同じなんだよ。悪いことだからこそ、万事正しいかのように振る舞わなくてはいけないんだ。Kの爺《じい》さんは、どこに金をしまっているんだい？」

「あそこです」部屋の隅の戸棚を指差しながら、かすれた声でフェッテスは答えた。

「では鍵をくれ」相手は落ち着き払って言い、手を差し出した。

一瞬の躊躇の後、賽《さい》が投げられた。鍵の感触を指の間に感じると、マクファーレンは神経質に顔が引《ひ》き攣《つ》るのを抑えることができなかった。それは、彼が大いに安堵《あんど》したことを示すごく微かな徴候なのだ。戸棚を開け、なかからペンとインクと帳簿を取り出すと、彼は引出しに保管されている金から今回の件に見合う額を取り分けた。

「さて、いいか」彼は言った。「これで支払いが完了した——君が責務を忠実に果たした最初の証《あかし》、要は君の安全への第一歩というわけだ。次に、二つ目の証でもってこの安全を確固たるものにしなくてはならない。帳簿に支払った額を記入してくれ。そうすれば、君としては何も怖れることはないだろう」

次の数秒間というものフェッテスはひどく苦悩した。だが、予想される幾つかの凶事を秤《はかり》にかけた末に、目先の問題が勝利を収めた。いま、ここでマクファーレンと言い争わずに済むのだったら、この先どんな困難が待ち受けていようとも喜んで受け入れることができるように思えたのだ。フェッテスは、この間ずっと手に持っていた蠟燭を下に置いた。そしてしっかりとした筆跡で日付、詳細、取引金額を記入した。

「さて」とマクファーレンは言った。「君も報酬をもらうというのは至極当然のことだ。僕はすでに自分の取り分はもらったからね。それはそうと、世慣れた人間がちょっとした運に恵まれて少しばかり余得に預かった時には——こんなこと口に出すのも恥ずかしいのだが——従うべきルールというものがあるんだよ。決して他人に奢《おご》らず、高価な教科書は買わず、昔の借金は踏み倒し、金は貸さずに借りるべし」

「マクファーレンさん」と切り出したフェッテスの声は未だにかすれたままだった。「あなたを思えばこそ、僕は絞首台に首を差し出したんですよ」

「僕を思えばこそだって？」ウルフは叫んだ。「おいおい！　僕の見るところ、君はあくまで自分の身を守るためにやっただけじゃないか！　もし僕が面倒なことになったとしたら、君もどうなる？　明らかに、この二つめの些末《さまつ》な問題は最初の件から端を発している。グレイ氏はガルブレイス嬢の延長線上にあるのさ。始めたら最後、止《や》めることはできない。始めたからには、そのまま続けなくてはいけないんだ。それが真理というものだ。悪党には休息などないんだよ」

運命に裏切られたという暗澹《あんたん》たる恐怖がこの不運な学生の魂を襲った。

「なんということだ！」彼は叫んだ。「僕はなんということをしでかしてしまったのだろう？　いったいいつの間に始まっていたのだろう？　助手に抜擢《ばってき》された時なのか――どう考えたって、それのどこがいけないというんだ。サーヴィスはこの役職に就きたがっていたから、サーヴィスが助手になっていたかもしれないんだ。もし彼がなっていたら、今の僕みたいになっていたのだろうか？」

「なあ君」マクファーレンは言った。「君はなんというお子様なんだ！　どんな被害を君が被ったというのだ？　君さえ黙っていれば、いったいどんな被害があり得るというんだ？　男だろう、人生がどんなものかわからないか？　僕らは、ライオンになるか子羊になるか、どちらかしかないんだよ。もし君が子羊なら、グレイやジェーン・ガルブレイスのように解剖台の上に横たわることになるだろう。もしライオンなら、君は生きて、馬車《ギグ》を駆ることになるだろう。僕やK、すなわち、いささかの機知と勇気がある人々と同じようにね。最初こそ君はひるんだ。だが、Kを見たまえ！　なあ、君は利口だし度胸もある。僕は君を気に入っているし、Kも君を気に入っている。君は先陣を切って狩りをするように生まれついているんだ。そして、いいか、僕の名誉と人生経験に懸けて断言するが、三日もすれば君は、道化芝居を観ている高校生みたいに、この他愛もない出来事を笑い飛ばすようになるよ」

そう言うとマクファーレンは去り、日が昇る前に身を潜めようと馬車で路地を走り抜けていった。後にはフェッテスがただ独り、悔恨《かいこん》とともに残された。自分がたった今巻き込まれている酷い危難を彼は思い知った。筆舌に尽くしがたい落胆とともに、際限のない己の弱さをまざまざと目にし、なし崩しに黙認を重ねた末に、マクファーレンの運命を裁く者という位置から、彼に金で雇われた無力な共犯者へと堕《だ》したことを見て取った。もしあの時、わずかな勇気を振り絞ることができたなら、彼は持てるものすべてを差し出したことだろう。ところが、勇気を出せる機会は今なお残っていようとは、まるで思いつきもしなかった。ジェーン・ガルブレイスの秘密と帳簿の呪われた記述が彼の口を閉ざさせてしまったのだ。

時が経《た》った。クラスの学生たちが登校し始め、不運なグレイの体の各部は一人また一人へと配られ、受け取った者が何か言うことはなかった。リチャードソンは頭部を受け取り喜んだ。自由時間を告げる鐘が鳴るのを待たず、すでに自分たちがかなりの安全圏に近づいたのを感じ、震えるような喜びをフェッテスは覚えた。

二日の間、高まりつつある幸福感とともに、恐るべき欺瞞《ぎまん》が進展するさまを彼は注視し続けた。

三日目にマクファーレンが姿を現した。病気にかかっていたと言っていたが、休みで失われた時間を埋め合わせるべく、熱心に学生たちを指導した。とりわけリチャードソンに対しては、きわめて有益な助言と助力を惜しまず与えた。助手に褒められ、励まされたこの学生は野心と希望に燃え高揚し、早くも優等メダルに手が届かんばかりであった。

週末を迎える前にマクファーレンの予言は的中した。フェッテスは恐怖を乗り越え、卑屈になっていたことすら忘れていた。自分の剛胆さに得意になっては、記憶のなかのあの出来事を書き換えて、病んだ満足感とともに振り返ることができるようになっていた。共犯者のマクファーレンにはほとんど会うことがなかった。もちろん授業の関係で会うことはあった、共にK氏からの指示を受けていたのだから。時に一言二言こっそり言葉を交わすことはあったが、マクファーレンは終始ことさらに陽気で親切だった。だが、彼らが共有する秘密に触れることを、それがどういう形であれ、避けていたのは明らかだった。自分はライオンと運命を共にし、誓って子羊にはならないとフェッテスが彼の耳に囁いても、微笑みを浮かべ、黙るように身振りで合図するだけだった。

ついに、二人を再び結びつける出来事が起きた。またしてもK氏が解剖用の死体不足に直面したのだ。熱心な学生たちのために材料[*11]が常に充分に供給されるよう取り計らうことは、教師たるものの当然の責務だった。折しもグレンコースの鄙《ひな》びた墓地で埋葬が行われたという知らせが入った。件の場所は、昔の姿をそのまま残していた。当時も今も、墓地は脇道に面しており、人家から隔絶し、六本のヒマラヤスギの葉蔭の奥深くに埋もれている。この辺《へん》鄙《び》な教会を取り巻く静けさを破る音といえば、近くの丘の羊たちの啼《な》き声、両側を流れる小川のせせらぎ――一筋は小石の間を騒々しく流れ、もう一筋は池から池へひそやかに滴り落ちていた――、花を咲かせた栗の古木をかすめる風のそよぎ、そして七日に一度鳴らされる鐘の音と年老いた聖歌隊の前唱者の歌声くらいのものだった。復活屋――死体盗掘者は当時こういう綽名《あだな》で呼ばれていた――は、しきたりとして定着したいかなる敬虔《けいけん》さも信仰もものともしなかった。古い墓標に彫り込まれたトランペットや巻物の像、参拝者や会葬者の足に踏み固められ古びた小道、遺された家族の愛情の籠もった供物や碑文、それらを軽蔑し、冒瀆するのもまた復活屋の商売だったのだ。鄙びた土地では愛情の果たす役割は通常より強固で、血縁と友情によって教区全体が一つにまとまっている。死体泥棒は、このような土地特有の敬虔さを嫌がるどころか、仕事がたやすく安全にできるとむしろ惹きつけられていた。来たるべき復活を待ち望みながら土の中に横たわる死体に実際に齎《もたら》されたのは、恐怖に苛まれながらランプの灯りのもとで慌ただしくなされる、鋤《すき》と鍬《くわ》による復活だった。棺《ひつぎ》は無理やりこじ開けられ*12蠟引《ろうび》き布は引き裂かれ、物憂げな遺骸は麻の袋地に覆われて、月のない闇夜の脇道を何時間も揺られ運ばれた挙句、教室でぽかんと口を開けた若者たちの前に晒されるという侮辱の極みを受けるのだった。

あたかも二羽のハゲワシが瀕死の子羊を目がけて舞い降りるがごとく、フェッテスとマクファーレンは緑あふれる静寂な安息所にある墓に放たれることとなった。農夫の妻として六十年生き、バター作りの名手であることと信心深さ以外にとりたてて目立つところのなかったその女性は、深夜に自分の墓から引き離され、生前晴れ着に身を包み敬虔な面持ちで訪れるのを常とした、遠く離れたあの町[*13]に、裸の死体という姿で運ばれることだろう。家族の傍らに築かれた彼女の墓はこの世の終わりまで空っぽのままで、清らかで荘厳とも言うべき彼女の身体が最後に晒されるのは、神による審判ではなく、解剖者たちの好奇心ということになるだろう。

午後の遅い時間、外套にしっかりと身を包み、酒の入った大きな瓶を携えて二人は出発した。冷たく篠《しの》を突く雨が休むことなく降っていた。時折風が吹いたが、降りしきる雨によって弱められた。その晩彼らが泊ることになっていたペニクイック[*14]までの移動は、酒瓶をもってしても憂鬱《ゆううつ》で、しばらく口をきくこともなかった。教会墓地のほど近くのこんもりとした茂みに道具を隠すため、彼らは一度馬車を止めた。そしてもう一度、今度は〈漁師の逢引《フィッシャーズ・トリスト》〉[*15]亭で足を止め、台所の火の前で乾杯し、ウイスキーを啜《すす》ったりビールを飲んだりした。目的地に着くと、馬車を小屋に入れ、馬に餌を与えて休ませてやってから、二人の若い医者たちは客室に落ち着き、その宿が供しうる最上の夕食とワインにありついた。明かり、暖炉の火、窓に打ち付ける雨、そして彼らを待ち受ける冷たく不条理な仕事が、食事の愉しさに趣《おもむき》を添えた。盃《さかずき》を重ねるごとに、互いに情を深めていった。じきにマクファーレンは相棒に金をどっさり渡した。

「よろしく」彼は言った。「友達同士の間では、こんな端金《はしたがね》を用立てるなんてのは、たばこの火の貸し借りみたいに気安いものでなくてはいけないんだ」

フェッテスは金をポケットに入れ、彼の言葉を褒めそやした。「至極ごもっともです！」彼は叫んだ。「あなたと知り合いになるまでの僕はどうしようもない間抜けでした。きっと、あなたとKがそうであったように、僕をあなたは男にしてくれますよね」

「無論、そうするつもりだよ」マクファーレンは請け合った。「男にするだって？　そういえば、この前の朝こそ、僕を助けてくれる男が必要だったんだよ。でかい図体をして、声ばかり大きい臆病な四十男たちが、あの忌まわしいブツを見て参ってしまったのだ。だが君はそうじゃない――君は冷静だった。僕はちゃんと見ていたよ」

「ええ、当然ですよ」フェッテスは自慢げに言い放った。「僕には関係なかったし。騒いだって面倒なことになるだけだし。だったら、黙ってあなたからの謝礼をあてにする方が利口《りこう》ってものだ。おわかりでしょう？」こう言うと彼はポケットを叩いた。なかで金貨が音をたてた。

このいやらしい言葉を聞いたマクファーレンは、いささか警戒心を抱いた。若き仲間の教育が首尾よく行き過ぎたのを後悔したのかもしれない。それでも彼には口出しする間がなかった。相手は自慢話をまくしたてたからだ。

「肝心なのは怖がらないことですよ。ここだけの話、僕は縛り首になりたくない――それが本音です。マクファーレンさん、僕は幼い頃から、ありとあらゆる偽善的な言葉を軽蔑しているんです。地獄、神、悪魔、正義、不正、罪、犯罪、こういった古臭いがらくたなんて――

せいぜい子供は怖がるかもしれませんが、あなたや僕のような世慣れた人間だったら軽蔑しますよね。グレイの思い出に乾杯！」

夜も更けていた。命じておいた通りに馬車が戸口に用意され、二つのランプが明るく輝いていた。若者たちは勘定を払い、出発しなくてはならなかった。これからピーブルズ[*16]に行くのだと彼らは告げ、町の一番はずれの家が見えなくなるまでその[*17]方角に馬車を走らせた。それから馬車のランプの灯《ひ》を消すと、元の道に戻り、グレンコース方面に脇道を進んだ。耳に入ってくる音といえば、彼らの馬車が立てる音と、耳障りな土砂降りの雨音だけだった。周囲は漆黒の闇に覆われていたが、道沿いにある白い門や白い壁石がぽつぽつと目印となっていた。闇に音を響かせながら、そろそろと手探りするように、彼らは陰気で人里離れた目的地へ向かった。墓地を横切る窪地《くぼち》に茂った森に辿り着く頃には、最後の薄明かりも絶え、マッチを擦って片方のランタンに再び火を点《とも》さなくてはならなくなった。こうして雨が滴り落ちる木々の下、動き回る巨大な影に取り囲まれ、罪深い労役の舞台に彼らは到着した。

二人ともこの仕事には慣れていたし、鋤もあったのでよく捗《はかど》り、取り掛かって二十分もしないうちに棺の蓋のがたつく鈍い音が聞こえた。その瞬間、マクファーレンは石で手に傷を負い、迂《う》闊《かつ》にも頭越しにその石を放り投げたのだ。彼らの肩のあたりまで掘り下げられたその墓は、台地を成す墓地の縁に近いところにあった。川に向かって急傾斜にせり下る堤の端ぎりぎりのところに生えた一本の木に、作業現場を照らすため馬車のランプが立てかけてあった。偶然にも、この石が見事命中したのだ。ガラスの壊れるガチャンという音がしたかと思うと、夜の闇が垂れ込めた。ランタンが堤を跳ね返りながら転がり落ちては時折木々にぶつかっているのだろう、鈍い音と甲高い音が交互に鳴り響いた。ランタンがぶつかった衝撃で飛ばされた石が一、二個、その後を追って音をたてながら峡谷の深みへと落ちて行った。闇に続き、沈黙が再び辺りを支配した。彼らは懸命に耳を澄ませたが、聞こえるのは雨の音だけだった。風に吹き付けられ、雨は絶え間なく辺り一帯に降りしきっていた。

　この忌まわしい作業もほぼ終わりに近づいていたので、暗くても終わらせてしまうのが賢明だと彼らは判断した。棺は掘り出され、こじ開けられた。死体を雨まみれの袋に入れ、二人掛かりで馬車に運んだ。一人は馬車に乗り込み、袋をしかるべき場所に収め、もう一人は馬の轡《くつわ》を取り、壁や茂みを伝いながら慎重に進み、ようやく〈漁師の逢引〉亭の傍の広い道に辿り着いた。辺りに煌《きら》めく微かな光は、昼間の日の光のように彼らには思えた。光を頼りに馬を速め、町に向かってガタゴト陽気に走り始めた。

　作業中に二人ともずぶ濡《ぬ》れになっていた。それに、馬車が深い轍《わだち》に嵌《は》まって跳ね上がると、二人の間にもたせかけてあったブツが倒れ掛かり、彼らの間を行き来した。このぞっとするような接触が繰り返される度に、彼らは本能的に慌ててそれを押しのけた。こうした動きが起こるのはごく自然のことなのだが、徐々に彼らの神経を苛み始めた。マクファーレンは農夫の妻について質《たち》の悪い冗談を言ったが、虚《うつ》ろにしか響かず、沈黙のうちに消えていった。それでもなお、人倫に悖る荷は左右にぶつかり続けていた。あたかも秘密を仄《ほの》めかすかのように、頭部が彼らの肩に乗るかと思えば、びしょ濡れの袋地が彼らの顔を冷たくぴしゃりと叩くこともあった。ぞくぞくと寒気が這《は》い上がってくるのをフェッテスは感じた。彼は包みをじっと見つめた。最初よりも、幾分大きくなったように思った。田舎を走る馬車を、農家の犬たちの遠吠えが遠くから近くから追ってきた。様々な考えが頭のなかで膨らんでいく。何か自然に反する奇跡が起きたのではないか、何か名状しがたい変化が死体に生じたのではないか、あるいは、不浄な積み荷を恐れるが故に犬たちは吠えているのではないか、と。

「お願いです」渾身《こんしん》の力で、彼は言葉を絞り出した。「お願いですから、明かりを点けてください！」

マクファーレンも同じ思いのようで、返事はしなかったものの、馬を止め、手綱《たづな》を相棒に渡すと馬車を降り、残りのランプに火を点けた。この時までに彼らはすでにオーカンディニー[*18]に続く脇道までやって来ていた。

あの大洪水[*19]の再来のような土砂降りが依然として続いていた。これほどの雨と闇のなかで火を点けるのは困難をきわめた。やっとのことで揺らめく青い焔《ほのお》がランプの芯に移され、光が大きくはっきりとした形を取り始め、霧でできた輝きの輪を馬車の周りに放つと、二人の若者は互いの姿と、彼らが運んできた物を目にすることができるようになった。雨に濡れたせいで、粗い袋は、中身の死体の輪郭をなぞる形になっていた。はっきりと頭と体幹の見分けがつき、肩もくっきりと浮き出ていた。間髪を入れず、幽霊とも人間ともつかぬ何かが、彼らの目を、不気味な旅仲間に釘付けにした。

マクファーレンは、ランプを掲げたまましばらく立ち尽くした。まるで濡れたシーツのように、死体の周囲には名状し得ない恐怖が絡みついており、フェッテスの青白い顔は強張《こわば》った。意味を持たない恐怖、あり得ないことに対する恐怖が彼の脳裏に湧き上がり続けた。懐中時計が音を立て、彼は言葉を発した。しかし仲間の方が早かった。

「女じゃない」押し殺した声でマクファーレンが言った。

「袋に入れた時は女でしたよ」フェッテスが囁いた。

「ランプを掲げてくれ」相手が言った。「顔を見なくては」

フェッテスがランプを手に取ると、相棒は袋の留め具をほどき、頭に被せられた覆いを払いのけた。明かりは、浅黒く整った顔立ちと髭《ひげ》を剃り上げたなめらかな頬をはっきりと照らし出した。それは二人の若者がともに折に触れ夢に見た、馴染み深い顔だったのだ。半狂乱の金切声が夜をつんざいた。二人とも、それまで立っていた場所から車道へと飛びのいた。ランプが落ち、壊れ、消えた。ただならぬ騒ぎに馬は怯え、飛び上がり、エディンバラの方角に疾走していった。馬車の唯一の乗客となった、解剖されて久しいはずのグレイの死体を運びながら。

（吉野由起＝訳）

「死体泥棒」訳注

1―**ヴォルテール**　フランスの啓蒙思想家、哲学者、歴史家、劇作家（一六九四―一七七八）。

2―**『旧きよしみ』**　スコットランドの国民的詩人とされるロバート・バーンズ（一七五九―九六）の詩“Auld Lang Syne”（「旧きよしみ」）に日本では「蛍の光」として知られるメロディをつけた歌。この作品の舞台スコットランドではバーンズの誕生日一月二十五日に、バーンズにちなみバーンズ・サッパーと呼ばれる夕食を取り、食事の最後に出席者がテーブルを囲み手をつないでこの歌を歌う習慣がある。

3―**バーク**　アイルランド出身の実在の人物。一八二八年にエディンバラの医学校で医師ロバート・ノックス（Robert Knox 一七九一―一八六二、この作品のKのモデル）が担当した解剖学講座に死体を提供するため、仲間のヘアと連続殺人（バーク・アンド・ヘア事件）をはたらき、一八二九年に処刑された。

4―**彼の雇い主**　注3のノックス、つまりK本人を指す。

5―**頭韻**　修辞法。詩文の一つの語群の二つ以上の語を同じ子音、もしくは文字で始めること。ここでは「ブリング」と「ボディ」がb、「ペイ」と「プライス」がp、「クウィッド」と「クウォウ」がqで頭韻を踏んでいる。

6―**アイルランド訛りでぶつぶつ言う彼ら**　注3参照。この場面で登場する墓場荒らしもバークとヘアをモデルにしている。

7―**カッスル・ロック**　エディンバラ市の中心部に位置するエディンバラ城の立つ大きな岩山であり、町の象徴的な地形の一つである。

8―**告白に仮に十分の一程度は真実も混ざっていたとしても**　キリスト教徒の告白は、すべて真実でなくてはならないはずである。

9―**トディ・マクファーレン**　「トディ」はトディ・パームと呼ばれるヤシから取れる樹液の意。おそらくこの男はマクファーレンを脅迫しており、男にとってのマクファーレンが甘い蜜であるということか。「トディ・キャット」と呼ばれる、樹液トディを集める管から樹液を盗み取るジャコウネコにかけ、マクファーレン自身が何らかの犯罪を行っているという暗示か。

10―**〈明日は我が身〉**　墓碑銘としてよく刻まれるラテン語の格言（「今日は我が身に《ホディエ・ミヒ》、明日は汝の身に《クラース・ティビ》」）。

11―**グレンコース**　実在の地名。エディンバラの南に位置し、かつてスティーヴンソン自身が訪れたという教会があった。

12―**蠟引き布**　埋葬する時に死者に着せる衣服。

13―**遠く離れたあの町**　エディンバラを指す。かつてスコットランド王国の首都であったこの町には大きな教会が多く、敬虔なキリスト教徒であったこの女性が参拝に訪れたという意味か。

14―**ペニクイック**　実在の地名でエディンバラの南にある町。グレンコースはペニクイックの町の北側、エディンバラ寄りに位置する。

15―**〈漁師の逢引〉亭**　スティーヴンソン自身がしばしば訪れていたという実在の居酒屋。

16―**ピーブルズ**　実在の地名。〈漁師の逢引〉亭のあるペニクイックのはるか南に位置する。目的地のモデルとなった教会は〈漁師の逢引〉亭の西方向にある。

17―**その方角に**　前注参照。すなわち南。

18―**オーカンディニーに続く脇道**　〈漁師の逢引〉亭のやや南東に実在する地名。〈漁師の逢引〉亭を背に、北のエディンバラ方面に延びる本道を進むと、南東のオーカンディニーに到る脇道が交差する。

19―**あの大洪水**　「ノアの方舟」の契機となった大洪水（『創世記』六―九章）。

メリー・メン

第一章　アロス島

七月下旬の晴れた朝のこと、わたしはアロスに向けて徒歩で出立した。それがわたしのアロスへの最後の旅となった。前の晩にグリサポルの港で船を下りていた。ささやかな宿屋なりのささやかな朝食をとり、荷物は全部、今度海を回って取りに来るときまで預かってもらうことにして、弾む心で半島を歩き始めた。

わたしは決してこの地方の生まれではない。生粋《きっすい》の低地地方《ローランド》*1の家系の出である。しかしおじの一人、ゴードン・ダーナウェイは、貧しい苦難の青春と船乗り時代を経て、諸島*2で若い妻を迎えた。名前はメアリー・マクリーン、一族最後の人間だった。彼女が娘を産んですぐに亡くなったとき、アロスという、四方を海に囲まれた農場が夫に残された。わたしもよく知っているが、その農場からの上がりでは食べていくのがやっとだった。しかし、それまでの人生が不運つづきだったので、幼い子どもを抱えた彼は人生の新たな冒険に乗り出すのを恐れ、ままならぬ運命に歯ぎしりしながらもアロスに留《とど》まった。そんな孤立した暮らしを送るうちに歳月は流れたが、救いも満足ももたらされなかった。その間、低地地方ではわれわれ一族の血筋が絶えつつあった。よくよく運に恵まれない家系らしい。ひょっとするとわたしの父親が一番幸運だったかもしれない。最後の生き残りとなったばかりか、家名を継ぐ息子と、家名を保つのに必要なわずかばかりの金も残したのだから。わたしはエディンバラ大学の学生だった。自分の金でまずまずの暮らしをしていたが、天涯孤独の身であった。ところがその頃どうしたわけか、わたしの噂《うわさ》がグリサポル島のロス半島に住むゴードンおじさんに伝わった。おじは血は水よりも濃しと信じる人間だったから、わたしの存在を聞き知ったその日に手紙を書き、アロスをわが家と考えるよう言って寄こした。そんなわけで、わたしはスコットランドのこの地方で、世間からも快適な暮らしからも隔絶され、タラの海とライチョウの丘に挟まれて休暇を過ごすようになったのだし、七月のその日、大学の課程を修了したあと、心も軽くアロスに向かっていたのだ。

われわれがロスと呼ぶのは、幅も高さもさほどなく、今もなお、神の創り給《たま》いし時のままに荒れ果てた半島である。両側は海が深く、ごつごつした島や、船乗りにはきわめて危険な暗礁《あんしょう》がそこかしこにある。それらすべてを東側から見下ろしているのが、非常に高い懸崖《けんがい》の連なりと、ベン・キョーの高峰である。その名はゲール語で〈霞《かすみ》の山〉を意味するそうだが、うまい命名だ。何しろ、高さ三千フィート［一フィートは〇・三〇四八メートル］を超える頂上は、海の方から吹き寄せられる雲をことごとく捉《とら》えているのだ。むしろこの峰こそが雲を生み出しているに違いないと、よく思ったものだ。なぜなら全天、海面に至るまで雲一つない時にもベン・キョーには絶えず雲が細くたなびいていたからだ。雲がもたらす水のおかげで、湿地が頂《いただき》までずっと広がっていた。ロスで燦々《さんさん》たる陽光を浴びている時に、山には雨が黒い縮緬《ちりめん》のように降り注いでいるのを見たこともある。しかし濡れそぼった山は、わたしの目にはしばしばいっそう美しく見えた。というのも、山腹に日が当たると、無数の濡れた岩や水流が宝石のように輝き、十五マイル［一マイルは一・六〇九三四四キロメートル］も離れたアロスまで光を放つのである。

わたしがたどっていたのは家畜のための道だった。曲がりくねっているために道のりは倍近くになった。道は、飛び伝うほかないようなごつごつした石の上を通り、泥炭《ピート》が膝のあたりまで堆積する柔らかな窪地《くぼち》を抜けた。耕作の跡はどこにもなく、グリサポルからアロスまでの十マイルの間には一軒の家もなかった。いや、あるにはあったものの——少なくとも三軒——右側にしろ左側にしろ、道ゆくよそ者には見つけられないような奥まった場所に建っていた。ロスの地表は大部分が花崗岩《かこうがん》の巨石に覆《おお》われ、ひしめく岩の中には二間《ふたま》の家より大きなものもある。岩の隙間を埋めるシダやヒースの茂みには毒蛇が巣食う。風は、どこから吹こうと常に海風で、船の上を吹き渡る風と同じぐらい潮気があった。海のカモメも、陸のアカライチョウと同じぐらい自由にロスの上空を飛んでいた。道が少しでも上りになれば、歩く者の目には海の輝きが反射する。たとえ陸地のまん真ん中にいても、風の強い日や大潮の日の満潮時には、ルーストという急潮がアロスの沿岸で干戈《かんか》を交えるような轟音《ごうおん》を立て、われわれがメリー・メンと呼ぶ砕け波がすさまじい大声を上げるのが聞こえることがある。

アロス――わたしは土地の人間がアロス・ジェイと呼ぶのを聞いたことがあり、それは〈神の家〉を意味するそうだ――アロス自体は、厳密にはロス半島の一部ではなく、かといって小島というわけでもなかった。ロスの南西端にあたり、ほとんど接しているが、ただ一か所、狭いところでは幅四十フィートもないような瀬戸によって半島の海岸線から切り離されている。満潮時には瀬戸の水は澄んで動かず、まるで川の淵のようで、違いといえば水草や魚の種類と、水そのものの色が茶色ではなく緑色であることぐらいだ。しかし潮が最も引いた時、月に一、二日は、アロスから本土に靴を濡らさずに渡れるのだった。アロスにはよい牧草地があり、おじはそこで羊を飼い、生計を立てていた。草が良質なのは、小島の土地が半島の大部分に比べて高いせいかもしれないが、そう断言できるほど詳しいわけではない。おじの家はこのあたりにしては立派で、二階建てだった。西向きに湾を望み、ボートをつけるための桟橋がすぐそばから延びていた。戸口に立てば、霧の吹きつけるベン・キョーが見えた。

一帯の海岸、とりわけアロス付近では、先ほど述べた花崗岩の巨石が、夏の日の牛の群れのようにひしめきあってぞろぞろと海中まで続く。海に浸かる群れも、岸に残った仲間たちとそっくりな姿で立っている。ただ、岩の隙間を埋めるのは静かな大地ではなくむせびながら流れる海水であり、脇腹にはヒースではなくハマカンザシが群生して咲き誇り、裾には陸の毒蛇ではなく大アナゴが絡みつく。凪《なぎ》の日には、巨岩の間をボートで何時間でもめぐることができ、そんな時には岩の迷宮に反響した音がボートを追ってくる。だが時化《しけ》の時には、煮えたぎる大釜のごとき波音を聞く者はもう、神の助けを求めるよりほかない。

アロス南西の沖合にはこれらの巨岩が非常に多く、大きさも並はずれていた。実際、岩々は沖に向かうにつれて途轍《とてつ》もなく大きくなるものに違いない。というのも、外洋には十海里［一英帝国海里は一八五三・一八四メートル］にもわたって、民家の建て込む田舎さながらに岩が立ち並んでいるが、潮の流れの上に三十フィートも顔を出した岩にしろ水中に隠れた岩にしろ、おしなべて船には危険な存在になっているのである。西風の吹く晴れた日に、アロスのてっぺんから数えてみたところ、大波は四十六か所もの暗礁の上で白く重く砕けていた。しかし最も危険なのは岸の近くだった。水車を回す水のように激しい潮流が、陸地が細長く突き出たところで、砕け波の長い帯を形作っているからだ。その帯をわれわれはルーストと呼んでいる。満ち引きの入れ替わりで潮の流れが止まっている時、わたしはよくそこに行った。実に不思議な場所である。波が渦巻き、高く盛り上がり、滝壺《たきつぼ》のように沸き立ち、時折、まるでルーストの独り言のように、ブツブツと小さな音がする。しかし潮が再び差し始めると、特に時化ともなれば、ボートで半マイル以内に近づくことなど誰にもできないし、大きな船でさえそこでは舵《かじ》も取れず、とても無事ではいられない。六マイル先でも轟音が聞こえるだろう。最も激しく泡立つのは岬の先端だった。ここで大きな砕け波の舞踏会が繰り広げられるのだ。それは万人を死へと誘う〈死の舞踏〉と呼べるかもしれない。この場所の砕け波は、「陽気な男たち《メリー・メン》」と名づけられている。波は五十フィートまで達するという評判を聞いたが、それは緑色に見える海水に限ってのことだろう。というのも、波しぶきのほうはその倍も高く上がるからだ。メリー・メンの名が、はしゃぐようなせわしない波の動きに由来するのか、それとも潮の変わり目の頃、アロス中を揺るがす波の叫びに由来するものなのかは皆目見当がつかない。

つまりは、南西の風が吹けばヘブリディーズ諸島のこのあたりは罠《わな》も同然ということだ。船が暗礁をすり抜け、風上を走ってメリー・メンをやりすごしたとしても、結局はアロス島南岸のサンダグ湾で浜に乗り上げてしまうだろう。今から物語ろうとしている、陰鬱《いんうつ》な出来事がわたしの一族に降りかかったのは、この場所である。昔馴《むかしな》染《じ》みの土地でのこうした危険を思えば、現在、岩がちで船を寄せつけないわれわれの諸島の海峡に沿って、岬[*3]やブイに灯火を設置する工事が着々と行われているのが、ことさらにありがたく思われる。

この地方にはアロスにまつわるおびただしい伝説が語り継がれており、おじの使用人のローリーからもよく聞かされたものだ。ローリーはマクリーン家に古くから仕える召使いで、メアリーの結婚を機にろくに考えもせず奉公先をダーナウェイ家に移したのだった。伝説の中には、水魔という不吉な生き物をめぐるものがあった。これはルーストの沸き立つ波間にひそみ、独特の恐ろしいやり方で海に人を引っ張り込む。昔ある時、一匹の人魚が、サンダグ湾の岸辺でバグパイプ吹きと出会い、歌を聴かせた。よく晴れた夏至の長い夜のことだった。朝になって発見された時には男は頭がおかしくなっていて、以後死ぬまでたった一つの文句しか口にしなかった。原語であるゲール語でなんと言ったのかはわからないが、「ああ、海より出《い》ずる甘美な歌声よ」と訳されている。同じサンダグ湾の岸に出没したアザラシは、人の言葉で人間に話しかけ、大災厄を予言したことで知られる。また、ヘブリディーズ諸島の人々を改宗させるためにアイルランドから航海してきた聖人が初めて上陸したのもここである。実際、この男には聖人と呼ばれる権利があったと思う。あの時代のボートで荒海を渡ってこれほど厄介な海岸に上陸するというのは、奇蹟《きせき》と言ってもまず過言ではなかったろう。この聖人、あるいはここに修道院の庵《いおり》を結んだ弟子の修道士たちのおかげで、小島は〈神の家〉なる神聖な美しい名前で呼ばれるようになった。

こういった迷信じみたたわいない伝説の中に一つ、少しは信じたくなる話があった。聞いたところによると、スコットランドの北と西の広い海域でスペインの無敵艦隊を散り散りにした嵐の中、一隻の大きな船がアロスの海岸で坐礁《ざしよう》した。そして、人里離れた丘の上に住む人々の目の前で、乗組員もろとも一瞬のうちに沈んでしまった。沈みながらも船上の旗は翻《ひるがえ》っていたという。この話にはなるほどと思わせるところがあった。というのは、艦隊の別の船が北側の、グリサポルから二十マイルのところに沈んでいたからだ。ほかの話に比べて詳細で、しかもまじめに語られているようだったし、とある点からもこれは本物だと確信した。船の名がいまだに人々に記憶されており、それがわたしの耳にはスペイン語らしく聞こえたのである。〈エスピリト・サント〉と呼ばれるその巨艦は、数多くの砲列甲板を備え、スペインの財宝と大公たち、猛々しい武人たちを乗せたまま、戦いや航海の日々を終えて、今ではアロスの西岸、サンダグ湾内の何尋《なんひろ》もの深みに、永久に横たわっていた。「聖霊」を意味する名を持つこの大型帆船が、大砲の一斉射撃を行うことはもはやない。よい風を受けて走ることも、幸運な冒険に乗り出すことも、もはやない。ただ、海の底深くで海藻に絡まれて朽ち、島の周りで潮が高くなる時、メリー・メンの叫びに耳を傾けているばかりだ。そう考えると不思議で仕方なかった。船が出帆したスペインという国について、船をこの航海に送り出した富裕な国王フェリペについて、知れば知るほどますます不思議だった。

ここで言っておかねばなるまい。あの日グリサポルからの道すがら、思いめぐらしていたのはもっぱら〈エスピリト・サント〉のことであった。わたしはエディンバラ大学の当時の学長であった名高い著述家、[*4]ロバートソン博士の覚えめでたい学生だった。博士の命で古文書に取り組み、反故《ほご》同然のものを整理し直し、価値のあるものを選《よ》り分けた。驚いたことに、そのうちの一つがまさに〈エスピリト・サント〉に関する記録だったのだ。艦長の名前、スペインの財宝の大半を運んでいたこと、そしてグリサポルのロス半島沿岸で消息を絶った経緯が記されていた。だが具体的な地点については、当時同地に住んでいた野蛮な氏族の人々は、[*5]王のお尋ねにもなんの情報も与えようとしていない。事実を寄せ集め、島の言い伝えと、ジェームズ老王が富を求めて徹底的に行った調査の記録とを突き合わせてみて、わたしは確信した。王が結局つきとめられなかった地点というのは、おじの土地にある、小さなサンダグ湾にほかならないのだ。わたしは機械に強かったから、以来、いかにしてその立派な船を金塊やオンス銀貨やドブロン金貨もろとも引き揚げて、ダーナウェイ家が遠い昔に失ったきりの格と富を取り戻すか、構想を練っていた。

まもなく訳あってこの企てを後悔することになった。わたしの思いは急転換した。神の異様な裁きを目撃してしまってからこの方、死者の財宝のことを考えると良心が耐え難く痛む。だがあの当時ですら、あさましい欲に取《と》り憑《つ》かれていたわけではなかったのだと主張しておきたい。わたしが財宝を求めていたのは財宝そのもののためではなく、愛してやまない、おじの娘のメアリー・エレンのためだったのだ。メアリーはきちんとした教育を受け、一時期本土の学校に行ったこともあるが、かわいそうに、そんな経験などないほうが幸せだっただろう。年老いた召使いのローリーと父親しかいないアロスは、彼女のいるべき場所ではなかった。父親はスコットランドで最も不幸な人間の一人で、田舎のキャメロン派[*6]の信者の間で質素に育てられ、クライド川を下って島々の間を回る小型漁船の船長を長く務め、今では尽きせぬ不満を抱えて牧羊をし、沿岸で少しの魚を獲っては日々のパンを得ていた。一、二か月しか滞在しないわたしでさえときどき退屈を覚えたぐらいだから、羊と空に浮かぶカモメ、そしてルーストの中で歌い踊るメリー・メンを友として、この荒野に一年中暮らしている彼女にとってそこがどんな場所であったかは、想像がつこうというものだ。

第二章　難破船がアロスにもたらした物

アロスにたどりつく頃には潮は半ば満ちていたので、こちら岸に立ったまま口笛でローリーのボートを呼ぶほかなかった。合図は一度で十分だった。最初の音でメアリーが戸口に出て来てハンカチを振って応え、足の長い年老いた下男が桟橋に続く砂利道をよろよろと下りてきた。急いではいるのだが、ボートが湾を渡り切るにはずいぶんかかった。ローリーは何度か手を休めては、艫《とも》の方に行って航跡を興味津々に覗《のぞ》きこんでいるらしかった。近くまで来ると、ローリーはげっそりと老け込んでいるように見えた。どうやらわたしと目を合わせたくないらしい。平底漁船は修繕されていた。新しい腰掛け梁《ばり》が二つ加わり、継ぎが何か所か当たっている。名前はわからないがともかく珍しくて美しい外国産の木材だった。

「こりゃあローリー、みごとな木だね。どこで手に入れたの？」乗り込んだ舟が戻り始めると、わたしは訊《き》いた。

「なかなか鑿《のみ》を受けつけねえでしょうな」とローリーはしぶしぶ考えを述べた。ちょうどその時、彼は櫂《かい》を手から取り落とすと、またもや艫に飛び込んだ。迎えに来てくれる途中で、わたしが気づいた通りの動きである。そして片手をわたしの肩にもたせかけ、恐れおののきながら湾の水をじっと見つめた。

「どうかしたのかい？」ひどく驚いてわたしは尋ねた。

「でかい魚でしょうな」と老人は言い、櫂のところに戻った。それ以上訊きだそうにも、奇妙な目つきをして不気味にうなずくばかりである。それでわたしもつい不安になって、振り返ると仔細《しさい》に航跡を観察した。水は静かで澄んでいるものの、今いる湾の中央は一段と深くなっていた。しばらくは何も見えなかった。しかししまいに、黒っぽいものが――大きな魚だろうか、いや、ひょっとすると単なる影にすぎないのかもしれない――平底漁船のあとを執拗《しつよう》に追っているように見えてきた。そこでローリーの迷信の一つを思い出した。モーヴァンの渡し場でのこと。土地の氏族の間の血で血を洗う大きな抗争の最中に、周辺の海ではまったく知られていない種類の魚が一匹、渡し船のあとを何年間もつけ回したので、とうとう誰もそこを渡らなくなってしまったという。

「そいつは狙った男が現れるのを待っているんでしょうな」とローリーは言うのだった。

メアリーは岸でわたしを出迎えると先に立って丘を登り、アロスの家に入った。外も中もいろいろ変化していた。庭には柵がめぐらされていた。ボートで目を留めたのと同じ木材だった。台所には、一風変わった金襴《きんらん》の上張りをした椅子がいくつか置かれていた。金襴のカーテンが窓に吊《つ》るしてあった。調理台の上の棚には、置時計が黙然《もくねん》と立っていた。真鍮《しんちゅう》製のランプが屋根裏からぶら下がっていた。テーブルには、最高級のリンネルと銀器で食事の仕度ができていた。こういった新しいお宝がことごとく、わたしがよく知る質素な古い台所に陳列されていたのである。もとから台所にあったのは、高い背もたれのついた長椅子に、背のない腰掛けに、ローリーの寝台を収めた戸棚。日の光が射し込む広々とした暖炉に、赤々と輝きながらくすぶる泥炭《ピート》。炉棚に並んだパイプに、床には三角形の痰壺《たんつぼ》。砂の代わりに貝殻の詰められたものだ。それからむき出しの石の壁にむき出しの木の床、かつては床の唯一の装飾であった、パッチワークの敷物が三枚。パッチワークといってもいわゆる代用品で、同じような品は都会では見られない。手紡《てつむ》ぎの糸で手織りした布と、晴れ着の黒い布と、漕ぎ座の上で磨きをかけられた帆布をはぎ合わせたものだ。台所は、家全体についても言えることだが、こざっぱりとして暮らしやすそうで、こんな僻地《へきち》では驚嘆に値するものだ。今、その台所が不釣り合いな付属品によって辱《はずかし》められているのを見て、わたしは不当だと感じ、むかっ腹が立った。自分がアロスに赴いた用向きを考えれば、言い訳も道理も立たない感情だが、わたしの心の中でたちまち燃え上がったのである。

「ねえメアリー」とわたしは言った。「わが家と呼び習わしていた場所なのに、見違えてしまったよ」

「わたしにとってはもともとわが家で、習わしでそうなったわけじゃないわ」彼女は答えた。「ここで生まれたんだし、たぶんここで死ぬことになるんでしょう。わたしだっていやなのよ。こんな変わりようも、こんなものが家に来たいきさつも、そのせいで起こったことも。こんなもの、神の喜びのもと、海の底に沈んで、踊るメリー・メンに踏んづけられていればよかったのに」

メアリーは常に真面目だった。もしかすると、それが唯一の父親譲りの性質だったかもしれない。だが、この言葉を口にしたときの調子は、常にも増して真剣だった。

「やっぱりなあ」わたしは言った。「難破船から手に入れたんじゃないかと心配していたんだ。つまり誰かが死んだおかげってことだ。でもさ、父親が死んだときにぼくは家財を受け継いだけれど、悪いとは思わなかった」

「お父さまは、俗に言う、あたりめえに寝床で死んだお方だもの」とメアリーは言った。

「確かにね」わたしは答えた。「それを言うなら難破は神の裁きみたいなものだ。なんていう船だった?」

「〈クライスト＝アンナ〉と呼ばれとったよ」と背後で声がした。振り返ると、おじが戸口に立っていた。

おじは気難しくて怒りっぽい小柄な男で、面長で瞳は黒かった。年齢は五十六歳、頑健な体で潑剌《はつらつ》と動き、羊飼いとも海の男ともつかぬ風采をしていた。決して笑うことがないという話だった。聖書を熟読し、キャメロン派の信者の間で育てられただけあって同じようによく祈った。実際、おじはいろんな意味で、革命前の殺戮《さつりく》時代[*7]に教会を追われ、野外で説教を行った牧師たちを思い起こさせるのだった。しかしその敬虔《けいけん》さが本人に心の安らぎをもたらすことはなかった。導きにすらなっていないのではないかとわたしは思ったものだ。地獄への不安に駆られるとふさぎ込むのが常であったが、苦難の半生を送った彼は——それでも現在の彼ならあの頃はよかったと振り返るであろう——今なお荒々しく、冷たく、陰気な男のままだったのだ。

明るい屋外から戸口を入って来ると——縁なし帽をかぶりボタンホールにパイプを下げた姿で——おじはローリーと同じように、老け込み、青ざめて見えた。顔に刻まれたしわはより深くなり、白目は汚れた古い象牙《ぞうげ》か死人の骨でもあるかのように黄ばんでいた。

「そうさ、〈救世主《クライスト》アンナ〉だ。恐ろしい名前だ」彼は、船名の前半を強調して繰り返した。

わたしはおじに挨拶をし、お元気そうですねと世辞を言った。ひょっとして病み上がりなのかもしれないと思ったからだ。

おじは無礼にも「肉体はあるさ」と返答した。「ああ、肉体はあり、肉の罪もある。おまえとおんなじだよ。めしだ」と唐突にメアリーに言いつけると、わたしに向かって続けた。「とびっきりの品物だ、わしらが手に入れたんは。そうだろ？ あれはみごとな時計だけども、動かん。テーブルの布は珍しいんだ。子どもじみた結構な代物ばかりよ。こんなふうな品物を手に入れるために、民は『あらゆる人知を超える神の平和』〔『フィリピの信徒への手紙』四章七節〕を売り渡すのさ。こんな品物のために、いや、ひょっとするともっとどうでもいい物のために、民は神に挑みかかり、地獄で焼かれる。だもんで聖書はこういう物を、引用するなら、『滅ぼし尽くすべきもの』〔『ヨシュア記』六章十八節〕と呼んどるのさ。おいメアリー」と話を中断して乱暴に叫んだ。「なんで二つの燭台《しょくだい》を出さねえのよ」

「まっ昼間から燭台になんの用があるの」と彼女は尋ねた。

しかしおじは頑として折れず、「楽しめる時に楽しむのさ」と言った。そこで銀細工の堂々たる燭台が二つ、それがなくても素朴な海辺の農家には不似合いだった食卓の用意に加わった。

「あいつが坐礁したのは、二月十日は夜の十時頃だったよ」おじはわたしに向かって話を続けた。「風はないが海は荒れていた。あいつはルーストの渦に巻き込まれとったんだろう。わしら、ローリーとわしは日がな一日、あいつが風上に向かって進もうと頑張る様子を見ておった。扱いやすい船じゃあなかったんだな、〈クライスト＝アンナ〉って奴《やつ》は。進みもしなけりゃ止まってもいねえ。船員にはえれえ一日よ。決して帆脚索《ほあしづな》から手を離しゃしなかったし、死ぬほど寒い――寒すぎて雪も降らん。それでもちっとだけ風をつかまえて進んでは、むなしく希望を抱くのさ。なあ、だが最後にえれえ一日になったもんだ。あんなことのあとで岸までたどりつけるようなら、よっぽどの勇者だったろう」

「じゃあ誰も助からなかったんですか」わたしは叫んだ。「なんてことだ、神の助けのあらんことを」

「シーッ」おじは厳しく制した。「わしの家のど真ん中で死人に祈りを捧《ささ》げるなんてとんでもねえ」

カトリック教徒のような意味を込めて叫んだわけではないと言うと、おじは珍しくあっさりと弁明を受け入れたらしく、明らかにお気に入りと思われる話題に戻った。

「わしらはサンダグ湾で〈クライスト＝アンナ〉を見つけたのさ、ローリーとわしは。そいつがあんなとびっきりの品物をしまいこんでおった。サンダグはちと厄介なところがあるだろうが。メリー・メンに向かって渦が強く巻くことがある。それに、潮の勢いが増してルーストがアロスの端っこで鳴るのが聞こえる時には、サンダグ湾に潮がまっすぐ逆流してくることもある。さあて、〈クライスト＝アンナ〉はその流れに捕まったのよ。無鉄砲に、後ろ向きに湾に入るしかなかった。舳先《へさき》はしょっちゅう水に潜る。小潮の折の満潮だろう、艫のほうは水面からきれいに持ち上がる。いやあ、岸にぶち当たってドーンと沈んだ、あの音ときたらもう。驚いたのなんの、主よわれらを救いたまえ、だ。しかし船乗り人生ちゅうのは薄気味悪くて冷たくて不運なもんだ。わしにしたって海じゃあ何度も肝《きも》を冷やしたさ。主がなんであんな薄気味悪い海なぞ創られたか、わしにはさっぱりわからん。主は谷と牧場、美しい緑の庭、元気で陽気な大地を創られた――

それらは今や朗々と、神よ、汝《なんじ》に叫び歌う。
汝がそれらを喜ばせしゆえ。

［『スコットランド詩篇歌』六十五章十三節］

と詩篇歌に歌われとるだろう。わしはこっちを信仰のよりどころにしとるわけじゃあないが、韻律が美しい。それに本家本元より覚えやすい。こんなのもある。

船出《ふなで》して、
大海渡る商人《あきんど》は、
深き淵にてみ神のわざを
まことに奇《くす》しきわざを見た。

［同百七章二十三～二十四節］

なるほど、こう言うのはたやすい。たぶんダビデ王［『詩篇』作者と伝えられる］はあんまり海に詳しくなかったのさ。だけども実のところ、聖書に印刷されてなけりゃ、海をこしらえたのは主ではなくって、でっかい黒い悪魔じゃなかろうかと思いたくなる時もある。海から出てくるいいものといやあ、魚だけさ。あとは嵐に乗ってくる神、なんて絵か。いかにもダビデが狙いそうな絵だが。でもなあ、神が〈クライスト＝アンナ〉に示されたのは、『奇しきわざ』だったのよ。というよりまあ、審判だわな。深き淵のドラゴンたちの間で行われる、闇夜の審判だ。で、連中の魂は、考えてみりゃあな、連中の魂はだな、たぶん仕度できとらんかった。海はでっかい地獄の門なのさ！」

話の間、わたしは、おじの声が不自然に震え、態度のほうも珍しく感情がむき出しになっているのに気づいた。例えば、話の締めくくりでは身を乗り出し、広げた手でわたしの膝に触れ、血の気の失せた顔でわたしの顔を見上げたが、両の目は奥底の炎で輝き、口元のしわは引きつって震えていた。

ローリーが入って来て食事が始まっても、おじは一連の思考から一瞬たりとも離れられなかった。わたしが大学で優秀な成績を修めたことについていくらか尋ねてくれはしたものの、半ば上の空のようだった。おじが即興で唱えた食前の祈りは、いつも通り長くてとりとめがなかったが、その言葉にさえ、頭にこびりついて離れないものの形跡が認められた。おじは、「悲しみの大海のそばによりどころなく生きる、あわれで無力で取るに足りぬ、罪深きわれらを、慈悲を以《もっ》て覚えたまえ」と祈ったのである。

まもなく、おじとローリーの間で話が交わされた。

「いたか？」とおじは尋ねた。

「いたですよ！」とローリーは答えた。

二人とも内緒話でもするように、それもいささか決まり悪そうに話した。メアリーはメアリーで顔を赤らめたように見え、それから自分の皿に視線を落とした。一つにはわたしもわかっているのだと知らせることで一同を気づまりな緊張から解放してやろうとして、もう一つには好奇心をそそられたため、その話題に乗った。

「魚のことなんでしょう」わたしは尋ねた。

「なんの魚だ？」おじはどなった。「魚だと言うんか！　魚と！　おまえの目は曇っておる。おまえの頭は現世の学問で呆《ぼ》けとるんだ。魚だと！　ありゃあ化け物だ！」

おじの言葉には熱がこもっていた。まるで怒っているようだった。わたしはこんなふうにぴしゃりとやりこめられるのが面白くなかったのかもしれない。若者は論争好きなものである。子どもじみた迷信だとわめいて、激しくやり返したことだけは覚えている。

「それで大学出てるっちゅうんだからなあ」おじは鼻で笑った。「大学の連中が何を学んでおるか、それは神のみぞ知る、だ。なんにしろ、大した役には立たん。あの西にある荒野のような大海原に何もないと思うかね。毎日毎日、海藻が伸び、海の獣どもが戦い、日が射し込んどるだろうが。いや、海は陸地と似たようなもんだが、もっと恐ろしい場所なのよ。浜に人がおれば、海にも人はおる。奴らは死人かもしれんが、人は人だ。悪魔はどうかっちゅうと、海の悪魔みたいなもんはほかにおらん。つまるところ、陸の悪魔はあんなにひどい危害は加えん。昔々、若い頃、南の地方にいた時分にピウィ沼《モス》に年取った、恐ろしい化け物がいたもんだ。この目でちらっと見たことがある。泥の穴ん中に尻をついて坐《すわ》っておった。墓石みたいに灰色でな。ほんとに、そいつは恐ろしいヒキガエルだった。だが誰にも手出しはしなかったのさ。もちろん神に見放された者、神に憎まれた者が、腹に罪を抱えたまま通りかかれば、そいつはきっと飛びかかっただろう。だけども、深い海には聖体拝領した者にですら襲いかかる悪魔がいるのよ。なあ、もしもおまえたちが〈クライスト＝アンナ〉の気の毒な男らとともに海の藻屑《もくず》となっとったら、今ごろ海の慈悲を知っておっただろう。もしもわしのように長いこと船に乗っとったら、わしのように海の慈悲のことなんぞ考えたくもなくなるだろう。もしもおまえたちが神に与えられたその目を使っておりさえすれば、あの偽りの、容赦ない、冷てえ、吠《ほ》えたてる化け物がどんなに邪悪かわかったろう。主の許しを得て海に暮らすあらゆるものの邪悪さもな。エビだとかカニだとか、死人の中に巣食う奴ら。でっかくて威勢のいい、潮吹きクジラ。それから魚。魚ならなんでもだ。冷てえ腹、見えねえ目、薄気味悪くてとんでもねえ連中だよ。ああ」とおじは叫んだ。「恐怖。海の恐怖だ！」

おじの感情の爆発に、みな少々驚かされた。当人は、唐突にしゃがれ声で叫んでからは、自らの思いにむっつりと沈み込んでいるように見えた。しかしローリーは迷信じみた伝説には目がない。問いかけて主人に話を続けさせようとした。

「海の悪魔を見たことは一度もねえんでしょう」ローリーは尋ねた。

「はっきりとはな」とおじは答えた。「ただの人間がそいつをはっきりと見られた日には、もう生きてはおれんのじゃねえか。わしはある男と航海をともにしたことがある。サンディ・ガバートと呼ばれとったが、そいつが確かに見たのさ。で、確かにそれがそいつの最期だった。クライド川を下って海に出てから七日。つれえ仕事だった。マクラウド一族の長のために、穀物やらみごとな品々やら何やらを積んで、北に向かっておった。クーホリンズの峰々［スカイ島クーリン丘陵］の下にぐっと寄りすぎたから、ソーア島近くで針路を転じて、帆の開き《タック》を変えずに沖に向かっていた。たぶんそのままコプナホウまでは行っちまえるだろうと思っとった。その夜のことはよーく覚えておる。月は靄《もや》にすっかり包まれていた。ひんやり気持ちいい風が海を吹き渡っていた。風は一定ではなかったな。そいつとは別に、はるか頭上、あの恐ろしい古いクーホリンズのてっぺんの岩々の間でも、風が唸《うな》っておった。わしらの誰もが聞きたくなかった音さ。さて、サンディは船首三角帆《ジブ》の帆脚索を受け持っておったから、ちょうど風をはらみ始めた大檣帆《メーンスル》に隠れて、後方のわしらからは見えんかった。ところが突然サンディがバグパイプみてえな叫び声を上げたのさ。わしは必死で船首を風上に向けた。ソーアに近づきすぎたかと思ったが違う。そうじゃねえ。あわれなサンディの断末魔の叫びだった。いや、ちと違うか。息を引き取ったのは三十分後だったよ。奴に言えたのはただ一つ。海の悪魔だか海の化け物だか海の亡霊だかなんだかが、第一斜檣《バウスプリット》から登ってきて、奴を冷てえ薄気味悪い目で見たっちゅうんだ。それで、サンディの体からまだ命が消えんうちに、わしらにはよーくわかった。サンディの出くわしたのが何の前触れなのか。なんで風がクーホリンズのてっぺんで唸っとるのか。なぜって、あいつが下りてきたからだ。風だなんてとんでもねえ！　主の怒りの風だったのさ。一晩中、わしらは無我夢中で闘った。そして気づけばベンベキュラ島はロッホ・ウスキヴァーの岸にいた。島では雄鶏《おんどり》がときを作っておった」

「人魚だったにちげえねえでしょう」とローリーが言った。

「人魚だと！」おじはこの上ない軽蔑を込めて叫んだ。「たわけた迷信だ！　人魚なんてものはねえんだ」

「じゃあどんな生き物だったんですか」わたしは訊いた。

「どんな生き物かって？　神によって禁じられとるから、どんな生き物か知ることはできん！　顔みたいなもんがついとった。それ以上のことは言えん」

するとおじの侮辱に傷ついたローリーは、男の人魚、女の人魚、海馬が島々に上陸したり、海上で船員たちを襲ったりしたとかいう話をいくつか物語った。おじは信じていないくせに不安げな興味を示して聞き入った。

「へーぇ、そうかい」とおじは言った。「その通りかもしれんが、違うかもしれん。だが聖書には人魚のことなど一言も書かれちゃおらんよ」

「アロスのルーストのことだって一言も書かれちゃおらんでしょう、たぶん」とローリーが反論したが、その言い分には説得力があるように思えた。

昼食が済むと、おじは家の裏の土手にわたしを連れ出した。とても暑くて静かな午後だった。海にはさざ波一つなく、いつもの羊とカモメの声のほか何も聞こえない。この自然の静けさゆえだろうか、おじはさっきよりも理性的で穏やかに振る舞っていた。わたしの身の立て方について、落ち着いて、楽しげともいえる口調で話し、時折、沈没した船やそれがアロスに運んだ財宝についても触れた。わたしはといえば、おじの回想する難破の場面を一心に見つめ、潮風とメアリーが燃やしつけた泥炭《ピート》から上がる煙に酔いしれながら、ぼうっと耳を傾けていた。

一時間ほど経《た》っていたかもしれない。おじはさりげなくずっと、小さな湾の水面を見つめていたのだが、腰を上げるとわたしにも立ち上がるよう命じた。さてここで、アロス南西端の激しい潮の流れが、島の沿岸全体をかき乱す力を持っていることを言っておいたほうがいいだろう。南のサンダグ湾内では、満潮時干潮時それぞれの一定時間、強い潮流が起きる。だがこのアロス湾と呼ばれる北側の湾、おじの家のある、今おじが見つめている湾では、かき乱されたことを示す唯一のしるしは干潮の終わり頃に現れるが、その時でさえ影響はそれとわからぬほどかすかなものだ。少しでも波がうねれば何も見えなくなる。だが、しばしば訪れる凪のときには、鏡のような湾の水面に、ある不思議な、解読不可能な印が現れる。海のルーン文字と呼べるかもしれない。こういった印は海岸ではざらに見られる。自分や自分の好きな人のことを読み取る遊びをしたことのある少年は多いに違いない。わたしもその一人である。今おじが、明らかにいやいやながらわたしの注意を引こうとしていたのは、この海面の印であった。

「あそこの水面の走り書きが見えるか」おじは尋ねた。「あそこの、灰色の石の西っ側《かわ》のやつだ。文字みたいに見えねえだろうな?」

「確かに文字みたいに見えますよ」わたしは答えた。「前にもよく見かけました。Cみたいですね」

おじは、その答えにひどく失望したかのようにため息をつき、その息の下で言い足した。

「ああ、〈クライスト＝アンナ〉の頭文字だ」

「ぼくは昔、自分の頭文字だと考えたもんですよ」とわたしは言った。「チャールズですからね」

「それじゃあ前にも見たのか？」わたしの言葉など気にもかけずに、おじは続けた。「へーぇ、そうかい。だがそれは実に面妖な話だ。たぶんあれはずっと、俗に言う、気が遠くなるほど長い年月、そこで待っておったんだな。しかしまあ恐ろしいことだ」と、ふいに話を打ち切り、「ほかに何か見えねえだろうな？」と尋ねた。

「いや」わたしは言った。「実にはっきり見えますよ。ロスの側のそば、道が下りてくるところに、Ｍの字が」

「Ｍの字がな」声をことさらに低め、おじは繰り返した。それからややあって、「で、どう読み解くんかね」と尋ねた。

「ぼくはずっと、メアリーのＭだと思ってました」わたしは少し赤くなりながら答えた。決定的に重要なことを打ち明ける時が来たと、ひそかに悟ったからだ。

しかしわれわれは、相手の考えなどお構いなしに、めいめいの考えだけを追っていたのである。おじはまたもや、わたしの言葉になんの注意も払わず、うつむいておし黙っていた。聞いていなかったのかと思うところだったが、おじが再び口を開いた時、そこにはわたしの言葉の残響めいたものが含まれていた。

「こんなたわけ話、メアリーには聞かすまい」と見解を述べ、おじは歩き出した。

アロス湾岸に沿って芝生の帯が延び、歩きやすい小道になっている。そこを、おし黙るおじについてわたしも黙って歩いた。メアリーへの愛を宣言する絶好の機会を逸してしまい、気落ちしていたかもしれない。だがやはり、おじに起こった変化のほうがよほど気がかりだった。もともと変わり者だったし、普通の意味で人当たりがよかったためしもない。だが、おじが一番ひどかった時を思い返してみても、こんなに不可解な変貌を遂げるような気配はなかったのだ。今のおじが、いわゆる「心に何かがのしかかっている」状態なのは、見過ごすことのできない事実だ。わたしはMで表されうる単語をあれこれ頭に思い浮かべていった――みじめさ《ミゼリー》、慈悲《マーシー》、結婚《マリッジ》、金《マネー》、等々。と、「殺人《マーダー》」に引っかかり、ぎくりとした。その語の醜悪な響きと破滅的な意味について考えているうちに、前後に視界が開ける地点に差しかかった。後ろにはアロス湾と家、前は海。海の北の方には島々が散らばり、南の方は青く、そのまま何にも遮られることなく空に接している。先をゆくおじはここで立ち止まり、大海原をしばし見つめていた。それから、振り返ってわたしの腕に手を置いた。

「あそこには何もないと思っとるだろう?」パイプで指し示しながらおじは言い、勝ち誇ったように叫んだ。「いいかいおまえ!　死人どもはあそこに沈んでおるのだ。ネズミみたいにひしめき合ってな!」

おじはすぐに向き直り、あとは二人とも無言でアロスの家へと引き返した。

わたしはメアリーと二人きりになりたくてたまらなかったのに、やっと話ができたのは夕飯が済んでからで、しかもほんのわずかの時間しかなかった。前置きなどせずに、胸に抱えていることをありのままに打ち明けた。

「メアリー」わたしは言った。「ぼくは、アロスになんの見込みもなく来たわけじゃない。うまく予想が当たっていれば、みんなでここを離れてどこかほかの土地に行けるよ。毎日のパンにも困らないし楽な暮らしができるはずだ。いや、ひょっとすると、もっともっとすごいものだって手に入るかもしれないんだ。とんでもない法螺《ほら》吹《ふ》きだと思われたくないから約束まではしないけどね。でもぼくにはお金よりももっと大事な希望がある」そう言って、息を継いだ。「なんのことだか、わかるだろう、メアリー」とわたしは言った。メアリーは黙って顔を背け、おかげで切り出しやすくはならなかったが、はぐらかされはしなかった。

「いつだって、君はぼくのすべてだった」わたしは続けた。「時が経てば経つほど、君を思う気持ちは募るばかりだ。君がいなかったら、楽しく幸せな人生なんて送れそうにないよ。君はかけがえのない人なんだ」それでもメアリーは顔を背けたまま一言も発しなかった。だがわたしは、その両手が震えるのを見たように思った。「メアリー」不安に駆られて叫んだ。

「わし[*8]が嫌《いや》なんかい？」

「まあ、チャーリーってば」メアリーは答えた。「今それを言わなきゃだめ？　放っておいてよ、しばらくは。今のままでいさせて。待ってて損をするのはあなたじゃないでしょう」

声の調子から、メアリーが泣きそうになっているのがわかったので、ひたすらなだめにかかった。「メアリー・エレン」わたしは言った。「もう何も言わなくていい。君を困らせるために来たわけじゃないんだ。君の道はぼくの道。君の時間もぼくの時間だ。それに、ぼくが望むことをみんな言ってくれたよ。あと一つだけいいかな。何を悩んでるんだい？」

メアリーは、父親のことだと認めたが、具体的な話はしようとせず首を横に振るばかりで、加減が悪くいつもの父親らしくなくてかわいそうでたまらないと言った。メアリーは難破については何も知らなかった。「そばまで行ったことないもの」と彼女は言うのだった。「行く理由なんてないでしょ、チャーリー。亡くなった気の毒な人たちは、とっくの昔にあの世に行ってしまった。身の回りの物も一緒に持ってってくれてたら、ほんとによかったのに。気の毒に！」

そう言われて〈エスピリト・サント〉の話をするのは気が引けたが、切り出してみた途端メアリーは驚いて叫んだ。「グリサポルに男が来てた、五月に。小柄で、黄色い肌をして、顔は浅黒い人だったそうよ。黄金の指輪をいくつもはめてて、あごひげがあったって。まさにその船のことを、あちこちで尋ね回っていたのよ」

ロバートソン博士に例の文書を選り分けるよう託されたのは、四月下旬のことだ。その作業は、そういえばさるスペイン人歴史家——少なくともそう自称する男のために行われたものだったと思い出した。彼は立派な推薦状を携え、散り散りになった無敵艦隊について調査する任務を負っているという触れ込みで博士のもとにやって来た。これらの事実を考え合わせると、この「黄金の指輪をいくつもはめ」た訪問者は、ロバートソン博士を訪ねて来たマドリッドの歴史家と同一人物かもしれない。だとすれば、男は学術界のために情報を求めているというよりは、私欲のために財宝を求めているということにならないだろうか。わたしは決心した。すぐに計画に着手しなくてはならない。スペイン人もわたし同様、船がサンダグ湾に沈んでいると踏んでいるらしいが、それが当たっているなら、船から利益を得るべきは、指輪をはめた山師ではなくメアリーとわたし、そしてこの地に根づいた由緒あるダーナウェイ家なのだ。

第三章　サンダグ湾の陸と海

翌朝早くにわたしは活動を開始した。軽く食事を済ませるとすぐに探検の旅に出発した。心のどこかから、無敵艦隊の船は見つかるであろう、とはっきり告げる声がした。そんな希望的観測に浸りきっていたわけではないが、気分は晴れやかで、心弾んだ。アロスは荒れ果てた小島で、地表には大岩がごろごろしており、シダとヒースが茫々《ぼうぼう》と茂る。わたしが歩くのは、最も高い丘をほぼ南北に横断する道である。全長二マイルに満たない行程でも、平地の道四マイル分以上の時間と労力が要った。頂上で一休みした。大して高くはない。三百フィートもないだろう。それでもロスの低地のどこよりも高く、海と島々をはるかに見渡せる。日の出から時間が経ち、日射しはすでにじりじりと首筋を焼いていた。空気はきれいに澄んでいるのにけだるく、雷の気配があった。島々の最も密集する北西の上空には、ぎざぎざの小さな雲が五、六個群れている。ベン・キョーのてっぺんには、細い雲が幾筋かたなびいているのに加えて、濃い霧の笠《かさ》もかかっていた。今にも崩れそうな空模様である。たしかに海は鏡のように滑らかで、ルーストすらその広大な鏡についた傷ぐらいにしか見えず、メリー・メンも泡の帽子の集まりにすぎなかった。しかしこのあたりに長年馴染んだわたしの耳や目には、海もまたそわそわと落ち着きがないように感じられるのだった。長いため息のような波音が、わたしの立つ丘の頂まで立ち昇ってくるし、ルーストは、静かではあるが悪だくみをめぐらしているように見えた。われわれこの地方の住人は、潮流が生み出すこの恐ろしい怪物が予知能力を備えているとまでは思わないが、警鐘の役目ぐらいは期待してしまうのだ。

そこでわたしは先を急ぎ、まもなく、われわれがサンダグ湾と呼ぶ場所を目指してアロスの坂を下り始めた。アロス島の大きさからすれば相当大きな湾で、卓越風以外の風はことごとく遮られて吹き込まない。湾の西側は砂がちで浅く、低い砂丘に縁どられているが、東のほうは岩棚に沿って幾尋もの深さがあった。上げ潮の時の一定時間、おじの言っていた潮流が勢いよく湾内に流れ込んでくるのは東側だ。やや遅れてルーストが高まり始めると、底流がくだんの潮流よりさらに勢いよく逆方向に向かう。この逆流の作用ではないかと思うのだが、その場所は深くえぐられている。だからサンダグ湾からは、水平線のごく一部を除けば何も見えない。あとは時化の折、外海の岩礁のはるか上で砕ける白波が見えるだけである。

丘を下る途中で、二月に難破したという船が見えた。相当なトン数のブリッグ型帆船で、竜骨は折れ、砂浜の東端に高々と、乾いて横たわっている。まっすぐそちらに向かい、芝生の端に差しかかった時、シダもヒースも切り払われた一画がふいに目に留まった。墓地でよく見られる細長く低い、人の姿を思わせる盛り土がしてある。わたしは銃で撃たれたかのように立ち止まった。アロス島で死者が出たとか、埋葬があったなどという話はまったく聞いていない。ローリーもメアリーもおじも、みな何も言っていなかった。少なくともメアリーは何も知らないに違いない。ところが今、目の前には明白な証拠があった。これは墓だ。ぞっとしながら自問しないわけにはいかなかった。ここで最後の眠りにつき、波の打ちつける人里離れた墓所で主の合図を待っているのは、何者なのか。考えるも恐ろしい答えしか頭に浮かばなかった。難破した男だ、それだけは間違いない。ひょっとすると、古《いにしえ》の無敵艦隊の船員たちのように、遠く海の向こうの豊かな国からやって来たのかもしれない。ひょっとすると、わたしと同じ民族で、故郷の家の煙を目にしながら息絶えたのかもしれない。わたしは帽子を取り、しばらく墓の傍らに佇《たたず》んでいた。異邦で非業の死を迎えた男のために祈りを捧げたり、さもなければ、古代ギリシャ人のように朗々と彼の不運な死をたたえたりする習慣が、われわれの宗教にもあればよかったのにと思った。彼の骨はアロスの一隅に、最後の審判のラッパが鳴り響くまで眠っているけれども、不滅の魂は遠く離れ、永遠の安息の恍《こう》惚《こつ》か、あるいは地獄の苦悶《くもん》の只中《ただなか》にいる。それはわかっているのに、彼はわたしのすぐそばで、自分の墓を守り、悲運の現場をさまよっているのかもしれないという不安すら湧き起こるのだった。

墓から目を転じ、劣らず陰鬱な難破の光景を見遣《みや》った時、気持ちがいくらか翳《かげ》っていたのは確かである。船首は満ち潮がつけた一番上の弧線よりも高い位置にある。船は前檣《フォアマスト》より心もち船尾寄りのところで二つに割れていた。といっても、実はマストはない。二本とも難破によってぽっきり折れてしまっていた。岸の勾配《こうばい》がとても急で、船首が船尾より何フィートも下にあるために、割れ目が大きく口を開け、あわれな船体が奥まで見通せた。船名は大分消えかかり、ノルウェーの都市の名にちなんだ〈Christiania《クリスチャニア》〉なのか、あるいはあの古い書物、『天路歴程』に登場するクリスチャンの妻たる善女にちなんで〈Christiana《クリスチアナ》〉なのか、判読しかねた。構造からして外国の船だが、どこの国かはよくわからない。もとは緑色に塗られていたのが風雨にさらされ色あせて、おまけに塗料があちこちで細長く剝がれ落ちている。大檣《メーンマスト》の残骸は、船の脇で砂に埋もれかけていた。実にわびしい姿だ。今なおところどころにぶら下がる綱の切れ端。かつては海の男たちがよく叫び交わしながらさばいていた綱だ。あるいは、男たちが仕事のために上り下りしていた小さな昇降口の蓋《ふた》。あるいはあの、あまたの大波を浴びてきた、鼻の欠けたあわれな天使の船首像。心動かされずにはいられない光景だった。

船と墓、どちらのせいだったのかはわからない。ともかく、叩き壊された材木に片手をついて佇むうち、正邪の判断に鬱々とした迷いが生じた。異国の岸辺で難破して故郷を失った水夫たちはもちろん、命なき船までもがわたしの胸を強く打った。そんな彼らの悲運から利益を得ようとするのは男らしくないさもしい行為のように思われ、今手を染めている探求が、本質的に冒瀆《ぼうとく》であるように思えてきた。しかしメアリーのことを思い浮かべると再び勇気が湧いた。おじは無分別な結婚には絶対に賛成してくれないだろう。メアリーにしても、おじがもろ手を挙げて賛成しない限り、もっともな話だが、結婚することはないだろう。となれば、妻を得るためしゃかりきになって働くのはわたしの義務だ。それに、あの海の城、〈エスピリト・サント〉がサンダグ湾に骨を埋めたのははるか昔のことであるし、時の流れの中でずっと消滅していた権利や、ずっと忘れられていた災難のことを考えるなんて気弱ではないか。そう思って、わたしは笑った。

船の残骸を探す場所については仮説があった。潮流の方向と水深を考えれば、湾の東側の、岩棚の下に違いない。もしも船がサンダグ湾で消えたのであれば、また、何世紀も経て、船の一部分でも集まっているとするならば、あそこで発見されるはずだ。水深は、すでに述べたように急に深くなり、岩場沿いでさえ、ところにより幾尋もある。岩棚の縁を歩いてみると、砂が積もった湾の海底を広く遠く見はるかせた。深みに射し込む太陽の光は明るく、緑色で、じっと動かなかった。湾は水というよりは、まるで宝石店で見かける巨大な透き通る水晶のようだった。内奥の震えや、水中でゆらめく陽光のきらめきと網の目になった影、そして岩棚の縁に打ち寄せるさざ波のかすかな音や泡の弾《はじ》けて消える音がなければ、とても水だとはわからない。岩場の落とす影は根元からかなり遠くまで伸びていたので、わたし自身の影もその上で動いたり立ち止まったり屈《かが》んだりして、時には湾の半ばまで届いた。わたしが〈エスピリト・サント〉を探し求めるのは、湾の中でも特にこの長く伸びた影の一帯である。なぜなら、満潮干潮にかかわらず、例の底流が最も勢いを増すのがそこだからだ。この炎天下でも湾は全体に涼しげに見えるが、その一帯は水がいっそう冷たそうで、不思議と視線が誘い込まれるのだった。しかしいくら目を凝《こ》らしても、ちらほらと泳ぐ魚、海藻の茂み、そして海底の砂地《すなじ》に散らばる落石しか見えない。岩場を端から端まで二往復してみたが、難破船などどこにも見当たらず、見つかる可能性がある場所も、一か所に限られそうだ。それは、水深五尋のところで広く張り出した台地だった。海底から相当な高さに隆起している。それ上から覗けば、わたしが歩いている岩棚の延長にしか見えない。巨大な海藻が木立のごとく密生し、本来の姿が判別できないが、台地の形と大きさから言えば船体に似ているようだった。ともかく一番見込みがあるのはこれだ。もしも〈エスピリト・サント〉がその海藻の下にないなら、サンダグ湾のどこにもないのだ。わたしは腹を括《くく》った。ここで確かめてけりをつけよう。アロスへは金持ちになって戻るか、金持ちになる夢から永遠に醒《さ》めて戻るかのどちらかだ。

裸になり、両手をしっかり握り合わせて岩棚の縁ぎりぎりのところに立ったが、飛び込む決心がつかなかった。その時、湾は静まり返っていた。聞こえるのは、岬の裏手の見えない場所でイルカの群れが鳴き交わす声のみ。それなのに、勝負を賭けた冒険のとば口で、ある不安がわたしを引き留めていた。海特有の寂しさや、おじの迷信のあれこれや、死んだ人々や墓場や壊れた古い船への思い、それらが頭をよぎったのである。しかし肩を焦がす強い日射しが心の臓まで温めてくれ、わたしは前に屈むと海に飛び込んだ。

海底の高台に密生する海藻の端っこを一つ摑まえるのがやっとだったが、そうやってある程度体をつなぎ留めると、今度はぬるぬるする分厚い茎を片腕いっぱいに抱え込んで体を安定させた。それから高台の縁でしっかり踏ん張って、四囲を見回した。一面、途切れることなく広がる砂地だった。岩場の根元の砂は、潮の流れに掘られて庭の小道のような溝になっている。目の前には、見渡す限り、日の光が燦々と射し込む海底に厚く積もる砂ばかりがどこまでも続く。だが、わたしの張り付いている高台には丈夫な海藻が、まるでヒースの茂みのように密生し、高台を張り出させている崖の水中部分には、褐色の蔓がまとわりついている。さまざまな形のものがこんなふうに複雑に共存し、おまけに潮流が一斉に揺さぶるので、個々の物は判別しがたく、自分の足が踏みしめているのが天然の岩なのか、それとも無敵艦隊の財宝船の木材なのか、まだわからなかった。折しも摑んでいた海藻が根こそぎ抜け、わたしはあっという間に水面に浮かび上がった。真っ赤に燃える空の下、湾の岸辺と輝く海が目の前でゆらめいた。

最初の岩場に這《は》い上がり、足下に海藻を投げ捨てた。同時に何かが、硬貨の落ちるような鋭い音を響かせた。屈んでみると、果たして、赤錆《あかさび》まみれの鉄製の靴のバックルが転がっていた。あわれな人間の遺物を目にして、胸が騒いだ。期待のためでも恐怖のためでもない。ただ、やるせない寂しさを覚えたのだ。握りしめると、持ち主の姿がありありと目に浮かぶようだった。太陽と風雨にさらされた顔、水夫らしい手、長年索巻き機を回すのに合わせて歌ううちにしわがれた声、そしてこのバックルをつけ、揺れる甲板を何度となく踏みしめて行き来した足――わたしと同じように髪や血や物を見る目を備えた存在としての彼という人間のすべてが、太陽の照りつける、人気《ひとけ》のないこの場所でわたしに取り憑いた。幽霊のようにではなく、卑劣に傷つけてしまった友人のように脳裡《のうり》を離れないのだった。大いなる財宝船は本当に、大砲や鎖や財宝を積んでスペインを出航したときのままあそこに沈んでいるのだろうか――甲板は海藻の庭となり、船室は魚の巣となり、海底をさらう流れのほかは物音一つせず、銃眼のついた胸壁の上に海藻の木立が揺れるほかは何もかもが静止している中で。おびただしい人々を乗せた、古の海の城は、今はもうサンダグ湾の暗礁と化しているのだろうか。それとも、バックルは、あの異国のブリッグ型帆船の難破で海に投げ出されたものなのか。そう考えるほうが現実的だろう。ということは、世界の歴史の中でわたしと同じ時代を生きる人間、日々同じニュースを耳にし、同じことを考え、ひょっとすると同じ聖堂で祈っていた人間が、ついこの間買って身に着けていたバックルなのだろうか。どうであれ、ひどく気が滅入《めい》った。「死人どもはあそこに沈んでいる」というおじの言葉が、耳の中でこだましていた。もう一度潜ると決意はしたものの、岩場の縁に進み出るには強い抵抗があった。

ちょうどその時、湾の様子が一変した。湾はもう、射し込んだ緑色の日の光が静かに眠る、ガラスの屋根を載せた家のように内部まで見通せる透明な存在ではなかった。微風が海の面《おもて》を傷つけてしまったのだろう。その懐《ふところ》には黒々とした不穏な何かが充満し、閃《ひらめ》く光と垂れ込める影が混じり合うように揺れている。海中の高台さえも、それとはわからぬほどに揺れ、震えていた。何が待ち伏せているかわからないこの場所に乗り込むのは、さらに容易ならぬことに思えた。再び水中に躍り込んだ時、わたしの心はおののいていた。

今度もまずは体勢を安定させてから、揺れる海藻の間を手探りで進んだ。手に触れるものすべてが冷たくて柔らかくてねばついた。海藻の茂みはカニやエビで賑《にぎ》わっていた。みな、体を傾げてのろのろと歩き回っている。彼らのそばには死者の腐肉があるのだという恐怖に打《う》ち克《か》つためには、気を強く持たねばならなかった。どちらを向いても感じられるのは硬い天然の石の粒や破片ばかりで、板材もなければ鉄もなく、難破船のなの字もない。〈エスピリト・サント〉はここにはないのだ。失望しつつもなんとなくほっとしたのを覚えている。そして海藻から手を放そうとした瞬間、ある事件が起こり、度胆《どぎも》を抜かれて水面に浮かび上がったのだった。海中の探検が長引いているうちに、海流は潮の変わり目で勢いを増し、サンダグ湾はもはや一人で泳ぐ人間にとって安全な場所ではなくなっていた。そう、まさに最後の瞬間に、潮がどっと流れ込み、海底を波のようにさらいながら海藻の間を抜けていった。わたしは片手を離してしまい、伸ばした四肢は横ざまに放り上げられた。新たな頼みの綱を求めて本能的に手探りするうちに、硬くて冷たいものを摑んだ。たぶん、一瞬にしてその正体を悟ったのだと思う。ともかく即座に海藻から手を離し、水面に向かって躍り上がった。次の瞬間には居心地のよい岩場に這い上がっていた。手には人間の脚の骨を握り締めて。

人というものは肉体的な生き物で、思考が遅く、物事の関連をなかなか理解できない。墓、ブリッグ型帆船の難破、錆の浮いた靴のバックルは、明々白々な告知だった。子どもでもそれらにまつわる陰惨な物語を読み取れたかもしれない。それなのにわたしは、あの、人間の一かけらの現物に触れて初めて、海という納骨堂の恐ろしさを痛感したのである。骨をバックルの傍らに置いて服を拾い上げると、岩場伝いに、人間的な岸辺に向かって駆け出した。

いくら遠ざかっても足りない。どれほどの富もわたしを引き戻すには足りなかった。溺死者たちの骨は向後、わたしに邪魔されることなく静かに転がっていなくてはならない。それが海藻の上であろうとピカピカの金貨の上であろうと。しかし良き土地を再び踏みしめ、裸の体を衣服に包んで日射しから守るが早いか、わたしはブリッグ型帆船の残骸の方を向いてひざまずき、心から溢《あふ》れるままに、長く熱い祈りを海で亡くなったすべての人々の魂に捧げた。私利私欲を離れた祈りは決して無駄にはならない。願い自体は聞き届けられないかもしれないが、祈った者のもとには必ず、その報いとしてなんらかの形で神の訪れがあるものとわたしは信じる。ともかく恐怖はわたしの心から拭い去られ、冷静な気持ちで大いなる輝く存在である神の大海を見ることができた。アロスのごつごつとした山腹を登って家路につく頃には、難破船の略奪品や死者の財宝にはもう指一本触れまいという強い決意だけが脳裡に残っていた。

ようやく立ち止まって一息つき、後ろを振り返ったのは、かなり登ってからのことだ。そこで目にした光景は、二つの理由で異様だった。

まず、わたしが予見していた嵐は今や、熱帯的速度と呼べそうな速さで近づいていた。とびきりの輝きを放っていた海の表面は、波形に曲げた鉛板のような醜い色合いに変わってしまい、はるか沖合では早くも「船長の娘たち」と呼ばれる白波が、アロスではまだ感じられない微風に追われて走り始めていた。サンダグ湾のカーブには早くも波が押し寄せ、荒々しい波音は、わたしのところまで聞こえてきた。空模様の変化はさらに著しかった。南西から巨大でぶ厚い、不穏な雲の大陸が昇ってきていた。そのあちこちの破れ目からは、太陽がまだ、光線の束を放射していたが、雲の縁のあちこちからは、インクのように真っ黒で細長い大きな雲が、雲のなかった空へと繰り出される。天気は今にも急に崩れかねない。わたしが見ている間にも、太陽は塗りつぶされてしまった。嵐がいつ全力でアロスに襲いかかってもおかしくない。

天気の急変のせいで空に気を取られ、数秒遅れて足下に広がる湾に目を向けると、途端に日は翳った。わたしが登ってきた丘は、いくつかの低い丘が海に向かって下《くだ》りながら形作っている小さな円形劇場を、側面から見下ろしている。彼方《かなた》には、黄色い弓なりの浜と、サンダグ湾の全景が広がる。これまで何度も眼下に見てきた景色だが、人の姿を認めたことは一度もない。先ほど立ち去った時にも誰もいなかったわけだから、人気のないその場所に、一隻のボートと数人の男たちを認めた時のわたしの驚きは想像がつくだろう。ボートは岩場につけてあった。腕まくりした無帽の二人が、うち一人は鉤竿《かぎざお》を持って、停泊した場所にボートを引き留めようと苦労していた。海流は刻々と勢いづいていたのである。やや離れた岩棚では、黒い服を着た、先の男たちよりも階級が上と思われる男が二人、額を集めて何やら仕事中だ。最初はわからなかったが、すぐに謎は解けた。羅針儀《らしんぎ》で船の位置を調べているのだ。ちょうどその時、一人が巻紙を広げ、まるで地図で地理を確かめるかのように指を置いた。その間《かん》、三人目の男が行きつ戻りつしながら、岩の間を突いたり、岩場の縁から水中を覗いたりしていた。驚きから醒めやらずぼうっと男たちを眺め、目が伝えたことを頭のほうではまだ処理できないでいるうちに、この第三の男がふいに屈み、丘の上にいるわたしの耳まで届く大声で仲間を呼んだ。二人は駆け寄ったが、あまり慌てたので羅針儀を落とす始末だった。骨と靴のバックルが手から手へと渡って行き、男たちが風変わりな身振りで驚きと関心を示すのが見えた。そこへ、水夫たちがボートから大声で呼ぶのが聞こえた。見ると彼らは西方の、あの雲の大陸を指差している。雲はスピードをさらに増して空一面に暗黒を広げつつあった。岩棚の三人は相談をしているようだったが、差し迫る危険を無視するわけにはいかず、わたしの置き去りにした遺物を持ってぶつかり合うようにしてボートに飛び込み、全速力で湾の外へと向かった。

わたしは深追いはせず、踵《きびす》を返して家へとひた走った。あの男たちが誰であろうと、おじにすぐに知らせたほうがいい。当時はまだ、ジャコバイト[*9]の急襲があり得なくもない時代だった。わたしが目撃した岩の上の三人のお偉方のうちの一人は、たぶん、チャールズ王子[*10]だったのだろう。わたしはおじが王子を嫌っているのを知っていた。しかし、岩から岩へと飛び伝いに走り、この出来事についてなんとなく考えをめぐらせるうちに、ジャコバイト説はどんどん受け入れがたくなってきた。羅針儀、地図、バックルがかきたてた興味、そしてよそ者たちのうち、頻繁に下を向き水の中を覗いていた男の仕事ぶり、それらはすべて、西の海に浮かぶ辺鄙《へんぴ》な小島に彼らが現れたことに関して、別の説明を与えてくれるように思われた。マドリッドの歴史家、ロバートソン博士によって開始された調査、指輪をいくつもはめたひげのよそ者、ちょうどその日の朝にサンダグ湾の深みでわたし自身の行った不毛な調査、これらが記憶の中でさっと一つになり、わたしは確信した。あのよそ者たちは、昔の財宝と無敵艦隊の失われた船を探しに来たスペイン人に違いない。しかしアロスのような辺鄙な島に住む者は、自分の身は自分で守らねばならない。近くに守ってくれる人はおろか手を貸してくれる人すらいないからだ。そんな場所に外国の冒険者——貧しく、欲深く、おそらく無法者であろう——の一団が現れたわけだから、おじの金はもちろんのこと、メアリーの身の安全まで心配でたまらなくなった。すっかり息を切らしてアロスのてっぺんに着いた時、わたしは、連中をどうやって厄介払いしたものか、まだ考え続けていた。下界は影に覆われていた。東の最果て、本土の丘の一つに、太陽の最後の輝きが一個の宝石のように残るばかりだ。雨が降り出していた。激しくはないが、大粒の雨だ。刻一刻と海面は盛り上がり、白い帯がすでにアロスの周りとグリサポルのこちら寄りの海岸を取り囲んでいる。ボートはまだ沖合に向かっていたが、わたしは低いところからでは見えなかったものに気づいた。マストをたくさん立てた堂々たる大型スクーナーが、アロスの南端に漂駐《ライツー》している。今朝方わたしが空模様を、そして帆船などめったに現れない辺鄙な海を、首をめぐらしてつぶさに観察していた時にも見かけなかった。ということは当然、昨夜のうちに無人のガウワー島の裏に停泊していたに違いない。これは、乗組員がこの辺に不案内であることを示す決定的な証拠だ。なぜならその錨地《びょうち》は見た目には良さそうだが、船にとっては罠も同然だからだ。これほどものを知らない船員たちがこれほど荒れた海岸にいれば、近づきつつある大風が、その翼に死を乗せて来てもおかしくはなかった。

第四章　嵐

おじは家の横手でパイプを手に空模様をじっと見守っていた。

「おじさん」とわたしは呼んだ。「サンダグ湾の岸に人が――」

その先を続ける余裕はなかった。この言葉がゴードンおじさんにもたらした効果があまりに異様で、言うべきことどころか疲れまで吹っ飛んでしまったのだ。彼はパイプを取り落として家の壁に倒れるようにもたれかかった。あごはがくりと落ち、目は据わり、面長な顔は紙のように血の気が失せた。十五秒ほども無言で見つめ合っていたに違いない。しまいにおじは奇怪千万な返答をした。「そいつは毛帽子をかむっとったか?」

わたしは現場に居合わせていたかのようによくわかった。今サンダグに埋められている死者は、毛の帽子をかぶっており、岸に着いたときにはまだ命があったのだ。後にも先にもただ一度、恩人であり、妻にしたい女性の父親にあたるおじに、わたしは堪忍袋《かんにんぶくろ》の緒《お》を切らした。

「現に生きてる人たちでしたよ」わたしは言った。「ジャコバイトかもしれないし、フランス人かもしれない。海賊かもしれないし、スペインの財宝船を探しに来た冒険家たちかもしれない。でも何者であれ、メアリーにとって危険なことだけは確かですよ。おじさんは一人で後ろめたい恐怖に取り憑かれているようですがね、そのことなら死んだ人はおじさんが埋めたままの場所にちゃんと眠っている。今朝墓のそばに行きました。最後の審判のラッパが鳴るまで目を覚まさないでしょう」

わたしが話す間、おじは目をしばたたかせながらこちらを見つめていた。それからちょっとの間地面に目を落とし、両手の指をむやみに絡めて落ち着きなく引っ張った。しかし到底話せる状態にないことは明らかだった。

「来てください」とわたしは言った。「ほかの人のことも考えなくちゃだめですよ。一緒に丘に上がって、船を見てください」

おじは表情一つ変えずに黙って応じ、大股でせかせかと進むわたしのあとをゆっくりついて来た。体から活力がすっかり抜け出てしまったようで、いつもなら跳《と》んで渡る岩を、いちいち大儀そうに這うように上り下りした。わたしがどんなに叫んでもせかすことはできなかった。一度だけ、おじは不平がましく「わかったよ、今行くから」と言い返したが、まるで体に痛みを抱えた人のような物言いだった。頂上がまだはるか遠くにあるうちから、おじに憐憫《れんびん》しか感じられなくなっていた。犯した罪は途方もなかったかもしれないが、それに見合った罰は受けているのだ。

ようやく空が開けるところに出て、四方が見渡せるようになった。何もかもが黒く、嵐の様相を呈している。太陽の最後の輝きは消えていた。岬に向かって風が吹き始めていた。勢いはまだないが、変わりやすく突風もまじる。一方、雨は止《や》んでいた。ほんのわずかの間に、さきほど来た時よりもはるかに高く潮が差していた。すでに波は沖の岩礁に当たって砕け始め、アロスの洞穴の中でうめき声を上げていた。わたしはスクーナーを目で探したが、最初は見つからなかった。

ついに「あそこだ」とわたしは言った。しかし船の新たな位置と、今取っている針路は不可解だった。「まさか間切《まぎ》って外海に出るつもりじゃないだろうな」とわたしは叫んだ。

「そのつもりなんだろう」おじは、なんだか嬉《うれ》しそうに言った。折しも、スクーナーは船首を回して帆の開き《タック》を変えた。これで疑問の余地はなくなった。迫りくる強風を見た異邦人たちは、真っ先に操船余地を求めることを考えたのだ。今にも風に襲いかかられるという時に、暗礁だらけのこの海で激しい潮の流れに抗《あらが》っては、行く手に死あるのみだ。

「おお神よ！」わたしは叫んだ。「全滅だ」

「ああ」とおじは応じた。「全――全滅だ。助かるにはカイル〔海峡〕・ドウナを目指すしかなかったんだが。このまま行きゃあ、でっかい悪魔が水先案内をしてやろうと待ち構えとって、やつらはそこを通り抜けられん。なあおまえ」おじは、わたしの袖に触れて続けた。「難破にはもってこいの夜だな！　十二か月で二回っきり！　いやまったく、メリー・メンは愉快に踊るだろう！」

わたしはおじを見遣った。おじがもはや正気ではないと思い始めたのはその時だ。おじはまるで一緒に喜べとでも言うかのように、おずおずとした喜びを目に浮かべてこちらをじっと見上げていた。新しい災厄の到来を目の前にして、これまでに二人の間に起こったことはすっかり忘れ去られていた。

わたしは憤然として声を張り上げた。「間に合うものなら、おじさんの舟を出して危険を知らせに行きたいぐらいなのに」

「いやいや」とおじは頑張った。「ああいうもんの邪魔立てをしちゃならん。ちょっかいだしちゃならねえんだ。あれは」とここで帽子を取り、「神の御心《みこころ》だ。それに、なあおい！　まったく、難破にはもってこいの夜だな！」

恐怖めいたものがわたしの心に忍び込んできた。そこで、わたしがまだ食事をとっていないことを思い出させて、一緒に家に帰ろうと誘ってみた。しかし無駄だった。何をもってしてもおじを展望台から引きはがせないのだった。

「見届けなくてはいかんのだよ、チャーリー」そうおじは釈明した。その時、スクーナーは再び船首を回した。「いやまったく、みごとに操っとる！」おじは叫んだ。「〈ヘクライスト＝アンナ〉なんぞ、及びもつかん」

スクーナーの男たちはすでに、不運な船を取り巻く危険にいくらか気づき始めたに違いなかった。それでもまだ二十分の一もわかっていなかったろう。気まぐれな風が小止みになるたびに、彼らは船を押し戻す潮の流れの速さを見て取ったはずだ。帆の開き《タック》を変えてみてもうまくいかないとわかると、切り替えの間隔をどんどん詰めていった。高くうねる波は、矢継ぎ早に暗礁にどんと打ちつけては泡立つ。白波は時折、船首の下でも崩壊の音を響かせて砕け落ち、ぽっかりできた洞《うろ》の中に、褐色の岩礁とたなびく海藻が現れる。彼らが索具にしっかりと取り付いて絶えず操作していなくてはならなかったことは確かだ。誓って言うが、船には怠けている者など一人もいなかった。およそ人の心を持つものなら怖気《おぞけ》をふるうであろう場面の進行を、道を踏みはずしたおじは、鑑定家のように夢中になってためつすがめつしているのだった。わたしが踵を返して丘を下り始めた時、おじは頂上に腹這いになり、両手を前に伸ばしてヒースをぎゅっと摑んでいた。

家に帰りつく頃にはただでさえ落ち込んでいたが、身も心も若返ったかのようだった。メアリーは袖をまくってたくましい腕をむき出しにし、黙々とパンを作っていた。気が滅入った。メアリーの姿を見るといよいよ気が滅入った。わたしはバノック［パン種を入れないで作った円盤状のパン］を棚から取り、腰を下ろすと無言で食べた。

「ねえ、くたびれてる？」メアリーはややあって訊いた。

「くたびれちゃいないよ、メアリー」わたしは立ち上がりながら答えた。「でも、ぐずぐずしていることにはうんざりした。アロスにも、かな。君はぼくのことをよくわかっているから、ぼくが何を言っても公平に判断してくれるよね。ねえ、メアリー、君は絶対に、どこでもいいからよそへ行くべきだよ」

「絶対といえることが一つあるわ」とメアリーは言い返した。「わたしはわたしの義務のあるところにいるつもりよ」

「君は己に対する義務があることを忘れてる」わたしは言った。

「へーぇ、そう？」メアリーはパン生地を叩《たた》きながら答えた。「その文句、聖書から拾ってきたのかしらね」

「メアリー」わたしは真剣に言った。「からかうのはやめてくれ、今は。誓って、面白がれる気分じゃないんだ。おじさんを連れて行けたら一番いいけど、おじさんが一緒だろうがなかろうが、君にはここから遠く離れてほしい。君のため、ぼくのため、それからおじさんのためにもね、ぼくは君にここから遠く、うんと遠くに離れてほしいんだよ。ここに来た時には別のことを考えていた。わが家に帰るようなつもりで帰って来たんだ。でももう、事情はすっかり変わってしまった。ぼくは逃げ出すこと以外になんの望みも願いもない。そう、逃げ出すとしか言いようがない。鳥が罠から逃げ出すみたいに、この呪われた島からさ」

今度はメアリーは仕事の手を止めていた。

「ねえ、あなた」メアリーは言った。「ねえ、あなた、わたしに目も耳もないとでも思ってるわけ？　こんな『とびきりの品物』(父さんはそう呼ぶのよ、神よ、父をお許しください！)が海に投げ出されることに、わたしが胸を痛めてないとでも思ってんの？　来る日も来る日も父さんと暮らしていて、あなたがここ一、二時間で見たようなことを見てこなかったって思う？　そんなわけないでしょ。何かが間違ってるって、わたしわかってるのよ。どんな間違いかはわからないし、知りたくもないけれど。変にいじくって悪いことが良くなったためしなんてないって言うもの。でも、父さんから離れてくれなんて絶対言わないでよ、ね。父さんの命がある限り、一緒にいるつもり。それに、父さんはもう、長くはない。それは確かなのよ、チャーリー。父さんはもう、長くはない。額に印が出ている。そのほうがいいの。たぶん、そのほうが」

わたしは言葉が見つからず、しばらく黙っていた。それからやっと、頭を上げて口を開こうとしたが、メアリーのほうが早かった。

「チャーリー」メアリーは言った。「わたしにとってふさわしいことが、あなたにふさわしいとは限らない。この家には罪と災いが降りかかってるの。あなたはこの人じゃあない。もし戻ろうって気を起こしたら、たとえ二十年経っても、わたしはここで待ってるから」

「メアリー・エレン」わたしは言った。「ぼくは君に妻になってくれと言った。そして君は承諾してくれたも同然だ。それで決まりだ。君のいるところに、ぼくは必ずいる。ぼくは自分の神にそう答える」

そう言った途端、風が突然荒れ狂い始めた。それから動きを止めると、アロスの家の周りで震えているらしかった。迫りくる嵐の第一陣、つまり序幕であった。驚いてあたりを見回すと、薄闇が、夕暮れの訪れのように家を包んでいるのに気づいた。

「神よ、海上のすべての不運な人々をあわれみたまえ！」とメアリーは言った。「明日の朝まで、父さんは帰って来ないでしょう」

それから二人で火の傍らに腰かけ、勢いを増す風に耳を傾けながら、メアリーはおじに起こった変化について話してくれた。冬の間ずっと、おじは陰気で気分が変わりやすかった。ルーストが高まる時はいつでも、あるいは、メアリーの言うにはメリー・メンが踊っている時にはいつでも、おじは夜なら何時間もぶっ通しで岬で横になっていた。日中ならアロスのてっぺんで騒ぐ海を見つめ、帆船は来ないかと水平線を見渡していた。富を運ぶ難破船がサンダグ湾の岸に打ち上げられた二月十日以降については、最初は不自然なまでに陽気で、興奮は少しも収まらず、ただ、その興奮の性質は暗さを増していった。おじは仕事をおろそかにし、ローリーにものらくらさせている。二人は家の横手で何時間も語らう。用心深い口調で話し、どこかこそこそしてやましそうにも見える。メアリーが二人にわけを訊いても——当初は時折訊いてみた——質問はうやむやにされるのが落ちなのだ。ローリーが渡し船につきまとう魚の話をするようになってからというもの、おじは決して本土に足を踏み入れなかったが、ただ一度だけ例外がある。ある大潮の日、おじは潮が引いている間に靴を濡らさず本土に渡った。しかしそちらに長居しすぎて、再び差してきた潮によってアロスと遮断されてしまった。それこそ苦悶の叫びを上げながら瀬戸を飛び越え、家に帰りついた時には恐怖のあまり熱病にかかったようになっていた。海を恐れ、海のことが頭から離れないのが、おじの話や祈りの端々からばかりでなく、黙っているときの顔つきからすらうかがえるのだと いう。

ローリーは一人で夕食に戻って来た。しかし間もなくおじも姿を現し、酒瓶《さかびん》を小脇に挟み、パンをひとつかみポケットにねじ込むと、今度はローリーを供に展望台へと引き返していった。おじの話では、スクーナーは劣勢に立たされていたが、乗組員たちは巧みな手腕と勇気をもって負け戦をじりじりと進めていた。それを聞いてわたしの心は真っ暗になった。

日が落ちて間もなく、猛烈な風がどっと押し寄せてきた。こんな強風を夏に経験したことは後にも先にもないし、風の到達した速さからすると、冬ですら経験がない。メアリーとわたしは無言で坐っていた。家は頭上で震え、嵐は外で吠え、二人の間の火は雨粒でパチパチ言った。われわれの思いははるか遠く、気の毒なスクーナーの人々とともに、あるいは、家の屋根の下を離れて岬にいる、彼らに劣らず不幸せなおじとともにあった。だが時折、風が強まってまるで頑丈な実体を持つもののように切妻屋根に体当たりしたり、突如弱まって引き揚げていったりすると、炎がぱっと燃え上がり、心臓はあばらの中でどきりと跳《は》ねる。そこで二人ははっと我に返るのだった。今に嵐は全力で屋根の四隅を捉え、揺すぶり、海の怪物《レヴィアタン》のように怒号を上げることだろう。ほどなく、中休みが来る。冷たい嵐の渦が震えながら部屋に入り込み、われわれの髪の毛を逆立て、坐っているわれわれの間を通り抜けていく。それから風は、煙突の内側でボーッと低い声を上げ、家のあちこちでフルートのような柔らかな音色でむせび泣き、陰鬱な合唱となって再びどっと外に吹き出すことだろう。

八時頃だったろうか、ローリーが入って来て、わけありげにわたしを戸口まで引っ張っていった。おじはどうやら、この忠実な同志をも震え上がらせたらしい。ローリーはおじの無茶な振る舞いに不安を覚え、どうか出て来て一緒に見張りをしてくれと言うのだった。わたしはすぐに応じた。不安や恐怖やぴりぴりと張りつめた夜の空気のせいでわたし自身落ち着かず、何かしないではいられない気持ちだったから、渡りに舟だった。お父さんはきっと守るから心配はいらないとメアリーに言い置き、タータンの肩掛け《プラッド》で体をくるむと、ローリーのあとについて外に出た。

夏至を過ぎたばかりだというのに、一月のように暗い夜だった。頼りない薄暗がりに一息ついたかと思うと、漆黒の闇がひとしきり続く、その繰り返しだ。天翔《あまか》ける恐怖がなぜこのような変化を繰り返すのか、その理由を突き止めることはできない。風は、人の鼻孔から息を吹き払った。空全体が、一枚の巨大な帆となって、頭上で轟音を立ててはためいているようだ。アロスに一時的な静けさが訪れると、はるか彼方で陰々滅々と突風の吹き渡る音が聞こえた。風は大海の上ばかりでなくロス半島の低地でも、あまねく吹きすさんでいたに違いない。ベン・キョーの頂上付近を荒れ狂う叫び声については、神のみぞ知る。波しぶきと雨が混じり合い、われわれの顔に激しく吹きつける。大波が、引きも切らない槌音《つちおと》のような轟《とどろ》きとともに、アロスの小島を取り囲み、暗礁と海岸に打ちつける。こちらで音が大きくなったかと思えば、あちらでは小さくなる。あたかも重層的な管弦楽のように、音の総体にはほとんど一瞬の変化も見られなかった。この大騒ぎを凌《しの》ぎ、ルーストの変化に富んだ声と、メリー・メンの断続的なわめき声がひときわ高く聞こえた。その時、「陽気な男たち《メリー・メン》」と名づけられた理由が閃いた。というのも、その波音は陽気と言っても過言ではなく、他のどんな音よりも際立っていたからだ。たとえ陽気とは呼べないまでも、不吉な快活さにあふれていた。いや、それどころか人間くささささえ備わっていた。へべれけになり、しゃべることを放棄した野蛮人たちが、何時間も狂ってわめき散らすのに似て。その夜、死をもたらすメリー・メンの砕け波は、アロスの岸でそんな叫び声を上げているようにわたしには聞こえたのである。

腕を取り合い、風に立ち向かってよろめきながら、ローリーとわたしは苦心惨憺《さんたん》してじりじり前に進んだ。濡れた芝に滑ったり、同時に転んで岩場で大の字になったりもした。あざをこしらえ、濡れねずみになり、疲労困憊《こんぱい》、息を切らして、家から三十分近くもかかっただろうか、ルーストを見下ろす岬にたどり着いた。そこにおじのお気に入りの展望台があるらしかった。岬の真正面の、崖が最も高く、最も垂直に切り立ったところに土が胸墻《きょうしょう》のように盛り上がり、並みの風なら避けられるようになっている。そこに静かに坐って、足下でつばぜり合いを繰り広げる潮流と怒濤《どとう》が眺められる。ちょうど家の窓から通りの騒動を見下ろせるように、この場所からメリー・メンのとんぼ返りを見下ろせるのだ。こんな夜、もちろんあたりは一面の闇だが、目を凝らせば海は渦巻き沸き返り、波は爆音を立てて槍《やり》打ち合わせ、泡はまたたく間にそびえ立っては消えていく。これほど荒々しいメリー・メンは見たことがなかった。迸《ほとばし》る水の勢い、高さ、移り変わりの速さは筆舌に尽くしがたく、目の当たりにしなければわからない。崖に立つわれわれの頭上高くに、闇の中、メリー・メンの白い円柱がせり上がったかと思うと、たちまち幽霊のようにかき消えた。時には三本の円柱が一斉に、そんなふうに高くそびえ立っては消え失せた。時には強風が円柱をさらい、波のように重いしぶきが降ってきた。そのくせこの光景は、力強さで感銘を与えるのではなく、浮ついたはしゃぎぶりでこちらの気をおかしくするのだった。しっちゃかめっちゃかな大騒ぎに、思考力は叩き潰され、陽気な空白が頭の中を占拠し、ほとんど錯乱状態である。時折、わたしはメリー・メンの踊りに、あたかもそれがジグの舞曲であるかのように見入っていた。

おじの姿を最初に認めたのは、漆黒の宵闇の合間に訪れる一瞬の薄暗がりの中だった。われわれはまだ何ヤードか離れたところにいた。おじは盛り土の壁の後ろに立ち、頭をそらして酒瓶に口をつけていた。瓶を下ろすとこちらを見、気づいたしるしに、嘲《あざけ》るように片手を頭上で軽く振った。

「さっきから飲んでたのかい？」わたしはローリーに怒鳴った。

「風が吹くといっつも飲んだくれるんでしょうな」ローリーは同じくらい声高に怒鳴り返したが、聞き取るのが精いっぱいだった。

「じゃあ、こんなだったのか、二月にも？」わたしは尋ねた。

ローリーは「へい」と答え、わたしの心は晴れた。それならおじは、冷酷に計算ずくで難破者を殺したわけではないのだ。狂気のなせるわざであり、許されはしないが責めも負わない。おじは危険な狂人と言ってもよかろう。だがわたしの心配していたような、残酷であさましい人間ではないのだ。それにしてもあわれなおじはなんという場所を酒宴の場に選んだものだろう。なんという信じがたい悪徳を選んだものだろう。わたしは常日頃、酔っ払うのは乱暴な、恐怖じみた快楽だと考えている。人間ではなく悪魔の所業だ。しかしこの暗闇の轟音の中で、海の地獄を見下ろす崖っぷちで、頭の中はルーストの急潮のようにぐるぐる回り、足は死の瀬戸際でよろめき、耳は難破の兆候を求めてそばだてられ、なおかつ酩酊《めいてい》しているとなれば、これは確かに、たとえほかの誰に起こりうるとしても、おじのような人間に限っては道徳上起こりえない事態だった。というのも、おじは永遠の罰を堅く信じ、この上なく陰気な迷信に取り憑かれた人間だからだ。ところが起こりえないことが実際に起こったのである。そして、われわれが風よけの奥にたどりついてやっと息をついたとき、おじの目は闇の中で、爛々《らんらん》と邪悪な光を放っていた。

「なあ、チャーリーや、すごいじゃないか！」彼は叫び、わたしを地獄の淵の手前までぐい引っ張っていきながら「気いつけて見てろよ！」と続けた。耳をつんざくばかりの喧騒《けんそう》と水煙が淵から立ち昇る。「やつらの踊りを気いつけて見てな！　ね、じ、け、とるじゃないか？」

彼はいかにも嬉しそうにその語を発音し、わたしは情景にぴったりの形容だと思った。

「やつら、あの船を求めて泣きわめいとるんだ」おじは話を継いだ。か細い、正気を失ったその声は、盛り土の風よけの内側ではっきりと聞き取れた。「船はずんずん近づく。ずんずん、ずんずん、ずんずん、ずんずん。やつらはわかっとる。船の連中もそれをわかっておる。もうおしまいだと、よーくわかっとるんだ。なあチャーリー、みんな船の中で酔っ払っとる。へべれけよ。〈クライスト＝アンナ〉の連中もみんな、ルーストのあっちの端で酔っ払っとった。ブランデーも引っかけずに海で溺れ死ねる奴なんぞおらん。馬鹿馬鹿しい、おまえに何がわかる？」とだしぬけに怒りを爆発させた。「いいか、あり得ねえのよ。ブランデーなしで溺れ死ぬなんてできねえ。やりな」酒瓶を突き出して言う。「ちょっと飲め」

断る仕草をしかけたがローリーが警告するかのようにわたしに触れ、実際、わたしもすぐに思い直していた。酒瓶を受け取り、遠慮なくあおりながら、その実大部分をこぼすようにした。生《き》のままのアルコールで、飲み込むと息が詰まりそうだった。おじは酒がこぼされたことに気づかず、また頭をそらすと、残った酒を澱《おり》まで飲み干した。そしてからからと大笑し、空瓶をメリー・メンの中に投げ捨てた。メリー・メンは飛び上がり、叫びながらそれを受け止めたように見えた。

「おまえらも一杯やりな」おじは叫んだ。「ご祝儀だ。朝までにはもっと楽しくなるぞ」

突然、目の前に広がる夜の闇の向こう、二百ヤード［一ヤードは〇・九一四四メートル］と離れていないところから、風が凪いだ瞬間に人の声がはっきりと聞こえた。次の瞬間には風が吠えながら岬を吹き渡り、ルーストが唸り、激しく沸き返り、新たな勢いを得て踊った。だが声は確かに聞こえたのだ。そして、不運な船が今や破滅の瀬戸際にあり、聞こえたのは最後の指令を出す船長の声だったと気づくと、激しい苦しみを味わった。崖っぷちに集まってうずくまり、全神経を張りつめて、避け得ぬ結末を待った。しかしそれはなかなか来なかった。何百年もの長さに思えたその時、スクーナーはふいに一瞬だけ姿を現した。輝きそそり立つ泡を背景に浮き彫りのように見えた。帆桁が甲板にどんと落ち、縮めてあった大檣帆《メーンスル》が解《ほど》けてはためく姿が今なお目に浮かぶ。船体の黒い輪郭が今なお目に浮かぶ。そして今なお、舵柄《ティラー》の上にかぶさって体を突っ張る男の姿がくっきり見える気がする。それでいて、スクーナーの全体が見えたのは一瞬にすぎず、稲妻よりもすばやく消えてしまった。船をあらわに見せた波が、崩れて船を永久に葬り去ったのである。死に瀕した者たちの悲鳴が渾然《こんぜん》となって高まったかと思うと、メリー・メンの轟音にかき消された。これが悲劇の幕引きだった。頑丈な船も索具もろとも、もしかしたらランプは船室で燃えたまま、あれだけ多くの人々の命――ほかの人々にとって確かに大事であり、当人たちにとっては少なくとも天と同じくらい大事な命――もみな、一瞬のうちにうねりの止まぬ海の底に沈んでしまった。すべては夢と消え去った。風は相変わらず吹きすさび、ルーストの無情の波も相変わらず跳ね上がってはとんぼ返りを打っていた。

どれほど長いこと、われわれ三人が声もなく身じろぎもせずうずくまっていたのか、さっぱりわからないが、とにかく長かったに違いない。ようやっと、ほとんど機械的に、めいめい盛り土の風よけの内側に這い戻った。心底みじめな、自分が自分でないような気持ちで盛り土にもたれかかると、おじが先ほどまでとは打って変わって憂鬱そうに、とりとめなく独り言を言うのが聞こえた。「ものすごい戦いだった。厳しい戦いだった。ああ気の毒に、気の毒になあ」とめそめそ繰り返すかと思えば、「索具は全部なくなっちまったも同然だ」と嘆く。というのも、船は岸に打ち上げられず、メリー・メンの波間に沈んでしまったからだ。たわごとの中でも一貫して〈クライスト＝アンナ〉の名が何度も現れた。おじは畏怖に体を震わせて発音するのだった。この間、嵐は急速に勢いを弱めつつあった。三十分もすると、微風程度に収まった。風の変化に伴ってか、あるいはそれこそが変化の原因だったのか、ともかく冷たい土砂降りとなった。その後わたしは眠り込んだらしい。目覚めたときには体は濡れそぼり、こわばって、元気も回復していなかった。もう夜が明け始めていた。灰色で不快な雨空の夜明けだった。風はかすかに、あちこちから吹いていた。潮は引いた。ルーストの最も低くなる時間帯だ。アロスを取り巻く海岸に強く打ちつける大波だけが残って、昨夜の暴風と狂瀾《きょうらん》怒濤を証言していた。

第五章　海から出現した男

ローリーは暖を求め、また朝食をとりたかったので家路についた。だが、おじはアロスの岸辺をあちこち調べるのに夢中で、ずっとついていてやるのがわたしの義務だと思った。おじは今ではおとなしく無言だったが、身も心も力なく震えていた。そのくせ子どもの熱心さで探検を続けている。はるか下の岩場まで這い下り、浜では引き返す白波を追いかける。ただの壊れた板だろうが、索具の切れ端であろうが、おじの目にはお宝で、命を賭《と》してまで確保しなければならないのだった。おぼつかない足取りで大波を追いかけるのも辞さず、海藻に覆われた岩のそこここで足を取られそうになる様子に、はらはらさせられ通しだった。いつでもおじの体を支えられるよう片腕を構え、服の裾を片手でしっかりと摑みながら、取るに足りない発見物を波にさらわれないよう引き揚げるのを手伝った。七歳の子どもに付き添う乳母はこんなものだろう。

昨夜の狂乱の反動で衰弱してはいても、おじの本性の中にくすぶる情念は強健な男のそれと変わらなかった。海に対する恐怖は、さしあたり克服されていたものの減じてはいなかった。たとえこの海が燃えさかる炎の湖であったとしても、触れまいとしてこれほどまで取り乱して身を竦《すく》めはしなかっただろう。一度、足を滑らせ、淀《よど》みに膝のあたりまで浸かってしまった時に腹の底から上げた悲鳴は、まるで断末魔の叫びだった。その後ややしばらくじっと腰を下ろしたまま、犬のように喘《あえ》いでいた。それでも、難破船のお宝を手に入れたいという欲望が再び恐怖に打ち克って、彼は再び、どろどろした泡の中をおぼつかない足取りで歩いた。再び、はじける泡の間に見え隠れする岩場に這い上がった。再び、せいぜいが火にくべるぐらいしか使い道のない流木に全身全霊を捧げているらしかった。見つけた品々に満足しているくせに、運が悪いとひっきりなしにぼやいていた。

「アロスという場所は」彼は言った。「これっぽっちも難破向きじゃあない——これっぽちもな。長年住んでいながらこれで二度目。しかも索具の一番いいとこはきれいさっぱり持ってかれちまって！」

「おじさん」ちょうど開けた砂浜に来たところで、わたしは言った。そこにはおじの気を散らすものは何もない。「昨日の夜、おじさんは、いや、あんな姿を見ることになるなんて思いも寄らなかったけど、酔っ払っていたんですよ」

「いやいや」おじは答えた。「そこまでひどくはなかったさ。飲んではおったがな。誓って嘘《うそ》じゃねえ、こいつはどうも改まらねえんだ。ふだんのわしよりしらふの人間などおらんが、耳元に風の音が聞こえると、どうかなっちまうに違いない」

「おじさんは信心深いじゃありませんか」わたしは応じた。「これは罪ですよ」

「ああ」と彼は言い返した。「もし罪でなけりゃ、酒なんて飲みたくなるものかね。いいか、これは挑戦なのさ。あの海にゃ世界の古の罪がこっぴどく跳ね返っとる。そいつはよく言ってもキリスト教の精神に反しておる。時折海が荒れ、風が金切り声を上げて――風と海は姉妹みたいなものだとわしは考えとるよ――あのメリー・メン、浮かれ騒ぐ若い衆が風に煽《あお》られ、笑い、あわれな連中が死の苦しみに悶《もだ》えながら夜通しちっぽけな船と取っ組む時――さて、そいつがわしを魔法のように襲うんだ。わしは悪魔だ、わかっとる。だが、あわれな水夫のことなんぞどうでもいい。わしは海とともにある。海に集う『陽気な男たち《メリー・メン》』の一人みたいなもんなのさ」

おじの泣きどころをついてやろうと思った。わたしは海の方を向いた。大波は陽気に次々にたてがみをなびかせて走り、次々に岸に乗り上げ、そそり立ち、曲がり、自ら踏みつけにした砂浜に次から次へと崩れ落ちる。遠くには潮風、怯《おび》えたカモメたち、そして、アロスに突撃せんといななき交わしながら参集した海の騎兵隊の隊列の広がり。すぐ目の前には、平らな砂浜に引かれた、彼らの軍勢をもってしても決して越えられない一本の直線。

「そこまでは進むがよい」とわたしは言った。「だがその先はならぬ」それからできる限り重々しく、詩篇歌を引いた。昔からよく、砕け波のコーラスに合わせて唱えていた一節だ。

然《しか》れど　高く坐《ましま》す主
大水轟く声よりも
海に砕ける波よりも
はるかに力に満ち溢れ

［『スコットランド詩篇歌』九十三章四節］

「ああ」おじは言った。「最後には主が勝利されるだろう。それは疑っちゃいねえ。だがこの地上では、愚かな人間さえ公然と主に挑戦する。そりゃあ賢いことではないわな。わしも賢いことだとは言わん。だがそれは目のおごり、生活の欲、極上の快楽なのさ［『ヨハネの手紙一』二章十六節に「なぜなら、すべて世にあるもの、肉の欲、目の欲、生活のおごりは、御父から出ないで、世から出るからです」］」

わたしはもう何も言わなかった。サンダグ湾に通ずる狭い地峡を渡り始めていたからだ。おじの犯罪に結びついたあの場所に立つまでは、おじの理性への最後の訴えを控えることにした。おじのほうでも話を続けなかったが、わたしの横を、前よりしっかりした足取りで歩いていた。さきほどわたしが彼の心に訴えかけたのが刺激となって、難破船から流れ着いたがらくたを探していたことなど忘れ、深遠で、憂鬱な、それでいて心をたかぶらせるような考えにふけっているらしかった。三、四分もすると丘を登り切り、サンダグの側に下り始めた。〈クライスト＝アンナ〉は海に手荒に扱われていた。船首は回転してさらに少しずり落ちていた。船尾のほうは少し押し上げられたのかもしれない。というのは難破船の二つの部分は今やすっかり離れて浜に横たわっていたからだ。墓まで来るとわたしは足を止め、降りしきる雨の中、帽子を取り、おじをまともに見据えて話しかけた。

「一人の男が、神の摂理で死の危険を逃れました。あわれな人間でした。裸で、びしょ濡れで、疲れていました。よそから来た男です。あなたの情けにすがる資格は十分あったんです。

彼は地の塩であり、信心深く、有用で、親切な人間だったかもしれない。さもなければ、邪悪な行為を重ねてきた人間で、死は地獄の責め苦の入口だったのかもしれない。天の照覧あるところであなたに尋ねます。ゴードン・ダーナウェイ、キリストはあなたの兄弟のためにも死なれたのだ。あなたが滅ぼしてはならないその兄弟はどこにいるのですか？［『ローマの信徒への手紙』十四章十五節より］」

この問いに、おじは明らかにぎくりとしたが、答えは返さなかった。顔には、漠然とした不安の表情だけが浮かんでいた。

「あなたは父の兄弟で」わたしは続けた。「自宅を実の父の家も同然に思えと言ってくれた。そしてわれわれ二人は、主の御前に、この世の罪と危険の中を歩む罪人《つみびと》です。神はわれわれの罪悪をもって、われわれを善に導くんです。われわれは罪を犯す。神の誘惑によってとまでは言いませんが、神の同意によるのは間違いありません。そして獣のような人間でもない限り、犯した罪が知恵の始まりなんです。神は、この犯罪によってあなたに警告を発しました。神は今なお、この足下に掘られた血塗られた墓によって、あなたに警告し続けている。これからも悔い改めず、主に立ち返ることがないならば、われわれを待つのは、なんらかの恐ろしい裁きしかないでしょう」

話の間さえ、おじの目はわたしの顔を避けて泳いでいた。名状しがたい表情の変化が現れた。顔の造作が縮んだようになり、両頬は色を失い、片手がふらふらと上がって、わたしの肩越しのはるか遠くを指し示した。そして何度も繰り返されてきたあの名前が、再び唇からこぼれた。「〈クライスト＝アンナ〉！」

わたしは振り返った。おじほどぞっとしなかったにしても（おじと違ってぞっとする理由がなかったことを、神に感謝します）、目に飛び込んできた光景には驚愕《きょうがく》した。一つの人影が、難破船の船室の昇降口の上に直立している。われわれに背を向けていた。手庇《てびさし》をして沖合をじっと眺めているようだ。海と空を背景に全身が浮き彫りになっている。明らかにとても上背のある男だった。自分は迷信深い人間ではないと何百回も言ってきたが、あの瞬間は、折しも死と罪のことに頭がとらわれていただけに、海に囲まれた孤島にふいに理由もなく現れた見知らぬ人物にぎょっとした。昨夜のようにアロス中で荒れた海から、人間が生きて上がってくるなどまず不可能に思えたし、数マイル以内にあった唯一の船は、目の前でメリー・メンのただなかに沈んだのだ。わたしは襲ってきた疑念をとてもそのままにはしておけなかった。すぐに確かめようと足を踏み出し、船乗りがするように呼びかけた。

男は振り向き、われわれを見てぎくりとしたようだった。その様子にわたしはたちまち勇気を取り戻し、こちらに来るよう声をかけて手招きした。男のほうは即座に砂浜に飛び降りると、何度もためらい、立ち止まりながらゆっくりと近づいてきた。男が繰り返し不安をあらわにするのを見て取り、わたしのほうでは自信を強めた。もう一歩踏み出すと、頭と片手を振って励ました。難破した男は明らかに、われわれ島民の歓待精神について正しい評判を耳にしていたのであろう。実際、当時、北方の人間はもてなしの悪さで有名だったのだ。

「おや」わたしは言った。「黒人だ！」

途端におじは罵《ののし》りと祈りをごたまぜに唱え始めたが［スコットランドには悪魔は黒い男の姿で現れるという俗信がある］、その声はとても彼のものとは思われなかった。見ると、ひざまずき、顔は苦悶に歪《ゆが》んでいた。漂着者が一歩近づくごとにおじの声は高くなり、言葉は倍も早口に、倍も熱を帯びた。神に向けられていたから「祈り」と呼ぶしかないのだが、被造物から創造主に向かって、およそこれほど不適切な暴言が吐かれたことはなかっただろう。祈りが罪でもあり得るならば、この異常な長広舌こそ間違いなく罪だった。わたしはおじに駆け寄り、肩を摑んで立ち上がらせた。

「やめてください」わたしは言った。「せめて言葉の上では神を敬ったらどうですか。行為に表すのは無理だとしても。あなたが罪を犯したこの場所に、神は償いの機会を送って寄こしたんです。進み出て、その機会を摑むんです。あなたの情けにすがろうと震えながらこっちにやって来るあの人を、父親のように喜んで迎えてください」

そう言って、おじを黒人のほうに押し出そうとした。だが、おじは摑まれた肩を勢いよく振り切ってわたしをはね飛ばし、上着の肩をわたしの手に残して逃げ、アロスの頂上に向かって鹿のように傾斜を駆け上がった。わたしはよろめきながら立ち上がったが、打撲はしているし、少々唖然《あぜん》としてもいた。黒人は驚いたのか、もしかすると恐ろしかったのか、わたしと難破船の間で立ち止まっていた。おじはすでにはるか遠くで、岩から岩へと飛び移っていた。そんなわけで、わたしは二つの務めの間でしばし悩んだ挙句、砂浜に立つあわれな人間のほうを選ぶと決めた（神よ、その判断は正しかったでしょうか）。少なくとも黒人の不幸は自業自得と決まったわけではなく、しかもわたしが確実に救えるのは彼のほうなのだ。

わたしはもう、おじを癒しがたい悲惨な狂人だと考え始めていた。ゆえに黒人のほうに進み出た。彼はわたしが近づくのを腕組みして待ち受けた。煮るなり焼くなり好きにしてくれと覚悟を決めた様子だった。さらに近づくと、彼は片手を大きく前に差し出した。(わたしは説教壇の牧師が会衆に向かってそういう身振りをするのを見たことがあった。)それから彼は、説教壇の牧師を思わせる声で話しかけてきたが、一言も理解できなかった。こちらからはまずは英語で、次にゲール語で話してみたが、いっこうに通じず、表情と身振りという言語に頼らねばならないのは明らかだった。さっそくわたしはついてくるように合図した。彼はためらいなく、まるで落魄《らくはく》した王のように威厳のあるお辞儀をしてついてきた。顔色一つ変えず、どうなるかわからない先行きへの不安も、大丈夫だとわかった安堵《あんど》の気持ちも、まったく表情に出ていない。奴隷なのかもしれないと考えたが、そうだとしても、故国で高い地位から転落したのに違いない。落ちぶれてはいても、その態度は見上げたものだと思わずにはいられなかった。墓に差しかかると、わたしは立ち止まって両手と視線を天に向かって上げ、死者への敬意と悲しみを表した。するとそれに応えるかのように、黒人も深々と礼をし、両手を大きく広げた。見慣れない動作だったが、しきたりのようになされたので、彼の国ではそれが正式なのだろうと思った。同時に彼は、丘の頂にぽつんと見えるばかりになったおじを指差し、頭がおかしいことを示すように頭を叩いてみせた。

われわれは海沿いに大回りをした。島を突っ切ったらおじを刺激しかねないと思ったからだ。おかげで、歩きながらちょっとした芝居を頭の中でまとめ上げるのに十分な時間があった。黒人に見せて、さまざまな疑問が解ければと思ったのだ。そういうわけで、ある岩の上で立ち止まり、彼を前にして、前日にサンダグ湾で見た、羅針儀で位置を確かめる男の仕草を真似し始めた。黒人はすぐさま理解してわたしから手真似を引き取り、まずボートの位置を示し、次にスクーナーの位置を示そうとするかのように海を指差し、それから岩の縁をなぞるように指差して「エスピリト・サント」と言った。耳慣れない発音ではあるが、はっきりそれとわかった。つまり、わたしの推量は正しかったのである。学術的な歴史調査というのは、単なる宝探しの隠《かく》れ蓑《みの》だった。ロバートソン博士を利用した男は、春にグリサポルを訪れた外国人と同一人物だった。彼も今では、ほかのたくさんの人々とともにアロスのルーストの流れの底に眠っている。欲のために引き寄せられた彼らの骨は、そこで永久に波に揺すぶられるのだ。黒人は遭難の場面の再現を続けていた。嵐の接近を見守るかのように空を見上げる。水夫の役をして、ほかの者たちにボートに乗るよう手招きする。かと思えば高級船員になりきり、岩場を伝って走ってボートに乗り込む。ほどなく、せきたてられた漕ぎ手の真似で、架空のオールの上に身をかがめる。だが、一貫してまじめに演じられたので、くすりとも笑う気が起きなかった。最後に彼が、言葉では書き表せないようなパントマイムで伝えたのは、砂浜の難破船を調べに行っていて仲間に置き去りにされ悲憤慷慨《ひふんこうがい》、という経緯だった。演じ終えると彼は再び腕組みをし、運命を甘受《かんじゅ》するといったふうに頭を垂れた。

かくして黒人がサンダグ湾に登場した謎が解けると、わたしはスクーナーと乗っていた人々の運命を寸劇で説明してやった。彼は驚きも悲しみも表さなかったが、やにわに開いた片手を上げる動作をし、かつての友人か雇い主を（そのどちらであろうと）追い払って神の御心に任せたように見えた。男に対する敬意の念が生まれ、彼を見ているうちにそれはますます強くなった。謹厳実直にしてたくましい精神力の持ち主で、ぜひとも親しく言葉を交わしたいような相手だった。アロスの家に着くまでに、わたしは彼の異様な肌の色のことなどほとんど忘れ、すっかり受け入れていた。

メアリーには起こったことを包み隠さず話した。実はびくびくしていたのだが、メアリーの正義感を疑ったのは間違いだった。

「あなたのしたことは正しかった」彼女は言った。「神の御意志がなされますように」それからすぐに、食べ物を出してくれた。

満腹になると、まだ食べている漂着者を見張るようローリーに言いつけ、わたしは再びおじを探しに出かけた。大して進まないうちに、おじが以前と同じ場所、一番高い丘の上で腰を下ろしているのを見つけた。姿勢も最後に見た時と変わらない。そこからは、既に述べたように、眼下にアロス及び隣接するロス半島のほぼすべてが地図のように広がっている。おじが四方八方を油断なく見張っていたのは明らかだった。なぜならわたしの頭が最初の上り坂のてっぺんからのぞくかのぞかないかのうちに、彼はぱっと立ち上がり、こちらと相対するように振り向いたからだ。即座にわたしは、以前から食事に呼びに来る時によく使っていた口調と言葉遣いで、できるだけ上手に呼びかけた。おじは返事代わりの身じろぎの一つもしなかった。少し近づきもう一度話しかけても、結果は同じだった。しかしさらに歩を進めると、彼の異常なほどの恐怖は再燃し、押し黙ったまま信じがたいスピードでわたしの前から逃げ出し、岩だらけの丘の頂上を駆けていった。一時間前にはおじは疲労困憊、わたしのほうがいくらか元気だった。しかし今、狂気の高まりが彼に新たな力を与えていた。追いかけたところで無駄だったろう。いや、追いかけようものならかえって彼の恐怖に火がついて、双方がもっと苦しむはめになったかもしれない、とわたしは思った。あとは家に戻ってメアリーに悲しい報告をするほかなかった。

メアリーは今度の報告も最初の時と同じく、心配しながらも落ち着いて聞いた。そして、横になって休まなければだめ、あなたには休息が必要よと言い置くと、道を踏みはずした父親を探しに出かけた。若い頃は、よほどの異変でも起きない限り、食欲をなくすことも眠れなくなることもない。わたしは長時間ぐっすり眠った。目が覚めて台所に下りた時には、昼を大分過ぎていた。メアリーとローリーと黒人の漂着者が黙って火のまわりに腰掛けていた。メアリーは泣いていたようだ。聞けば、涙を流すだけの理由はあった。まずはメアリー、次いでローリーが、おじを探しに出たのである。二人とも、おじが丘のてっぺんにいるのを見つけたが、おじはメアリーからもローリーからも、黙ってさっさと逃げ出した。ローリーは追いかけようとしたが無駄だった。狂気のおかげでおじは元気いっぱいに跳ね回った。岩から岩へと、一番広い裂け目ものともせずに飛び移った。丘陵の峰伝いに風のように駆けた。猟犬に追われるウサギのように、急角度に向きを変えたりジグザグに走ったりした。ローリーはとうとう諦めた。彼が最後に見たのは、おじが元通りにアロスのてっぺんに腰を下ろしている姿だった。白熱した追いかけっこの最中も、俊足の使用人に捕まりかけた瞬間も、あわれな狂人は一声も発しなかった。獣のように逃げ、獣のように口をきかなかった。この沈黙が、追っ手のローリーをぞっとさせた。

痛ましい状況だった。狂った男をどのように捕まえるか、捕まるまでどうやって食物を与えるか、捕まえたらどうするか、というのがわれわれが解決しなくてはならない三つの難問であった。

「おじさんがおかしくなった原因はこの黒人だ」わたしは言った。「黒人がこの家にいるせいでおじさんは丘の上から離れられないってわけだ。ぼくらは正しいことをした。遭難した彼を屋根の下に迎え入れて食べ物を与え、暖を取らせてやったんだ。だからもう、ローリーが舟で湾を渡してやって、それからロス半島を抜けてグリサポルまで連れていってもいいんじゃないかと思う」

この提案に、メアリーは大賛成だった。そこでわれわれ三人は黒人についてくるよう命じ、桟橋へと下りた。やはり神意はゴードン・ダーナウェイに味方しなかった。アロスにおいては前代未聞のことが起こっていた。嵐の間に渡し舟は流されて桟橋の荒削りの木片にぶち当たり、今はもう、船腹に穴をあけて水深四フィートのところに沈んでいたのである。再び浮かべられるようになるまでに、少なくとも三日はかかるだろう。だが参ってもいられない。みなを引き連れて瀬戸の幅の最も狭くなっているところへ回ると、泳いで対岸に渡ってみせ、自分に続けと黒人に呼びかけた。彼は最前と同じように落ち着いて明瞭に、泳ぎ方を知らないと伝えた。その身振りには真実味が表れていた。われわれの誰一人、彼の正直さを疑おうとは思わなかっただろう。泳いで渡らせるという希望が潰《つい》え、みなでアロスの家へと、来た道を引き返さなくてはならなかったが、黒人は決まり悪がる様子もなく、われわれのまん真ん中を歩いていた。

その日は、狂える不幸なおじともう一度意思の疎通を試みることぐらいしかできなかった。またもおじが指定席に陣取っているのが見え、またもおじは黙って逃げた。しかし、役に立てばと、とにかく食べ物と大きな外套《がいとう》だけは置いておいた。雨もすっかり上がっていたし、なんと、暖かい夜になりそうだった。翌朝までは落ち着いて構えていてもよいだろうとみな思った。明日のとんでもない重労働に備えて力を蓄えるために、一番必要なのは休息だ。話したがる者もいなかったので、われわれはめいめい早い時間に寝床に引っ込んだ。

わたしは長いこと眠らずに、翌日の作戦を立てていた。黒人はサンダグ湾側に配置する。そこから彼はおじを家の方角に追い込む。ローリーは西に、わたしは東に、それでわれわれにできる最上の非常線が完成だ。島の地形をよくよく思い起こせば、おじをアロス湾沿いの低地に下ろすのは困難ではあるが不可能ではなかろう。ひとたび下りてしまえば、血迷った男の馬鹿力をもってしてもまず逃げ切れまい。わたしが頼みにしているのは、おじが黒人に抱いている恐怖心だった。なぜなら、たとえどんなに走ろうとも、死者の中から蘇《よみがえ》ったと思い込んでいる黒人がいる方向にはきっと逃げないだろうから。つまり、少なくとも羅針儀の一方位《ポイント》だけは絶対に突破されないのだ。

やっと眠りについたものの、難破やら黒人やら海底の冒険やらの夢でまもなく目覚めてしまうはめになった。体ががたがた震え、熱でほてっていたので、起きて階下に行き、家のすぐ外に出た。中では、ローリーと黒人が二人して台所で眠っていた。外にはきれいな星空が広がっていたが、ところどころに嵐からはぐれた雲がまだ残っていた。もうすぐ満潮になる、風一つない夜のしじまに、メリー・メンの叫びが轟いていた。嵐の最中ですら、その歌声にこんなにも恐れおののいたことはなかった。今はもう、風はすっかり引き揚げてしまい、大海原は優しく揺すぶられながら夏のまどろみに落ちていくところだ。星々はやわらかな光を陸に海に注いでいる。それなのに、メリー・メンの砕け波はいまだに、あたりをかき乱そうとして声を張り上げていた。波は、まるでこの世の悪と人生の悲劇の一部であるように思えた。だが、無意味な波の叫喚だけが、夜のしじまを破っていたわけではない。なぜなら、ルーストの喧騒とともに人間の声が、あるいは身の毛もよだつばかりに鋭く、あるいはかき消されそうにかすかに、聞こえてきたのである。おじの声とわかり、神の裁きに対する、そしてこの世の悪に対する、すさまじい恐怖に襲われた。わたしは避難所に逃げ込むかのように真っ暗な家の中に引き返して床《とこ》に横たわり、これらの神秘についていつまでも考えをめぐらしていた。

再び目を覚ました時にはもう遅い時刻だった。慌てて服を身に着けて台所に急いだ。誰もいない。ローリーも黒人もとうの昔にそっと家を抜け出していた。そうとわかって心臓が止まる思いだった。ローリーの真心には信頼が置けるが、分別のほうはまったくあてにできない。こんなふうに黙って出発したということは、明らかに、おじのために何かしてやろうと決心していたに相違ない。しかし、おじに何をしてやれるというのか。一人でもやれるかどうか怪しいのに、おじが己の恐怖の具現と見ているあの黒人を連れているのではさらに望みは薄い。致命的な災難を防ぐのにまだ間に合うかもしれないが、これ以上ぐずぐずしてはいられないのは明らかだった。ただちにわたしは家を出た。アロスのごつごつした山腹は何度となく走ったものだが、あの運命の朝のように走ったことは一度もない。登りきるのに十二分とかからなかったのではないだろうか。

おじは指定席から姿を消していた。かごは引き裂くように開けられ、中の食べ物も芝の上に散らばっていたが、のちにわかったところでは、まったく手をつけられていなかった。そして、見渡す限り、それ以外に人のいた形跡はなかった。晴れた空はすでに日の光に満ち、太陽はすでに、バラ色の光をベン・キョーの頂に投げかけている。しかし眼下では、アロスのごつごつした丘陵と海の盾とが、雲一つない夜明けの薄暗い光に浸されていた。

「ローリー！」とわたしは叫んだ。重ねて叫んだ。「ローリー！」声は静寂の中に消えるばかりで、応答はなかった。おじを捕まえる企てが本当に進行中なら、狩人たちが頼れるのは足の速さではなく、巧みな忍び足だ。わたしはさらに走った。より高い山脚をたどりながら、左右に目を配って走り続けた。サンダグ湾を見下ろす丘に着くまで一度も立ち止まらなかった。難破船、むきだしの細長い砂浜、けだるげに寄せる波に、長い岩棚が見える。両側にはごろごろと崩れた丘陵、巨石、島に刻まれた無数の深い裂け目。だが依然として人影はない。陽光が一跨《ひとまた》ぎでアロスに降り立ち、突如影と色彩が現れた。ほとんど間を置かず、下界の西の方では羊の群れが恐慌を来《きた》して散らばり始めた。叫び声が上がった。おじが駆けているのが見えた。黒人が飛び跳ねながら夢中で追いかけていた。わたしが状況を理解する間もなく、ローリーも現れた。羊を誘導する犬に向かってするように、ゲール語で指示を出していた。

間に割って入ろうと駆け出した。ひょっとすると、動かずに待っていたほうがよかったのかもしれない。わたしのせいで、狂える者の最後の逃げ道が絶たれたのだから。その瞬間から、彼の前には墓と難破船とサンダグ湾の海しかなくなってしまったのである。だが誓って、わたしは良かれと思ってしたことだったのだ。

おじは、追い立てられてゆく先が恐ろしい方角であることを知った。彼は急角度にジグザグと突進したが、体中の血がどんなに煮えたぎっていたとしても、黒人の走りのほうがさらに速かった。どこで向きを変えようとも黒人に邪魔をされ、犯罪の現場へと追いつめられるばかりだ。だしぬけに彼は金切り声で叫び出し、海岸はこだまを返した。わたしもローリーも、黒人に止まれと呼びかけていた。しかしすべては無駄だった。なぜなら異なる運命が定められていたからだ。追っ手はなおも駆け続け、追われる獲物はなおも叫びながら前を走っていた。二人は墓を避《よ》け、難破船の残骸のそばをすれすれに通り過ぎ、一気に砂浜を駆け抜けたが、おじは立ち止まらず、まっすぐ大波につっ込んだ。手の届きそうなところまで追いついていた黒人も、すぐさま後に続いた。ローリーとわたしは立ち止まった。もはやことは人間の手に負えなくなっていたからだ。われわれの目の前で起こるに至ったこれらの出来事は、神意であった。これほど苦い結末はなかった。切り立つ海岸で、二人は一躍、背の立たない深みにはまった。二人とも泳げない。黒人は一瞬浮き上がり、苦しげな叫び声を上げた。しかし潮流が二人を捕え、沖へと疾駆していった。もしも再び二人が浮かび上がるとしたら――神のみぞ知ることだが――それは十分後、魚を漁《あさ》る海鳥たちが空を舞う、アロスのルースト急潮の最果てにおいてであろう。

（中和彩子＝訳）

「メリー・メン」訳注

1—**低地地方《ローランド》**　スコットランドは、大きく北部の高地地方《ハイランド》、南部の低地地方《ローランド》に分かれており、両者には言語、文化、風俗の点で大きな違いがあった。首都エディンバラは低地地方にあり、一方、高地地方は荒々しい、伝統的なスコットランドのイメージを体現しているとされた。

2—**諸島**　スコットランド西方のヘブリディーズ諸島。本土に近いインナー・ヘブリディーズ諸島と遠いアウター・ヘブリディーズ諸島に分かれている。本作の舞台グリサポル島はインナー・ヘブリディーズ諸島内のマル島をモデルにしており、同島の南西端にはアロスに対応するエレッド島も存在する。

3—**岬やブイに灯火を設置する工事**　スティーヴンソンの一族は曾祖父の代から数多くの技師を輩出し、スコットランド各地に灯台を建設した。

4—**ロバートソン博士**　ウィリアム・ロバートソン（一七二一—九三）。歴史学者。一七六二年から九二年まで、エディンバラ大学学長。

5—**王**　スコットランド王ジェームズ六世（在位一五六七—一六二五）、イングランド王としては一世（在位一六〇三—二五）。

6—**キャメロン派**　長老主義を支持して誓約した契約派《カヴェナンター》の一派。「殺戮時代」には、抵抗運動の中心となった。次注も参照。

7—**革命前の殺戮時代**　王政復古（一六六〇）で主教制が復活した結果、一六八〇年代には長老主義者への徹底的な武力弾圧政策がとられ、名誉革命（一六八八—八九）に至るまで続いた。

8—**わしが嫌なんかい？**　ここでチャーリーは、本編中でただ一度、スコッツ語で話している。解題参照。

9—**ジャコバイト**　名誉革命で王位を失ってフランスに亡命したジェームズ七世（イングランドでは二世）とその子孫を正統とした人々。最大の支持基盤はスコットランド、特に高地地方《ハイランド》。ステュアート朝の復権を旗印に五回反乱を起こしたがいずれも失敗。次注も参照。

10—**チャールズ王子**　チャールズ・エドワード・ステュアート（一七二〇—八八）。ジェームズ七世の孫。俗称は「小僭称者」。一七四五〜四六年、高地地方《ハイランド》のジャコバイトの支援を受けて反乱を起こす。これが最後のジャコバイト反乱となったが、チャールズは以後も偶像的存在であった。

＊聖書からの引用は、日本聖書協会の新共同訳を用いた。

声の島

ケオラは、モロカイ島の呪術師カラマケの娘レフアと結婚し、カラマケの家で暮らしていた。カラマケほど知恵に長《た》けた予言者はほかにいなかった。星占いをよくし、死者の体や魔物を使った占いもできた。山の頂《いただき》にある小鬼どもの棲《す》みかにたった一人で分け入って、そこに古人の霊を捕える罠《わな》を仕掛けたりもした。

そんなわけで、ハワイ王国中でカラマケほどひっきりなしに相談を受ける者はほかにいなかった。賢明な人々は、売るにも買うにも、結婚するにも、人生の計画を立てるにも、カラマケの助言を仰いだ。王はカメハメハの財宝を探すため、カラマケを二度コナに呼んだ。カラマケほど恐れられる者もほかにいなかった。カラマケの敵の中には、まじないの力によって病み衰えた者がいる。魂、肉体もろともふっつり行方知れずとなり、骨一つ見つからなかった者もいる。カラマケは、昔話の勇者のように超人的な技や力を持つと噂《うわさ》されていた。夜、山の上を崖から崖へと伝う姿を目撃されたことがある。高い木々のそびえる森の中を歩いているのに、頭と肩は梢《こずえ》の上に突き出していたという。

このカラマケという男は異様な風貌をしていた。モロカイ島・マウイ島における名門の生まれで、混じりけなしの血統だったが、どんな外国人と比べても膚《はだ》が白く見えた。髪は乾いた草の色で、赤い目はほとんど見えなかった。ハワイの島々には「明日を見通せるカラマケのように目の見えない」という常套句《じょうとうく》があったくらいだ。

ケオラは舅《しゅうと》のなせるあらゆる業《わざ》のうち、ごく一部を世間の評判で知り、いくらかは自分で推し測り、残りは無視した。だが一つだけ、気に掛かって仕方がないことがあった。カラマケは、飲む物にも食べる物にも着る物にも、一切出し惜しみをしない。しかも必ずぴかぴかの新しいドル銀貨で支払うのだ。「カラマケのドル銀貨のようにぴかぴかの」という文句も、ハワイ八島で言い習わされていた。だがカラマケは、商いをするでもなく、栽培をするでもなく、時折妖術の腕を売るほかは稼ぎがあるわけでもない。あれだけ多くの銀貨の出どころは想像もつかなかった。

ある日たまたま、ケオラの妻は、島の風下側にある町カウナカカイに出かけて留守だった。男衆は海へ漁に出ていた。だがケオラは怠け者だ。ベランダに寝転がって、岸に寄せて砕ける波や、崖のあたりを飛び回る鳥の群れを眺めていた。ぴかぴかのドル銀貨。ケオラが考えることといえばいつもこればかりだ。床《とこ》に就いては、銀貨があんなにたくさんあるのはなぜだろうと思い、朝目覚めては、銀貨がことごとく真新しいのはなぜだろうと思う。銀貨のことが片時も頭を離れなかった。しかし今日という今日は何かしら明らかになるとひそかに確信していた。ケオラはどうやら、カラマケがお宝をしまい込んでいる場所に気づいたようなのだ。居間の壁には、カメハメハ五世の版画と王冠を戴《いただ》いたヴィクトリア女王の写真が掛かっているが、その下の、厳重に錠の下りた机がそれだ。おまけにケオラは、昨夜のうちに機会を見つけて机の中を覗《のぞ》いたらしい。するとどうだろう！　中にあった金袋は空だった。今日は汽船の来る日だ。カラウパパ沖で煙を上げているのが見えた。ということは、一か月分の品物、缶詰の鮭《さけ》にジンに、カラマケのためのあらゆる珍しい贅沢品《ぜいたくひん》を積んだ船が、まもなくこちらに到着するに違いない。

「さあ、もし今日カラマケが品物を買う金を出せたら、カラマケは魔術師で、ドル銀貨は悪魔の金入れから出ているってことがはっきりするんだ」

そう考えていると、背後に舅が現れた。気を揉《も》んでいる様子だ。

「あれは汽船か？」と尋ねた。

「ええ」ケオラは答えた。「あとはペレクヌに寄るだけでしょう。それからこちらに来ます」

「ではやむをえん」とカラマケは応じた。「ケオラ、おまえに秘密を打ち明けなければ。ほかにましな人間がいないんだからな。家の中に入れ」

そこで二人は一緒に居間に入った。見事な部屋だ。壁には壁紙が貼られ、版画が掛かり、床には揺り椅子、そしてヨーロッパ風に設《しつら》えられたテーブルとソファがある。ほかに本棚、それにテーブルの真ん中には大判の聖書、壁際には錠のしっかり下りた書き物机があった。誰が見ても金持ちの家だとわかるだろう。

カラマケは窓の鎧戸《よろいど》をケオラに閉めさせ、一方自分はすべての扉に鍵を掛け、机の蓋《ふた》を開けた。中から、小さなお守りや貝殻が下がった首飾りを二本と、乾燥した香草の束、乾燥した木の葉、それから青々としたヤシの木の枝を一本取り出した。

「今から始めるのは、摩訶不思議《まかふしぎ》な業だ。古《いにしえ》の人々は魔術に通じ、さまざまな奇跡を行ったが、これはその一つだ。ただし、夜の闇の中、特定の星の下、荒野で行われていた。同じことを、わたしはこの家の中で、しかも昼日中に行うのだ」

こう言いながら、カラマケは聖書をソファのクッションの下に押し込んで隠してしまい、代わりにそこから目の細かい生地でできた敷物を取り出した。そして錫《すず》の皿に敷かれた砂の上に香草と木の葉を重ねた。それからケオラとともに首飾りを掛け、それぞれが、敷物の向かい合う角に立った。

「時は来た」と魔術師は言った。「恐れるな」

その言葉とともに香草に火を放ち、何やらつぶやきながらヤシの枝を振り始めた。鎧戸を閉めた部屋は最初のうちは薄暗かったが、香草が激しく燃え上がり、炎がケオラに躍りかかると、その火で輝くように明るくなった。次いで煙が立つと、ケオラはめまいに襲われて目の前が真っ暗になり、カラマケのつぶやき声だけが耳の中で響いた。突然、足下の敷物が稲妻よりも速くすくわれるような、ぐいと引かれるような感じがした。たちまち部屋も家も消え、ケオラは息もつけなくなった。強烈な光が目と顔の上をめぐっていったかと思うと、いつのまにか海辺に移動していた。太陽が照りつけ、大波の音が轟《とどろ》いている。ケオラと魔術師は同じ敷物の上に立ち、言葉もなく、息を喘《あえ》がせながら互いの体をつかみ、目の前を払うように片手を振っていた。

「なんだったんですか？」ケオラは叫んだ。若いだけに我に返るのも早かった。「死ぬほど苦しかった」

「なんでもない」息を切らしながらカラマケは答えた。「終わったのだ」

「それに、一体ここはどこなんでしょう？」ケオラは叫んだ。

「それは問題ではない」魔法使いは答えた。「ここに来たからには、やるべき仕事がある。そいつに集中せねばならん。わたしが息を整えている間に、林に行ってかくかくの香草とかじかの木の葉を取ってこい。いくらでも見つかるはずだ。それぞれ三つかみずつ持ってくるのだ。急ぐのだぞ。汽船が来る前に家に戻らねばならん。二人がいなかったら奇妙に思われるからな」そう言うと、カラマケは砂の上に坐《すわ》ってはあはあ喘いだ。

ケオラは海辺を歩いていった。砂とサンゴの輝く浜で、珍しい貝殻が散らばっていた。胸の内で思った。

「この浜辺を知らなかったなんて妙だな。また来て貝殻を拾うことにしよう」

目の前にはヤシの木が一列に、天に向かって伸びていた。ハワイ八島のヤシとは違って、丈が高くてみずみずしく、美しかった。枯れた扇状の葉が、緑の葉の間に金糸のように垂れていた。胸の内で思った。

「この木立に今まで気づかなかったのは不思議だ。暖かい季節にまた来て寝ることにしよう」そしてまた思った。「ずいぶん急に暖かくなったものだ！」なぜなら、ハワイでは冬で、この日は寒かったからだ。またこんなことも思った。「灰色の山並みはどこに行った？それに、斜面に森の張り出した、鳥の群れがぐるぐる飛んでいる高い崖はどこにあるんだ?」考えれば考えるほど、自分がハワイの島々のどのあたりに放り出されたのか、わからなくなりそうだった。

頼まれた香草は、浜から林に入ってすぐのところに生えていたが、木のほうはさらに奥にあった。さて、ケオラはその木へと向かう途中、一人の若い女に気づいた。身に着けているのは葉を綴《つづ》り合わせた帯だけだ。

「おや! ハワイでもここら辺では着る物にうるさくないんだな」とケオラは考えた。娘が自分に気づいて逃げ出すと思い、立ち止まった。だが、娘が前を見ているだけだとわかり、その場で鼻歌を歌った。その声に娘は飛び上がった。真っ青な顔であちこち見回し、恐怖のあまり口をぽかんと開けている。しかしおかしなことにケオラには目を留めないのだった。

「こんにちは」とケオラは言った。「そんなに怖がらなくたっていいですよ。取って食いはしませんから」だがそう言うか言わないかのうちに、若い女は密林に逃げ込んだ。

「おかしな作法だな」とケオラは思い、無意識のうちに娘を追いかけていた。

娘は走りながら、ハワイでは耳にしない言葉で何やら叫び続けていた。とはいえ共通の単語もいくつかあったから、娘がほかの人々に警告を発しているのがケオラにもわかった。たちまち逃げる人の群れは膨れ上がった。男や女や子どもが交じり合い、こぞって火事にでもあったかのように走り、叫んでいる。その光景に、ケオラは自分まで恐ろしくなってしまい、踵《きびす》を返してカラマケのもとに木の葉を持ち帰った。そして見たことを報告した。

「気にするな」とカラマケは言った。「すべては夢や影のようなものなのだ。すべては消え、忘却されるだろう」

「誰一人ぼくが見えなかったようなんです」ケオラは言った。

「そうとも、誰一人な」妖術使いは答えた。「われわれはまじないのおかげで、ここを白昼、誰の目にも触れずに歩いている。それでもわれわれの声は聞こえるのだ。だからわたしを真似て静かに話すがよい」

そう言うと、敷物の周りに石を並べて輪を作り、その真ん中に葉をまとめた。

「おまえの役目は」とカラマケは言った。「葉を燃やし続けることだ。葉をゆっくりと火にくべていけ。燃えているうちに(ほんの束の間だが)、わたしにはやらねばならないことがある。灰が黒くなる前に、われわれをここに連れてきた力が、われわれを連れ帰る。さあ、マッチの用意をしろ。頃合いを見てわたしを呼ぶのだぞ。炎が尽きてわたしが取り残されることのないようにな」

葉が燃え出すが早いか、妖術使いは鹿のごとく輪の中から飛び出し、水浴びをしたあとの猟犬のごとく浜辺を疾走した。走りながら、屈《かが》んでは貝殻を次々に拾っていく。ケオラには、貝殻が拾われるたび煌《きら》めくように見えた。葉は明るい炎を上げながら、あっという間に燃え尽きた。まもなく残った葉は一つかみだけになったが、妖術使いはまだはるか遠くで走ったり立ち止まったりしている。

「戻ってください！」ケオラは叫んだ。「急いで！　燃え尽きてしまいますよ」

それを聞いてカラマケは踵を返した。これまでが走っていたとするなら、今や飛んでいると言ってもいいくらいだ。だがいくら速く走っても、葉の燃えるほうが速かった。まさに炎が消えようとするその刹那、カラマケは大きく身を躍らせて敷物に飛び乗った。飛んだ勢いで火は吹き消され、同時に浜辺はかき消え、太陽も海もかき消えて、二人は再び鎧戸を閉めた居間の薄暗がりの中に立っていた。行きと同様、茫然《ぼうぜん》とし、目は眩《くら》んでいた。そして敷物の上で向き合う二人の間には、光り輝くドル銀貨が山と積まれていた。ケオラは鎧戸に駆け寄った。汽船が、大波で激しく上下しながら到着するところだった。

その夜、カラマケは婿を脇に呼びつけて五ドルを握らせた。

「ケオラ」と彼は言った。「もしもおまえが賢い男なら（疑わしいものだが）、今日の午後はベランダでうとうとしていて、眠っている間に夢を見たのだと考えるだろう。わたしは口数の少ない男だ。そして、わたしは忘れっぽい人間を手伝いに使うのだ」

それっきり、カラマケは一言もしゃべらず、あの出来事にも二度と触れなかった。だがケオラの頭にはずっと、ある考えがとりついていた——これまでのぼくが怠け者だったとすれば、これから先はもう、何もしない人間になってやる。

「貝殻をドル銀貨に変えられる舅がいるんだから、働く必要なんてないじゃないか」ケオラは思った。

あっという間にケオラは分け前の五ドルを使い果たした。立派な服に全部注《つ》ぎ込んでしまったのだ。そして後悔した。

「手風琴を買っておけばよかったなあ。あれがあれば一日中楽しんでいられたのに」ケオラは思った。それからカラマケへのいら立ちを募らせ始めた。

「犬みたいな性根だな」と彼は思った。「自分は好きなときに浜辺でドル銀貨を拾えるくせして、ぼくが欲しくてたまらない手風琴一つ手に入れられずにいるのに何もしてくれない。ぼくは子どもじゃないし、カラマケと同じくらい頭が切れるし、彼の秘密を握っているのだということを気づかせてやる」そう考えて妻のレフアに話をし、舅のやり口に不平をこぼした。

「わたしならお父さんに関わらないけどね」レフアは言った。「逆らったら危険な人だよ」

「ぼくのほうこそ、逆らったら危険な男だぞ！」とケオラは叫んで指をぱちんと鳴らした。「こっちが鼻面をつかまえてるんだ。好きなように引き回してやるのさ」そしてレフアに例の話を聞かせた。

しかしレフアは首を横に振った。

「好きにすれば」レフアは言った。「ただし、お父さんも困るには違いないけど、あなただって消されちまうのが落ちだからね。考えてみて。いろんな人がいたでしょう。フアはどう。貴族で代議員をしてて、毎年ホノルルに行っていた、あの人。骨一本髪の毛一筋見つからなかったじゃない。カマウのことを思い出してみて。痩せ衰えて糸みたいになって、奥さんが片手で持ち上げられるぐらいになっちゃったんだよ。ケオラ、あなたなんかお父さんの手にかかれば赤ん坊みたいなものなの。お父さん、あなたを親指と人差し指でつまみあげて、エビみたいに食べちゃうわよ」

さて、ケオラはカラマケを心底恐れていながら虚栄心も強かったから、妻の言葉にかっとなった。

「わかったよ」ケオラは言った。「ぼくのことをそんなふうに思ってるなら、どんなに君の目が曇っているか、見せてやる」そして居間に坐っている舅のもとへと直行した。

「カラマケ」ケオラは言った。「手風琴が欲しいんです」

「ほう、そうかい？」カラマケは言った。

「ええ」と彼は言った。「はっきり言わせてもらいますが、断固手に入れるつもりですよ。海辺でドル銀貨を拾える人だったら、手風琴を買うくらいなんでもないはずですからね」

「おまえがそんなに威勢のいい奴《やつ》とは知らなかった」と妖術師は答えた。「役立たずの臆病者だと思っていたよ。見立て違いとわかって嬉《うれ》しいね。今思ったんだが、わたしの難しい仕事に、いずれ跡を継いでくれる助手が見つかったのかもしれんなあ。手風琴だと？　ホノルルで最高のものを買ってやろう。今夜、日が落ちたらすぐに、おまえとわたしとで金《かね》を見つけに行こう」

「またあの浜に行くんですか？」ケオラは訊いた。

「いや違う！」とカラマケは答えた。「おまえは、ほかの秘法も覚えていかねばならん。前回は、貝殻拾いを教えた。今度は、魚とりを教えてやろう。おまえ、ピリの舟を海に出せるだけの力はあるか？」

「大丈夫だと思います」ケオラは請け合った。「でもなんで、あなたの舟に乗らないんですか？　もう海に浮かべてあるのに」

「理由はある。明日までにはおまえにもすっかりわかることになるが」とカラマケは言った。「ピリの舟のほうがわたしの目的に適《かな》うのだ。さあ、だからおまえさえよければ、日が落ちたらすぐ、そこで会おう。それまでは、このことは誰にも秘密だぞ。家《うち》の者たちに首を突っ込まれるいわれはないからな」

蜂蜜とてこのカラマケの声ほどに甘くはない。ケオラはこみあげる満足感を抑えきれなかった。

「何週間も前に手風琴が手に入っていてもおかしくなかったんだ」ケオラは思った。「この世の中は、ほんのちょっとの勇気さえあればなんとかなるものなのさ」

それからまもなく、レフアが泣いているのを見つけて、いっそ万事順調と教えてやりたくなった。

「でもだめだ」ケオラは思った。「手風琴を見せられるまで待たなきゃ。それで、あの出しゃばりな女房がどう出るか見てやろう。今後は、夫はなかなか頭のいい男だと認めるようになるかもしれない」

日が落ちるとすぐに、父親と義理の息子はピリの舟を出し、帆を揚げた。波が大きくうねり、いつもの風下側から強い風が吹きつけていた。だが舟は敏捷《びんしょう》で軽くて乾いていて、波を切って飛ぶように進んだ。魔術師は持っていたランタンに火を灯《とも》すと、吊《つ》り環《わ》に指を通して掲げた。そして二人は船尾に腰を据え、カラマケの持ち歩いている葉巻を吹かし、友人のように語り合った。魔術について。魔術を使って手に入れられる巨額の金について。最初に何を買い、次に何を買うか。カラマケは本当の父親のように話した。

やがてカラマケは四方を見渡し、頭上の星を仰ぎ見、後にしてきた島を見た。島の四分の三ほどはすでに水平線の下に沈んでいた。どうやら、今どのあたりにいるのかじっくりと考えているらしかった。

「見てみろ！」とカラマケは言った。「モロカイ島ははるか後ろだ。マウイ島は雲のようだ。それから、あの三つの星の方角によって、目的の場所に着いたとわかる。このあたりの海は〈死者の海〉と呼ばれている。海はここでとんでもなく深くなり、海底は人間の骨に覆《おお》われているのだ。それに、付近の洞穴には神やら鬼やらが棲みついている。海流は、サメも泳げぬほど激しい勢いで北に向かう。ここで船から投げ出された者は例外なく、この野生の馬のごとき流れの背に乗って最果ての大海へと攫《さら》われていく。ほどなくして力尽き、海底に沈めば、その骨は他の者たちの骨とともに散らばり、神々がその魂を喰《く》らうのだ」

これを聞いてケオラは急に恐ろしくなった。見ると、星とランタンの光の下で、魔術師の姿は変化しているようだった。

「具合でも悪いんですか？」ケオラはあわてて叫んだ。

「わたしは大丈夫だが」と魔術師は答えた。「ここに、ひどく具合の悪くなっている者がおるな」

そう言うと、ランタンを持ち替えた。するとどうだろう！　環から指を引き抜くときに指がつかえて環ははちきれ、手は三つ分もの大きさになっていた。

それを見て、ケオラは悲鳴とともに手で顔を覆った。

しかしカラマケはランタンを掲げて言った。「いや、わたしの顔を見るのだ！」すると、頭は樽《たる》のように大きくなっていた。山にかかる雲がもくもく湧き上がるように、カラマケはさらに巨大化していき、ケオラはその前で腰を抜かしたまま悲鳴を上げ、舟は大波の上を疾走した。

「さてそれでは」魔術師は言った。「おまえ、例の手風琴についてどう思うね？　フルートのほうがいいなんてことは絶対ないか？　ないんだな？」と念を押した。「それならよい。わたしは家の者が気が変わりやすいのは嫌いなのだ。だがどうもこのちっぽけな舟から降りたほうがよさそうな具合になってきた。体がとんでもなく膨れ上がっておるからな。気をつけねば、すぐに舟に水が入って沈んでしまう」

そう言って、両脚を船べりから投げ出した。そうするうちにも、カラマケの大きさは、目にもとまらぬ速さで三十倍、四十倍になっていった。深い海に脇の下まで浸《つ》かり、頭と肩は海から高くそびえたつ島のようになり、ちょうど崖に寄せては砕けるように、大波が胸に寄せては砕け散った。舟はなおも北に向かって走り続けていたが、カラマケは片手を伸ばすと船べりを親指と人差し指でつまみ、ビスケットのように砕いてしまった。ケオラは海に投げ出された。妖術使いは舟の破片を掌《てのひら》で押しつぶし、夜の闇の向こう、何マイルも先に放った。

「すまんがランタンは持っていく」と彼は言った。「この先長い道のりを歩かねばならんし、近くに陸地はない。それに海の底はごつごつして、つま先が骨を踏むのがわかるのだ」

そして踵を返すと、大股で歩き去った。ケオラが波の谷間に沈むたびに、カラマケの姿は見えなくなる。だが波の頂に持ち上がるたびに、大股で歩いて遠ざかっていく姿が見えた。頭上高く灯火を掲げて進むカラマケの周囲で、波が白く砕けていた。

ハワイの島々が海から釣り上げられて誕生した昔から、今のケオラほど肝をつぶした人間はいなかった。確かに泳いではいたが、溺れ死にさせるために水に投げ込まれた仔犬《こいぬ》も同然で、どうしてこんなはめになったのかわかっていなかった。膨れ上がった魔術師の巨大さと、山ほどもある大きな顔と、島のように幅の広い肩と、そこに打ちつけてむなしく砕ける波のことしか考えられなかった。手風琴のことも考えたが、恥ずかしくてたまらなくなった。死者たちの骨のことを考えると、恐怖に体が打ち震えた。

ふと気づくと、星の光を背に、黒いものが大きく上下していた。下のほうに光が一つ灯っている。切り裂かれた海面が輝いている。それから、人の話し声が聞こえた。大声で叫ぶと返事があり、波頭にバランスをとるように乗っかった船首が、ケオラの頭上高くにぬっと差し掛かったかと思うと急降下した。ケオラは両手で投鉛台の出っ張りをつかみ、一瞬押し寄せる波をかぶったが、次の瞬間には水夫たちの手で甲板《かんぱん》に引き揚げられていた。

水夫たちはジンやビスケットや乾いた服をくれて、どうやってあの場所に来たのか、そして、彼らが見た明かりはモロカイ島のラエ・オ・カ・ラアウの灯台のものだったのか尋ねた。だがケオラは、白人というのは子どもみたいなもので、自分たちの話しか信じないと心得ていたから、身の上については適当に話し、明かり（カラマケのランタンだ）については何も見ていないと言い切った。

この船はホノルル行きのスクーナーで、ホノルルを出たらロウ諸島［現在のツアモツ諸島］で交易をすることになっていた。ケオラにとって都合のいいことに、水夫が一人、突風にあおられて第一斜檣《バウスプリット》から落ち、行方不明になっていた。つべこべ言っている場合ではない。ケオラはハワイ八島に留まる勇気はなかった。噂の広まるのは早い。誰だって目新しい話を言い触らすのが大好きだから、一番北のカウアイ島の最北端に隠れようと、一番南にあるハワイ島のカウの最南端に隠れようと、魔術師は一か月もしないうちにケオラが生きていることを聞きつけてしまうだろう。そうしたらケオラは死ぬしかない。だから、最も賢明と思えることをした。溺れた男の代わりに水夫になったのだ。

ある意味では、船は居心地がよかった。食事は豪華で量も多い。ビスケットとコンビーフは毎日、えんどう豆のスープと、小麦粉と牛脂《ぎゅうし》でこしらえたプディングは週に二回出た。おかげでケオラは太った。船長もいい人だし、乗組員も白人としてはましなほうだった。厄介なのは航海士で、ケオラはこれほど気難しい男に出会ったことがなかった。毎日のように、あれをやっただの、これをやらなかっただのと殴られ、罵《ののし》られた。航海士は屈強な男だったから、ぶたれるとひどく痛かった。ケオラは名家の出で敬意を払われることに慣れていたから、航海士の暴言はひどく不快だった。何より悪いことに、ケオラが隙を見て眠ろうとすれば必ず縄鞭《なわむち》で起こされ、活を入れられるのだ。ケオラはもう無理だと見切りをつけ、逃げ出す決心を固めた。

ホノルルを離れて一か月というところで陸を認めた。晴れ渡った星明かりの夜だった。天気もよいが海も静かだ。貿易風が吹いていた。その島は、船首の風上の側にあり、ヤシの木立がリボンのように平たく海上に伸びているのが見えた。ケオラが舵《かじ》を取る傍《かたわ》らで、船長と航海士は夜間用の望遠鏡で島を眺め、島の名を口にし、島について話した。商船の訪れることのない島らしかった。おまけに、船長の知るところでは、住む者もいない島だというが、航海士の意見は違った。

「『南海案内』なんぞびた一文の価値もありませんや」と彼は言った。「夜に、スクーナーのユージェニー号で通りかかったことがあるんですよ。ちょうどこんな夜だった。奴ら、たいまつの明かりで魚をとってたし、浜は街みたいに光でいっぱいでしたよ」

「へーえ、そりゃ驚きだがね」と船長は言った。「海岸は切り立っている。そいつが重要だ。それに海図によれば、島の周囲には何も危険はない。だから風下側に沿って走ればいいんだ。帆をたるませるなと言っただろう！」と彼はケオラに向かってどなった。ケオラは聞き耳を立てるのに夢中で、舵を取るのを忘れていたのだ。

航海士もケオラを罵り、おまえはまったく役立たずな南海人《カナカ》だ、俺が索止め栓《ビレイピン》［帆を操作するロープを留めるための棒］を持って追いかけて、ひどい目に遭わせてやると息巻いた。

それから船長と航海士は甲板室の上に並んで横になり、ケオラは一人取り残された。「この島はぼくにはおあつらえむきだ」ケオラは思った。「商船が取引にやって来ない島なら、航海士も絶対に現れないわけだ。それにカラマケだってこんなに遠くまでは来られまい」

そう考えて、スクーナーをじりじりと岸に寄せていった。静かにやる必要があった。なぜなら、それが白人たちの、とりわけ航海士の厄介なところで、絶対に油断できない相手だからだ。みんなぐっすりと眠っているか、眠っているふりをしているのだろうが、もし帆の一枚でも揺れれば、飛び起きて縄鞭で襲いかかってくるのだ。だからケオラは船をほんのわずかずつ岸に寄せながら、帆をたるませないよう気をつけていた。やがて陸が迫り、船べりの波音は高まった。

途端に航海士が甲板室の上でがばと起き直った。

「何やってんだおまえ?」と彼はわめいた。「船が陸に上がっちまうぞ!」

そう言うとケオラに飛びかかった。ケオラのほうも飛び上がると柵の手すりをひらりと越え、星影きらめく海に飛び込んだ。浮かび上がったときにはスクーナーは船首を風下に回し、元の針路をとっていた。航海士が自ら舵を握っている。悪態をついているのがケオラの耳に届いた。島の風下側なので海は静かだった。おまけに水は温かく、水夫用ナイフを身に着けていたからサメの心配も無用だ。ケオラのすぐ目の前でヤシの木立が途切れ、海岸線が港の入口のように切れ込んでいた。折しも満ちてきた潮がケオラを持ち上げ、入口を通した。外海から一瞬で礁湖《しょうこ》へ。ケオラはその広い浅瀬に浮かんでいた。水面はあまたの星で輝き、彼の周りにはヤシの木の並ぶ環状の陸地が広がっている。ケオラは驚いた。こんな島の話は聞いたこともなかったからだ。

この島でのケオラの生活は、一人きりだった時期と、部族の人々と一緒に暮らした時期の二つに分けられる。最初、ケオラはくまなく探してみたのだが人っ子一人見当たらなかった。ただ、集落を成す何軒かの家と、火を燃やした跡があるばかりだった。しかしそこに残った灰は冷たく、雨季に雨で洗い流されていた。風に吹き倒されたらしい小屋もあった。ケオラが居を定めたのはこの無人の集落だった。火をおこすための錐《きり》を作り、貝殻で鉤《はり》をこしらえ、魚を釣って料理した。木に登ってまだ青いココナッツを採り、果汁を飲んだ。島中どこを探しても水がなかったからだ。昼はやけに長く、夜は恐ろしかった。ココナッツの殻でランプをこしらえ、熟した実から油をとり、繊維でランプの芯を作った。日が暮れると小屋を閉め切ってランプに明かりを灯し、横たわって朝まで震えていた。海の底で骨になり、他の骨に混じって転がっていたほうがましだった、と何度となく胸の内で思った。

この間ずっと、ケオラは島の内側から離れなかった。集落は礁湖の岸辺にあり、しかもそこはヤシの育ちが最も良い場所で、湖自体も旨《うま》い魚の宝庫だったからだ。外海の側にも一度だけ行ってはみたものの、海岸を一目見るや震えあがって逃げ帰った。輝く砂に散らばる貝殻、そしてまぶしい太陽と波、というその光景にぞっとさせられたのだ。

「そんなはずがない」とケオラは思った。「でもそっくりだ。本当のところはどうなのかなんて、わかりっこない。あの白人たちは、船の位置を心得ているようなふりをして、実はほかの連中と同じように運任せで航海してるんだ、きっと。だから結局ぼくらの船はぐるりと一周しただけなのかもしれない。となると、ここはモロカイ島のすぐそばで、この浜はまさに、カラマケが銀貨を集めに来る浜なのかも」

以来ケオラは用心深くなって、島の内側から離れなかった。

それから一か月ほどして、島の人々が到着した。なんと、六艘《そう》の大きな舟にぎっしり乗って来た。立派な種族の人たちだった。彼らの話す言葉はハワイのものとはずいぶん違って聞こえたが、共通の単語も多く、理解には困らなかった。おまけに男たちはたいそう礼儀正しく、女たちはたいそう優しい。彼らはケオラを歓迎し、家を一軒建て、妻もあてがった。さらに、ケオラが何より驚いたことに、若者たちと一緒に働きに行かされることが決してないのだった。

この先、ケオラに三つの時期が訪れる。最初にとても悲しい時期があった。それから、とても楽しい時期があった。最後が第三期で、この時期のケオラほど恐ろしい思いをした男は、四つの海を見渡してもほかに見当たらない。

第一期のきっかけとなったのは、妻に迎えた女だった。ここが本当にあの島なのか、ケオラは決めかねていた。島の言葉についても、ケオラは記憶に自信がなかった。何しろ魔術師と一緒に敷物で飛んで来たときにはほとんど言葉を聞かなかったからだ。だが妻については間違いない、林の中を叫びながら逃げていった、あの娘だったのだ。ということは、ケオラはあれだけ長い航海をしながら、モロカイ島にずっと留まっていたも同然だったのだ。故郷も妻も友達をも捨てたのはほかでもない、敵から逃れるためだった。それなのに、たどり着いたのは当の魔術師の狩場、魔術師が誰にも見えない姿で歩き回る浜辺だった。ケオラが島の礁湖側から離れないようにし、なるべく自分の小屋の中でじっとしていたのは、この時期のことだ。

第二期のきっかけは、妻や島の主《おも》だった人たちから聞いた噂である。ケオラ自身はほとんど話をしなかった。彼は新しい友人たちにすっかり気を許してはいなかった。というのも、彼らがいやに丁重な態度をとるのがどうもうさんくさいと考えたからだ。加えて、カラマケという人間をよく知ってから、ケオラは用心深くなっていた。だから部族の人々に話したのは、名前と家系、ハワイ八島から来たこと、それがすばらしい島々であること、それからホノルルの王宮のこと、自分が王や宣教師たちの最も近しい友人であること、ただそれだけで、ほかのことは一切明かさなかった。だがケオラのほうからはたくさん質問をし、たくさん学んだ。ケオラが暮らすこの島は〈声の島〉と呼ばれていた。部族はこの島を所有していたが、本拠地は舟で南に三時間ほど行ったところにある別の島だ。そこに彼らは暮らし、定住のための住居もあった。豊かな島で、卵も手に入るし鶏も豚もいる。船も訪れ、ラム酒やタバコの交易をした。ケオラの脱走後にスクーナーが向かったのはその島だった。あの航海士が死んだのもそこだ。いかにも馬鹿な白人らしい最期だった。船が着いたのは、島では健康によくない季節の始まるころだったらしい。この時期になると礁湖の魚は毒を持つ。食べれば例外なく体が膨れ上がって死ぬ。航海士はそれを聞かされていた。舟が出発の準備をしているのも見た。この季節、人々は島を出て〈声の島〉に行くからだ。だが彼は馬鹿な白人で、自分の話しか信じようとしない。だから例の魚を一匹捕まえ、料理して食べ、膨れ上がって死んだ。ケオラには朗報だった。〈声の島〉のほうは一年の大半は無人で、ただほんの時折、船の乗組員たちがコプラ［ココナッツの胚乳を乾燥させたもの。ヤシ油の原料］を集めに寄り、また、本島の魚が有毒になる悪い季節になると部族の人々が大挙して移住する。この島の名は、ある驚くべき現象に由来する。島の海辺にはあまねく、目には見えない悪魔がとりついているらしい。昼となく夜となく、そいつらが奇妙な言葉で会話をしているのが聞こえる。昼となく夜となく、浜で小さな炎が上がっては消える。こういった現象の原因は誰にも想像がつかない。ケオラが、部族が定住する本島でも同じことが起こるのか尋ねてみると、いや、そちらでは起こらない、という答えだった。この海の、周囲の百もの島々のどこでもこんなことは起こらず、〈声の島〉特有の現象なのだ。ケオラはこんなことも教えられた。炎や声はいつも海辺と、林の海側の縁《へり》とで生じる。だから、礁湖のほとりになら二千年住んでも（もし人間がそんなに長生きできるとして）一度も悩まされずに済むかもしれない。それに、海辺であっても、手出しさえしなければ悪魔たちも悪さをしない。一度だけ、ある首長が声の一つに向かって槍《やり》を投げたことがあったが、その夜、首長はココヤシの木から落ちて死んだ。

ケオラはひとりであれこれ考えをめぐらした。部族の人たちとともに本島に戻れば、自分はすっかり安全だ。この島にいても、礁湖を離れなければそこそこ安全だ。それでもできればさらに安全にしておきたい。そこで大首長に、自分のかつて住んでいた島でも同じような悩みを抱えていたが、島民たちは問題をすっきり解決するすべを見つけたのだと話した。「島の林に、とある木が生えていました」ケオラは言った。「悪魔たちはその木の葉を採りに来ていたようです。だから島の人たちはその木を見つけ次第伐《き》り倒したんです。すると悪魔たちは二度と来なくなりました」

どんな木かと尋ねられ、ケオラは、カラマケが燃やす葉を採った木を見せた。人々は信じがたいと思いつつも、その解決策には心をくすぐられた。長老たちは夜毎《よごと》の会議で討論を重ねたが、大首長は(勇敢な男であったが)この件についてはしりごみし、声に向かって槍を投げつけて死んでしまった首長の話を、毎日のように皆に思い出させた。彼の死を思えば、皆は結局何もできずじまいになった。

木を伐り倒させることはできなかったものの、ケオラは十分満足だった。そして、身の回りのことに関心を向けて生活を楽しむようになった。とりわけ大きな変化は妻に優しくなったことで、おかげで妻はケオラを深く愛するようになった。ある日、ケオラが小屋に戻ると、妻が地面に横たわり、声を上げて泣いていた。

「おや、どうしたんだ?」とケオラは言った。

妻はきっぱりと、なんでもないと言った。

その夜、妻に起こされた。ランプの炎はとても小さかったが、妻の表情を見れば、悲しんでいるのがわかった。

「ケオラ」と妻は言った。「あたしの口に耳を寄せて。小声で話すから。人に聞かれてはならない話なのよ。あなた、舟を出す準備が始まる二日前になったら島の海岸に行って、茂みの中で寝泊まりしてちょうだい。二人で前もって場所を選んで、食べ物を隠しておくの。そしたらあたしは毎晩歌いながらその近くに行くことにする。夜になってもあたしの声が聞こえなくなったら、あたしたちが島を引き払ったとわかるでしょ。そしたらもう、出てきても大丈夫」

ケオラはすっかり肝をつぶした。

「どういうことだよ」ケオラは叫んだ。「悪魔のそばで暮らすなんて無理だ。この島に置いてきぼりにされてたまるか。どうしてもここを出たいんだ」

「ケオラ、気の毒だけどあなたは決して、ここを生きて出られないのよ」妻は言った。「実はね、あたしたちの部族は人食いなの。でもそれは秘密にされてる。ここを出ていく前にあなたを殺すのはなぜかって言えば、本島のほうには船が来るからよ。それにドナ＝リマローがやって来てフランス人たちを代表して話をするし、ベランダが付いた商館には白人の貿易商が住んでるし、伝道師も一人いる。すごくすてきな場所なのよ！　貿易商のところには小麦粉でいっぱいの樽がいくつもあるし、一度なんかフランスの軍艦が礁湖に入ってきて、みんなにワインとビスケットを配ったんだから。ああ、かわいそうに。あなたをあっちに連れていけたらいいんだけど。あなたのこと大好きだし、あそこは、パペーテは別として、南海で一番すてきな場所よ」

今やケオラは、四つの海で誰よりも恐怖にとりつかれた男だった。南の島々には人食いがいるという噂は聞いており、その恐ろしさは頭に染みついていた。ところが今、それが自分の戸口にやって来て扉を叩いているのだ。ケオラはまた、旅人たちから人食いの風習について聞いたこともあった。人食いが人を食べようとするときには、母親が特にお気に入りの赤ん坊に対してするように、優しくかわいがってやるのだという。自分の置かれている状況はまさしくそれだとわかった。家を与えられ、養われ、妻をあてがわれ、仕事という仕事を免除されていたのも、長老や首長たちが、有力者を相手にするように話をしてくれていたのも、そういうわけだったのだ。ケオラは寝床に横たわり、不幸な運命をかこった。体がぎゅっとこわばった。

翌日、部族の人々はいつもと変わらずたいそう礼儀正しかった。彼らの話しぶりは洗練されており、美しい詩を詠《よ》み、食事の席では宣教師も笑い死にしそうな冗談を言う。そんな優雅な振る舞いなど、ケオラにはどうでもよかった。彼らの口で輝きを放つ白い歯ばかりが目につき、見るたびに胸が悪くなった。食事が済むと、ケオラは席を立ち、密林の中に死人のように横たわった。

翌日も同様だった。すると妻が追いかけてきた。

「ケオラ」と妻は言った。「あなた、何か食べないと、はっきり言って明日にでも殺されて料理されちゃうわ。長老たちの中には、もうぶつぶつ言い出してるのもいるから。あなたが病気になって、肉付きが悪くなると思ってるのよ」

それを聞いて、ケオラは立ち上がった。はらわたが煮えくり返った。

「どっちだっていいや」彼は言った。「進退窮まれり、だ。死ななきゃならないなら、一番手っ取り早いやり方で死なせてくれ。どうせ食われなきゃならないなら、人間より鬼に食われたほうがましだ。じゃあな」ケオラは立ち尽くす妻を置いて、海岸のほうへと歩き去った。

浜はすみずみまで強い日差しにさらされていた。人影は一つもなく、足跡があるばかりだ。歩いていくケオラを囲んで、声がしゃべり、囁《ささや》く。小さな炎があちこちで上がり、燃え尽きる。そこでは地上のあらゆる言語が話されていた。フランス語、オランダ語、ロシア語、タミル語、中国語。およそ魔術が行われている国ならばどこからでも人は来ていて、ケオラの耳元で囁いていた。浜は、定期市が開かれているように込みあっているのに、人っ子一人見当たらない。ケオラが歩くさきざきで貝殻が消えるのに、それを拾う者の姿は見えない。そんな連中の間に一人で置かれたら、悪魔だって怖気《おぞけ》をふるっただろう。しかしケオラは恐怖など通り越して死に急いでいた。炎が上がるたび、雄牛のごとくそちらに突進した。体を持たぬ声が行き来し、見えない手が炎に砂を注いだ。そしてケオラが達する前に炎は浜から消えるのだった。

「カラマケはいないんだな」とケオラは思った。「さもなければ、ぼくはとっくに殺されているはずだ」

そう考え、疲れたので林のはずれに腰を下ろして頬杖《ほおづえ》をついた。目の前では相変わらず魔術が繰り広げられていた。浜は声たちのおしゃべりで溢《あふ》れ、炎が上がっては収まる。貝の銀貨は、彼が見ている間にも消えては新たに出現する。

「前に来たときは市《いち》の日ではなかったんだな」彼は思った。「これに比べればなんでもなかった」

ここでできる何百万ものドル銀貨のことを思うと頭がくらくらした。この何百という人々がこぞって浜で銀貨を拾い、鷲《わし》よりも高く、速く、宙を飛ぶのだ。

「貨幣鋳造所なんて話で、ぼくもうまくかつがれていたもんだ。金《かね》は鋳造所で作られる、とはな。世界中の新しい銀貨がこの砂浜で拾い集められているのは明らかじゃないか。でももう騙《だま》されないぞ」とケオラはひとりつぶやいた。

しまいに、どうしたわけかいつのまにやらケオラは眠りにつき、島のことも、あらゆる悲しみも忘れた。

翌朝早く、まだ日も昇らないうちに周囲のざわめきに起こされ、恐れおののいて目を開けた。居眠りしているところを部族の者たちに見つかったかと思ったのだ。だが違った。目の前の浜辺で、体を持たぬ声が互いに呼び、叫び交わしていただけだ。声たちは皆、彼のそばをかすめて、島の海岸沿いを行くらしい。

「何事だ?」とケオラは思った。異変が起きているのは明らかだ。炎も上がらなければ、貝殻も拾われない。だが体を持たぬ声たちが続々と浜を急ぎ、大声で呼び交わしては遠ざかっていった。その後を追う声もあった。声の響きからすると、魔術師たちは怒っているに違いない。

「ぼくのことを怒っているわけではない」とケオラは考えた。「すぐそばを素通りしていくんだから」

猟犬の群れや競馬の馬、あるいは火事の現場に駆けつける町の人々がそばを通れば、誰もがついそれに加わり、後を追ってしまうものだが、今のケオラもそうだった。自分が何をしているのかも、なぜそうしているのかもわからぬまま、どうしたことか、声たちと一緒に走っていた。

島の岬の一つを回ると、次の岬が見えてきた。そこの林に妖術使いの木が何十本も生えていたのを思い出した。岬から人々の叫び声が聞こえてくる。言葉にできないほどの大騒ぎだ。その騒ぎに導かれるように、ケオラが一緒に駆けていた声たちは同じ方角に向かった。さらに近づくと、叫び声に交じって、たくさんの斧《おの》が打ち下ろされる音が聞こえた。ようやくケオラは思い至った。大首長が同意し、部族の人々が木を伐り倒しに掛かっていたのだ。この話が妖術師から妖術師へと伝わり、島を駆けめぐって、今や彼らは自分たちの木を守るために集結するところだった。見たことのないものを見たいという欲望に背中を押されて、ケオラは声たちとともに急ぎ、浜辺を横切り、林の縁《へり》に足を踏み入れ、驚きのあまり立ち尽くした。一本の木がすでに伐り倒され、他の木々も斧を入れられていた。部族の者たちがひとかたまりになっていた。背中合わせに立ち、足下には死骸が転がり、血が流れていた。誰もが恐怖の色を顔に浮かべている。彼らの声は、イタチの鳴き声のように細く甲高く、天まで届いた。

子どもがたった一人で木刀を持ち、飛び上がっては虚空に切りつけて戦う姿を見たことがあるだろうか。ちょうどそれと同じように、人食いたちは背中合わせに押し合いへし合いし、斧を高く上げ、振り下ろし、振り下ろしながらわめき、ところがどうしたことか、戦いの相手はいないのだ！　ただそこかしこで斧が、誰も持っていないのに、彼らに向かって襲いかかるばかりだ。部族の男たちは斧の前に倒れては真っ二つに裂かれ、あるいはばらばらに飛び散り、その魂は悲憤の叫びとともに飛び去った。

しばらくの間、ケオラはこの異様な光景を、夢でも見ているかのように眺めていたが、やがてこんなにもむごたらしい仕打ちを目にした恐ろしさで心臓が締め付けられた。ちょうどそのとき、大首長が立ちすくむ彼に気づき、指さして大声で名を呼んだ。部族の者たちも一斉に彼を見た。彼らは目をぎらつかせ、歯をがちがちと鳴らした。

「長居しすぎた」ケオラは思い、一目散に林を飛び出し、浜を駆けていった。

「ケオラ！」一つの声が、すぐそばの誰もいない砂の上で呼んだ。

「レフア！　お前か？」と彼は叫び、喘ぎ、姿を見ようとしたが見えない。目で見るかぎり、彼は一人きりだ。

「さっき通り過ぎるのを見たの」と声は答えた。「でもあなたってば、わたしの話を聞こうとしないんだもの。急いで！　葉っぱと草を集めて。逃げるよ」

「そこにいるのか？　敷物も？」ケオラは尋ねた。

「ここ、あなたのそば」と彼女は言った。ケオラは妻の両腕に抱きしめられるのを感じた。

「急いで！　葉っぱと草よ。お父さんが戻ってくる前に！」

そこでケオラは必死に走り、魔術師の燃料を取って来た。レフアは彼を誘導し、敷物の上に立たせると、火をおこした。燃え尽きるまでの間ずっと、林からは戦いの音が響いていた。魔術師と人食いの戦いは激しかった。目に見えない魔術師たちは山の上の雄牛のように咆哮《ほうこう》し、対する部族の男たちは、死の恐怖におののいて獰猛《どうもう》な金切り声を上げた。燃え尽きるまでの間ずっと、ケオラはそこに立ったまま耳を澄まし、がたがた震え、レフアの見えない両手が葉を火にくべるのを見守っていた。レフアは葉をすばやくくべていく。炎は高く上がり、ケオラの手を焦がした。彼女はますます動きを早め、火を吹きおこした。最後の葉が尽きて炎が消えるとぐらぐらして、ケオラとレフアは家の部屋の中にいた。

さて、やっと妻の姿を見ることができて、ケオラはとても嬉しかった。モロカイ島の家に再び戻り、ポイ［加熱したタロイモをつぶして作る、ハワイ諸島の主食］の鉢の傍らに坐ることができて、とても嬉しかった。船ではポイは作られなかったし、〈声の島〉にはポイはなかったからだ。そして、人食いたちの手から逃げおおせたのも夢のように嬉しかった。しかし一つはっきりしていないことがあり、レフアとケオラは夜を徹して話し合い、心を悩ませた。カラマケがあの島に取り残されているのだ。もしも神の恵みによって彼がそこに留まったままになれば、万事うまく収まる。だが逃げ出してモロカイに戻ってきた日には、娘とその夫はひどい目に遭うだろう。二人はカラマケの体を膨らませる力について、またあれほど遠くから海を歩いて帰れるかどうかについて話し合った。だがケオラはこのときにはもう、あの島の位置がわかっていた。ロウ諸島、別名、危険諸島にあるのだ。そこで二人は地図帳を引っ張り出し、距離を確かめた。二人の見るところ、老人が歩くには遠すぎるようだった。とはいえカラマケのような魔術師相手に油断はできないから、しまいには、白人宣教師に相談してみることにした。

最初にこの地に立ち寄った宣教師にケオラはすべてを打ち明けた。宣教師は、ケオラが島で二人目の妻を迎えたことをたいそう厳しく非難したが、そのほかのことについてはさっぱりわからないと言った。

「でも」と彼は言った。「もし父上の金が不正に得られたものだと考えているなら、ハンセン病患者の居住地と伝道の基金にいくらかずつ寄付したらどうですか。それからそのとんでもない与太話のほうは、胸にしまっておくに越したことはないでしょう」

しかし、宣教師はホノルルの警察に注意を促した。自分がなんとか理解できたところによればカラマケとケオラは贋金《にせがね》の鋳造をやっているようだから、彼らを見張って悪いことはなかろう、と言ったのだ。

ケオラとレフアは宣教師の助言を受け入れ、ハンセン病患者の居住地と伝道の基金にたくさんのドル銀貨を寄付した。この助言がよかったに違いない。その日から今日に至るまで、カラマケの消息はぷっつりと絶えたままだ。しかし、彼が林の戦闘で殺されたのか、それとも〈声の島〉でいまだに待ちぼうけを食っているのか、それは誰にもわからない。

（中和彩子＝訳）

ファレサーの浜

第一章　南海の婚礼

　あの島を最初に見たのは、夜とも朝ともつかないときだった。月は西の空に傾きながら、まだ明るく輝いていた。東のほうでは、一面薄赤く染まった夜明けの空のまっただなかに、明けの明星がダイヤモンドみたいにきらめいていた。陸風が顔に吹きつけた。野生のライムとバニラの強烈な香りがした。ほかの香りもあったが、この二つが際立っていた。風が冷たくてくしゃみが出た。それまではずっと、赤道付近のとあるサンゴ礁《しよう》の島にいた。土地の連中に囲まれて大体は孤独に暮らしていたと言っていい。だがここに待っているのは初めての経験だ。使われている言葉だって耳慣れないものだろう。島の木々や山々を目にして、その珍しい匂いを嗅《か》いだら、新しい血が体内を巡り出したような気がした。

　船長は羅針儀台《らしんぎだい》のランプを吹き消した。

「ほら、あれ！」と船長は言った。「ウィルトシャーさん、サンゴ礁の切れ目の後ろに煙がちょっと上がっているでしょう。あれがファレサー、あんたの営業所がある、一番東の村だよ。風上には誰も住んでないんだが、どうしてなんだろうね。わたしの望遠鏡で見てごらんなさい。家が見分けられるから」

望遠鏡を受け取ると、浜が大きく目に飛び込んできた。森の木々が絡み合い、波が寄せては砕けている。木々の間からは家々の茶色の屋根と黒い内部が覗《のぞ》いている。

「東のほうに、ちょっと白いもんがあるのがわかるかな？」と船長は話を続けた。「それがあんたの家だ。サンゴ造りの高い建物で、ベランダなんぞ三人並んで歩ける、南太平洋きっての営業所だね。アダムズ爺《じい》さんはあの家を見たとき、わたしの手を握って揺すぶったよ。『俺はぼろい商売にありついたもんだ』と爺さんは言い、わたしは『そうだねえ、それにのんびり暮らせるじゃないか』と答えたもんだ。かわいそうなジョニー！　その後一度しか会わなかったが、そのときには口ぶりがずいぶん変わっていた。土地の者だか白人だかなんだかと折り合いがよくないとかでね。次に船がここに寄ったときには、死んで埋葬されていた。わたしは棒きれを持ってって立ててやったんだよ。『ジョン・アダムズ、一八六八年没。なんぢも往《ゆ》きて其《そ》の如《ごと》くせよ［『ルカによる福音書』十章三十七節］』いなくなって寂しかったな。人畜無害な男だった」

「なんで死んだんだい？」俺は尋ねた。

「何かの病気だとか」と船長は言った。「突然襲われたようだよ。夜中に起き上がって、〈ペインキラー〉と〈ケネディの発見薬〉を飲みまくったらしい。無駄だった。ケネディなんかにはどうにもできない運命だったんでね。それからジンの箱を開けようとしたんだ。これまた無駄だった。もう開けるだけの力が残ってなかった。それからベランダに走り出て、手すりを乗り越えて頭から落ちたに違いない。翌日見つかったときには、すっかり頭がおかしくなってたね。ずーっと言い続けているんだ、誰かが自分のコプラ[*1]［ココナッツの胚乳を乾燥させたもの。ヤシ油の原料］に水を掛けてるって。かわいそうなジョン！」

「それは島のせいだってことになったのか？」俺は訊《き》いた。

「うんまあ、島のせいだってことになったんだな。でなけりゃ揉《も》め事《ごと》だか、なんだかのせいだと」と船長は答えた。「わたしはここが健康にいい土地だって話しか聞いたことがなかったんだが。ヴィガーズはね、うちの社があんたの前に派遣した男だけど、平気の平左《へいざ》だったよ。ヴィガーズがここを出てったのは浜の人間のせいなんだ。黒人《ブラック》ジャックとケースと口笛ジミーが怖いんだって言っていた。ジミーはあのころはまだ生きてたな。それからまもなく酔っ払って溺れちまったけど。ランドル船長なんてご老体は、一八四〇年、四五年とかからこのかた、ずっとここにいるよ。人畜無害な男で、あまり変わってもいない。カフーズリアムとかいう爺さんぐらい長生きするんじゃないかって感じだね、ビリー・ランドルは。いや、ここは体にいいところだと思うよ」

「ボートがこっちにやって来る」と俺は言った。「今ちょうどサンゴ礁の切れ目のところだ。十六フィート［一フィートは〇・三〇四八メートル］のホエールボートらしいな。白人が二人、船尾にいる」

「あれが口笛ジミーが溺れたボートだ」船長が叫んだ。「望遠鏡を覗いてみよう。そう、間違いない、あいつがケースだ。それと黒ん坊。どえらく評判の悪い連中だけれど、浜というのが噂《うわさ》のはびこる場所だってことは知ってるでしょう。思うに、口笛ジミーってのが一番厄介な奴《やつ》だったが、そいつはもう天に召されたわけだ。ボートの連中がジンを欲しがってないほうにいくら賭けるかね？　わたしは五対二で、連中が六箱持っていくほうに賭けるね」

二人の商人がこっちの船に上がってきたとき、連中のなりが、というより、二人のなりと一人の話しぶりが、すぐさま気に入った。四年間も赤道で過ごした後だから同じ白人が恋しくて仕方なかった。あの年月はいつ思い返してもまるで監獄のようだった。禁忌《タブー》扱いされ、誰とも取引ができなくなるたびに、聴聞所に出向いて禁忌を解いてもらう。ジンを買って羽を伸ばして、後で悔やむ。夜はランプを連れに家の中にこもる。浜を歩いては、こんなところに来てしまうなんて俺はなんたるばか者かと考える。俺の島には白人はほかに一人もいなくて、船で隣の島を訪ねても、付き合える相手は下品な連中ばかりだった。だから船に乗り込んできた二人を見て嬉《うれ》しくなった。一人は紛うかたなき黒人《ニグロ》だった。だが二人とも縞《しま》のパジャマと麦わら帽子をりゅうと着こなして、ケースのほうは大きな町でも通用しそうななりだった。膚《はだ》は黄色でやや小柄、鷲鼻《わしばな》の突き出た顔で、瞳の色は薄く、あごひげはハサミで整えられていた。ケースがどこの国の出身かは誰も知らない。わかるのは英語を話すということだけだった。家柄が良くて立派な教育を受けていることは明らかで、しかも多趣味だった。アコーディオンを弾かせれば第一級の腕前だ。紐《ひも》を一本とかコルク栓を一個、あるいはトランプ一組でも与えれば、玄人はだしの手品を見せる。気分次第で上品な応接間にふさわしい言葉もしゃべれる。やはり気分次第で米国人《ヤンキー》の水夫長も真っ青の罰当たりな言葉を吐けるし、*2南海人《カナカ》をうんざりさせるような辛辣《しんらつ》な話し方だってできる。考え方にしても同じで、そのときどきで一番得になるように考えるのがケース流で、それがいつも自然に見えた。最初からそう生まれついているかのようだった。ケースはライオンの勇気とネズミの悪知恵を持ち合わせていた。今、奴が地獄にいないとしたら、地獄なんて場所はないんだろう。俺はこの男の唯一の美点を知っている。女房を愛し大事にしたことだ。サモアの女で、サモア式に髪を赤く染めていた。そして奴が最期を迎えたとき（これからその話をするわけだが）、奇妙なことがわかった。キリスト教徒みたいに、遺言を残していたのだ。それで未亡人が一切合財《いっさいがっさい》を手に入れた。なんでも、ケースの全財産とブラック・ジャックの全財産、おまけにビリー・ランドルの財産のあらかただったそうだ。そんなことになったのは、ケースが帳簿をつけていたからだ。だからこの女はマヌア号というスクーナーで故郷《くに》に帰り、今日に至るまで、生まれた土地で貴婦人然として暮らしている。

だが最初の日の朝は、こんなことを少しも知らなかった。ケースは俺を紳士扱いして、友人のように接して、ファレサーに喜んで迎え入れてくれた。役に立てることがあればなんでもすると言ってくれもした。土地の言葉がわからないから申し出はことさらにありがたかった。俺たちは船室で御輿《みこし》を据え、近づきのしるしに杯を挙げて日中の長い時間を過ごしたが、あんなに的確な話し方をする男は初めてだった。南海の島々のどこにも、あそこまで頭が切れて、油断ならない商人はほかにいなかった。ファレサーはまともな場所のように思えて、飲めば飲むほど心が軽くなった。前回うちの商社から派遣された人間は、辞職を告げてから三十分で土地を逃げ去っている。原住民を労働者として集めて回る船が西のほうから来ていて、たまたまそれに乗れたのだ。船長がここに来たときには営業所は閉鎖され、鍵は土地の牧師に預けられていた。逃げ出した男の置手紙があり、自分の命がひどく心配だという告白が書かれていた。以来会社は代理人を置いていなかったから、当然今回積むべき荷はない。そのうえ順風が吹いていた。船長は、潮の具合が良ければ夜明けまでに次の島に着けるかもしれないと踏んでいたので、積んできた交易品の陸揚げはせっせとにぎやかに進められた。君が余計な手出しをする必要はないよ、とケースは言った。誰も君の物に手を付けたりはしない、ファレサーの人間は皆正直で、ごまかすとしてもせいぜいひよことかナイフやタバコの一本ぐらいだ。だから君はおとなしく船が出ていくのを見送ってから、まっすぐわたしの家に来て、浜の父と呼ばれる老ランドル船長に会い、ありあわせの料理でも食べて、暗くなったら帰って寝る、それが一番だとケースは勧めた。そんなわけで俺がファレサーの浜辺に降り立ったのは正午過ぎで、スクーナーはすでに出発していた。

船で一、二杯やっていたし、長い船旅を終えたばかりだったから、地面は足の下で船の甲板みたいに上下した。世界はどこからどこまでペンキ塗りたてのようで、俺の足は音楽に合わせて動いた。水夫が死後に行くという、酒と女と歌の楽園《フィドラーズ・グリーン》が実在するならば、ファレサーこそまさにその場所だった。もし実在でないなら残念至極《しごく》！　草を踏みしめて歩くのも、緑の山々を見上げるのも、緑の草葉で作った輪っかを頭に載せた男たちや、赤や青、色鮮やかな衣裳《いしょう》に身を包んだ女たちを眺めるのも楽しかった。俺たちは歩き続けた。強い日差し、涼しい日陰、どちらも心地よかった。町じゅうの子どもたちが、とことこと追いかけてきた。くるりと剃《そ》った頭に、褐色の体。俺たちの後ろにくっついて、雄鶏《おんどり》の鳴き声じみた、か細い歓声を上げていた。

「ところで」とケースは口火を切った。「君に奥さんを世話しなくては」

「そうだな。忘れてたよ」と俺は答えた。

娘たちが取り囲んでいたから、俺は背筋を伸ばしてトルコの高官《パシャ》よろしく群れを見回した。みんな、船が寄港するというので着飾っていた。それにファレサーの女たちは総じて器量がいい。尻の幅が心もち広いのが、欠点といえば欠点だ。ちょうどそんなことを考えていたときに、ケースが軽く俺をつついた。

「あれがきれいだ」とケースは言った。

見ると道の反対側を一人でこちらに向かってくる娘がいる。魚を獲《と》った帰りらしい。身に着けているのはシュミーズ一枚きりで、それもずぶ濡《ぬ》れだった。年若く、島の娘にしてはとてもほっそりしていた。面長で額は高い。内気そうで、一風変わった猫とも赤ん坊ともつかぬ眩《まぶ》しそうな目つきをしていた。

「なんていう娘《こ》?」と俺は訊いた。「あれでいいよ」

「ウマだよ」ケースは答え、娘を呼び寄せて土地の言葉で話しかけた。話の中身はわからなかったが、話の途中で娘はすばやく、こわごわ目を上げて、拳固《げんこ》をかわそうとする子どもみたいに俺を見た。それからまた目を伏せ、ふとほほえんだ。娘の口は大きく、唇と顎《あご》は彫像のように彫りが深い。ほほえみは浮かんだかと思うとすぐ消えた。それから娘はうなだれたまま話を最後まで聞き、ケースの顔を見据えながらポリネシア人らしいきれいな声で言葉を返し、ケースの返答をまた聞き、それからうやうやしくお辞儀をすると立ち去った。俺はお辞儀の分け前にほんのちょっとあずかっただけで、二度と目は合わなかった。ほほえみももう、ちらとも見られなかった。

「大丈夫だと思う」とケースは言った。「彼女は手に入るさ。わたしがおふくろさんと話をつける。嚙《か》みタバコの一口もあれば、選《よ》り取り見取りで好きな娘が手に入るんだよ」と付け加えてケースはせせら笑った。

たぶん、あのほほえみが記憶に焼きついていたせいだろう、きつく怒鳴り返してしまった。

「あの娘はそんな女には見えなかったぜ」

「ああ、違うだろうね」とケースは言った。「郵便みたいにちゃんと間違いのない娘だと思うよ。いつもひとりでいて、仲間と遊び回ったりなどしないし。いやいや、誤解しなさんな。ウマはきちんとした娘だから」熱心な口調だなと思った。それは意外でもあり嬉しくもあった。「実を言うと」とケースは続けた。「手に入るだなんて安請け合いできる娘じゃないんだ。ただ、彼女のほうで君の見た目が気に入ってね。君は何も知らないまま、わたしに母親の説得を任せてくれればいい。そうしたら、娘を船長の家に連れてきて結婚、という仕儀にするよ」

結婚という言葉が気に食わなかったので、そう言った。

「ああ、でも結婚といったって何も困ることはないさ。ブラック・ジャックが牧師を務めるんだから」とケースは答えた。

すでにもう、三人の白人が住む家の見えるところまで来ていた。三人、というのは、黒人も白人に数えられるからで、それを言うなら中国人もなのだ！　おかしな考え方だが、南海の島々ではそれが普通だ。木の板の家で、崩れ落ちそうな細長いベランダがついていた。店は正面にあってカウンター、秤《はかり》、それにありえないほどみすぼらしい品ぞろえの交易品が並んでいた。肉の缶詰が一、二箱。堅パン一樽《たる》。綿織物が何巻《まき》か。うちのとは比べ物にならない。せいぜいまともなのは、密売の小火器と酒だけだ。「こいつらしか商売敵がいないなら、ファレサーではうまくいきそうだ」と思った。実際、あちらが俺に対抗する方法はただ一つ、銃と酒によるしかない。

奥の部屋には老ランドル船長がいた。原住民のように床にうずくまっている。太《ふと》り肉《じし》で顔は青白く、上半身は裸でアナグマのような灰色、酒で目が据わっていた。灰色の毛に覆《おお》われた体には蠅《はえ》がうようよ這《は》いずりまわり、一匹など目の隅にとまっていた。しかしまあ、全然気にしないでいる。さらに蚊がまるでミツバチみたいにぶんぶんつきまとっていた。きれい好きな人間なら誰だって、こいつを即座に外に追い出して土に埋めてしまっただろう。この男を眺めて、もう七十歳なんだなと思い、その昔は船を指揮し、スマートないでたちで陸に上がって酒場や領事館で法螺《ほら》を吹き、クラブのベランダに坐《すわ》っていたのかと思うと、胸が悪くなって酔いも醒《さ》めた。

ランドルは俺が入っていくと立ち上がろうとしたができない相談で、代わりに片手を差し出して、つっかえながら挨拶した。

「パッパ［原注：この「パパ」は一貫して「パッパ」と発音してほしい］は今朝はすっかりできあがってるな」とケースは言った。「このあたりで流行病があったものでね。ランドル船長はジンを罹患《りかん》予防措置として飲んでいるんです。ね、パッパ？」

「そんなもの、生まれてこの方一度も飲んだことはない！」船長は大声で憤った。「ジンを健康のために飲む――えーあんた、名前なんと言ったかな――こいつは病気の用心なのさ」

「わかったから、パッパ」ケースは言った。「でもしっかりしてくださいよ。これから婚礼があるんだから。ほら、こちらのウィルトシャーさんが、結婚なさるんだ」

老船長は誰とだと訊いた。

「ウマですよ」とケースが答えた。

「ウマだと！」船長は大声を上げた。「なんでウマをもらうんだ？　なんだ、この人は健康のためにここに来たんだろ？　一体全体なんだってウマをもらう？」

「やめなさいよ、パッパ」ケースは言った。「結婚するのはあんたじゃないんだから。それにウマの名づけ親でもないでしょう。きっとウィルトシャーさんは満足するよ」

そう言うと、ケースは婚礼のためにあれこれしなくてはならないのでと言い訳して、俺をあわれな老いぼれと二人きりにして立ち去った。老人はケースの共同経営者で（実を言えば）カモだった。交易の品も営業所もランドルのもので、ケースと黒人は居候なのだ。二人が蠅のように自分の体の上を這いずりまわり、食い物にしているのを、老人は知らずにいた。俺は実際、ビリー・ランドルを悪く言うつもりはない。ただこの男に吐き気を催したという事実だけを言っておく。こうやって一緒に過ごした時間は、悪夢のようだった。

部屋は息が詰まりそうに暑くて蠅だらけだった。というのも家は不潔で手狭で天井は低く、おまけに建っている土地が悪かったからだ。村の裏手、密林との境で、貿易風が遮られて入ってこないのだ。男三人の寝床は床に敷かれ、鍋や皿も散らばっていた。酔ったランドルが暴れて木端微塵《こっぱみじん》にしてしまうから、家具は置かれていなかった。そんな部屋に俺は坐り、ケースの女房が出す食事をとり、一日じゅう、人間の残骸みたいなランドルにもてなされていた。老人はもつれる舌で古くさい下品な冗談や長たらしい昔話をあれこれ語っては、すぐに自分でぜいぜいと笑い出すから、俺がふさいでいるのに気づかない。しゃべりながらジンをちびちびやり続け、ときどき眠りに落ちたかと思うと、ウーンとか細い声を上げて身震いしながら目を覚ます。そしてときおりなぜウマと結婚したいのかと訊く。「いいか。こんなご老体に絶対なるんじゃないぞ」と俺は一日じゅう自分に言い聞かせた。

午後の四時ごろだったかもしれない。裏口がゆっくりと押し開けられて、奇妙な土地の老《ろう》婆《ば》が、腹で這うように家に入ってきた。黒い布が踵《かかと》まで覆い、髪はところどころ灰色で、顔には刺青《いれずみ》が施されていた。島の慣習ではなかった。ぎらぎらと何かを思いつめたような大きな目をしている。いくぶん芝居がかった、うっとりとした表情を浮かべながら、その目を俺に据えた。口を開いたが明瞭な言葉は一つもなくて、唇でぴちゃっという音を立てたりもぐもぐ言ったり、鼻歌めいた声を出したり、まるでクリスマス・プディングにかじりつく子どもだ。そして部屋をまっすぐ突っ切り、俺のそばに来たかと思うと、俺の手を取ってでかい猫よろしくのどを鳴らしたり低く唸《うな》ったりした。その声がいつのまにか歌らしきものに変わった。

「こいつ誰なんだ一体?」ぎょっとして俺は叫んだ。

「ファアヴァオだよ」とランドルが言う。見ると床の上で体をぐいぐいひきずって部屋の一番遠い隅っこに移動していた。

「こいつが怖いんじゃないだろうな」と俺は大声を上げた。

「怖いだと!」船長は怒鳴り返した。「怖がらせてみろってんだ。いつもはうちには入れないが、今日は特別と考えただけだ。婚礼だからな」ウマのおふくろだよ」

「そうかなるほど。で、この女は何を長々としゃべくっているんだ?」と俺は尋ねた。こんなにいらだち、怯《おび》えているかもしれないところを見せたくはなかったのだが。船長は、ウマと結婚する俺を褒《ほ》めたたえる詩をたくさん詠《よ》んでいるのだと教えてくれた。「わかったよ、お婆《ばあ》さん」と、笑おうとしたがうまくいかなかった。「どうぞお好きなように。でも俺の手が用済みになったら、知らせてもらえないか」

まるで言葉が通じたみたいに婆さんは従った。歌声は高い叫びになって終わった。来たときと同じようにかがんで家を出ていったが、裏の密林にまっすぐ飛び込んだに違いない。あとを追って戸口まで来たときには、姿はとっくに消えていた。

「妙な振る舞いだ」と俺は言った。

「妙な連中だ」と船長は言って、驚いたことに裸の胸の上で十字を切った。

「おや！　あんたカトリックなんですか」と俺は叫んだ。

ランドルはばかにしたようにそれを否定した。「コチコチのバプテストだよ。でもなあ、カトリックにもうまい工夫がいくらかあるぜ。十字を切るのはその一つだ。悪いことは言わねえ、ウマとかファアヴァオとかヴィガーズとか、そういった連中の誰でもいいが、出くわしたら必ず、司祭どもを見習って、わしがやったようにやるんだ。わかったか？」そう言って、もう一度十字を切って、うつろな目をこちらに向けてウインクした。そして出し抜けに「めっそうもない！　ここにはカトリックなどおりませんよ！」と言うと、延々と宗教上の見解を披露してくれた。

俺は最初からウマに夢中だったに違いない。そうでもなければきっと、あんな家から逃げ出して、きれいな空気、きれいな海、あるいは手近な川の中に飛び込んでいたことだろう。もっともケースに全部任せていたわけだし、それに、もしも婚礼の夜に花嫁から逃げ出したりしていたら、島でとても顔を上げて生きてはいけなかっただろう。

日が傾き、空が一面燃えるように赤くなって、ランプが灯《とも》され始めたころ、ケースがウマと黒人を連れて帰宅した。ウマは正装して香水をつけていた。キルトは目の細かいタパ布で仕立てられ、どんな絹の衣裳よりもひだがたっぷりとってあるようだった。胸は濃いはちみつ色で、着けているものといえば種や花をつないだ数連のネックレスだけだった。耳の後ろと髪の毛には深紅のハイビスカスを挿していた。真剣な面持ちで、もの静かで、花嫁としてこれ以上の態度は思い浮かばない。こんな薄汚れた家で、にやにやした黒人の前に一緒に並んで立つのを恥ずかしく思った。そう、恥ずかしく思ったのだ。なぜなら、このいかさま野郎は大きな紙の襟《カラー》を着用に及び、読み上げるふりをしている聖書というのは長篇小説の半端な一巻で、書き留めるのにふさわしくないような言葉で式を執り行ったのだ。二人で手を取り合ったときには、良心の呵責《かしやく》に苦しんだ。ウマが結婚証明書を受け取ったときには、こんな契約など放り出して過《あやま》ちを告白したくなった。これがその文書だ。台帳から破り取った紙に、署名から何から全部書いたのはケースだった。

‖本文書は、××島のファレサーのファアヴァオの娘・ウマが、ジョン・ウィルトシャー氏と一夜のみ、非合法的に結婚することを証する。ジョン・ウィルトシャー氏は、上記の者を翌朝地獄に送るも自由とする。

牢獄船《ろうごくせん》付牧師　ジョン・ブラッカムーア

以上、商船長ウィリアム・T・ランドルによる、登記簿からの抜粋。‖

若い娘の手に押し込み、彼女が黄金のようにしまいこむのを眺めるのにふさわしい、けっこうな文書だ。男ならもっと些細《ささい》なことで恥じ入ってもおかしくない。だがこれがこのあたりの習わしだったのだ。われわれ白人はちっとも悪くない。悪いのは宣教師だ(と俺は自分に言い聞かせた)。もしも宣教師が土地の者をあるがままに放っておいたなら、こんな欺瞞《ぎまん》の必要などなかった。代わりに妻を欲しいだけ迎えて、良心に一点の曇りもなく、好きなときに捨てていたはずだ。

恥ずかしさが昂《こう》じて、早くその場を立ち去りたくなった。かくして二人の望みはぴたりと一致したから、俺は商人たちの変化にあまり注意していなかった。ケースはそれまでは俺を引き留めておこうと躍起になっていた。ところが今は、もう目的は達成したとばかりに、躍起になって俺を行かせようとしているようだった。ウマが家まで案内してくれるよと奴は言い、三人の男たちは別れを告げるのに外に出てこようともしなかった。

夜が近づいていた。村には木や花や海や、パンノキの実を料理する香りが漂っていた。サンゴ礁からは心地よい波音が、そして遠くの森や家々の間からは、たくさんの大人や子どもたちの愉《たの》しげな声が響いてきた。解き放たれた外の空気を吸って、すがすがしい気持ちになった。ランドル船長と別れ、代わりに傍らの娘を眺め、すがすがしい気持ちになった。どう見ても祖国の少女にしか思えず、一瞬我を忘れて手をつないで一緒に歩いた。その指が俺の掌《てのひら》にしっくり収まり、深くせわしない息が聞こえたかと思うと突然、娘は俺の手を自分の顔に持っていき、押しつけた。「あなた、いい人!」と叫ぶと、先に立って走って、立ち止まって振り返るとほほえみ、また先を走っていった。そうやって俺を導いて、密林の端を抜け、森閑とした道を通って家に到着した。

実は、ケースは俺になりかわって派手にウマを口説いていた。あの男は君がどうしても欲しくて、そのためならどうなろうと構わないのだ、と言っていたのだ。あわれな娘は俺がまだ知らないある事実を知っていたから、ケースの言葉をうのみにして、うぬぼれと感謝の念でのぼせあがらんばかりだったわけだ。さて、そのときの俺には、そんな事情があるなんて考えもつかなかった。俺は、土地の女をめぐる白人男のばかげた妄想に、最も強く異を唱える一人だった。あまりに多くの白人が妻の一族に食い物にされ、虚仮《こけ》にされるのを見てきたからだ。だから、ただちに立場をはっきりさせて、女房に身の程をわからせてやらねば、と自分に言い聞かせていた。しかし、駆け出しては俺を待ち受けるウマは、なんとも古風でかわいらしかった。子どもか従順な犬みたいな振る舞いだ。こちらはといえば、ウマが進めば追いかけ、ウマの素足が地面を踏む音に耳を澄ませ、ウマの体の輝きを求めて薄闇に目を凝らすことしかできなかった。そして、別の考えが頭に浮かんだ。二人きりになった今、ウマは子猫みたいにじゃれている。だが船長の家では実に誇り高く、しかし慎ましく、まるで伯爵夫人のように君臨していたのだ。それに、身に着けていたもの――ほんのわずかな、いかにも島の娘らしい衣裳や、美しいタパ布や上品な芳香や、宝石のように輝き、宝石よりも大きい赤い花や種子の飾り――のおかげで、彼女が本当に、伯爵夫人か何かのように思えてきた。盛装して有名歌手たちのコンサートを聴きに行くような、俺みたいにしがない商人にはもったいない相手なのだと。

ウマが先に家に入った。俺がまだ外にいるうちに、窓の内側でマッチがぱっと輝き、ランプの灯が燃え上がるのが見えた。営業所は最高にすばらしい場所だった。サンゴ造りで、ベランダはかなり広くて、家の中心となる部屋も広く天井が高かった。持ってきた大小の箱が運び込まれて、いささかとり散らかっていたが、そのごたごたのまったただなか、ウマがテーブルのそばで俺を待ち受けていた。彼女の影は後方に長々と伸び上がり、鉄の屋根の内側まで届いていた。ランプの灯で膚が照り映え、影を背にしたウマは明るい光を放った。俺が戸口で足を止めると、ウマは熱のこもった、だが同時に怯えた目で、俺を黙って見つめた。それから自分の胸に触れた。

「わたし——あなたのお嫁さん」と言った。そのときまでさして気乗りがしなかったのに、突然、彼女への欲望が俺を捉え、縦帆《じゅうはん》の前の縁《ふち》が向かい風を受けてはためくみたいに、震えが体を貫いた。

口をききたくてもきけなかったが、きけたとしても、きかなかっただろう。たかが原住民にこれほど心動かされるのが恥ずかしかった。結婚のことも、ウマがキルトの間に大事にしまいこんだ結婚証明書のことも、恥ずかしかった。だから脇を向いて、箱の山をひっかきまわすふりをした。最初に目が留まったのは、ジンの箱だった。俺が持ち込んだのはこの一箱だけだ。半ばはウマのため、半ばは酔いどれのランドル爺さんのていたらくにぞっとしたため、ふいに酒と手を切る決心をした。箱の蓋《ふた》をこじ開け、一本一本、酒瓶の栓をコルク抜きで抜いた。そしてウマに命じて、中身をベランダから捨てさせた。

最後の一本を空けて戻ってくると、ウマはなんだかわからないといったふうに俺を見た。「よくないね」と俺は言った。やっと、舌が少し自由になったのだ。「飲む男、よくないね」ウマは同意したがまだ考え込んでいた。「なぜあなたそれを持ってきたか？」とややあって尋ねた。「もしあなた飲みたくないなら、持ってこないよ、とわたし思う」

「いいんだ」と俺は答えた。「昔、とっても飲みたかった。今飲みたくない。いいか、わたし知らなかった。かわいいお嫁さんもらうことを。もしわたしジンを飲むなら、かわいいお嫁さん、怖がる」

ウマに優しく話すのは手に余った。土地の者相手に弱味を見せないと誓いを立てていたから、それしか言えなかった。

ウマは立ったまま、蓋を外した箱の横に坐る俺を大真面目に見下ろしていた。「あなたいい人、とわたし思う」と言うと、やにわに俺の前の床に倒れ伏した。「わたし豚と同じ、あなたのものよ」とウマは叫んだ。

第二章　接触禁止

翌朝、日が昇る直前にベランダに出た。俺の家は東のはずれに建っていた。家の裏手には森と絶壁の連なる岬があって、日の出を遮る。西側には冷たい急流が走っていた。その向こうには村共有の草地が広がり、ところどころにココヤシやパンノキや家があった。鎧戸《よろいど》を下ろしている家もあれば、開けている家もある。広げたままの蚊帳《かや》の内側で、目覚めたばかりの人影が起き上がる。聖書の挿絵に出てくるベドゥイン族みたいに色とりどりの寝間着にくるまった人々が、草地の中を音もなく動き回っている。恐ろしく静かで重々しくて肌寒い朝だ。海面を照らす夜明けの光は炎のように輝いていた。

だが俺の気持ちをかき乱したのは手近の情景だ。何十人もの若い男や子どもたちが半円をなして家の脇を固めていた。川が集団を二分し、手前にいる者もあり、向こう側にいる者もあり、一人は間の大岩の上にいた。おしなべて静かに坐っている。めいめいシーツにくるまり、狩猟犬のポインターみたいにまっすぐに、俺と家とをじっと見ている。外に出てみて妙だなと思った。水浴びを済ませて戻って、全員まだそこにいるばかりか二、三人増えているのに気づいたときには、ますます妙だと思った。この家をなんでこんなに見つめるのかと、いぶかりながら中に入った。

しかし見つめる群衆のことが気になって、すぐにまた表に出た。日はもう昇っていたが、まだ岬の森の後ろに隠れていた。十五分ばかり経《た》っていただろうか。見物人はぐんと増えて、川の向こう岸にまでずらりと並んでいた。ひょっとすると大人が三十人ほど、子どもたちはその倍もいて、立つか地べたにしゃがむかしていたが、いずれも俺の家をじっと見つめていた。以前、とある南海の村で、こんなふうに取り囲まれた家を見たことがあるが、そのときは中で貿易商の男が女房を鞭《むち》で殴りつけ、女房は大声でわめいていた。今、わが家では何も起こっていない。コンロはあかあかと燃えて、煙はキリスト教徒らしく真っ当に上がっている。すべてがちゃんとしていて、商売人の手本になりそうなほどじゃないか。確かに俺というよそ者がやって来た。だが連中には昨日のうちに俺を見物する機会があったし、事実、特に騒ぎもせず眺めていたはずだ。今さら何か問題でもあるのか？　俺はベランダの横木に両腕をもたせてにらみ返した。連中ときたらまばたき一つしやしない！　ときおり子どもたちがしゃべっているのが見えたが、ひそひそやっているから、この距離ではちっとも聞き取れない。残りの人間はまるで彫像だった。悲しげに押し黙り、輝く瞳で俺をじっと見つめている。ふと、もしもここが絞首台で、この善人どもが俺が吊《つ》るされるのを見に来ているのだとしたら、こんな感じだろうと思った。

なんだか怖くなってきたが、怯えているのを態度に出してしまったら絶対にまずい。すっくと立って伸びをするふりをしてから、ベランダの階段を下り、ぶらぶらと川のほうへ歩いていった。幕が上がる直前、劇場がざわめくみたいに、人々がひそひそと短い言葉をささやき交わした。一番近くの連中が一歩下がった。少女が若者の肩に手を置き、反対の手で上を指す仕草をしてみせながら、土地の言葉で興奮した口調で何やら言った。俺の行く手に子どもが三人しゃがんでいて、そこから三フィートと離れていないところをすり抜けるはめになりそうだった。めいめいシーツにくるまって、てっぺんだけ残して丸めた頭に奇妙な顔、まるでマントルピースに飾られた彫刻だ。そいつらが裁判官みたいにまじめくさってじっとしているところへ、俺が用事でもあるかのように五ノットの高速でぐんぐん近づいた。目をぱちくりさせて息を呑《の》む三つの顔。すぐに一人が飛び上がり（一番遠くにいた奴だ）母親のもとへ駆け出した。残る二人は、後に続こうとしてもつれ合い、一緒に転んで泣き叫び、くるまったシーツから身をくねらせながら這い出して、生まれたまんまの姿になった。と、次の瞬間、三人とも死にもの狂いで逃げながら豚みたいにわめいていた。笑える種があれば、たとえ葬式の最中だろうと決して見逃さない土地の連中は、犬が吠《ほ》えるみたいに短く笑うと、すぐにまた静まった。

一人きりでいるのは怖いと人は言う。そんなことはない。暗闇や背の高い密林で何が怖いかといえば、すぐ後ろに一軍隊が潜んでいてもわからないということだろう。一番恐ろしいのは、群衆の中にいながら、彼らの考えがまったく読めないことだ。笑いがやむと、俺も立ち止まった。三人の子どもたちは、いまだに沖合での停泊には至らず、依然として全速力でまっすぐ逃げていたが、そのとき俺はすでに船首を回し、針路を変えて逆戻りしていた。五ノットの速さでばかみたいに勢いよく飛び出しておきながら、ばかみたいに引っ込んでいく。こんなに滑稽な見ものはないだろうに、今度は誰も笑わなかったので啞然《あぜん》とした。婆さんが一人、祈るように呻《うめ》いただけである。非国教徒が教会堂で説教を聞くときにそんな声を漏らすのを、あんた方も聞いたことがあるだろう。

「ここの連中ぐらいばかな南海人《カナカ》は見たことないぜ」見つめる群衆を窓から見やりながら、ウマに一度言ってみた。

「何も知らない人たち」ウマはお得意の、ほとほとうんざりといった顔で答えた。

これが、この件について交わした会話のすべてだった。俺は腹が立っていたし、ウマは、俺の対応は大人げなかったかと反省するくらい、ことを当たり前のように受け止めていたからだ。

日がな一日、出たり入ったり、増えたり減ったりしながら、ばか者たちは家の西側と川向こうに坐って、何かのショーが始まるのを待っていた。天から火が降ってきて、俺を焼き尽くし、骨と塵芥《ちりあくた》にしてしまうとでも期待していたのか。しかし夕刻には、いかにも島の人間らしく飽きてしまい、引き揚げた。今度は村一番の豪邸でダンスパーティだ。歌や手拍子が聞こえてきた。夜の十時ごろまでそれが続いた。翌日には、俺の存在は忘れ去られたようだった。天から火が降ろうが、大地が口を開けて俺を呑み込もうが、面白がって見物する者も、教訓だのなんだのを得ようとする者も、もう現れないのだろう、とそのときは思った。だがのちにわかった。連中は忘れてなどおらず、俺の身にとんでもないことが降りかかるのを見届けようとしていたのである。

数日間というもの、交易品を整理したり、ヴィガーズが何をどれだけ残していったのか調べたり、しゃかりきになって働いた。かなりうんざりする仕事だったから、余計なことをあまり考えなくて済んだ。ベンは前回来たときに在庫を確かめていた。ベンは信頼できる。だが明らかに、その後に勝手なことをした奴がいた。ゆうに六か月分の給料と収益が飛んでしまうほどの損が出ているとわかった。この間抜けさ加減、村じゅう自分を蹴飛ばしながら歩き回ったっていいようなものだった。仕事熱心に在庫を確かめていればよかったものを、ケースなんかと腰を据えて酒を飲んでいただなんて。

とはいえ覆水盆に返らず、終わったことを嘆いてもしかたない。俺にできるのは、残された物と、新たに持ってきた品（自分で精選した）をきちんと並べ、見回ってネズミやゴキブリを追い払い、シドニー並みに立派に店を整えることだけだった。見映えよく商品を陳列できた。そして三日目の朝、パイプに火をつけ戸口に立って中を覗き、振り返って遠くの山を見上げた。揺れるココナッツの木々を眺めては、そこからとれる何トンものコプラを思い浮かべ、村の広場に目をやって島の伊達男《だておとこ》たちを眺めては、キルトや礼装にと買い求められるプリント地の量を皮算用した。一財産築いて祖国に帰りパブを始めるのにはうってつけの土地に来たように感じられた。そのとき確かに俺はあのベランダで腰を下ろし、極上の風景に囲まれ、まぶしい日差しと、さわやかで健康的で、海水浴みたいに男の血を沸き返らせてくれる貿易風を浴びていたにもかかわらず、すべてが目の前からきれいに消え去って、俺はイングランドの夢を見ていた。汚くて冷たくてぬかるんだ穴のようで、字を読むのに十分な光も拝めない国の夢を。俺が持つパブの姿も思い浮かんだ。並木道のような広い街道の角に建ち、緑の木に看板が掛かっている。

午前中はそれでよかった。だが時間が経っても人っ子一人こちらに目を向けない。ほかの島々の連中について知っていることからして、これは妙だ。うちの商社とそのご大層な営業所、特にこのファレサーの営業所といえば、ちょっとしたお笑い種《ぐさ》だった。ファレサーでとれるコプラを全部つぎ込んだところで、五十年かかっても元がとれないだろう（と言われるのを耳にしたことがあった）、というのは大げさだと思うが。しかし午後に入っても取引が一つもないとなると、さすがに気分が落ち込んできた。そこで午後三時ごろ、景気づけにぶらりと散歩に出た。草地の広場で、裾の長い服を着た白人の男と出くわした。服装と顔から司祭だとわかった。見るからに気立てのよさそうな年寄りで、髪は灰色がかっていた。あまりに汚なくて、紙にこすりつけたら何か書けそうなほどだ。

「こんにちは、神父さん」俺は話しかけた。

土地の言葉で熱のこもった答えが返ってきた。

「英語は全然話さないんですか？」俺は訊いた。

「フランス語」と神父は言った。

「おっと」と俺は言った。「それじゃあ残念ながら俺にはどうしようもない」

神父はしばらくそのフランス語とやらで俺を悩ませた。それからまた土地の言葉に戻した。そのほうがまだ見込みがあると考えたらしい。単に挨拶を交わしたいわけではなく、何か伝えたいことがあるのがわかったから、身を入れて聴いた。耳に入ったのは、アダムズとケースとランドルの名――ランドルが一番たくさん出てきた――そして「毒」かそれに似た言葉、もう一つ、ある単語が頻繁に話に出てきた。その現地の言葉を口の中で繰り返し唱えながら家に帰った。

「ファッシ・オキってなんのことだ？」俺はウマに尋ねた。これが俺にできる一番近い発音だった。

「死なせる」ウマは答えた。

「ほんとかよ！」俺は言った。「ケースがジョニー・アダムズを毒殺しただなんて聞いたことがあるか？」

「みんな、それ知ってる」ウマはさげすむように言った。「彼に白の砂をやった――悪い砂よ。まだその瓶持ってる。もしあなたジンをもらっても、あなたそれ飲む、だめ」

似たような話はほかの島々にもあって、俺も耳にしていたし、決まってこの白い粉が登場するから、今度も真に受けなかった。それでも何か聞き出せることもあろうかと、ランドルの家に足を運んだ。ケースが戸口で銃の手入れをしていた。

「ここら辺はいい猟場かい？」と俺は訊いた。

「最高さ」ケースは言った。「密林はいろんな鳥でいっぱいだ。コプラもそんなに豊富ならいいんだが」と奴はこすっからく――と俺には思えた――言い足した。「でもどうしようもないな」

ブラック・ジャックが店で客の相手をしているのが見えた。

「でも商売しているみたいじゃないか」俺は鎌をかけた。

「あれは三週間ぶりの取引だよ」とケースは応じた。

「ほんとかい？」俺は言った。「三週間ねえ、へーえ」

「信じないんなら」とケースはむっとして声を張り上げた。「うちのコプラ置場に行って見てみればいい。こんな時間になっても、まだ半分くらい空きがある」

「そんなもの見たってしょうがないよ」俺は答えた。「第一、昨日は全然コプラが置いてなかったのかもしれないじゃないか」

「そりゃそうだ」とケースは小さく笑った。

「ところでさ」俺は言った。「あの神父はどんな奴なんだ？　わりと親切そうだったが」

そこでケースは大声で笑い出した。「ああそうか！」と奴は言った。「道理で様子がおかしいと思った。ガルーシェに何か言われたんだね」大抵の者はガロッシズ神父と呼ぶが、ケースはいつもフランス語っぽく発音した。それもまた、われわれがケースを並の人間ではないと考える所以《ゆえん》だった。

「うん、会った」と俺は言った。「神父はあんたのとこのランドル船長をあまり高く買ってないみたいだぜ」

「そうなんだよ、まったく」とケースは言った。「気の毒なアダムズをめぐって揉めたからね。最後の日、アダムズが死にかけてたとき、バンカムという若いのがそばにいてね。バンカムに会ったことは？」

ない、と答えた。

「変人だよ、バンカムは！」ケースは笑った。「バンカムはね、手近には聖職者といえば南海人《ナカ》の牧師たちしかいない、だからガルーシェ神父を呼んで、アダムズ爺さんに終油の秘蹟《カ》を授けてもらわなくては、と思い込んでしまったのさ。わたしとしてはどうでもよかったんだが、一応アダムズ本人の意向を聞くべきだろうと言ったんだ。アダムズは水増しされたコプラのことを延々しゃべりまくって、見るからに頭のたがが外れていた。『いいかい』とわたしは声を掛けた。『あんたはひどい病気なんだ。ガロッシズに会うか？』アダムズは片肘《かたひじ》ついて起き上がり、『神父を呼んでくれ』と答えた。『神父を呼んでくれ。こんなところで犬みたいにみじめに死にたくない！』粗暴で切羽つまってはいたが、それでも分別のある話しぶりだったな。反対する理由もなかったから、ガルーシェに使いをやって、来てほしいと頼んだ。当然、来るわけだ。行くと決めると、神父はすぐさま汚いリンネルを身に着けた。でもわれわれは、パッパのことを勘定に入れ忘れていたんだな。コチコチのバプテストだからね、パッパは。カトリックはお断りってわけだ。だからパッパは扉を押さえて鍵を掛けてしまったんだ。バンカムはパッパを石頭呼ばわり。わたしはパッパが発作でも起こしたかと思ったね。『石頭だと！　わしが石頭だ？　おまえみたいなしゃらくせえ小僧にそんな口をきかれるなんて、長生きはしたくねえもんだ』そう言って、パッパはバンカムに襲いかかったから、わたしは二人を引き離しておかなくてはならなかった。アダムズはそんな二人の間にいた。また頭がおかしくなって、コプラの話を生まれつきの阿呆《あほう》みたいに繰り返すわけだ。まるで芝居だったね。わたしは立っていられないほど笑い転げた。そのときやにわにアダムズが起き上がって、両手をさっと胸にやって、錯乱状態に陥った。最後までよく頑張ったよ、ジョン・アダムズは」とケースは唐突に重々しく話を結んだ。

「それで神父はどうなった？」俺は尋ねた。

「神父？」とケースは言った。「ああ、外から戸を叩《たた》きながら、大声で土地の者たちを集めてなんとか家に押し入ろうとしていたな。自分は魂を救いたいのだとか叫びながらね。ひどく動揺してたね、神父は。だからってどうなる？　ジョニーはもう、くたばっちまった。ジョニーの魂はもう手に入らない。終油の秘蹟をめぐる騒ぎもおしまいさ。ところが第二幕があった。神父がジョニーの墓で祈っているという噂がランドルの耳に入ったんだ。そのときパッパは相当聞こし召していて、棍棒《こんぼう》を摑《つか》むとまっしぐらに墓に向かった。するとガロッシズが祈りを捧《ささ》げていて、土地の者が大勢それを眺めている。パッパが酒以外のことにここまでこだわるなんて、想像できないだろう。でもパッパと神父は二時間も、土地の言葉で罵《ののし》り合い、ガロッシズがひざまずいて祈ろうとするたんびにパッパが棍棒を振りかざす。ファレサーであんなに愉快な騒ぎが起こったことはなかったな。しまいには、ランドル船長が気絶だか発作だかで伸びてしまって、神父は望み通り魂を仕入れたってわけだ。でも神父は聖職者にあるまじき怒りようで、ランドルの非道な行いを首長たちに訴えた。無駄なことさ。この首長たちはプロテスタントだからね。それにもともと、神父は午前の学校を知らせる太鼓の音をめぐって面倒を起こしていたから、首長たちはしっぺ返しできて喜んでたよ。こんな事情で今、神父はランドルがアダムズに毒か何かを盛ったと言い張って、顔を合わせれば、お互いヒヒみたいに歯をむくってわけさ」

この逸話をケースはすらすらと語り、しかも滑稽な出来事を楽しんでいるふうだった。あれから長い時が経った今思い返せば、胸の悪くなるような大嘘だったのだとわかる。しかし、ケースは優しくはないが率直で腹蔵ない人間、男らしい男として売っていた。そして実のところ、俺もケースにはすっかり惑わされたのだ。

家に帰ると、ウマにお前はポウピーかと尋ねた。これが土地の言葉でカトリックを指すとわかるようになっていたからだ。

「エ・レ・アイ！」とウマは答えた。普通よりも強く否定したいときにはウマはいつも土地の言葉を使った。実際この語は、とても強い否定を表した。それから「ポウピー、良くない」と言い足した。

そこでアダムズと神父の一件を尋ねてみると、同じような法螺話をウマなりの言葉で語ってくれた。しかし真相は相変わらず藪《やぶ》の中だった。ただ、根っこにあるのは終油の秘蹟をめぐる喧嘩《けんか》であって、毒薬うんぬんは単なる噂だろうという考えに傾いた。

翌日は日曜で、仕事の予定はなかった。ウマは朝、俺が「祈り」に行くつもりかどうか訊いた。もちろん行かないと言うと、ウマもそれ以上何も言わずに家に留《とど》まった。これは土地の人間らしくない。おまけにウマは女で、しかも見せびらかしたくなるような新しい衣裳を持っているのだから、なおのこと不自然だ。とはいえウマが出かけないというのは俺にも好都合だったから、特に気にしなかった。おかしなことに、そのあとで俺は結局教会に行きそうになった。これは今でも忘れられない。どういうことかというと、散歩に出たとき、讃美歌の調べが聞こえてきたのである。わかるだろう、人が集まって歌っているのを聞くと、自然に引き寄せられるものなのだ。まもなく俺は教会の脇に立っていた。教会は細長くて背の低い、小さな建物だった。サンゴ造りで両端は丸く、ホエールボートのような格好だ。当地独特の大きな屋根が載っかかり、サッシのない窓と扉のない戸口があった。窓の一つに首を突っ込んで覗くと、目新しい光景があった――それまで知っていた島々とは何もかもが違っていた――から、そのまま眺めていた。会衆は床にござを敷いて坐っていた。女たちは片側に、男たちは反対側に集まり、誰もがめかしこんでいる――女は正装に欧風の帽子、男は白いジャケットにシャツだ。讃美歌が終わった。牧師は大柄な若い南海人《カナカ》で、説教壇で必死に説教していた。手を振り回し、声色を使って会衆を説得し、議論も交わしているようだ。その手際を見るに、やり手の牧師なのだろう。さてその牧師がふいに顔を上げ、俺と目が合った。すると、間違いない、説教壇でよろめいたのだ。飛び出しそうなほど両目を見開き、片手は意志に逆らうかのように持ち上がって、俺を指した。説教はそこでぱったり途絶えた。

自慢できることではないが、俺は逃げ出した。もしも同じようなショックを受けたら、明日にだってもう一回逃げ出すだろう。駄弁家の南海人《カナカ》が俺を一目見ただけで肝をつぶすのを目にして、世界の底が抜けてしまった感じがした。まっすぐ家に帰ると、そのままもう外に出ず、口もきかなかった。あんた方は、ウマには打ち明けるつもりなんだろうと思うかもしれないが、それは俺の流儀じゃない。ケースに相談しに行っただろうと思ったかもしれないが、本当のところ、こんなことは恥ずかしくて話せなかった。大笑いされるのが落ちだと考えた。だから口をつぐみ、その分なおさら頭の中で考えた。考えれば考えるほど、気に食わない出来事だった。

月曜の夜になるころには、俺は禁忌《タブー》として扱われているに違いないとはっきり確信した。そうとでも考えないと、新しい店が村で開業して二日間、男も女も一人も品物を見に来ないというのは、とても信じられない話だった。

「ウマ、俺はタブーにされているんだと思う」と俺は言った。

「わたしもそう思う」とウマは言った。

話をもっと聞き出すべきかしばらく考えてみたが、白人から対等に相談されているなどと、土地の人間に思わせてしまってはまずいのだ。だからケースのところに行った。日はとっぷり暮れ、ケースはいつものように一人で、階段に腰を下ろしてタバコをふかしていた。

「ケース」俺は声を掛けた。「妙なことがあるんだ。俺はタブーにされている」

「そんなばかな！」ケースは言った。「このあたりの島じゃあそんな風習はないよ」

「そうだかどうだか知らないが」と俺は言った。「前にいた島ではタブーがあった。だからどんなものかはわかってる。その俺が、確かにタブーにされているって言ってるんだ」

「それじゃあ、君は何をしたって言うんだい？」ケースは訊いた。

「それを探り出したい」と俺は答えた。

「ああ！　タブーにされるはずなんてないよ」と奴は言った。「あり得ないな。でもいいかい、こうしようじゃないか。君がそれで安心するというなら、わたしが訊いて回ってきっと探り出すよ。その間、中でパッパと話していたらどうだい」

「どうも」と俺は答えた。「でもベランダにいるよ。あんたの家の中は息が詰まる」

「じゃあパッパを呼んでこよう」とケースは応じた。

「なあ」俺は言った。「それはやめてくれないかな。実は、ランドルさんは苦手なんだ」

ケースは笑うと、店のランタンを持って村に出かけていった。十五分ほど経っただろうか。えらく深刻な顔つきをして戻ってきた。

「ええと」ケースはランタンをベランダの階段にガチャンと下ろし、話し始めた。「自分で聞いたんじゃなきゃ、とても信じられないような話だ。南海の連中《カナカ》の生意気さときたら、この先どこまで増長するかわからないね。白人を敬うなんて考えはすっかりなくしてしまったらしい。われわれに必要なのは、軍艦だ。できればドイツのね。ドイツ人なら連中の扱いを心得ている」

「てことは俺は本当にタブーにされているんだな？」俺は怒鳴った。

「まあ、そんなところだ」とケースは言った。「これまで聞いた中でも最悪のタブーだ。でもウィルトシャー、男同士だ、わたしは君の味方だよ。明日の九時ごろ、ここに来てくれ。二人で首長たちと話をつけよう。彼らはわたしを恐れている。いや、昔はそうだったんだが、今ではすっかり図々しくなってしまったからな、どうしたものか。わかってくれるね、ウィルトシャー。わたしはこれを君一人の問題だとは考えてはいない」と、きっぱりとした態度で言葉を続けた。「全部われわれの問題だと考えている。いや、それどころかすべての白人の問題だと考えている。だからとことん頑張り抜くさ。確かに引き受けたよ」

「それで、理由は探り出せたのか？」と俺は尋ねた。

「まだだ」とケースは言った。「でも明日には突き止める」

総じてケースの態度には気を良くした。翌日、首長たちとの会見に先立って落ち合ったとき、彼が断固たる様子なのを見て、ますますいい気分になった。首長たちは、中の一人の楕円形の大邸宅で待ち受けていた。庇《ひさし》の周りに人垣ができていたから、遠くからもそこがわかった。掛け値なしに総勢百名、男も女も子どももいた。男たちの多くは仕事に行く途中で、緑の輪を頭に載せていたから、祖国での五月祭を思い起こした。俺たちが入っていくと、群衆は突如として怒ったような興奮状態になり、道を空け、ざわついた。五人の首長が来ていた。四人はえらく堂々とした男で、五人目はしわくちゃの老人だった。全員が白いキルトとジャケットを着てござに坐り、手には淑女よろしく扇を持っていた。若いほうの二人がカトリックのメダイユを身に着けているのには考えさせられた。俺たちの席が作られ、お偉方に相対するように、家の手前側にござが敷かれた。真ん中は空いていた。群衆は俺たちのすぐ後ろに控えて、小声でつぶやいたり、見ようとして首を伸ばしたり押し合ったりしていた。彼らの影が、俺たちの前で、床に敷きつめられたきれいな丸石の上をせわしなく動いていた。俺は一般人の興奮ぶりにほんのわずかうろたえたが、首長たちの穏やかで礼儀正しい物腰にほっとした。首長たちの代表が低い声で長々とした演説を始めた。ときにケースのほうに、ときに俺のほうに手を振り、ときに拳でござをトントン叩きながら話すのを聞いて、ますます安心した。首長たちには怒っている様子が少しもない。それだけは明らかだった。

「なんて言ってたんだ？」演説が済むと、俺は尋ねた。

「ああ。お会いできて嬉しい、君が何かを訴えたがっていることをわたしの話を通じて理解している、遠慮せずに言ってよろしい、そうすれば公正に取り計らう、てなことだけだよ」

「それだけ言うのにずいぶんと時間を食ったもんだね」と俺は言った。

「ああ、あとはみんな、お世辞とかボンジュールとかいった挨拶だった」ケースは言った。

「君も南海《カナカ》の人間のことはよく知ってるだろう」

「なるほど、だが俺からはボンジュールなんて挨拶は抜きだ」俺は言った。「俺がどういう人間か伝えてくれ。白人で、イギリス臣民で、故郷《くに》では立派な大首長なんだ。ここに来たのは奴らに恩恵を施すため、文明をもたらすためだ。ところが持ってきた交易品をきれいに並べ終わったとたん、あろうことか奴らは俺をタブーにしやがって、店に寄りつきもしない！法に適《かな》ったことだったら逆らうつもりはない、と言ってやってくれ。だからもし贈り物が必要なら、ちゃんとしてやろうじゃないか。わが身を守ろうと用心する人間を責めたりはしない。人間とはそんなものだからな。だが連中が、タブーみたいなこの土地流の考えを俺に押しつけようっていうなら、思い知らせてやる。それからこれもはっきり言ってやってくれ。俺は白人として、イギリス臣民として、このような扱いを受ける理由を説明するよう要求する」

以上が俺の演説だった。俺は南海《カナカ》の連中の扱い方を心得ている。わかりやすく道理を説き、公正に扱う。そうすればいつだってちゃんと屈服するのだ――奴らをそれくらいには公平に認めてやってもいい。奴らは本物の政府、本物の法律を持っていない。そのことは奴らの頭に叩き込んでやらねばならない。いや、たとえ持っていたとしても、それを白人にあてはめようなどとんだお笑い種だ。はるばるこんな僻地《へきち》までやって来て好き勝手に振る舞えないなんて、ばかにした話だ。考えるだけで決まってとさかにくる。だから少しばかり偉そうに演説をぶったのだ。それから、ケースが通訳をして——というよりは、そのふりをして——まずは第一の首長、次いで第二、第三と、みんなが打ち解けた上品な態度で、でもその下では厳粛に回答をした。一度はケースが質問されて、答えた。すると誰もかれも（首長も一般人も）笑い出して俺を見た。最後に、しわくちゃの爺さんと、最初にしゃべった体のでかい若い首長が、ケースを相手に教理問答めいたやりとりを始めた。ときおりケースが質問をかわそうとしているのがわかった。だが二人は猟犬のように食いついて離れない。汗がケースの顔を流れ落ちる。その光景はあまり愉快ではなかった。また、ケースの答えを聞いた群衆が呻いたりつぶやいたりすることもままあって、その声はさらに不愉快だった。あの当時、土地の言葉がさっぱりわからなかったのは残念至極だ。というのは（今にして思えば）二人はケースに俺の結婚のことを尋ねていたわけで、ケースは窮地を脱するのに一苦労だったに違いないからだ。だがケースのことは措《お》いておこう。議会だって取り仕切れるほどの頭の持主だった。

「で、それで全部か？」話が途切れたとき、俺は訊いた。

「一緒に来てくれ」顔をぬぐいながら、ケースは言った。「外で話す」

「結局、タブーを解いてくれないってわけか？」俺は大声を上げた。

「妙な話なんだ」とケースは答えた。「外で話そう。ここを出たほうがいい」

「あいつらの好きにさせてたまるか」俺は叫んだ。「俺はそんな男じゃないぜ。南海人《カナカ》の群れに背を向けて逃げ出す俺じゃない」

「とにかく出たほうがいい」とケースは言った。

ケースは俺を見つめ、目顔で合図した。五人の首長は俺をそれなりに礼儀正しく見つめたが、幾分目つきがきつかった。群衆は俺を見つめ、首を伸ばし、押し合った。俺は家を見張っていた連中のことや、牧師が俺を見ただけで説教壇で飛び上がったことを思い出した。何もかもいかれているように思えたから、立ち上がってケースに続いた。群衆は俺たちを通すために再び道を空けたが、さっきよりも大きく退いた。人垣のはずれで走ったり大声でわめいたりしていた子どもたちは、俺たち二人の白人が立ち去るのを、みんなでつっ立ったまま見守った。

「さあ、もういいだろう」俺は言った。「一体どういうことだ？」

「本当のところ、わたし自身もちゃんとはわからない。連中は君を嫌ってるんだ」ケースは言った。

「嫌っているからといって人をタブー扱いするのか！」俺は叫んだ。「そんな話、聞いたことがない」

「もっとまずい状況だよ」とケースは言った。「君は別にタブーにされてるわけじゃないんだ。そんなはずはないって言っただろう。ここの人間が君に近寄ろうとしないんだよ、ウィルトシャー。そこが肝心なところだ」

「近寄ろうとしないって？　どういう意味だ？　なんで近寄ろうとしない？」俺は叫んだ。

ケースはためらった。「怖がってるらしい」と声を低めた。

俺はぴたっと立ち止まった。「怖がってる？」と繰り返した。「ケース、気は確かか？　あいつら何を怖がってるんだ？」

「それがわかればいいんだが」ケースは頭を振りながら答えた。「連中お得意のばかげた迷信の一つらしいな。そこが気に食わない。ヴィガーズのときと似ている」

「どういう意味なのか、教えてもらいたいね。聞かせてくれないか」俺は言った。

「ほら、ヴィガーズは取る物も取りあえず逃げ出しただろう」とケースは言った。「何か迷信が絡んだことで。わたしにはさっぱりわからない話だった。でも終わりのころには、まずい感じになりだしてね」

「それについては別の話を聞いたぜ」と俺は言った。「話しといたほうがいいだろう。ヴィガーズはあんたのせいで逃げ出したって噂だ」

「なるほど！　まあ、奴はきっと、本当のことを言うのが恥ずかしかったんだろう」とケースは応じた。「ばかみたいだと思ったんじゃないかな。わたしが背中を押してやったのは事実だとも。『なあ、あんたならどうする？』と訊かれたから、『とっとと出ていくんだね。それですっかり忘れちまうことさ』と答えたよ。ヴィガーズが尻に帆を掛けて逃げるのを見て、誰より喜んだのはこのわたしだよ。仲間が苦境にあるときに背を向けるなんて、わたしには考えられない。でも村での揉め事はあまりに大きかったから、出口が見えなかった。あんなにヴィガーズに関わるなんて、ばかだった。今日だってあのときのことを持ち出されたんだ。

マエアが——あの若い、体のでかい首長だよ——『ヴィカ』のことで声を荒らげたのを聞かなかったかい？　連中が知りたがっていたのは彼のことだった。なぜだかあの一件が忘れられないらしい」

「大変けっこうな説明だが」と俺は言った。「やっぱり何が悪いのかわからないし、連中が何を怖がっているのか、どんな考えなのかもわからないじゃないか」

「わたしだって知りたいさ」ケースは言った。「とにかく今はそれ以上にちゃんとした説明はできない」

「連中に尋ねてくれてもよかったんじゃないか」俺は言った。

「尋ねたとも。でも、君だって見ただろう、目を開けてたなら。質問するはずが逆になってしまったんだ。同じ白人のためならとことんまで頑張るつもりだが、わたし自身が窮地に立てば、自分が切り抜けることをいの一番に考えるさ。わたしは人が良すぎて損をするんだね。だから遠慮なく言わせてもらうけれど、君ね、君のせいでこんなごたごたに巻き込まれた人間に向かって、ずいぶんな感謝の仕方をしてくれるじゃないか」

「俺が考えているのは」と俺は応じた。「ヴィガーズの件に深入りするなんて、あんた、ばかだったたな。よかったな、俺には深入りしなくてさ。そういえばあんたは家《うち》に上がったことがないよな。潔く認めろよ。このことを前からなんとなく知ってたんだろう？」

「確かに君の家に入ったことはなかったね」とケースは言った。「うっかりしてたよ。悪かったな、ウィルトシャー。しかし今後の訪問については、はっきりしている」

「来ないって言うんだな」俺は訊いた。

「ほんとに悪いね、でもまあ、そういうことだ」ケースは答えた。

「つまり、怖いんだな？」と俺は言った。

「つまり、怖いんだ」とケースは言った。

「それで俺は理由もなくタブーにされたまんま、というわけか？」俺は訊いた。

「だから、タブーにされているわけじゃないんだって」ケースは答えた。「土地の連中が君に近寄ろうとしない、それだけのことだ。で、連中にそうするなって誰が命令できる？ほんとのところ、われわれ商人は面の皮が相当厚いよ。だって、かわいそうなここの連中に、自分の都合次第でいつでも法律を取り消させたり、タブーを再開させたりするんだから。でも君、望もうと望むまいとすべからく君の店で取引すべしという法律があってもいいなんて言うつもりはないだろうね？　そんな要求をするぐらい面の皮が厚いぜ、なんて言うつもりはないだろうね？　もし君がそこまで厚かましいとしても、わたしに提案するのはおかしいだろう。念のために言っておくが、ウィルトシャー、わたしだって商売人なんだよ」

「俺があんただったら、面の皮がどうとか言わない」と俺は言った。「俺なりに整理すれば、こういうことになる。つまり、誰も俺とは取引をしない。みんながあんたと取引をする。あんたがコプラを手に入れ、こっちはすっかり落ちぶれてがたがた震えることになる。おまけに俺はここの言葉が全然わからなくて、ここではあんたが唯一の、英語を話すまともな人間だ。それなのにあんたは鉄面皮にも、俺の命が危ないといきなりほのめかして、その理由はわからないの一点張りなんだ！」

「まあ、実際その一点しか言えないんだよ」ケースは言った。「わたしにはわからない――わかればいいんだが、とね」

「だから俺を見捨てて、孤立させるっていうのか！　それがあんたのやり口か？」俺はなじった。

「いやらしい言い方をしたいんならね」とケースは答えた。「わたしはそうは言わないが。わたしはただ単に『君には近づかないつもりだ。さもなければ、わたし自身危険に巻き込まれてしまう』と言うだけだ」

「へえ」と俺は言った。「あんたはすばらしい白人だよ！」

「気持ちはわかるよ。怒ってるね」と奴はぬかした。「わたしだってそんな気持ちになるだろうな。無理もない」

「わかったわかった」と俺は言った。「同情ならどっかよそでやってくれ。俺はこっちへ行く。あんたはあっちだ！」

捨て台詞《ぜりふ》で別れて、かっかしながらまっすぐ家に帰った。するとウマが交易品を赤ん坊みたいにあれこれ試着しているところだった。

「おい」俺は言った。「ばかなことやってるんじゃないよ！　こんなに散らかして。そうでなくても厄介続きなのに！　それに、昼食の支度をしろと言っておいたはずだぜ！」

それから俺は厳しく叱《しか》りつけたのだと思う。叱られるようなことをするからだ。ウマは歩《ほ》哨《しょう》が上官にするように、ぱっと立ち上がった。これは言っておかねばなるまいが、ウマはよくしつけられていて、白人を大いに尊敬していた。

「ところで」と俺は切り出した。「おまえはここの人間だろ、きっとわかるに違いない。俺はなんでタブーにされた？　いや、もしタブーにされてないとしたら、どうしてここの連中は俺を怖がるんだ？」

　ウマは立ち尽くし、目を大きく見開いて俺を見た。

「あなた、知らない？」ややあって、あえぎながら訊いた。

「知らない」と俺は言った。「知るわけないだろう。俺が前にいたところじゃ、こんなむちゃくちゃはなかった」

「エセ、あなたに言わない？」ウマは重ねて訊いた。

（「エセ」とは、土地の人間がケースに奉った名前だった。「異国の」とか「風変わりな」とかいう意味で言っているのかもしれないし、果物のマメイアップルを意味するのかもしれない。だがおそらく、ケースという名が聞き違えられ、現地の綴《つづ》りに置き換えられただけだったのだろう）

「大しては」と俺は答えた。

「エセめ《ダム・エセ》！」ウマは叫んだ。

　あんた方は、この南海の娘《カナカ・ガール》が「ダム」などと、神を冒瀆《ぼうとく》する罵り言葉を吐くのを聞いて滑稽に思うかもしれない。違うのだ。ウマは神を冒瀆するつもりなどなかった。絶対に。怒っていたのでもない。怒りは通り越して、この単語を純粋に、真剣に使ったのだ——罵り言葉としてではなく、「地獄に堕《お》ちろ」という語本来の意味で。これを口に出したとき、ウマは背筋をぴんと伸ばして立っていた。あんな女の姿は、あとにも先にも見たことがないと言ってよかろう。ウマの姿を見て口がきけなくなった。ウマはそれからお辞儀のようなしぐさをしたが、実に誇り高いお辞儀だった。そして両手をさっと広げた。

「わたし、恥ずかしい」ウマは言った。「あなた知っている、とわたし思った。エセ、あなた知っていると言ったよ。彼、あなた気にしてないと言った。彼、あなたわたしをとっても愛していると言った。タブー、わたしのもの」と、ウマは自分の胸に触れた。婚礼の夜に見せた身振りと同じだった。「わたし出ていく、タブーも出ていくよ。そしたらあなた、とってもたくさんコプラ手に入る。あなたそのほうがずっと好き、とわたし思う。トファー、アリイ」——土地の言葉で「ごきげんよう、おかしら様!」という意味だ。

「待てよ! 早まるな」俺は叫んだ。

ウマはほほえみ、流し目で俺を見た。「だって、あなたコプラ手に入るよ」と、子どもにキャンディーをやるような調子で言った。

「ウマ」と俺は言った。「聞いてくれよ。俺は最初知らなかった、それは事実だ。そしてどうやらケースは俺たち二人に卑劣な仕打ちをしたらしい。でも俺も今は知っている。それでいて気にしてないんだ。とっても愛している。あなた出ていく、だめ。あなた、わたしを置いていく、だめ。わたし、とっても残念」

「あなた、わたしを愛さない」とウマは叫んだ。「わたし、悪い言葉言われた！」そして床の隅っこに倒れ伏して泣き出した。

俺はまあ、学者ではないが、昨日生まれたわけでもなく、この騒ぎも峠を越したなと思った。しかしウマは横たわって――背中を向けて、壁のほうを向いて――小さな子どもみたいにすすり泣いて体を震わせ、両足までびくんびくんと跳ねていた。不思議なことに、男が恋をするとこんなことに心動かされる。というのは、気取ってみても仕方ないからはっきり言うが、土地の人間だろうがなんだろうが、とにかくウマに惚《ほ》れていた。あるいは惚れているも同然だったのだ。ウマの手を取ろうとしたが、取らせようとしない。「ウマ」と俺は話しかけた。「いつまでもこうしてたって、意味がないよ。わたし、あなたここにいてほしい。かわいいお嫁さん、ほしい。ほんとの話だよ」

「ほんとの話じゃないよ」とウマはすすりあげた。

「わかったよ」俺は言った。「おまえの気の済むまで待つさ」そして、ウマの脇に腰を下ろし、片手でウマの髪を撫《な》で始めた。最初は、触れられるともがいて逃げようとした。やがてもう俺の手を意識しなくなったように見えた。すすり泣きがだんだん収まってきて、まもなく止《や》んだ。それで、気がついたときにはウマが俺の顔の高さまで、顔を上げていた。

「ほんとの話？　あなた、わたしがここにいるの好き？」ウマは尋ねた。

「ウマ、南海のコプラを全部合わせたよりも、おまえがいたほうがいいんだ」ずいぶん大げさなことを言ったものだが、まったくおかしなことに俺は本気だった。

ウマは両腕を広げて抱きついてきて、顔を俺の顔に押しつけた。島のキスのやり方だ。顔じゅうウマの涙に濡れた挙句、すっかり情にほだされてしまった。この小さな褐色の娘ほど近しい存在は、それまでいなかった。いろんなことが重なり合って、俺は有頂天になった。ウマは食べたくなるほど可愛《かわい》くて、この変てこな場所でたった一人の味方に思えて、ウマに乱暴な口をきいてしまったことが恥ずかしかった。第一、ウマは女で、俺の女房で、おまけにかわいそうな赤ん坊みたいなものだったし、ウマのしょっぱい涙が俺の口に入っていた。俺はケースや島の連中のことを忘れた。今度の一件について何もわかっていないことも忘れた。いや、思い出しはしたが、それは二度と思い出さないためだった。コプラが手に入らないこと、だから糊口《ここう》をしのぐ道が絶たれたことも忘れた。会社の商売より自分の気まぐれを優先させると決めたとき、雇い主たちのことも、彼らのためにやっている奇妙な仕事のことも忘れた。ウマが本当の妻ではなく、ぺてんに、それも実に卑劣な手口のぺてんにかかった未婚の女にすぎないことすら忘れた。だが、それはまだ先の話だ。そのあたりのことはあとで話す。

昼食の用意がまだだと思い出したときには、だいぶ遅くなっていた。コンロの火は消え、とうに冷え切っていた。しばらくして火をおこして二人分の料理を作ったが、助け合ったり邪魔し合ったり、そうやってふざけたりして、まるで子ども同士だった。離れがたいあまり、食事のときには膝に嫁さんを乗せ、片手でしっかり体をつかまえて、もう片方の手を使って食べた。いや、それだけじゃない。ウマは、思うに神の創りたまいし最悪の料理人で、彼女の手にかかった食べ物は、正直者なら少しでも口にすれば吐き気を催しただろうに、その日の俺は、ウマの料理した食事をとって、あとにも先にもないほど大満足だったのだ。

自分自身に対しても、ウマに対しても、取り繕《つくろ》ったりしなかった。すっかりいかれちまったなと思った。ウマが俺をばかにするつもりなら、ばかにしろ。たぶん、俺がこんなふうだったからウマは話を始めたのだろう。今や、二人は仲間だとウマは確信したのだ。俺にたっぷり話を聞かせた。そうしながら、ウマは俺の膝に坐って俺の皿から食べ、俺は俺で、ばかもいいところだがウマの皿から食べた。ウマは自分と母親とケースのことを山ほど語ったが、ウマの話した通りに島言葉《ビーチ・ド・マー》と英語の混合語で書き留めたらうんざりするだろうし、おまけに何ページも埋まってしまう。だがここで、わかりやすい英語でざっと輪郭ぐらいは描いておかなければならない。ウマは俺自身についてもあることを言ったが、これが俺の身の上にとても大きな影響を及ぼした。その話はすぐにする。

ウマはライン諸島のどこかで生まれたらしい。南海のこのあたりには住んで二、三年にしかならない。とある白人の男に連れられて渡って来たのだ。男は母親と結婚していたがのちに死んだ。ファレサーに住み着いたのはほんの一年前のこと。それまで母娘は一つところに落ち着いたためしがなかった。件《くだん》の白人のあとにくっついて、苦難の旅を重ねていた。そいつは「転がる石は苔《こけ》が生えぬ」という諺《ことわざ》を地で行く人物で、ちょろい仕事を求めて絶えず動き回っていた。そういうのは虹の端っこに埋まっている黄金を探すようなものだと人は言う。だが、終身雇用の口を望むのなら、ちょろい仕事を探してやっていけばいい。そうすれば飲んだり食べたり、おまけに遊んだり、といった楽しみもついてくる。転がる石どもが飢えた話など聞いたこともないし、素面《しらふ》でいるのを見ることもまずないのだ。楽しく時間を過ごすなら、闘鶏よりもこっちに限る。ともかく、この波止場ルンペン《ビーチコウマー》は女房と娘をあっちこっち連れ回したが、大抵は、警察が置かれていないような辺鄙《へんぴ》な島だった。それだけにちょろい仕事も見つけやすい、と考えたのかもしれない。この人物について俺には俺なりの意見があるが、奴がアピアとかパペーテとかいった派手な都会の街にウマを近づけなかったことは喜ばしい。最後に男はこの島のファレ・アリイにふらりとやって来て、交易品をいくらか手に入れ——どんな手を使ったのかは誰にもわからない！——お決まりのやり方ですってんてんになり、ほとんど何も残さずに死んだ。唯一の遺産が、貸し倒れになった金の代わりに手に入れた、ファレサーの小さな土地だった。だから母娘はそこに行って住もうと思いついたのだ。ケースがそうするようにと精一杯働きかけたらしい。家を建てる後押しもした。そのころはとても親切で、ウマに交易品をやった。最初からウマに目をつけていたのは間違いない。だが、母娘がまだ腰を落ち着けないうちに、土地の青年が現れ、ウマに求婚した。小さな一族の首長で、極上のござと一家に伝わる古謡を持っていて、ウマの言うには「すごくきれい」な男だった。要するに、文無し娘とよそ者の母にとっては破格の縁組だった。

　ちょっと聞かされただけでもう、俺は嫉妬《しっと》で気分が悪くなった。

「それでおまえは、その男と結婚していたはずだ、と言うんだな」俺はわめいた。

「イオエ——そうよ」ウマは答えた。「とっても好き！」

「なるほどね！」と俺は言った。「それでもし、あとから俺がやって来てたとしたら？」「わたし今、もっとあなたを好き」ウマは言った。「でも、もしわたしイオアネと結婚したら、いい妻よ。わたし、並のカナカじゃないよ。いい娘よ！」と付け加えた。

まあ、その答えに満足しなくてはならなかったわけだが、まったく、このいきさつはこれっぽっちも気に入らなかった。話の出だしも嫌なら結末も面白くない。どうやらこの求婚が一連の揉め事の始まりらしかったからだ。以前は、ウマも母親も見下されてはいた。縁もゆかりもないよそ者たちとしては当然だ。でも何も害はなかった。イオアネが登場したときですら、意外にも、大した揉め事は起きなかった。ところが突然、俺が来る半年前ぐらいに、イオアネは約束を反故《ほご》にしてファレサーを離れた。以来今日までウマと母親はなぜかすっかり孤立していた。家を訪れる者はいないし、道で行き会っても声を掛ける者とていない。教会に顔を出せば、ほかの女たちはことごとく自分のござを引き揚げ、母娘をぽつんと二人だけにしてしまう。お定まりの村八分。よく本に出ている、中世に行われていたみたいなもので、理由や意味など見当もつかない。ウマに言わせれば、タラ・ペペロ、つまり嘘《うそ》、中傷だった。そのうちウマにわかっているのは、ウマとイオアネの仲を妬んでいた娘たちが、ウマが捨てられたと言って囃《はや》したてたこと。それから、森の中で一人のときに娘たちに行き会うと、もう絶対結婚できないよと大声で嘲られたことだけだ。「彼女たち、わたしと結婚する男いない、と言った。男、とっても怖がるから」とウマは言った。

婚約者に捨てられたウマと母親のもとを訪れる人間といえば、ケースの旦那ただ一人だった。このケースさえ、人に目撃されないよう気を遣い、大抵は夜に姿を現したが、まもなく腹を割り、ウマに言い寄った。イオアネのことでまだくさくさしているところにケースが御同様の用件で登場して、俺のはらわたは煮えくり返った。「おまえはケースのことも『すごくきれい』で『とっても好き』だと思ったんだろ?」

「なるほどね」俺はせせら笑った。「まあ、あなたばかな話する」ウマは言った。「白人、ここに来る。わたし、彼と、カナカの男と同じに結婚する。よろしい、そしたら彼、わたしと、白人の女と同じに結婚する。もし彼、結婚しない、彼、行ってしまう、女、残るとするね。泥棒と同じ、けち、心悪い——愛するできない! でもあなた、来てわたしと結婚する。あなた、心大きい——島の娘に恥かかせない。だからわたし、とってもあなた愛する。わたし大得意よ」

人生を通して、こんなに胸が悪くなったのは初めてだろう。フォークを下ろし、「島の娘」を膝からのけた。なんだか、食事もウマもいらなくなった気がした。それから家の中を歩き回った。ウマは俺を目で追っていた。心悩ましていたのだ。無理もない! しかし俺のほうは心悩ますなんてものではなかった。卑劣だった自分のすべてを打ち明けたかったが、そうするのが怖かった。

ちょうどそのとき、海から威勢のいい歌声が聞こえてきた。ボートが岬を回り込んで、ふいにすぐそばで音がはっきり聞こえたのだ。ウマは窓に駆け寄って、「先生《ミシ》」の巡回だと叫んだ。

宣教師が来たのを俺が喜ぶなんて妙なものだと思ったが、いくら妙でも本当だった。

「ウマ」と俺は言った。「おまえこの部屋にいろ。俺が戻るまで、一歩も外に出るなよ」

第三章　宣教師

ベランダに出てみると、宣教師のボートは河口に向かって快走していた。白く塗った細長いホエールボートで、船尾に小さい天幕が張られている。楔形《くさびがた》の船尾に原住民牧師がかがんで舵《かじ》を取っていた。二十四本ほどの櫂《かい》が、舟歌に合わせて宙できらめき、また水に潜る。宣教師は天幕の下で白い服に身を包み、本を読みふけっていた。気取ってるじゃないか！　南海の島々において、立派な乗組員たちと彼らを動かす立派な呼子を備えた宣教師のボートほど洒落《しゃれ》た光景はほかになく、見るにつけ聞くにつけ気持ちがいい。そんなことを、少々やっかみもあってか三十秒ほど考えたが、すぐにぶらぶらと川のほうへ歩いていった。

川の対岸では、男が一人、俺と同じ場所に向かっていたが、そいつのほうは駆け足で先に着いた。ケースだった。通訳の務まる宣教師に俺を近寄らせない肚《はら》に決まっている。だが俺の頭は別の問題にかかりきりだった。ケースが結婚のことで俺たち二人を欺いたこと、先《せん》にはウマを手に入れようとしたことを考えていた。奴を見たとたん、むらむらと怒りが湧いた。

「どけ、邪魔すんな、このいんちきの盗っ人野郎！」と俺は大声で叫んだ。

「なんだって？」とケースは言った。

もう一度繰り返し、おまけに上等な罵り言葉を添えて投げつけてやった。「もしも俺の家から六尋《ひろ》［一尋は六フィート＝一・八二八八メートル］以内に入りやがったら」と俺は声を張り上げた。「おまえの貧相な胴体に弾丸ぶっ放してやる」

「君が自分の家のまわりで何をしようと勝手だよ」とケースは言った。「わたしは行くつもりなんてないって言った。だがここは公の場所だぜ」

「ところが俺はここで用事があるんだ」と俺は言った。「おまえみたいな犬に盗み聞きはさせない。だから前もって言ってやる。失《う》せやがれ」

「お断りだ」とケースは言った。

「じゃあ、わからせてやる」と俺は言った。

「それはどうだか」と奴は返した。

ケースの手の動きはすばやかったが、背丈も目方もない。俺のような男と並べばちゃちな野郎だ。おまけにこっちは、鑿《のみ》でも噛み切れそうなほどの怒りに燃えさかっていた。まずは片手で一発、次にもう片方で一発、奴の頭がごつんごつんいってひび割れるのが聞こえるくらい、ぶちのめした。それで奴はすとんと倒れた。

「降参か？」と俺はわめいた。しかしケースはうつろな白い顔で見上げるばかりだった。血が、ナプキンにこぼれたワインみたいに顔に広がった。「降参か？」とまた叫んだ。「ちゃんと言え。具合悪いふりして寝転がってるんじゃねえよ。踏んづけるぞ」

これで奴は起き直り、頭を持ち上げた。その様子からするとどうやら目を回しているらしかった。パジャマの上に血が流れ落ちた。

「今日のところは降参だ」とケースは答え、よろよろしながら立ち上がると、来た道を引き返していった。

ボートはすぐそばまで来ていた。宣教師の本が脇に置かれているのが見えて、俺はほくそ笑んだ。「ともかく、宣教師は俺が男らしい男だとわかるだろう」と思った。

太平洋で暮らした年月の中で、宣教師と二語以上言葉を交わしたのはこのときが初めてだった。ましてや頼みごとをした経験など一度もなかった。あの連中は好きではなかった。貿易商なら誰でもそうだ。宣教師は商人を見下し、そのことを隠しもしない。おまけに半ば現地人化している。同じ白人にではなく、土地の人間に対してへいこらする。俺はぱりっとした縞のパジャマを着ていた。もちろん、首長たちの前に出るというので身なりをきちんと整えていたのだ。だが宣教師が白いズック地の服に日よけ帽、中は白シャツにネクタイ、足には黄色の深靴、というお定まりのいでたちでボートから降りてくるのを見て、石でも投げつけたくなった。もの問いたげな目でじっと俺を見ながら(今の喧嘩のせいだろう)近づいてくると、ひどく具合が悪そうなのが見て取れた。実は、熱があって、ボートの上で悪寒がし始めたところだったのだ。

「ターールトンさんですよね」俺は声を掛けた。名前はすでに聞いていた。

「新しく来た商社の方ですね?」と宣教師は言った。

「最初に断っておきたいんですがね、わたしは布教には賛成じゃない」俺は続けた。「あんたやあんたみたいな人たちが、悪い結果を山ほどもたらしていると思ってる。土地の者に迷信じみた言い伝えやら傲慢《ごうまん》さやらを詰め込んだりしてね」

「どんな意見を持とうと、まったくご自由ですよ」と、宣教師は挑みかかるような顔になった。「でもわたしにはそれを聞く義務はありません」

「ところが聞かなきゃならんのです」俺は言った。「わたしは宣教師でもなければ、宣教師崇拝者でもない。南海人《カナカ》でも、南海人《カナカ》贔屓《カナカびいき》でもない――ただの商人ですよ。ただのしがない、罰当たりの、白人にしてイギリス臣民、あんたが踏みつけにしたくなるような人間なんだ。わかってもらえましたかね！」

「もちろん」宣教師は答えた。「はっきりわかりますとも。でも褒められた話ではありませんね。素面に戻ったら、後悔するでしょう」

そう言って通り過ぎようとするのを、片手で押しとどめた。乗組員たちはぶうぶう怒り出した。俺の口調が気に入らなかったのだろう。あんた方に話すみたいに馴《な》れ馴《な》れしく話しかけていたからだ。

「これでもう、騙《だま》されたとは言わせませんよ」俺は言った。「こっちも話がしやすくなった。一つやってもらいたいことがあるんですよ。いや、実は二つです。もし引き受けてくれたら、あんた方のキリスト教精神とやらを、ちょっとは重んじるようになるかもしれない」

宣教師は少しの間、黙っていた。それからほほえんで言った。「あなたはいささか変わったお人《ひと》だ」

「神がそういうふうにこしらえたんです」と俺は言った。「紳士気取りなんかできない」

「そんなものでしょうかね」彼は言った。「それで、何をしてほしいんですか、えーと……？」

「ウィルトシャーです」と俺は引き取った。「大抵ウェルシャーと呼ばれますがね。でも綴り通りだとウィルトシャー、もし浜の住民たちの舌が正しく回りさえすればね。何をやってもらいたいかって？　じゃあ、最初に言っておきましょう。わたしはいわゆる罪びとです――自分じゃろくでなしと呼ぶところだが――それで、わたしが騙した人間に償いをするのを手伝ってもらいたいんだ」

宣教師は振り向くと、乗組員たちに土地の言葉で話しかけた。「さあ、これであなたのお役に立てます」と言い、「でも乗組員が食事をとる間だけですよ。夜になる前に、海岸沿いをずっと先まで行かなくてはならないので。パパ・マルルで今朝まで足留めされていたのに、明日の夜にはファレ・アリイで約束があるんです」

俺は黙って家まで案内した。話をうまく進められたのでかなり満足だった。男ならいつだって自尊心を保ちたいものだ。

「取っ組み合いを見て、残念に思いましたよ」と宣教師は言った。

「ああそれも、話しておきたいことの一部なんだ」と俺は言った。「用件その二のほう。話を聞いてから、残念に思うかどうか言ってくださいよ」

店をずかずかと通り抜けると、ウマが昼食の後片付けをすっかり済ませていたので驚いた。

まったくふだんのウマらしくない。感謝の気持ちからやったことだとわかってますます好きになった。ウマとタールトン氏は名前で呼び合い、タールトン氏はウマにとても礼儀正しいようだ。だが、別に立派なことじゃない。宣教師はいつも、南海人《カナカ》相手には丁寧だ。いばるのは、われわれ白人に対してなのだ。おまけに、目下タールトンのことはどうでもよかった。俺の番だ。

「ウマ」と俺は言った。「結婚証明書をこっちに寄こしな」ウマはまごついたようだった。

「ほれ、俺に任せて。出すんだよ」

ウマは証書をいつものように身に付けていた。天国への通行証だと思っていたのだろう。それを持たずに死んでしまったら、地獄行きだ、と。最初にどこにしまわれたのかわからなかったのだが、今もどこから取り出されたのかわからなかった。証書がウマの手の中にぱっと飛び込んだように見えた。新聞に載っていた、マダム・ブラヴァツキーの降霊術もかくやだ。だが島の女は誰でもこうする。子どものころにやり方を習うのかもしれない。

「さて」結婚証明書を手にして俺は言った。「わたしはこの娘と、黒人のブラック・ジャックの手で結婚しました。証書はケースが書いたが、これがとんだ傑作なんだ。ところがその後、わたしたち二人について悪い噂が流れていることがわかったんですよ。さあ、真っ当な男がこんな立場に置かれたらどうします？　まっ先にこうするだろう」俺は結婚証明書をびりびりに破り、紙片を床に投げつけた。

「アウエ！」とウマは悲嘆の声を上げ、両手を打ち合わせ始めた。だが俺は片手をしっかり摑まえた。

「次にその男がすることは」俺は言った。「もしもそいつが、わたしが真っ当な男と呼び、タールトンさんも真っ当な男と呼ぶような奴だったら、その娘をあんたでも誰でも、宣教師の前に引っ張っていっていきなり、『わたしはこの妻と正しくない結婚をしたが、妻をすごく大事に思っている。だから改めて、正しい結婚をしたい』と言う。タールトンさん、始めちゃってくださいよ。それから、ここの言葉でやったほうがいいでしょう。かみさんが喜ぶから」と、咄嗟《とっさ》にウマを妻にふさわしい称号で呼んでやった。

そして乗組員を二人、立会人として呼び入れ、自分たちの家で結婚した。牧師の祈りは、正直言って、ずいぶん長かった。まあ、もっと長い牧師だっているが。牧師は俺たち二人と握手を交わした。

「ウィルトシャーさん」結婚証明書を作成し、立会人たちを帰すと、宣教師は言った。「あなたには感謝しなくては。心浮き立ちましたよ。これほど感謝に満ちた気持ちで結婚式を執り行うことなんて、めったにありません」

こういうのが会話というものだろう。おまけに会話はさらに続いた。上機嫌だったので、宣教師が繰り出す甘い賞讃の言葉を、いくらでも聞いていられた。しかしウマは結婚式の途中から気掛かりがあったようで、話に割り込んできた。

「あなたの手、どうして傷ついた？」ウマは尋ねた。

「ケースの頭に訊くといいよ、おまえ」俺は答えた。

ウマは飛び跳ねて喜び、大声を上げた。

「あんた、うちのかみさんを立派なキリスト教徒にするのは失敗だったようだね」俺はタールトン氏に言った。

「出来の悪いほうじゃありませんでしたよ」彼は答えた。「ウマがファレ・アリイに住んでいたころはね。ウマが誰かを恨んでいるなら、もっともな理由があるんじゃないですか」

「そこで、用件その二になるんですが」俺は言った。「妙な話があるんだ。あんたの力でいくらかでも説明がつかないかと思って」

「長くなりますか？」彼は尋ねた。

「ええ」と俺は大声で答えた。「かなりながーい話なんですよ！」

「まあ、割ける時間は全部割くつもりですが」と彼は懐中時計に目をやった。「正直に言うと、今朝の五時から何も口にしてないんです。それで、今何か食べさせていただけないと、次は夜の七時とか八時にならないと食べられそうにないんですよ」

「なんてこった《バイ・ゴッド》、食事をお出ししますよ！」と俺は叫んだ。

せっかくとんとん拍子に進んでいるときに、神《ゴッド》の名を汚す罵り言葉を口にしてしまい、はっとした。宣教師のほうもそうだったと思うが、窓の外を眺めるふりをしてから、礼を言った。

われわれは大急ぎでささやかな食事をこしらえた。かみさんが手伝っているところを宣教師に見せてやりたくて、俺の代わりに茶を淹《い》れるようウマに命じた。淹れてきたが、あんな味の茶に俺はついぞ出会ったことがない。だがそれでもまだましなほうだった。なんと、ウマは塩入れがヨーロッパ風の仕上げをしてくれるものと考えて、それを手に歩き回り、俺のシチューを海水に変えてしまった。おかげでタールトン氏は昼食にどえらいシチューを食べたことになる。そうは言っても、彼は十二分のもてなしを受けていた。なぜなら俺たちが料理をしている間じゅう、そしてその後に彼が食べるふりをしているときも、俺はケースの旦那とファレサーの浜の最新情報を教え、宣教師はちゃんと聞いているのがわかるような質問を挟んできたからだ。

「なるほど」宣教師はしまいに言った。「危険な敵ができてしまいましたね。ケースという男は頭が切れて、そのうえきわめてよこしまな人間らしいのです。実を言えば、この一年近くずっと、彼には目をつけていて、最悪といっていい出会い方もしているんです。あなたの会社の前の代理人が急に逃げ出してしまったころのことでした。この土地出身の牧師であるナムから手紙をもらいました。信徒たちがこぞって『カトリックの流儀を借用している』のでファレサーになるべく早くに来てくれ、と言うんです。ナムのことは大いに信頼していました。ここからわかるのは、われわれがいかに騙されやすいかってことだけですね。ナムの説教を聴いて、その並はずれた才能を認めない者などいません。島の者たちは誰でも、一種の雄弁さをたやすく身につけます。受け売りの説教を朗々と、わかりやすい例を盛り込みながら、やってのけるんです。その気力と想像力たるや、大したものです。でも、ナムは自分の頭で説教を考え出していました。わたしがナムの説教を神の恩寵《おんちょう》を伝えるすばらしい手段だと思ったことは否定できません。そのうえ、彼は世俗のことに強い好奇心があり、仕事を厭《いと》わず、大工仕事も器用にこなします。近隣の牧師たちの間で非常に尊敬されるようになったので、わたしたちはナムのことをふざけ半分に〈東方の主教〉と呼んでいます。要するに、わたしはナムを誇りに思っていたわけです。それだけに彼の手紙には戸惑って、折を見てこちらに来ました。わたしが到着する前の朝に、ヴィガーズはライオン号で送り出されていました。そしてナムはすっかり落ち着いて、明らかに手紙を出したのを恥じていて説明を渋りました。こっちはもちろん、はいそうですかというわけにはいかない。しまいにはナムも告白しました。信徒たちがカトリック教徒のように十字を切るのを見て、非常に気を揉んだのだが、説明がついたので満足した、とのことでした。彼が言うには、ヴィガーズは〈邪眼〉の持ち主だった。それは、イタリアという名のヨーロッパの国ではよく見られるものだ。かの地では人々はしばしば、その種の悪魔によってばったりと死ぬが、十字を切ることが魔除《よ》けになるそうだ。

『そこでこんなふうに説明がつくのです、先生《ミシ》』とナムは言いました。『そのヨーロッパの国はポウピーの国ですから、〈邪眼〉の悪魔もカトリックの悪魔かもしれません。少なくとも、カトリックのやり方に馴染んでいることでしょう。だからこんなふうに推論しました。もしも、十字のしるしをポウピー流に使うとすれば、それは罪深いことだ。しかしながら、人を悪魔から守る目的で使うだけなら、そのこと自体には罪はないわけだから、十字のしるしにも罪はないに違いない。なぜなら、しるしというものには良いも悪いもない。ちょうど、瓶が良いものでも悪いものでもないのと同じです。しかし瓶にジンが詰められていれば、ジンが悪い。同じように、十字を切るのが偶像崇拝のためなら、偶像崇拝が悪いのです』ナムはそう言って、いかにも原住民牧師らしく、聖書から、悪魔の追放についての実に適切な引用をするんです。

『それで、君に〈邪眼〉のことを吹き込んでいるのは誰なのだ』とわたしは訊きました。

ナムは、ケースだと認めました。ウィルトシャーさんに狭量な奴だと思われてしまいそうですがね、はっきり言って不愉快でした。一介の商人が、わたしの牧師たちに助言をしたり影響を与えたりするのにふさわしいとはとても思えない。しかも以前から、アダムズ爺さんや爺さんの毒殺は、土地で噂になっていました。それまではあまり気にしていませんでしたが、それを急に思い出したんです。

『ケースという男は宗教的に正しい生活を送っているのか』とわたしは尋ねました。

ナムは、そうではないと認めました。酒こそ飲まないものの、女にだらしなく、無宗教である、と。

『なら、その男とは関わらないほうがいい』とわたしは言いました。

でも、ナムのような男相手に、議論にけりをつけるのは容易ではありません。瞬時に例を挙げられるんだから。彼は言いました。『先生《ミシ》は、賢い人間というものが存在する、とおっしゃいましたよね。牧師ではなく、信心深くすらなくても、役に立つ知識をたくさん持っている人々がいる、と。例えば樹木のことや、獣のことや、本を印刷することや、燃やすとナイフの原料になる石のこと、などです。そういう人たちは、学校で知識を教えますが、彼らから学ぶときは信心をなくさないよう気をつけます。先生《ミシ》、ケースはわたしの学校なのです』

どう答えたらよいのか、わかりませんでした。ヴィガーズさんは明らかに、ケースの陰謀でファレサーから追い出され、それにはわたしの牧師も加担していたといえなくもないわけです。そういえばアダムズに関してわたしを安心させるようなことを言い、妙な噂が立ったのはガロッシズ神父の敵意のせいだと突き止めたのは、このナムだったと思い出しました。そこで、中立的な人間から、もっとしっかり情報を得なくてはならないと気づきました。この首長で、ファイアソという古狸《ふるだぬき》がいます。あなたもきっと、今朝の会見で顔を合わせたでしょう。若いころからずっと、何かと波風立てたがる悪賢い男で、幾度となく暴動を使嗾《しそう》し、布教にとっても島にとっても悩みの種です。にもかかわらず非常に賢い人物ですし、政治や本人の不品行に関することでなければ、必ず本当のことを言います。わたしはファイアソの家を訪ねて、自分の聞いたことを話したうえで、ざっくばらんに話してほしいと頼みました。あれほど苦しい会見は恐らく初めてでした。こう言えばわかってもらえるかな。ウィルトシャーさんには『迷信じみた言い伝え』と非難されてしまったが、わたしは本気で打ち込んでいて、ここらの島々のためになることをしようと懸命なんです。あなたが、きれいな奥さんを一生懸命喜ばせ、守ろうとするのと同じですよ。それに、思い出してください、わたしはナムを模範生だと考え、初めて熟した布教の果実の一つだと、得意に思っていたわけですよ。ところが、そのときのファイアソの話によれば、ナムはケースにべったりという感じになっていたというんです。関係の当初は、悪徳とは無縁でした。ケースのぺてんと見せかけによって、畏怖《いふ》と尊敬の念が生まれた、というところから始まったに違いありません。でも、最近になって二人の関係に別の要素が付け加わっていたとわかって、愕然《がくぜん》としました。ナムが店の品物を勝手に取り、それでケースにひどい負い目ができたらしい。ケースが言うことならなんでも、ナムは震えながら信じました。それが、ナムだけではないんです。多くの村人が、やはりケースに服従していました。でも、ナムの場合が一番影響が大きかった。ケースのよこしまなたくらみは大抵、ナムを通じて実行されたからです。首長たちの中にも従う者がいて、牧師も手なずけているのでは、ケースは村の支配者も同じでした。あなたはヴィガーズとアダムズのことはいくらかご存じだけれど、アンダーヒル爺さんのことは聞いたことがないんじゃないかな。アダムズの前任者です。物静かで穏やかな老人でしたが、突然亡くなったと聞かされていました。ファレサーでは白人は突然ばったり死ぬものなんです。ところが真相をファイアソから聞いて、血が凍りました。アンダーヒルは全身を中風に襲われたらしい。片目を残して体の全部が死んだように動かなくなりました。その目を彼は絶えずぱちぱちやってました。この無力な老人が悪魔になった、という噂が発生します。そして卑劣なケースが土地の者たちの恐怖心に働きかけ、自分も同じように怖いのだと告白し、一人ではとても老人の家に入れないというふりをする。しまいにとうとう墓が掘られ、生きたままの体が村のはずれに埋められました。ナムは、わたしが微力ながら教え育てた牧師は、その憎むべき現場で祈りを捧げたのです。

きわめて難しい立場に置かれたと思いました。もしかするとわたしは、ナムを弾劾《だんがい》し、牧師の地位を剝奪《はくだつ》するべきだったのかもしれない。今ならそう考えないでもないけれど、当時はそこまではっきりしているようには思えなかったのです。ナムは大きな影響力を持っていて、わたしの影響力などより大きいかもしれない。土地の者たちは迷信に惑わされがちです。彼らを刺激すれば、ひょっとすると、かえって危険な妄想が根づき、広まってしまうかもしれない。しかもナムは、目新しい趣向で人々に影響を及ぼしたこの呪わしい一件を別にすれば、すばらしい牧師であり、有能な男であり、宗教的な人間でした。ナムよりすぐれた人物がどこで見つかるのか？　ナムぐらいすぐれた人物をどうやって見つけられるのか？　ナムの失敗が鮮やかに頭に焼きついていたので、当時は、生涯をかけた仕事が徒労だったように思えました。わたしの希望は潰《つい》えていました。よそへ行って、どうせナム以下に決まっている別の誰かを探すくらいなら、いっそ手持ちの道具を修理するほうがよい。それにスキャンダルなんてものは、人の力で避けられるものなら、避けるにこしたことはありません。正しかったのか間違っていたのかはわかりませんが、そのときはことを荒立てない道をとる決心をしたのです。一晩じゅう、わたしは過てる牧師を叱責し、理を説きました。無知と信仰心の不足をなじりました。杯や皿の外側だけをきれいにしたり［『マタイによる福音書』二十三章二十五節］、血も涙もなく殺人の手助けをしたり、「十字を切る」みたいな、子どもだましの無益で不穏当な身振りのことで大人げなく騒ぎ立てたりするなんて、見下げはてた態度だとなじりました。その甲斐《かい》あって、まだ夜も明けぬうちにナムはひざまずき、心から悔悟《かいご》しているかのように涙で顔を濡らしていました。日曜日には、わたしがナムに代わって朝の説教壇に立ち、『列王記上』の第十九章を引いて説教をしました。火、地震、そして主の声についての話です。真の霊的な力とまがいものとの区別を示し、思い切って、ファレサーで最近起こったことにもはっきり言及しました。効果は絶大でした。次にナムが立ち上がり、自分は信仰心が足りず行いも悪かった、罪を悟ったと告白すると、聴衆はますます感銘を受けたようです。そこまでは上首尾だったのですが、一つ運の悪いことがありました。島での〈五月〉が近づいていました。土地の人たちから伝道団への寄付を受け付ける時期です。それを周知させるのがわたしの職務になっていました。これが敵にとっては好機到来、すかさずつけこんできました。

ことの一部始終は、礼拝が終わるとすぐにケースに知れたに違いありません。その日の午後、彼は村の真ん中でわたしに会うようにはからいました。決意と敵意をみなぎらせて近づいてくる姿を見て、避ければかえって危険だろうと思いました。

『どうやら』とケースは土地の言葉で言いました。『聖職者のお出ましのようだ。わたしを非難する説教をしていたが、それは牧師さんの頭の中にはなかった。神の愛を説いていたが、それも牧師さんの頭の中にはなく、口先にあった。牧師さんの頭の中にあったものを知りたいか?』ケースは叫びました。『見せてやろう!』そして、わたしの頭にすばやく手をやると、一枚のドル銀貨を引き抜いたふりをし、それを空《くう》にかざしました。

群衆の間にざわめきが走りました。ポリネシア人たちが不思議な出来事を受け止めるときの、あれです。わたしはといえば、呆気《あっけ》にとられて立っていました。故郷では何十回も見たことのある、ありふれた手品でした。でも、それをどうやって村人たちに納得させたらいいのか？ ヘブライ語なんかの代わりに、手品を習っておけばよかった、あの男に同じ手を使って仕返しできたらよかったのに、と思いました。しかしそのときのわたしときたら、黙ってつっ立っているわけにもいかず、でもやっと口にした言葉は説得力に欠けていました。

『二度とわたしに手を触れないでいただきたいものです』わたしは言いました。

『そんなつもりはありませんよ』とケースは言って、『それに、あなたのドル銀貨も取ったりしませんからね。ほらどうぞ』と付け加え、銀貨をわたしの足下に投げました。三日間、そこにそのまま落ちていたそうですよ」

「ほんとにうまくやったもんだ」俺は言った。

「ええ！ ずる賢いんですよ」とタールトン氏は言った。「どんなに危険な男か、これであなたもわかるでしょう。中気病みの男の恐ろしい死に関わり、アダムズに毒を盛ったとされ、噂を操ってヴィガーズをこの土地から追い出した。ヴィガーズはそのせいで殺されたっておかしくなかったんですよ。ケースが、今度はあなたを厄介払いしようと企《たくら》んでいるのは間違いありません。どういう手でくるのかは見当もつきません。確かなのは、何か新しい手を使ってくる、ということだけです。彼の機転と発明の才は途方もないんですから」

「ずいぶん面倒なことをするもんだな」俺は言った。「だがなんのためだ？」

「いや、だって、この地方で何トンのコプラがとれますか？」宣教師は訊いた。

「六十トンぐらいかな」俺は答えた。

「では、ここの貿易商の利益はどれぐらいですか？」宣教師は尋ねた。

「トン当たり三ポンドとみてよさそうだ」と俺は言った。

「じゃあ、ケースがどれほどの儲《もう》けのためにやっているか、計算できるでしょう」タールトン氏は言った。「とにかく重要なのは、打ち負かしてやることですよ。彼がウマについて悪《あ》しざまな噂を流し、ウマを孤立させてよこしまな思いを遂げようとしたのは明らかです。ところがうまくいかず、加えてあなたという新しいライバルが出現したのを見ると、ウマを違ったふうに利用したわけです。さて、まずはっきりさせておきたいのは、ナムのことだ。ウマ、みんながあなたとお母さんを村八分にしたとき、ナムはどうしました？」

「同じに近寄らない」とウマは言った。

「どうやら犬は自分の吐いたものに戻ったらしい［「愚か者は自分の愚かさを繰り返す」ことの譬《たと》え（『箴言』二十六章十一節）］」タールトン氏は言った。「さあ、わたしはどんなことをしてあげられるでしょうね？　ナムに話をしましょうか。君を見張っているぞと警告してやります。そうすればナムも用心しますから、よからぬことが起きるのを黙って見ているなんてことはよもやないでしょう。でもこの予防線も失敗するかもしれない。そうしたら、あなたはほかを当たらなくてはなりません。頼れそうな人が、手近に二人います。まず誰よりも、ガロッシズ神父ですね。カトリック勢の力でもってあなたを守ってくれるかもしれません。話になららないくらい小さな勢力ですが、首長が二人含まれています。それからもう一人、古狸の首長ファイアソがいます。ああ！　何年か前だったら、ほかの誰の手も必要ないくらいだったのに。でも、ファイアソの影響力はずいぶんしぼんでしまいました。マエアの手に移ったんです。そしてマエアというのは、残念ながら、ケースのお先棒の一人ですよ。あと、最悪の場合にはわたしのいるファレ・アリイまで使いを寄こすか、ご自分でいらしてください。そうすれば、この一か月間は島のこちらの端には来る予定がないんですが、どんな手が打てるか考えましょう」

そう言い置いて、タールトン氏はいとまごいをした。三十分後、宣教師のボートで乗組員たちは歌い、櫂はきらめいていた。

第四章　悪魔の仕業

何事もなく、一か月近くが過ぎた。俺たちの結婚した晩にガロッシズが訪ねてきて、えらく礼儀正しく振る舞った。それから夕暮れどきに立ち寄って内輪でパイプを吹かすのが習慣になった。神父はもちろんウマと話せた。そして俺に土地の言葉とフランス語をいっぺんに教え始めた。目をそむけたくなるほど汚ないが、人のいい老いぼれだった。二つの外国語で俺の頭をバベルの塔よりひどくごちゃごちゃにしてしまった。

そんなわけで、やることが一つはあった。おかげで俺の孤独はいくらか癒されたが、それで儲かるわけではなかった。というのは、神父が居すわって長話をしていても、信徒たちは一人も店に誘い込まれないのだ。だから、もう一つ別の時間の過ごし方を思いついていなかったら、営業所には一ポンドのコプラも入らなかっただろう。ファアヴァオ（ウマの母親）は実のなる木を二十本所有していた。もちろん、俺たちはみんな禁忌《タブー》にされているも同然だから働き手は来ない。だから女二人と俺とで、自らコプラ作りに取りかかることにしたのだ。できてみるとそれはよだれが出るようなコプラだった——自分の手でこの四百ポンドのコプラを作るまでは、土地の連中がどんなにごまかしをしているものか全然知らなかった——が、あまりに目方が軽いので、自分で水を掛けてごまかしたくなった。

働いていると、大勢の人間が日がな一日俺たちを見物していた。一度、ブラック・ジャックの奴がひょっこり現れたことがある。土地の者に交じって遠巻きにし、笑い、気取ったりおどけたりしてみせていた。俺はしまいに頭にきた。

「おい、黒ん坊！」俺は怒鳴った。

「だんなとは口をききませんよ」と奴は言った。「わたしは紳士としかしゃべらねえんだ」

「だろうな」俺は言った。「けど、こっちからブラック・ジャックさんに話しかけてるんだよ。訊きたいことは一つだけだ。おまえ、一週間前にケースのどたまを見たか」

「いや、見てません」奴は答えた。

「構わんさ」俺は言った。「ものの二分で、あれとそっくりの、色違いの黒いあざを見せてやるからな」

そして、奴に向かって歩き出した。ゆっくりと、両手は下げたままだったが、俺の目を覗き込めば、危険な光を湛《たた》えていることがわかっただろう。

「だんなは手に負えねえ下等な人だね」奴は言った。

「そのとおり!」俺は答えた。

俺がほとんど手の届くところまで近づいたと見た黒ん坊は、泡を食って逃げ出した。あんた方も、奴の走りっぷりを見たらさぞかし痛快だったろう。あとで語る事件が起こるまで、この小悪党を見ることは二度となかった。

そのころは主な日課の一つとして、森に行って食べられるものならなんでも撃っていたものである。森は(ケースが言っていたように)非常に豊かな狩場だった。村と営業所を島の東側から遮断する岬についてはすでに述べた。その岬の突端をめぐる小道が一本、隣の湾まで続いていた。そこでは一日中強風が吹く。また、岸に沿って延びるサンゴ礁は、岬の突端のところで終わっているから、湾岸には荒波が叩きつける。岸辺では、切り立つ小さな丘が窪地《くぼち》を二分していた。満潮時にはその丘に波がまともにぶつかって、交通は一切遮断される。森に覆われた山々が一帯を縁取っていた。東側の境界となる山はとりわけ険しく、緑が深く、裾は赤い辰砂《しんしゃ》の縞の入った真っ黒な崖となり、海沿いに続いていた。山の上のほうは、大木の梢《こずえ》がこぶのように連なる。明るい緑色の木々もあれば赤色のもあった。浜の砂は靴みたいに黒い。たくさんの鳥が湾の上空を舞い、中には真っ白なのもいた。コウモリ(別名〈吸血鬼〉)も、白昼きいきい鳴きながら、そのあたりを飛んでいた。

長いこと、俺が来るのはこの狩場までで、その先には行かなかった。道が続いている様子はなく、谷間の手前に生えるココヤシの木々で行き止まりだった。なぜなら、〈風の要《かなめ》〉と土地の者たちが呼ぶ、島の風上側の端の一帯には、住む者もいなかったからだ。ファレサーから東は、くるりと回って反対側のパパ・マルルに至るまで、家一軒、人っ子一人、植えられた果樹一本なく、サンゴ礁は途切れ途切れで岸は断崖、波は岩々にもろに打ちつけ、上陸できる場所はほとんどなかった。

森に行くようになってから、店には寄りつこうとしないのに、人に見られない場所では俺と立ち話をしたがる連中が現れた。土地の言葉にも馴れ始めていたし、連中の多くは英語を一言二言話せたから、ぽつりぽつりと会話できるようになった。大して意味のない会話ではあったが、最悪の気分は取り去ってくれた。人に忌み嫌われるというのは、みじめなものなのだ。

その月の終わりごろのある日たまたま、土地の男と一緒に、密林のはずれにあるこの湾で東を向いて坐っていた。そいつにタバコを一服すすめたあと、片言の会話を始めていた。実際、大抵の連中より英語のわかる男だった。

東に行く道はないのかと訊いてみた。

「昔、道一本」と男は言った。「今、ない」

「誰も、そこ行かない？」俺は尋ねた。

「よくない」そいつは答えた。「とってもたくさんの悪魔、そこにいる」

「へーえ！」俺は言った。「多くの悪魔いるのね、あの森？」

「男悪魔、女悪魔、とってもたくさんの悪魔」とそいつは言った。「いつもそこにいる。人、そこに行く、誰も戻らない」

悪魔の動静にこんなによく通じていて、しかもここまであけっぴろげに話す者はそういない。ならば、俺自身とウマについての情報も少し探ってみるのがよさそうだと思った。

「わたしが悪魔、とあなた思う？」俺は訊いた。「ばかと同じ、思う」

「悪魔、思わない」と慰め顔で答える。

「ウマ、悪魔？」と重ねて訊いた。

「いいえ、違う。悪魔、違う。悪魔、森にいる」と若者は言った。

俺は前方の湾の向こうを眺めていたが、そのとき突然、斜面の森の前面が開き、銃を手にしたケースが日に照らされた黒い砂浜に現れた。白に近い淡い色のパジャマを着ていたうえ、銃も光輝き、えらく目立った。オカガニが奴の足下から一斉に逃げ出し、巣穴に隠れた。

「おい、君」俺は叫んだ。「あなた、ほんとの話、しない。エセ、森行く、エセ、戻る」

「エセ、特別。エセ、ティアポロ」と奴は言い、「さよなら」とともにこそこそと木々の間に消えた。

ケースが潮の引いた浜を回って歩いてくるのを見守った。俺の前を通り過ぎてファレサーに帰っていくのを、黙って見送ってやった。ケースは考えにふけっていて、鳥もそれがわかるらしく、すぐそばの砂の上をちょこまかと走ったり、空を旋回し、ケースの耳元で鳴いたりした。ケースが俺の前を通り過ぎたとき、唇の動きから独り言を言っているとわかった。額にまだ俺のつけた傷が残っていたのは痛快だった。本当のことを打ち明けよう。俺は奴の醜いどたまにありったけの弾丸をお見舞いしたかったが、考え直したのだ。

この間《かん》ずっと、それから奴のあとを追うように家に戻るまでも、俺は若者から聞いた単語を、「ポリーや、やかんを火にかけて、みんなにお茶《ティー》を淹れとくれ」という歌の文句を助けに覚え、「ティー、ア、ポロ」と繰り返していた。

帰宅すると訊いた。「ウマ、ティアポロってなんのことだ?」

「悪魔」とウマは答えた。

「悪魔のことはアイトゥって言うのかと思ってたよ」俺は言った。

「アイトゥ、別の種類の悪魔」とウマは言った。「森にいて、カナカを食べる。ティアポロ、悪魔の大首長、家にいる。キリスト教の悪魔と同じ」

「うん、じゃあちっとも前進してないな。ケースがどうしてティアポロだって言えるんだ?」と俺は尋ねた。

「同じ、じゃない」ウマは言った。「エセ、ティアポロのもの。とっても好かれる。エセ、ティアポロの息子と同じ。もしもエセ、何か願うとする、ティアポロ、かなえてあげる」

「そりゃエセにはえらく都合のいい話だ」俺は言った。「それで、どんなものを出してくれるって?」

それはもう、ありとあらゆるくだらない話がとりとめもなくあふれてきた。その多くは

（タールトン氏の頭からケースが取り出したドル銀貨みたいに）俺には種が見え見えだったが、さっぱりわからないものもあった。そして、カナカにとって最大の驚きが、俺にしてみれば一番他愛ないことだった。アイトゥがうようよしている無人の地にケースが通っているというのだ。それでも豪胆な者たちがケースについていって、ケースが死者たちと話し、命令を与えるのを聞き、それからケースの保護のもと無事に、無傷で帰還したという。ある者たちは、ケースがあそこに教会を持っていてティアポロを崇拝し、ティアポロはケースの前に姿を現すのだと話す。別の者たちは、これは妖術などではまったくなく、ケースは祈りの力で奇跡を起こしているのだ、そしてあの教会は教会ではなく、ケースが一匹の危険なアイトゥを閉じ込めている牢獄なのだ、と証言する。ナムは一度、ケースと密林に入ったことがあるが、これらの奇跡を起こした神を讃《たた》えながら帰ってきた。これらを総合すると、ケースという男の地位がいくらかわかってきた。その地位を手に入れるのにどんな手を使ったかも。難敵だとわかったものの、いっこうに気落ちはしなかった。

「なるほど」と俺は言った。「じゃあケースの旦那の礼拝所を俺もちょっと見てこよう。それが讃美するようなものなのか、二人で考えてみようじゃないか」

これを聞いてウマはひどく気を揉んだ。もしも俺が丈の高い森に入ったら二度と戻れない、ティアポロに守られずにあそこに行ける者はいない、と言うのだ。

「神のご加護に賭けてみよう」俺は言った。「ウマ、俺は男としちゃあましな部類だろう。だから神はうまいこと俺を帰してくれるんじゃないかな」

ウマはしばらく黙っていた。「わたし、思う」とえらくまじめに切り出した――それからややあって――「ヴィクトレエア、大首長？」

「もちろんさ」俺は請け合った。

「あなたをとっても好き？」と重ねて尋ねる。

俺はにやにやしながら、ヴィクトリア老女王には特に贔屓にされているようだと答えた。

「わかった」ウマは言った。「ヴィクトレエア、大首長、あなたをとっても好き。でもファレサーであなたを助ける、だめ。それ、できない、遠すぎる。マエア、小さな首長、ここにいる。もしも彼、あなたを好きなら、あなたを大丈夫にする。神とティアポロも同じ。神、大きな首長――仕事、とってもある。ティアポロ、小さな首長――姿見せるの、とっても好き、一生懸命働く」

「おまえをタールトンさんに引き渡さなくちゃな」と俺は言ってやった。「おまえの神学は見当違いだよ」

しかし俺たちはその晩ずっと、この話から少しも離れられなかった。ウマは無人地帯とその危険についての物語をいくつか教えてくれたが、自分で怖くなって引きつけを起こしかけた。俺のほうはちっとも気に掛けていなかったから、当然何分の一も覚えてはいないが、二つの物語だけはわりとはっきりと思い出せる。

海岸を六マイル［一マイルは一・六〇九三四四キロメートル］ほど行ったところに、ファンガ・アナアナ――すなわち「洞穴《ほらあな》だらけの港」――と呼ばれる、岸壁の窪みがある。俺は海の側から、水夫たちに命じてできるだけ船を近づけさせて、見たことがあるが、黄色くて狭い砂浜だ。その上に張り出した黒い崖の奥には、無数の洞穴が黒い口を開《あ》けている。崖の上からは大木が張り出し、太い蔓草《つるくさ》も垂れ下がる。そして崖の真ん中あたりからは、川が滝となって流れ落ちている。さて、あるときのこと、六人のファレサーの若者を乗せたボートが、ここを通りかかった。ウマの言うには、若者は「みんなすごくきれい」で、それが命取りになった。風は強く、猛烈な逆波が来た。ファンガ・アナアナがボートの視界に入り、白い滝と陰になった砂浜が見えてくるころには、若者たちはそろって疲れてのどが渇き、持参の水も尽きていた。一人が上陸して水を汲《く》もうと言い出した。向こう見ずな男たちだったのでこぞって賛成したが、一番年下の若者だけは別だった。名をロトゥといった。たいそう優しく育ちの良い若者で、たいそう賢かった。ロトゥは、他の若者たちはどうかしていると言い、この場所は霊と悪魔と死者のものだから、こちら側六マイル、あちら側ならたぶん十二マイルにわたって、一人の生者もいないと教えた。しかしみんなはそれを聞いて笑い、五対一なので丸め込まれ、ボートを浜に揚げて上陸した。すばらしく快適な場所で、水も最高だった、とロトゥは言っている。若者たちは浜を歩き回ったが、崖を登る道はどこにも見当たらず、それで気が大きくなった。ついには、持ってきた食糧を食べようと腰を据えた。食事に取り掛かるか掛からぬかのうちに、黒い洞穴の口の一つから六人の、見たことのないほど美しい女性たちが出てきた。髪には花を挿し、とびきり美しい胸をしていて、真っ赤な種子をつなげた首飾りを掛けていた。女たちは若者たちをからかい、若者たちもみんな、お返しにからかい始めたが、ロトゥだけは別だった。こんな場所に生きた女がいるわけがないとわかっていたのだ。走って逃げ、ボートの底に飛び込み、手で顔を覆って祈った。ことが行われている間じゅう、ロトゥはずっと祈り続けていた。覚えていたのはそれだけだった。そこへやっと仲間が戻り、ロトゥを起き上がらせて、みんなで海に漕《こ》ぎ出し、再び入り江の外に出た。入り江にはもう人っ子一人いなかったし、六人の女性たちについてなんの話も出なかった。しかし、ロトゥが何より怖くなったのは、五人のうちの誰も、起こったことを何一つ覚えておらず、みんなで酔っ払いみたいにボートで歌ったり笑ったりして、ふざけていたことだ。風は勢いを増し、突然雨まじりの暴風になった。とんでもない高波が来た。島の人間なら誰だって、こんな天候は避けてファレサーに逃げ帰ったことだろう。だが五人の若者は正気を失ったようになり、帆を全部揚げて外海へと突き進んだ。ロトゥはあか汲みに取り掛かったが、誰一人手を貸そうとしない。歌ってふざけてボートを進め、人間には理解できないような奇妙なことをしゃべり、しゃべりながら高笑いした。そんなわけで、その後もずっと、ロトゥは必死にボートの底の水を掻《か》い出し、汗と冷たい海水でびしょ濡れになっていた。それでも誰もロトゥを顧みないのだった。予想に反して、若者たちは恐ろしい嵐の中、無事パパ・マルルに到着した。ヤシの木は叫び、ココナッツの実は大砲の弾のように村の緑地を飛び交っていた。同じ晩、五人の若者たちは病を得、道理の通った言葉は一言も口にしないまま死んだ。

「で、おまえはそんなでたらめを信じているとでも言うのか？」と俺は訊いた。

ウマが言うには、こういうことはよく知られていて、見てくれのよい若者の身にはしばしば起こることだとさえ考えられている。でも、同じ日にまとめて五人も女悪魔に愛され、殺害されたのはこれ一件のみだ。島はこれで大騒ぎになったのだから、疑うほうがどうかしている。

「まあともかく、俺なら心配いらない。女悪魔たちには用がないからさ。かみさんだけだよ、俺に必要な女は。ついでに俺に必要な悪魔もな」

これに答えてウマは、別の種類の悪魔もいると言った。自分の目で見たのだ。ある日一人で隣の湾に行った。そしてたぶん、悪しき場所の周囲に近づきすぎたのだろう。密林の高い木の枝々が、丘の斜面からウマに影を投げかけていたが、ウマ自身は平地にいた。そこは石がちで、高さ四、五フィートほどのマメイアップルの若木がたくさん生えていた。雨季の薄暗い日で、突風が襲い、木々の葉を引きちぎって舞い上げたかと思えば、一面、家の中みたいに静かになった。鳥やコウモリの一団が怯えて密林から出てくるのは、こういった静かなときだった。すぐそばでガサゴソいう音が聞こえた。まもなく、森のはずれから出てきて、マメイアップルの木々の間に姿を現したのは、年老いて痩せ細った、灰色の野生の豚だった。道々、まるで人間みたいに考えごとをしているように見えた。近づいてくるその豚の姿を見て、ウマは突然、これは豚などではない、人間であり、人間の考えを持っている、と気づいた。ウマは逃げ出した。豚はウマを追って走り、走りながらおーいと叫び、あたりにその声が響き渡った。

「俺が銃を持って居合わせてたらなあ」俺は言った。「豚はおまえを脅《おど》かすんじゃなくて自分が驚いておーいと叫んだろうに」

だがウマは、銃はこういった死者の霊には役に立たないと言った。

さて、その晩はこんな話ばかりしていたが、何よりよかったのは、それが時間つぶしになったことだ。だがもちろん俺はそんな話のせいで考えを変えたりはしなかった。翌日、銃と上等なナイフを携え、ケースの秘密を暴きに出かけた。ケースが出てきた場所をなるべく目指すようにした。密林の中に何かを建てているのが事実なら、そこに通じる道を見つけなくてはと考えたからだ。東の無人の地帯の始まりは、塀で仕切られていた。塀と呼べるかどうかはわからない。どちらかといえば、石を積んだ長い塚だった。島の向こう側まで達しているという話だが、それがどうしてわかるのかはまた別問題だ。この百年の間に、塀をたどった者がいるとは思えない。原住民は海と、海岸沿いの小さな集落とからほとんど離れないものだし、死ぬほど高くて険しくて崖だらけの場所を行くことになるからだ。塀の西側ぎりぎりまで、土地はきれいに開墾されており、ココヤシ、マメイアップル、グアヴァや、たくさんのオジギソウが生えている。塀の反対側ではすぐ密林が始まり、木々は船のマストのように高く伸び、綱のような蔓草が船の索具そっくりに下がっている。いやらしい蘭《らん》がきのこのように木の股に広がっている。地面の下生えのないところは、丸石を積んだ山のように見えた。緑色の鳩がたくさんいて、撃ってもよかったのだが、ここに来たのはそのためではない。無数の蝶《ちょう》がぱたぱたと、地面の近くを枯葉みたいに舞っていた。ときに鳥の鳴き声が、ときに頭上の風の音が、そして絶えず海岸に打ち寄せる波音が聞こえていた。

しかしその場所の怪しさについては語るのが難しい。背の高い密林に一人で入った経験のある人間が相手なら別だが。晴れ渡った日でも、密林の中は常にほの暗い。何も見通せない。どちらを向いても木々でぴったり閉じられている。木の枝どうしが手の指みたいに絡まり合っているのだ。耳を澄ますたびに、何か新しい音が聞こえる。はるか前方から人々の話し声、子どもたちの笑い声、斧《おの》を打ち込む音。ときおり、すばやく足音を忍ばせて走るような音がすぐそばで聞こえ、びくっとして飛び上がり、頼みの武器に手をやることになる。ここにいるのは木や鳥を除けば俺だけだ、と自分に言い聞かせたところで、とても信じられない。どちらを向こうが、場所全体が生きていて、こちらを見守っているような気がする。俺がウマのばか話のせいで動転していたとは思わないでもらいたい。島の者の噂話など、俺にはこれっぽっちの価値もない。ああいう感じというのは、林の中に自然に存在しているもの、それだけのことだ。

ここの森の地面ははしごみたいに急な上りになっているから、丘のてっぺんに近づくにつれ、風の音は途切れなくなってきた。木々の葉は上下左右に揺れて、隙間から日の光が射し込んできた。これでましになった。ずっと同じ音が聞こえ、何にも驚かされることはない。さて、俺は野生ココヤシと呼ばれる下生えのある場所に到着した。真っ赤な実をつけるえらくきれいな木だ。そのとき、歌声が風に乗って流れてきた。これまでに聞いたことのないような声だった。枝のこすれる音だと自分に言い聞かせたが、違うとわかっていた。鳥の声だと思い込もうとしたが、そんな鳴き方をする鳥など知らなかった。歌声は高まり、次第にかすかになり、また高まった。すすり泣きのようだが、それより心地よい声に思えた。あるいはハープのようにも思えた。確実なのは、こんな場所で聞かれる音にしては美しすぎて怪しい、ということだ。笑わば笑え、俺は六人の若いご婦人が真っ赤な首飾りをつけてファンガ・アナアナの洞穴から出てくる話を思い出し、あの女たちならこんなふうに歌うものだろうかと思ってしまったのだ。われわれは原住民や彼らの迷信のことを笑う。だがどれだけ多くの貿易商が迷信にとりつかれるものか、知ってもらいたい。それもすばらしく学のある白人の男たちで、本国では事務員として働き、(中には)簿記方をしていた者だっている。思うに、迷信は雑草みたいに土地に自生するものなのだ。立ち止まってむせび泣きに耳を澄ましていると、体ががくがく震えた。

怖がるなんて腰抜けだと言われるかもしれないが、曲がりなりにも先に進むだけ、自分では勇敢なつもりだった。それでもえらく気をつけて歩を進めた。銃の撃鉄を起こしたまま、狩人のように四方に目を配った。林のどこかに坐っている美しい女に出くわすに違いないと考え、(もしそうなったら)鴨《かも》撃《う》ち弾を空になるまでぶちかます肚をすっかり固めていた。果たしていくらも進まないうちに奇妙なものに遭遇した。木々の梢に強風が一瞬だけ吹きつけ、目の前の葉の重なりが突然開《ひら》けて、一本の木にぶら下がっているものがちらりと見えた。それはたちまち見えなくなった。強風が通り過ぎ、木の葉がまた閉じてしまったからだ。正直に言おう。俺は、アイトゥと出くわす覚悟はできていた。だからそいつが豚か女の姿をしていたなら、そこまでショックを受けなかったと思う。問題は、それが角張った形に見えたことだ。何か四角いものが生きて歌を歌っていると思うと、くらくらして気分が悪くなった。しばらく立ち尽くしていたに違いない。それから俺は、歌が流れてくるのはその木からだと確信した。それで、少し正気に返った。

「さあ」と独りごちた。「もしこれが本当にそうだとしたら、もしここが歌う四角いものたちがいるような場所だとしたら、俺はどのみちおしまいだ。こうなったらせめて楽しんでやろう」

だが祈ればひょっとしてご利益《りやく》がないとも限らない。そう思ってどすんと膝をつき、声に出して祈った。祈りの間じゅう、奇妙な音はさっきの木のほうからずっと聞こえていた。上がり下がりし、調子を変え、まるで音楽のようだった。ただし、人間のわざではない。口笛で吹けるような音は一つも含まれていなかった。

きちんと祈りを済ませるが早いか銃を下ろし、ナイフを歯の間にしっかりとくわえ、木のところまで歩いていって、登り始めた。心臓は氷みたいだった。だが登っていくと間もなく、例の物がまたちらりと見えて、俺はほっとした。どうも箱らしいと思ったからだ。そこにたどりついてみると、笑いすぎて木から落ちるところだった。

思った通りそれは箱、それもろうそくの箱で、側面に銘柄の焼き印が押されている。バンジョーの弦を張って、風が吹くと鳴るようにしてあった。名前の意味はわからないが、たぶんチロリアン・ハープ［エオリアン・ハープすなわち風鳴琴の誤り］と呼ばれるものだ。

「さあ、ケースさんよ」と俺は言った。「あんたは俺を一度怖がらせた。もう一度怖がらせることができるかな」と、木を滑り下りて、再び敵の本部を探しにかかった。そう遠くないに違いないと踏んだ。

このあたりは下生えが密生していた。自分の鼻先も見えず、力いっぱい道を押し開き、ナイフをふるって蔓草の綱をなぎ払い、木を打ち倒しながら進んだ。背が高いから木と呼ぶのだが、実《じつ》のところ大きな草にすぎなかった。切ると人参みたいにみずみずしかった。これだけ草木が繁茂しているということはかつて開墾された場所だったのかもしれないと、心の中でつぶやいたら、石の山につまずいてつんのめった。一目で人の手になるものだとわかった。作られた時期、見捨てられた時期は、はっきりしない。なぜなら島のこのあたりは、白人が来るよりはるか昔から、人が立ち入らなくなっていたからだ。積んだ石を越えて二、三歩で、ずっと探していた小道に出た。細いがよく踏み固められた道で、ケースにたくさんの弟子がいることがうかがえた。実際、ケースと一緒にここに来るという冒険は当時流行の肝試《きもだめ》しで、若者は、尻に刺青を入れ、ケースの悪魔どもを見るまでは一人前だと胸を張れなかったようだ。いかにもカナカらしいところだ。だが、別の見方をすれば、いかにも白人らしくもある。

小道を少し行くとはたと足が止まり、思わず目をこすった。目の前には塀があり、小道はその割れ目を抜けて続いていた。崩れかかっていて、明らかにとても古いが、大きな石をうまく積んで作られていた。今ではもう、あの島にはああいう物を建てたがる人間は生き残っていないだろう。塀のてっぺんには、奇妙な人形か偶像か案山子《かかし》か何やらが、ずらりと一列に並んでいた。彫刻され彩色された顔は醜かった。目と歯は貝殻で作られ、髪と鮮やかな色の着物が風にたなびき、中には紐を引っ張ると動く仕掛けになっているものもあった。今日でもこんな人形をこしらえている島が西のほうにはある。だがこの島では、かつて作られたことがあったとしても、その風習も、そしてその記憶すら、もう絶えて久しい。不思議なのは、この悪魔どもが店で買ったばかりのおもちゃみたいにぴかぴかだったことだ。

そのとき思い出した。ケースは初めて会った日に、島の骨董品《こっとうひん》の模造が得意だということを漏らしていた。多くの貿易商たちがそういう品で真っ当な小銭を稼ぐものだ。それで何もかもわかった。このように人形を並べておくのはケースにとって一石二鳥なのだ。自作の骨董品に古びた趣を加えられるし、おまけに訪ねてきた人間を怖がらせることもできる。

だが、ここで言っておかねばなるまい。この間ずっと、いくつものチロリアン・ハープが俺の周りで、木々の間から音を響かせていた（そのためいっそう不気味な感じが強まった）。そして、俺が見ているうちにも、緑と黄の鳥（きっと、巣作り中の）が、一体の人形の頭から毛をむしり始めた。

もう少し歩を進め、ケースの博物館で随一の骨董品を見つけた。最初に目に入ったのは、やや長い土の塚で、曲がり角があった。両手で土を掘ってみると、板に防水布を張ったものが出てきた。明らかに、穴倉を覆う屋根だ。穴倉があるのはちょうど丘のてっぺんで、入口は向こう側の二つの岩の間にあって、まるで洞穴の入口のようだった。中にもぐって曲がり角の手前まで進み、角の向こうを覗くと、輝く顔が見えた。パントマイムの仮面みたいに、大きくて醜かった。その顔は明るくなったり暗くなったりし、ときおり煙を吐いた。

「ほう！　夜光塗料か」と俺は言った。

ケースの発想にはさすがの俺も舌を巻いた。何しろ道具箱一つとえらく単純な仕掛けだけで、とてつもない神殿の存在を信じさせたのだ。闇夜にここに連れてこられたあわれなカナカは、周囲ですすり泣くハープの音を聞かされ、穴の底の煙を吐く頭を見せられる。となれば、そいつは一生分の悪魔を見聞きしたと信じてしまうだろう。カナカの考えることなど、簡単にわかる。十歳から十五歳ぐらいの自分を思い返してみればいい。それが平均的なカナカだ。信心深い少年がいるように、信心深いカナカもいる。しかし、大部分のカナカは、これも少年の場合と同じで、まあまあ正直ではあるものの、盗みを楽しいいたずらと考える。そして怖がりで、怖がるのが好きでもある。ケースみたいなことをやった、故郷の同級生を思い出す。あいつは何も知らなければ、何もできもせず、夜光塗料も、チロリアン・ハープも持っていなかった。ぬけぬけと、自分は魔法使いだと宣言しただけなのに、俺たちは肝をつぶしたし、それがすごく楽しかった。それから思い出したのは、教師が一度、そいつに鞭打ちの罰を与えたことだ。魔法使いが鞭を受けて普通に泣き叫ぶのを見て、俺たちみんな啞然としたものだ。「ケースの旦那にも、そんな懲《こ》らしめの方法を見つけてやらねば」と思った。次の瞬間、思いついた。

　俺は小道を引き返した。一度知ってしまえば道はごく単純で、歩くのも苦ではなかった。そして黒い砂浜に出たとき、よりによって出くわしたのはケースの旦那その人だ。俺は銃の撃鉄を起こしてすぐにでも使えるように構えた。俺たちはお互い目の端っこで相手を見据えながら、無言で堂々と歩き、すれ違った。通り過ぎたとたん、二人とも軍隊の教練のようにくるりと向き直り、顔を合わせた。二人の頭には同じ考えがあったわけだ。相手が銃の中身を自分の尻にぶっ放すかもしれない、と。

「狩りの獲物はゼロだったのか」ケースは言った。

「今日は猟の日じゃないんでね」俺は言った。

「じゃあとっとと失せるんだ」ケースは言った。

「あんたもな」俺は返した。

しかしどちらもじっとしたまま、動こうとはしない。

ケースが笑い、「だが一日じゅうここに立ちん坊というわけにもいかないな」と言った。

「お引き留めはしませんよ」俺は言った。

ケースはまた笑い、「おい、ウィルトシャー、わたしをばかだと思ってるのか？」と尋ねた。

「というよりならず者だ。知りたきゃ言うが」と俺は答えた。

「やれやれ、こんなに開けた浜辺で君を撃って、わたしに何か得があると思うのか？」と奴は言った。「撃つ気がないから聞くんだ。ここには人が毎日魚を獲りに来る。奥の谷ではコプラを作っているのが二十人ほどいるかもしれない。君の後ろの丘の上には五、六人、鳩を捕まえに来ているかもしれない。そんな奴らが今この瞬間にもわれわれを見ているかもしれないし、見ていたっておかしくはないさ。誓って言うが、君を撃ち殺したいなんて思っていない。そんな必要はないのさ。君はちっともわたしの邪魔にならない。君は、黒ん坊の奴隷よろしく自分の手でコプラをこしらえたけれど、それ以外一ポンドだって手に入れていない。わたしに言わせりゃ、君は植物みたいに無為な生活をしているんだ。君がどこで、いつまで無為に過ごそうと、わたしは構わない。わたしを撃つつもりはないと誓ってくれ。そうしたらわたしが先に手本を見せて、立ち去ってやるよ」

「なるほど」と俺は言った。「ざっくばらんで気持ちのよい御仁《ごじん》だね。俺も見習って言うぜ。俺は今日はあんたを撃ち殺すつもりはない。そんな必要はないのさ。この件は始まったばかりだ。まだ終わらないよ、ケースさん。俺はもう、一度お礼をさせてもらった。あんたの顔には俺の拳のあとがまだついているな。もっとお見舞いしてやってもいいんだぜ。俺はアンダーヒルみたいな中気病みとは違う。俺の名はアダムズでもヴィガーズでもない。あんたの敵として不足がないことを見せてやろう」

「ばかげた言い種だ」彼は言った。「そんな話で歩き出せるもんか」

「わかったよ」と俺は言った。「そのままじっとしてろ。俺はちっとも急いじゃいない。あんたも知っての通りだ。一日この浜辺で過ごしたっていっこうに構わないんだぜ。コプラに頭を悩ますこともない。夜光塗料の面倒も見なくていい」

最後の一言は言わなければよかったが、思わず口が滑ってしまったのだ。ケースがふいを打たれてぎゃふんとなったのがわかった。ケースは立ち尽くし、眉を上げて俺を睨《にら》みつけていた。それから、真相を究明しなければと心を決めたのだろう。

「君の言葉を信じよう」と言い、くるりと背を向けると、まっすぐ悪魔の密林に入っていった。

もちろん、約束したからには行かせてやった。だが見えなくなるまでずっと見張っていた。ケースの姿が消えると、隠れられる場所を求めて、脱兎《だっと》のごとく走った。それから家まで、密林の中をくぐって帰った。奴はちっとも信用できなかったからだ。一つ確かなことがある。どじもいいところで、警告を与えるような真似《まね》をしてしまったから、計画をすぐに実行に移さねばならない。

一朝《ひとあさ》の出来事としては、これでもう十分だと思われるだろう。だがさらなる騒ぎが俺を待ち受けていた。岬を回って家が見えるぐらいまで来るとすぐに、見知らぬ連中が来ているらしいとわかった。もう少し近づくと、疑いの余地はなくなった。武装した歩哨が二人、うちの入口にしゃがんでいた。ウマをめぐる揉め事が行き着くところまで行って、営業所が差し押さえられたとしか考えられなかった。ひょっとするとウマはすでに連れ去られ、あの武装した男たちは俺も連行しようと待っているのかもしれない。

しかし全速力で近づいてみると、三人目の土地の男が、客人よろしくベランダに坐っているのが見えた。そしてウマは女主人然としてその男と話している。さらにそばまで来て、男があの大柄の若い首長、マエアだとわかった。そいつがにこやかにタバコを吹かしているのだ。どんなタバコだったか？　あんた方が吸っている、猫にでもやればいいようなヨーロッパの紙巻きタバコなどではない。パイプがぶっ壊れたときには時間つぶしに使うのに実に便利な、どでかい、強烈な当地のタバコでもなかった。そうではなく、なんと葉巻だったのだ。しかも誓ってもいい、俺のメキシコ産の奴だった。この光景に心臓は高鳴り始めた。揉め事にけりがついたからマエアがやって来たのではないかと、現実離れした希望を抱いてしまった。

近づいていくと、ウマはマエアに向かって俺を指し示した。そしてマエアは正真正銘の紳士みたいに、ほかでもない俺の家の階段のてっぺんで、俺を出迎えた。

「ヴィリヴィリ」と彼は呼んだ。原住民にかかると、俺の名は良くてこんな程度だ。「わたし、嬉しい」

島の首長が、その気があれば礼儀正しくできるのは間違いない。俺には初めから事の次第がわかった。ウマに説明してもらうまでもなかった。「彼、もうエセ怖くない。コプラ持ってくるって」俺はこの南海人《カナカ》と、ヨーロッパ随一の白人を相手にするかのように握手したものだ。

真相はこういうわけだった。ケースとマエアは同じ娘の尻を追っかけまわしていた。少なくともマエアはそう思い込んでいた。それで、あわよくばケースをこてんぱんにしてやろうと決めたのだ。マエアは盛装し、二人の家来にもこざっぱりとした格好をさせ、武器を持たせた。訪問に公の性格を与えるためだ。それからケースが村から出ていくのを待ってわが家にやって来て、俺とだけ取引をすることを申し出たのだ。マエアは権力もあったが豊かでもあった。きっと年に五万個のココナッツの上がりがあっただろう。俺は浜の値段に二十五パーセント上乗せしてやった。さらに、掛け売りについては、店の中身と家具調度までひっくるめての先渡しだってしてやっただろう。マエアが来てくれてそれほど嬉しかったのだ。マエアが紳士らしく買い物をしたということも言っておかねばなるまい。米に缶詰にビスケットを一週間の饗宴《きょうえん》に足りるだけ、それから織物を何巻《まき》も買った。そのうえマエアは感じがよかった。とっても愉快な人物で、俺たちは冗談を飛ばしあった。大体はウマの通訳を介してだが。というのも、マエアはえらくちょっぴりしか英語を知らなかったし、俺の土地の言葉ときたらまだ怪しいものだったからだ。一つわかったことがある。マエアはウマを害悪と信じていたのではなかった。そのふりをしていたのは、処世術に過ぎない。村で強い影響力を持つケースが自分の後ろ盾になり得ると思っていたのだ。

それを知って、マエアも俺も難しい立場に置かれたなと考え始めた。マエアはこんな行動に出たことで、村じゅうを敵に回すことになる。これで威信を失うかもしれない。いや、それどころではなく、浜でケースとあんなやりとりをしてしまったからには、俺が命を失うことになるかもしれないと思った。奴は、俺がコプラをちょっとでも手に入れたら撃ってやると言ったも同然だ。ケースが帰宅すれば、村で一番の取引先が相手を替えたと知るだろう。なら、先手必勝だ。

「おい、ウマ」俺は言った。「マエアに言ってくれ。待たせて悪かった、だが俺はケースが森に開いたティアポロの店を見ていたんだ、と」

「あなた怖くなかったか、と、彼、知りたい」とウマが通訳した。

俺は噴き出して、「まさか」と言った。「マエアに言ってくれ。そこはひでえ玩具屋だ！　イングランドでは、あんなものは子どものおもちゃに与えるんだ、って」

「あなた、悪魔が歌うの聞いたか、と、彼、知りたい」とウマが次に尋ねた。

「いいか」俺は答えた。「今はバンジョーの弦を持ち合わせてないから、できない。でも、今度船が寄ったときには、おんなじ仕掛けを一つ、ここのベランダに作る。そうすれば、悪魔なんて関係ないことをマエアも自分の目で確かめられる。マエアに言ってくれ。弦が手に入ったらすぐに、あんたのガキどものために仕掛けを作ってやるって。そいつの名前は、チロリアン・ハープだ。それからこう言ってもいいぞ。この名前は、英語では、一セントでも払って買うのは阿呆しかいない、という意味だ」

これにはマエアはとても喜んで、もう一度英語を試さずにはいられなくなり、「あなた、話ほんとか？」と尋ねた。

「もちろん！」と俺は言った。「聖書と同じに、ほんとの話。ウマ、持ってるなら聖書をここに出しな、聖書にキスして誓ってやるよ。さもなきゃ、もっといいことを教えてやろう」と、一か八かで言ってみた。「マエアに、昼間あそこに自分で行くのが怖いか、訊いてくれ」

怖くないようだった。昼間で、連れがあれば、そのくらいの冒険はできると言う。

「そりゃあいい！」と俺は言った。「マエアに言うんだ。ケースはいんちき野郎で、あの場所はこけおどしだ。もしもあんたが明日あそこに行けば、その残骸を見られるだろう。だがウマ、これは伝えておけ。マエアにちゃんとわからせるんだぞ。もしもマエアがしゃべったら最後、ケースの耳に届くことになって、俺は殺されるんだ！　俺はあんたがやるべきことを引き受けてやっているようなものだ、とマエアに言え。もしもあんたが一言でもしゃべれば、俺の血があんたの家の扉に付いて、あんたの罪を未来永劫《えいごう》、責め続ける」

ウマは通訳し、マエアは俺の手を握り、激しく振りながら言った。「話す、だめ。あした行く。あなた、わたしの友だち？」

「違うよ」と俺は言った。「そんな阿呆くさいものじゃあない。俺はここに商売しに来た、友だちになるためではない、とマエアに伝えてくれ。だが、ケースのことは、あの世に送ってやる！」

そこでマエアは帰っていった。見るからにご満悦だった。

第五章　夜の密林

さあ、もうのっぴきならなかった。ティアポロは明日が来る前に破壊しなければならない。その準備だけならまだしも、論争もあって俺は手一杯だった。わが家は、職工の討論研修会さながらだった。ウマは、夜に密林に入るべきではない、入ったら二度と戻れないと言ってきかなかった。ウマの論法はすでにご存じだろう。昨日のヴィクトリア女王と悪魔の話がいい例だ。日が暮れる前に俺が議論にうんざりしてしまったかどうかは、想像してみてほしい。

ついにうまいことを思いついた。ウマが相手では、俺の説得も豚に真珠。ウマ自身の干し草の切れ端みたいな論拠のほうが役に立ちそうだ。

「わかったよ」俺は言った。「じゃあ、おまえの聖書を寄こせ。肌身離さず持っていくから。それで俺は大丈夫だ」

ウマは、聖書なんて役に立たないと言い切った。

「これだからカナカは物を知らない」と俺は言った。「聖書を持ってこいよ」

持ってきた。俺は扉のページを開けた。ちょっと英語が書いてあるだろうと思ったら、果たしてその通り。「ほら、これを見な！」と俺は言った。『発行地　ロンドン、発行者　イギリス及び外国聖書協会、所在地　ブラックフライアーズ』それから発行日だが、これはふつうの数字じゃなくてXが並んでる奴だから、俺には読めない。ブラックフライアーズの聖書協会に近寄れる悪魔なんていないんだぜ。ばかだなあ、おまえは。俺の国では、土地のアイトゥとどうやって折り合ってると思う？　全部聖書協会のおかげなのさ！」

「あなたたちにはアイトゥ全然いない、とわたし思う」とウマは言った。「白人、自分たちにはいない、と言った」

「そいつは信じられんな」と俺は言った。「ここらの島はどこもアイトゥがいっぱいなのに、ヨーロッパには全然いないというのは、どういうわけなんだい？」

「そうね、あなたたちにはパンノキがない」とウマは答えた。

髪をかきむしりたくなった。「おいおい、おまえなあ」と俺は言った。「やめてくれ。うんざりだ。俺は聖書を持っていく。それで俺は郵便みたいに間違いなく行けるんだ。これでもう、俺の話はおしまいだ」

その夜はいつになく暗かった。日の入りとともに雲が湧き出して、空を覆ったからだ。星一つ見えない。夜も更けたころになって、ようやく月が端っこだけ見えた。村のあたりは、開け放した家々に灯る明かりや火、それからサンゴ礁の上を動くたくさんの漁師たちのたいまつで、夜通しイルミネーションのようにきらびやかだった。だが海と山と森はすっかり闇に沈んでいた。おそらく八時ごろだったろう、俺はロバみたいに荷を背負って出発した。まず、例の聖書だ。人の頭ほどもある本だが、ばかなことを言ったせいで持っていくはめになった。それから銃、ナイフ、ランタン、特許品のマッチがあった。どれも必需品。さらに、今夜の仕事に最も大事な道具一式、つまり、ずっしり重い火薬に、漁に使うダイナマイトの爆弾二個に、火縄二、三本だ。これは錫《すず》のケースから引っ張り出して、できるだけ上手につなぎ合わせたものだった。火縄というのは交易用の品だから、そんなものを信用するとしたらどうかしているのだ。要するに、おわかりだろう、俺は相当大きな爆発を起こす材料を手にしていた！　出費などなんのその、とにかくやり遂げたかった。

開《ひら》けた場所で、自分の家に灯るランプを頼りに歩くうちは、うまくいった。だが小道に来てみると、前に進めないほど真っ暗だ。俺は木にぶつかっては悪態をついた。寝室でマッチを探し回るときみたいだった。だが明かりをつけるのは危険だ。ランタンは、岬の突端に着くまでの間、村から見えっぱなしになる。日が落ちてからあんな場所に行く者などいないから、噂になって、ケースの耳にも入ってしまうだろう。しかしどうすればいいのか。諦めてしまってマエアに対して面目を失うか、明かりをつけて、のるかそるかで精一杯手早くやり遂げるか、二つに一つだった。

小道では懸命に歩いたが、黒い浜に出ると走らなくてはならなかった。ほぼ満潮になっていたからだ。火薬を濡らさずに波と断崖の間を通り抜けるためには、全速力で行く必要があった。実際はそれでも膝まで波に洗われ、危うく石につまずいて転ぶところだった。こうしている間じゅう、先を急いでいるのと、開放的な空気と潮の香りとで、終始興奮していた。だがひとたび密林に足を踏み入れ、小道を登り始めると冷静になった。密林の恐ろしさは、ケースの旦那のバンジョーの弦やら彫像やらのおかげでかなり薄らいでいたが、それでも陰々滅々たる道のりだった。ケースの信奉者たちがここに登ってきたら、震えあがるに違いない。ランタンの明かりは、あたりの木の幹や、又になった枝や、縄鞭みたいなねじくれた蔓草の間を行き来して照らし出し、一帯を、というよりは一帯のうちの見える限りを、回転する影の判じ絵に変えた。影がこちらにやって来る。巨人みたいにがっしりとして、すばやい。それがくるりと回って消えてしまう。こちらの頭より高く伸び上がって、梶棒みたいになった影が、闇の中へと鳥のように飛び去っていく。森の地面は枯れ木の燐《りん》でかすかに光っていた。昔、黄燐マッチを擦《す》ったあと、マッチ箱はこんなふうに光ったものだ。冷たい大きな水滴が、頭上の枝から汗のように落ちてきた。風は大して吹いていなかった。凍てつくような陸風がかすかにそよぐだけで、何一つ揺らしはしない。ハープは沈黙していた。

いわば長い航海の末に目的地を初認したのは、野生のココヤシの森を抜け、塀の上に並ぶ悪鬼どもが見えたときだ。ランタンの光で照らされ、絵の具を塗った顔に貝殻の目を付けて、衣裳と髪の毛を垂らしている連中は、えらくおかしな姿に見えた。一つ一つ塀から取り上げ、ティアポロのいる穴倉の屋根に束にして積んでやった。これで何もかも一緒くたに昇天だ。そして穴倉の入口にある大きな石を一つ選んで、その裏側に火薬と二個の爆弾を埋め、通路に沿って火縄を延ばした。それからお別れに、煙を出す頭を見た。今も盛んに吐き出している。

「元気出しな。もう逃げられないぞ」俺は言った。

当初は点火したら家に引き返すつもりだった。暗闇と枯れ木の燐光とランタンの生み出す影を見ていたら心細くなってしまったからだ。だがハープの一つが掛かっている場所は突き止めてある。こいつがほかのものと一緒に昇天しないのは残念に思われた。一方で、ここまでの仕事で死ぬほどくたびれたことは認めざるを得ず、とっとと家に戻って戸を閉めてしまいたかった。穴倉を出て、残るか帰るか思い悩んだ。はるか下の海岸では波音がしていた。すぐそばでは木の葉一つそよいでいなかった。ホーン岬のこちら側で、俺は唯一の生物かもしれなかった。さて、そうやって考えながら立ち尽くしているとき、密林が目覚めてかすかなざわめきに満ちてきたような気がした。確かにかすかな音で、なんの害もない。何かがちょっとパチパチ鳴る音、何かがちょっと突進するような音が聞こえただけだ。けれども俺は度肝を抜かれ、喉がビスケットみたいに干上がってしまった。怖いのはケースではなかった。

それなら当然なのだが、ケースのことなどこれっぽっちも考えなかった。差し込みみたいに鋭く俺を襲ったのは、あの迷信じみた言い伝え、女悪魔や人間豚のことだった。逃げ出すべきか否か迷うところだ。だが自分を信じて足を踏み出し、ランタンを掲げ(阿呆みたいに)、周囲を見回した。

村と小道の方角には、何も見えなかった。しかし内陸のほうを向いたとき、ぶっ倒れなかったのが不思議だ。そこに、無人地帯と邪悪な密林の中からがばっと出てきたのは――果たして、女悪魔だ。俺の想像通りの姿をしていた。むき出しの腕と大きな目にランタンの明かりが反射して見えた。俺の口からばかでかい悲鳴が飛び出し、これぞ断末魔の叫びかと思った。

「ああ! 叫ぶ、だめ!」女悪魔が甲高く囁《ささや》くみたいにしゃべった。「なぜあなた大きい声話す? 明かり消して! エセ、来る」

「ちくしょう、ウマなのか?」

「イオエ[原注:はい]」とウマは答えた。「わたし、はやく来た。エセ、すぐここに」

「一人で来たのか? あなた、怖くないか?」と俺は訊いた。

「ああ、とっても怖い!」とウマは囁いて、俺にしがみついた。「わたし死ぬ、と思う」

「やあ」と俺はかすかに口元を緩めた。「ミセス・ウィルトシャー、君を笑える立場じゃないよ。南太平洋じゅう探しても、俺みたいに肝を冷やした男はいないだろう」ウマは二言で、ここに来た理由を説明した。どうやら、俺とほぼ入れ替わりにファアヴァオが訪ねて来たらしいが、そのときファアヴァオは、ブラック・ジャックが家《うち》からケースの家に向かって全力で走っていくのに行き会った。ウマは母親と話したりぐずぐずしたりせず、大急ぎで俺のもとに警告しに来たのだ。俺のすぐ後ろをつけていたから、ランタンの光に導かれて浜を突っ切り、続いて木々の間からちらちら見える明かりを頼りに丘を登った。だが、俺が頂上に着くか、穴倉にもぐりこむかしたとき、ウマは道がわからなくなった。どこを歩き回っていたのかは、神のみぞ知る！　それで貴重な時間をさんざん無駄にした。ケースに後をつけられているかもしれないと思えば怖くて声も上げられず、おまけに森の中で転んで打ち身だらけになってしまった。そのときウマはおそらく南に行き過ぎていたのだろう。それでいきなり俺の横手から現れることとなり、俺は言葉にできないほど肝をつぶすはめになったのに違いない。

さて、女悪魔よりはましだったが、ウマの話は深刻だと思った。監視役として送り込まれたのでもなければ、ブラック・ジャックが俺の家の周りをうろつくわけがない。俺が軽率にも塗料のことを口にしたからか、あるいはマエアが結局しゃべってしまったためなのか、俺たち二人は、引けば引くほど固く締まっていく結び目にからめ捕られてしまった。一つはっきりしていることがあった。ウマと俺はここで一夜を明かす。夜が明ける前に家に帰る危険は冒さない。明るくなってからも、山を回り込んで村の裏手に出るほうが安全だろう。さもないと待ち伏せている敵に出くわすかもしれない。もう一つ、地雷を今すぐ爆発させせなくてはならないことははっきりしている。さもないとケースが先んじて阻止するかもしれない。

しがみつくウマを抱えたまま、俺は穴倉の通路を突き進み、ランタンの蓋を開けて、つなぎ合わせた火縄に火を移した。最初の一本分が紙のこよりみたいに速く燃えるのを、ぼんやりつっ立って見守りながら、俺たちはティアポロと一緒に吹っ飛ぶんだなあと思っていた。もちろんそんなつもりではなかった。二本目に入ると、望んでいたよりは速すぎたが、さっきよりはうまい具合に燃えていった。分別を取り戻した俺は、ウマを引きずって通路から出ると、ランタンを吹き消して捨てた。それから二人して手探りで森の中を進み、安全と思われるところまで来ると、一本の木のそばに一緒に伏せた。

「なあ、おまえ」俺は呼びかけた。「今夜のことは忘れないよ。おまえはいい奴だ。それがおまえの欠点だよ」

ウマは背を丸めて俺に引っついた。ウマは着の身着のまま、キルト一枚で家を飛び出していたのだ。それに、夜露と黒い砂浜の波で濡れねずみになり、寒いわ暗闇と悪魔が怖いわで、震えっぱなしだった。

「とっても怖い」彼女はやっとそれだけを口にした。

ケースの丘の裏側の斜面は崖のように切り立って、隣接する谷に落ち込んでいた。俺たちはまさにその崖っ縁にいた。枯れ木の燐光が見えて、はるか下には波音が聞こえた。退路の断たれたこんなところにいたくはないが、動くのも怖い。そのとき、場所の選択よりもっとまずい間違いをしでかしたことに気づいた。ランタンの火をつけたままにしておけばよかったのだ。そうすれば、ケースが光の中に踏み込んできたときにやってしまえたのに。たとえそこまで考えが及ばないまでも、あんな上等なランタンを彫像と一緒に爆破してしまうなんてばかげている。もしも火縄を信用できるなら、今からでも駆け込んでランタンを救い出したってよかったのだが、誰があの火縄を信用するものか。交易品というのがどんなものかご存じだろう。島の者が魚を獲るのに使う分にはいい。どのみちぐずぐずはできないし、危険といってもせいぜいが片手を吹っ飛ばされるぐらいのものだ。だが俺がやったみたいな大きな爆破の周りでふざけたい向きには、あんな火縄は使えたものじゃない。

こうなると、せいぜいじっと伏せて、散弾銃をすぐ撃てるようにしておき、爆発を待つぐらいしかできなかった。しかしこれはなかなか大変な仕事だった。夜の闇が塊みたいに感じられるし、見えるものといったらぞっとするような枯れ木の鬼火ばかりで、そのかすかな光は何一つ照らし出さない。また、音のほうも、火縄が穴倉で燃える音が聞き取れそうなほど耳を澄ましてみたが、密林は棺みたいに静かだった。ときおりぴしりと音がしたが、それが近くなのか遠くなのか、ケースが俺から数ヤード［一ヤードは〇・九一四四メートル］と離れていないところでけつまずいたのか、何マイルも先の木が折れたのか、生まれる前の赤ん坊みたいに何もわからなかった。

ところがそのとき、出し抜けにヴェスヴィオ火山が噴火した。ずいぶん時間が掛かったが、いよいよ爆発してみれば、（俺が言うのもなんだが）これほど見応えのある爆発もなかった。最初はなあんだという程度の音、噴き上がる火、字が読めるくらいに明るくなった森、それだけだった。災難はそのあと始まった。ウマと俺は荷馬車一杯分の土に埋もれかけたが、もっとひどいことにならなかったのは幸運だった。というのは洞穴の入口の岩の一つが見事に空中に発射され、俺たちから二、三尋もないところに落っこちて、弾んで崖の縁を越え、隣接する谷へとどすんどすん転がり落ちていったからだ。逃げる距離を小さく見積もりすぎたか、あるいはダイナマイトと火薬の量が多すぎたか、まあどちらでもいい。

まもなく別の失敗に気づいた。音のほうは、島を揺るがしつつだんだん静まってきた。目の眩《くら》むような光もおしまいになった。それなのに、闇夜は思っていたようには戻らなかったのだ。赤々と輝く燠《おき》や木の燃えさしが爆発で飛んで、森の至るところに散らばっていた。俺のまわりの平らな地面にも散らばっていた。谷に落ちていったものも、途中の木の梢に引っ掛かってめらめらと燃えているものもあった。火事の心配はなかった。こういう森は湿り気が多すぎて燃えつかないからだ。しかし厄介なのは、あたり一帯が照らされていたことだ。さほど明るいわけではないが、撃たれるおそれは十分にある。燠の散らばり方は、俺だけでなくケースにも有利に働きそうだ。俺は奴の白い顔を探してぐるり見回した、わかるだろう。だが影も形も見えない。ウマはといえば、爆発音と閃光《せんこう》にやられて、死んだようになっていた。

この勝負には一つ不利な点があった。天に召された彫像の一つが、髪から着物から体から火だるまになって、四ヤードとない近くに落っこちてきたのだ。えらく気をつけてあたりを見回した。ケースはまだいない。決めた。奴が来ないうちに燃えている人形をどこかへやるのだ。さもないと犬みたいに撃たれてしまう。

最初は這っていくつもりだったが、スピードが肝心と思い直し、体を半ば起こして急いだ。とたんに海の方角から閃光と銃声が発し、銃弾が耳元で鋭く唸った。やにわに振り向き銃を取り上げたが、あん畜生のほうはウィンチェスター銃だった。奴を見定める間もなく、二発目の銃弾が放たれ、まるでナインピンズ［九本のピンを用いるボウリング］のピンみたいに俺は倒れた。どうやら宙を舞ったらしい。地面に打ちつけられて三十秒ほど気を失っていた。それから両手が空なのに気づいた。銃は倒れたときに頭上を飛んでいってしまったのだ。こんなピンチになると、えらく頭がはっきりするものだ。どこを怪我《けが》したのか、そもそも怪我をしたのかどうかもよくわからなかったが、すぐにうつぶせになって、武器を取り戻すために這っていった。打ち砕かれた片脚で無理やり動き回ろうとした経験のない人間には、それがどれだけ痛いかわからないだろう。俺は雄牛みたいな声で呻いてしまった。

こんな音を立てたのは最悪だった。それまでウマは、邪魔になるだけとわかっていて賢明にも木から離れずにいたのに、俺が大声を上げるのを聞くやいなや飛び出してしまった。ウィンチェスターが再び銃声を発し、ウマは倒れた。

俺はウマを止めようとして脚のことなどお構いなしに立ち上がっていたが、ウマが転げるのを見て再びその場に伏せ、じっとしたままナイフの柄を手探りした。さっきは慌てて取り乱したが、もうそんな俺ではない。奴は俺のウマを倒した。仕返しをしてやらねばならない。俺は伏せながら歯を食いしばり、勝ち目がどれだけあるか計算した。脚は折れ、銃はない。ケースのウィンチェスターにはまだ十発残っている。どうも望み薄だ。だが俺は決して諦めなかったし、諦めようとも思わなかった。あの男は生かしてはおけない。

長いこと、どちらも鳴りをひそめていた。それからケースが動き出す音が聞こえた。森の中をこちらに近づいてきたが、えらく慎重だった。俺のそばに落ちた彫像はすでに燃え尽きていた。あたりには燃え殻がぽつりぽつりと残っているばかりだ。森はひどく暗かったが、消えかかった火のようなかすかな光があった。それでなんとか、シダの大きな茂み越しに俺を見つめているケースの顔が見分けられたのだ。同時に奴のほうも俺がわかって、ウィンチエスターを肩にした。俺は腹這いのまま身じろぎ一つせず、銃口を覗き込んでいるようなものだった。助かる最後のチャンスだったが、心臓が飛び出たかと思った。そこでケースが発砲した。散弾銃でなかったのが幸いした。弾が当たったのは俺から一インチと離れていないところで、跳ね飛ばされた土が目に入った。

試しにあんた方、静かに横になり、誰かに自分を膝射ちさせて、髪の毛一本の差で外させる、なんてことができるかどうか、やってごらんなさい。しかし俺はそれをやったのだ。運も味方した。ケースはしばらく、ウィンチェスターを控《ひか》え銃《づ》つの姿勢で持って立っていた。それからちょっと忍び笑いをし、シダの茂みを回ってこちら側に来た。

「笑ってろ！」と俺は思った。「おまえにシラミほどの知恵があれば、祈ってるところだろう！」

船の大索か時計のぜんまいみたいに神経が張りつめていた。ケースが手の届くところに近づいたとたん、足首を摑み、ぐいと引いて尻もちをつかせ、倒して馬乗りになった。折れた脚もなんのその、すべてはケースが息をつく間もなく終わった。ウィンチェスターは、俺の散弾銃と同じ道をたどった。消えたウィンチェスターなんて怖くない。これで奴と戦える。俺はとにかく相当に強い男だが、ケースを押さえつけるまでは強さというものをわかっていなかった。ケースは、引き倒されたときの衝撃ですっかり伸びていた。怯えた女みたいにさっと挙げた両手を、俺はまとめて左手で摑んでしまった。すると奴は我に返り、俺の前腕にイタチみたいに嚙みついた。気にするものか。痛いのは折れた脚だけ、ほかの痛みには用はない。俺はナイフを抜いて、場所を見定めあてがった。

「さあ」と俺は言った。「捕まえた。おまえはもうおしまいだ。結構なことさ。こいつの切っ先がわかるか？　アンダーヒルの分だ！　ほれ、お次はアダムズだ！　さあ、最後はウマの分。これがとどめだ！」

そう言いながら、鋼鉄の冷たい刃を全力で刺し通した。奴の体は俺の下で、スプリングの入ったソファみたいに跳ねた。ぞっとするような長い呻き声のあと、動かなくなった。

「死んだのか？　死んじまっただろうな」くらくらする頭で、そう考えた。だが一か八かで死んだほうに賭けるつもりはなかった。何しろケース自身がそれでしくじったのを目の当たりにしている。俺は、もう一度刺すためにナイフを抜こうとした。血が両手にかかったのを覚えている。茶のように熱かった。それを最後に、俺は完全に気を失って倒れ、奴の口の上に頭を落とした。

気がついたときには、あたりは真っ暗だった。燃え殻の火はすでに消え、枯れ木の燐光のほかは何も見えなかった。自分がどこにいるのか、なぜ激しい痛みがあり、どうして全身濡れているのか、思い出せなかった。それから記憶が戻ってきた。俺が最初にやったのは、奴をまた数回、ナイフの柄まで刺し通すことだった。もう死んだとわかっていたが、刺したところで奴のほうは困りはしないし、俺にしてみればいいことずくめだ。

「間違いなく死んだな」と俺は言って、ウマを呼んだ。

答えはなかった。俺はウマを手探りで捜しに行こうと身を起こしたが、折れた脚をもつれさせ、また気を失った。

再び気がついたときには、空を覆っていた雲はすっかりなくなり、綿みたいに白い雲がほんのわずか浮かんでいるばかりだった。月が昇っていた。熱帯の月だ。故郷《くに》では月が出れば森は黒くなる。だがここの月は、ほんの端っこだけでも、森を日中と同じぐらい青々と見せた。夜の鳥は――というよりは、朝起き鳥のようなものだが――ナイチンゲールに似た、長い、下がり調子の鳴き声を張り上げていた。俺は死んだ男にまだ半ばもたれかかっていて、そいつはまっすぐ天を凝視していた。開いたままの目は、生きていたときと変わらぬ色だった。少し離れたところで、ウマが横向きにくずおれた。どうにかこうにかウマのもとに向かった。たどり着いたときにはウマはすっかり目を覚ましていて、虫のようにか細い声で忍び泣きをしていた。アイトゥたちがいるから声を上げるのが怖かったらしい。大した怪我はしていなかったものの、信じられないほど怯えていた。ウマはとっくの昔に意識を取り戻していたのだ。大声で俺を呼んだが答えはなく、俺もケースも死んだものと考えて、怖くて指一本動かせずにずっと横たわっていた。弾丸に肩をえぐられ、かなり出血していた。俺はすぐに、着ていたシャツの裾とスカーフを使って、傷口にきちんと包帯をしてやった。良い方の膝にウマの頭を載せ、木の幹にもたれ掛かって、静かに朝を待った。ウマは役にも立たず美しくもなく、ただ俺にしがみついて震えて泣くばかりだった。後にも先にもここまで怯えきった人間はいないだろうというくらいだったが、そう言っては気の毒というもので、ウマには波瀾《はらん》の一夜だったのだ。俺のほうは、痛みと熱がひどかったが、じっと坐っていればましだった。それにケースのほうに目を向けるたび、口笛を吹き、歌い出したくなった。万々歳だ！ あの男が死んで鰊《にしん》みたいに転がっているのを見て、大満足だった。

しばらくすると夜の鳥の声は止み、光の色合いが変わり始めた。東の空がオレンジ色に染まり、森全体が鳥のさえずりでオルゴールみたいに鳴り出す。夜明けだ。

マエアはまだまだ来ないだろうと思った。実は、マエアがすっかり考えを変えて姿を現さない可能性すらなくはないと思っていた。それだけに、夜明けから一時間ほど経って、枯れ枝を踏みつける音、そして大勢の人間が元気づけに笑ったり叫んだりする声が聞こえてきたときには、嬉しかった。ウマも人声が聞こえたとたん、元気に体を起こした。まもなく一行が列をなし、小道をはずれてこちらに向かって来た。先頭はマエア、その後ろには日よけ帽の白人が続いていた。ターールトン氏だ。前夜遅くにファレサーに現れ、ボートを下りると最後の道のりをランタンを掲げて歩いてきたのだ。

連中は、ケースを名誉の戦場、奴が煙を吐く頭を収めていた穴に埋めた。俺はそいつが終わるのを待っていた。それからタールトン氏が祈りを捧げたが、戯言《たわごと》だと思った。宣教師が亡くなられたお方の今後について実に気色の悪い見解を示し、地獄に関して独自の考えを持っているらしく見えた、という点はここで言っておかねばなるまい。後に俺はこの件について彼と議論して、あんたは義務をおろそかにしたと言ってやった。あんたがやるべきだったのは、男らしく立ち上がって、連中《カナカ》にはっきりと、ケースは地獄ゆきに決まっている、死んでよかった、と告げることだったんじゃないか、と。しかしどうしても俺と同じ見方をとらせることができなかった。さて、それから一行は棒きれで担架を作って、俺を営業所まで運んでくれた。タールトン氏が俺の脚の骨を接いだ。例の宣教師風の接ぎ方だったから、俺の足は今でも左右の釣り合いが悪い。それが済むと彼は俺の証言、次いでウマ、マエアの証言も書き留めて、きれいに清書して皆に署名させた。次に首長たちを連れてパッパ・ランドルの家にケースの書類を差し押さえに向かった。

見つかったのはわずかな日誌。長年にわたってつけられていたが、コプラの値段とか鶏が盗まれたことしか書かれていない。それから、帳簿、俺がこの話のはじめに言った遺言書。これで全部だった。帳簿と遺言書から、すべて(本当に一切合財)がサモアの女の所有になるものと見られた。女は急いで故郷《くに》に帰りたがっていたから、俺がえらく妥当な金額で全部買い取ってやった。ランドルと黒人はといえば、宿無しになって、島のパパ・マルルの側にある営業所か何かにもぐり込んだ。うまくいかなかった。はっきり言って、二人とも商売に向いていないのだ。それで魚ばかり食べて暮らしていた。そのせいでランドルは死んだ。どうやらある日、すごい魚の群れが来たらしい。パッパは、ダイナマイトを手に群れを追った。火縄の燃えるのが速すぎたか、パッパが酔っ払っていたか、その両方か、ともかく弾は投げる前に爆発し(よくあるパターン)、パッパの手はいずこへ? まあ、そのぐらいはなんの害もない。南海の北のほうの島々はどこも、片手の人間だらけだ。『アラビアン・ナイト』に出てくる連中と同じ。だがランドルは歳《とし》のせいか、飲みすぎのせいか、早い話が死んでしまった。それから間もなく、ブラック・ジャックが白人に盗みを働いたかどで島を追放された。西に流れて行ったところが、島民は奴と同じ膚の色だった。それが奴のお気に召したかどうか。そしてその同じ色の人間たちが、お祭りか何かの時に奴を捕まえて食ってしまった。きっと口に合ったことだろう!

そこで俺一人がファレサーで成功したというわけだ。会社のスクーナーが来たとき、俺は船倉をいっぱいにしたばかりか、甲板に営業所の半分ぐらいの高さまで荷を積み上げた。タールトン氏は正しいことをしてくれたと言わなくてはならない。だが彼は同時にちょっとせこい意趣返しをした。

「さあ、ウィルトシャーさん」と宣教師は言った。「わたしはあなたとファレサーの皆さんを和解させませんでした。ケースのいない今では、難しい仕事ではありませんでした。でも首尾よく和解させたのは事実ですし、あなたが公平に取引する方だと保証もしました。わたしが皆さんに約束したことを必ず守って下さいね」

さて、俺はそうした。秤についてはさんざん悩まされたものだが、こんな理屈をつけて解決した。

俺たち貿易商は皆、独特の秤を持っているが、土地の連中のほうも心得たもので、コプラにちょうどいい割合の水を加え、重くして持ってくるから、公正な取引になってるんだ、と。だが実を言えば、これには本当に悩まされた。だから、ファレサーで立派にやれたとはいえ、会社が俺を別の営業所に移したときには嬉しい気もした。なんの誓約にも縛られておらず、少しもやましさを覚えずに自分の秤を直視できるからだ。

かみさんについては、あんた方は俺と同じぐらいよくご存じだ。ウマの欠点はただ一つ。目を上げて見張っていなければ、営業所の屋根だって外して人にやってしまうような奴だということだ。まあ、カナカはそんなふうに生まれついているらしい。今では力自慢の大女になってしまって、ロンドンのおまわりを肩越しに投げることだってできるだろう。だがこれもカナカの生まれつきだし、あれがとびきりの女房であることにはなんの疑いもない。

タールトン氏は任期を終えて故国《くに》に帰った。俺が出会った中で一番いい宣教師だった。今はサマセットあたりで教区牧師をやっているらしい。まあ、タールトン氏にはそれが何よりだ。あそこならこっちの頭をおかしくするような連中《カナカ》などいないだろうから。

パブを持つ夢はって？　まるっきしだ。これから先も無理だろう。俺はここにはまり込んでしまったらしい。わかってもらえるだろうが、子どもらから離れたくない。それに——こんなこと言ったってしょうがないが——あいつらはここのほうが、白人の国にいるより幸せだ。もっとも、ベンが長男坊をニュージーランドのオークランドに連れていってくれた。せがれはそこで最高の連中に交じって教育を受けている。しかし悩みの種は娘たちだ。もちろんしがない混血児だってことは俺もあんた方と同じくらいよくわかっているし、俺ぐらい混血児をばかにしている人間もいないだろう。だがあいつらは俺の子で、俺のすべてみたいなものだ。ここの男《カナカ》と付き合うことになるのかと思うと我慢ならないんだが、じゃあどこに行けば白人なんて見つけられるっていうんだい?

（中和彩子＝訳）

「ファレサーの浜」訳注

1―**コプラ**　島民によるコプラ生産は、十九世紀後半の南太平洋の中心的な産業であった。本作のウィルトシャーが派遣される営業所は、島民とのコプラの交易の拠点として置かれている。

2―**南海人《カナカ》**　カナカ（Kanaka）とは、十九世紀半ばにハワイ語の「人」から転じて使われるようになった語で、ハワイおよび南太平洋の諸島の原住民を指す。

＊聖書からの引用は、日本聖書協会の新共同訳・文語訳を適宜用いた。

寓話抄

『[*1]宝島』の登場人物たち

『宝島』の[*2]第三十二章が終わったあと、二人のあやつり人形《パペット》が、次章の仕事が始まるまでの空き時間に一服しようと外に出た。彼らは小説からあまり離れていない空き地で出会った。

「おはようございます、船長」一人が海軍式の敬礼をして、満面の笑みを浮かべながらあいさつした。

「ああ、シルヴァーか」もう一人は嫌そうに唸《うな》った。「きみはひどい奴《やつ》だな、シルヴァー」

「よしてくださいよ、スモレット船長」シルヴァーは抗議した。「[*3]やるべきことはやる、それだけのことです。でも今は非番じゃないですか。道徳だのなんだのを議論しなくたっていいでしょう」

「まったくとんでもない悪党だ」船長は言った。

「ねえ船長、そりゃありませんや」シルヴァーは答えた。「俺に本気で腹を立ててもしょうがないでしょ。しょせん海洋冒険小説のキャラクターなんですから。現実に存在するわけじゃないんだ」

「まあ、それを言ったらわたしも現実には存在しないしな」船長は言った。「おあいこってことか」

「別に、高潔[*4]なキャラクターのおっしゃることに異を唱えたりはしませんよ」シルヴァーは答えた。「まあ、たしかに俺はこの小説の悪役ですけどね。そこで、船乗り同士として率直に打ち明けると、俺が気になってるのは、この先どうなるかってことなんです」

「きみは教理問答を習ったことがないのか」船長は言った。「作者《オーサー》[*5]ってものがいるのを知らんのか」

「作者ってもの？」ジョンは馬鹿にしたように言った。「誰よりよく知ってますとも。つまりこういうことでしょ。作者があんたを作ったとすれば、同じようにロング・ジョン・シルヴァーも作ったんです。あと、ハンズとかピューとか、ジョージ・メリーとか――まあジョージはたいした奴じゃない、名前だけのキャラクターみたいなもんですが。作者はフリント船長も作りました。少なくともほんのちょっとはね。それに、あんたを大いに悩ませている反乱を起こし、トム・レッドルースを射殺させたのも作者でしょ。ほかにも――とにかく、こんなのが作者なら、ピューのほうがまだマシだ！」

「君は来世を信じないのか」スモレットは言った。「今われわれが生きている小説の紙面がすべてだというのか！」

「さあ、どうですかね」シルヴァーは言った。「だいたい、来世とか関係ないでしょう。たしかなのは、もし作者なんてものがいるとしたら、俺はお気に入りのキャラクターだってことです。俺の扱いは、あんたなんかよりもずっと——何尋《ひろ》もマシでしょ。俺を書くのが楽しいんだ。松葉杖《まつばづえ》をついた俺を、基本的にずっと甲板上《おもてぶたい》に出してくれてるのが何よりの証拠でさ。一方あんたは怪我《けが》をして、洞窟でたき火にあたってるらしいけど、まちがいねえ、誰もあんたのことなんか見てないし、見ようともしませんぜ！　まったく、作者がいるんなら、まちがいねえ、俺の味方だ！」

「作者は君が自滅するまで好きにさせておくつもりなのさ」船長は言った。「ともあれ、わたしの信念は変わらない。作者はわたしを重んじているんだ。そう感じるんだよ。ほら、君[*6]とわたしが丸太小屋の前で話していたとき、わたしのほうに肩入れしてたじゃないか」

「じゃあ、作者が俺を重んじていないとでも？」シルヴァーは声を張り上げた。「まったく、[*7]さっきの章で俺が、ジョージ・メリーとかモーガンとかいった手合いの反乱を鎮圧したのが聞こえてたでしょ？　ちょっとは聞こえてたはずだ！　そうしたら、作者が俺をどう思ってるか、わかったでしょう。ところで、あんたはご自分を、隅から隅まで高潔なキャラクターだと思ってるんですか？」

「とんでもない！」スモレット船長は大まじめに答えた。「わたしは自分の役割を果たそうと努めて、結局しょっちゅう失敗してしまうような男だ。それにねシルヴァー、故郷ではあまり人気がないと思う」船長はため息をついた。

「ふうん」シルヴァーは言った。「じゃあ、この小説の終わったあと、あんたはどうなるんです？ あいかわらずスモレット船長のまま、自分で認めているとおり、故郷で人気がないままですか。もしそうなら、まったく、『宝島』の繰り返しですよ。俺はやっぱりロング・ジョンのまま、ピューはピューのまま。それで同じように反乱が起きるんだ。それとも、あんた誰か別のキャラクターになりますか？ そうだとしたら、あんたはもっと善人になるんですか？ 俺はもっと悪人に？」

「なあ、君」船長は答えた。「そもそもどうしてこの物語が生まれたのかなんて、わたしにはわからないよ。実在していないわたしたちが、どうしてここでおしゃべりを始め、現実の人物みたいにパイプをくゆらしているのかもわからない。ともかく、こんなところで自説を披露しているわたしはいったい何者なんだ？ 作者が善の側に立っているのはわかる。わたしにそう告げたし、書くときには自然とそうした考えが彼のペンから流れ出るのだ。そう、それさえわかっていれば充分。あとのことは運に任せよう」

「たしかに、作者はジョージ・メリーの味方じゃなかったようですね」シルヴァーは考えこみながら同意した。「でもまあ、しょせんジョージは名前に毛が生えただけのキャラクターです」それから顔を輝かせて付け加えた。「ちょっとばかり海の深いところまで考えてみましょう。善ってなんです？ そりゃ俺は反乱を起こしたし、[*8]冒険紳士だってやってます。だけどあんただって断じて聖人君子じゃない。俺は人好きのする、付き合って楽しい男です。でも、自分でも認めているように、あんたはそうじゃない。しかも俺の知るかぎり、あんたは悪魔みたいに船員をこき使うでしょ。さて、どっちが善人で、どっちが悪人ですかね？わかるもんですか！　風上に向かう船みたいに、ここで議論は行き止まり、まちがいねえ！」

「われわれは誰しも完全ではない」船長は答えた。「それが信仰の基本だよ、君。とにかく、わたしは役割を果たそうと努めた。君が自分の役割を果たそうとするなら、わたしは君の成功を祝う気になれないよ」

「じゃあ、あんたは善悪を判断できる判事さまだったってわけか」シルヴァーは嘲《あざけ》った。

「ああ、平気で君の判事にも死刑執行人にもなるさ」船長は答えた。「だけど、それだけじゃない。神学的には正しくないかもしれないが、常識でいえば、善なるものは役にも立つはずだ——とかなんとか、正確ではないがそんなところだ。わたしは思想家じゃないからね。だけど、もし高潔なキャラクターが登場しなければ、物語は結末がつけられないだろう？」

「それを言うなら」シルヴァーは応じた。「悪人が出てこなきゃ、そもそも物語は始まりませんよ」

「うむ、わたしもだいたい同じことを考えていた」スモレット船長は言った。「作者はともかく物語を手に入れなければならない。彼が求めているのはそれなんだ。そして、物語を動かし、例えばリヴシー医師のような善人に活躍の場を与えるために、君やハンズのような輩《やから》を登場させる必要があるわけだ。だが、作者は結局は正しいものの側に立っている。だから、気をつけることだ。『宝島』はまだ終わっていない。君にはこれから厄介なことが待っているぞ」

「へえ、賭けますか?」シルヴァーは訊《き》いた。

「どうでもいいさ」船長は答えた。「わたしは、たとえ冴《さ》えたところがなくても、アレグザンダー・スモレットのままで充分だ。自分がジョン・シルヴァーでないことを、ひざまずいて星に感謝するよ。おや、インクびんが開くぞ。仕事に戻ろう」

そして実際、作者はちょうど次のように書き始めていた——

第三十三章

二本のマッチ

ある日のこと、カリフォルニアの森の中に一人の旅人がいた。強い貿易風が吹く乾燥した季節だった。馬で長旅をしてきたので、疲れて腹を空《す》かせた旅人は、パイプで一服しようと馬から下りた。しかし、ポケットを探るとマッチが二本しかない。まず一本すったが、火がつかなかった。

「困ったもんだ」旅人はひとりごちた。「煙草《たばこ》を吸いたくてしかたないのに、マッチがあと一本しかない。きっとこっちも火がつかないにちがいない! 俺みたいに不運な人間がいただろうか。とはいえ」旅人は考えた。「もしマッチに火がついてパイプをふかし、吸殻をその辺の草むらに捨てたとしよう。ひょっとしたら、火口《ほくち》のように乾ききっている草に火がつくかもしれない。俺が目の前の火を消しているあいだに、炎は広がって背後に回り、あっちにあるツタウルシの茂みに燃えうつるかもしれない。俺がそこにたどり着く前に、茂みは燃えあがってしまうだろう。茂みのさらに先に苔《こけ》の生えた松が見える。あれもたちまち、てっぺんの枝まで炎に包まれるだろう。まるで背の高い松明《たいまつ》だ――貿易風はその火をとらえ、振りかざしながら、燃えやすい森の中を吹き抜けるだろう！　風と炎がひとつになって轟音《ごうおん》を谷間に響かせるのが聞こえる。命からがら馬を駆って逃げていく俺を、火炎が野を越え山を越え飛ぶように追いかけ、横から回り込むのが見える。この心地よい森が幾日にもわたって燃えつづけ、家畜が丸焼けになり、泉が干上がり、農民たちが破産し、その子供たちが着の身着のままで世間に放り出されるのが見える。この一瞬に、そのすべてがかかっているのだ！」

そう考えながらマッチをすった。火はつかなかった。

「ああ、よかった」旅人は言って、パイプをポケットにしまった。

市民と旅人

「ごらんなさい」市民は言った。「これが世界で一番大きな市場です」

「いや、ちがいますよ」旅人は言った。

「まあ、ひょっとすると大きさは世界一じゃないかもしれませんが」市民は言った。「だが、世界で一番よい市場です」

「それもちがいますね」旅人は言った。「わたしが見てきたところでは……」

その日の夕暮れどき、人々は旅人を埋葬した。

異星からの来賓

むかしむかし、となりの惑星から地球への訪問者があった。地球に降り立ったところで、ひとりの偉大な哲学者が彼を迎えた。哲学者は訪問者を案内することになっていた。

二人はまず森を通った。異星人は木々を見上げて言った。「ここにいらっしゃるのはどんな人たちですか?」

「これはただの植物です」哲学者は答えた。「たしかに生物の一種ですが、興味深いものじゃありませんよ」

「そうでしょうか」異星人は言った。「みなさん、とても礼儀正しいようですが。口はきかないんですか?」

「木にそうした能力はありません」哲学者は答えた。

「でも、彼らが歌うのが聞こえます」異星人は言った。

「風が葉を揺らしているだけです」哲学者は答えた。「風が吹く原理をご説明しましょう。とても興味深いですよ」

「それよりも」と異星人は言った。「この人たちが何を考えているか知りたいものです」

「木は考えることができません」哲学者は答えた。

「そうでしょうか」異星人は答え、幹に手を触れた。「わたしはこの人たちが好きです」彼は言った。

「いや、だから人じゃないんですって」哲学者は言った。「行きましょう」

つづいて二人は草地を通った。そこには牛たちがいた。

「とても汚い人たちですね」異星人は言った。

「いや、人じゃないんですってば」哲学者は答えた。そして牛を生物学的に説明したが、どんなふうに言ったのか、筆者は忘れてしまった。

「わたしにはどうでもいいことです」異星人は言った。「それにしても、どうしてあの人たちは顔を上げないんですか？」

「牛は草食性なのです」哲学者は答えた。「草を餌にして生きていますが、消化のいいものではありませんから、食べるのに集中しなければならず、それゆえ考えたり話したり風景を眺めたりする暇がなく、体をきれいにする余裕もないのです」

「なるほど」異星人は答えた。「それもひとつの生き方でしょうね。でも、わたしは緑の頭をした人たちのほうが好きです」

つづいて二人は都市に着いた。街路は男と女であふれかえっていた。

「とても奇妙な人たちですね」異星人は言った。

「彼らこそ、地球上でもっとも偉大な国の民なのです」哲学者は言った。
「ほんとうですか？」異星人は言った。「とてもそうは見えません」

（大久保譲＝訳）

「寓話」訳注

1―**『宝島』の登場人物たち**　本作で対話しているロング・ジョン・シルヴァーとスモレット船長は、スティーヴンソンの代表作『宝島』(一八八三)の登場人物である。シルヴァーは敵役の海賊、スモレット船長は語り手の少年ジムを宝島まで運ぶ実直な船乗り。言及されるハンズ、ピュー、ジョージ・メリー、フリント船長、トム・レッドルース、リヴシー医師も、やはり『宝島』の登場人物。

2―**第三十二章**　じっさいには三十二章にスモレットは登場せず、あとのシルヴァーの発言からも、ここは「三十三章」が正しいと思われる。その場合、結末の一語も「第三十四章」(つまり『宝島』最終章)になる。本作の内容を考えても、最終章の直前で登場人物たちが結末について議論していると考えるほうが自然。

3―**やるべきことはやる**　dooty is dooty はシルヴァーの口癖のひとつ。本作ではこのほかにも『宝島』内でのシルヴァーの口癖が再現されている。

4―**高潔なキャラクター**　普通、virtuous character は「高潔な人格」を意味する表現だが、ここでは character にフィクションのキャラクターという意味も重ねられている。

5―**作者**　原文では the Author で、「創造主＝神」とも読める。このダブル・ミーニングは後の議論にも効いていて、「作者」を「創造主」と訳せば、この寓話の宗教的なニュアンスが増す。

6―**君とわたしが丸太小屋の前で話していたとき**　『宝島』第二十章。

7―**さっきの章**　ジョージ・メリーがシルヴァーに逆らって殺されるのは『宝島』第三十三章。ここから、冒頭の「第三十二章」は作者の勘違いではないかと推測される。

8―**冒険紳士**　シルヴァーは『宝島』でこう自称しているが、要するに海賊のこと。

驢馬との旅

献辞

親愛なるシドニー・コルヴィン、

このささやかな書物に物語られる旅は、ぼくにはとても楽しく幸運な旅だった。出だしこそぶざまだったけれど、あとはしまいまで最高についていた。だがぼくらはみな、[*1]ジョン・バニヤンのいわゆるこの世の荒野をゆく旅人だ——みな、驢馬《ろば》を連れた旅人だともいえる。そして、この旅で見出す最上のものは、誠実な友人だ。誠実な友人を数多く見出すのは、幸運な旅行者だ。いや、むしろ誠実な友人を見出すためにこそぼくらは旅をする。彼らは人生の目的であり報酬でもある。ぼくらが自分自身にふさわしい人間でいられるのは彼らのおかげだ。そして一人のときは、ぼくらはかえって、不在の友人たちの身近にいる。

あらゆる書物は本質的に、書き手が友人たちに宛てた同じ文面の手紙だ。書き手の意図を理解するのは彼らだけ。彼らは、私的な伝言や確かな愛情の証《あかし》や感謝の言葉がそこかしこに、拾ってくれといわんばかりにこぼれ落ちているのに気づくのだ。世間一般の人々など、郵便料金を払ってくれる気前のよいパトロンにすぎない。でも、書物はみんなに宛てた手紙に違いないが、表書きの宛名は一人だけにするというのが、古くからある思いやり深い慣習だったね。自分の友人たちを誇りに思わずして、人はいったい何を誇れるだろう？　だからシドニー・コルヴィン、大事な友よ、ぼくはここに誇りをもって署名する。

貴下の忠実なる友、

R・L・S

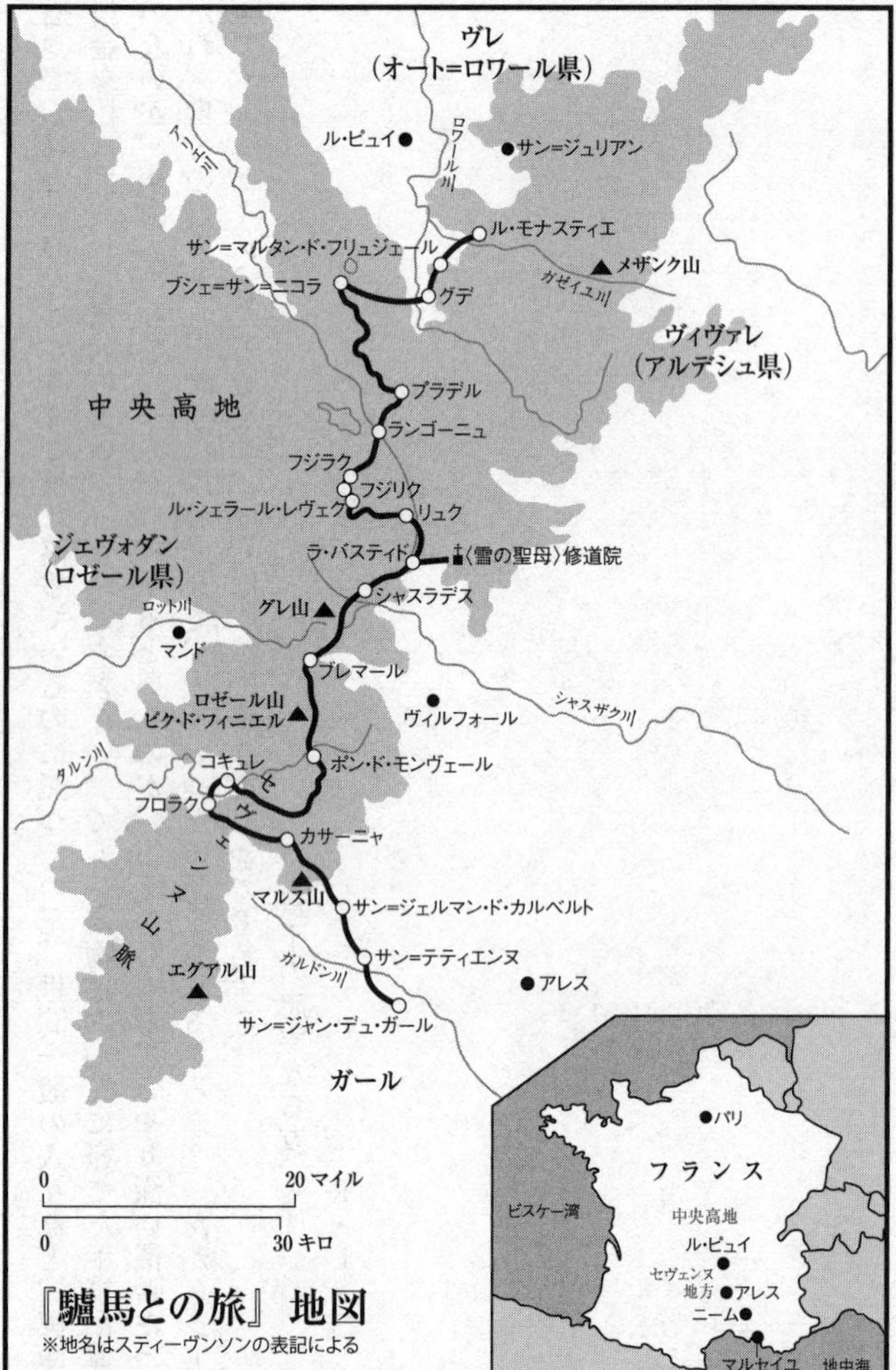

『驢馬との旅』 地図
※地名はスティーヴンソンの表記による

ヴレ

偉大なものは数ある中で、人間以上に偉大なものはない。……策略をもって、野の居住者を征服する。

――ソフォクレス〔『アンティゴネー』〕

誰が野生の驢馬を解き放ってやったのか。――『ヨブ記』〔三十九章五節〕

驢馬と荷物と荷鞍

ル・ピュイから十五マイル〔一マイルは一・六〇九三四キロメートル〕の気持ちのいい高地の谷にあるル・モナスティエと呼ばれる小さな町で、私はすばらしいひと月を過ごした。モナスティエはレースの製造と酩酊《めいてい》と乱暴な言葉、それから他に類を見ない政争で有名だ。この山間《やまあい》の町には、フランスの四党それぞれの支持者がいる。すなわち、ブルボン家支持の正統王朝派、オルレアン王朝派、帝政主義者、共和主義者。互いに嫌い、憎しみ、けなし、誹《そし》っている。用事のあるときか、居酒屋での口論で互いを嘘《うそ》つき呼ばわりするとき以外は、挨拶《あいさつ》すらしない。まさに山岳版ポーランドである。この混乱の都バビロンのまん真ん中にあって、私は自分が一種の集結点になっていることに気づいた。誰もが熱心に、よそ者の私に優しく世話を焼こうとする。山の民生来の歓待精神のあらわれというだけでは足りない。この広い世界、どこにだって住めたのに好きこのんでル・モナスティエなどに居ついている奴《やつ》として驚かれていた、という理由すら十分ではない。彼らの反応はもっぱら、私の計画している、セヴェンヌ地方を南に抜ける周遊旅行に起因していた。そんな旅行者はこの地方では前例がなかった。私はまるで月旅行を計画している男のように、軽蔑のまなざしを向けられていた。けれどもそこには、まるで苛酷な極地に旅立つ者に対するような敬意のこもった関心も含まれていた。誰も彼もが旅支度を手伝おうとした。後援者の一団が、買い物の交渉のここぞというときに私に加勢する。何をするにもまず一同で乾杯、ことが済んだら祝いに正餐《せいさん》か朝食だ。

出発の準備が整うころにはもう十月も目前で、私の旅路は高所を通るため、小春日和はとても望めそうになかった。野営はしないにしても、用意ぐらいはしていくことにした。気楽に旅したい者にとっては、夕暮れまでに必ず宿にたどりつかねばならないというのは厄介きわまるし、徒歩でとぼとぼと訪れる客が村の宿屋に歓待してもらえる保証はない。テントは、単身の旅行者にとってはとりわけ、張るのも厄介、片付けるのも厄介だ。おまけに道中ひどく目立つ荷物になる。それに対して寝袋ならいつでも準備万端、中に潜り込みさえすればよいのだし、二通りの役に立つ。夜は寝台、昼は旅行鞄《かばん》である。そのうえ、詮索《せんさく》好きな通行人に、野宿の意思をいちいち宣伝しないで済む。これはとても大事な点だ。野営は秘密裡《ひみつり》に行われなければ、騒然たる安息所にしかならない。そこではあなたは公人になってしまう。早めの夕食を済ませた陽気な田舎者たちがあなたの枕元を見舞い、あなたは片目を開けたまま眠り、夜明け前には起きねばならない。私は寝袋を持っていくことに決めた。ル・ピュイに何度も通い、自分自身と相談役たちのためにかなりの散財をしたのち、寝袋は形が決まり、製作され、意気揚々と持ち帰られた。

私の考案した寝袋は六フィート［一フィートは三〇・四八センチメートル］四方近い大きさがあった。これは夜には枕、昼には袋の蓋《ふた》と底の役目を果たす、二枚の三角形のべろは含まない寸法だ。「袋」と呼んではいるが、お世辞にも袋とはいえない。外側が緑色の荷車用防水布で、内側には青い羊の毛皮を使った、長いロールパンもしくはソーセージ状のものにすぎない。鞄として重宝で、寝床としては温かく乾いている。一人なら寝返りを打つのに十二分の広さで、いざとなれば二人でも入れるだろう。潜り込むと首まで覆《おお》えた。頭については毛皮の帽子に委《ゆだ》ねることにした。帽子には耳まで隠れる垂れと、マスクのように鼻の下を通す幅広の紐が付いている。大雨の場合は小さなテント、つまりテントレットを、防水外套《がいとう》と石三個と曲がった木の枝でこしらえるつもりだった。

容易に想像がつくだろうが、これだけの大荷物を、人の子にすぎぬ私が肩に担いで運べるわけがない。荷を担ぐ動物を選ぶという仕事が残っていた。そこでだが、馬は動物界の淑女であり、驚きやすく、臆病で、食べ物の好みにうるさく、体が丈夫ではない。値は張るし、とてもこちらの思うように歩いてくれるたまではないから、放っておくわけにはいかず、その結果、ガレー船の奴隷どうしのようにそいつと鎖で繋がれる羽目になる。危険な道にさしかかれば度を失う。つまり、馬というのはあてにできない、骨の折れる相棒で、旅の苦労を三十倍にしてくれるのだ。必要なのは、値が張らず小型で頑丈で、気性がとろくて穏やかな奴だった。これらの要件はすべて、驢馬を指し示していた。

モナスティエに一人の老人が住んでいた。一説によると頭のたがが外れており、街にたむろする少年たちにしじゅうつけ回されていた。通称アダン爺《じい》さん。アダン爺さんは荷車を所有し、それを引かせる小さな雌驢馬を飼っていた。犬ほどの大きさしかなく、色は鼠色《ねずみいろ》、目つきは優しいが、下あごは決然としている。この食わせ者が醸し出す身ぎれいで高貴な雰囲気、クエーカー教徒風の控えめな優雅さが、即座に気に入った。われわれの最初の面談はモナスティエの市場で行われた。彼女の気立てのよさを証明するために子どもが次々に背中に乗せられ、次々にくるりと宙を舞った。やがて子どもたちの幼い胸に臆病風が吹き始め、実験は被験者の払底につき中止となった。私はすでに、友人たちの代表団の応援を受けていたが、これではまだ不足といわんばかりに、居合わせた買い手や売り手がこぞって私たちを取り巻き、交渉の手助けをしてくれようとする。驢馬と私とアダン爺さんは半時間近くも喧々囂々《けんけんごうごう》たる騒ぎの中心にいた。ついに六十五フランとブランデー一杯と引き換えに、驢馬は私に奉公することになった。寝袋には八十フランとビール二杯が費やされていた。つまりモデスティン——私は即座にそう命名した——のほうがどう考えても安い品物だった。実際、それでよいのだ。というのは、モデスティンのほうは私の寝台のマットレスの付属品、もしくは四つのキャスター付きの自動寝台にすぎないからである。

アダン爺さんとの最後の面談は撞球室《どうきゆうしつ》にて行われた。前述のブランデーを投入したのはその時で、いわゆる魔力働く深更であった。爺さんは、別れに胸塞《ふた》がれると主張し、自分は黒パンで我慢しながらもこの驢馬にはよく白パンを買ってやったと宣《のたま》った。しかし最も信頼できる筋によれば、これはとんでもないこしらえ話に違いなかった。爺さんは村では驢馬を虐待することで有名だったのだ。それでも彼が涙をこぼし、その涙が片頬にはっきりとした跡をつけたことは確かである。

あてにならない地元の馬具屋の助言に従い、革の鞍敷《くらしき》を仕立ててもらった。寝袋に留めつける環《わ》もいくつかついている。私は道具一式を念入りに揃《そろ》え、身支度をした。武器ならびに什器《じゆうき》としてリボルバー、小さなアルコールランプと鍋のセット、ランタンと半ペニー蠟燭《ろうそく》を何本か、ジャックナイフ、および大容量の革巻きフラスクを持っていくことにした。主な荷物は、温かい着替え二組——旅に着ていく手織りの別珍《べつちん》のズボン、ピーコート、ニットの短い上着のほかに——と本、そしてひざ掛けだ。ひざ掛けは鉄道旅行用で、やはり袋状なので、寒い夜には寝袋と合わせれば二重の城郭となる。常備の食糧の筆頭は、チョコレートとボローニャ・ソーセージの缶詰である。身につけて持ち運ぶもの以外はすべて羊皮の寝袋にたやすく収まった。道中必要になるなどとは夢にも思っていなかったが、何かを運ぶのに便利だろうと空の背嚢《はいのう》も放り込んでおいたのは幸運だった。目下必要なものとして、羊の脚の冷肉一本、ボージョレ一瓶《びん》、牛乳を入れるための空瓶一本、卵泡立て器、そしてかなりの量の黒パンと白パンを入れた。アダン爺さんと同様、自分と驢馬のためだが、私の計画におけるパンの行き先は逆である。

モナスティエの住民は、その政治思想はさまざまでありながら、異口同音に、ばかげた災難や荒唐無稽な形で訪れる不慮の死を持ち出して私を脅《おど》した。寒さや狼《おおかみ》、強盗、そしてとりわけ夜陰《やいん》に乗じたいたずら、そういった話が来る日も来る日も盛んに語られ、私は耳を傾けざるを得なかった。しかしこれらの予言からは、真の、明白な危険が抜け落ちていた。『天路歴程』の主人公クリスチャンと同じく、私は旅の荷物に苦しめられることになった。私自身の災難の話に入る前に、経験から得た教訓を二言で語らせてほしい。まず、荷物の袋の両端がきちんと括《くく》られ、長いまま——断じて、二つ折りなどにせず——荷鞍に掛けられていれば、旅人は安心だ。次に、鞍は背中にちゃんと載らないものである。それははかないこの世の習い、何事も完全ということはない。鞍はぐらつき、しょっちゅうひっくり返るに違いない。だがどこの路傍にも石というものがあり、人はまもなく、うまい具合に石を挟み込んで鞍がひっくり返らないようにする術《すべ》を会得《えとく》する。

出発の日、私は五時過ぎに起床した。六時前には、われわれは驢馬に荷物を積み始めた。十分後、私の希望は潰《つい》えていた。鞍敷は一瞬たりともモデスティンの背中に落ち着こうとしない。私は鞍敷を作った職人に返品したが非難の応酬となり、おかげで表の通りには噂《うわさ》好きな連中がびっしり詰めかけ、見守り、耳をそばだてた。鞍敷は二人の手の間を活発に行き来した。より描写的に言うならば、二人はそれを互いの頭に投げつけ合ったのである。とにかく相手が憎らしくてかっかしていて、言いたい放題だった。

私はごく普通の驢馬用荷鞍――バルドと呼ばれる――をモデスティンの背につけさせると、再び自分の財産を積んだ。二つ折りにした寝袋、ピーコート（暖かい陽気で、チョッキ一枚で歩くはめになったのである）、大きな黒パン一本、それから白パンと羊肉と各種瓶を収めた蓋のない籠《かご》、これらを、結び目をあちこちに念入りに配してひとまとめに括った。できあがりを愚かにも満足して眺めた。これほど巨大な積荷のすべては驢馬の背中で辛うじて均衡を保っているだけで、下側にはバランスをとるものが何もない。荷を載せている鞍は真新しく、驢馬の体にまだなじんでいない。鞍を固定する真新しい腹帯は道中伸びたりゆるんだりするかもしれない。となれば、いかに不注意な旅行者でも、災難がふつふつと湧き起ころうとしているのがわかったはずだ。念入りな結び目のシステムもまた、作業に関わる支援者が多すぎたせいで、あまりうまく設計されていなかった。みなが力を込めて紐《ひも》を締めたのは確かだ。一か所締めるのに三人がかりで、モデスティンの尻に足を突っ張り、歯を食いしばって紐をぐいと引いた。しかしあとでわかったことだが、思慮深い人間が一人いれば、熱く意気込んだ六人の馬丁よりもしっかりした仕事を、力など少しも使わずにやってのけられるのだ。当時の私はまったくの初心者で、鞍敷でひどい目に遭ったあとですら安心しきっていた。

そして、「まるで[*1]、屠[**]り場に行く雄牛」のように何も知らずに厩舎《きゅうしゃ》の戸口を出た。

未熟な驢馬追い

モナスティエの鐘が九時を告げるころ、旅支度のさまざまな厄介事は片付き、私は共有地を抜けて丘を下りた。家々の窓が見える間は、ひそかな羞恥心と、何か傑作な失敗をやらかしはしないかという不安から、モデスティンに下手《へた》に手を出すのはためらわれた。彼女は四つの小さな蹄《ひづめ》を落ち着き払って優雅に運び、軽やかに前進し、ときどき耳や尻尾《しっぽ》を震わせた。積荷の下になった体があまりに小さく見えるので心配になった。私たちは浅瀬を難なく渡った。その点は間違いない、彼女は従順そのものだった。向こう岸では道は松林の間を上っていく。そこまで来ると私は右手に悪魔の棍棒《こんぼう》を握り、内心びくびくしながら驢馬に一打ちくれてやった。モデスティンは、恐らく三歩ばかりは奮い立って足を速めたが、またもとの優雅なメヌエットに戻ってしまった。もう一発喰《く》らわすと同じ効果がもたらされた。三発目も同様。私はイングランド人の名にふさわしい人間であり、女性に手荒な真似をするのは良心に反する。殴るのを思いとどまって彼女の頭のてっぺんから足の先まで眺めまわした。あわれな獣の膝《ひざ》は震え、息遣いは弱々しい。上り坂ではこれ以上速く進めないことは明らかだった。この罪のない動物を虐待せずに済みますように、と私は祈った。彼女を好きな速さで歩かせてやり、私は辛抱強くついていこう。

好きな速さというのがどの程度のものであったか、その形容に使えるほどちまちました単語は存在しない。それは、歩くのが走るよりも遅いのと同じ程度に、歩くのよりも遅い何かであった。おかげで私は、信じられないぐらい長い間、片足立ちで待つことになる。五分もすると精根尽きて、脚の筋肉がすみずみまでほてってきた。それでも私は彼女のすぐそばにつき、その歩みにきっちり合わせて歩かねばならなかった。というのも、何ヤード［一ヤードは九一・四四センチメートル］かでも遅れるか何ヤードかでも前に出るかしたが最後、モデスティンはたちどころに足を止めて草を食《は》み始めるのだ。ずっとこんな調子でここからアレスまで行くのかと思うと、心が挫《くじ》けそうだ。ありとあらゆる旅の中で、この旅が最も退屈なものになることは必至である。私は、すばらしい天気じゃないかと自分に言い聞かせようとした。不吉な予感をタバコで紛らわせようとした。しかし、丘を上り谷を下る長い長い道、そしてほんのわずかずつ、一歩一歩、一分間につき一ヤードの速さで進む、まるで悪夢の中で魔法に掛かったかのように目指す所に少しも近づけない二人、そんな光景が目に浮かんで仕方ない。

そうこうするうちに、私たちの後ろから背の高い農民がやって来た。四十がらみだろうか、皮肉っぽく尊大な顔つきで、この地方特有の緑の燕尾服《えんびふく》を着ている。彼はぐんぐん追い越して立ち止まると、私たちの憐れむべき進み具合についてとっくり考えた。

「あんたの驢馬は」彼は言った。「ずいぶんな年だね？」

違うと思う、と私は答えた。

それじゃあ遠くから来たんだろう、と彼は言った。

今さっきモナスティエを出発したばかりだ、と私は答えた。

「なのに、その歩きっぷりか《エ・ヴ・マルシェ・コム・サ》！」と彼は叫ぶと、頭をそらして長々と思いきり笑った。私は幾分気を悪くしながら、彼が心ゆくまで笑うのを見守っていた。ようやく彼は「こんな動物相手に容赦しちゃいけない」と言い、茂みからしなる小枝を引き抜くと、一声上げて、モデスティンの尻のあたりをひっぱたき始めた。悪たれは耳をぴくりとそばだてたかと思うとふいに足を速め、あとは農民が横についている限りは鞭《むち》なしで、苦しそうなそぶりを少しも見せず、同じ速さで走り続けた。さきほどまでの息切れや震えは、遺憾ながら一篇の喜劇だったのである。

折よく降って湧いたわが救いの神は、別れ際に無慈悲ではあるがすばらしい助言をし、小枝を贈呈してくれた。こいつはあんたの杖《つえ》よりも驢馬の身には応えるだろう、彼はきっぱりとそう言った。そして最後に、「プルート！」という驢馬追い本来の掛け声もしくはフリーメーソン的な合言葉を教えてくれた。彼は説明しながらずっと、おどけた疑り深い様子で私を見つめているので、目を合わせるのが決まり悪かった。それから彼は私の驢馬追いの様子を見て、にやにやした。それならこちらも、農民の綴《つづ》り間違いや緑の燕尾服ににやにやしてやってもよかった。けれどもさしあたっては私の笑う番ではなかった。

私は新しく仕入れた知識に鼻高々で、技術も完璧に習得できたと考えた。そしてたしかに、モデスティンは午前中いっぱい数々の奇跡を起こし、私のほうはあたりを見回すゆとりができた。安息日だった。燦々《さんさん》と陽光の降りそそぐ山の畑には人っ子一人いない。私たちがサン＝マルタン・ド・フリュジェールを通って下りていくとき、村の教会は戸口まで人があふれ、外の階段でひざまずいている人々もいた。司祭の詠唱が薄暗い内部から流れてきた。たちまち私は懐かしさを覚えた。というのも、私はいわば安息日の国の住人だからだ。安息日の儀式を見ると必ず、スコットランド訛《なま》りを耳にしたときのように、感謝の念とそれを打ち消す思いとが綯《な》い交《ま》ぜに湧き起こる。この大いなる禁欲的祭日の平和と美は、よその惑星から来た人のように急ぎ足で通り過ぎる旅人だけが然《しか》るべく楽しめるものだ。眠れる田園の風景は、旅人の心を喜ばせる。常ならぬ静寂の広がりには音楽にまさるものがある。それはまるで、小川のせせらぎや陽射しの温《ぬく》もりのように人の気持ちを優しくさせる。

こんな楽しい気分で私は丘を下り、谷底の端の緑地にあるグデに着いた。ボフォール城が向かいの岩壁に建ち、水晶のように澄んだ川が深い淵《ふち》となって間に横たわる。その上流と下流では、川底の小石の上をさざ波を立てて流れる水の音が聞こえることだろう。ロワール川と呼ぶのもばかばかしいような小川で、人間でいえば可愛《かわい》げのある若者だ。グデは四方を山によって遮断されている。驢馬ぐらいしか通れないような岩の山道が、グデを外界のフランスにつないでいる。男も女も、この緑の一隅で飲んで悪態をつき、冬には家の戸口から雪をかぶった峰々を仰ぎ見る。ホメロスの語る一つ目の巨人《キュクロープス》のごとく隔絶した暮らしだと思われるだろう。だが違うのだ。郵便配達は手紙の入った鞄を持ってグデまで来るし、大志《たいし》を抱くグデの若者は一日も歩けばル・ピュイの鉄道駅に到着できる。そしてここの宿には、主人の甥《おい》レジス・セナックの肖像の版画がある。「フェンシング教授、南北アメリカのチャンピオン」とあるのは、一八七六年四月十日、ニューヨークはタマニー・ホールにて、総額五百ドルとともに獲得した名声である。

私は急いで昼食を済ませ、早めにまた出発した。しかしなんということだろう、川向こうの果てしなく続く丘を登るうちに、「プルート！」は効き目を失ったようだった。私はライオンの咆哮《ほうこう》のようにプルートし、小鳩のように甘く優しくプルートした。けれどもモデスティンは態度を改めず、怖気《おじけ》づきもしない。頑固に自分の速度を守っている。一発殴りつけでもしなければ動かない。それも一秒しかもたないときている。私は彼女の後ろにぴたりとついて、ひっきりなしに激しい打擲《ちょうちゃく》を加えなくてはならなかった。この恥ずべき骨折り仕事を一瞬でもさぼろうものなら、彼女は気ままな歩みに戻ってしまう。これほどみじめな状況に陥った人間の話など聞いたことがあるだろうか。野営を予定しているブシェ湖には日没前に到着しなくてはならない。その望みをつなぐためだけにでも、辛抱強い動物を執拗《しつよう》に虐待しなくてはならないのだ。殴りつける音を聞いているとわれながら胸が悪くなった。一度、彼女を見遣《みや》ったとき、その昔私にやたらに親切にしてくれた知り合いの女性に似ていなくもないことに気づいた。おかげで自分の無慈悲な行為にますます嫌気がさした。

さらに悪いことに、私たちは道端を自由に歩き回っている驢馬に出くわしてしまい、この驢馬というのが、たまたま男性だったのである。彼とモデスティンは悦《よろこ》びにいななきながら顔を合わせ、私は二人を引き離して今一度熱っぽく殴打を加え、彼らの青春のロマンスを叩《たた》きのめさねばならなかった。もしもその驢馬が皮膚の下に男らしい勇気を持っていたのなら、歯をむき蹄を上げて必死に私に飛び掛かっただろう。奴は明らかにモデスティンの愛情に値しなかったのだ、と思えばいくらか慰めになった。それにしても、このできごとには悲しくなった。私の驢馬が雌としての性質を示すと、いつでも気が滅入るのだ。谷の上のほうは、焼けつくように暑かった。風もなく、猛烈な陽射しが肩を焦《こ》がす。そのうえ、絶え間なく棒きれで殴り続けなくてはならないので、汗が目に流れ込んだ。さらに、五分おきに荷物と籠とピーコートが右に左にみっともなくくるりと傾《かし》ぐ。私はモデスティンを立ち止まらせて、積荷を押したり引いたり担ぎ上げたり、位置を直したりしなければならない。それも、なんとか我慢できる速さ、時速二マイルで歩かせられるようになった矢先にだ。そしてユセルの村でとうとう、鞍から何から全部がくるっと一回転して驢馬の腹の下、土埃《つちぼこり》の中に這《は》いこんでしまった。彼女は喜んだのなんの、即座に歩を止めると、ほほえみを浮かべたように見えた。そこへ男一人、女二人、子ども二人の一行がやって来て私のまわりを半円に取り囲み、彼女をもっと笑わせようとして笑いの手本を見せた。

荷を元通りにするのは、とんでもなく厄介だった。やり遂げた瞬間、荷物はためらいもなくひっくり返って反対側に落ちてしまう。かっとなるまいことか！ それなのに誰一人手を貸そうとしない。もっとも、男は荷物の形を変えるべきだと意見した。私は、人が困り切っているのにそんな的外れな知識しか持ち合わせていないなら口出ししないでいただきたいと言った。すると善良な男は顔をほころばせて同意した。こんなに情けない羽目もない。モデスティンには寝袋を運ばせるだけで満足し、私が以下の品々の運搬を受け持たねばならないのは明らかだ。すなわち、杖、一クウォートのフラスク、ポケットにいろいろ詰め込んで重くなったピーコート、黒パン二ポンド、肉と瓶でいっぱいの蓋のない籠だ。私は偉大な魂を持たぬ人間ではないといえると思う。というのも、この忌まわしい重荷にひるんだりはしなかったからだ。どうやったのかは天のみぞ知る、いくらか運びやすいようにそれらをまとめて、再びモデスティンを操って村の中を進んで行った。彼女は村を抜けるまでの間、家に、中庭に、いちいち入り込もうとした。実際、それが彼女の変わらぬ習性だった。重荷を負い、自由になる手一つない私の苦労は、とても言葉で言い表せない。一人の司祭が、六、七人の連れとともに、修理中の教会を調べていた。彼とその侍祭たちは、私のみじめなありさまを見てげらげら笑った。私もかつて、罪なき人々が雄驢馬の形をとった逆境と闘う姿に笑った覚えがある。思い出して申し訳ない気持ちでいっぱいになった。あれはその昔、この困難に襲われる前の、屈託のない時代のできごとであった。私は思った――私がもう二度と笑わないということを、少なくとも神だけは知っている、と。ああ、それにしても、道化芝居というのは、当事者にはなんとむごいものなのだろう。

村を出たあたりで、モデスティンは何に取り憑《つ》かれたのか、ある脇道に心を定め、なんとしても離れようとしない。私は手にした荷物を全部下に落とし、恥ずかしい話だが、あわれな罪人の横面を二度張った。まるで次の一発を待ち受けるかのように目をつぶって頭をもたげるのを見ると、かわいそうになった。泣き出したいぐらいだったが賢明にも思いとどまり、決然と道端に腰を下ろしてタバコを吸い、ブランデーを一口やって気分がよくなったところで、自分の置かれた状況についてとっくり考えてみた。モデスティンはその間、偽善者じみた、罪を悔《く》いた様子で黒パンをむしゃむしゃやっていた。海難の神々に犠牲《いけにえ》を捧げなくてはならないのは明白だった。私は牛乳を入れて運ぶための空瓶を捨てた。自分のための白パンは捨てたが、共同海損に基づく行為はいさぎよしとせず、モデスティンのための黒パンは残しておいた。こうして、最後に、羊の脚の冷肉と卵泡立て器を捨てた。後者は私の大事な宝物だったのだが。こうして、籠の中に何でも入れられるようになり、ピーコートまで一番上に収まった。それを、半端な紐を使って脇の下にさげた。紐は肩にきつく食い込むし、コートは地面に引きずらんばかりに垂れていたが、私は心の荷を大いに下ろし、再び出発した。

これで片手が空いてモデスティンを打擲できるようになったので、手ひどく彼女を懲《こ》らしめた。暗くなる前に湖畔に到着しようとするなら、彼女はその細い脚を相当しゃかりきに動かさなくてはならない。太陽はすでに、風に流れているらしい霞《かすみ》の中に没していた。遠く東の丘陵と黒い樅《もみ》の林には、黄金の光がまだ幾筋か射していたが、私たちの前途は何もかもが灰色で寒々しかった。田舎の細い脇道が無数に野原のあちこちを走っている。これほどわけのわからない迷路もない。私の目的地が頭上高くに見える、というよりは、目的地を見下ろす峰が見える。だがどの道を選ぼうが、道は必ず目的地から遠ざかるのが落ちで、こっそり谷のほうへと逆戻りするか、丘陵の縁に沿って北に向かってしまう。薄れゆく光、褪《あ》せていく色彩、私が旅する地肌むきだしの、よそよそしい、石だらけのこの土地。おかげで少々気持ちが沈んだ。私の鞭は断じて遊んでなどいなかった。たぶん、モデスティンにまっとうな一歩を進ませるために、少なくとも二発は力を込めて殴らなくてはならなかっただろう。あたり一帯、疲れを知らぬ殴打の音のほかには物音一つしなかった。

ふいに、この苦労の真っ最中に積荷がまたもや土をなめ、まるで魔法にかかったようにすべての紐が一斉に緩み、私の大事な持ち物は道に散らばった。荷造りは、最初の最初からやり直しとなった。より良い結び目のシステムを新たに考え出さねばならなかったので、きっと三十分は無駄にしたに違いない。芝と石ばかりの荒野に到着するころには、いよいよ本格的に夕闇が迫っていた。荒野が同時にどこにでも通じている道のように見えて、絶望に似ていなくもない気持ちに陥っていたとき、石を踏んで大股に歩いてくる二つの人影が目に入った。浮浪者のように前後に並んで歩いていたが、驚くべき速度だった。息子が先に立っている。背が高く、不格好で、きまじめな、スコットランド人のような風采の男である。母親があとに続く。上から下まで日曜の晴れ着姿だ。縁なし帽には優雅な刺繡《ししゅう》の施されたリボンをつけ、新品のフェルト帽をその上からさらにかぶり、ペチコートをたくしあげて大股で歩きながら、けしからぬ悪態をつきどおしである。

　私は大声で息子に呼び掛け、道を尋ねた。彼は漠然と西と北西を指し示し、聞き取れない説明をつぶやき、足を一瞬たりとも緩めることなく、私の行く手をまっすぐ横切って大股で歩き続けた。母親も、顔を上げもせずにあとに続いた。後ろから何度叫んでも二人は丘を登り続け、私の大声に耳を貸さない。とうとう私はモデスティンを一人残し、大声で叫びながら走って追いかけざるを得なかった。私が近づくと二人は立ち止まったが、母親は依然として罵《ののし》るのをやめない。私は彼女が端整な顔立ちをした、母親らしくて立派な風采の女性であるらしいと気づいた。息子はまたもやぞんざいに、聞き取れない答えを返して再び歩きだそうとした。しかし今度は私はすぐそばにいた母親の襟首《えりくび》をわけなくつかみ、手荒な真似を詫《わ》びつつも、道を教えてくれるまでは行かせないと言い放った。二人は腹を立てもしない。逆にむしろ態度をやわらげて、ただついてくればよいと言う。それから母親のほうが、こんな時間に湖畔に何の用かと訊《き》いてきた。私はスコットランド式の返答で、あなた方もまだ先まで行くのかと尋ね返した。彼女は、あと一時間半の道のりだと答え、また口汚く罵った。それからなんの挨拶もなしに、二人は再び、宵闇の迫る丘を大股で登り始めた。

私はモデスティンのところに取って返し、威勢よく彼女をせき立てた。二十分も急坂が続いたあと、高台の縁に出た。そこからは今日一日歩いてきた道が見渡せた。わびしく荒涼たる眺めだ。メザンク山、そしてサン＝ジュリアンの向こうの峰々は、東の空の冷たい星のきらめきを背景に、黒々とくっきり浮かび上がっている。間に広がる丘陵は、溶け合って大きな薄墨色の影になっている。だがそのところどころに、黒い棒砂糖のような円錐形《えんすいけい》の木々の輪郭が見える。ところどころに不揃いな形の白い継ぎが当たり、耕された農地を示している。ところどころ染みになっているのは、曲がりくねったロワール川や、ガゼイユ川や、ロソヌ川の峡谷だ。

まもなく私たちは街道に出たが、すぐそばにかなり大きな村が見えて愕然《がくぜん》とした。私は、湖のあたりには住む者といえば鱒《ます》しかいないと聞いていたのである。薄明の中、子どもたちが牧草地から牛を追って帰路につき、道は土煙を立てていた。縁なし帽やら帽子やら何やらを身につけて馬にまたがった女が二人、私の脇を速足で勢いよく駆けて行った。小郡《カントン》に教会と市場を訪ねての帰りらしい。一人の子どもに、ここはどこだと尋ねた。ブシェ＝サン＝ニコラだと言う。こんな所へ、目的地からは一マイルほど南寄り、しかも相当高い頂《いただき》の反対側へ、あの入り組んだ道と曲者《くせもの》の農民母子は、私を連れてきたのである。肩は紐が食い込んでひりひりするし、腕は、驢馬を殴りどおしだったので歯痛のように痛んだ。私は湖も野宿の計画も諦めて、宿屋《オーベルジュ》を探し求めた。

突き棒を手に入れる

ブシェ＝サン＝ニコラの宿屋《オーベルジュ》は、今まで泊まった宿屋の中で最もみすぼらしい部類に入るものの、この旅ではこういう宿にたくさん出会った。むしろフランスの高地地方では典型的なのだ。戸口の前にベンチの置かれた、二階建てのコテッジを想像してみてほしい。馬小屋と台所は一続きなので、モデスティンと私、互いの食事する音が聞こえる。家具はきわめて質素で、床は土間、旅人用の寝室はたった一部屋しかなく、それも寝台のほかは何の設備もない。台所では調理と食事が隣り合って進められ、夜には一家がそこで寝る。顔や手を洗いたいなどという気を起こしたら、共同で使うテーブルで大っぴらにやるしかない。食べ物はときに貧弱で、かちかちの魚とオムレツしか供されなかったことも一度や二度ではない。ワインはこのうえなく薄く、ブランデーはおよそ飲めた代物ではない。それに、肥えた雌豚がやって来てテーブルの下で土を掘り返し、坐《すわ》っている人の脚に体をすりつけてくるなどという事件も食事に付き物と言えなくもない。

しかし宿屋の人々は十中八九歓迎し、細やかな心遣いをしてくれる。客は敷居《しきい》をまたぐが早いかよそ者ではなくなる。このあたりの農民たちは街道で出会えばぞんざいでつっけんどんなのに、暖炉をともに囲めば持ち前の親切心をいくらか示す。たとえばここブシェで、私はボージョレの栓を抜き、宿の主人に一緒にやらないかと勧めた。ところがほんの少ししか口にしない。

「あたしはこんなワインに目がなくてね」と主人は言うのだ。「お客さんの分まで飲んじまいかねません」

こういった三流宿屋では、旅人は持参のナイフで食事をするようになっている。頼まない限りナイフはほかに出されない。コップ、厚切りのパン一切れ、鉄製のフォーク、それらが並べられれば食卓の用意は完了だ。ブシェの宿の主人は私のナイフにすっかり感心し、ばね仕掛けには驚嘆するばかりだった。

「こんな仕掛けがあるなんて思いもしませんでしたよ」彼は言った。そして、手で重さを量りながら、「こいつはきっと、五フランは下らなかったでしょう」と付け加えた。

二十フランしたと言うと、彼はあんぐりと口を開けた。

主人は穏やかで、男前で、気も利いて親切な老人だが、驚くほど物を知らなかった。妻のほうは、さほど人好きのする物腰の人物ではないが字の読み方は知っていた。ただ、実際に読んだことは一度もなかっただろう。彼女はいくらか頭も働いた。一家を仕切る者らしく、語調にひどく迫力があった。

「うちの人はなんにも知らないんですよ」と怒ったようにうなずいて言った。「獣も同然」するとご老体は頭をうなずかせ、黙諾《もくだく》の意を表した。妻には馬鹿にする気など少しもなく、夫のほうも不面目だなどとは少しも思っていない。事実は事実として誠実に認められて一件落着なのだ。

私は今度の旅行について根掘り葉掘り尋ねられた。女主人はたちまち合点して、私が帰国してから書く本に含めるべき事柄をざっと並べ挙げた。「これこれの地方では作物の収穫があるかどうかとか、森の有り無しとか、風俗の研究でしょう。あと、たとえばあたしや主《あるじ》があなたに話したこと。それに、美しい自然の風景、とかなんとかね」と、彼女は目顔で答えを促した。

「ほんとにそんなところです」私は答えた。

「ほらね」彼女は夫に向かって言い足した。「あたしにはわかったんだよ」

二人は揃って、私の災難の話に非常に興味を持った。

「明日の朝、お使いの杖よりましな物を作ってあげますよ」と夫は言った。「ああいった獣はまったくもって鈍感なんで。ことわざにもあります——驢馬みたいに頑丈《デュル・コマンナーヌ》なってね。たとえ棍棒で気絶するまで殴りつけたって、どこにもたどりつけやしません」

ましな物とは！　何を作ってくれるのか、私にはちっともわからなかった。

寝室には寝台が二つ備え付けられており、一つは私のだったが、白状すると実は、もう一つの寝台に若い男とその妻と子どもが潜り込もうとしているところを見てしまい、いささか決まりが悪かった。こんな経験は初めてだ。これほど間の抜けた除《の》け者《もの》気分が漏れなくついてくるものなら、どうか最初で最後の経験であってほしい。私は自分以外のものを見ないようにしていた。妻については、美しい腕をしていたこと、私がいるのに決まり悪そうな様子が少しもなかったことしかわからない。実際、この状況は夫婦よりも私にとって一層辛《つら》いものだった。夫婦は互いに助け合って平静でいられる。顔を赤らめなくてはならないのは、独り身の紳士のほうだ。とはいえ夫のほうも私と同じ気持ちに違いない。彼の寛大さを請うためにフラスクからブランデーを一杯注いでやった。彼はアレスの樽職人《たるしょくにん》で、仕事を求めてサン＝テティエンヌに向かう途上だと話した。手の空いているときにはマッチ製造という命の危険のある仕事に携わるという。私については、彼はためらいなくブランデー商人でしょうと推察した。

私は翌朝（九月二十三日、月曜日）一番に起き、奥さま、すなわち樽職人の妻に場所を明け渡さんとして、やましいことでもあるかのようにそそくさと身支度をした。私は牛乳を一杯飲むとブシェ界隈《かいわい》の探検に出かけた。身を切るように寒い。灰色の、風の強い冬らしい朝である。霞のように薄い雲が低空をすばやく流れている。風は地肌のむきだした高台の上をびゅうびゅう吹きすさぶ。色彩といえば、メザンク山と東の丘陵のはるか奥にほんの一点あるばかりだ。そこでは空がまだ暁《あかつき》の橙色《だいだいいろ》を残していた。

時刻は朝の五時、場所は海抜四千フィートだ。私はポケットに両手を突っ込んで、急ぎ足で歩かなくてはならなかった。人々は三々五々、野良仕事に出かけるところで、誰もが振り返ってよそ者をじろじろ眺めた。私は昨夜、帰路につく彼らを見たが、今は再び野良に出るところを見ている。そこにブシェの生活の縮図があった。

軽く朝食をとるために宿屋に戻ると、女主人が台所で娘の髪を梳《す》いていたので、その美しい髪をほめた。

「あらそんな」と母親は言った。「もっときれいならいいのに。ほら、細すぎるんですよ」

これこそが、知恵ある農民たちが肉体的に不利な立場にある自らを慰める方法であり、驚くべき民主主義的手続きによって、大勢を占める肉体上の欠点が美の基準を決定するのだ。

「ところでご主人はどちらに」私は尋ねた。

「主は二階です」彼女は答えた。「あなたのために突き棒を作ってますんですよ」

突き棒の発明者に幸あれ！　突き棒の使い方を教えてくれたブシェ＝サン＝ニコラの宿の亭主に幸あれ！　この、一インチの八分の一ほどの針のついたごく簡単な杖が、私の手に渡されるとまさしく王の笏《しゃく》になったのである。以来、モデスティンは私の奴隷であった。ちくっと一突き、すると彼女は、どんなに魅力的な馬小屋の入口も素通りする。ちくっと一突き、すると彼女はたちまち堂々たる小走りになり、ぐんぐん何マイルも進む。結局のところ、めざましい速さではない。四時間かけて十マイル行くのがせいぜいだ。それでも昨日と比べれば天国だ！　もはや醜悪な棍棒を振るう必要はない。痛む腕で小枝を振るう必要はない。広刃の剣を振り回す必要もなく、分別ある紳士的なフェンシングをしていればよいのだ。たとえときおり、モデスティンの鼠色をした楔形《くさびがた》の尻に血が一滴にじんだとしても、構いやしない。たしかにそうならずに済むにこしたことはないが、前日の難業をやり抜くうちに、私の心からは人情という人情が追放されてしまっていた。つむじ曲がりの小さな悪魔は、優しく扱ってもらおうとしない以上、ちくっと突《つつ》かれているほかないのだ。

身を刺すような寒さである。プラデルに至る道中は、馬にまたがったご婦人の騎馬隊と、二人の郵便配達を除けば、人っ子一人通らずひっそりしていた。ここで覚えているできごとといえば一つしかない。首に鈴をつけた美しい仔馬《こうま》が、広い共有地を私たちのほうに突進してきて、武功を立てんとする者のように荒い息で鼻を鳴らした。ところがその未熟な若い胸の内で急に考えが変わり、仔馬は向きを変えると軽やかな鈴の音を風に響かせながらもと来たほうへと駆けていった。その後長いこと、彼が立ち止まったときの気高い態度はまぶたに焼き付き、鈴の音は耳に残っていた。街道に出たときには、電信線が鈴の音の調べを引き取って歌を歌っているかのように思われた。

プラデルは丘の斜面にある村だ。アリエ川よりずっと高所にあり、豊かな牧草地に囲まれている。いたるところで牧草の二番刈りの最中だった。この風吹きすさぶ秋の朝、あたり一帯に季節外れの干し草の香りが漂っていた。アリエ川の対岸の土地は、何マイルにもわたって上り続けて地平線に至る。茶褐色、黄褐色に染まった秋の風景に、黒い染みのような樅の林、そして曲がりくねって丘陵を抜けてゆく白い道路。これらすべてに、雲が紫がかった均質な影を投げかけている。影は高さや距離を際立たせ、リボンのうねったような街道を一層くっきりと浮かび上がらせるので、もの寂しい上に何か脅しをかけてくるようでもある。陽気さのかけらもない眺めでありながら、旅人を元気づけてくれる。なぜならここはヴレの辺境であり、私の目に映っているものはすべて、隣の地方、荒涼たるジェヴォダンに属するのだ。そこは開墾されていない山岳地帯で、狼を恐れて森林の伐採が行われたのもごく最近である。

狼といえば、悲しいことに、山賊同様、旅行者の行く手から逃げ出しているらしい。だから、この居心地のよいヨーロッパを足を棒にしてくまなく歩き回ったとしても、冒険の名に値する冒険に出会えない可能性もある。だがここは、もしそんな場所が存在するとしたら、希望のフロンティアだった。というのも、永久に銘記すべき〈ジェヴォダンの獣〉、狼界のナポレオン・ボナパルトのいた土地だからだ。彼の経歴たるやすさまじい。十か月にわたり、ジェヴォダンとヴィヴァレ地方で居候を決め込み、女たちを食らい子どもたちを食らい、「美人の誉れ高い羊飼いの乙女たち」を食らった。武装の騎手たちを追った。彼が白昼堂々、天下の公道で騎馬従者つきの駅伝馬車を追いかけ、この馬車と騎手が早駆けで逃げる姿が目撃されている。彼はまるで政治犯のように貼り紙にされ、その首に一万フランが懸けられた。ところが射殺されてヴェルサイユに送られたのを見れば、なんたることか、彼はふつうの狼、いやふつうの狼にしても小さいほうだった。短軀《たんく》のアレグザンダー・ポウプは*2「われ地の果てから果てに達するも」と歌い、〈小さな伍長〉ナポレオンはヨーロッパ全土を震撼《しんかん》させた。狼がみな、〈ジェヴォダンの獣〉のようであったなら、狼たちは人間の歴史を変えただろう。*3エリー・ベルテ氏は、この狼を主人公に小説を書いた。読んだことがあるが、読み返す気にはなれない。

私は軽食を急いでとり、宿の女主人には「木像ですけども、数々の奇蹟を行っ」たプラデルの聖母マリア様をぜひ訪ねてほしいと言われていたが意に介さず、四十五分もしないうちに、モデスティンを突き棒で追い立てながら、アリエ川河畔のランゴーニュに至る急な坂を下っていた。道の両側の埃っぽい大きな畑では、農民たちが来春の準備をしている。五十ヤードごとに、くびきに繋がれた二頭の首の太い鈍重な雄牛が辛抱強く犂《すき》を引いていた。この温和で恐るべき畑のしもべの一頭が、ふとモデスティンと私に関心を示したのに気づいた。彼が下っている畝間《うねま》は道に平行ではなく、頭はまるで重々しいコーニス*4の下の女人像のように、くびきにしっかりと押さえつけられていたが、彼はその誠実そうな大きい目玉をくるりと回し、反芻《はんすう》するような表情でわれわれの姿を見守った。やがて主人に命ぜられるままに犂の向きを変え、畑の斜面を今度は上り始めた。畝を立てる犂の刃から、牛たちの足下から、あちこちで長柄の鍬《くわ》を使って乾いた土の塊を崩している農民たちから、風は薄い靄《もや》のような土埃をさらっていく。生き生きと動く美しい田園風景だった。私は坂を下り続け、それにつれてジェヴォダンの高地は目の前で大空にせり上がっていった。

前日にはロワール川を渡ったが、今度渡るのはアリエ川だ。合流する二つの川は、幼年期にはこんなにも近接しているのだ。ちょうどランゴーニュの橋にさしかかったとき、長らく降りそうな気配のあった雨が降り始めていた。七、八歳の少女が、私に「どちらからおいで《ドゥ・スク》になりましたか《ヴ・ヴネ》」と宗教儀式めいた決まり文句で呼び掛けた。たいそう気取った態度で言うので笑い出してしまったが、それが少女を深く傷つけた。彼女は明らかに、敬意を払われて当たり前と思っていたようで、むっと立ち止まって私を見送っていた。私は橋を渡り、ジェヴォダン伯爵領に入った。

北部ジェヴォダン

道はここでも土埃とぬかるみとで進むのに難儀した。それに、このあたりには、体の弱った人々を休ませてくれる宿屋一軒、飲食店一軒とてなかった。――『天路歴程』〔第二部〕

闇夜の野営

翌日(九月二十四日、火曜日)、日記を書き上げ、背嚢の手入れを済ませるころには午後の二時を回っていた。今後は背嚢を持ち運ぶことにし、籠などにはわずらわされまいと決めたのだ。三十分後、メルコワールの森のはずれに位置するル・シェラール・レヴェクに向けて出発した。男の足なら一時間半で着くと聞いた。ならば驢馬という お荷物を背負いこんだ男の場合、同じ距離を四時間で進めると見込むのはさほど無理な話でもなかろうと考えた。

ランゴーニュから丘をだらだらと登る間ずっと、雨と雹《ひょう》が交互に降っていた。風はゆっくりとではあるが着実に勢いを強めていた。大量の雲があわただしく――あるものはまっすぐな驟雨《しゅうう》のベールを垂らしながら、またあるものはまるで雪を降らそうとするかのように寄せ集まって光り輝き——北方から疾駆してきて私のあとを追った。私はまもなくアリエ川流域の開墾地を抜け、犂を引く牛などの、地方の趣ある光景からは離れてしまった。荒野、ヒースの茂る沼地、岩と松林の広がり、秋らしい黄色で飾られた樺《かば》の森、そしてところどころに見える吹きさらしのコテッジや殺風景な畑、といったものがこの地方の特色である。谷また丘、そして丘また谷。草の緑と石ころに覆われた細い家畜の通り道が、曲がりくねりながら互いにくっついたり離れたりし、三、四本に分岐し、谷間の沼地の中で消えてしまったかと思うと、再び丘の斜面や森のはずれにとびとびに出現した。

シェラールに直接通じる道はなく、この起伏の多い地方を、とぎれがちな迷路をたどって旅するのは容易ではなかった。サーニュルースに出、そこを確かな起点と頼んで歩き始めたのは、四時ごろだったに違いない。二時間後、あたりが急速に夕闇に包まれ、風が小止《こや》みになったとき、私は延々さまよっていた樅《もみ》の林から抜け出した。そこで見つけたのは探していた村ではなくまたもや、岩のごろごろした丘陵に抱かれた沼地だった。しばらく前から、行く手に家畜の鈴の音が聞こえていたが、今、林のはずれを抜けだしてみると、十二頭近い牝《め》牛《うし》と、同じぐらいの数と思《おぼ》しき黒い影が見えた。霧のせいで正体がわからないほど巨大化していたが、子どもだろうと見当をつけた。これらの人影がみな無言で互いの後ろにつき、輪になって回っている。手をつないだかと思えば離し、お辞儀をしてばらばらになる。子どもたちの踊りというのは、無邪気で生き生きとした心を呼びさますものだが、沼地で夕暮れ時ともなれば、怪しくうす気味悪い光景である。ハーバート・スペンサーの思想に造詣《ぞうけい》の深いこの私でさえ、瞬時に心の中が静まり返った感じがした。次の瞬間、私はモデスティンを突き棒でちくっと追い立て、いうことをきかない船にでもなったような彼女を導いて広い沼地を抜けようとしていた。小道ならばモデスティンは順風満帆、かたくなに自分から前を歩いた。しかしひとたび芝の上に出たりヒースの間に入ったりしてしまうと、この獣は逆上してしまう。道に迷った旅人は円を描くように歩きがちであるが、彼女は取り憑かれているとしか言いようがないくらいにその傾向を強めていた。私が力いっぱい舵《かじ》とりをしなければ、野原一つきちんとまっすぐに通り抜けられないのだった。

こんな具合に私が船をジグザグ死にもの狂いで走らせて沼地を抜けようとしている間に、子どもと牛の一団は散り散りになり始め、しまいには少女が二人残るばかりとなった。この二人に道を訊こうとした。概して農民は、かち歩きの旅人に助言しようなどとはまず思わないものだ。ある年寄りはあっさりと家の中に引っ込み、私が近づくと戸を閉ざした。戸を叩き、声が枯れるまで叫ぼうが、聞かぬふりである。別の男は道を教えてくれたものの、あとでわかったのだが私のほうで勘違いした。ところが男は教えただけで満足してしまい、間違った道を行く私を、合図してくれるでもなく見守っていた。私が一晩中丘陵をさまよったとしても、パセリの茎ほどにも気に掛けやしないのだ。二人の少女はといえば、生意気でいたずらなおてんばで、悪さをすることしか頭にない。一人が私に舌を突き出して見せ、もう一人は牛たちについて行けと言い、二人してくすくす笑ったり肘をつつき合ったりした。〈ジェヴォダンの獣〉は、この地方の子どもたちを百人ばかり平らげたというが、私はそいつに共感を覚え始めた。

少女たちと別れて沼地を突き進み、再び森に入ると、道らしい道に出た。あたりはどんどん暗くなる。モデスティンは突如不吉な匂いを嗅ぎつけ、自分から足を速め、以降全然手が掛からなくなった。これが私が彼女の中に初めて認めた、知性の印だった。同時に、風が強まって半ば暴風となり、またもや激しい雨が北方から飛来し襲いかかってきた。森の向こうに、夕闇に浮かぶ赤い窓が見える。これがフジリクの集落だった。丘の斜面、樺の森のそばに家が三軒。ここで私は感じのよい老人を見つけた。彼は雨の中を一緒に少し歩き、シェラールに通じる道までちゃんと連れてきてくれた。お礼をと言っても聞き入れようとしない。まるで脅すかのように両手を頭の上で振り、純然たるお国訛りで甲高くまくしたてて断った。ついに何もかもがきれいに片付いたように思われた。思いは夕食と炉辺へと向かい、胸の奥がほっとなごんだ。だがなんたることか、私は新たに、輪をかけて悲惨な目に遭おうとしていたのである。出し抜けに、夜の帳《とばり》がすとんと下りた。闇夜を屋外で過ごした経験は幾度もあるが、こんな暗闇はまったく初めてだ。岩や、道のよく踏みならされたところがかすかに輝いている。羊毛のようにまとまった濃い闇、あるいは闇の中の闇と言おうか、それは一本の木を示している。ほかには何も識別できない。頭上の空はただ闇一色だ。空を飛ぶ雲さえも、人間の目には姿を見せないままどこかを目指している。腕いっぱいに伸ばした手は、道と見分けられず、突き棒も、腕いっぱいに離せば草地や空と見分けることもできなかった。

私のたどってきた道はまもなく、いかにもこの地方の道らしく、岩だらけの草地に入って三、四本に分岐した。モデスティンはこれまで、踏みならされた道が大好きなところを見せていたので、ここで困り果てた私は彼女の本能に賭けてみた。だが驢馬の本能というのはやはりそれなりのものでしかなく、三十秒後にはぐるぐると、大きな石の間を上り下りしながら歩いていた。見事な迷い驢馬である。適当な用意があったなら、とうの昔に野宿をしていただろう。しかし今回の旅程はごく短いはずだったので、ワインも、自分の食べるパンも持ってきていない。連れのご婦人用のパンも一ポンドばかりしかない。加えて、私もモデスティンも、驟雨でびしょ濡れだった。それでも今、水さえ見つかれば、ただちに野営しただろう。ところが水は、降る雨を別として一滴もない。私はフジリクに戻って、もう少し先まで案内してくれる人を頼むことに決めた。「もう少し先まで、おまえの導きの手を貸してくれ」[*1]決めるのはたやすく、やり遂げるのは難しかった。風雨の吹きすさぶ、手で触れられそうな闇の中、確実にわかるのは風向きだけである。風に顔を向けた。道は消えていたから、広々とした沼地を行くかと思えば、モデスティンにはよじ登れない石垣に行く手を阻《はば》まれもしながら一帯を進み、とうとう、再び赤い窓が見えるところにやって来た。今度のは窓の配置が違う。そこはフジリクではなく、フジラクであった。距離的にはほんのわずかしか離れていないが、住民の気質という観点からはまるで別世界の集落である。私はモデスティンを柵につなぐと、手探りで進んだ。岩の間でつまずき、沼地に膝まではまりながら、ようやく村の入口にたどりついた。明かりの灯《とも》った一軒目の家には女がいたが戸を開けてくれない。

何もしてあげられませんよ、と彼女は扉ごしに怒鳴った。なにしろ独り者だし足も悪いし。でもお隣に頼んでみなさいよ。男手があるから、その気があれば助けてくれるかもしれない。隣家の戸口には、男と二人の女たちと少女が一団となって姿を現した。ランタンを二つ、旅の者を検分するために携えている。男のご面相は悪くはないが、人の悪そうな笑顔を浮かべている。戸口の柱に寄りかかって、私が事情を説明するのを聞いた。私の頼みはシェラールまでの道案内、ただそれだけだ。

「このとおり、外は暗いですからね《セ・ク・ヴワイエ・ヴ・イル・フェ・ノワール》」彼は言った。

私は、それがまさに助けを求める理由なのだと教えた。

「それはわかる」と彼は落ち着かなげに答えた。「でも《メ》……ちょっとそれは《セ》……難しいな《ド・ラ・ペン》」

金なら喜んで出すと私は言った。男は首を横に振った。十フランまで釣り上げたが、やはり首を振り続けている。「じゃあ、いくらなら」と私は訊いた。

「違うんです《ス・ネ・パ・サ》」彼はやっと口をきいたが、明らかに言いづらそうだった。「ただ、わたしは《メ・ジュ・ヌ》この戸の外には《ソルテイレ》一歩も出るつもりはありませんよ《パ・ド・ラ・ポルト》」

私はいささかかっとなって、ではどうしろと言うのだと尋ねた。

「シェラールに着いたらどこへ行くんです」彼は逆に訊き返した。

「余計なお世話だ」私は答えた。獣みたいに野蛮な好奇心を満足させてやるつもりはない。

「どこだって《セ・ヴレ・サ》いいでしょう。とにかく今困ってるんだから」

「たしかに」彼は笑って認めた。「うん《ウイ》、たしかにそのとおりだ《セ・ヴレ》。で、あんた《エ・ドゥ》どこから来たんですか《ヴネ・ヴ》」

私よりよくできた人間でも、苛立《いらだ》ったことだろう。

「いや」と私は言った。「質問には一切答えるつもりはないから、わざわざ尋ねなくたっていい。もうすっかり行き暮れてしまって、助けがいるんですよ。あんたが案内してくれないって言うなら、せめて誰か案内してくれる者を探すのを手伝ってほしい」

「ちょっと待った」男は出し抜けに声を上げた。「昼間のうちに草地を通っていたのはあんたじゃないですか？」

「そうそう」少女が口を開いた。そのときまで私はそれが誰だか気づいていなかった。「この人よ。あたし、牛について行けって言ったの」

「お嬢さん、言わせてもらうが」私は言った。「君はふざけんぼ《ファルスーズ》だな」

「それで」と男が続けた。「いったいなんだってまだここにいるのかな」

ほんとうに、いったいなんだって、である。だが実際私はここにいる。

「肝心なのは、ここらでけりをつけることなんですよ」と私は言った。そしてもう一度、道案内を探す手伝いをしてくれと持ち掛けた。

「ほら《セ・ク》」男はまた言う。「ほら《セ・ク》、外は暗い《イル・フエ・ノワール》から」

「わかった」私は言った。「ランタンを持っていけばいい」

「無理だ」彼は叫んで心持ち後ずさり、前と同じ文句を再び使ってわが身を防御した。「この戸の外には一歩も出ませんよ」

私は相手を見つめた。その顔の上で、見せかけではない本物の恐怖と本物の羞恥心が闘っているのがうかがえた。彼は、まるでいたずらを見つかった子どものように、痛ましいほほえみを浮かべ、舌で唇を湿していた。私は自分の状況を簡潔に描写し、どうしたらよいか尋ねた。

「わからない」彼は答えた。「この戸の外には一歩も出ませんよ」

こいつは〈ジェヴォダンの獣〉だ、間違いない。

「あんたは」私は精一杯毅然とした態度で言った。「あんたは腰抜けだ」そう言うと一家に背を向けた。みなは急いで要塞の中に引っ込み、名にし負う戸は再び閉ざされたが、まだ閉まりきらないうちに笑い声が聞こえた。粗野な娘よ、それにもまして粗野な父よ。複数形で言わせていただこう、〈ジェヴォダンの獣たち〉と。

ランタンの光にいくらか目が眩《くら》んでいたので、石やゴミの山の間を苦心して進んでいった。村のほかの家はみな暗く、静まり返っていた。あちらこちらの戸を叩いてみたが、ノックに応える者はない。まずいことになった。私は悪態をつき、フジラクは諦めた。雨は止み、なおも勢いを増し続けていた風は、私のコートとズボンを乾かし始めていた。「仕方ない。水があろうがなかろうが、野宿だ」と思った。しかし、まずはモデスティンのもとに戻らなければならなかった。わが伴侶を求めて暗闇の中を二十分は手探りしていたに違いない。そしてもしも沼地が手荒く世話を焼いてくれなかったなら――私は行きにはまった沼地にまたはまってしまったのだ――夜が明けてもまだ彼女を探し続けていたかもしれない。次にやるべきなのは、雨風をしのげる森を見つけることだった。なにしろ風は大荒れでしかも冷たい。森の多い地方だというのに森を探すのにどうしてこんなに長くかかったのか。それはこの日の冒険における、解けない謎の一つであった。ともかく、誓って言うが、私は発見まで一時間近く費やしたのである。

やっと黒い木々が左手に現れた。私が進むと木々はたちまち道を横切るように移動して、目の前で真っ黒な洞穴となった。洞穴と呼ぶのは誇張ではない。この木の葉のアーチをくぐるのは、地下牢《ちかろう》に入って行くようなものだった。手探りでしっかりした木の枝を見つけ出すと、モデスティンを結びつけた。驢馬はやつれ、ぬれそぼり、しおたれていた。それから荷物を下ろして道端の石垣沿いに置き、紐を解《ほど》いた。ランタンのありかはちゃんとわかる。だが蠟燭はどこだ。私はごちゃごちゃになった持ち物の中を念入りに探った。そうやって探るうちに突然、アルコールランプに手が触れた。天の助けだ！　ランプでもこの際同じに役立つ。風は疲れも知らず木立の間で荒れ狂っていた。半マイル続く森じゅうで、枝が激しく揺すぶられ、木の葉が激しくざわめく音が聞こえた。それでも私の野営地は、地獄の闇に閉ざされているだけでなく、見事に風が遮られていた。二本目のマッチで、ランプの芯に火が点《つ》いた。明かりは青白く、ちらちら揺れ動いた。そんな火でも、私を森羅万象から切り離し、あたりの闇の暗さを倍も深めた。

私はモデスティンの自由がきくように結わき直してやり、黒パンを半分にちぎって夕食に与え、残りの半分は明朝の分に取っておいた。それから必要なものを手近に集め、濡れた深靴とゲートルを脱いで防水外套にくるみ、背嚢を寝袋のべろの下に枕代わりにあてがい、袋の中にそろそろと脚を差し入れるとバックルを締めて幼子《バンビーノ》のようにしっかりくるみ込んだ。ボローニャ・ソーセージの缶を開け、チョコレートを一かけ割りとった。食べ物の持ち合わせはそれだけだった。聞いて眉をひそめる向きもあろうが、私は両方をちょっとずつ、パンと肉のようなつもりで食べ進めたのである。この胸のむかつきそうな混合物を流し込むための飲み物といえば、これまた胸のむかつきそうな、生《き》のブランデーしかなかった。しかし私は腹がひどく減っていた。大いに食べ、今までの人生で一番うまいタバコを吸った。それから麦藁帽子《むぎわらぼうし》に石ころを一つ入れ、毛皮の帽子の垂れを引っ張り下ろして首と目を覆い、リボルバーを手元に置くと、羊の毛皮に潜り込んだ。

自分は果たして眠いのだろうかと最初は思った。というのも心臓が、まるで頭の与《あずか》り知らぬ楽しい興奮を覚えてでもいるかのように、いつもよりも速く鼓動していたからだ。しかしまぶたが合わさるが早いか、例の薄い糊が合わせ目に飛び込んできて、まぶたはもう二度と離れなかった。

木立を吹き渡る風が子守歌だった。ときには何分間も続けて、安定した風が強くも弱くもならずに鳴っていることもあった。それからまた、風はまるで波濤《はとう》が砕けるときのように膨れ上がってからどっと吹き荒れ、すると木々は午後に降った雨の大きな滴をばらばらとまんべんなく私の上に落とすのだ。私は田舎の自分の寝室でも毎晩このような、森を吹き渡る風の不穏な演奏会に耳を傾けているが、木の種類が違ったせいか地形のせいか、あるいは自分が戸外でその只中《ただなか》にいたせいなのかどうか、ともかく事実としてジェヴォダンの森の中では風はいつもとは違う調べに合わせて歌っていた。私は一心に耳を澄まし続けた。やがて眠気が徐々に体に取りつき、思考も意識も遠のいていった。それでもなお、起きているうちは最後まで耳を澄まして風の音を聞き分けようとしていた。眠りに落ちる直前の意識の中で、私は耳に響き渡る聞き慣れない喧騒《けんそう》に驚いていた。

夜の間に二度――一度は寝袋の下の石が気になって、二度目は辛抱強いあわれなモデスティンが怒り出して前脚で道の地面を掻《か》き、足を踏み鳴らしたときである――私は一瞬、意識を呼び戻され、頭上に星が一つ二つ輝き、葉叢《はむら》が空を背景にレースのような縁取りを描いているのを見た。三度目に目を覚ましたとき（九月二十五日、水曜日）、世界は暁の母なる青い光に満ちあふれていた。風に激しく揺すぶられる木々の葉、そしてリボンのような道が見えた。首をめぐらすと、橅《ぶな》の木につながれたモデスティンが、無類の辛抱強い態度で道に半分はみ出して立っていた。再び目を閉じ、昨夜の経験を思い返し始めた。この大荒れの天候でも快適にくつろげていたことに気づいて驚いた。私を苦しめたあの石も、私が文目《あやめ》も分かぬ闇の中であてずっぽうに露営するはめに陥らなければ、寝袋の下敷きになどならなかったはずなのだ。あとは、足先が寝袋のごちゃごちゃした中身の一つ、ランタンだかペイラ著の『荒野の牧者』*2第二巻だかに触れたときを別にして、何一つ不都合は覚えなかった。いや、そればかりではない。少しも寒さを感じなかったし、珍しいほど晴れやかで楽しい気持ちで目を覚ましたのである。

そんな気分で身震い一つして、また深靴を履《は》き、ゲートルをつけた。それから、昨夜の残りのパンを細かくちぎってモデスティンにやってから、世界のいったいどの辺で目覚めたのか、ぶらぶらと確かめに出かけた。故郷イタケーに戻ったユリシーズ*3が、女神によって再び漂泊への思いをかきたてられ、旅に出たとしても、私ほど心楽しくさすらいはしなかっただろう。これまでの人生、私は常に冒険を追い求めてきた。古《いにしえ》の、海をゆく英雄たちに降りかかったような、情熱抜きの純粋な冒険である。だから朝の光の下、ジェヴォダンのたまたま行き当たった森の片隅にいることで――北も南もわからず、地上に最初に現れた人間も同然に周囲のすべてになじみのない、内陸の難破者として――自分の白昼夢はいくらか実現したことになる。私は小さな樺の森のはずれにいた。橅の木がちらほら交じっている。背後には樅の森が接している。前方は、木々がまばらになり、散開隊形で浅い草地の谷間へと下る。いくつものむきだしの丘の頂上が四方を取り巻く。展望が塞がったり開けたりするにつれて、手前に来たりずっと奥に引っ込んだりするが、おしなべて同じぐらいの高さに見える。風が木々を吹き寄せた。樺の木立にちりばめられた秋の黄金色の斑点が、細かく揺れた。頭上では、糸や細い布切れのような薄い雲が全天に広がり、空じゅうを風に追い回されるのにつれて舞い、消え、再び現れ、軽業師の宙返りのように回転した。荒れた天候で、凍《こご》え死《じ》にそうに寒かった。手がかじかんでしまわないうちにチョコレートを食べ、ブランデーを一口飲み、タバコを吹かした。全部やり終えて荷造りをし、荷鞍に結わえつけるころには、暁が東の空の敷居に爪先立ちで忍び寄っていた。私たちが小道を何歩も行かないうちに、姿はまだ見えないながら太陽がもう、東の空に延びる雲の連峰越しに黄金の輝きを送って寄こしていた。風は私たちの船尾を捉えて激しく急きたてた。体をしっかりとコートに包み込んでボタンを掛け、すべての人間に対して友好的な気分になって歩いていたそのとき、角を一つ曲がるとふいにフジリクが再び目の前に現れた。それればかりか、前夜あれだけの距離を道案内してくれた老人が、私を見るや、ぎょっとしたように両手を挙げて家の中から駆け出して来たではないか。

「かわいそうに！」彼は叫んだ。「どういうわけなんだ？」

私は事の次第を物語った。彼は、私をみすみす行かせてしまったことを思い、年寄りらしい両手を、碾臼《ひきうす》に穀物を落とし込む木切れよろしく激しく叩いた。だが、フジラクの男の話を聞いてむっと塞ぎ込んでしまった。

「少なくとも今度は、間違いなど起こさせないよ」と彼は言った。

そしてひどいリューマチのためにひょこひょこと、私が長らく探し求めていた目的地シェラールがほとんど見えるところまで半マイルばかり同行してくれた。

シェラールとリュク

率直に言って、シェラールはこれだけ大騒ぎして探すに値するような場所でもなさそうだった。とぎれとぎれに村落があるが、とりたてて通りらしきものもなく、ただ丸太や薪《たきぎ》の積まれた空き地が続くばかりだ。そして、小さな丘の頂に、傾いた十字架が二つと聖母マリア様の聖堂。これらがみな、地肌をむきだしにした谷間の片隅を騒々しく流れる、高地の川のほとりに集まっている。「さらば何を見んとて出でしか」[*4]と私は自問した。しかしこの土地にもこの土地ならではの生活があった。私は、昨年度のシェラールの寄進を記念する札が、ちっぽけで傾きそうな教会の内部に旗のように吊《つ》るされているのを見つけた。一八七七年には、住民たちは四十八フラン十サンチームを〈信仰普及運動〉のために寄付したらしい。その一部がわが生まれ故郷に充てられればと、願わずにはいられなかった。シェラールの人々が、エディンバラの、闇に包まれた魂の救済のために半ペニーをかき集める一方で、バルフイダー[*5]とダンロスネスの人々はローマ教会の無知を嘆く。斯《か》くして私たちは、まるで雪合戦をする学童のように福音伝道者を投げつけ合って、天上の天使たちを楽しませる。

宿はこれまた目立って地味である。暮らし向きの悪いわけでもない一家の家財道具の一切は、台所に集められていた。すなわち、寝台、ゆりかご、服、皿立て、小麦粉櫃《びつ》、教区司祭の写真だ。子どもが五人いた。一人は、私が着いて間もなく、階段の下のところで朝の祈りをやらされていた。さらに六人目が近日中に出現しそうである。ここの善良な人たちは親切に迎えてくれた。彼らは私の災難に大きな関心を示した。私が野宿したのは一家の所有する森だった。フジラクの男は邪悪な怪物だと彼らは考え、法の裁きを受けさせるべきだと熱心に勧めた――「だってあなた、死ぬかもしれなかったんですよ」親切なおかみさんは、私が生《なま》のままの牛乳を一パイント以上も飲むのを見て、ぎょっとしたようだった。

「体に悪いですよ。よかったら沸かしてあげましょう」と彼女は言った。

このすばらしい飲み物で私の朝が始まったあと、彼女には支度すべきことがいくらでもあったので、私はチョコレートを一杯自分で作らせてもらった、いや、作ってくださいと言われた。私の深靴とゲートルは干してあった。私が膝の上で日記を書こうとしているのを見て、一番上の娘が、書きやすいようにと炉隅にある折り畳みテーブルを開いてくれた。その上で私は書き、チョコレートを飲み、最後にオムレツを食べて出発した。テーブルには厚い埃が積もっていた。冬の寒いときにしか使わないのだという話である。煙突の穴を見上げると、茶色の煤《すす》の塊と青い煙を通して空がはっきりと見えた。一摑《ひとつか》みの小枝が火にくべられるたびに、私の脚は炎に焦がされた。

夫は最初騾《ら》馬《ば》追いで身を立てていたといい、私がモデスティンに荷を積み始めたところ、その方面に十分な心得があるところを見せた。「この袋は替えないとだめですよ」彼は言った。「二つに分けたほうがいい。そうすれば、重さを二倍にしたって平気です」

私はこれ以上重くしたくはないと説明した。それに、この世にこれまで生を享《う》けたどんな驢馬のためにだって、私の寝袋を二つにちょん切ったりはしない、と。

「でもそれがこいつを弱らせてしまうんです」と主人は言った。「歩いているうちにひどく弱らせてしまう。ご覧なさい」

なんたることか、彼女の二本の前脚は、内側が生の牛肉も同然で、尻尾の下からは血が流れていた。私は出発の際に、何日もしないうちにモデスティンが犬のようにかわいくなるだろうと言われ、むろんそんなものだろうと思っていた。三日が経った。不運をともにしてきた。それでも私の心は、この荷運び動物に対してじゃがいものように冷たいままだ。見た目は十分可憐《かれん》である。しかし反面、度しがたい阿呆であることは証明済みだ。この点はたしかに辛抱強さによって埋め合わされてはいるものの、突発的に見せる嘆かわしく無分別な呑気《のんき》さによって増幅される。そして白状すれば、新たに怪我がわかって彼女の欠点が一つ増えたような気がしたのだ。寝袋とわずかばかりの必需品も運べないようでは、なんとも役立たずな雌驢馬ではないか。寓話《ぐうわ》の結末が駆け足で近づいてくるのが見えるようだ。私がモデスティンを担がなくてはならなくなるのだ。なるほど、イソップという人は世事をよくわかっていた。私は、心も重く本日の短い行軍に出発した。

道々私にのしかかっていたのは、モデスティンをめぐる気の重さばかりではない。概して鉛のように重苦しい道行きだったのだ。第一に、遠慮会釈なく風が吹くので、私はシェラールからリュクまで片手で荷物を押さえていかなくてはならなかった。第二に、私のたどる道筋は、世界で一番みすぼらしい地方を通っていた。スコットランド高地《ハイランド》地方の最悪の場所に似ているが、もっと悪い。寒くて、むきだしで、品がなく、木もヒースもほとんど生えておらず、生命の気配がない。道路と柵が荒地の単調さを破っている。道筋の目印として直立した柱が並び、雪の季節に役立つようになっていた。

リュクやシェラールを訪れたいと思う人間がなぜいるのか、私の豊かな想像力をもってしても到底推し測れない。私はといえば、どこかに行くために旅をするのではなく、ただ行くために旅をする。旅のための旅、なのである。大事なのは移動することだ。生きていくのに必要なものや、生きていくうえでの障害を、ふだんより切実に感じとることだ。文明という羽根布団の寝台から降りて、足下の地球は花崗岩《かこうがん》であり、表面には鋭い火打石が散らばっていると悟ることだ。残念ながら、われわれは人生経験を重ね、仕事ばかりにかまけるようになると、休日さえも働かないと手に入れられないものになる。荷鞍の上の袋を、凍てつくような北の空から吹きつける強風にあおられないように押さえているのは立派な仕事ではないが、心を集中させ落ち着かせるのに役立つ。それに、現在がこれほど苛酷なときに、未来に心わずらわされる者がいるだろうか。

ようやくアリエ川を見下ろす場所に出た。今の季節にここまで醜い景色は想像もできまい。なだらかな丘陵が川を取り囲む。こちらの斜面には林や畑が染みのように点在し、あちらでは斜面がせり上がって頂をなし、むきだしの頂上と、毛のように松を生やした頂上が互い違いに並ぶ。どこもかしこも黒か灰色だが、その色彩がリュク城址《じょうし》のところで一点に集まっている。城址は私の足下からにゅっと立ち上がり、尖塔《せんとう》の上に背の高い白い聖母マリア像を載せている。聞いて面白く思ったが、重さは五十キンタル［一キンタルの重量は英仏で異なるが、仏の場合は百キログラム］で、十月六日に奉納されることになっていた。みすぼらしいこの風景の中を、アリエ川、そしてほぼ同じ規模の支流が細々と流れていた。支流はヴィヴァレの地肌のむきだした広い谷間を通り、アリエ川に合流する。空はいくらか明るくなり、雲は集まって隊を成していた。しかし荒れ狂う風が相変わらず空じゅう彼らを追い回し、あたりの風景の上に影と陽光の大きくぶざまな染みを跳ねかしていた。

リュクの集落のほうは、まばらな二列の家々が丘と川の間に割り込んだ格好だ。美しいところは何もない。注目すべき特徴も、真新しい五十キンタルの聖母を載せた、頭上の古城を除けば何もない。ただ、宿屋は清潔で広々としていた。台所には、清潔なチェックのカーテンを吊るした二つの箱型寝台に、石造りの広い暖炉に、ランタンや小さな聖像を飾っている長さ四ヤードもの炉棚に、整然と並べられた整理簞笥《だんす》に、チクタク音を立てている一対の時計。まさにあるべき台所の姿である。メロドラマに登場する台所、山賊や身をやつした貴族が似合う台所だ。そしてこの舞台は、宿の女主人の登場で台無しになったりはしなかった。端整な顔立ちをした、無口で浅黒い年寄りで、服も頭巾《ずきん》も修道女のように黒ずくめだった。共用の寝室さえ、独特の風格を備えていた。五十人でも食事できそうな松材の長いテーブルとベンチが収穫祭でも開くかのように配置されている。それから箱型寝台が三つ、壁際に並んでいる。その一つに這い込んで藁の上に横たわり、二枚のテーブルナプキンを掛けて寝た。そうやって一晩中、鳥肌は立ちっぱなし、歯はかちかち鳴りっぱなしで、なにかの罪滅ぼしの苦行に取り組んでいたのである。ときおり目を覚ましては、羊皮の寝袋と、風を遮る大きな森の木陰を思い、ため息をついた。

〈雪の聖母〉修道院

「私は見る、
厳粛な修道院を、修道士たちを。
ではここに来ている私は、何者なのだ？」
——マシュー・アーノルド［「グランド・シャルトルーズ修道院」（一八五五）］

アポリナリス神父

翌朝（九月二十六日、木曜日）、私は装備も新たに出発した。寝袋はもはや二つ折りではなく完全に伸ばした状態で鞍に掛けられ、長さ六フィートの緑色のソーセージが両端から青い羊毛の房を垂らしている。こうしたほうが絵になり、驢馬の負担も減るうえ、風の強弱にかかわらず確実に安定するとわかってきたのだ。そうは言っても、このやり方に決める際に煩悶《はんもん》がなかったわけではない。なぜなら、新しい紐を買い、すべてを力の限り括りあげてもなお、寝袋のべろが飛び出して私の財産を道々ばらまきはしないかと不安でたまらなかったからだ。

私がたどっていたのは、ヴィヴァレ地方とジェヴォダン地方の境に沿った、草木のほとんどない渓谷を上る道だった。右手のジェヴォダンの丘陵に左手のヴィヴァレの丘陵と違う点があるとすれば、それは山肌が心持ち多く見えているところだろう。また、背丈の低い下生えが点在しているのは前者の専売で、峡谷では密生し、丘の肩や頂上まで来るとまばらになっていい《い》がぽつりぽつりと落ちているような格好になる。黒い煉瓦《れんが》のような樅の森が、そして耕作された畑が、左右の丘陵のあちこちに貼り付いている。川のそばを鉄道が走っていた。それがジェヴォダンを掠《かす》める唯一の鉄道だった。ただし現在では多くの計画が持ち上がり、測量も行われているところで、話によれば、マンドではすでに、駅舎がいつでも使える状態で建ってさえいるそうだ。一、二年も経《た》てばここも別世界になっているかもしれない。荒野は包囲される。ラングドック地方のワーズワースとも言うべき詩人が、本家のソネットをお国言葉に翻訳するかもしれない――「山よ谷よ湖よ、汝《なんじ》らはあの汽笛を聞いたか？」[*1]

ラ・バスティドという場所で川を離れて左手のヴィヴァレ地方、すなわち現代のアルデシュ県の丘陵を上る道を行くように教えられていた。私はもう、私の奇妙な目的地であるトラピスト修道院、〈雪の聖母〉のそばまで来ていたのである。松林の木陰を出ると同時に太陽が姿を現し、ふいに美しくも荒々しい自然の眺めが南に広がった。サファイアのように青い、岩がちの丘陵が高く盛り上がり、視界を遮る。丘の間から、ヒースの茂るごつごつした山の背が幾重にも覗《のぞ》いている。その岩襞《いわひだ》には陽光がきらめき、窪《くぼ》みには下生えが伝う。神が最初に創造したときのままの荒削りな光景だ。見渡す限り、人の手が入った跡はなかった。何世代にもわたる人々が踏み分けてきた、橅の森を出入りし、溝の刻まれた丘の斜面を上り下りする曲がりくねった小道以外には、人の通った跡すらない。それまで私に付きまとっていた靄は、今はちぎれて雲となり、素早く逃げ去って陽光の中で明るく輝いていた。私は深々と息を吸い込んだ。長い道のりを歩いてやっと、魅力的な景色に巡り合えたことがありがたかった。白状すれば、私は、目を留めるものにははっきりとした形があってほしいのだ。そして風景というものが、子ども時代によく遊んだ紙人形劇の、登場人物が印刷されている紙のように、白黒のが一ペニー、色つきが二ペンスで売られているならば、私は二ペンスのほうを毎日、一生涯買い続けるぐらいのことはするだろう。

しかし、南に向かってはよい眺めに変わってきていたものの、手近には依然、索漠《さくばく》たる厳しい自然が広がっている。脚を広げた蜘蛛《くも》を思わせる十字架がどの丘の頂にも建っているのは、修道院が近い証拠だ。四分の一マイル先、南の眺望が一歩進むごとに開けて鮮明さを増す場所で、真っ白な処女マリアの像が、植えられたばかりの林の角に立ち、旅の者を〈雪の聖母〉へと案内していた。ここで私は左に曲がって道なりに進み、わが在俗の驢馬を前に立て、わが在俗の深靴とゲートルをつけた足をきゅうきゅう言わせながら沈黙の聖域へと向かった。

いくらも進まぬうちに、風が鐘の音を運んできた。なぜだかその音に心は沈んだ。私の人生で、近寄るのがこれだけ真実恐ろしかったものは、〈雪の聖母〉修道院を措《お》いてほかにはまずない。それというのも私がプロテスタントの教育を受けたせいである。さらに、角を一つ曲がった途端、ふいに恐怖が全身を貫いた。奴隷的な、迷信じみた畏怖《いふ》の念だ。立ち止まりこそしなかったが歩みがのろくなる。あたかも気づかれずに境界を越え、死者の国に迷い込んでしまった人間のように。というのは、松の若木の間を通る真新しい細道で、中世の修道士が一人、芝土を積んだ手押し車と格闘していたのである。幼いころ、私は毎週日曜日になるとマルコ・サーデラーの手になる『隠者たち』をじっくり眺めたものだ。うっとりするような版画集だった。森や野原や中世的な風景が横溢《おういつ》し、そこを旅する想像力にとっては、一つの州ほども広かった。そして今ここに、まぎれもなく、マルコ・サーデラーの主人公の一人が出現していたのである。幽霊のように白い衣服に身を包み、手押し車と必死で格闘するあまり頭巾は後ろにずり落ちて、頭蓋骨も同然に禿《は》げて黄ばんだ脳天がむきだしている。埋葬されてから一千年近く経ち、生命の宿る血肉がことごとく土に還《かえ》って農民の砕土機で砕かれてしまったかのような姿だ。

おまけに私は礼儀作法についてひそかに悩むことになった。沈黙の誓いを立てている人間にあえて話しかけられようか。明らかにいけない。しかし距離が縮まると、私は迷信的な敬意をぼんやりと込めて帽子をちょいと上げた。彼はうなずき返し、私に明るく呼び掛けた。

修道院に行くんですか？　どちらさんですか？　イングランドの方《かた》ですか？　ああ、じゃあアイルランド人で？

「いえ」私は言った。「スコットランド人です」

スコットランド人？　ああ、スコットランド人にお会いしたのは生まれて初めてですよ。

そう言うと彼は私の全身を眺めまわした。善良で正直そうな、筋張った顔は、好奇心に輝いていた。少年がライオンか鰐《わに》でも眺めるようだった。彼の話から、私は〈雪の聖母〉に受け入れてもらえそうにないとわかり、げんなりした。もしかしたら食事ぐらいは出せるかもしれないがそれが限度だ、というのだ。ところが会話を続けるうちに、私が行商人ではなく文筆家で、風景のスケッチもし、本を書こうとしているとわかると、彼は私の受け入れに関する考えを一変させ（トラピスト修道院においてすら、人を分け隔てするらしく）、必ず副院長に面会を求めて事情を逐一《ちくいち》話してください、と言った。だが彼は考え直して同行してくれることになった。そのほうがうまくとりはからえるでしょう。あなたのことを地理学者だと話しても構いませんか？

いけません。真実を尊重し、それは絶対によしたほうがいいでしょう。

「なら結構」（と、がっかりして）「作家、ということで」

彼は神学校では六人のアイルランド人の若者と一緒だったらしい。全員とうの昔に司祭になっている。彼らは新聞を手に入れてはイングランドの教会の状況を教えてくれたのだという。だから彼は、ピュージー*2博士がどんな様子か、私に熱心に尋ねた。博士のことを知って以来、この好人物は朝晩、博士の改宗を神に祈り続けているのだそうだ。

「博士は真実のごくそばまで来ておられる、そう思いました」彼は話した。「やがては真実に到達されるでしょう。祈りの力は絶大ですから」

すなおで希望に満ちたこんな筋書きを聞いて喜べない人間は、硬直した、信心不足のプロテスタントに違いない。こうして話題が近くなったところで、善良な神父は私にキリスト教徒なのかどうか尋ねた。違う、というか自分の考えている意味でのキリスト教徒ではないとわかると、彼は実に好意的に、そのあたりのことをうやむやにしてしまった。

私たちのたどっている道は、不屈の神父が自らの手で一年足らずで造りあげたものだった。曲がり角に来ると、少し先の森の向こうに何棟かの白い建物が見えた。同時に、鐘の音がもう一度あたりに響いた。修道院はすぐそこだ。アポリナリス神父（これが私の連れの名前である）は私を立ち止まらせた。

「あちらでは私はあなたと口をきいてはいけないんです」彼は言った。「門番の修道士《ブラザー》を呼び出してください。それで万事うまくいくでしょう。でも帰りに林を通られるときには、私を探してくださいよ。あそこならあなたと話せますから。お近づきになれて、嬉《うれ》しかった」

そういうと突然両腕を上げ、指を広げた手を上下に振って二度叫んだ。「私は口をきいてはならない、私は口をきいてはならない」彼は私の前方を走り去り、修道院の扉の向こうに消えた。

白状すれば、身の毛のよだつようなこの奇矯《ききょう》な振る舞いは、私の恐怖心を再燃させるに十分であった。だが、一人がこんなに善良で素朴である以上、皆もそうであると考えてよいのではなかろうか。私は勇気を奮い起こし、モデスティンが許す限りの速さで門へと向かった。彼女はどうやら修道院というものが気に食わないらしい。知り合ってからこの方、彼女がはしたなく飛び込むそぶりを見せない戸口は、これが初めてであった。私は内心びくびくしながら形式ばって案内を乞うた。接待係の神父であるマイケル神父、そして茶色の衣をまとった修道士が二人、門まで出てきて私としばらく話した。寝袋は皆の心を強く引きつけたものとみえる。これはすでに、あわれなアポリナリスの心を捉えてしまい、彼は何が何でもこれを副院長に見せるようにと私に命じていたのである。しかしともかく、私の物腰のためか、寝袋のためか、それとも外来者を接待する修道士たちの間で、私がつまるところ行商人ではないという話があっという間に広まったためか、私は何の苦もなく受け入れられた。モデスティンは、一人の平信徒によって馬小屋に引いていかれ、私と寝袋は〈雪の聖母〉に招じ入れられた。

修道士たち

マイケル神父は、潑剌《はつらつ》とした顔に笑みを浮かべた感じのよい人物で、三十五歳ぐらいだろうか。私を食糧貯蔵室に案内し、昼の正餐まで腹がもつようにリキュールを一杯振る舞ってくれた。私たちはおしゃべりをした。というよりは、彼が寛大にも、霊が土くれでできた人間を相手にしているかのようなぼんやりした様子ではあったが、私のたわいない話に耳を傾けてくれた、と言ったほうがよさそうだ。実際、私がもっぱら自分の食欲について縷々《るる》語り、またマイケル神父のほうは最後にパンを一かけ口にしてからすでに十八時間以上は経っていたはずだと思い起こすにつけ、神父は私のおしゃべりに世俗の味わいを覚えただろうと大いにうなずける。しかし彼の態度は超然としてはいてもきわめて慇懃《いんぎん》であった。今でもマイケル神父にどんな過去があったのか知りたい気持ちがどこかにある。

リキュールを飲んだあと少しの間、私は修道院の庭園に一人置かれた。庭園とはいっても、砂を敷いた小道と色とりどりのダリアの花壇を配し、中央に噴水と処女マリアの黒い像のある、大きな中庭にすぎない。建物はこれを真四角に囲んで建っている。殺風景で、星霜を経た味わいはまだなく、めぼしいものといえば鐘楼《しょうろう》とスレート葺《ぶ》きの一対の破風《はふ》ぐらいである。白い衣や茶色の衣の修道士たちが砂の小道を静かに通る。私が最初に庭に出て来たときには、頭巾をかぶった修道士が三人、テラスでひざまずいて祈っていた。裸の丘が一方から、森が反対側から、修道院を見下ろしている。吹きさらしの場所である。十月から五月にかけては雪が断続的に降り、ときおり六週間も積もったままになる。しかしたとえ天国のような陽気のもと、エデンの園に建っていたとしても、修道院の建物自体はやはり寒々しく蕭然《しゅくぜん》たる外観を呈することだろう。私はといえば、この九月の荒天に、正餐に呼ばれるまでに体の内も外もすっかり冷え切ってしまった。

私が腹いっぱい食事を詰め込んだあとは、アンブローズ修道士という、元気のよい話し好きなフランス人（客人に応対する者は誰でも、口をきく自由が与えられているのだ）が、俗人が籠《こも》るために用意された建物の一角にある小部屋に案内してくれた。白く塗られた清潔な部屋で、最低限の必要品だけが備え付けられている。十字架像、亡くなった先の教皇の胸像、仏語訳[*3]『キリストに倣《なら》いて』、宗教的瞑想《めいそう》の書物、そして[*4]『エリザベス・シートン伝』。この人物はどうやら、北アメリカ、特にニューイングランドの福音伝道者であるらしい。私の経験から言えば、あの地方には福音を伝える余地がまだ十分にあるが、まあ、[*5]コットン・マザーのことを考えてみてほしい。私は彼に天国で、もちろんそこに住んでいるのだと思うが、この小伝を読んで聞かせたい。でももしかすると彼はすでに何もかも、書かれていないことまでも知りつくしているのかもしれない。もしかすると彼とシートン夫人は大親友で、声を合わせて楽しく「とこしえにあなたは神」と歌っているのかもしれない。部屋の備品目録を締めくくるのは、テーブルの上に吊るされた、ここに籠る俗人のための規則集である。どの礼拝に参列すべきか、いつロザリオをつまぐり祈りを唱え、あるいは黙想をすべきか。いつ起床し、いつ就寝すべきか。末尾には実に興味深い注意書きがついていた。「自由時間は《ル・タン・リーブル・エ・タンプロワイエ・ア・》良心を顧み《レグザマン・ド・コンシアンス》、告解をし《ア・ラ・コンフェシオン》、良き決心をする《ア・フェール・ド・ボンヌ・レゾルシオン》ために用います」等々。「良き決心をする」と来た。これは頭の毛をふさふさにしてみせると言うようなもので、むなしい。

与えられた一隅を探検し終えないうちに、もうアンブローズ修道士が戻ってきた。イングランド人の寄宿人が私と話したがっているらしい。喜んでと答えると、修道士は、若々しく潑剌とした、五十がらみの小柄なアイルランド人を招き入れた。彼は助祭で、正式な法衣に身を固め、頭には、私には知識がないので教会版筒型軍帽《シャコー》としか呼びようのない帽子を載せていた。彼は七年間、ベルギーの女子修道院に隠棲《いんせい》していた。〈雪の聖母〉に来てからは五年になる。彼はイギリスの新聞を見ていなかった。フランス語をきちんとは話せないが、たとえフランス人並みに話せたとしても、今のすみかでは会話の機会はあまりない。そんなわけで、彼は並はずれて人懐《ひとなつ》こく、ニュースに飢えており、子どものように単純素朴であった。私が修道院の案内人ができて喜んでいたとすれば、彼のほうもイギリス人の顔を見られ、英語を聞けて、私に劣らず嬉しがっていた。彼はそこで、聖務日課書やヘブライ語聖書や、ウェイヴァリー小説[*6]に埋まって自分の時間を過ごしている。そこから彼は私を回廊へと案内し、会議室に入り、聖具室を抜けた。聖具室には修道士たちのガウンやつば広の麦わら帽子が掛けてあり、それぞれに修道名が木の札に記してあった。バジル、ヒラリオン、ラファエル、パシフィックといった、伝説的であるがゆえの響きのよさと興味に満ちた名前であった。続いては図書室である。ヴィヨー[*7]やシャトーブリアン[*8]の全著作、驚いたことには『オードとバラード集』[*9]、おまけにモリエール[*10]まである。数えきれないほどの神父やさまざまな郷土史家、歴史家の著作が並んでいるのは言うまでもない。次に、この親切なアイルランド人は作業場を一通り見せてくれた。修道士たちがパンを焼き、荷車の車輪を作り、写真を撮っている。骨董《こっとう》のコレクションを管理する者がいるかと思えば、兎《うさぎ》を飼う者もいる。というのも、トラピスト修道院[*11]においては、修道士は宗教上のお勤めと修道院内の仕事全般のほかに何か一つ、各自で選んだ仕事に従事しているからだ。口がきけて耳が聞こえる者なら誰でも、聖歌隊で歌わねばならないし、少しでも動かせる手のある者なら誰でも、干し草刈りに加わらねばならない。しかし、個人に与えられた時間においては、何かしらに従事する義務があるものの、自分の好きなものに従事してよいのだ。聞いたところでは、文学に没頭する修道士もいるという。アポリナリス神父は道路造りに精を出し、大修道院長は製本に携わる。ところでこの大修道院長は、就任間もない。就任の際には、特別なはからいにより、母親が聖堂に入って就任式に立ち会うことが許された。息子が司教冠《ミトラ》を戴いた大修道院長になるとは、彼女には鼻高々の日であった。彼女が列席を許されたことを思うと嬉しくなる。

こうしてあちこち歩き回っている間、たくさんの無言の神父や修道士と行き会った。大抵は、私たちが通っても、まるで私たちが雲ででもあるかのように注意を払わなかった。だが親切な助祭がときおり彼らに何かの許可を願うと、一風変わった、犬が泳ぐときの前足に似た両手の動きによって許可が与えられる。さもなければ、一般的な否定の手振りによって拒絶される。いずれの場合にも目は伏せられ、まるで悪の道に堕《お》ちかかっている人間のような痛悔《つうかい》の雰囲気が漂っている。

修道士たちは、大修道院長の特別なはからいにより、まだ一日二回の食事をとってはいるが、実はすでに大断食期間に入っていた。これは九月の何日かに始まってイースターまで続き、その間は二十四時間に一度しか食事しない。その一度というのは午後の二時で、朝まだきに起きて労役を始めてから十二時間経っている。食事は乏しいが、それすら彼らは控えめに食べる。各自小さなカラフ一杯のワインは許されているのにもかかわらず、この楽しみを我慢する者が多い。間違いなく、大抵の人間は甚だしく食べ過ぎている。われわれの食事は生命を維持するためだけにあるのではなく、日々の労働を一時《いっとき》忘れさせてくれる、自然で十分な気晴らしにもなっている。たしかに食べ過ぎは体に毒だとしても、もしも何も知らなければ、私はこのトラピスト会の摂生には欠陥があると考えただろう。振り返ってみて驚くのは、私が見た者たちがみな、潑剌とした顔で元気よく振る舞っていたことだ。これほど幸せそうな、あるいは健康的な集団にはこれまで出会ったことがないように思う。実際は、こんな荒涼たる高地であり、しかも修道士たちには絶えず仕事が課せられているので、〈雪の聖母〉では寿命はいつ尽きるかわからず、死の訪れはまれではない。少なくとも、私の聞いたところによればそうである。しかし修道士たちが呆気《あっけ》なく死ぬとしても、肉づきはしっかりしているし血色もよいから、死ぬ前までは健康的に生きるに違いない。私が認めた唯一の病の徴候は、ただならぬ目の輝きだけだったが、それもむしろ、元気潑剌という大まかな印象を強めるほうに働いた。

私が話した修道士たちはすこぶる気立てがよく、神聖な陽気さとしか言いようのない性質が物腰や話しぶりに現れていた。訪問者の心得を記した中に、修道士にとってはなるべく口をきかないのが適切な振る舞いなのだから応対する修道士の話し方がそっけなくても立腹しないように、という注意書きがある。これはなくもがなの注意だったろう。接待係は一人残らず無邪気なおしゃべりを次々に繰り出し、私の修道院体験においては、会話は始めるほうが中断するよりもたやすかった。世間をよく知るマイケル神父は例外として、誰もがあらゆる話題——たとえば政治、旅、私の寝袋——に対して興味津々だった。また、自分自身の声を聞くのがまんざら嬉しくないわけでもなさそうだった。

口をきくことを禁じられている人々については、どうやってまじめくさった陰気な孤立状態を耐えているものか、不思議に思うばかりだ。しかし、禁欲という観点を別にしても、女人禁制ばかりでなく、この沈黙の誓いにもある知恵がうかがえる。私はフーリエの社会主義的共同体の真似事――酒神《バッコス》祭じみた、と言うのは言い過ぎかもしれないがともかく芸術家的な性質を帯びた――をした経験が幾度かある。そして、少なからぬ共同体があっさりと形成されては、輪をかけてあっさりと解散するのを見てきた。シトー修道会の会則があったなら、それらももっと長続きしただろう。女性たちのそばにいれば、無防備な男性たちの間に形成される共同体など、存続の危ういものでしかない。より強いほうの情熱が勝つに決まっている。少年時代の夢、青年時代の将来設計、そんなものは女性とものの十分も話せば投げうたれ、芸術も科学も、知的な男性同士が集う喜びも、優しい二つの目と、甘く包み込むような口調にかかれば直ちに放棄される。女性の存在に次いで、大いに分裂のもととなるのが舌である。

宗教上の規則についてこう世俗的な批評をし続けるのは恥ずかしくも思うが、あと一つ、トラピスト修道会は知恵の模範だと感銘を受けた点がある。朝の二時までにはもう鐘が鳴り始め、あとは一時間おき、ときには十五分おきに、八時の就寝まで鳴り続ける。一日がここまで細かく、さまざまな仕事に分割されているのだ。たとえば兎を飼育している者は、兎小屋から聖堂へ、会議室へ、あるいは大食堂へと、一日中走り回っている。毎時間唱えるべき祈りがあり、果たすべき務めがある。二時、あたりのまだ暗いうちに起き出し、八時、眠りという慰安の恵みを授かりに部屋に帰るときまで、彼はめまぐるしく変わるさまざまな仕事に立ちっぱなしで従事する。年に数千ポンドの収入があっても、生活時間の使い方についてはこれほどの幸運に恵まれていない人々を私はたくさん知っている。修道院の鐘の音は一日を扱いやすい長さに区切り、精神に平和を、肉体に健《すこ》やかな活動をもたらしてくれるが、その恩恵の届かない家々はどれほど多くあるだろう。われわれは苦難について云々《うんぬん》するが、真の苦難というのは愚鈍な人間になることであり、自分なりの愚鈍な方法で人生の時間を下手《へた》に扱う自由があることなのだ。

このような見地に立てば、われわれは修道士の生活をよりよく理解できるのかもしれない。修道会に入れるようになるまでには長い修練期を経、志操《しそう》の堅固さ、肉体の強さを証明してみせねばならない。それでも初志を挫かれる者はあまりいないらしかった。修道院付属の建物の中でひときわ異色な例の写真家のスタジオで私の目を引いたのは、歩兵の制服に身を包んだ青年の肖像写真であった。彼は修練士《ノヴィス》の一人で、兵役の年齢に達すると一定期間、アルジェの駐屯兵《ちゅうとんへい》として行進し教練を受け歩哨《ほしょう》に立った。これぞまさしく、修道誓願を立てる決心をする前に人生の両面をしかと見た人間だ。しかし青年は兵役を解かれるが早いか、修練期間を終えるべく修道院に戻ってきた。

ここの厳格な会則は、天国に行く資格を、当然の権利として人に与える。トラピストの修道士は病に倒れてもふだんの衣を脱がない。彼が死の床に横たわるのも、それまで質素な沈黙の生活の中で祈り、労働してきたのと変わりはないのだ。そして解放者たる死が訪れたその瞬間に――まだ、ふだん通りの衣を身につけた彼を、絶え間なく聖歌の流れる聖堂で臨終を迎えさせるべく修道士たちが運んでいく途上だというのに――祝いの鐘が、まるで婚礼を報《しら》せるかのようにあのスレート葺きの鐘楼から鳴り出す。そして魂がまた一つ神のもとに召されたことを、近隣一帯に宣言するのだ。

夜、親切なアイルランド人の案内で、終課と聖母マリア讃歌《サルヴェ・レジーナ》を聞くために聖堂の二階席に着いた。シトー派の修道会は、これをもって一日の締めくくりとする。ローマ教会の典礼にはつきものの、プロテスタントにとっては幼稚にもけばけばしくも感じられる所作や事物は、何一つ見られなかった。厳しい簡素さが、周囲の自然の伝奇的な雰囲気によって高められ、心に直接語りかけてきた。私は今、思い起こす。壁も天井も白く塗られた聖堂を、聖歌隊席の頭巾をかぶった人々の姿を、ちらちらする光、力強く男性的な歌声、それに続く静寂、頭巾に包まれた頭が祈りに垂れる光景を、そして朗々とした鐘の音を。静寂を破るこの鐘が、一日の最後の祈禱《きとう》の終わりと、就寝の時間の到来を告げる。私はとりとめのない幻想にくらくらしながら中庭へと逃げ出し、風の強い星空の下で、途方に暮れた人間のように立ちすくんでいた。それは今思い出してみても無理からぬことだったと思う。

しかし私は疲れていた。そして、エリザベス・シートンの伝記——退屈な著作だ——を読んでようやく心が静まると、松の木立を吹き渡る風の冷たさ、狂ったような荒々しさ（私の部屋は修道院が森に接する側にあったので）に眠気を誘われた。私は深更の闇の中で、と思えたのだが実際は朝の二時に、鐘の第一声によって目を覚ました。修道士たちがこぞって聖堂に急いでいた。生ける死者たちは、この早すぎる時分にもう、慰めのない一日の労働を開始している。生ける死者——そう思うと背筋が凍った。そして、あるフランスの歌の歌詞がふと思い出された。それは、男女が入り交じって生きる素晴らしさを物語っている。

*12「君には美しいお嬢さんがたくさんいる《ク・タ・ド・ベル・フィーユ》
ジロフレ！
ジロフラ！
君には美しいお嬢さんがたくさんいる《ク・タ・ド・ベル・フィーユ》
何人いるか、愛の神が勘定するだろう《ラ・ムール・レ・コントラ》」

そこで私は、自由に放浪し、自由に希望を抱き、自由に愛することができるわが身の上を神に感謝した。

寄宿者たち

しかし私の〈雪の聖母〉修道院の滞在には別の一面があった。季節が遅いので寄宿者はそう多くはなかったとはいえ、修道院の一般に開放されている一角にいるのは私一人ではなかった。建物自体は門のすぐそばにあり、一階に小さな食堂を備え、二階には、私のと同じような小部屋が廊下の両側に並ぶ。正式に寄宿する場合の宿料がいくらなのかは失念してしまったが、一日につき三フランから五フランぐらい、おそらく三フランだったのではないかと思う。私のようにふらりと立ち寄った者は自由意思の献金として好きなだけ出せばよく、何も請求はされなかった。以下のことは触れておいてもよいだろう。私が出発する際に、マイケル神父は二十フランを多すぎるとして辞退した。私はこれだけの献金をしようと考えたわけを説明した。それでも奇妙なことに面目にかかわるらしく、彼は自分の手では受け取ろうとしなかったのである。「修道院のことを思えばお断りする権利はないのですが、修道士のほうにお渡しいただけたらありがたく存じます」と彼は説明した。

　到着が遅かったので私は一人で正餐をとったが、夕食のときには、ほかに二人の客がいた。ひとりは田舎の教区司祭。その日の朝、マンド近くの自分の教区を離れ、歩いてやってきた。孤独と祈りの四日間を過ごすつもりなのだ。体つきは選《え》り抜きの擲弾兵《てきだんへい》を思わせ、顔は農民のように血色がよく、農民のように皺《しわ》が円弧を描いている。長い衣の裾が歩く邪魔になったと大いにこぼすのを聞かされた。今でも、背筋をぴんと立てた大柄な男がカソックの裾をからげ、ジェヴォダンの荒涼たる丘陵を大股で歩いていく姿がまざまざと目に浮かぶ。もう一人の客は、髪が灰色になりかけている、ずんぐりした男で、年のころは四十五から五十、ツイードのズボンにニットの短い上着を着て、レジオンドヌール勲章の赤いリボンがボタンホールを飾る。こちらは分類が難しい人物だ。元軍人、従軍経験もあり、司令官にまで出世した。軍隊生活で身につけたきびきびとしてぶれのない挙措《きょそ》を、まだいくらかとどめている。他方で彼は、辞職が認められるとすぐに〈雪の聖母〉に寄宿者としてやってきて、ここの生活様式を短期間経験したのち、修練士《ノヴィス》としてとどまることに決めたのだ。新しい生活は、彼の見た目にすでに変化を与え始めていた。彼は修道士の静かでにこやかな物腰をすでにいくらか身につけていた。それでもまだ士官ともトラピスト会士ともつかず、両方の性質を備えている。これはたしかに、人生のある興味深い局面を迎えた人物だ。大砲やラッパの喧騒を飛び出して、墓場と隣り合わせのこの静謐《せいひつ》な地方へと、人々が毎晩死者のための衣を着て眠り、幽霊のごとく身振りで会話をすることの場所へと、入り込みつつあった。

　夕食の席で私たちは政治談議をした。私にはフランス滞在中に必ずすると決めている任務がある。それは、政治における善意と穏健を説き、また、ちょうどイングランドの心配性な連中がカルタゴ[13]の例を縷説《るせつ》するのと同じように、ポーランドの例を縷説することだ。司祭と司令官は、私の話のすべてに力強く共感し、近頃の悪感情の激しさに重い溜息《ためいき》をついた。

「だって、相手とは食い違う意見を言ったとするでしょう」と私は言った。「すると必ず、そいつはかっとなって飛び掛かってきますからね」

　二人とも、そのような状況は反キリスト教的であると断言した。

　このように意見の一致を見ている間に私は口を滑らし、こともあろうに、ガンベッタ[14]の中庸《ちゅうよう》を賞賛する一言を言ってしまったのである。年配の軍人の顔はさっと朱に染まった。彼はいたずらっ子のように、両手でテーブルをバンバン叩いた。

「どこが《コマン》です、あなた《ムッシュー》」彼は大声を上げた。「どこが《コマン》ですか？　ガンベッタが中庸？　そんな言葉を持ち出すからには根拠はあるんでしょうな」

　しかし司祭はここまでの話の流れを忘れてはいなかった。そして年配の軍人は怒りの絶頂にあってふいに、たしなめるようなまなざしが自分の顔に向けられているのに気づいた。たちまち彼は自分の言動の愚かさを痛感した。嵐はぴたりとやみ、それ以上何も言われなかった。

翌朝、コーヒーを飲んでいるときに（九月二十七日、金曜日）初めて、二人組は私が異端者であることを発見した。私がここの修道院の生活を賞賛するような発言をしていたのが、誤解を生んだのだろう。単刀直入な質問によって初めて、真実が露顕《ろけん》したのである。私は純真なアポリナリス神父にも抜け目のないマイケル神父にも寛大に扱われていた。親切なアイルランド人の助祭も、私の宗教上の弱点を聞くと、ただ肩を軽く叩いて「あなたはカトリックになって天国に参らねばなりませんよ」と言っただけだった。しかし今、私は正統派のうちの別の派閥の中に放り込まれていた。この二人は熱烈かつ高潔かつ狭量たること、まるで最悪のスコットランド人のよう、いやそれどころか、間違いなくもっと悪いようだ。司祭は軍馬のように鼻を鳴らした。

「あなたはかような信仰を抱いたまま死ぬつもりですか《エ・ヴ・プレタンデ・ムリール・ダン・セッテスペス・ド・クロワヤンス》」彼は問い詰めたが、この世の印刷業者が用いる活字に、その語調を表すのにふさわしい大きさのものなど存在しない。

私は恐れ入りつつ、宗旨替えするつもりはないと述べた。

しかし彼はそんなけしからぬ姿勢には我慢できなかった。「だめだ、だめだ」と彼は叫んだ。「あなたは改宗しなくちゃいけません。あなたはここに来た。神のお導きでここに来たんです。だからその機会をしっかり摑まなくては」

私は方針をうっかりしくじった。家族の情愛に訴えたのである。ところが、私の話し相手というのは司祭と軍人、つまり優しく家庭的な絆《きずな》のある生活とはかけ離れた境遇に置かれた二種類の人間なのだった。

「父上と母上が？」司祭は大声を上げた。「結構。帰国されたら、今度はあなたがお二人を改宗させるのです」

父の顔が見えるようだ！　わが家の神学者に歯向かう企てに乗り出すぐらいなら、恐ろしいガエトゥリア[*15]の獅子《しし》に巣穴の中で組みつくほうがまだましだ。

しかしもう狩りは始まってしまった。司祭と軍人が一斉に吠《ほ》えながら私の改宗を駆り出そうとしていた。シェラールの村人たちが一八七七年度に四十八フラン十サンチーム寄付した、あの〈信仰普及運動〉は、私を相手に勇ましく執拗に行われていた。奇妙だがきわめて効果的な、改宗の勧誘であった。二人は決して、私を議論で負かそうとはしなかった。議論していたのなら私もいくらか抗弁を試みただろう。彼らは、私が自分の立場を恥じ、恐れおののいていると決め込んでおり、彼らが力説していたのはただタイミングの点だけだったのだ。今なのだ、と二人は言う。神があなたを〈雪の聖母〉へ導かれた今こそが、約束の時なのだと。「誤った羞恥心によって抑制されてはなりません」と司祭は意見を述べ、私の決意を後押ししようとした。

あらゆる宗派にほぼ同じような感情を抱いており、あの信条、この信条が永遠の側においてはどれだけ価値があるか真剣に比較考量するなど、一瞬だってやれたためしのない――はかない人の世の側において賞賛したり非難したりすべき点ならたくさん見つけられるだろうが――私のような人間にとっては、この成り行きは理不尽で、しかも苦痛だった。私は二度目のへまをやらかした。結局は同じことであり、われわれはみな、同一の、親切で分け隔てしない友にして父である存在に、さまざまな側から近づいているのだ、と申し立てようとしたのだ。これは、聖職者ならぬ俗人の精神にとっては、その名にふさわしい唯一の福音であるように思える。しかし、人によって考え方は違うものだ。この大それた革命的な望みを聞くと、司祭は、神の掟《おきて》の恐怖のありったけを持ち出して襲いかかってきた。彼は地獄の恐ろしさをこまごまと説明し始めた。地獄に堕ちた者は――ほんの一週間前に読んだばかりの小さな本、話の説得力を増すためにポケットに入れて持ってこようと思っていたというその本をよりどころに彼は話した――恐ろしい責め苦を受けながら、永劫《えいごう》に同じ姿勢を保つことになる。斯く述べ立てる彼の顔つきは、情熱によって気高さをいや増した。

以上の結果として二人は次のように結論した。大修道院長は不在であるから、あなたは副院長を探し出してこの件をただちに相談したほうがよい、と。

「これは元軍人としての私の助言です《セ・モン・コンセイユ・コマンシャン・ミリテール》」司令官は述べた。「そしてこちらのお方のほうは《エ・セリュイ・ド・ムッシュー・》、司祭として《コム・プレートル》ね」

「そう《ウィ》」教区司祭はもったいをつけてうなずきながら言い添えた。「元軍人として《コマンシャン・ミリテール》、そして《エ・》司祭として《コム・プレートル》」

この瞬間、私がどう答えたものかとまごついたところに、修道士の一人が入って来た。褐色の肌の小男で、コオロギみたいに快活でイタリア訛りがある。彼はただちに論争に身を投じたが、二人よりも穏やかで説得力もある話しぶりで、いかにもこの気のいい修道士らしかった。この私をご覧なさい、と男は言った。会則は非常に厳しい。祖国イタリアにとどまっていたかったと心から思う。あの、どんなに美しいところか誰もが知っているイタリア、美しきイタリアに。ところがイタリアにはトラピスト会士が一人もおらず、私は救済すべき魂を持っている。ゆえにここに来たのだ。

どうも私は根っこのところで、ある快活なインド在住の批評家に名づけられたように、「のらくらな快楽主義者」[*16]であるに違いない。というのは、この修道士が説明した動機は私には結構な衝撃だったからだ。私は、彼がこの生活を将来のためではなく、生活自体が気に入って選んだものと思いたかったのだ。ここからわかるのは、私は善良なトラピスト会士たちに共感しようと最善を尽くしているときですら、共感とはひどくかけ離れたところにいたということだ。しかし、件《くだん》の教区司祭にとっては、修道士の主張は決定的だった。「ほら聞いたでしょう」と彼は叫んだ。「それに、私はここで侯爵を見たことがあります。侯爵、侯爵ですよ」彼はその神聖な単語を三回繰り返した。「ほかにも上流社会の方々を見ました。あと、将軍も。それに、あなたの隣にいるこのお方は、長年軍隊にいて、叙勲された古兵です。それなのに神に身を捧げる覚悟でここにおられるんですよ」

この頃までには私の気まずさは極致に達していたので、足が冷えたものでと言い訳をして部屋を逃げ出した。風吹きすさぶ朝だった。雲はかなり吹き払われ、太陽がときおり顔を出しては強く長く照りつけていた。正餐のころまで、荒涼とした田舎の風景の中を東に向かってぶらぶら歩いた。まともに吹きつける強風にひどくふらついたが、すばらしい眺望に報いられもした。

正餐時に〈信仰普及運動〉は再開され、今度はさらに不愉快なものになった。司祭は、私の父祖の唾棄すべき信仰に関する質問をたくさん私に浴びせ、答えを聞くたびになんとなく聖職者らしい忍び笑いをした。

「あなたの一派は」彼は一度などこう言った。「というのも、それを宗教と呼ぶのはあまりにおこがましいとあなたも認めるでしょうから」

「どうぞ、お好きなように」私は言った。「そうおっしゃるのはあなたの勝手です《ラ・パローレ・タ・ヴ》」

とうとう私は不快に耐えきれなくなった。司祭はこういう話ならお手のものだし、さらにおあつらえ向きに年配であるから、私に忍耐を要求する権利を有していた。それでも私は、斯くも不作法な扱いには抗議の声を上げないわけにはいかなかった。彼はひどく当惑してしまった。

「私はほんとうに」彼は言った。「心の中で笑ってやろうなんて思ってはいません。ただあなたの魂に関心があるだけで、なんの他意もないんです」

私の改宗はそれきりになった。正直な男もいたものだ。決して危険なペテン師などではない。熱意と信仰心に満ちた、田舎の教区司祭なのだ。彼が末永く、衣の裾をからげてジェヴォダン地方を闊歩《かっぽ》できますように。健脚で、死の床にある教区民を力強く慰める男。彼はおそらく、義務の命ずるところ、吹雪の中でも勇ましく突き進んでいくことだろう。最も信仰の篤《あつ》い信者が最も要領のいい使徒となるわけでは必ずしもないのである。

北部ジェヴォダン（続）

寝床は支度され、部屋は調えられていた。
時間に几帳面な夕暮れが、星に灯をともした。
空気はさわやかで、水は流れる。
女中も下男も必要なかった。
ぼくたち二人、驢馬とぼくが、
神の営む緑の隊商宿に泊まったときには。

——古い劇[1]

グレを越える

正餐の間に風は弱まったが、空は相変わらず雲一つなく晴れていた。だから、修道院の門の前でモデスティンに荷物を積んだときには、幸先はよくなっていた。わがアイルランド人の友は門までついてきてくれた。林を通ると、アポリナリス神父《ペール・アポリネール》が手押し車を押していたが、彼も仕事の手を止め、百ヤードほどだったろうか、私の手を両手で包んで前に差しのべるようにして一緒に歩いた。私はまず片手、それからもう片方の手と、心の底から名残を惜しみながらお別れしたが、その一方で、旅のある段階の埃を振るい落として次の段階へと急ぐ旅人の喜びも覚えていた。そしてモデスティンと私はアリエ川沿いを登っていった。川はここで私たちをジェヴォダンに連れ戻し、メルコワールの森の中にある水源に向かって導いていく。私たちがその道案内から離れるころにはもう、川はほんの小さな流れになっていた。それから丘を一つ越え、むきだしの台地を通る道を進み、やがて、日が落ちるころに私たちはシャスラデスに到着した。

その夜、宿屋の台所で一緒になったのは全員、鉄道敷設のための測量に雇われた男たちだった。知的で話も面白く、私たちはホットワインを飲みながらフランスの将来を好き勝手に論じていたが、やがて時計を見て驚き、床《とこ》に就いた。二階の小さな部屋に寝台が四つあり、そこに六人で寝た。しかし私は一つの寝台を独占したうえ、窓を開け放しにしておくよう彼らを説き伏せた。

「おい《エー》、旦那《ブルジョワ》さん、五時だよ《イレ・サンクール》」という大声で、翌朝（九月二十八日、土曜日）私は目覚めた。部屋全体を浸す薄闇ごしに、ほかの三つの寝台と、枕に載った五つのとりどりのナイトキャップが見える。しかし窓の外では、丘の頂が連なる上に朝焼けが帯状に広がって赤みを増し、明るい光が台地にあふれようとしていた。気力みなぎる時間だ。しかも穏やかな天気が見込めそうだった。事実、見事にそうなったのである。まもなく私はモデスティンと旅路についた。道はしばらく台地を通ったのち、険しい斜面に立つ村を下りながら抜け、シャスザク川の渓谷に入った。この川は緑の草地の間を流れ、切り立つ川岸のために外界からすっかり隠されている。エニシダは花盛りだ。あちらこちらの集落から煙が立ち昇っていた。

道はとうとう、ある橋の上でシャスザク川をまたぐと、深い谷間を見捨ててグレの山を越えにかかった。道は曲がりくねりながら、斜面の畑や樺や橅の森のそばを通り、レスタンプを抜けた。角を曲がるたびに、何かしら新奇なものに出会った。シャスザクの峡谷でも、大きな低音の鐘がはるか彼方《かなた》で鳴っているかのような音が聞こえていたのだが、山道を登り、近づくにつれ、その音色は変化していくようだった。そこでようやく音の正体がわかった。誰かが角笛を吹き鳴らしながら羊を野に連れていくところなのだ。レスタンプの細い通りの幅いっぱいに、羊があふれていた。黒いのも白いのもいる。めえめえ鳴く声は春の鳥のようで、各自が首につけた鈴で伴奏している。全員が最高音部で歌う、もの悲しいコンサート[*2]であった。もう少し登ると、刈込鋏《かりこみばさみ》を手に木に登る二人の男のそばを通った。その一人がブーレーの調べを口ずさんでいた。さらに先、樺の木々の間を縫うように進むころになってやっと、雄鶏《おんどり》がときをつくる声が下界から楽しげに届いた。それとともに、ゆっくりとした悲しげな曲を奏でるフルートの音が、高地の村から聞こえてきた。頭に霜を交え、林檎《りんご》のような頬をした田舎教師が、自宅の小さな庭で秋晴れの陽光を浴びてフルートを奏でる姿が目に浮かんだ。これらの心惹《ひ》かれる美しい音がすべて合わさって、私の胸をめったにないような期待にふくらませた。今登っている山並みを越せば、世界の庭園ともいうべき美しい場所に降り立つことになる、そんなふうに思えた。期待は裏切られなかった。私はもう、雨や風や荒涼たる地方とはすっぱりと縁が切れていたのである。旅の前半はここで終わりを告げた。まるで、心地よい音の手引きでより美しい旅の後半部に入ったかのようだった。

一口に命運が尽きるといっても、刑罰がそうであるように、死のほかにいろいろな段階があるものだ。私はここで意気軒昂《けんこう》としてとある冒険へと突き進んでしまったのだが、将来の驢馬追いたちのために、その話をしておこう。丘の斜面では道路が極端なジグザグを描いていたので、私は地図と磁石を使って近道を選び、背の低い森を通った。一段高いところで再び道路に出るつもりだったのだ。それがモデスティンとの深刻な衝突を生んだ。彼女は私の近道を受け入れようとしない。向きを変えて私と顔を合わせ、後ずさり、後ろ脚で立ち上がった。これまでずっと、鳴かない驢馬なのだとばかり思ってきたのに、実際にいないてみれば嗄《しわが》れたやかましいファンファーレで、まるでと
きをつくって暁を知らせる雄鶏である。私は片手で盛んに突き棒を使った。あまりにきつい上り坂なので、もう片方の手で荷鞍を押さえていなくてはならなかった。六度ばかり、彼女は私の上に後ろ向きに倒れ掛かりそうになった。六度ばかり、私は精根尽き果てて諦めかけ、彼女を連れて下の道路に戻ろうかと思った。それでもこれを賭けだと考えて戦い抜いた。驚いたことに、再び道路に出て歩くうちに、冷たい雨のしずくと思われるものが手にぽたぽたと落ちてくる。一再ならず、不思議に思って雲一つない空を見上げた。だがそれは、自分の額から滴《したた》り落ちる汗にすぎなかったのである。

グレの頂上には道らしい道はなかった。ただ、直立する石が間隔を置いて立ち、家畜を追う者たちの道標になっている。足下の芝は弾力があり、いい香りがした。旅の連れは一、二羽の雲雀《ひばり》だけ。レスタンプからブレマールまでの間に行き会ったのは、牛に引かせた荷車一

台だけだった。目の前には浅い谷間、その向こうにはロゼールの山並みが見えた。山腹には樹木がまばらに生え陰影たっぷりだが、輪郭は直線的で退屈だ。耕された形跡はほとんどない。ただ、ブレマール付近では、ヴィルフォールからマンドに至る白い街道が、つぎつぎ現れる草地の中を通っている。草地には尖塔のようなポプラが生え、群れなす羊や牛の鈴の音が鳴り渡っていた。

松林の一夜

ブレマールで昼食をとったあと、すでに遅い時間だったがロゼール山を少しでも登っておこうと出発した。石だらけの、はっきりそれとわからない家畜の通い道をたどって進む。牛の引く荷車が数台、林から下って来るのに行き会った。どの車も、冬の間のたきつけ用に松の木をまるまる一本積んでいた。林の一番上まで来ると、とはいえこの寒冷な山の背では林もそう高いところまでは広がっていないのだが、私は松の木立を通る小道を左に折れ、やがて緑の芝の広がる谷間に出た。細い小川が石の上を勢いよく流れ、給水栓の役割を果たしてくれる。「斯くも神聖で何ものも近づかない四阿《あずまや》には……ニンフもファウヌスも訪れたことはなかった」*3。木々は若いが密生し、ぽっかりと空いた土地を囲んでいる。眺望がきかず、はるか北東の彼方に連なる丘の頂上と頭上の空しか見えないから、野営といっても部屋にいるようで、一人きりになれた安心感がある。いろいろな支度を調え、モデスティンに餌をやり終えるころには、日はもう暮れかけていた。私は寝袋に入って膝まで留め金を掛け、たらふく食べた。日が沈むとすぐに、帽子で目まで覆って眠りについた。

夜というのは、屋根の下では死んだように単調な時間だが、屋外では星や露や香りを伴って軽やかに過ぎて行く。時間は〈自然〉の顔の表情の変化によってはっきりと知れる。壁とカーテンの間で息を詰まらせている人々にとってはかりそめの死とも思えるものが、野外で眠る人間にとっては、軽やかで生き生きとした眠りにすぎない。その耳には一晩中、〈自然〉が深々と自由に呼吸する音が聞こえる。〈自然〉はしばしの休息をとるときにすら、振り向いてほほえむ。また、家の中に暮らす人々には知られていない、とある活発な時間が存在する。このとき、ある目覚めた力が眠れる半球の上にあまねく広がり、戸外の世界が総立ちになる。すると雄鶏が最初のときをつくるが、夜明けを知らせているわけではない。陽気な夜警が夜の進行を急《せ》かすようなものだ。牛たちが草地で目を覚ます。羊たちが露の下りた丘の斜面で夜の断食を破り、羊歯《しだ》の茂みの新しいねぐらに移る。そして鳥たちとともに寝ていた宿なしの人々は、かすむ目を開いて夜の美しさを見つめる。

これらの眠れるものたちがおしなべてこの同じ時間によみがえるのは、耳には聞こえないどんな呼び声に応じてなのか、〈自然〉のたおやかな手にどのように触れられてなのか。星々がなんらかの力を雨と降らすのか、あるいは母なる大地の身震いをわれわれが眠れる身体の下に感じとるのか。羊飼いや田舎の老人たちは、そういった自然界の秘密に最もよく通じているが、その彼らにも、夜毎《よごと》のよみがえりがどうやって、なんのために起こるのかは見当がつかない。朝の二時近くによみがえりは起こる、と彼らは断言するが、それ以上深くは知らないし、知ろうともしない。少なくとも、心楽しいできごとではある。[*4]われわれは眠りを妨げられる。だがそれは、かの贅沢《ぜいたく》好きなモンテーニュではないが、眠りをより豊かに、意識的に味わうためにほかならない。われわれは、束《つか》の間《ま》星を見上げてみる。そのとき、あたりの屋外にいるあらゆる生き物と目覚めの衝動を共有しているという思い、そして、文明というバスティーユ監獄を抜け出して、しばし、土地に根ざしたただの動物、〈自然〉の飼う羊の群れの一匹となったという思いに、特別な喜びを覚える者もある。

　そんな時間が松林の私に訪れたとき、喉の渇きを覚えて目を覚ました。水を半分入れた缶がそばにあった。それを一気に飲み干した。冷たい水を体内に注ぎ、完全に目を覚ますと、起き上がってタバコを巻いた。星はさやかに輝き、色づいていて、宝石のように見えるが寒々しくはなかった。かすかな銀色の霧は、銀河を表していた。黒々とした樅の木の梢《こずえ》が私を取り巻いてまっすぐに伸び、微動だにしない。荷鞍が白いので、モデスティンが縄をいっぱいに引っ張り円を描いて歩いているのが見えた。芝を食い進める音が聞こえた。あとは、小石の上を流れる細い小川のひそひそ話がなんとなく聞こえるほかは物音一つしなかった。私はただ寝転がってタバコを吹かし、われわれが虚空《こくう》と呼ぶ何もない空の色をつぶさに観察した。下のほうは赤みがかった灰色が松林の背景をなし、上のほうは光沢のある藍色《あいいろ》が星々の間を埋めていた。ただでさえ行商人らしく見えるのに、さらに念を入れるかのように私は銀の指輪をはめている。この指輪が、タバコの上げ下げに応じてかすかに輝くのが見えた。そしてふっと吹かすたびに、手の内側が火に照らされ、それが一秒だけ、あたりの景色の中で何よりも明るい光となった。

空気の流れというよりは冷たさの移動にすぎないようなあるかなきかの風が、ときおり空き地に下りてきた。おかげで私の大きな寝室の中でも空気は一晩中入れ替わっていた。シャスラデスの宿屋と、寄せ集まったナイトキャップのことを思い出してぞっとした。夜の街に勇んで繰り出す事務員や学生たち、人いきれのする劇場、帰還して取り出す下宿の表戸の鍵、そして狭苦しい部屋を思い出してぞっとした。こんなにも落ち着いた気持ちはなかなか味わえない。こんなにも物質に頼らない、自立した感覚を得られることもなかなかない。われわれは外界を恐れて家に閉じこもるのだが、外界というのは結局のところ穏やかで暮らしやすい場所なのだ。毎晩毎晩、人の寝床は野の中に支度され、人を待ち受けているように思われる。神は訪れる者すべてを受け入れる宿屋を野の中に営んでいるのだ。野蛮人の目には見えているのに政治経済学者には隠されているある真実を再発見したように思った。少なくとも、私は自分にとっての新たな喜びを発見したのである。だがこの孤独に心躍らせている最中にも奇妙な欠落感があった。添《そ》い臥《ふ》してくれる伴侶がほしかった。星の光に照らされ、無言で身動《みじろ》ぎ一つしなくとも、いつでも触れられるところにいてくれたなら。なぜなら、孤独よりもさらに静かな親交というものが存在するからだ。それは、正しく解釈されるとすれば、孤独の完成形としての親交だ。そして愛する女性と戸外に暮らすのは、あらゆる生活のうちで最も完全かつ自由なものである。

このように満足と憧憬《しょうけい》の間《あわい》に横たわっているとき、かすかな物音が松の木立を抜けて忍び寄って来た。最初は、はるか遠くの農場で雄鶏がときをつくっているのか、それとも犬が吠えているのかと思った。しかしそれは少しずつ着実に、耳の中ではっきりとした形を取り始めた。しまいに、誰かが谷間の街道を大声で歌いながら通っているのだと気づいた。上手《じょうず》というよりは気持ちよさそうな歌い方だが、ともかく肺を広げて朗々と上げるその声は、丘の斜面を捉え、葉の茂る峡谷の空気を揺るがした。私は夜、眠れる都市を人々が行き交う音に耳を傾けていたことがある。歌う者もあり、一人などバグパイプを大音量で吹いていたのを思い出す。何時間も静まりかえっていたあとでふいに荷車か馬車のがたがた走る音が湧き起こり、寝床の中の私に聞こえるところを通り過ぎることもあった。真夜中に戸外に出ている者には例外なく、夢や冒険心をかきたてる魅力があり、われわれはちょっとした興奮を覚えながら彼らの用向きを当てようとするものだ。しかし今、ここには二重のロマンがあった。この朗らかな通行人は、ワインで芯から温まり、夜の闇に歌声を響かせていたし、私は私で寝袋にしっかりくるまり、星空に向かって四、五千フィートの松林でひとりタバコを吹かしていたのである。

再び目覚めたときには(九月二十九日、日曜日)、星の多くは消えてしまい、よりしぶとい夜の伴侶たちだけが頭上でまだ輝きを放っていた。東の空の彼方では、地平線上にかすかな光がぼうっと見えた。先ほど目を覚ましたときに出ていた銀河のような光だった。もうすぐ夜が明ける。私はランタンに火を灯し、そのツチボタルのような明かりのもと、深靴を履き、ゲートルをつけた。それからモデスティンのためにパンをちぎってやり、例の給水栓のところに缶を持っていって水で満たし、アルコールランプをつけて自分用にチョコレートを沸かした。群青《ぐんじょう》の闇は、私が旨《うま》き眠りをむさぼっていた空き地に長くとどまっていたが、まもなく、ヴィヴァレ山地の稜線《りょうせん》沿いに幅広の橙色の光が現れ、金色に溶け込んでいった。この徐々に訪れるすばらしい夜明けを目の当たりにして、荘厳な喜びが胸を捉えた。私は心楽しく小川のせせらぎに耳を傾けた。美しく、目新しいものでも見つからないかとあたりを見回した。しかし静止した黒い松の木々、その間にぽっかりとある空き地、草を食む驢馬、それらは変わらぬ姿を保っていた。光以外のものは何一つ変化していなかった。光はあらゆるものに降り注ぎ、生気で満たし、静謐さを息づかせ、私の気分を不思議に浮き立たせた。

私はチョコレートを飲んだ。濃くはないが熱いことは熱かった。それから空き地をあちこち行ったり来たりした。そうやってぐずぐずしているうちに、強い風が押し寄せた。重い溜息のように長々と、ちょうど朝日の方角から吐き出されてくる。風が冷たくてくしゃみが出た。手近の木々は、風が通ると黒い羽毛を振り立てた。遠くの松のとがった梢が、丘の岩縁に沿って並び、黄金色の東の空を背にかすかに揺れているのがぼんやり見えた。十分後、陽光が斜面を駆け下りるように広がり、影ときらめく光をまき散らしていった。すっかり夜が明けていた。

私は急いで荷造りをし、目の前に立ちはだかる急坂と格闘を始めたが、気にかかっていることがあった。気まぐれな思いつきにすぎない。とはいえ思いつきというものはときにしつこく付きまとう。この緑の隊商宿は私をたいそう手厚くもてなし、時間どおりにこちらの望むことをしてくれた。部屋は風通しがよく、水は申し分なく、暁は一秒たがえず私のもとを訪れた。壁のタペストリー、よその宿では見られない天井、さらに窓からの眺めについては言うに及ばない。こんな至れり尽くせりのもてなしを受けて借りができたような気がした。だからふざけ半分に、前夜の宿代に見合った金を道すがら芝の上に撒《ま》いて悦に入った。あの金が、裕福で粗野な家畜追いの手に落ちなかったことを願っている。

カミザールの国

「私たちは昔の戦争の跡を旅した。
しかしあたりは一面緑だった。
かつては戦火の上がった場所に、
私たちは愛を、平和を、見出した。
干戈《かんか》の子孫たちは、通りかかり、ほほえむ。
彼らはもはや干戈を振るいはしない。
そしてああ、かつての戦場には
なんと深く、麦が生い茂っていることだろう!」

——W[*1]・P・バナタイン

ロゼール山を越えて

昨晩歩いた道はまもなく途絶えてしまい、私は芝のはげた上り坂を、グレ山を越えたときの道標と同じような石柱の列を頼りに進み続けた。すでに暖かくなってきていた。私は荷物にピーコートを結わえつけ、ニットのチョッキだけになって歩いた。モデスティンのほうも意気軒昂で、今までになかったことだが自分からだく足になったので、コートのポケットに入れたカラスムギががさがさと上下に揺すぶられた。北ジェヴォダンを振り返る眺めは一歩登るごとに開けた。北、東、西に広がる荒涼たる山の野原には、木一本、家一軒見当たらない。朝の靄と光の中で野原は青と黄金色に染め上げられていた。無数の小鳥が、私の歩くそばを風のように飛び回り、さえずり続けている。石の柱に止まる。芝生を突《つつ》きながら闊歩する。青空に一斉に舞い上がって円を描き、ときおり、太陽と私の間で半ば透けて見える翼をはばたかせる。

行進の始まった直後から、大きな音が、まるで遠くの波音のようにかすかに耳について離れなかった。近くの滝の音のように思えることもあれば、山があまりに森閑《しんかん》としているがゆえの空耳に思えてくることもあった。しかしさらに進むにつれて音はますます大きくなり、巨大な湯沸かしのシューシューいう音のようになった。同時に、頂上の方角から冷たい微風が届き始めた。やっとわかった。ロゼール山の向こう側の斜面に南からの風が激しく吹きつけており、私は一歩一歩その風に近づいていたのだ。

長らく待ち望んでいたわりに最後はかなり唐突に、頂上の向こうが見えた。それまでのたくさんの足の運びと同様、特に決定的とも思えなかった一歩によって、そして[*2]「まるでたくましいコルテスが、鷲《わし》の目で太平洋を見つめたときのように」、私は世界の新たな一区画をわが物にした。というのも、見よ、延々登ってきた粗末な芝土の塁壁のかわりに、霞がかった天空の眺めが広がり、足下には複雑に重なり合った青い丘陵が横たわっているではないか。ロゼール山はほぼ東西方向に走り、ジェヴォダン地方を大小二つの部分に分ける。最高地点、つまり私の立っていたピク・ド・フィニエルは海抜五千六百フィートで、晴れていれば低ラングドックの全容から地中海までが一望できる。嘘か本当か、モンペリエやセットの近くを航行する白い帆船をピク・ド・フィニエルから見たという人々と話したことがある。私の背後は、これまで旅してきた北部の高地地方であるが、住民は鈍重で、森もなく、丘の形もぱっとしない。過去にも狼ぐらいでしか名を馳《は》せたことのない地方だ。しかし眼前には、光輝く靄に半ば包まれて、新たなジェヴォダンが広がっていた。豊かで、荒々しい趣《ピクチャレスク》があり、血沸き肉躍る事件で有名な土地だ。大きく言えば、私はモナスティエでも、その後の旅においても、ずっとセヴェンヌ地方にいたことにはなるが、セヴェンヌにはある厳密で地域特有の意味が存在し、その意味においては、私の足下に広がる草木のぼうぼうとした混沌《こんとん》たる地方だけがセヴェンヌと名乗る資格がある。そしてこの意味で、この農民たちはセヴェンヌと言っているのである。それは、強調されたセヴェンヌ、セヴェンヌ中のセヴェンヌだ。その決して読み解くことのできない山中の迷路の中で、山賊の戦い、野獣の戦いが二年にわたり激しく続いた。戦いの一方にいるのが、全軍隊と司令官を率いる大王ルイ十四世、対するは数千のプロテスタントの山の民。百八十年前、カミザールは、私が今立っているロゼール山にまで拠点を持っていた。彼らは組織され、兵器庫を有し、軍事的宗教的なヒエラルキーを備えていた。彼らの事件はロンドン中の「あらゆるコーヒーハウスの話題」となった。イングランドは彼らを支援するために艦隊を派遣し、彼らの指導者たちは預言と人殺しを行った。カミザールたちは軍旗を掲げ太鼓を鳴らし、古いフランス語の詩篇歌を歌いながら、ときには白昼堂々と進軍して都市を囲む城壁に迫り、国王軍の将軍たちを追い散らした。ときには夜、変装して堅固な城を占拠し、味方の裏切りに、そして敵の残虐行為に報復した。[*3]百八十年前、ここにかの騎士ロラン、すなわち「フランスの新教徒の最高司令官、領主のロラン伯爵」がいた。彼は謹厳《きんげん》、寡黙、尊大にして、あばた面《づら》の竜騎兵上がり。一人の婦人が彼を愛し、その放浪に付き添った。カヴァリエ[*4]もいた。パン屋の見習い職人でありながら戦争の天才で、十七歳でカミザールの中尉に選ばれて、五十五歳でジャージー島の英国総督として死んだ。また、カスタネ[*5]もいた。パルチザンの指導者で、ひどくかさばったかつらをつけ、論争的な神学を好んだ。いずれもなんとおかしな司令官たちだったろう。人々から一人離れて〈万軍の主〉と相談し、戦いを避けるも挑むも、歩哨《ほしょう》を立てるも無防備な野営地で眠るも、聖霊が心に囁《ささや》きかける声に従っていたのだ。そして最後に、こういった指導者たちに率いられた、平《ひら》の預言者と弟子たちがいた。大胆で、忍耐力があり、疲れを知らず、山々を駆け巡ることのできる頑丈な体を持ち、詩篇歌によって辛い生活を明るく元気づけ、戦いに熱心で、祈りに熱心で、頭のおかしくなった子どもたちの託宣に敬虔《けいけん》に耳を傾け、マスケット銃に込める白鑞《しろめ》の弾の間に、まじないのように麦を一粒詰めた。

私はここまで、冴えない土地を旅してきた。そして、子どもを食らう〈ジェヴォダンの獣〉すなわち狼界のナポレオンよりもめぼしいものは追い求めてはこなかった。しかし今、私は世界の歴史におけるロマンに満ちたある一章の場面へと下って行こうとしている。いや、ロマンに満ちた脚注といったほうがよいかもしれない。こういった過去の塵《ちり》とヒロイズムのうちのいったい何が残されているだろうか。私は、プロテスタントの精神はいまだにこのプロテスタントの反乱の本拠地に生き延びていると聞いていた。カトリックの司祭でさえ修道院の面会室でそう語った。しかし私にはまだ、かろうじて生き延びているだけなのか、それとも生き生きと十分に根づいた伝統となっているのかがわからない。もう一つ、北部セヴェンヌにしてからが住人たちの宗教的見解は狭量で、隣人愛よりも宗教的情熱に溢《あふ》れていたとなれば、この迫害と報復の地にあっては、いったいどんな人々が待ち受けているのだろう――教会の専制がカミザールの反乱を生みだし、カミザールの脅威がカトリックの農民たちを敵側の、合法的な暴動に身を投じさせ、その結果カミザールとサン＝フロランの村民が山の中に隠れ、互いの命を狙うという事態に立ち至った、この土地には。

山のまさに頂上、私が立ち止まって目の前の景色を見渡していた場所で、石柱の列はぷっつりと途絶えていた。そしてほんの少し下に小道らしきものが現れ、転げ落ちそうな急斜面をコルク抜きのように螺旋《らせん》を描いて下り始めた。しまいには両側から落ち込む山に挟まれた谷に行き着いた。斜面には、収穫を終えた麦畑を思わせる、刈り株状の岩が生え、はるか下の谷底は緑の草地になっていた。私は転げるように小道を急いだ。急な斜面、しきりにくねりつつ下る山道、そして昔から変わらず抱き続けてきた、新しい土地での新しい発見への期待。それらがみな合わさって私に翼を与えた。さらに少し下ると、小さな流れがたくさんの泉の水を集めつつ大きくなり、やがて山間に楽しげな音を立て始めた。ときには川は小さな滝となって小道を横切り、水たまりを作り、そこにモデスティンは足をつけて冷やした。

下りの全行程は、まるで夢のようにあっという間に終わってしまった。山頂を離れたかと思う間にもう、谷が私の行く手を取り囲んでいた。低地の淀《よど》んだ空気の中を歩く私に太陽が照りつけた。小道は大きな道となり、ゆるやかな起伏を描いた。いくつもの小屋のそばを通り過ぎたが、どれも無人らしかった。人っ子ひとり見当たらず、小川のせせらぎのほかは何も聞こえなかった。しかし私は昨日までとは別の地方に入っていたのだ。ここでは、石でできた世界の骨組みが、太陽と大気に大いに晒《さら》されていた。坂道は急で変化に富んでいた。樫の木々が丘陵にしっかりしがみついて大きく育ち、葉を豊かに茂らせ、秋の訪れによって色濃く輝いていた。そこかしこで、右から左から別の流れが注ぎ込み、雪のように白い丸石がごろごろ転がった渓谷を流れていく。谷底の川（小川は速足で進みながら四方八方から水を集め、急速にふくれあがって川となっていたのである）は、こちらでしばらく死にもの狂いの急流となって泡立つかと思えば、あちらでは気の遠くなるほど美しい、海のように青みがかった緑色に薄ぼけた茶色っぽい縞《しま》の入った淵となっている。私が今まで旅した限りでは、あれほど変化に富んだ微妙な色合いを持つ川は見たことがない。水晶もあれほど透明ではなく、牧草地もあの半分も緑ではない。私は淵に行き会うたびに、暑くて埃っぽい衣服という物質から脱け出し、むきだしの体に山の空気と水を浴びたくてうずうずした。歩を進めながら、私は今日が安息日であることを片時も忘れていなかった。あたりの静寂が絶えずそれを思い出させたのだ。そして私の心には、ヨーロッパ中に鳴り渡る教会の鐘の音が、何千もの教会で歌われる詩篇歌が、聞こえていた。

ついに、人の声が耳に届いた。悲哀とも嘲笑《ちょうしょう》ともつかない奇妙な調子の叫び声である。谷を見渡してみると、小さな男の子が草地に腰を下ろして膝を抱いていた。遠いので滑稽《こっけい》なまでに小さく見える。だがこの悪餓鬼は、樫の林から林へとモデスティンを追いながら道を下ってくる私をとうに見つけていたのだ。そして、震える高い声でこんなご挨拶をして、私を新しい土地に歓迎してくれたと見える。どんな音でも、適当な距離を置けば美しく自然な音に聞こえるものだが、この声もそうだった。澄みきった山の空気を伝わり、緑の谷をはるばる越えて来たので耳に心地よく、樫の林や川と同じように、野趣に富んだ風物の一つに思えた。

それからまもなく、私がたどってきた川の流れは、血塗られた記憶を持つポン・ド・モンヴェールでタルン川に注ぎ込んだ。

ポン・ド・モンヴェール

ポン・ド・モンヴェールで最初に出くわしたものは、私の記憶が確かならばプロテスタントの教会堂だった。だがこれは後に出くわすさまざまな目新しいものの見本の一つに過ぎなかった。そこはかとなく漂う雰囲気によって、イングランドの町は、フランスの町と、それどころかスコットランドの町とさえはっきり区別される。例えばカーライルに来ればそこがイングランドであるとわかるだろうし、同様に、ダムフリースに来れば、カーライルからは三十マイルしか離れていないがそこはスコットランドだとやはり間違いなくわかるだろう。具体的にポン・ド・モンヴェールのどこがモナスティエやランゴーニュと、あるいはブレマールとすら違うのか、説明するとなると難しいのだが、違いは現にあり、私の目に雄弁に語りかけてきた。ここは、家々も通りもぎらぎらと光る川床も、名状し難い南の雰囲気をまとっていたのである。

山の中が安息日の静寂に満ちていたのと同じく、通りとパブは日曜のざわめきに満ちていた。午前の十一時にはもう、私を含め二十人近い人間がパブで昼食の席に着いていたに違いない。そして私が飲んで食べて、その場で日記を書き上げてしまったあとも、さらに同じくらいの人数の客が一人ずつ、あるいは三々五々、立ち寄ったはずだ。ロゼール山を越えることによって、私は新たな風土に足を踏み入れたばかりでなく、違う人種の領土に入ったのだ。ここの人々はナイフを複雑かつ巧みに捌いて食事をさっさと腹に収めながら、私に質問をしたり私の質問に答えたりした。その知性は、今まで出会ったどの人々よりも――ただしシャスラデスの鉄道関係者は別として――すぐれていた。彼らは包み隠しのない顔をしており、話し方も物腰も快活だった。私の小旅行の精神を完璧に理解したばかりか、一人ならず、十分な金さえあればそんな旅をしてみたいものだと言った。

肉体の面にまで、喜ばしい変化が認められた。私はモナスティエを出発して以来、きれいな女性を一人も見ていなかった。もっとも、モナスティエでも一人しかいなかった。ところが今、私と一緒に昼食の席に着いた三人の女性のうち、一人はたしかに美人には程遠い。臆病そうな四十がらみの女で、気の毒に、食卓の喧騒に大いにまごついていたので、私が相手をしてワインを注いでやり、乾杯をしてなんとなく励ましてやろうともしたが、これがかなりの逆効果であった。しかし残る二人は既婚女性で、ともに十人並み以上の器量だった。あとはクラリスか。クラリスについては何を言ったらよいだろう。彼女はテーブルで給仕していたが、その何事にも心を動かされない鈍重さと穏やかさは、まるで芸当のできる牝牛さながらだ。大きな灰色の目はなまめかしいけだるさを湛《たた》えている。顔の造作は、肉づきはよいものの個性的かつ一分の狂いもない。口元は心持ち歪《ゆが》められ、小鼻は潔癖な自尊心を物語っている。頬はちょっと見かけないような面白い輪郭を描いている。激しい感情を容《い》れうる顔であり、鍛練すれば細やかな情緒を表すこともできそうだ。こんなにすばらしく理想的な顔が、田舎の崇拝者たちや田舎じみた考え方に委ねられているのを目にするのは痛ましい気がした。美人なら広い社会に少しでも触れるべきだったのに。そうすればたちまち自分を押さえつけていた力をはねのけて、自らを意識するようになり、品が備わり、歩き方や頭の動かし方を覚え、つまり、たちまち女神の出現と相成る。私は店を出しなにクラリスに心からの賛辞を呈した。彼女はそれを牛乳ででもあるかのように受けとって、決まり悪がりも不思議がりもせず、ただ大きな目で私をじっと見つめただけだった。白状すれば、その結果、こちらがいささか面食らった。もしもクラリスに英語が読めるなら、私はとても、彼女の体形が顔には不釣り合いだったなどと書き加えたりする危険は冒さないだろう。コルセットが必要な状態にあったのだが、それもひょっとすれば年を重ねるにつれ改まるかもしれない。

　ポン・ド・モンヴェール、われわれの国の言葉では緑の丘の橋《グリーンヒル・ブリッジ》とでも言おうか、ここはカミザールの歴史においては銘記すべき場所である。この地で戦争は勃発し、いわば南の契約派《カヴェナンター》[*6]たるカミザールが、シャープ[*7]大主教に当たる人物を殺害したのである。片や迫害、片や宗教的熱狂。いずれも平穏な現代にあっては、また、現代人の信心不信心の安易さをもってしては、同じくらい理解しがたい。プロテスタントたちは熱情と悲しみのせいで一人残らず正気を失っていた。男も女も皆、預言者になっていた。乳飲み子たちは親たちに善をなすよう説いた。「キサックでは十五か月になる乳児が母親の腕の中で興奮状態になり、すすり泣きながらはっきりと、大声でしゃべり出した」という。ヴィラール[*8]元帥が目撃したところでは、ある町の女性が一人残らず「悪魔に取り憑かれたようになり」、体を痙攣《けいれん》させ、街頭で神のお告げを叫んだ。ヴィヴァレのある女預言者はモンペリエで絞首刑になった。なぜなら彼女の目と鼻から血が流れ、プロテスタントの災難に血の涙を流したのだと本人が断言したからだ。そういった例は女子《おんな》どもにとどまらなかった。信仰に凝り固まった物騒な男たちもまた、以前は鎌や斧《おの》を振るっていたのだが、今では女性たちと同じく不思議な痙攣に身を震わせ、すすり泣き、涙を流しながら託宣をした。前代未聞のすさまじい迫害が二十年近く続いていたから、迫害された人々にこんなことが起きたのだ。絞首刑、火刑、車刑も効き目がなかった。竜騎兵たちはこの地方にくまなく蹄の跡を残していた。ガレー船を漕がされる男たちがいた。教会の監獄でやせ衰えていく女たちがいた。だが、高潔なプロテスタントたる者たちの胸にある考えは少しも揺らがなかった。

さて、[*9]ラモワニヨン・ド・バヴィルに次ぐ迫害の旗振り役は[*10]フランソワ・ド・ラングラド・デュ・シェーラ。セヴェンヌの大司祭にして同地方の布教監督官であり、ポン・ド・モンヴェールの町なかに家を所有し、ときどきそこで暮らしていた。彼は良心的な人物だった。海賊になるべくして生まれたようなものである。しかも当時五十五歳、自分に守れる節度というものを、すでに体得している年齢である。若い時分には宣教師として中国に渡り、殉《じゅん》難《なん》の士となり、死んだものと思われて置き去りにされたが、一人の浮浪者の情けでかろうじて救われ息を吹き返した。われわれとしては、この浮浪者には先見の明がなかっただけで、悪意をもって命を救ったわけではないと考えるべきである。そんな経験をすれば異端者迫害への情熱などなくなりそうなものだが、人間の精神というものはおかしな具合に組み立てられている。デュ・シェーラは、キリスト教徒として殉教を経験したがためにキリスト教徒の迫害者になったのである。〈信仰普及運動〉は彼の手で容赦なく推し進められた。彼はポン・ド・モンヴェールの家を監獄として用いた。彼はそこで、囚人たちに赤々と燃える炭を握らせ、囚人たちの髭《ひげ》を引っこ抜き、彼らの考えの誤りを思い知らせようとした。しかしこのような、肉体を使った議論に効果のないことは、彼自らが中国の仏教徒たちの間で試して証明済みではなかったか。

ラングドックの人々の暮らしは耐え難いものになったが、そのうえ逃亡も厳しく禁じられていた。マシップという名の騾馬追いは山道を知悉《ちしつ》しており、すでにいくつもの逃亡者集団を無事にジェノヴァまで導いていた。デュ・シェーラはマシップを、彼が例によって送り届けようとしていた集団もろとも捕えた。大部分が男装した女性であった。だが、こうして逮捕したことがシェーラ自身の不運となった。次の日曜日、ブジェ山のアルトファージュの森でプロテスタントの秘密集会が開かれた。そこでセギエ、仲間うちでは〈聖霊セギエ〉と呼ばれる男が立ち上がった。背が高く、顔は黒く、歯のない梳毛《そもう》職人だが、預言をよくした。この男が、服従の時は終わった、われわれは同胞を解放し、司祭たちを絶滅させるために武器を取らねばならぬ、と神の名において宣言した。

翌一七〇二年七月二十四日の夜、ポン・ド・モンヴェールの監獄にいた布教監督官は不穏な騒ぎに気づいた。大勢の人間が声を張り上げて詩篇歌を歌っている。歌声は町の中を次第に近づいて来た。夜の十時だった。彼とともにいた部下たちは、司祭、兵士、召使いなど、総勢十二名から十五名。よりによって自分の家の窓の下で非合法の集会を開くという暴挙に恐れをなして、彼は兵士たちに様子を見てくるよう命じた。しかしその時すでに、詩篇歌を歌う者たちは戸口にいたのだ。総勢五十人、聖霊の啓示を受けたセギエに率いられ、殺気立っていた。彼らの呼び出しに対して大司教はさすがに肝のすわった老練の迫害者らしい返事をし、守備隊に向かっては暴徒を撃てと命じた。一人のカミザール（この夜襲《カミサード》によって、彼らはカミザールの名を得たという説もある）がこの発砲で倒れた。仲間たちは手斧と角材で扉を突き破り、階下を荒らし回り、囚人たちを解放した。囚人の一人は〈葡萄《ぶどう》の木〉に締め付けられていた。その地方で当時用いられていた、イギリスの〈スカヴェンジャーの娘〉のような拷問具である。それを見つけたことでデュ・シェーラへの怒りは倍増し、彼らは階上を制圧すべく繰り返し攻めた。しかし大司祭にあらかじめ赦免《しゃめん》を与えられた部下たちのほうも勇敢で、よく階段を守った。

「神の子らよ」預言者は叫んだ。「いったん退却だ。家を焼き払おうではないか。司祭や邪神《バアル》にひれ伏す者どももろとも」

火はたちまち燃え広がった。上の階の窓から結び合わせたシーツを伝い、デュ・シェーラと部下たちは庭に降りた。暴徒たちの弾丸をかいくぐり、川を渡って逃げた者もいる。しかし、大司教は落ちて腿《もも》の骨を折り、生垣に這い込むのがやっとだった。二度目の殉教が身に迫りつつある今、彼は何を思っていたのだろうか。あわれで、勇敢で、血迷った、憎むべき男。セヴェンヌでも中国でも、己の義務を、己の考えに従って決然と遂行《すいこう》した。彼は自らを弁護する有効な言葉を、少なくとも一言だけは見つけた。邸《やしき》の屋根が落ち、噴き上げた炎が隠れ場所を照らし出し、駆けつけたカミザールたちが彼を町の広場に引きずり出して、怒り狂いながら地獄堕ちだと叫んでいたとき、こう言ったのだ。「もしも私が地獄堕ちだというなら、なぜおまえたちは自ら地獄堕ちになるようなことをするのだ」

これは彼の最後の理屈としては立派なものだった。だが彼は監督官在任中に、そんな理屈など打ち負かしてしまう、もっと強力な理由を数多《あまた》の人々に与えていたのだ。今度はそれらを聞かされる番だった。セギエを皮切りに、カミザールたちは一人一人進み出て彼を刺した。「これは」と彼らは言った。「車刑で叩き殺された父親のためだ。これは、ガレー船につながれた兄弟のためだ。これは、おまえのろくでもない修道院に囚《とら》われの身になっている母のため、姉妹のためだ」めいめいが一突きし、その理由を述べた。それから夜が明けるまで、全員で死骸を囲んでひざまずき、詩篇歌を歌った。夜明けとともに、デュ・シェーラの焼け落ちた牢獄と、広場に晒された五十二か所の刺し傷のある死骸をあとに残し、なおも歌い続けながら、一列縦隊でタルン川上流のフュジェールに向かった。復讐《ふくしゅう》を遂行するためだ。

詩篇歌を伴奏に行われた、狂気じみた夜襲だった。だから、タルン川に臨むこの町では詩篇歌は常に不吉な響きを帯びているかのように思えてしまう。だが話はポン・ド・モンヴェールに関するところに限っても、カミザールたちの出立をもって終わるわけではない。セギエの生涯は短く、血塗られていた。さらに二人の司祭とラ・ドヴェーズ城の一家、父親から召使いに至るまでが、セギエ自身またはその命令によって殺された。しかし彼が捕まらずにいられたのはほんの一日二日に過ぎず、しかもその間ずっと、軍隊の存在によって動きを抑えられていたのだ。名高い傭兵《ようへい》、プール隊長によってとうとう捕えられたセギエは、落ち着きはらって裁きの席に現れた。

「名前は」と彼らは訊いた。

「ピエール・セギエ」

「なぜ〈聖霊〉と呼ばれるのか」

「主の霊は私とともにおられるからだ」

「居住地は」

「今までは荒野、まもなく天国だ」

「おまえは犯した罪を悔いていないのか」

「私は何一つ罪を犯していない。私[*11]の魂は、緑陰と泉でいっぱいの園のようなもの」

八月十二日、ポン・ド・モンヴェールにおいて、彼は右手を叩き切られた後、生きながら火あぶりにされた。彼の魂は園のようであったのだろうか。キリスト教の殉教者となったデュ・シェーラの魂も、もしかすると園のようであったのかもしれない。仮にあなたが私の魂を、あるいは私があなたの魂を読み取れるなら、相手の心の平静さを、もしかすると同じぐらい意外に思うかもしれない。

デュ・シェーラの家は新しい屋根を載せて、町のとある橋のたもとに今でも建っている。もしも興味がわいたら、彼の落ちた階段状の庭を見ることもできる。

タルン川の渓谷で

タルン川の渓谷に沿って、ポン・ド・モンヴェールからフロラクまで、新しい道が通っている。崖のてっぺんと谷底を流れる川の中間あたりに平坦な砂地が張り出した格好だ。道なりに進んでいくと、湾のように広がる日陰を出ては岬のように突き出す日向《ひなた》に入る、その繰り返しだ。この峠はキリークランキー*12の峠を思わせる。峡谷が丘陵の懐深くを曲がりくねり、はるか下ではタルン川が驚くばかりに騒がしく嗄れ声を上げ、頭上高くでは崖の頂上が日の光を浴びてごつごつと林立する。その頂上の連なりを、トネリコが、まるで廃墟に這う蔦《つた》のようにまばらに生えて縁どっている。だが道の下の斜面や峡谷の上のほうでは、スペイン栗の木々が各々テント形の葉叢をかぶり、天を指してしっかりとそびえていた。段丘の一段の、寝床ほどの広さしかないところに一本だけ植わっているものもある。自分の根を頼りに谷の急坂で生い茂り、まっすぐ大きく伸びているものもある。川岸に生える余地があるところでは一列に並び、レバノン杉のように力強く立っている。しかし最も密生している場所ですら森と考えられるようなものではなく、ただ、頑丈な個々の木が集まっているだけで、各々の木の丸屋根は、仲間の丸屋根から離れて大きく広がり、いわば小山のようにそびえている。木々の放つ甘いかすかな香りが午後の空気のすみずみまで漂っていた。秋は、緑の間に黄金色やくすんだ色を置いていた。太陽は広大な葉叢に射し込んで輝きを与え、そのため、重なり合った栗の実が、影ではなく光の中で浮き彫りになる。ここに至り、へぼなスケッチ画家は絶望して鉛筆をおいた。

これらの堂々たる栗の木がどんな具合に生えているか、なんとかして伝えたいものである。樫のごとく枝を突き出し、柳のごとく垂れた葉をつけた枝をしだれさせる様子。教会の柱のごとく縦溝の入った円柱となって直立する様子。あるいは、オリーブのごとくにすっかりだめになった幹からでもすべすべの若い芽を吹かせ、古い生命の残骸の上に新しい生命を宿す様子。以上のように、栗の木はさまざまな種類の木の性質を併せ持っているのだ。とげとげした梢ですら、空を背景にして近くから眺めれば、なつめやしの木のような趣があり、想像力に訴えかけてくる。しかし栗の木は、これだけ多くの要素を複合した存在でありながらかえって豊かで独特な個性を持っている。そして、こんもりとした小山のような葉叢がぎっしりの平地を見下ろすか、山の支脈に[*13]「まるで群れなす象のごとく」集結した不屈の栗の古木の一族を眺めでもすれば、〈自然〉に内在する大いなる力に対する畏敬《いけい》の念が湧き起こってくる。

モデスティンののろまな気性のせいか、それとも美しい景色のおかげか、私たちはその日の午後、少ししか進めなかった。やがて、没するまでにはまだ間《ま》はあるものの、太陽がもうタルン川の峡谷から引き揚げ始めているのに気づいて、野宿の場所を探し始めた。なかなか見つからなかった。段丘は幅が狭すぎるし、段になっていない地面は大抵傾斜がきつくて横になれない。横になろうものなら一晩中ずり落ち続け、朝まだきに頭か足が川の中、という状態で目を覚ます羽目になっただろう。

一マイルほど歩いたころ、道から六十フィートばかり上方に、寝袋を置けるほどの小さな台地を見つけた。しかも、巨大な栗の老木の幹がしっかりした塁壁をこしらえている。嫌がるモデスティンを突き棒で突いたり蹴飛ばしたり、途轍《とてつ》もなく手こずりながらそこに向かい、着くと急いで積荷を下ろした。その高台は私一人が寝られる広さしかなく、驢馬が立てるだけの広さのある場所を見つけるには、ほとんど同じだけまた登らなければならなかった。それは、全部で五フィート平方もない人工の段の上に、転がってきた石が積み上がってできた場所だった。ここでモデスティンを栗の木につなぎ、麦とパンをやり、モデスティンが食べたがるとわかった栗の葉を一山集めてから再び自分の野営地に下りた。

丸見えでぞっとしない場所である。荷馬車が一、二台、道を通った。日が沈むまでの間、私は追われているカミザールさながらに、栗の巨木の幹を防壁として身を隠していた。見つかって、夜、冗談好きな連中に訪ねてこられたらと心配でたまらなかったからだ。しかも明日早起きしなければならないのはわかっていた。この栗の果樹園は、昨日まで人が働いていた様子がある。斜面には下ろした枝が散らばり、葉を詰めた大きな袋があちこちの木の幹に立てかけてある。栗は葉ですら重宝で、農民たちは冬の間、家畜の餌に使うのである。私はびくびくしながら、道から見えないよう半分横になったまま食事を少しずつとった。こう言ってもいいだろう。私はあの、詩篇歌が歌われた血塗られた昔に、ロゼール山上のジュアニ(カヴァリエ)の隊から、あるいはタルン川の向こうのサロモン隊から出された斥候《せっこう》のように、気が気ではなかった。いや、実はそれ以上に気が気でなかったかもしれない。なぜならカミザールたちは神に対して驚くべき信頼感を抱いていたからだ。そこで思い出す話がある。

ジェヴォダン伯が馬で移動していた。竜騎兵の一団を引き連れ、書記を一人、自分の鞍に乗せ、この地方のすべての集落を回って忠誠の誓いを強制していたのである。森の中の谷間に分け入ったところ、カヴァリエとその部下たちが楽しげに草の上に坐って食事をしていた。彼らの帽子は、柘植《つげ》の枝を編んだ輪で飾られていた。一方、十五人の女たちが谷川でリネン[*14]の洗濯をしていた。一七〇三年の野外の饗宴《きょうえん》とはこういうものだった。同じころ、アントニー・ヴァトーも、同様の画題の絵を描いていたことだろう。

今夜は、昨夜の涼しく静かな松林での野宿とはまるで違う。谷間は暖かいばかりか息苦しかった。蛙《かえる》たちの甲高い歌声、まるで豆粒が入った呼子のような震える声が、日没前の川岸に響く。暮色迫る中、落ち葉があちらこちらでかすかにざわめき始めた。ときおりチーチー、チューチューとかすかな鳴き声が耳に届き、ときおり姿のはっきりしない何かがすばやく栗の木の間を動くのが見えたような気がした。大きな蟻《あり》が大量に地面に群がっている。蝙蝠《こうもり》たちが私をさっと掠め、蚊の群れが頭上高くで単調に唸《うな》っている。葉をもっさりとつけた長い枝が、空に花綱のように掛かっている。一方、すぐ頭上や手近にある枝は、格子垣が強風で壊れてひっくり返りかけたような趣である。

眠りはしばらくの間、まぶたに寄りつかなかった。そして静けさが私の四肢の上に忍び寄り、精神に重くのしかかるのを感じ始めた折しも、頭のあたりで音がしたので仰天してすっかり目を覚まして、正直に言えば、心臓が口から飛び出そうになった。人が爪で何かを引っ掻くような音だ。枕代わりの背嚢の下から聞こえてくる。ようやく身を起こし振り向くまでに音は三回繰り返された。何も見えなかった。音もそれきり絶えてしまい、例の謎めいたざわめきが遠近《おちこち》にわずかに聞かれ、川と蛙がひっきりなしに伴奏するばかりだ。翌日になってから、栗畑に鼠がはびこっているのを知った。ざわめきやさえずりめいた声や引っ掻く音は、おそらくみな鼠の仕業だったのだ。しかしさしあたり謎は謎のままだったから、隣人たちの正体を訝《いぶか》りつつも、眠りにつくためになんとかして心を落ち着けねばならなかった。

翌朝（九月三十日、月曜日）薄暗いうちに、遠からぬところで小石を踏みしめる音に起こされた。目を開けて見ると、栗の木立の間の、私がこれまで気づかずにいた小道を一人の農民が通っていく。彼は脇目も振らず大股で二、三歩歩いて葉陰に消えた。見つからずに済んだ！　とはいえ明らかに出立の時間を過ぎていた。農民たちは野外に出てきている。曖昧な立場にある今の私には、不撓不屈《ふとうふくつ》のカミザールにとってのプール隊長の兵士たちに劣らぬほど農民たちが恐ろしい。私は急げるだけ急いでモデスティンに餌をやった。だが寝袋の場所に引き返す途中で、男と少年が、私の行く手を横切るように坂を下りてくるのを見た。二人は、なんと言ったのかわからないが呼び掛けてきて、私はむにゃむにゃと、声だけは元気よく返事をし、急いでゲートルを着けに行った。

父子と思しき二人組はゆっくりと高台までやって来て、私のすぐそばにしばらく黙って立っていた。寝床は開いたままで、私はリボルバーが青い羊毛の上に大っぴらに出ているのを見てまずいと思った。とうとう二人が私をすみずみまで見尽くしてしまい、黙っているのが笑い出したくなるほど決まり悪くなったころにようやく、男がぶっきらぼうに思える口調で尋ねた。

「ここで寝たんだね」

「ええ」私は言った。「見ての通り」

「どうして」彼は尋ねた。

「正直言って」と軽い調子で答えた。「疲れていたもので」

続いて男は、これからどこへ行くのか、昨日何を食べたのか訊いてから、唐突に「そうか《セ・ビエン》。急ぐぞ」と言い足した。それっきり何も言わずに父と息子は向きを変えて歩き出し、二つ先の栗の木のところに行って枝おろしに取り掛かった。ことは思ったより簡単に済んだのである。彼はいかめしく、卑しからぬ人物であった。ぶっきらぼうな口調も、罪を犯した者を相手にしているつもりだったからではない。ただ目下《めした》に対する口調にすぎなかったのだ。

私はまもなく、チョコレートをかじりかじり、良心の問題に真剣に悩みつつ出発した。一夜の宿代は払わねばならないだろうか。私はよく眠れなかった。寝床は蚤《のみ》ならぬ蟻だらけ、部屋には水がなく、肝心の暁も、朝私を起こしてくれなかった。もしもこの辺で乗れる汽車があったなら乗り遅れたかもしれない。明らかに待遇には不満があった。だから物乞いにでも出会わぬかぎり、宿代は払わないと決めた。

谷間は朝の光の下では一層美しく見えた。まもなく道は下って川と同じ高さになった。よく茂ったまっすぐな栗の木がたくさん立ち並び、芝に覆われた段丘面に通路を形づくっている。ここでタルン川に入って朝の身づくろいをした。水は驚くほど澄み、ぞくぞくするほど冷たかった。石鹸《せっけん》の泡は急流に魔法のように消えた。川底の白い丸石は清潔さの手本だった。野外で神の川に入って身を清めるという行為は、陽気でまじめくさった儀式というか、異教徒じみた礼拝のように思える。寝室の手水鉢《ちょうずばち》でパシャパシャやれば、体はきれいになるかもしれないが、そんな清め方に想像力の出る幕はない。私は伸びやかな心持ちで旅を続け、道々、魂の耳に聴かせるように詩篇歌を歌った。

ふいに一人の老女が現れ、単刀直入に施しを求めた。

「よし」と私は思った。「給仕が請求書を持ってきたな」

そして私は即座に前夜の宿代を支払った。信じていただけないかもしれないが、これは確かに、私が今度の旅の間に出会った最初で最後の物乞いであった。

再び歩き出したところで一人の老人に追いつかれた。茶色のナイトキャップをかぶり、澄んだ目をして、顔は日に焼け、興奮した笑みをかすかに浮かべていた。小さな女の子が、二頭の羊と一頭の山羊《やぎ》を追いながら老人の後ろについてきていた。少女は私たちの後ろを歩き続けたが、老人は私と並んで歩き、今朝のこと、谷間のことを話した。六時を回ったばかりだった。十分に睡眠をとって元気な人々にとっては、心が打ち解け、腹を割って話ができる時間帯である。

「あなたは主をご存じですか《コネッセ・ヴ・ル・セニュール》」とうとう彼は口にした。

私は、どこの主の話なのか尋ねた。しかし相手は語調を強め、期待と興味のまなざしで、質問を繰り返すだけだった。

「ああ」と私は天を指しながら言った。「わかりました。ええ、私は主を知っています。彼は最も良き知り合いです」

老人は嬉しいと言い、「お待ちなさい。おかげでここが満たされましたよ」と胸を叩きながら付け加えた。さらに言うには、このあたりの谷に主を知る者は少ない。多くはなく、少ないのだ。「招かる*15る者は多かれど、選ばるる者は少なし」と彼は引用した。

「ご老人」と私は言った。「誰が主を知る者かなど、なかなか言えるものではありません。それにわれわれの関知すべきことでもありません。プロテスタントもカトリックも、石ころを崇拝する者ですら、主を知り、主に知られることができます。なぜなら、主がすべてを造られたからです」

自分にこれほど優れた説教ができるとは知らなかった。

老人は同感だと請け合い、お会いできてよかったと何度も言った。「わたしらはほんとうに数が少ないんですよ」と彼は言った。「ここいらではモラヴィア兄弟団と呼ばれています。それでもガール県のあたりじゃ数も多くて、ダービー派と呼ばれています。英国の牧師の名に因《ちな》んでね」

老人の胡乱《うろん》な眼力によって自分が知らない宗派の信者にされていることがわかってきたが、いかがわしい立場に置かれて困惑するよりは、連れが喜んでいるのが嬉しかった。実際、はっきり違うと言わないのが不誠実だとは全然思えないのだ——特にこうした高遠な問題、つまり、誰が間違っているにしろ自分だって完全に正しいわけではないと皆が十分に確信しているような、高遠な問題においては。真理というのはしきりに口の端《は》に上るものであるが、この茶色のナイトキャップの老人は実に素朴で気立てがよく、親切だったので、なんなら私は彼に導かれて真理を知り改宗したと告白したってかまわない。実を言えば、彼はプリマス同胞派だった。どのような教義を持つ宗派なのかは全然知らないし、調べる暇もない。しかし、われわれが皆、唯一の父の子どもたちとして一つの煩わしい世界に投げ入れられ、多くの根本的な点では同じことをし同じものになろうと奮闘している、ということは私にもよくわかっている。老人があれほど盛んに私と握手をし、私の言葉をあれほどやすやすと受け入れる姿勢を見せたのは、いくらかは勘違いのせいだが、それは真理の発見につながる勘違いだった。なぜなら、思いやりとは無根拠に始まるものであり、似たような誤解を繰り返した挙句にようやく、愛と忍耐というゆるぎない原理へと、そして全ての同胞を堅く信じる心へと、高められるからだ。もしも私がこの善良な老人を欺《あざむ》いたことになるのなら、私は同じ具合にほかの人々も欺き続けたいものだ。そしてわれわれがめいめいの寂しい道を経て、最後にようやく共通の家に大集合するものならば、私は、山で出会ったプリマス同胞派の老人が再び握手を求めて駆け寄ってくれることを期待しないではいられない。

こうして『天路歴程』のクリスチャンとフェイスフルのように道々話しながら、老人と私はタルン川沿いの小さな集落に下りてきた。ラ・ヴェルネードという名のみすぼらしい村で、家は十軒そこそこで、小山の上にプロテスタントの礼拝堂が建っていた。この村に老人は住んでいた。村の宿で私は朝食をあつらえた。宿を切り盛りするのは、舗装用の石を砕く仕事をしているという好青年と、愛敬のあるきれいなその妹である。村の男教師が、よそ者と話そうと立ち寄った。三人ともプロテスタントだったのは、思いのほか嬉しい事実だった。さらに嬉しいことに、三人は揃って素朴な正直者に見えた。プリマス同胞派の老人は憧憬混じりの興味をもって私に付きまとい、食事を楽しんでいるかを少なくとも三度は確かめに来た。その態度には、当時深く感動したものだが、今でも思い出すと胸打たれる。彼はお邪魔ではないかと恐縮しつつも、私のそばを少しでも離れたくはないのだった。それに私との握手にも少しも飽きない様子だった。

皆が仕事に出ていったあと、私は宿の若い女主人と三十分近く一緒に過ごした。女主人は針仕事をしながら、栗の収穫だとか、タルンの素晴らしさだとか、昔ながらの家族の絆が、若い者たちが家を離れてばらばらになりながらも根強く残っているだとか、そんな話を楽しげにした。彼女はきっと心根が優しくて、田舎者らしい素朴さの裏に繊細さを秘めている人間だと思う。彼女を伴侶とする者は、間違いなく幸運な若者だろう。

ラ・ヴェルネードを仰ぎ見る谷の光景は、進むにつれてますます面白くなってきた。山肌のもろい丘が両側から迫って崖の間にタルン川を閉じ込める。かと思えば谷間が幅を広げ、青々とした草地になる。道は、急斜面に建つミラールの古城のそばを通った。はるか昔に解散して教会と牧師館になった、胸壁のある修道院のそばを通った。そして、黒い屋根が集まっているコキュレの村のそばを通った。この村落は葡萄園と牧草地と赤い林檎のたわわに実った果樹園の間にあり、街道沿いでは人々が並木からクルミを叩き落として袋や籠に集めていた。丘陵は、谷間がどれほど開けようと、高いまま裸のまま続き、切り立つ胸壁を備え、ところどころで頂を尖《とが》らせている。タルン川はここでもまだ、山に音を響かせながら石の間を流れていた。私は荒々しい自然の趣《ピクチャレスク》を解する旅商人たちの話から、バイロンの心に適《かな》うすさまじい土地を期待してしまっていた。だがスコットランド人の私の目には、ここは笑みをたたえた豊かな土地に見えたし、スコットランド人の私の体には、まだ真夏の陽気のように感じられた。とはいえ栗の木はすでに秋に彩られ、このあたりで栗に交じり始めたポプラは、冬の訪れに備えてすでに淡い黄金色になっていた。

この景色には、荒々しいのにほほえみかけてくるような感じがあって、それがここに住むいわば南の契約派《カヴェナンター》の人々の精神を解き明かしてくれた。スコットランドにおいて、己に誠実であるために教会から逃れ野外で秘密集会を行った契約派の人々は、揃って悪魔に取り憑かれたような陰鬱な思想を抱いていた。彼らは神から一度慰めを得るごとにサタンと二度戦うことになるというのだ。しかしこちらのカミザールたちは、心を奮い立たせるような明るい幻しか見なかった。契約派よりもはるかに多くの血を、流すにしろ流させるにしろやりとりしたというのに、彼らの記録からは、サタンに取り憑かれている様子が少しも見られないのだ。彼らは心にやましさを抱え込むことなく辛い時代と状況を生き抜いた。セギエの魂は園のようであったことを忘れてはならない。彼らはスコットランド人にはない認識を持ち、ゆえに自分たちが神の側についていることを知っていた。スコットランド人のほうは、神のためという大義の正しさは確信できるとしても、原罪を背負う人間には決して信頼を抱けないのである。

「われわれは飛んだ」と、あるカミザールの老人は言っている。「詩篇歌の調べを聞くと、われわれは翼が生えたかのように飛んだ。自分の内に力強い情熱を、我を忘れるような欲求を覚えた。この感覚は言葉では言い表せない。実際に経験してみないと理解できないものだ。たとえどんなに疲れていようとも、詩篇歌を耳にすればたちどころに、われわれは疲れを忘れ、身体は軽くなった」

タルン渓谷の景観とラ・ヴェルネードで出会った人々のおかげで、この言葉もすんなり腑《ふ》に落ちる。それればかりでない。戦いに身を投じるとなれば血を見ることも辞さない不屈の人々が、子どもを思わせる従順さと、聖人や農民を思わせる志操堅固さとをもって受難の二十年を耐えられたわけについても、納得がいく。

フロラク

タルン川の支流の一つに臨むフロラクは、小郡庁所在地であり、古城とスズカケノキの並木道と数々の古風な街角、そして丘から湧き出る泉がある。また、容姿端麗な女性を産することでも名高く、カミザールの国に二つある主都の一つとして知られる。もう一つの主都はアレスである。

食事が済むと、宿の主人の案内で隣のカフェに移った。カフェでは私、というよりは私の旅の話で午後中持ち切りとなった。誰もが何かしら私に教えたがっていた。そしてこの小郡庁所在地の地図が当の小郡庁から持って来られて、コーヒーカップやリキュールのグラスの立ち並ぶ中で盛んに指を押しつけられた。こういった親切な助言者の大半がプロテスタントだった。とはいえ、プロテスタントとカトリックが非常に気安く入り交じっているのが見て取れた。驚いたことに、カミザール戦争の記憶はいまだに生々しく残っているようだった。スコットランド南西部の丘陵地のモホリン、カムナック、あるいはカースフェルンあたりにある、人里離れた農場や牧師館では、敬虔な長老派の信者たちがいまだに大迫害時代を覚えており、地元の殉教者たちの墓はいまだに崇敬されている。しかし都市部やいわゆる社会の上層においては、こうした古いできごとはくだらない昔話とされてしまっているようだ。もしもウイグトン[16]のパブ〈キングズ・アームズ〉で種々様々な客たちと同席したとして、そこで契約派《カヴェナンター》をめぐる話は出そうにない。いやそれどころか、グレンルスのミュールキルクという町では、教区史の妻が預言者ピーデン[17]の名も聞いたこともないとわかった。しかしここセヴェンヌの住民たちは、自分たちの先祖をかなり違った意味で誇りにしている。カミザール戦争は、彼らが好んで口にのぼせる話題だ。カミザール戦争での手柄によって、現在の彼らまでが特権的な地位を獲得している。ある人物やある民族の過去に、冒険といえるものがたった一つしかなく、しかもそれが英雄的な冒険だった場合、その話がくどくどと繰り返されることをわれわれは予期し、大目に見なくてはならない。この地方にはいまだに蒐集《しゅうしゅう》されていない伝説がたくさんあるとのことで、私はカヴァリエの子孫についての話を聞かされた。直系でないことは確かで、いとこや甥にすぎないのだが、かの少年大将が武勲を立てた地で今なお繁栄している。ある農民は、昔の叛徒（はんと）たちの骨が畑で掘り返され、十九世紀の昼下がりの空気に触れるのを見たという。そこは先祖たちの戦いの場であり、今では孫の孫たちが平和に溝を掘っているのだった。

その日のうちに、プロテスタントの牧師の一人が親切にも私を訪ねてくれた。礼儀正しく知的な青年で、一、二時間ほど話をした。彼の言うには、フロラクにはある程度プロテスタントもいればカトリックもいて、宗教の違いは大抵、政治的立場の違いと重なっている。喧々囂々たる煉獄《れんごく》じみたポーランドともいうべきモナスティエのような場所から来た私が、ここの住民たちがきわめて平和に共存しており、かように二重の隔たりのある家同士でも行き来があると教わったときどんなに驚いたかは、お察しいただけるだろう。黒カミザールと白カミザールに民兵に山岳兵に竜騎兵、プロテスタントの預言者とカトリックの白十字架青年隊[*18]、いずれの陣営も憤怒に胸高ぶらせ、刀や銃をとり、焼き討ちをかけ、略奪や殺戮《さつりく》を行った。ところがそれから百七十年を経たこの地で、プロテスタントは依然としてプロテスタントであり、カトリックは依然としてカトリックであり、互いに寛容に、仲よく穏やかに暮らしているのだ。しかし人類というものは、それを生み出した不屈の自然と似て、自分自身の病を癒す力を持っている。めぐる歳月と季節はさまざまな収穫物をもたらし、太陽は雨の後にまた戻ってくる。人類は、ちょうど一人の人間がある日の激情から醒《さ》めるように、やがて積年の敵意を忘れる。われわれは先祖のことをより神に近い立場から判断する。そして何世紀か経って埃が少々おさまれば、両者ともに人間の美徳で身を飾り、正義を誇示して戦っていたことが見えてくる。

私は公正な人間たることが容易だなどとは考えない。それどころか、日々、自分の考える以上に難しいと感じている。白状すれば、私はここのプロテスタントたちに会えて嬉しく、故郷に帰ったような気がした。私は彼らの言語を話すのに慣れていた。といっても英仏で異なる言語のことではなく、もっと深い意味での言語だ。なんとなれば、真の意味でのバベルの混乱は、倫理上の相違なのである。ゆえに私はプロテスタントとのほうがより自由に意思疎通でき、また、彼らについてはより公正な判断を下せた。アポリナリス神父は、例の山中のプリマス同胞派の友と好一対をなすかもしれない。二人とも無邪気で信心深い老人である。だが私は自問する。私ははたして、トラピスト会士の美徳をもう一人の美徳と同じぐらい進んで受け入れる気持ちがあっただろうか。逆にもしも私がカトリックだったなら、ラ・ヴェルネードの異分子にあれほど温かい感情を抱けただろうか。神父とは、互いの寛容だけで成り立っている間柄だった。だが山の老人とは、もちろんある誤解に基づいていたからこそだし、終始特定の話題から離れずにいたからでもあるのだが、それでも会話を交わし、考えを率直に口にし合えたのである。この不完全な世界にあっては、私たちは不完全な親密ささえ喜んで受け入れる。もしも自由に心のままに話せる相手を、自分を偽ることなく飾らぬ愛を抱いてともに歩める相手を、たった一人だけでも見つけられたなら、私たちにはこの世界や神に文句を言う理由は何もない。

ミマント川の谷間で

十月一日火曜日、疲れた驢馬と疲れた驢馬追いの二人連れは、午後遅くにフロラクを出発した。タルノン川を少し遡《さかのぼ》ったところで木製の屋根付橋を渡ると、ミマントの谷だった。急峻《きゅうしゅん》な岩がちの赤い山々が、川の流れの上にのしかかるようにそびえている。樫や栗の大木が、斜面や石のむきだした段丘面に生えている。ところどころに赤いキビ畑や、赤い実を点々と埋め込んだ林檎の木が見られる。道は二つの黒っぽい村落のすぐそばを通っていた。片方はてっぺんに古城があり、旅人の心を喜ばせた。

ここでもまた、野宿に適した場所を探すのに一苦労であった。樫や栗の木の下ですら、地面がひどく傾斜しているばかりか石が緩く積み重なっている。木の生えていない所では、丘陵はヒースをふさふさと生やした赤色の絶壁となって川に落ち込んでいた。太陽はもう傾き、私の行く手の一番高い峰を離れていた。谷間には牧夫の角笛の低音が長々と響き渡っていた。家畜小屋に家畜を呼び集めているのだ。そのとき草地が目に入った。道路より少し下、湾曲した川に抱かれている。そこまで下りて、とりあえずモデスティンを木につなぐと付近を調べに出かけた。灰色がかった真珠色の薄い夕闇が峡谷を満たしていた。少し遠くの物はおぼろげになり、文目も分かぬように溶け合っていた。黒い闇が着々と、靄のように立ち昇ってきた。私は草地の水辺すれすれに生えている樫の大木のほうに歩いていった。そのとき、実に不愉快なことに、子どもたちの声が耳に飛び込んできた。さらに、向こう岸の湾曲したところに一軒の家を見つけた。いっそまた荷物をまとめて出ていきたいぐらいだったが、濃さを増す闇の色に、とどまろうと思った。すっかり夜になるまで音を立てず、朝早くに暁が私を起こしてくれると信じていさえすれば大丈夫だ。それでもこの大きなホテルの中で、お隣に悩まされずに済みそうにはなかった。

樫の木の下の窪みが私の寝床だった。モデスティンに食べ物をやり、寝袋を整えるころにはもう星が三つ、空に明るく輝き、ほかの星々もかすかに姿を見せ始めていた。私は川まで滑り降りて缶を満たした。川は岩の間で黒々として見えた。暗闇の中で大いに食べた。人家のすぐそばでランタンを灯すのはためらわれたのだ。月は、午後からずっと見えていた青白い三日月で、丘陵の一番高いところをかすかに照らしていたが、私が横たわる谷底までは光は射し込まなかった。樫の木は闇の柱のごとく目の前に屹立《きつりつ》していた。頭上では陽気な星々が夜に対峙《たいじ》していた。フランス人のうまい表現を使えば「星空の下で《ア・ラ・ベレトワル》」眠った経験のない人間は、星を知らない。星の名前や距離や等級はよく知っていても、唯一《ゆいいつ》人間に関わること、つまり星には人の心に落ち着きと喜びをもたらす力があるということは知らずにいるかもしれないのだ。詩作品の大半が星に関するものであるのは理の当然だ。星そのものが最も古典的な詩人なのだから。これら、はるか遠くの天体は、天空に蠟燭の光のようにぽつぽつと散らばり、あるいはダイヤモンドの屑《くず》のようにまとめて振りまかれている。ロランやカヴァリエの目にも、カヴァリエの言葉を借りれば、彼らに「空のほかにテントとなるものはなく、母なる大地以外に寝床となるものはなかった」とき、今と同じ星々が、同じように見えていた。

谷間には夜通し強い風が吹き、樫の実がばらばらと私の上に降ってきた。それでもこの十月最初の夜、大気は五月のように暖かく、私は寝袋の毛皮を押しのけて眠った。

犬が吠えるのにはすこぶる悩まされた。私にはどんな狼よりも怖い動物だ。犬のほうがはるかに勇敢だし、そのうえ義務感に力を得ている。狼を殺せば褒めそやされるが、犬を殺したなら、神聖なる所有権やらペットへの愛情やらが賠償を求めてかまびすしく押し寄せる。働きづめの一日の締めくくりに、犬の鋭く冷酷な吠え声を聞かされるのは、それだけでひどく不快だ。しかも私のような放浪者にとっては、犬は堅気の定住世界を最も敵意ある姿で体現している。この魅力的な犬という動物には、聖職者か弁護士じみたところがある。石を投げつければ素直に逃げるからいいようなものの、そうでなければどんなに豪胆な男でも徒歩旅行に出ようなどとは思わないだろう。私は家庭の領域でなら大いに犬を尊重するが、街道もしくは野宿においては、犬を憎みもすれば恐れもする。

翌朝(十月二日、水曜日)、私は同じ犬――吠え方に聞きおぼえがある――に起こされた。岸を下って進撃してきたものの、私が身を起こすのを見るやすばやく退却した。星はまだすっかり消えてはいなかった。早朝ならではの柔らかな灰色がかった青色の、吸い込まれそうな空だった。静かな澄んだ光が降り注ぎ始めていた。丘の斜面の木々は、空に輪郭をくっきり浮かび上がらせていた。風は北寄りになり、峡谷の私のところには届かなくなっていたが、出発の支度を進める間に、頂の上空に白い雲をみるみる吹き集めた。見上げると、驚いたことにその雲は黄金色に染まっていた。これほどの上空ともなると、太陽はすでに真昼並みに輝いているのだ。仮に雲が十分に高いところを通りさえすれば、われわれはこれと同じ現象を夜通し見られるはずだ。なぜなら、宇宙空間では常に昼間だからである。

谷を登り始めると、日の出の方角から風がさっと吹き降ろしてきた。一方、雲は相変わらず頭上をほとんど正反対の方向に流れていた。歩を進めると、斜面が日に照り映えるのが目に入った。さらに少し行くと、二つの頂の間で、まばゆい輝きの中心が中空に掛かっていた。私は、われわれの世界の核を占める大きなかがり火と、再び対面したのである。

午前中に出会った人間は一人きりだった。浅黒い軍人風の徒歩旅行者で、斜め掛けにした飾帯に猟の獲物袋を吊るしている。だがその男が、記録する価値のありそうな一言を口にした。プロテスタントかカトリックか尋ねてみると、彼はこう答えたのである。

「ああ、私は自分の宗旨を恥とは思っていません。カトリックです」

なんと、自分の宗旨を恥とは思っていない、とは。この文句は、生《なま》のままの統計値である。なぜならそれは少数派が口にする言葉だからだ。私はバヴィルとその竜騎兵たちのことを思い、ある宗教を一世紀にもわたって非道に踏みつけにしたところで、当の宗教が軋轢《あつれき》のためにかえって盛んになるのが落ちなのかもしれないと考えるとほほえみが浮かんだ。アイルランドは依然としてカトリックであり、セヴェンヌ地方は依然としてプロテスタントだ。田舎の農民の思想をごくわずかでも変えるのは、籠いっぱいの法律文書でも、騎兵隊の馬の蹄やピストルの床尾《しょうび》でもない。戸外で働く田舎の人々の頭には考えがいくらも詰まっていないが、そこにある考えは丈夫な植物のようなもので、迫害されても大いに繁茂する。真昼はきつい労働に汗し、夜は星空の下で年を重ねてきた者、つまり、丘や森に足しげく通う実直な田舎の老人は、ついには宇宙の力と交わる感覚を得、自分の信じる神と友好的な関係を結ぶ。わがプリマス同胞派の山男のように、そういう人間は主を知っている。その信仰は論理の選択に基づくのではなく、彼の経験の詩であり、自身の生《せい》の歴史の哲学である。神は長い年月の間に、偉大なる力のように、光輝放つ偉大なる太陽のように、この素朴な男の前に現れ、彼のなけなしの内省の土台にして真髄となる。仮にあなたが権威によって信条や教義を変えてしまおうが、新たな宗教の誕生をラッパを鳴らして布告しようが、ここには自分自身の考えを持ち、善きにつけ悪しきにつけそれにあくまで固執し続ける人間がいる。彼はカトリック、ないしはプロテスタント、ないしはプリマス同胞派の人間だ。男は女ではなく、女は男ではないというのが変えられないのと同じことだ。なぜなら彼は、過去の記憶をすべて消し去り、慣用的な意味ではなく真の意味で心を変えることができないかぎり、己の信仰から逸脱できないからだ。

カミザールの国の中心

私は今や、カサーニャの近くまで来ていた。丘の斜面に黒い屋根が寄り集まった村落だ。この荒涼たる峡谷の栗畑の間にあり、澄んだ空気の中で、岩石の露出するたくさんの頂に見下ろされている。ミマント川沿いの道はできたばかりで、山の民はカサーニャに初めて荷馬車が到着したときの驚きからいまだ覚めやらない。しかし、人の世の営みからこうも離れたところにありながら、この集落はフランス史においてすでに異彩を放っていた。集落のすぐそばの山の洞穴には、カミザールの五つの倉庫のうちの一つがあった。カミザールたちはここに衣類や穀物や武器を備蓄した。ここで銃剣や軍刀を鍛え、柳の木炭と釜で煮立てた硝《しょう》石《せき》を材料に火薬もこしらえた。こういった多岐にわたる活動が行われている同じ洞穴に、傷病者が治療のために運ばれてきた。彼らのもとにシャブリエとタヴァンという二人の外科医が通い、近隣の女性たちがこっそりと看護した。

カミザールたちは五つの部隊に分かれていたが、カサーニャに倉庫を持っていたのは、中でも最も古く、最も知られていない部隊だった。〈聖霊セギエ〉の隊である。セヴェンヌの大司祭の家に夜討ちをかけた際、兵士たちはセギエの声に和して詩篇第六十八章を歌った。セギエが天国に召されると、サロモン・クーデールが跡を継いだ。カヴァリエは、その回想録の中で、この男をカミザール全軍の従軍牧師大将として扱っている。彼は預言者だった。心を読むのに長《た》け、人々の聖餐への参加を許すか許さないかを決めるのに、一人一人の眉間をじっと見つめた。そして、聖書の大部分をそらんじていた。これはたしかに具合がよかった。なぜなら一七〇三年の奇襲の際、彼は騾馬と書類鞄と聖書を失ったからだ。彼らがもっと頻繁に、もっと効果的な奇襲を受けないで済んだのはただただ不思議である。というのもこのカサーニャ隊の兵法は完全に族長[*19]時代のもので、歩哨も立てずに野営していたのだ。彼らは神のために戦っており、警戒の務めのほうは神の使者たちに任せていた。これは、彼らの信仰心の証であるとともに、彼らが潜伏していたこの地方が人跡未踏であった証でもある。

ムッシュー・ド・カラドンは、ある晴れた日に散歩に出て、なんの警告も受けずに彼らの野営地のただ中に足を踏み入れてしまったと記述している。まるで「野原にいる羊の群れ」の中に踏み込んだようなものだ。眠っている者もいれば、起きて詩篇歌を歌っている者もいた。裏切り者も「詩篇歌を歌う能力」さえあれば推薦状など一切なくとも彼らの隊に入り込めて、預言者サロモンすら「その者を特別な友人とした」。こんな具合に、複雑に入り組んだ丘陵の中で田舎部隊は粘った。歴史が彼らの功績として伝えるものといえば、聖餐と宗教的法悦ぐらいしかない。

この粘り強く素朴な血統の民は、すでに述べたように、宗旨を変えはしないだろう。もし変節するとしても、リンモン[*20]の神殿でひれ伏すナアマンのように、表向き従った振りをするぐらいのものだろう。ルイ十六世が、勅令[*21]の文言にあるように「一世紀にわたる迫害の無用を悟り、同情からではなく必要から」とうとう宗教的寛容の勅許を与えたとき、カサーニャは依然としてプロテスタントであった。そして今日でも一人残らずそうなのだ。実は、プロテスタントではない一家があるのだが、彼らはカトリックでもない。背教したカトリックの主任司祭が、学校教師を娶《めと》って成した家族である。彼の振る舞いがプロテスタントの村人たちに是認されていないことは、特筆に値する。

「よくない料簡《りょうけん》だね」とある村人は言う。「人が自分の務めに背くというのは」

私の会った村人たちは、田舎者なりに知性があるように見受けられ、みな飾り気がなく、気品があった。私はプロテスタントであるため好意的に見られ、歴史をかじっていたことでさらに尊敬された。というのも、食事の席で一緒になった憲兵と商人がともに土地の者ではなく、しかもカトリックだったので、私たちは食卓で宗教論争の真似事をしたからである。宿の若い衆が私を取り巻き、応援した。議論は終始大らかに進められた。これは、ごく些細《ささい》な意見の相違が論争を巻き起こすスコットランドで育った私のような人間には驚きであった。たしかに商人のほうは議論しているうちにいくらかいきりたってきて、私に歴史の知識があるのが、ほかの人々と違って面白くなさそうだったのだが、憲兵は万事えらくゆったりしていた。

「変節というのは、よくない料簡だ」と彼は言い、この発言は一同の喝采を浴びた。〈雪の聖母〉の司祭と軍人の考えはこうではなかった。しかしここの人々は人種が違うのだ。かつて彼らの抵抗を支えた勇敢さが、今の彼らの間の穏やかな論争を可能にしているのかもしれない。なぜなら勇者は勇者を敬うものだからだ。だが、一つの信仰が根絶やしにされて[*22]しまった場所ならば、住民がことごとく、さもしく偏狭であってもおかしくないだろう。ブルースとウォレス[*23]の真の功績は、実は逆にスコットランドとイングランドを連合させたことにある。彼らの働きで、両国が国境で小競り合いをしながら分離している状態が少しばかり長引いたというよりは、時が来たときに両国が自尊心をもって連合できる状態になったのだといえる。

商人は私の旅に大きな関心を示し、野宿は危険だろうと言った。

「狼がいるしね」彼は言った。「それに、あなたはイギリス人だと知られているじゃないですか。イギリス人は大金を持ち歩いていると決まってますから、夜のうちにあなたに一発お見舞いしてやろうと考えつく奴が出て来てもおかしくないでしょう」

私は、そういった事件はあまり心配していないし、そもそも人生の計画を立てる際にあれこれ心配したりこまごまとした危険のことを考えたりするのは賢明ではないと思う、と答えた。人生そのものが丸ごと途方もなく危険な事業なのだから、付け足しのような個々の危険は一考に値しない、というのが管見である。「いつなんどき、あなたの体の中で、何が破裂するかしれませんよ。そうしたら、鍵を三重に掛けて部屋に閉じこもっていたところで、あなたはおしまいなんです」

「それでもねえ《スパンダン》」彼は言った。「外で寝るなんて！《クシエ・ドゥオール》」

「神はあらゆるところにおられる」と私は言った。

「それでもねえ《スパンダン》、外で寝るなんて！《クシエ・ドゥオール》」彼は繰り返したが、その声は恐怖を雄弁に物語っていた。

私の長旅の道中において、たかが野宿を何か大胆なことのように捉えたのはこの男ただ一人だった。多くの人々はしなくてもよいものと考えた。逆にただ一人、野宿という発想をたいそう気に入った人物がいる。それはわがプリマス同胞派の友だった。ぎゅうづめの騒々しい酒場に宿をとるよりは星空の下で眠りたいときもあると話したところ、彼は叫んだものである。「ほらね、あなたは主を知っているのだ」

私が出発する際、商人は名刺をいただけないかと言った。将来あなたは話の種になるような人物になるだろうから、とのこと。また彼は、自分が名刺を求めた事実と理由とをぜひ書き留めてほしいと頼んだが、その願いはこのとおり叶えられたわけである。

二時少し過ぎ、ミマント川を渡り、南に向かうでこぼこ道を登った。ゆるんだ石と、群生するヒースに覆われた丘の斜面だ。てっぺんに着くと、この地方の習いで小道は消えてしまった。ヒースを食む雌驢馬を残して一人で道を探しに出た。

私は二つの大河の分水嶺に立っていた。背後では、どの流れもガロンヌ川と大西洋とに向かっている。目の前には、ローヌ川の流域が広がる。ここからの眺めはロゼール山からと同じく、晴れていればリオン湾の照り返しが見える。サロモン率いる兵士たちが、サー・クラウズリ・シャヴル提督麾下《きか》の艦隊の中檣帆《トップスル》を、またイングランドがかねて約束していた援助を、待ち構えて見張りに立っていたのは、ひょっとするとここだったかもしれない。この尾根はカミザールの国の中心に位置すると考えてよいだろう。五つの部隊のうちの四つまでが尾根の周辺の、互いが見えるぐらい近くに露営していたのだ。サロモンとジュアニは北に、カスタネとロランは南に。そしてジュリアン[*24]がかの有名な仕事、高セヴェンヌ征伐——一七〇三年十月、十一月を通して続けられ、その間に四百六十もの村と集落が火とつるはしによって完全に滅ぼされた——を成し遂げたあとで、この高みに立つ者がいたとすれば、前方に、静かで煙の一筋も上がっていない、住民の消えた土地を見下ろすことになっただろう。時の流れと人間の営みによって、今ではこの地は荒廃から回復している。カサーニャは再び屋根を戴き、かまどの煙を立ち昇らせている。栗畑や低地の緑陰では、一日の仕事を終えた裕福な農民たちがぞろぞろと、子どもたちのもとへ、あかあかと燃える暖炉を目指して帰っていく。それでいながらここからの景観は今度の旅を通じて最も荒涼としていた。幾つもの丘の頂上、幾筋もの丘陵が重なり合い、波のようにうねりつつ南に向かって走っている。山肌は冬の川に溝を刻まれ、てっぺんからふもとまで栗の木がぼうぼうに生え、ところどころに絶壁が宝冠状に突き出している。日没までにはまだかなり間があり、太陽は丘の頂の向こうからぼんやり霞んだ黄金色の光を送り込んでいたが、谷間はすでに深く静かな影の中に投げ込まれていた。

たいそう年老いた羊飼いが、二本の杖にすがり不自由そうに歩いていた。まるで間もなく墓に入ることを祝うかのように、黒い〈自由の帽子〉[*25]をかぶっている。老人はサン＝ジェルマン・ド・カルベルトへの道を教えてくれた。よぼよぼの爺さんがこうして一人きりでいると厳粛な雰囲気が漂った。どこに住んでいるのか、高い尾根までどうやって登って来たのか、今度はどうやって下りるつもりなのか、想像もつかない。私の右手のそう遠くないところに、有名なプラン・ド・フォン・モルトがある。プール隊長が愛用のアルメニア剣でセギエの部隊をなぎ倒した場所である。思うにこの老人は、カミザール戦争におけるリップ・ヴァン・ウィンクルのような存在なのかもしれない。プール隊長に追われて逃げるうち同志とはぐれ、以来山々をさまよい続けているのだ。カヴァリエの降伏や、ロランがオリーブの木を背に戦って斃《たお》れたことも、この老人は聞いたことがないのかもしれない。そんな空想にふけっていると、弱々しく呼びかける声が聞こえ、見ると老人が片方の杖を振って差し招いている。私はもう相当離れていたのだが、またモデスティンを置いて引き返した。

ところがああ、例によって例の如し。老人は、私が何を売り歩く行商人なのか訊き忘れたので、その手落ちを埋め合わせたかったのであった。

私は険しい顔で答えた。「なんにも」

「なんにも？」と彼は叫んだ。

私は「なんにも」と繰り返すと、さっさと逃げ出した。

考えるとおかしなものだが、ひょっとするとこのやりとりによって、老人が私にとって謎の人物であったのと同じように、私も老人にとって謎の人物になったのかもしれない。

道は栗の木々の下を通っていた。眼下の谷間に集落が一、二か所、それに、栗農家があちこちに散らばっているのも見えたが、午後中人に行き会うこともなく、木の下の夕暮れの訪れは早かった。しかし遠からぬところからもの悲しい、いつ果てるともしれぬ古いバラッドを歌う女の声が聞こえてきた。どうやら愛について、美丈夫《ベラムール》の恋人についての歌謡らしかった。私は木陰に隠れて歩きながら、歌に和して彼女に返答できたらよかったのにと思った。かの詩のピッパ[*26]さながら、私自身の思いを彼女の思いに織り込みつつ。彼女に何を伝えられただろうか。ごくささやかなことであろうが、心はそれ以上を求めない。たとえば、この世界はいかに与え、いかに奪い、いかに恋人たちを引き寄せては再び遠い見知らぬ土地へと引き離してしまうか。それでも愛は世界を園に変えてくれるすばらしい護符であり、「すべて[*27]の者に訪れる希望」は人生のさまざまな奇禍にも打ち克《か》って、震えるその手を墓と死の彼方にまで伸ばすものであること。言うは易し――そのとおりだ。だが、有難い神の恵みにより、信じるも易く、かつ愉《たの》しきことなのだ。

私たちはやがて、大きな白い街道に出た。一面土埃に覆われ、足音も立たない。夜になっていた。月はとうの昔に向かいの山の上で輝いていたのだろう。角を一つ曲がった途端に驢馬と私は光の中に出た。私はフロラクで、とうとう飲むに耐えなくなったブランデーを捨て、代わりに、こくも香りも豊かなヴォルネワインを入れておいた。さて、私は路上で月光陛下に乾杯をした。ほんの二口ほど飲んだだけで手足の感覚はなくなり、血は気持ちよくめぐり始めた。モデスティンすらこの清らかな夜の日光に大いに感じるところがあったらしく、前よりもきびきびとした調子で、小さな蹄を熱心に動かした。道は曲がりくねった急な下り坂で、密に生えた栗の木々の間を通っている。足下から熱い土埃が上がり、流れ去った。二つの影は――私の影は背嚢のせいでいびつになり、彼女の影には寝袋が滑稽に馬乗りになっている――行く手の路上にくっきりと投げかけられたかと思うと、私たちが角を曲がった途端に遠くに逃げてぼんやり薄くなり、山に沿って雲のように漂った。ときおり温かい風がかそけき音とともに谷に吹きおろすと、栗の木が葉や実をつけた枝を一斉に揺らし出す。耳は風のそよぎの調べで満たされ、二つの影はそれに合わせて踊った。次の瞬間には微風は去り、谷じゅうで動いているものといえば、歩み続ける私たちの足ばかり。向かいの斜面を見れば、山肌の奇怪な出っ張りや溝が、月明かりにかすかに照らされていた。頭上高くには、山の一軒家の窓の一つに明かりが灯り、輝いている。もの悲しい夜の色の広がりに包まれた、赤い四角の火花だ。

九十九折《つづらお》りの坂を下ると、月は途中で丘の裏側に消えてしまった。私は真っ暗闇の中で歩き続けたが、次の角を曲がると、思いがけなくもサン＝ジェルマン・ド・カルベルトに足を踏み入れていた。あたりは寝静まり、夜の闇に沈んでいた。唯一開いている扉からランプの光が道に漏れていたので、人の住む界隈に来たとわかった。この遅い時間にまだ庭の塀のところでしゃべっている話し好きが二人残っていて、宿屋への道を教えてくれた。宿の女主人は子どもたちを寝かしつけているところだった。火はすでに消してあったので、女主人はぼやきながらまたおこさなくてはならなかった。もう三十分も遅ければ、私は夕飯抜きで床に就く羽目になったに違いない。

最後の日

目を覚まし（十月三日、木曜日）、雄鶏が華々しい大音声《だいおんじょう》を上げ、雌鶏がコッコッと満足げに鳴くのを聞いて、一夜の眠りをとった清潔で気持ちのよい部屋の窓辺に寄った。栗畑の広がる深い谷の、光輝く朝の訪れを眺めやる。時刻はまだ早かった。雄鶏の声、斜めに射す光、そして長い影に誘われ、外に出てあたりを眺めることにした。

サン＝ジェルマン・ド・カルベルトは、周囲九リーグ［一リーグは三マイル］の大きな教区だ。戦乱の時代、殲滅《せんめつ》の直前には二百七十五家族が居住し、うちカトリックは九家族のみだった。ここの主任司祭は、人口調査のため九月に馬で一軒一軒訪ねて回ったが、十七日かかった。しかし小郡庁のある町でありながら、集落自体は村ほどの大きさしかない。おびただしい栗の木に囲まれ、急斜面に階段状に広がっている。プロテスタントの礼拝堂は下のほう、山の肩に建つ。町の中央には古風な趣のカトリック教会がある。

ここそが、あわれな殉教者デュ・シェーラが書斎を構え、宣教師たちを招集して会議を開いた場所である。彼はここに自分の墓を建てていた。誤った道から彼の手により救い出されて感謝している住人たちに囲まれて眠るつもりだった。彼の死んだ翌朝、住人たちは五十二か所の深い刺し傷のある遺体を埋葬のためにここへ運んできた。法衣を着せられ、遺体は教会堂内に然るべく安置された。主任司祭は、『サムエル記下』第二十章第十二節から「アマサが道の真ん中に血にまみれて転がっていた」の句を引用して感動的な説教を行い、このすぐれた悲運の指導者のように、めいめいが自分の持ち場で死ぬよう、同胞たちに熱く説いた。こうして弁舌を振るっている最中に、〈聖霊セギエ〉が接近しているという噂が飛び込んできた。するとどうだろう、会衆は一人残らず馬を駆り、西へ、東へ、蜘蛛の子を散らすように逃げだした。主任司祭その人は遠くアレスまで逃げた。

このサン＝ジェルマン・ド・カルベルトという小さなカトリックの主都、いわば爪の先ほどのローマが、依怙地《いこじ》で荒っぽい周辺地域の中で占める位置は奇妙なものだった。一方ではサロモンの軍勢にカサーニャから見下ろされている。他方、ミアレに陣取るロランの軍勢によって、救援の道は断たれている。主任司祭ルーヴルルニュ[*28]は、大司祭の葬儀の際には恐慌を来してアレスに遁走《とんそう》したものの、結局孤立した自分の教会を守り、説教壇からプロテスタントたちの犯罪を激しく非難した。サロモンは村を一時間半にわたって包囲したが撃退された。主任司祭の教会の戸口を守る民兵たちは、夜の闇の続く間、プロテスタントの詩篇歌を歌い、叛徒たちと親しげな会話を交わしていた。そして朝になると、銃は一発も発射されなかったというのに、彼らの火薬入れには一発分の弾薬も入っていない。どこに消えたのか。いくばくかの報酬と引き換えにすべてカミザールたちに手渡されたのである。孤立した聖職者には、なんともあてにならない守護者たちであった。

かつてこういった騒動がサン＝ジェルマン・ド・カルベルトで頻発していたとは、なかなか想像しがたい。今ではすべて平穏で、人間の生活の鼓動もこの山間の集落では実に静かである。少年たちが私のはるか後ろをついてきた。まるで腰が引けたライオンハンターだ。私が通ると、人々は振り返ってもう一目見ようとしたり、家から出てきたりした。私が村を通ったのがまるでカミザール以来の大事件であったかのようだ。このように観察しながらも、彼らには無礼なところも出過ぎたところもなかった。牛や子どものまなざしに似て、ただ嬉しそうに、不思議そうにじっと見つめているのだ。とはいえ気疲れしてしまったので、私はまもなく通りから退散した。

避難したのは段丘の上である。この辺の段丘は芝の緑で覆われている。私は、葉叢の天蓋を支えて立つ栗の木々の独特な姿を鉛筆で写し取ろうと試みた。ときおりそよ風が吹き、栗の実が軽く鈍い音を立てて、私を取り囲むように芝の上に落ちた。大粒の雹がぱらぱらと降る音に似ていたが、この音には、収穫が近づき、実りに喜ぶ農民たちの、晴れやかな気持ちが伴っていた。見上げれば茶色の実が、すでにぱっくりと口を開けたいがから顔をのぞかせている。立ち並ぶ幹の間から、陽光を受け、葉の緑に彩られた円形劇場のような丘が垣間見えた。

これほど味わいの深い風景にはめったにお目にかかれない。私は楽しげな雰囲気に包まれて歩を進め、心は軽く、穏やかで、満ち足りていた。しかしそんな気分になったのは、もしかすると土地のせいばかりではなかったかもしれない。もしかすると、誰かがよその国で私に思いを馳せていたのかもしれない。あるいは、私自身のある思いが知らぬまに浮かんで消え、にもかかわらず、私によい影響を与えてくれたのかもしれない。もの思いの中には、このうえなく美しいはずなのに、その目鼻立ちをきちんと見極められないうちに消えてしまうものがある。まるで、何かの神が人間界の緑陰の街道を旅する途中で家の扉を開け、中をにこにこと覗き込み、また行ってしまって二度と戻らない、そんな感じだ。アポロか、メルクリウスか、はたまた翼を畳んだ恋の神クピードーだったのか、正体は誰にもわからない。それでも私たちは、おかげで前よりも気分も軽く仕事にとりかかり、心に平和と喜びを覚えるのだ。

食事はカトリックの二人連れと一緒だった。彼らは、プロテスタントの女性と結婚して妻の宗教に転向したあるカトリックの若者を、口を揃えて非難した。生まれつきプロテスタントであるなら理解できるし敬意も払えると言う。実際、この二人は、その日私に次のように教えたカトリックの老婦人と同意見らしい。二つの宗派の間には、ただ一点を除いてなんの違いもない。違うのは、プロテスタントよりも多くの光と導きを手にしている分、「カトリックにとっては、正しくないことはより正しくない」という点だけなのだ。しかし二人の男は棄教については大いに軽蔑した。

「変節というのはよくない料簡だ」と一人が言った。

たまたまだったのかもしれないが、私がこの文句に付きまとわれていたことにお気づきだろう。私としては、これは当地で流行の哲学なのだろうと思っている。これよりましな哲学はなかなか想像できない。人が神のために自分の信条を変え、自分の生まれた家族のもとを出ていくには、途轍もない度胸が要る。しかも、せっかくそうやって人間の目には一大変化を遂げたところで、神の目には少しも変化していないという可能性も――いや、希望も――ある。改宗をしてのける者たちに敬礼。多大な痛みなくしてはできないことなのだから。しかしその振る舞いは、強者であれ弱者であれ、預言者であれ愚者であれ、あまりに些細で人間的な企てに十分な関心を抱き得る人々の、あるいは信頼できない心の動きのために友情を捨てられる人々の、度量の狭さを証明してしまう。私自身は、昔から信じている教義を新しいものに取り換えるなどということはすべきではないと考えている。それはただ、言葉の入れ替えにすぎないのだから。そうではなく、大胆な見直しによって、もとの教義を[*29]「霊と真理をもって」奉じ、正しくないことは、他の宗派の中の最もすぐれた人々にとって正しくないのと同様、自分にとっても正しくないと認めるべきなのだ。

葡萄を駄目にするアブラムシが付近一帯にはびこっていたので、私たちは食事のとき、ワインの代わりにもっと安上がりなラ・パリジェンヌと呼ばれる葡萄ジュースを飲んだ。これは、葡萄を丸ごと、水とともに樽に入れて作る。葡萄の粒が一つ一つ発酵して弾《はじ》けていく。日中飲んだ分、夜に水を足しておく。そうやって井戸水がピッチャー一杯ずつ加えられ、葡萄が次々に弾けてアルコール分を発散し続けるので、パリジェンヌ一樽あれば一家族が春まで飲み続けられる寸法だ。読者の予想されるとおりで、アルコール分は弱いものの、とても口当たりのよい飲み物だ。

食事やらコーヒーやらで、サン＝ジェルマン・ド・カルベルトを出発するころには三時をとうに回っていた。私はガルドン・ド・ミアレ川のそばを下って行った。川床には水がなく、日を照り返している。それからサン＝テティエンヌ・ド・ヴァレ・フランセーズ、かつての名称ではヴァル・フランセスクの村を抜け、日の暮れかけたころ、サン＝ピエールの丘を登り始めた。長く険しい上り坂である。サン＝ジャン・デュ・ガールに戻る空っぽの馬車が一台、すぐ後ろをついてきて、頂上付近で追いついた。御者は、誰もがそうするように私を行商人だと決め込んだが、ほかの連中と異なり、どんな商売かもわかったと言った。彼は寝袋の両端から垂れている青い羊毛に目を留め、そこから、フランスの荷馬の首を飾っているような青い羊毛の輪《カラー》を売っているのだと結論したのだ。その判定はどうしても覆させられなかった。

日が暮れてしまう前に丘の向こうの景色をどうしても見たいと思い、私はモデスティンの力の限り急いでいた。しかし、頂上に着いたのは夜だった。月はさやかに空高く掛かっている。西の空には黄昏《たそがれ》の灰色の光の筋が少しだけ残る。大きく口を開けた谷が深い闇に沈み、私の足下で、神の創り給いし自然にうがたれた穴のように広がっていたが、丘陵の輪郭は空にくっきり浮かび上がっていた。エグアル山が見えた。カスタネが牙城とした山だ。カスタネはカミザールたちの中でも特筆に値する。意欲的な指揮官としてだけではない。彼の月桂冠には薔薇《ばら》の小枝が一本編み込まれているからだ。彼は、公の悲劇の中ですら愛がいかに我意を通すものであるかを示した。戦争が最も激しさを増していたころ、彼は山中の砦《とりで》で、マリエットという名の若く美しい娘と結婚した。盛大に祝われ、花婿は二十五人の捕虜を慶事に免じて釈放した。七か月後、〈セヴェンヌの王妃〉の蔑称を得ていたマリエットは、官憲の手に落ちた。辛い目にあったことだろう。しかしカスタネは実行の人であり、かつ妻を愛していた。彼はヴァルローギュの村を襲い、女性一人を人質にとった。そしてこの戦争においてて最初で最後となる、捕虜の交換が行われたのである。二人の間の娘は、エグアル山の星月夜の愛の印として生まれ、その子孫は今日に至るまで生き残っている。

モデスティンと私はサン＝ピエールの頂上で簡単な食事をした。二人でとった最後の食事だった。私は石の山に腰を下ろし、彼女は私の傍《かたわ》らに月光を浴びて立ち、私の手から上品にパンを食べた。かわいそうに、こうしてやるといつもより一生懸命食べるのだった。というのも、彼女は私に愛情らしきものを抱いていたからだ。まもなく私はそれを裏切ることになる。

サン＝ジャン・デュ・ガールまで下る山道は長かった。一人の荷馬車屋を除いては誰にも出会わなかった。月の光が男の消えたランタンに反射して、ずっと遠くから見えていた。十時前に町に到着し、夕食の席に着いた。なんと、十五マイルと険しい丘一つを、六時間と少しで踏破したのだ。

さらば、モデスティン

十月四日の朝、診察の結果、モデスティンは旅を続けられる状態にないと宣告された。少なくとも二日間の休養が必要だというのが馬丁の診立《みた》てであった。しかし私は、留めてある手紙を受け取りに、アレスに行きたくてたまらなかった。それにもう、駅馬車の走る文明国に来ているのだ。私は午後にも連れのご婦人を売って駅馬車で発《た》つことに決めた。昨日の行軍は、サン＝ピエールの長い坂道を後ろをついて登った御者の証言も手伝って、私の驢馬の能力についての好意的な評判を広めた。買おうと考える人々はこれほどの好機はないと心得ていた。十時前、二十五フランでどうかという申し出があった。正午前に、すさまじい駆け引きを経て、私は鞍から何からひっくるめて三十五フランで彼女を売った。金銭的利益は大したものではないが、私はおまけとして自由を買ったのである。

サン＝ジャン・デュ・ガールは大きな町で、住人の大半がプロテスタントである。町長もプロテスタントで、私にちょっとした手伝いを頼んできた。その用向きはこの地方の特色をあらわしている。セヴェンヌの若い女性たちは、宗教が同じで言語が違うことを活《い》かし、イングランドに主に住み込みの家庭教師として渡るのだが、そんな一人、ミアレ生まれの女性がここにいて、ロンドンの二つの紹介所から送られてきた英文の広告と格闘しているところだった。私はできる限りの手助けをし、進んで助言を与えた。われながら素晴らしい助言だった。

もう一つ、書き留めておこう。アブラムシはこのあたりの葡萄畑をすっかり荒らしてしまっていた。朝早く、川のほとりの栗の木々の下で、私は男たちが集まって林檎圧搾機を動かしているのを見た。最初、彼らが何をしようとしているのかわからず、一人に説明を求めた。「林檎酒をこしらえてるんですよ」彼は答えた。「そう、この通りだ《ウィ・セ・コム・サ》。北国じゃあるまいし《コム・ダン・ル・ノル》！」

その声音には辛辣《しんらつ》な響きがあった。林檎酒を作るようではこの地方ももうおしまいだ、とでもいうような。

御者の横にきちんと収まり、馬車が矮性《わいせい》のオリーブの植わった岩がちの谷間をがたがたと走り出したそのとき、初めて私は喪失感に気づいた。もうモデスティンはいないのだ。その瞬間まで、自分が彼女を憎んでいるのだと思っていた。だが彼女はいなくなり、

[*30]「ああ、それは
なんという違いだろう！」

十二日間、私たちは強い絆で結ばれた道連れだった。百二十マイル余りを旅し、いくつも

の相当な尾根を越え、六本の足で、いくつもの岩だらけの脇道を、いくつもの沼地の脇道を、とことこと進んだ。初日以来、ときおり気を悪くし、つれない態度もとったとはいえ、私は辛抱強く耐えた。彼女のほうは、かわいそうに、私を神とみなすようになっていた。彼女は私の手から食べるのが大好きだった。彼女は我慢強く、その姿は気品があり、理想的な鼠の色をしていた。そして類を見ないほど小柄だった。彼女の欠点は、その種と性から来ていた。彼女の美点は、彼女独特のものだった。さらば[*31]、これが永遠の別れならば――。

アダン爺さんは、彼女を私に売り渡すときに泣いた。今度は私が彼女を売り払い、売り払ってみると爺さんの例に倣いたくなった。駅馬車の御者と、気持ちのよい若者が四、五人乗り合わせているだけだったので、私はためらわず自分の感情に屈した。

（中和彩子＝訳）

「驢馬との旅」訳注

「献辞」
1―**ジョン・バニヤン**　『天路歴程』（一六七八）の作者。

「ヴレ」
1―**まるで、屠り場に行く雄牛**　『箴言』七章二十二節。
2―**われ地の果てから果てに達するも**　引用はポウプではなく、アイザック・ワッツ作の讃美歌に基づく。
3―**エリー・ベルテ**　フランスの小説家（一八一八―九一）。
4―**コーニス**　古典建築で、柱頭の上に架した梁部の最上部。

「北部ジェヴォダン」
1―**もう少し先まで、おまえの導きの手を貸してくれ**　ジョン・ミルトン『闘士サムソン』（一六七一）冒頭に基づく。
2―**『荒野の牧者』**　ナポレオン・ペイラのカミザール史についての著作（一八四二）。本作のカミザールに関する記述の多くはこの本に依拠している。
3―**ユリシーズ**　ホメロスの『オデュッセイア』およびそれに基づいたテニソンの詩「ユリシーズ」（一八四二）への言及。
4―**さらば何を見んとて出でしか**　『マタイによる福音書』十一章八節より。
5―**バルフイダーとダンロスネス**　ともにスコットランドの町で、プロテスタント。

「〈雪の聖母〉修道院」
1―**山よ谷よ湖よ、汝らはあの汽笛を聞いたか？**　イギリス湖水地方における鉄道建設への反対を唱える、ワーズワースのソネット（一八四四）より。
2―**ピュージー博士**　英国の神学者（一八〇〇―八二）。英国国教会にカトリック的要素を復活させることによって刷新をはかった、オックスフォード運動の指導者の一人。
3―**『キリストに倣いて』**　中世キリスト教文学の代表作。ドイツの神学者・修道士のトマス・ア・ケンピス著とされる。
4―**エリザベス・シートン**　一七七四―一八二一。三十歳でローマカトリックに改宗。
5―**コットン・マザー**　ボストンの牧師・著述家（一六

六三―一七二八）で、ピューリタニズムの維持のために尽力。

6―**ウェイヴァリー小説**　スコットランドの作家ウォルター・スコット（一七七一―一八三二）による同名の青年士官を主人公とする一連の小説。

7―**バジル、ヒラリオン、ラファエル、パシフィック**　いずれも聖人の名。

8―**ヴィヨー**　フランスのジャーナリスト（一八一三―八三）。

9―**シャトーブリアン**　フランスの作家・政治家（一七六八―一八四八）。

10―**『オードとバラード集』**　ヴィクトル・ユゴー作、一八二六年。

11―**モリエール**　フランスの劇作家（一六二二―七三）。

12―**君には美しいお嬢さんがたくさんいる～**　シャルル・ルコック作曲のオペレッタ『ジロフレ、ジロフラ』（一八七四）。

13―**カルタゴ**　紀元前一四六年にローマが殲滅した、北アフリカの古代都市。

14―**ガンベッタ**　フランスの政治家（一八三八―八二）、共和主義の指導者で、反教権主義をとった。

15―**ガエトゥリアの獅子**　ホラティウス『歌集』一巻二十三歌。

16―**のらくらな快楽主義者**　スティーヴンソンの最初の著作『内地の船旅』（一八七八）の書評より。

「北部ジェヴォダン（続）」

1―**古い劇**　実はスティーヴンソン作。

2―**ブーレ**　フランス発祥の古い舞曲。

3―**斯くも神聖で何ものも近づかない四阿には……ニンフもファウヌスも訪れたことはなかった**　ミルトン『失楽園』四巻七〇五―七〇八行に基づく。

4―**われわれは眠りを妨げられる～ほかならない**　『エセー』三巻十三章より。

「カミザールの国」

1―**W・P・バナタイン**　スティーヴンソンの変名。

2―**まるでたくましいコルテスが、鷲の目で太平洋を見つめたときのように**　ジョン・キーツのソネット「チャップマン訳ホメロスを初めて読んで」（一八一六）。

3―**ロラン伯爵**　ピエール・ラポルト（一六八〇―一七〇四）の通称。

4―**カヴァリエ**　名はジャン（一六八一―一七四〇）。

5―**カスタネ**　名はアンリ（一七〇五没）。

6―契約派　スコットランドで、主教制を拒否し長老主義の保持を表明する二つの「契約」（各一六三八、一六四三成立）を支持した人々。

7―シャープ大主教　名はジェームズ（一六一三―七九）、主教制を支持して長老派弾圧を行った。

8―ヴィラール元帥　カミザール鎮圧の国王軍司令長官（一六五三―一七三四）。

9―ラモワニヨン・ド・バヴィル　一六四八―一七二四。カミザール戦争中はラングドック州長官。

10―フランソワ・ド・ラングラド・デュ・シェーラ　一六四八―一七〇二。

11―私の魂は、緑陰と泉でいっぱいの園のようなもの　『雅歌』四章十二節への言及。

12―キリークランキーの峠　スコットランド高地地方。

13―まるで群れなす象のごとく　キーツ『エンディミオン』二巻二八九行。

14―アントニー・ヴァトー　フランスの画家（一六八四―一七二一）。原語名はアントワーヌ。

15―招かるる者は多かれど、選ばるる者は少なし　『マタイによる福音書』二十二章十四節。

16―ウィグトン　スコットランド南西部の都市。一六八〇年代に多くのプロテスタントが迫害・処刑された。

17―預言者ピーデン　契約派の説教師（一六二六頃―八六）。

18―黒カミザールと白カミザール　白カミザールとも呼ばれる、カトリックの白十字架青年隊が組織されてから、カミザールはそれとの対比で黒カミザールとも呼ばれるようになった。

19―族長　聖書において、イスラエル民族の祖。

20―リンモンの神殿でひれ伏すナアマンのように　『列王記下』五章十八節。

21―勅令　一七八七年。

22―ブルース　スコットランド王ロバート一世（一二七四―一三二九）。イングランド軍を破り、スコットランド独立を承認させた（一三二八）。

23―ウォレス　イングランドへの抵抗運動を率いたスコットランドの愛国者（一二七二？―一三〇五）。

24―ジュリアン　ジャック・ド・ジュリアン。最初は旅団長、一七〇二年から少将として、カミザールの強敵。

25―自由の帽子　三角頭巾をかたどった帽子で、隷属からの自由を象徴する。

26―かの詩のピッパ　ロバート・ブラウニング『ピッパが通る』（一八四一）。

27―すべての者に訪れる希望　ミルトン『失楽園』一巻

六五行。

28―**ルーヴルルニユ**　正しくはルーヴルルイユ。

29―**霊と真理をもって**　『ヨハネによる福音書』四章二十四節。

30―**ああ、それは／なんという違いだろう！**　ワーズワースの「ルーシー詩篇」より。人知れず死んだ孤独なルーシーを悼む。

31―**さらば、これが永遠の別れならば**　自分のもとを去った妻に向けて未練に満ちた苦しい胸中を打ち明ける、バイロンの詩（一八一六）の冒頭に基づく。

＊聖書からの引用は、日本聖書協会の新共同訳・口語訳・文語訳を適宜用いた。

編集部注

＊＊**屠り場**　「屠り場」を恐ろしい場所であるかのようにたとえる表現には、と畜従事者への偏見を助長するおそれがありますが、ここでは「(信仰によって得られる）知恵を持たぬがゆえに知らぬままに末路をたどる者のたとえ」として使われており、差別を助長する意図はないと考え、原文のまま訳出しました。

解説——辻原 登

二人のツシタラ

二〇一五年四月、天皇皇后両陛下はパラオの訪問を果たされた。太平洋戦争で亡《な》くなった人々への念願の慰霊の旅だが、その十二年前（二〇〇三年）の十二月、産経新聞の社会面の片隅に、「両陛下、来春予定の初めての太平洋三カ国ご訪問見合わせ」という政府発表のベタ記事が載った。この時、太平洋三カ国（パラオ、マーシャル、ミクロネシア）政府を代表して、両陛下ご訪問の要請と準備に訪日したのは、ミクロネシア・トラック環礁の大酋長《だいしゅうちょう》ススム・アイザワ氏（七十三歳）だった。

大酋長ススム・アイザワとは何者か。

記事には、ススム・アイザワ（相沢進）氏は戦後間もないプロ野球・高橋（トンボ）ユニオンズの投手だった人だ、と短い説明が付いていた

あの相沢進！　私には忘れられない野球選手のひとりだ。

一九五六年二月、十歳の私は和歌山市向之芝《むこうのしば》にあった、いまはない県営球場で、春一番が吹いて立ちのぼる砂埃の中で、鋭いダッシュをくり返し、遠投する褐色の相沢進を見た。

以下、ここから先、しばらくは拙作『枯葉の中の青い炎』からところどころ借りつつ進め

る。

かつて日本プロ野球に「トンボ」というチームがあった。パシフィック・リーグの八番目のチームとして、一九五四年に高橋ユニオンズが生まれ、翌五五年にトンボ・ユニオンズに変わり、五六年には再び高橋ユニオンズにもどり、その年のシーズン終了とともに消滅した。父に連れられ、弟と一緒に私がみたのは、ユニオンズの最後の春季キャンプ風景であり、アイザワ・ススムだったのだ。

アイザワ・ススムは、神奈川県立湘南《しょうなん》高校卒業後、社会人野球で活躍し、一九五〇年に毎日オリオンズに入団した。五四年、結成された高橋ユニオンズに移籍した。一九五六年、ユニオンズの消滅とともに、彼の姿は野球界から消える。私の記憶からも消える。

ススムの父、相沢庄太郎は神奈川県藤沢市の出身で、一九一七年、南洋貿易の社員として、ボースン鳥を求めて旅立った。

ボースン鳥は山鳩《やまばと》に似た尾長の美しい熱帯鳥で、その尾羽はパリの高級婦人帽になくてはならないアクセサリーとして珍重されていた。

boatswain と書く。鳴き声が、水夫長《ボースン》が船で吹くホイッスルの音に似ているところからそう呼ばれる。

一九一四年八月、日本はドイツに宣戦して第一次世界大戦に参加し、十月にはマリアナ、カロリン、マーシャルなどのドイツ領南洋群島を占領下におさめていた。相沢庄太郎の乗った船は南洋貿易所有の長明丸三百五十トンで、横浜を出て五日後、東経百五十五度、赤道付近カロリン海域で暴風雨に遭遇し、横波をくらって転覆した。乗客、乗組員三十二名は海に投げ出された。全員が死亡したとされる。

しかし、相沢庄太郎はデッキ・ベンチの背板につかまって漂流中、七日目の正午ごろ、トール（水曜島）の漁師に救助された。この海域では北赤道の海流と貿易風によってうねりは東から来るが、そのうねりに乗ったのがさいわいした。

庄太郎はカヌーで島に運ばれ、大酋長の家で手厚い介抱を受けた。大酋長はマリエトア、ナトアイテレ、タマソアリィの三つの称号を持つトールの王で、名をル・ファレ・アリィイといった。

一九二二年、南洋群島は日本の委任統治領になり、南洋庁がおかれ、パラオ、ヤップ、サイパン、トラック、ポナペ、ヤルートの六区域にそれぞれ支庁が設けられた。多くの日本人がやってきて、住んだ。国民学校、公学校が開かれ、現地住民の子弟たちにも日本語教育が強制された。

相沢庄太郎はル・ファレ・アリィイの娘リサと結婚し、しあわせに暮らした。一九三〇年、ススムが生まれた。

大酋長《アリィイ》は世襲ではない。しかし、いくさや財力といった世俗の権力によってその地位につくのでもない。風の道を知り、スティック・チャートの操作に習熟し、森の魔物と交流し、かつなだめることのできる能力のある者が選ばれる。能力は素質と修練によって獲得されるが、その天性を見抜き、導くのもまたル・アリィイの大切な任務であった。

パラオの南洋庁支庁からひとりの役人がやってきて、ル・アリィイの客となった。ナカジマといった。三十がらみの瘦《や》せて、丸メガネをかけた男で、南方の植民地用の国語教科書を作るために現地調査で回っているといった。

ナカジマはル・アリィイに熱心に島の神々について質問し、ル・アリィイが答えるのをメモした。通訳は庄太郎である。ススムもそばで熱心に耳を傾けた。

ル・アリィイは英雄ドリットについて話した。ドリットは遠い遠いところの星の息子だが、いたずらをして神の怒りを買い、地上に追放される。彼は森の中で苦難に出会い、飢えで死にそうになり、天界にいる姉に食糧を送ってくれるようにたのむと、姉はボースン鳥を遣《や》って、パンの実やコプラを届けてやる。こうしてボースン鳥は天と地上をつなぐ役目を果たし、すべてを見、すべてを知り、すべてを語るとされた。

ドリットは森に住み、魔物や動物たちと交わり、彼らと人間を仲介する役割を果たすようになる。やがてドリットは森の妖精《ようせい》ドリュアスと結婚する。ドリットは小舟で地下の世界に降りていったり、凧《たこ》につかまって空を旅することもできる。なぜなら空中を飛び回るのも、水の中で泳ぐのと同じく自然なことだからである。

するとお返しに、ナカジマはドリットの話より何倍も面白い物語をいくつも聞かせてくれた。人間が虎《とら》になる支那《シナ》の話、海賊や宝捜しの物語、願いを叶《かな》えてくれる壜《びん》の話などだった。

望んだものは何でも、——愛でも名声でも、豪華な屋敷でもきらびやかな宮殿でも、口に出せば自分のものになる。

壜の中には小鬼が入っている。それはきっと森に住む魔物みたいなものだろう、とススムは思った。小鬼は、願いを叶えてもらったら、一刻も早く退散してもらいたくなるような、そんなぞっとするような嫌なやつらしい。

しかし、この壜は買値より安く売らないと手放すことができない。買ったのと同じ値段で売るとブーメランみたいにもとの持主のところへもどってくる。売る前に死ぬと、持主は永遠に地獄の劫火《ごうか》で焼かれつづけなければならない。ナポレオンもクック船長もこの壜のおかげで世界を手に入れ、たくさんの島へ行くことができたが、安く売れなかったため、悲惨な最期《さいご》を迎え、相変わらず地獄で焼かれている。いま、ハワイ島の一人の男、ケアウェという男の手にその壜がある……。

「おじさんがこしらえたの？　そのお話」

ナカジマはたのしそうに、でもとても弱い人のようにゆらゆらと首から上を揺り動かして言った。

「これはいまから五十年ほど前、サモアに住んでいた英国人の作家がつくったものなんだよ。彼はみんなから物語作者酋長《ル・アリィイ・ツシタラ》と呼ばれて慕われていた。亡くなったのもサモアだ」

「じゃあ、ナカジマさんもル・アリィイ・ツシタラだね」

ナカジマは澄んだ笑い声をあげた。まんざらでもなさそうだった。

中島敦がトールにやってきたのは一九四一年十月二十六日である。その年の十二月、アメリカとの戦争がはじまった。

†

終戦・敗戦とともにススム・アイザワは、父の庄太郎とトラック諸島の水曜島《トール》から日本に強制送還された。母のリサと妹は現地に残された。ススムは父の藤沢市の実家から湘南高校に進み、野球部に入り、投手として活躍し、甲子園に出場する。卒業後、社会人野球から毎日オリオンズに入団、その後、高橋ユニオンズに移籍。ここでスタルヒン投手と同僚となる。また彼の高校時代の同級生に慶應大学からやはり高橋ユニオンズに入り、二塁手として活躍し、引退後プロ野球の名解説者となった佐々木信也がいる。

ススムは、講和条約が締結され、追放が解除されて母と妹のいるトラック（ミクロネシア連邦）に帰った。

その彼が半世紀後、大酋長となり、パラオ、ミクロネシア連邦、マーシャル諸島の代表として来日した。

私は先の新聞記事を読んで、少年時代の思い出と、小説家として強い興味を抱いて、二〇〇四年の五月のある日、赤坂・霊南坂にあるミクロネシア連邦大使館をたずねた。インタヴューに丁寧に流暢《りゅうちょう》な日本語で応じてくれたのは若いJ・フリッツ公使だったが、インタヴユーの途中で、彼は急ににっこり笑って、こう言った。

「私はススム・アイザワの甥《おい》です。つまりススムの妹レナの息子です」

もし二人の物語作者酋長《ル・アリイイ・ツシタラ》、つまりスティーヴンソン（一八五〇―一八九四）と中島敦（一九〇九―一九四二）が生きていて、ススム・アイザワと遭遇していたら……と夢想するうち、スティーヴンソンの『南海千一夜物語』（*Island Nights' Entertainments*／『ファレサーの浜』『壜の小鬼』『声の島』）や中島敦の『南島譚』『環礁――ミクロネシヤ巡島記抄』などが私の頭の中を駆けめぐり、小説『枯葉の中の青い炎』ができたのだが……。しかし、重要なのは中島敦の『光と風と夢』である。

†

『光と風と夢』（一九四二年）の原題は「ツシタラの死」である。ツシタラはサモア語で物語作者、即ちスティーヴンソンである。

中島敦は、スティーヴンソンの年譜と日記と作品のすべてを徹底的に読み込み、スティーヴンソンのサモアでの生活と創作の日々を中心に、時に彼の日記を新たに創造するなどして、その生涯と文学を見事に再構成した。

十九世紀後半を代表する物語作者《ツシタラ》と二十世紀前半を代表するツシタラとが東西から合一して、稀有《けう》な、傑出した小説が生まれた。秀れたスティーヴンソン伝であると同時にスティーヴンソン論、そして文学論（徹底した私小説、リアリズム小説批判）、そして伝奇《ロマン》。『光と風と夢』に較べると、チェスタトンの『ロバート・ルイス・スティーヴンソン』も、ナボコフやボルヘスがスティーヴンソンとその作品について論じたどの文章も底の浅いもの、たかが知れたものである。

例えば——。

五月×日

午後、ベル（イソベル）のピアノに合せて銀笛《フラジオレット》を吹く。クラックストン師来訪。「壜の魔物《ボットル・イムプ》」をサモア語に訳して、オ・レ・サル・オ・サモア誌に載せ度《た》き由。欣《よろこ》んで承諾。自分の短篇の中でも、ずっと昔の「ねじけジャネット」や、この寓話《ぐうわ》など、作者の最も好きなものだ。南海を舞台にした話だから、案外土人達も喜ぶかも知れない。之《これ》で愈々《いよいよ》私は彼等のツシタラ（物語の語り手）となるのだ。

夜、寝に就いてから、雨の音。海上遠く微かな稲妻。

あるいは、次のような中島のスティーヴンソン論。

死の冷たい手が彼をとらえる前に、どれだけの美しい「空想と言葉との織物」を織成すことが出来るか？　之は大変豪奢《ごうしゃ》な賭のように思われた。出発時間の迫った旅人の様な気持に追立てられて、彼はひたすらに書いた。そうして、実際、幾つかの美しい「空想と言葉との織物」を残した。「オララ」の如《ごと》き、「スロオン・ジャネット」の如き、「マァスタア・オヴ・バラントレエ」の如き。「成程、其等の作品は美しく、魅力に富んではいるが、要するに、深味のないお話だ。スティヴンスンなんて結局通俗作家さ。」と、多くの人がそう言う。しかし、スティヴンスンの愛読者は、決して、それに答える言葉に窮しはしない。

五月×日

(……)心理学も認識論も未だ押寄せて来ない此の離れ島のツシタラにとっては、リアリズムの、ロマンティシズムのと、所詮は、技巧上の問題としか思えぬ。読者を引入れる・引入れ方の相違だ。読者を納得させるのがリアリズム。読者を魅するものがロマンティシズム。

そして、スティーヴンソンの最期と葬儀を描く圧倒的な最終章の最後のパラグラフ。

老酋長の一人が、赤銅色の皺《しわ》だらけの顔に涙の筋を見せながら、——生の歓《よろこ》びに酔いしれる南国人の・それ故にこそ、死に対して抱く絶望的な哀傷を以て——低く呟《つぶや》いた。

「トファ(眠れ)! ツシタラ。」

†

私が高校生になって読んだ『宝島』(岩波文庫　阿部知二訳――訳文が素晴しい！) の扉にはスティーヴンソン自身が作成した詳細な宝島の地図が掲載されていた。彼はまず一つの島の地図を描き、それをひとりの少年（スティーヴンソン夫人の連れ子ロイド・オズボーン）と共にみつめながら毎日一章ずつ物語をつくり、語っていったのである。途中から有名な灯台技師であるスティーヴンソンの父親も加わって、地図はより詳細になり、物語もまた成長し、波瀾万丈の海となり森となった。

『宝島』には次のような献辞が付されている。

アメリカの紳士
ロイド・オズボーンへ

きみの古典的な趣味に合わせて
この物語は編みだされた。
いま、きみの親しい友であるところの
この作者は、きみが、かずかずの

楽しい時をあたえてくれたお礼に、
心からの熱愛をこめて、
これをささげる。

小学生の頃、児童向けのダイジェスト版でしか『宝島』を読んでいなかった私は、岩波文庫版ではじめてスティーヴンソンの豊饒な物語世界に触れ、夢中になった。まるでロイド・オズボーンのように。

田舎の浜や森を舞台にした宝捜しごっこから、私は物語の宝を捜す人間になりたいと考えるようになった。

†

物語は文章そのもの（文体）によって成立する。文体は、文章の外側にある現実には依拠しない。秀れた物語作者《ツシタラ》だけが文体を持つ。文体は定義付けることも、分析することもできない。

スティーヴンソンの初期の傑作の一つ、紀行文『驢馬《ろば》との旅』を読む。

夜というのは、屋根の下では死んだように単調な時間だが、屋外では星や露や香りを伴って軽やかに過ぎて行く。（中略）そして鳥たちとともに寝ていた宿なしの人々は、かすむ目を開いて夜の美しさを見つめる。

フランス人のうまい表現を使えば「星空の下で《ア・ラ・ベレトワル》」眠った経験のない人間は、星を知らない。

これほど味わいの深い風景にはめったにお目にかかれない。私は楽しげな雰囲気に包まれて歩を進め、心は軽く、穏やかで、満ち足りていた。しかしそんな気分になったのは、もしかすると土地のせいばかりではなかったかもしれない。もしかすると、誰かがよその国で私に思いを馳《は》せていたのかもしれない。あるいは、私自身のある思いが知らぬまに浮かんで消え、にもかかわらず、私によい影響を与えてくれたのかもしれない。もの思いの中には、このうえなく美しいはずなのに、その目鼻立ちをきちんと見極められないうちに消えてしまうものがある。まるで、何かの神が人間界の緑陰の街道を旅する途中で家の扉を開け、中をにこにこと覗《のぞ》き込み、また行ってしまって二度と戻らない、そんな感じだ。

スティーヴンソンの物語は、須《すべか》らくこのような文体で綴《つづ》られているのだ。彼の文は物語内の現実を動かし、変容・変貌させる。ジーキル博士は自ら調合した薬液を服《の》んでハイドに変貌し、又薬液を服んでジーキルに戻るのだが、ついに永遠にハイドに変容してしまう。それは薬液によってではなく、文の力、即ち文体によって引き起こされる事態なのだ。
三十分もすれば、わたしは再び、今度は永遠に、あの卑しい人格を身にまとう。そのときわたしは、椅子に坐《すわ》ってぶるぶる震えながら泣きじゃくっているか、あるいは緊張と恐怖に圧倒されながら夢中で耳をそばだて、書斎（地上におけるわたしの最後の逃げ場）の中をうろうろ歩きまわり、近づく脅威を聞きとろうとしているだろう。ハイドは絞首台で死ぬのか。それとも最後の瞬間になって、勇気をもって自分を解き放つのか。わたしには知るよしもないし、どちらでもかまわない。わたしにとっては今こそ死の瞬間であり、この先何があろうと、それはすべて別人の身に起こることだからだ。わたしはここに筆を擱《お》き、告白に封をして、不幸なヘンリー・ジーキルの人生に幕を下ろす。

†

残念ながらこの巻に収録できなかったが、『宝島』と『ジーキル博士とハイド氏』を合体させた、壮大な愛と憎しみの歴史スペクタクル『バラントレイ卿』（あるいは『バラントレーの若殿』*The Master of Ballantrae*）の無類の面白さを喧伝《けんでん》しておきたい。翻訳には、『バラントレイ卿』（角川文庫　西村孝次訳）と『バラントレーの若殿』（岩波文庫　海保眞夫訳）がある。

スティーヴンソンは一八九四年十二月三日、サモアのヴァイリマで死んだ。四十四歳。中島敦は一九四二年十二月四日、東京で死んだ。三十三歳。

スティーヴンソンの最期について、やはり『光と風と夢』から。


十二月三日の朝、スティヴンスンは何時《いつ》もの通り三時間ばかり、「ウィア・オヴ・ハーミストン」を口授して、イソベルに筆記させた。午後、書信を数通したため、夕方近く台所に出て来て、晩餐《ばんさん》の支度をしている妻の傍で冗談口をききながら、サラダを掻《か》きまぜたりした。それから、葡萄酒《バーガンディ》を取出すとて、地階へ下りて行った。瓶を持って妻の傍まで戻って来た時、突然、彼は瓶を手から落し、「頭が！　頭が！」と言いながら其《そ》の場に昏倒した。

直《す》ぐに寝室に担ぎ込まれ、三人の医者が呼ばれたが、彼は二度と意識を回復しなかった。「肺臓麻痺を伴う脳溢血《のういっけつ》」之が医師の診断であった。


事実はこの通りだろうが、ここで別の証言があって、この場面はさらに詳しく、小説めいてくる。

――スティーヴンソンは、お気に入りのブルゴーニュ・ワインを地下に取りに行き、戻ってきて台所で栓を抜いたとたん、妻に向かって叫んだ。「おれはどうしたんだろう？　なんて奇妙なんだ！　おれの顔、すっかり変わってしまってはいないか？」
そして、ばったり床の上に倒れた。

「おれの顔、すっかり変わってしまってはいないか？」
ウラジーミル・ナボコフは「スティーヴンソン論」（『ヨーロッパ文学講義』）の最後で、右のセリフを取りあげ、このスティーヴンソンの人生最後の挿話と、ジーキル博士の最後の変容のあいだには奇妙な符合、主題的つながりがあるとしているが……、誠にナボコフらしい、と言うよりほかはない。

作品解題

ロバート・ルイス・スティーヴンソンは短い生涯に多くの作品を残した。数え方にもよるが、三百編を優に超える小説、エッセイ、戯曲を執筆し（友人や妻や義理の息子との共作も含む）、さらに詩集も出版している。

本巻では、冒険小説、ゴシック小説から心理小説までを手がけた小説家としてのスティーヴンソンの多様性を示すため、長篇は割愛し、中・短篇を中心に編んだ。また、ノンフィクションの代表作として、紀行文『驢馬《ろば》との旅』を収めた。

小説は年代順ではなく、おおよそ舞台となる土地ごとに分類し、ロンドン・パリもの、スコットランドもの、南海ものの順に配列してある。さらに『寓話《ぐうわ》』から、スティーヴンソンの意外なメタフィクションと、『驢馬との旅』への導入になるように、旅人が登場する掌篇を選んだ。

主に紙幅の都合により、長篇『誘拐されて』や『二つの薔薇』に代表される歴史ロマンス、ユニークな主題（傘や犬や怠惰について）のエッセイ、文学論などは、残念ながら収録を見送らざるをえなかった。これらの紹介については他日を期したい。

以下、収録作品のそれぞれに関して、簡単に解説する。

『ジーキル博士とハイド氏』*Strange Case of Dr. Jekyll and Mr. Hyde*

初出（単行本初版）：*Strange Case of Dr. Jekyll and Mr. Hyde*, London: Longmans, Green, and Company, 1886.

底本：Barry Menikoff, ed., *The Complete Stories of Robert Louis Stevenson: Strange Case of Dr. Jekyll and Mr. Hyde and Nineteen Other Tales*, New York: Modern Library, 2002. 単行本初版に基づく。

　品行方正な名士ジーキル博士の家に、いかがわしい若い紳士ハイドが出入りするようになった。しかも博士はハイドを遺産相続人に指名している。友人である弁護士アタソンは、そんな博士とハイドの関係を憂慮しているのだが、やがてハイドが殺人を犯すに及び――。

　都市を舞台にしたゴシック的怪奇小説であり、一種の探偵小説とも読める、スティーヴンソンの代表作のひとつ。

　ホフマン「砂男」（一八一七年）、ホッグ『悪の誘惑』（一八二四年）、ポー「ウィリアム・ウィルソン」（一八三九年）、ドストエフスキー『二重人格』（一八四六年）、さらにはワイルド『ドリアン・グレイの肖像』（一八九〇年）など、十九世紀には分身テーマの小説が猖獗《しょうけつ》を極めていた。『ジーキル博士とハイド氏』はその中でも最もポピュラーな作品である。「マーカイム」や『バラントレーの若殿』からもわかるように、スティーヴンソンには分身テーマ、あるいは善と悪の対立への関心が一貫して見られる。カルヴァン主義の影響や、十八世紀エディンバラで家具職人・市議会議員として活躍するかたわら盗賊でもあった神話的人物、組合長《ディーコン》ブロディへの興味（友人と合作で『組合長《ディーコン》ブロディ』という戯曲も書いている）などを指摘されることも多い。

　とはいえ本作において、ジーキル博士を「善」、ハイド氏を「悪」と単純に分類することはできない。ハイドは純粋な悪だが、ジーキル博士は善と悪との混合体だからだ。そればかりかジーキルは手記の中で、人間が二つどころではなく、さらに多くの人格に分裂している可能性さえ示唆する。

ジーキルの中のハイドをあえて位置づけるなら、「悪」ではなく「欲望」というのがふさわしい。ジーキルは、ヴィクトリア時代のミドルクラスの道徳規範からはみ出す欲望を抑えきれなくなった男である。冒頭で、ジーキルにとってもう一人の分身ともいえるアタソンが、好きな酒や観劇を我慢する人物として提示されているのは偶然ではない。実際、遊び人である青年エンフィールドと親密な関係を結ぶアタソンと、自分の欲望を肩代わりしてくれる年下のハイドから離れられないジーキルは、奇妙なくらいよく似ている。

欲望を実体化した存在であるハイドの行動は、作中で比喩的に猿や穴居人と結びつけられる。ヨーロッパにおける「猿」イメージの利用には長い歴史があるものの、十九世紀末の文脈においては、ハイドの描写をダーウィン進化論の（誤解も含めた）インパクトと関連づけることが可能だろう。「殺人者」ハイドの肖像はまた、同時代イタリアの犯罪学者ロンブローゾが提示した「犯罪者類型」（これも進化論に影響された退化言説のひとつ）ともぴったり重なっている。怪物の造形にも時代精神が刻印されているのだ。

本作の主要な登場人物は男性、それも「家庭」を持たない独身男ばかりである。一方、ストーリーの周縁にとどまる女性たちは例外なく使用人か、街路を歩き回る労働者や移民——ミドルクラスの理想だった「家庭の天使」像にあてはまらない存在——として設定されている。これらの女性キャラクターたちが、数少ないその登場場面において、なんらかの形で暴力やヒステリーと結びついて表象されているのは興味深い。

（大久保 譲）

『自殺クラブ』"The Suicide Club"

初出：*London.*（週刊、一八七八年六月八日―七月二十七日連載）"Latter-Day Arabian Nights" 全七話のうちの最初の三話に、"The Suicide Club" の副題。

単行本初版：*New Arabian Nights*, vol. 1, London: Chatto and Windus, 1882.

底本：Menikoff, ed., 前掲書。単行本初版に基づく。

短篇集『新アラビアン・ナイト』のうち、ボヘミアのフロリゼル王子が活躍する連作の前半の三篇をまとめたもの（後半の四篇は「ラージャのダイヤモンド」）。各篇の最後に、架空の「アラビア人の著者」が登場して、次の短篇への橋渡しをするという趣向になっている。

三篇を通してフロリゼル王子と自殺クラブ会長の対決が描かれるが、叙述は直線的ではない。「クリームタルトを持った若者の話」をはじめ、いずれも不可解で、滑稽でさえある小さな事件から始まり、一見無関係なそれらの事件が巧みにひとつの筋に結びあわされていく。

フロリゼル王子と従者ジェラルディーン、アメリカ人青年サイラス、インド帰りの士官ブラックンベリーは、全員が独身の遊歩者《フラヌール》であり、同時に舞台となる大都市（ロンドン、パリ）における異邦人である。独身男たちの、女性を排したホモソーシャルな連帯が重要な意味を持つところは『ジーキル博士とハイド氏』と共通している。

本作が、例えばコナン・ドイルのシャーロック・ホームズ・シリーズに多大な影響を与えたことは想像に難くない。ドイルが同郷で大学も同窓のスティーヴンソンを敬愛していたことは『シャーロック・ホームズの読書談義』（一九〇七年）や自伝『回想と冒険』（一九二四年）に詳しい。『緋《ひ》色《いろ》の研究』（一八八七年）冒頭でアフガニスタンから祖国に帰還し、ロンドンを彷徨《ほうこう》する軍医ワトソンは、ブラックンベリーとそっくりだし、短篇第一作「ボヘミアの醜聞」（一八九一年）は変装したボヘミア王がロンドンを訪れる話だ。そうしたキャラクターの類似以上に、帝国主義時代の男たちが活躍するのにふさわしい冒険の空間としてロンドンを表象した点が、ホームズ・シリーズに受け継がれていると言えるだろう。

「自殺クラブ」の影響をとどめたもうひとつの小説が、夏目漱石の『彼岸過迄』（一九一二年）だ。主人公の敬太郎は、「まだ高等学校に居た時分、英語の教師が教科書としてスチーヴンソンの新亜刺比亜物語という書物を読ましたころから」探偵趣味を身につけ、「尋常以上に奇なあるもの」を求めて東京を徘徊《はいかい》するようになる。漱石は、帝大での英文学講義をまとめた『文学論』（一九〇七年）でも「自殺組」にかなり詳細な解説を加えており、いくつかの談話で好きな作家にスティーヴンソンを挙げている（「予の愛読書」「余が文章に裨益せし書籍」ともに一九〇六年）。

（大久保 譲）

『嘘の顛末』 "The Story of a Lie"

初出：*New Quarterly Magazine*, 25.（一八七九年十月号）単行本未収録。

底本：Menikoff, ed., 前掲書。1st Vailima Edition (1912) に基づく。

本邦初訳。地主の息子ディック・ネイズビーは、遊学先のパリで、酔いどれのいかさま紳士「提督」こと元画家のヴァン・トロンプと知り合う。やがて帰郷したディックは、ある事件がきっかけで父親と仲違いし、失意の日々を送るうちに、近所に住むエスターと恋仲になる。彼女はヴァン・トロンプの娘だった。不在の父親に幻想を抱くエスターに対し、ディックは「提督」の姿を美化して語ってみせるのだが、ある日、ヴァン・トロンプが姿を現し、ディックの嘘《うそ》が明らかになってしまう——。

父親を失望させる息子と父親に失望する娘が交差するストーリー。とはいえディックは絶縁後も父と同居し、エスターは家出を試みるものの結局は父のもとにとどまる。最後の唐突な和解のヴィジョンと合わせ、不思議な印象を残す小説だ。父親に反発しながらも経済的にも精神的にも依存していたスティーヴンソン自身のアンビヴァレンスが表現されている、と考えるのは素朴すぎる解釈だろう。とはいえこの作品が、愛するファニーの呼びかけに応じ、周囲の反対を押し切って祖国を離れたスティーヴンソンによって、アメリカに向かう船上で書き上げられたものだという伝記的事実は残る。翌年、スティーヴンソンはファニーと結婚し、両親と初めて引き合わせた。驚いたことに両親はファニーをすっかり気に入ってしまい、「嘘の顚末」を地でいくような和解に到ったのである。

（大久保譲）

『ある古謡』“An Old Song”

初出：*London.*（週刊、一八七七年二月二十四日―三月十七日連載、無署名）

単行本初版：Roger G. Swearingen, ed., *A Newly Discovered Long Story, An Old Song, and a Previously*

Unpublished Short Story, Edifying Letters of the Rutherford Family, Hamden: Archon Books, 1982.

底本：Menikoff, ed., 前掲書。単行本初版に基づく。

スティーヴンソンにとって、出版された初めての短篇小説となる。そのことが研究者によって明らかにされ、正式にスティーヴンソン作として出版されたのは一九八二年のことで、本邦初訳。

シンプルな構造のメロドラマはたしかに古謡らしさを感じさせ、また、作中の年代も明示されていないものの、十九世紀後半当時の風俗が描き込まれており、初出誌の読者は「現代小説」として読んだことだろう。

高い評価を受けている作品ではないが、興味深いのは、スティーヴンソンがその後の作品で追究していく、「分身」や「兄弟のライバル関係」といったモチーフがこの小品にすでに見られることである。とりわけ、長篇の代表作で、紙幅の都合で本巻に収録できなかった『バラントレーの若殿』（一八八九年）とは登場人物の関係や展開が酷似しているので、ぜひ併せて読んでいただきたい。


（中和彩子）

『死体泥棒』 "The Body-Snatcher"
初出：*Pall Mall Christmas "Extra"—No. 13.*（一八八四年十二月）単行本未収録。
底本：Menikoff, ed., 前掲書。1st Vailima Edition (1912) に基づく。
十九世紀前半の都市エディンバラを舞台に展開する、史実から想を得た怪奇幻想物語であり、物語の枠構造、人間臭さ溢《あふ》れるフェッテスはじめ登場人物の構成と造型、怪奇があぶり出す欺瞞《ぎまん》と道徳性への問いかけ、作品を演出する光と暗翳《あんえい》のコントラスト等、随所にスティーヴンソンらしさが凝縮した作品といえる。かつてスコットランド王国の首都であったエディンバラは、啓蒙主義諸学が隆盛を極めた十八世紀には「北のアテネ」と称えられた知の都であり、近代医学発展の一大拠点でもあった。その絢爛《けんらん》とした輝きを支えた背後には、作品の題材となった死体盗掘とバーク・アンド・ヘア事件という闇の側面もあったと伝えられ、光に闇が内在する歴史的な二重性は、近代の具現である瀟洒《しょうしゃ》なニュー・タウンと中世の名残を留め猥雑《わいざつ》なオールド・タウンが織り成す都市構造的な二重性とともに、のちに『ジーキル博士とハイド氏』を生み出したスティーヴンソンを、反発させつつも惹きつけたとされる。物語で言及されるエディンバラ郊外の地勢は正確に現実世界の地図をなぞり、スティーヴンソン自身が訪れた実在の居酒屋も登場する。

冒頭部、フェッテスと「僕」、旅籠《はたご》の亭主、葬儀屋の掛け合いの場面は、色彩感と空間の拡がりこそ異なるが、トレローニー、ジム、医者、ジョン・シルヴァー等が集結し好奇心と緊張感の漲《みなぎ》るなかで冒険が始まる『宝島』を彷彿《ほうふつ》させる。眩《まばゆ》く危うげな若者たちの姿を投影するがごとく、脆《もろ》く壊れるランプの輝きと、闇を疾走する馬の姿で締め括《くく》られる結びの躍動感は、スティーヴンソンの筆致の持ち味といえよう。

（吉野由起）

『メリー・メン』“The Merry Men”

初出：*Cornhill Magazine*, 45 and 46.（一八八二年六月・七月）

単行本初版：*The Merry Men and Other Tales and Fables*, London: Chatto and Windus, 1887.

底本：Menikoff, ed., 前掲書。単行本初版に基づく。

『宝島』の直前に執筆された、やはり宝探しの物語であるが、スティーヴンソンの考える冒険小説の典型であった『宝島』とは対照的に、宝探しの挫折が内省的に語られる。興味深いことに、「メリー・メン」を表題・巻頭作とする短篇集の最後には、「フランシャールの宝」（"The Treasure of Franchard" 未訳）が収められている。こちらは宝探しの夢に踊らされる男を滑稽に描くが、ほのぼのとした結末が待っている。「フランシャールの宝」の執筆は、『宝島』から一年も経《た》っていない。一年半の間に立て続けに執筆されたこれら三作品は、宝探しのモチーフに対するスティーヴンソンのアプローチの多様さを示している。

スティーヴンソンの宝探し小説としてもう一つ言い落とすわけにいかないのは、義理の息子ロイド・オズボーンと共作した『難破船』（一八九二年）。ミステリの要素の強いスリリングな展開は、ほかのどの作品とも異なる。『宝島』（スティーヴンソンによれば、構想の出発点は、ロイドの水彩絵具を借りて手すさびに描いた島の地図であり、ロイドは物語の最初の聴き手でもあった）からここまで遠くに来てしまったかという印象を読者に与える、宝探し物語の極北ともいえる作品だ。

作中で使われている言葉について、ごく簡単に説明を加えておく。

スコットランドの言語は、主に低地地方《ローランド》で使用されるスコッツ語、高地地方《ハイランド》とヘブリディーズ諸島を基盤とするスコットランド・ゲール語、および、十六世紀以降、イングランドとの同君連合や議会の統合等さまざまな要因により使用領域が拡大し、影響力を強めた英語の三つに大別される。語り手チャールズが回想する事件の年代は十八世紀後半と思われ、これはスコットランドの都市部、特にエディンバラを中心に啓蒙運動が起こった時期と重なる。チャールズがエディンバラ大学で師事し、当時学長だったという歴史家ウィリアム・ロバートソンは実在の人物で、啓蒙運動の貢献者の一人である。啓蒙の風潮の中で、スコッツ語の社会的地位はますます低下した。低地地方の家系の出でエディンバラ大学で学んだチャールズは一貫して英語を話し（思わず発したあるセリフを除く。訳注8参照）、同じ家系だが船乗りになり、インナー・ヘブリディーズ諸島のグリサポル島（マル島がモデル）に住むようになったおじはスコッツ語のみを使用する。おじの娘のメアリーは、本土で教育を受けたことがあるという背景を反映するかのように、スコッツ語と英語を使い分けることができる。一風変わった英語を話す、使用人のローリーは、ヘブリディーズ諸島出身のゲール語話者であるようだ。

（中和彩子）

『声の島』 "The Isle of Voices"

初出：*National Observer.*（週刊、一八九三年二月四日―二十五日連載）

単行本初版：*Island Nights' Entertainments*, London: Cassell and Company, 1893.

底本：Roslyn Jolly, ed., *South Sea Tales*, Oxford: Oxford University Press, 1999. 単行本初版に基づく。

『南海千一夜物語』（一八九三年）に収録されている、「ファレサーの浜」「壜の小鬼」「声の島」のうち、後二者はハワイを舞台とし、ハワイ人《カナカ》の男を主人公とした、現代のおとぎ話であり、物質文明、キリスト教文明と魔術が共存する不思議な世界を描いている。しかし面白いことに、スティーヴンソンは、これらの作品には「奇妙なリアリズム（queer realism）がある――最もとっぴな作品にさえ。「声の島」にさえも。描かれた風俗は正確なのだ」と述べている（一八九二年十二月三日付、シドニー・コルヴィン宛書簡）。

スティーヴンソンは一八八八年から一八九〇年にかけて三回、南太平洋を周遊航海するが、その間、ハワイや南海の諸島の現状を積極的に知ろうとし、人類学的、歴史的な関心からの研究にも余念がなかった。一八九〇年にはサモア諸島のウポル島に土地を購入して大邸宅を建て、土地の流儀を尊重しながら土地の人々と交わって暮らす。サモアの政争——そこには、植民地の拡張を狙う西欧列強が介入していた——にも、原住民の立場に立って深く関わった。

世界各国の魔法使いたちが表題の珊瑚《さんご》島に押し寄せ、浜辺の貝殻を金《かね》に変える「声の島」は、植民地主義に翻弄される南海の現実を「奇妙なリアリズム」で捉えている。

（中和彩子）

『ファレサーの浜』"The Beach of Falesá"

初出：*The Illustrated London News.*（週刊、一八九二年七月二日―八月六日連載）。題名は、"Uma; or The Beach of Falesa. (Being the Narrative of a South-Sea Trader)"。

単行本初版：*Island Nights' Entertainments*, London: Cassell and Company, 1893.

底本：Jolly, ed., 前掲書。単行本初版に基づく。

スティーヴンソンが、「ある意味で私の最高の作品だと思う。少なくとも、ウィルトシャーほどうまく書けたものは今までになかった」（一八九二年九月四日付、シドニー・コルヴィン宛書簡）と自画自賛した中篇である。

長年にわたり商社の社員として南海各地の営業所に派遣されてきたイギリス人男性ウィルトシャーが、かつてある島で遭遇した大事件を回想する。赴任したばかりで右も左もわからない彼を、土地に根付いた白人商人ケースが歓迎し、ウマという名の美しい島娘まで世話してくれる。しかしそれは、ケースが商売敵を排除しようとして用意した罠《わな》だった。ケースの奸計《かんけい》に気づくとともにウマへの愛に目覚めたとき、ウィルトシャーの反撃が始まる——。

南海の島というエキゾチックな舞台で、スティーヴンソンお得意のスリルに満ちた冒険活劇が展開するが、本作の面白さはそれにとどまるものではない。

スティーヴンソンは、「これは初のリアリスティックな南海物語だ。つまり、南海の特質と生活の詳細とがリアルに描かれている、ということ。(中略)私の小さな物語を読んだら、図書館一つ読み尽くすよりももっとよく、南海のことがわかるだろう」(一八九一年九月二十八日付、シドニー・コルヴィン宛書簡)と述べている。「ファレサーの浜」は、ウィルトシャー、イギリス人宣教師のタールトンだけでなく、ウマを始めとする現地人たちの声も取り込むことにより、島社会のありようを立体的に浮かび上がらせる。さらに本作には、のちにジョゼフ・コンラッドが『闇の奥』(一八九九年)で追究するような帝国の不安——ヨーロッパ人が「原住民化(going native)」することへの魅惑と恐怖のアンビヴァレンスや、文明対野蛮の二項対立の揺らぎ——も表れている(実際、『闇の奥』と併せて論じる研究もある)。

曲がりなりにも恋愛と結婚を含む、スティーヴンソンには珍しい作品の一つでもある。

なお、本作には、手稿に基づく版と単行本初版に基づく版とがあり、かなりの異同があるが、本巻では後者を採った。

（中和彩子）

『寓話』*Fables*

初出：*Longman's Magazine*, 26.（一八九五年）（死後出版）

単行本初版：*The Strange Case of Dr. Jekyll and Mr. Hyde with Other Fables*, London: Longmans, Green, and Company, 1896.（死後出版）

底本：*The Works of Robert Louis Stevenson*, vol. 25, New York: AMS Press, 1974.（2nd Vailima Edition, 1923. のリプリント版）

死後出版された『寓話』に収められた二十編のうち、内容的に興味深い四作を選んだ。

「『宝島』の登場人物たち」（"The Persons of the Tale"）では、『宝島』の登場人物のうち二人が小説を抜け出して、作者の考えや今後の展開について議論する。後のピランデッロやフラン・オブライエン、あるいはジョン・バースを連想させる一種のメタフィクション。物語に対するスティーヴンソンの考えが窺《うかが》えると同時に、作者（the Author）＝神と解釈すると、宗教論のパロディにもなっている。

「二本のマッチ」（"The Two Matches"）「市民と旅人」（"The Citizen and the Traveller"）「異星からの来賓」（"The Distinguished Stranger"）は、いずれも旅人の姿を描いたもの。スティーヴンソン自身が生涯にわたる旅行者だったことを思い出そう。彼にとって書くことと旅することは不可分であり、作家とはつまり旅人にほかならない。そう考えれば、一見他愛ないこれらの掌篇からも、旅と想像力について、あるいは旅人と定住者の視点の違いについて、他作品にも通じるスティーヴンソンの洞察が読み取れるのではないか。

（大久保 譲）

『驢馬との旅』*Travels with a Donkey in the Cévennes*

初出・単行本初版：*Travels with a Donkey in the Cévennes*, London: C. Kegan Paul and Company, 1879.

底本：Christopher MacLachlan, ed., *Travels with a Donkey in the Cévennes and The Amateur Emigrant*, London: Penguin, 2004. Waverley Edition (1925) に基づく。

本巻で唯一のノンフィクション作品。一八七八年秋の南フランス・セヴェンヌ地方の旅に基づいている（旅行中の日記そのものも一九七八年に出版されている）。なお、スティーヴンソンが旅立ったのは、のちに妻となる恋人ファニーがアメリカに帰国した直後のこと。作中、女性（驢馬のモデスティンを含む）に対する奇妙な関心が表れているのは、そのためだとされている。

スティーヴンソンが旅先としてセヴェンヌ地方を選んだ理由を理解するためには、この地方の独特の歴史を知る必要がある。カトリック国フランスにおいて、ナント王令（一五九八年）はプロテスタントにカトリックと同等の権利を与えていたが、ルイ十四世がそれを廃棄するフォンテヌブロー王令を発布し（一六八五年）、プロテスタントの弾圧を進めた。それに対して一七〇二年、セヴェンヌ地方のプロテスタントの農民や職人たちが、布教監督官として残虐な方法で強制改宗に取り組んでいたシェーラ神父の館への襲撃を皮切りに、セヴェンヌ山中のあちこちの洞穴を拠点とし、信教の自由を求めて国王軍と戦った。これをカミザール戦争という。反乱軍は十倍の勢力の国王軍を苦しめたが、一七〇五年までには鎮圧された。

この反乱に関して、英仏では多くの文献があり、小説の題材にもなっている。日本語で読めるものとしては、反乱の指揮官だったカヴァリエの回想録『フランス・プロテスタントの反乱——カミザール戦争の記録』（二宮フサ訳、岩波文庫、二〇一二年）が詳しい（スティーヴンソンも『驢馬との旅』執筆にあたって同書を参照している）。スティーヴンソンは、カミザールへの関心から、セヴェンヌ地方を旅したのである。それゆえ本作においては、しばしばカミザール戦争が言及され、あるいはカトリックとプロテスタントの相違が問題にされる。

では、なぜスティーヴンソンはカミザール戦争に興味を抱いたのか。

スティーヴンソン自身は不可知論者であることを宣言し、敬虔《けいけん》な長老派の信徒であった父と対立していたものの、スコットランドと宗教の問題には常に関心を抱いていた。スコットランドでは王政復古（一六六〇年）後、名誉革命（一六八八—八九年）に至るまで、長老主義者への徹底的な武力弾圧政策がとられたが、長老主義保持を支持する契約派《カヴェナンター》は、武力蜂起を含む闘争を行う。その最初期のペントランドの反乱（一六六六年）を生き生きと記述した著作が、スティーヴンソン初の出版物（私家版、一八六六年）である。スティーヴンソンは、政府に迫害されるカミザールを、フランス版契約派《カヴェナンター》と捉え、その歴史に興味を抱いたのである。このような共感のあり方は、スティーヴンソンには特徴的なもので、彼はしばしば、外国の歴史や文化や風景の中に、スコットランドを見出している。

ちなみに、スティーヴンソンがたどった道は、長らく注目されることがなかったが、一九九四年にＧＲ〔Grande Randonnée ＝長距離の自然遊歩道〕70として整備されて以来、観光客を呼び込んでおり、関連するガイドブックやウェブサイトもある。

本作の翻訳にあたっては、カミザールの反乱に関して前掲『フランス・プロテスタントの反乱』の訳語・注釈を参照し、地名・人名等の表記も借りている。

（中和彩子）

＊初出・単行本初版の情報は、Roger G. Swearingen, *The Prose Writings of Robert Louis Stevenson: A Guide*, London: Macmillan, 1980. を参照し、いくつかの作品については底本の注記によって補った。

スティーヴンソン　著作目録

この目録の作成にあたっては、

- The RLS Website (http://robert-louis-stevenson.org/)
- Roger G. Swearingen, *The Prose Writings of Robert Louis Stevenson: A Guide*, London: Macmillan, 1980.
- CiNii Books (http://ci.nii.ac.jp/books/)

を参照した。

〈全集〉

スティーヴンソンの全集としては、二〇一四年に刊行が始まった *The New Edinburgh Edition of the Collected Works of Robert Louis Stevenson*（Edinburgh: Edinburgh UP）が、アカデミックな校閲を経た決定版であり、今後の研究においても参照されることになるだろう。すでに完結した全集で代表的なのは、Edinburgh Edition（1894-1898）、Vailima Edition（first 1912, second 1922-1923）、Tusitala Edition（1923-1924）など。

とはいえ、スティーヴンソンの主要作品は、Penguin Classics や Oxford World's Classics で、序文や解説・注釈の整った版を容易に入手することができる。また、Barry Menikoff 編の *The Complete Stories of Robert Louis Stevenson: Strange Case of Dr. Jekyll and Mr. Hyde and Nineteen Other Tales*（New York: Modern Library, 2002）は、短篇・中篇を集成した便利な一冊。

〈著作・邦訳〉

以下には、年代順にスティーヴンソンの主な著作を挙げる。原著の出版年は、初出時ではなく単行本のもの。邦訳については、原則として新しいものから三点以内にとどめた。作者名は訳者・出版社によりスティヴンソン、スティーヴンスンなど何種類かの表記があるが、省略した。児童向けに改作されたものや抄訳版は省いた。短篇に関しては日本独自に編集された短篇集が多いため、可能な限り原著との対応関係を明示した。なお、さまざまな出版社から出たのち絶版になっていた既訳を集成したものとして、『スティーヴンソン作品集』1〜7（文泉堂出版、一九九九年）があり、必要に応じて以下でも触れる。

【小説（長篇・中篇・短篇）】

次の二書については、以下、訳者名と出版年のみ示した。

- 高松雄一／高松禎子訳『マーカイム・壜の小鬼　他五篇』岩波文庫、二〇一一年。
- 河田智雄訳『スティーヴンソン怪奇短篇集』福武文庫、一九八八年。

New Arabian Nights (1882)

フロリゼル王子の冒険を「アラビア人の著者」が物語る "The Suicide Club"（＊1）、"The Rajah's Diamond"（＊1）のほか、"The Pavilion on the Links"（＊2）、"A Lodging for the Night"（＊2・＊3）、"The Sire de Malétroit's Door"（＊2）、"Providence and the Guitar"（＊2・＊3）を収録。

- 南條竹則／坂本あおい訳『新アラビア夜話』光文社古典新訳文庫、二〇〇七年（＊1を収録、以下同）。
- 河田智雄訳『自殺クラブ』福武文庫、一九八九年（＊1）。
- 島田謹二訳『臨海樓綺譚　他三篇』角川文庫、一九五二年（＊2）。
- 高松雄一／高松禎子訳、二〇一一年（＊3）。

Treasure Island (1883)
- 村上博基訳『宝島』光文社古典新訳文庫、二〇〇八年。
- 増田義郎訳『完訳宝島』中公文庫、一九九九年。

More New Arabian Nights: The Dynamiter (1885)
妻ファニー［Fanny Van de Grift Stevenson］との共作。*New Arabian Nights* のフロリゼル王子も登場する。

Prince Otto (1885)
- 小川和夫訳『プリンス・オットー』岩波文庫、一九五二年。

Strange Case of Dr. Jekyll and Mr. Hyde (1886)
- 田口俊樹訳『ジキルとハイド』新潮文庫、二〇一五年。
- 村上博基訳『ジーキル博士とハイド氏』光文社古典新訳文庫、二〇〇九年。
- 海保眞夫訳『ジーキル博士とハイド氏』岩波少年文庫、二〇〇二年。

Kidnapped: Being Memoirs of the Adventures of David Balfour in the Year 1751 (1886)
- 坂井晴彦訳、寺島龍一画『さらわれたデービッド』福音館書店、一九七二年。
- 大場正史訳『誘拐されて』角川文庫、一九五三年。

The Merry Men and Other Tales and Fables (1887)

表題作（＊1）のほか、"Will o' the Mill"（＊2）、"Markheim"（＊2・＊3）、"Thrawn Janet"（＊2・＊3）、"Olalla"（＊4）、"The Treasure of Franchard" を収録。

- 伊藤整訳「メリー・メン」（『スティーヴンソン作品集』5に再録）（＊1）。
- 高松雄一／高松禎子訳、二〇一一年（＊2）。
- 河田智雄訳、一九八八年（＊3）。
- 金谷益道訳「オララ」（クリス・ボルディック選、石塚則子ほか編訳『ゴシック短編小説集』春風社、二〇一二年に所収）（＊4）。
- 冨士川和男訳「オララ」（冨士川和男監訳『ヴィクトリア朝短編恋愛小説選』鷹書房弓プレス、二〇〇三年に所収）（＊4）。

The Black Arrow: A Tale of the Two Roses (1888)

- 中村徳三郎訳『二つの薔薇』岩波文庫、一九五〇年。
- 西村孝次訳「黒い矢」（『スティーヴンソン作品集』5に再録）。

The Master of Ballantrae: A Winter's Tale (1889)

- 海保眞夫訳『バラントレーの若殿』岩波文庫、一九九六年。

The Wrong Box (1889)

義理の息子ロイド・オズボーン［Lloyd Osbourne］との共作。

- 千葉康樹訳『箱ちがい』国書刊行会、二〇〇〇年。

The Wrecker (1892)

ロイド・オズボーンとの共作。

- 駒月雅子訳『難破船』ハヤカワ・ミステリ、二〇〇五年。

Island Nights' Entertainments (1893)

"The Beach of Falesá"、"The Bottle Imp"（＊1・＊2）、"The Isle of Voices"（＊1）を収録。

- 中村徳三郎訳『南海千一夜物語』岩波文庫、一九五〇年。
- 高松雄一／高松禎子訳、二〇一一年（＊1）。
- 河田智雄訳、一九八八年（＊1）。
- 金原瑞人訳「小瓶の悪魔」（金原瑞人編訳『南から来た男――ホラー短編集2』岩波少年文庫、二〇一二年に所収）（＊2）。
- よしだみどり訳、磯良一画『びんの悪魔』福音館書店、二〇一〇年（＊2）。

Catriona（米題 *David Balfour*）(1893)

- 中村徳三郎訳『海を渡る戀』河出文庫、一九五六年。

The Ebb-Tide: A Trio and a Quartette (1894)

ロイド・オズボーンとの共作。

Weir of Hermiston: An Unfinished Romance (1896)

死後出版。

Fables (1896)
死後出版。一八七四年から一八九四年までに書きためられていた作品。
- 枝村吉三訳『寓話』牧神社、一九七六年。

St. Ives: Being the Adventures of a French Prisoner in England (1897)
死後出版。全三十六章のうち、三十章までがスティーヴンソン作、最後の六章は Arthur Quiller-Couch により補足された。
- 工藤昭雄／小沼孝志訳「虜囚の恋」(『スティーヴンソン作品集』7に再録)。

以下は、単行本未収録の短篇のうち、既訳があるもの。
"The Body-Snatcher"
- 柴田元幸訳「死体泥棒」(『エドワード・ゴーリーが愛する12の怪談――憑かれた鏡』河出文庫、二〇一二年に所収)。
- 河田智雄訳、一九八八年。

"The Waif Woman"
- 河田智雄訳、一九八八年。

【詩】
A Child's Garden of Verses (1885)

- まさき・るりこ訳、イーヴ・ガーネット絵『ある子どもの詩の庭で』瑞雲舎、二〇一〇年。
- よしだみどり訳・絵『子どもの詩の園』『続・子どもの詩の園』白石書店、二〇〇〇年。

Underwoods (1887)

Ballads (1890)

【戯曲】

Three Plays (1892)

W. E. Henley との共作。*Deacon Brodie*（初演一八八二年）、*Beau Austin*（初演一八九〇年）、*Admiral Guinea*（初演一八九七年）を収録。

【旅行記・エッセイ】

An Inland Voyage (1878)

Travels with a Donkey in the Cévennes (1879)

- 小沼丹訳『旅は驢馬をつれて』みすず書房、二〇〇四年（表題作と短篇「ギタア異聞」"Providence and the Guitar" を収録）。
- 吉田健一訳『旅は驢馬をつれて　他一篇』岩波文庫、一九五一年（右記二作品、表題作と「内地の船旅」を収録）。

Edinburgh: Picturesque Notes (1879)

Virginibus Puerisque and Other Papers (1881)

- 橋本福夫訳「若き人々のために」(『世界教養全集』4、平凡社、一九六三年に所収。前半六篇の翻訳)。
- 岩田良吉訳『若い人々のために 他十一篇』岩波文庫、一九三七年。

Familiar Studies of Men and Books (1882)

出張でエディンバラを訪れた日本の官吏、正木退蔵から聞いた話をもとにまとめた、世界初の吉田松陰伝 "Yoshida-Torajiro" を含む。

- よしだみどり『知られざる「吉田松陰伝」——『宝島』のスティーヴンスンがなぜ?』祥伝社新書、二〇〇九年(スティーヴンソンが「ヨシダ・トラジロウ」を書いた経緯や背景を丹念に追った著作で、第一章が全訳)。

The Silverado Squatters (1883)

Memories and Portraits (1887)

Memoir of Fleeming Jenkin (1887)

Father Damien: An Open Letter to the Reverend Doctor Hyde of Honolulu from Robert Louis Stevenson (1890)

Across the Plains with Other Memories and Essays (1892)

A Footnote to History: Eight Years of Trouble in Samoa (1892)

The Amateur Emigrant (1895)

死後出版。

In the South Seas (1896)
死後出版。

Glenda Norquay, ed., *R. L. Stevenson on Fiction: An Anthology of Literary and Critical Essays*, Edinburgh: Edinburgh UP, 1999.
文学についてのエッセイをまとめた一冊。スティーヴンソンのエッセイは数多いが、実は小説論の書き手という側面も見逃せない。当時の主流だったリアリズム小説に抗してロマンスの価値を積極的に擁護した。ヘンリー・ジェイムズとの論争は有名で、それがきっかけでジェイムズとは生涯の友人となる。

【書簡集】
膨大な量の書簡があり、シドニー・コルヴィン編の *Vailima Letters* (1895) 以来、さまざまな形で出版されているが、注釈つきの決定版としては、
Bradford A. Booth and Ernest Mehew, eds., *The Letters of Robert Louis Stevenson*, 8 vols., New Haven: Yale UP, 1994-1995.
Mehew 編の選集 *Selected Letters of Robert Louis Stevenson* も同社から一九九七年に出されている。

（中和彩子＝編）

スティーヴンソン　主要文献案内

ロバート・ルイス・スティーヴンソンについては、次のサイトで必要な情報がほぼ得られる。

- The RLS Website　http://robert-louis-stevenson.org/

年譜、図版資料、著作リスト、参考文献リストのほか、専門誌 *Journal of Stevenson Studies* も、二〇〇五年の創刊号からすべてウェブ上で読むことができる。

現在も順調に運営されているこのサイトを紹介すれば、屋上屋を架す必要はないかもしれない。とはいえ、ある程度整理された参考文献リストが別にあってもいいだろう。

〈基本文献〉

まず伝記的事実に関しては、次のクロノロジーが基本になる。

- J. R. Hammond, *A Robert Louis Stevenson Chronology*, Basingstoke: Macmillan, 1997.

代表的な伝記として、

- Graham Balfour, *The Life of Robert Louis Stevenson*, 2 vols, London: Methuen, 1901.

最晩年をスティーヴンソンの家で過ごした近親者の手になる、最初のスティーヴンソン伝。ほぼ一次資料のような扱いを受け、絶大な影響を及ぼした。また、

- John Alexander Hammerton, ed., *Stevensoniana*, Revised ed. Edinburgh: John Grant, 1907.
- Rosaline Masson, ed., *I Can Remember Robert Louis Stevenson*, Edinburgh and London: W. & R. Chambers, 1922.

以上二冊は、同時代人による貴重な証言を集めたもの。

その後、二十世紀に書かれた伝記としては、

- J. C. Furnas, *Voyage to Windward: The Life of Robert Louis Stevenson*, London: Faber and Faber, 1952.

　著者自身が南太平洋に通暁したアメリカ人であるためか、後半生の記述が充実している。

- Jenni Calder, *RLS: A Life Study*, London: Hamish Hamilton, 1980.

　スコットランド人の著者による、バランスのとれたリーダブルな伝記。

- Ian Bell, *Dreams of Exile: Robert Louis Stevenson, a Biography*, Edinburgh: Henry Holt, 1992.

も、現在なおしばしば参照される伝記。

書簡全集が刊行された一九九七年以降の伝記として、次の二冊を挙げておく。

- William Gray, *Robert Louis Stevenson: A Literary Life*, Basingstoke: Palgrave Macmillan, 2004.
- Claire Harman, *Robert Louis Stevenson: A Biography*, London: HarperCollins, 2005.

日本語で書かれた次の伝記も参考になる。

- よしだみどり『物語る人《トゥシターラ》 『宝島』の作者R・L・スティーヴンスンの生涯』毎日新聞社、一九九九年。

作家個人ではなく、灯台技師を輩出した「スティーヴンソン一族」のユニークな伝記として、

- Bella Bathurst, *The Lighthouse Stevensons*, London: HarperCollins, 1999.

専門家による伝記ではないが、以下の二冊は特に挙げておきたい。

- G・K・チェスタトン『ロバート・ルイス・スティーヴンソン』（著作集〈評伝篇〉5）、別宮貞徳／柴田裕之訳、春秋社、一九九一年。

　原書は一九二七年刊。評伝としては古いが、スティーヴンソンを論じる際に使われるクリシェは本書にほぼ出尽くしており、現在でも（しばしば批判的に）参照されることがある。ともあれ読みやすく、チェスタトン自身が

個性的な作家だったことも本書を興味深いものにしている。

- 中島敦『光と風と夢』筑摩書房、一九四二年。

「李陵」「山月記」で知られる夭折の作家の初めての著書は、スティーヴンソン（スティヴンスン）のサモア時代を描いた評伝だった。作家の内面など、想像を交えてはいるものの、当時入手可能だった作家の書簡をもとに、基本的に史実に忠実に書かれている。中島は本書執筆と前後して、自ら望んで南洋パラオに赴任した。現在、『中島敦全集』（筑摩書房）などで読むことができる。

スティーヴンソン書誌としては、

- Roger G. Swearingen, *The Prose Writings of Robert Louis Stevenson: A Guide*, London: Macmillan, 1980.

が、散文作品に限ってのものだが、現在もなお決定版。四歳の時の「お話」から（！）断簡零墨まで網羅し、伝記的事実も織り交ぜている。

日本におけるスティーヴンソン受容については、以下の二冊が参考になる。

- 田鍋幸信編著『日本におけるスティーヴンスン書誌』朝日出版社、一九七四年。
- 川戸道昭／榊原貴教編『明治翻訳文学全集《新聞雑誌編》7　スティーブンソン集』大空社、一九九九年。

〈批評・研究：入門編〉

スティーヴンソンが同時代的にどのように読まれてきたかを知るには、

- Paul Maixner, ed., *Robert Louis Stevenson : The Critical Heritage*, London: Routledge & Kegan Paul, 1981.

続いて、スティーヴンソンの研究の導入として、

- Penny Fielding, *The Edinburgh Companion to Robert Louis Stevenson*, Edinburgh: Edinburgh UP, 2010.

現在スティーヴンソンを論じる際に押さえておくべき論点を過不足なく紹介した、優れた入門書。同じく入門的な批評アンソロジーとしては、

- Harold Bloom, ed., *Robert Louis Stevenson*, Philadelphia: Chelsea House, 2005.

チェスタトンからポストコロニアル批評まで、バランス良く重要な批評を収録している。

次に、スティーヴンソンの多面性を浮かび上がらせる批評アンソロジーとして、

- William B. Jones Jr., ed., *Robert Louis Stevenson Reconsidered: New Critical Perspectives*, Jefferson: McFarland & Company, 2003.

現代の研究者による意欲的な論集。『内地の船旅』『ダイナマイター』や戯曲など、あまり注目されてこなかった作品にも目配りされている。さらに、

- Richard Ambrosini and Richard Dury, eds., *Robert Louis Stevenson: Writer of Boundaries*, Madison: The U of Wisconsin P, 2010.

は、大衆文化との関係、スコットランドと南海、『ジーキル博士とハイド氏』（以下『ジーキル』）と男性性、ムージルやカルヴィーノとの比較など、多彩なアプローチで「境界の作家」スティーヴンソンを論じる刺激的なアンソロジー。

また、『ジーキル』だけを論じた次のアンソロジーがある。

- William Veeder and Gordon Hirsch, eds., *Dr Jekyll and Mr Hyde after One Hundred Years*, Chicago: The U of Chicago P, 1988.

手堅い草稿研究から理論的な分析、映画論まで含む、当時最高水準の論集で、現在でも読む価値はある。

なお、専門的な研究ではないが、以下の二冊は挙げておきたい。

- ホルヘ・ルイス・ボルヘス／M・E・バスケス『ボルヘスのイギリス文学講義』中村健二訳、国書刊行会、二〇

〇一年。
アンソロジー『バベルの図書館』でスティーヴンソンに一巻を捧げたボルヘスは、ここでもスティーヴンソンを十九世紀末を代表する作家として取り上げている。

・ウラジーミル・ナボコフ『ナボコフの文学講義』上・下、野島秀勝訳、河出文庫、二〇一三年。
フロベール、プルースト、カフカ、ジョイスといった文学史上のビッグネームと並べてスティーヴンソン『ジーキル』に一章を割き、精緻な分析を施す。
ボルヘス、ナボコフという、ともに一八九九年生まれの巨匠たちが示す偏愛は、世代的な要因もあるだろうが、スティーヴンソンを「現在の世界文学」として読むためのヒントを与えてくれるだろう。

〈批評・研究：応用編〉

スティーヴンソン研究やヴィクトリア時代を中心とした文学・文化研究の中から、今スティーヴンソンを面白く読むための補助線となりそうな研究書をいくつか挙げておく。
まず、『ジーキル』に代表されるスティーヴンソンの「分身」テーマについては、以下の二書。

・Karl Miller, *Doubles: Studies in Literary History*, Oxford: Oxford UP, 1987 (paper).
シェイクスピアからナボコフまでの網羅的な「分身」文学史だが、『ジーキル』にも然るべく紙数が割かれている。

・John Herdman, *The Double in Nineteenth-Century Fiction*, New York: St. Martin's Press, 1991.
時代が絞られているぶん、Miller の前掲書よりも詳細なスティーヴンソンの分析が見られる。

続いて、ヴィクトリアン・ゴシック小説作家としてのスティーヴンソンを論じたもの。ゴシック小説は十八世紀末〜十九世紀初頭に流行した恐怖小説の一ジャンルだが、十九世紀末になるとワイルド『ドリアン・グレイの肖像』（一八九一）やストーカー『ドラキュラ』（一八九七）など、同時代の都市（ロンドン）を舞台にした恐怖小説が数多く書かれた（ドイルのシャーロック・ホームズ・シリーズもその変奏と見なすことができる）。『ジーキル』は、そうした新たなゴシック小説の嚆矢である。

ヴィクトリアン・ゴシックを論じた本は多いが、特に『ジーキル』に触れた研究に、

- Judith Halberstam, *Skin Shows: Gothic Horror and the Technology of Monsters*, Durham: Duke UP, 1995.
『フランケンシュタイン』から『羊たちの沈黙』まで、ゴシック・ホラーの「怪物」表象を追った名著。第三章でスティーヴンソンとワイルドを併せて分析している。
- H. L. Malchow, *Gothic Images of Race in Nineteenth-Century Britain*, Stanford: Stanford UP, 1996.
ゴシック小説を人類学や生物学のテキストと併読して、人種の言説の「ゴシック化」を指摘する意欲的な一冊。『フランケンシュタイン』『ドラキュラ』が議論の中心だが、『ジーキル』もしばしば参照される。
- Robert Mighall, *A Geography of Victorian Gothic Fiction: Mapping History's Nightmares*, Oxford: Oxford UP, 1999.
『ジーキル』を始めとするヴィクトリアン・ゴシック小説を具体的な都市空間の中に置いて歴史的に読む試み。
- Peter K. Garrett, *Gothic Reflections: Narrative Force in Nineteenth- Century Fiction*, Ithaca: Cornell UP, 2003.
ゴシック小説を「構造」と「力」がせめぎあうジャンルとして読み直し、ナラトロジーを刷新する意欲的な批評。第六章が『ジーキル』論。
- Simon Joyce, *Capital Offenses: Geographies of Class and Crime in Victorian London*, Charlottesville: U of Virginia P, 2003.
「文学の地理学」を提唱し、犯罪と階級闘争の空間として十九世紀ロンドンを分析する本書でも、都市ゴシックとしての『ジーキル』は、ディケンズやワイルドやドイルの作品と並んで重要な参照項になっている。
- Renata Kobetts Miller, *Recent Reinterpretations of Stevenson's* Dr. Jekyll and Mr. Hyde: *Why and How This Novel Continues to Affect Us*, Lewiston: The Edwin Mellen Press, 2005.

リライトされ、メディアを超えても生き延びるのがゴシック小説だ。二〇〇二年までの主な『ジーキル』の翻案・映像化を追ったのが本書。『ロンドンの二人の女』（一九八九）を書いたエマ・テナント、『メアリー・ライリー』（一九九〇）を書いたヴァレリー・マーティンらへのインタビューを含む。

もう一冊、『ジーキル』論としてどうしても外せないのは、ジェンダーの観点からの十九世紀末文化論、

- E・ショウォールター『性のアナーキー　世紀末のジェンダーと文化』富山太佳夫／永富久美／上野直子／坂梨健史郎訳、みすず書房、二〇〇〇年。

原書は一九九〇年刊。第六章「ジキル博士の秘密の小部屋」は、その後の『ジーキル』読解に決定的な影響を及ぼした。

近年注目されているのがスティーヴンソンの「スコットランド性」。積極的にスコットランド文学史を構築しようとするRobert Crawfordは、以下の二書でもスコットランド文学の中のスティーヴンソン像を提示する。

- Robert Crawford, *Devolving English Literature*, Oxford: Oxford UP, 1992.
- Robert Crawford, *Scotland's Books: A History of Scottish Literature*, Oxford: Oxford UP, 2009.

スティーヴンソンのスコットランドとの関連に絞った研究として、古くは

- Jenni Calder, ed., *Stevenson and Victorian Scotland*, Edinburgh: Edinburgh UP, 1981.

があるが、近年では

- Barry Menikoff, *Narrating Scotland: The Imagination of Robert Louis Stevenson*, Columbia: U of South Carolina P, 2005.

歴史小説『誘拐されて』『カトリオーナ』の読解を通して、スティーヴンソンがスコットランドの歴史・文化から多くを学んでいたことを論じている。

日本でも、スコットランド文学研究の一環としてスティーヴンソンを取りあげる研究がある。例えば、

- 木村正俊編『文学都市エディンバラ——ゆかりの文学者たち』あるば書房、二〇〇九年。
特に立野晴子による第十章「ロバート・ルイス・スティーヴンソン——光と混沌の街エディンバラを愛す」。

その一方で、「スコットランド」にとどまらないスティーヴンソンのインターテクスチュアリティに焦点をあてた研究も。
- Glenda Norquay, *Robert Louis Stevenson and Theories of Reading: The Reader as Vagabond*, Manchester: Manchester UP, 2007.
は、カルヴィニズムの伝統から出発しつつ、広くスティーヴンソンにおける「読むこと」の問題を論じた一冊。

本書ではデュマとの関係が論じられるが、スティーヴンソンとヨーロッパ文学の関係をさらに幅広く検討した論集が、
- Richard Ambrosini and Richard Dury, eds., *European Stevenson*, Newcastle upon Tyne: Cambridge Scholars Publishing, 2009.
スティーヴンソンのヨーロッパの旅、ヨーロッパ文学からの影響、他言語への翻訳の問題など。コクトーとの比較など、意外で面白い。

もちろん、スティーヴンソンのインターテクスチュアリティはヨーロッパにとどまらない。何より「語る人」だったスティーヴンソンと『アラビアン・ナイト』との関連で、
- Peter L. Caracciolo, ed., *The Arabian Nights in English Literature*, New York: St. Martin's Press, 1988.
十九世紀から二十世紀のイギリス文学における『アラビアン・ナイト』の影響について分析した論集。収録されている Leonee Ormond, "Cayenne and Cream Tarts: W. M. Thackeray and R. L. Stevenson" は、『新アラビアン・ナイト』や「壜の小鬼」を論じている。

スティーヴンソンと同時代の科学言説の関連は、現在もっとも活発に研究されている領域のひとつである。以下、特に興味深いものを挙げておこう。

• Daniel Pick, *Faces of Degeneration: A European Disorder c.1848-c.1918*, Cambridge: Cambridge UP, 1989.
十九世紀末、欧米から日本までを席巻した「退化」言説を縷説した重要な研究。『ジーキル』への言及は短いが、同作をロンブローゾの犯罪学と結びつけて、決定的な影響を及ぼした。本書以降の研究では、

• Stephen Arata, *Fictions of Loss in the Victorian Fin de Siècle*, Cambridge: Cambridge UP, 1996.
は、「退化」言説と関連づけながら『ジーキル』を徹底的に読み解く。

• Lucy Bending, *The Representation of Bodily Pain in Late Nineteenth-Century English Culture*, Oxford: Oxford UP, 2000.
は、ヴィクトリア時代後期の「痛みの表象」を、科学やジェンダー・階級の言説と関連させて分析したユニークな文化論。『ジーキル』を生体解剖に関する議論と絡めて論じるのは面白い。スティーヴンソン作品として、他に『引き潮』への言及もあり。

• Andrew Smith, *Victorian Demons: Medicine, Masculinity, and the Gothic at the Fin-de-Siècle*, Manchester: Manchester UP, 2004.
は、主として医学テキストと『ジーキル』や『ドラキュラ』、ドイル、ワイルドなどの世紀末ゴシックを併せて読む試み。面白い。
そして「スティーヴンソンと科学」に関して、決定版とも言えるのが、

• Julia Reid, *Robert Louis Stevenson, Science, and the Fin de Siècle*, Basingstoke: Palgrave Macmillan, 2006.
進化論、心理学、神経生理学、民族学などさまざまな科学の言説とスティーヴンソン作品との交渉を分析した力作。

少し変わった角度から『ジーキル』を読み解くのは、

- Thomas L. Reed Jr., *The Transforming Draught: Jekyll and Hyde, Robert Louis Stevenson and the Victorian Alcohol Debate*, Jefferson: McFarland & Company, 2006.

タイトル通り、十九世紀イギリスの禁酒をめぐる科学的・道徳的論争から『ジーキル』を読み解くという、非常に興味深い試み。これと併読すると面白いのが、

- Susan Zieger, *Inventing the Addict: Drugs, Race, and Sexuality in Nineteenth-Century British and American Literature*, Amherst: U of Massachusetts P, 2008.

薬品中毒と人種・セクシュアリティの言説がどのように関連していたかを、十九世紀文学の中に探る。第五章が『ジーキル』論。

- Anne Stiles, *Popular Fiction and Brain Science in the Late Nineteenth Century*, Cambridge: Cambridge UP, 2012.

第一章が『ジーキル』論。スティーヴンソンが関心を持っていた当時の脳科学・神経医学との類縁性を明らかにすると同時に、スティーヴンソンの科学的言説への批判者としての側面も浮き彫りにする。

- Caroline McCracken-Flesher, *The Doctor Dissected: A Cultural Autopsy of the Burke & Hare Murders*, Oxford: Oxford UP, 2012.

一八二八年、医学部で知られたエディンバラ大学を揺るがしたスキャンダルがバーク・アンド・ヘア事件。バークとヘアの二人は、医学部教授ロバート・ノックスに依頼された解剖実習用の死体を調達するために殺人を犯していた。果たしてノックスはどこまで関与していたのか？　エディンバラ出身のスティーヴンソンが興味を持たないはずがない。著者は、「死体泥棒」と『ジーキル』に、この事件の痕跡を読み取っていく。関連して、

- デイヴィッド・J・スカル『マッド・サイエンティストの夢　理性のきしみ』松浦俊輔訳、青土社、二〇〇〇年。

原書は一九九八年刊。映画を中心にしたマッド・サイエンティスト文化史で、ジーキル博士にも然るべく言及される。『ジーキル』映画版の情報が簡潔にまとめられている。

- Oliver Tearle, *Bewilderments of Vision: Hallucination and Literature, 1880-1914*, Brighton: Sussex Academic Press, 2013.
世紀転換期のイギリス小説と「めまい」をめぐる医学・心理学言説の関連を探った独創的な研究。第二章がスティーヴンソン論（「マーカイム」と『ジーキル』）。

ポストコロニアル批評以降の問題意識に、文学研究のグローバル化もあって、現在最も充実しているのが「南海もの」に関する研究だ。出発点になるのが、

- Rod Edmond, *Representing the South Pacific: Colonial Discourse from Cook to Gauguin*, Cambridge: Cambridge UP, 1997.
キャプテン・クックからゴーギャンまで、ヨーロッパ人による南太平洋表象の分析で、第五章がスティーヴンソンに当てられている。
- Vanessa Smith, *Literary Culture and the Pacific: Nineteenth-Century Textual Encounters*, Cambridge: Cambridge UP, 1998.
欧米の視線による南太平洋の一方的な「表象」ではなく、複雑な相互交渉を明らかにしようとする好著。スティーヴンソンのテキストの分析がその大部分を占める。
- Ann C. Colley, *Robert Louis Stevenson and the Colonial Imagination*, Aldershot: Ashgate, 2004.
スティーヴンソンの南太平洋経験を、衣類や写真といった具体的な「もの」との関連で論じるシャープな研究。面白い。
- Roslyn Jolly, *Robert Louis Stevenson in the Pacific: Travel, Empire, and the Author's Profession*, Farnham: Ashgate, 2009.
サモア前後でのスティーヴンソンの作家としてのキャリアの連続と断絶を論じる。
- Richard D. Fulton and Peter H. Hoffenberg, eds., *Oceania and the Victorian Imagination: Where All Things Are Possible.*

Farnham: Ashgate, 2013.

出版社アシュゲイトからもう一冊。博覧会や児童文学における南海表象を論じたこのアンソロジーにも、「ファレサーの浜」論や『宝島』論が収録されている。

「南海もの」に限らず、帝国主義・植民地主義と文学の関係を探るポストコロニアル批評以降の文学研究で、スティーヴンソンを取りあげているものも多い。

- Patrick Brantlinger, *Rule of Darkness: British Literature and Imperialism, 1830-1914*, Ithaca: Cornell UP, 1988.

この分野ですでに古典的な研究。スティーヴンソンへの言及は限られているが、「ファレサーの浜」をコンラッドの『闇の奥』と比較し、『ジーキル』を「帝国主義ゴシック・ファンタジー」と断じた本書は、その後のスティーヴンソン論にも大きな影響を与えている。

なお、同じ著者の

- Patrick Brantlinger, *The Reading Lesson: The Threat of Mass Literacy in Nineteenth-Century British Fiction*, Bloomington: Indiana UP, 1998.

は、文学の大衆化・商品化をめぐる言説の分析。芸術性と市場価値の相克に悩む一例としてスティーヴンソンが論じられ、『ジーキル』の新しい解釈が示される。

帝国主義時代の「旅する作家」スティーヴンソンについては、

- Oliver S. Buckton, *Cruising with Robert Louis Stevenson: Travel, Narrative, and the Colonial Body*, Athens: Ohio UP, 2007.

『驢馬との旅』から『南海にて』まで、『宝島』から『引き潮』まで、フィクション、ノンフィクションを分けず、スティーヴンソンの旅のディスクールを、エスノグラフィーや植民地政策との関連で分析する。一方、

- John Kucich, *Imperial Masochism: British Fiction, Fantasy, and Social Class,* Princeton: Princeton UP, 2007.
  は、「支配・征服」ではなく「被支配・被征服」というマゾヒスティックな欲望を帝国主義時代のテキストに読みとる。第一章が充実したスティーヴンソン論になっている。
- Tabish Khair, *The Gothic, Postcolonialism and Otherness: Ghosts from Elsewhere,* Basingstoke: Palgrave Macmillan, 2009.
  ポストコロニアル批評の「他者」概念からヴィクトリアン・ゴシックを読み直す。スティーヴンソンについては主に『ジーキル』が論じられる。
- Joseph A. Kestner, *Masculinities in British Adventure Fiction, 1880-1915,* Farnham: Ashgate, 2010.
  帝国主義時代イギリスの冒険小説に描かれた「男らしさ」の政治学。スティーヴンソン作品としては、『宝島』「ファレサーの浜」『引き潮』が分析の俎上に載せられている。
  同じく、十九世紀後半の児童文学の中の「男らしさ」概念を問い直した研究が、
- Claudia Nelson, *Boys will be Girls: The Feminine Ethic and British Children's Fiction, 1857-1917,* New Brunswick: Rutgers UP, 1991.
  で、スティーヴンソンの『二つの薔薇』『宝島』の分析を含む。
  最後に、
- Rosalind Williams, *The Triumph of Human Empire: Verne, Morris, and Stevenson at the End of the World,* Chicago: The U of Chicago P, 2013.
  視野の広い文化史家である著者にふさわしく、狭義の「帝国主義」ではなく、未知の世界を知ることによって世界を制圧しようとする近代ヨーロッパの知的＝政治的な欲望を描き出そうとする。ケース・スタディとして取りあげられたのが、ジュール・ヴェルヌとウィリアム・モリス、そしてスティーヴンソンだ。非常に面白い。

（大久保 譲＝編）

スティーヴンソン 年譜

一八五〇年　十一月十三日、ロバート・ルイス・バルフォア・スティーヴンソン (Robert Lewis Balfour Stevenson)、スコットランド首都エディンバラのハワード・プレイスで誕生。父は著名な灯台技師トマス・スティーヴンソン、母はマーガレット・イザベラ・スティーヴンソン(旧姓バルフォア)、夫妻の唯一の子であった。父方の祖父ロバート・スティーヴンソンも灯台技師で、スコットランドにある灯台の大部分が彼と子孫によって建造されたといわれる。母方の高祖父はエディンバラ大学教授(道徳哲学)、祖父は牧師であった。幼少期から気管支炎や肺炎に悩まされたが、回復すると郊外の祖父の家でいとこたちと遊んだ。十八歳頃「ルイス」の綴り Lewis を Louis に変え、二十三歳でミドル・ネーム「バルフォア」の使用をやめた。

一八五二年(二歳)　アリスン・カニンガム(カミー)が乳母となる。スティーヴンソンに様々な物語を読み聞かせた。悪魔と地獄の物語は恐ろしく、夢でうなされたという。

一八五七年(七歳)　エディンバラ北部(ニュー・タウン)ヘリオット・ロウに引っ越す。九月、初等学校に入学するがまもなく休学。以後、大学に入学するまで幾つかの学校に通うが、度々休学し、病弱な身体により適した環境を求めて転地療養をすることも多かった。

一八五九年(九歳)　六月から七月にかけて両親とブリッジ・オブ・アランなどスコットランド中部を訪れる。肺の弱い母のため、一家は夏をスコットランドの保養地で過ごすことが多く、十二歳以降はドイツやフランスの鉱泉地や保養地にも滞在した。

一八六六年（十六歳）　十七世紀スコットランドの宗教戦争を題材にした歴史エッセイ「ペントランドの蜂起——歴史の一ページ、一六六六年」を、父が無署名の私家版で百部発行。

一八六七年（十七歳）　五月、父がエディンバラの南、ペントランド丘陵麓のスワンストン・コテージを夏の別荘として借りる。一八八〇年までスワンストンは一家が愛着を持つ別荘となり、スティーヴンソンが執筆を行ったほか、作品で度々言及された。十一月、エディンバラ大学に入学、技師になることを目指し土木工学の勉強を始める。学生時代は長髪にベルベットの上着という装いで、怠惰に過ごしているようにみえながらも広く入念に本を読み、様々な作家の文体を模倣して文章（随筆、短篇小説、詩や劇など）を書く練習も行っていた。

一八六八年（十八歳）　翌年にかけて十七世紀スコットランド宗教史を題材にした短篇小説を多数書く。夏には、技師として実地研修を積むため、親族で携っていた灯台建設工事に同伴、スコットランド沿岸の港町アンストラザーとウィックで数か月を過ごす。

一八七〇年（二十歳）　八月、灯台建設に携わる父に同伴し、インナー・ヘブリディーズ諸島のマル島南西端の小島エレッド（のちの『誘拐されて』「メリー・メン」の舞台）に滞在。

一八七一年（二十一歳）　友人たちと創刊した《エディンバラ・ユニヴァーシティ・マガジン》（四号で休刊）を編集、随筆を寄稿。三月、「灯台用新型明滅灯」についてスコットランド王立学術協会で発表し銀賞を受賞するが、四月、工学には興味を持てず文学を追究すると父に宣言。父は、弁護士の資格を得ることを条件に同意する。十一月、エディンバラ大学で法律を学び始める。

一八七二年（二十二歳）　体調を崩しダンブレインで保養するが工学部のフレミング・ジェンキン教授が主宰する素人劇団に参加するため、数日おきに自宅に戻る。いとこのロバート（ボブ）・アラン・スティーヴンソン、親友のチャールズ・バクスターらとL・J・R（自由・正義・崇敬）クラブを結成。ドイツに旅する。スコットランド司法予備試験に合格。

一八七三年（二十三歳）　転機が訪れる。二月、敬虔にカルヴァン主義を信奉する父と、宗教を巡り激しく対立。冷却期間を置くためいとこの夫が赴任していたサフォークのコックフィールド牧師館に滞在、フランシス・シットウェルに出会い、後にシットウェルの夫となる文人・美術史学者シドニー・コルヴィンに紹介され、才能を見出される。神経衰弱のため、医者の勧めで冬を南仏マントンで過ごす。コルヴィンの支援もあり、作品が文芸誌に掲載され始め、十二月に随筆「道」が文芸誌《ポートフォリオ》に筆名で掲載、初めて稿料を得る。シットウェルに思いを寄せ、以後二年間に亘り、日記のような長く個人的な手紙を送り続けた。

一八七四年（二十四歳）　マントン滞在中にコルヴィンの紹介で、同郷の文学者アンドリュー・ラングに出会う。四月、健康を回復し父と暫定的に和解、度々ロンドンを訪れコルヴィン、シットウェルに会いに行く。五月、「命じられた南行」が文芸誌《マクミランズ・マガジン》に掲載され、文壇デビューを果たす。六月、コルヴィンの推薦で、文人・芸術家が会するロンドンの紳士クラブ「サヴィル・クラブ」に入会が許される。ロンドン滞在時の拠点の一つとなり、ここでエドマンド・ゴスら文人や編集者たちと親しくなった。夏はスワンストンに滞在、この頃短篇（のちの『寓話』）を執筆し、インナー・ヘブリディーズ諸島をヨットで巡る。八月、文人レズリー・スティーヴンが編集者を務める文芸誌《コーンヒル・マガジン》にユーゴーに関する文学論が掲載され、以後同誌に多数寄稿。皮肉のきいた軽妙なトーンのエッセイは好評であったが、並行して作家論、文学論も執筆していた。十月、母に「放浪者として生きる」宣言をする。十一月、エディンバラ大学での法律の勉強を再開する傍ら「ある古謡」を書く。

一八七五年（二十五歳）　二月、文人W・E・ヘンリーに出会う。三月、ボブとバルビゾンに滞在。フランス文学を愛したスティーヴンソンはパリ、バルビゾン、グレを好み、以後三年間は度々訪れた。七月にスコットランド司法最終試験に合格、法廷弁護士となる。数件の実務に携ったが、十月以降は、本格的に文筆活動に専心する。

一八七六年（二十六歳）

旺盛な執筆活動と旅が続く。一月、バラントレーなどスコットランド南西部沿岸を徒歩旅行。四月から五月、ロンドン経由でバルビゾンを訪れたのち、エディンバラとスワンストンで執筆。ハイランド地方滞在ののち、八月下旬から九月、アントワープからポントワーズまでカヌーで旅する（のちに『内地の船旅』に結実）。グレのホテルで、人妻であった米国人女性ファニー・オズボーンと出会い、恋に落ちる。のちに「櫂で一日じゅう漕ぎ続け、夕暮れに帰って見慣れた部屋を覗き込む、するとストーヴの傍で愛と死が待っているんだ。いちばん美しい冒険は、探しに行くものではなかったんだ」と『内地の船旅』に綴る。

一八七七年（二十七歳）

パリとグレを度々訪れ、ファニーとの関係を深める。二月、「ある古謡」の連載が週刊誌《ロンドン》で始まり、以後同誌で一連の幻想譚（のちの『新アラビアン・ナイト』）などを発表する。十月、「その夜の宿」が文芸誌《テンプル・バー》に掲載。

一八七八年（二十八歳）

初の単行本『内地の船旅』刊行。夫の求めでファニーが合衆国に帰国した後、九月下旬、セヴェンヌ地方へ向かい驢馬を購入、『驢馬との旅』に記録された旅に出発する。十月末帰国、ロンドンでW・E・ヘンリー、ケンブリッジでコルヴィンを訪ねたのちにエディンバラに帰り『驢馬との旅』執筆を始める。

一八七九年（二十九歳）

六月、『驢馬との旅』刊行、秋に第二版。ファニーから電報が届き、八月六日、両親に告げず、友人の猛反対を押し切って渡米。船上で「嘘の顛末」を完成させる。ファニーのいたカリフォルニア州モントレーに大陸横断鉄道を経て移動、貧窮、マラリアと胸膜炎に苦しみつつ文筆で生計を立てようと奮闘し『素人移民』などを執筆する。ファニーの後を追い、サンフランシスコに移動する。

一八八〇年（三十歳）
苛酷な長旅と過労により体調を崩し喀血、一時期生死の境をさまよう。両親と和解する。前年十二月に離婚が成立したファニーと五月に結婚、カリフォルニア州ナパ・ヴァレーに移動し、シルヴァラドの廃鉱にあった無人小屋に滞在。八月に帰英、両親にファニーと義理の息子（ファニーの子）ロイドを引き合わせ、皆とハイランドで療養。気管支拡張症か結核と思われる病気を以後も患い、医師の勧めでスイスのダヴォスで冬を過ごす。

一八八一年（三十一歳）
『若き人々のために』出版。ハイランド地方ピトロホリでスコットランドを舞台とした「ねじれたジャネット」「メリー・メン」「死体泥棒」を執筆。七月下旬、風邪をこじらせ喀血。八月からハイランド地方ブレイマーに滞在、スティーヴンソンとロイドの遊びに父トマスも加わっていくうちに構想が膨らんだ『海の料理番』（『宝島』）に取り組み始める。十月、『宝島』の連載が児童向けの雑誌《ヤング・フォークス》で開始。冬はダヴォスで療養。

一八八二年（三十二歳）
帰英、「自国での異邦人」発表。六月、十八世紀スコットランドで起こった事件を題材とする作品準備のため、父とハイランド地方を巡り、その後ボーダーズ地方で母と妻と療養。『人物と書物に親しむ』『新アラビアン・ナイト』刊行。

一八八三年（三十三歳）
前年秋に始まった南仏での長い療養生活が続くなかで執筆に力を注ぎ、ついに経済的な安定を得る。四月に「フランシャールの宝」、十一月、文学論「リアリズムに関する覚書」を発表。同月中旬に『宝島』単行本刊行、ベストセラーとなる。両親に手紙で「経済的な自立の見通しが立った、健康さえもてば」と喜びを伝え、続いて「書きまくっている。健康状態最高」と書き送る。

一八八四年（三十四歳）　多量に喀血、極めて深刻な容態に陥る。診察を受けるため帰国、直後にロイドの学校があるイングランド南部ボーンマスへ。以後三年間同地で暮らすが、病状はすぐれなかった。九月、文芸誌《ロングマンズ・マガジン》に掲載されたヘンリー・ジェイムズの斬新な文学論「小説の技巧」への応答として、「ある慎ましき忠言」を執筆、同誌十二月号に掲載される。この論考を契機にジェイムズとの生涯に亘る友情が培われた。この年、J・M・バリとの文通も始まり、晩年まで交流が続いた。

一八八五年（三十五歳）　『子どもの詩の園』『ダイナマイター』『プリンス・オットー』が相次いで刊行され、『誘拐されて』の構想を練る。四月、父がファニーに贈ったボーンマスの一軒家に引っ越し、伯父が建造した灯台にちなんで邸を「スケリヴォア」と名付ける。九月末、『ジーキル博士とハイド氏』を、物語の核心となる場面を夢に見たのをきっかけに書きはじめ、十月に完成。

一八八六年（三十六歳）　『ジーキル博士とハイド氏』刊行、ベストセラーとなり、続いて『誘拐されて』刊行。八月、ロンドンで画家エドワード・バーン＝ジョーンズに会った後、パリに滞在し、彫刻家オーギュスト・ロダンと親しくなる。

一八八七年（三十七歳）　体調が悪化するなか短篇集『メリー・メン』出版。五月八日、父トマス六十八歳で死去。八月下旬、合衆国に出発。九月、ニューヨークに到着、合衆国では『ジーキル博士とハイド氏』の作者としてもてはやされる。十月から健康のためサラナク湖に滞在。

一八八八年（三十八歳）　合衆国で新聞シンジケートを営むS・S・マクルーアが、スティーヴンソンが計画していた南太平洋の島々を巡る航海の手記掲載を申し出る。ファニーが発表した短篇が盗作だとW・E・ヘンリーが非難、のちにヘンリーが手紙で謝罪したが、友情が途絶える。四月、マーク・トウェインに手紙を送り、『ハックルベリー・フィンの冒険』を絶賛。同月、サラナク湖を発ち、ニューヨークでトウェインに会い、六月にサンフランシスコ到着、航海の準備を始める。六月二十八日キャスコ号出航、マルケサス諸島と現ツアモツ諸島を経て、九月下旬にタヒチ到着。タウティラ村で倒れ、副首長オリ・ア・オリの客となる。十一月、友人ジョン・アディントン・シモンズに「ここは天国」と書き送る。タヒチの伝統的な歌を集め英訳を試みる。

一八八九年（三十九歳）一月下旬、ホノルルに到着、ハワイ最後の王カラカウアに会う。旅の予定を変え、キャスコ号をサンフランシスコに返し、ワイキキに腰を据えて『バラントレーの若殿』等に取り組む。三月、英《タイムズ》紙に、ドイツのサモア内政干渉について投書、以後、同様の投書を度々行うが、同時に現地の政情に巻き込まれていく。四月、コルヴィンに「海が好きで、ここは美しく海もきれいで、これ以上の生活は望めない」と書き送る。ハワイ・モロカイ島のハンセン病患者居住地に滞在。ロイドとの共作『箱ちがい』刊行。航海生活に魅せられ、健康状態も著しく改善したため、二度目の航海に出発、半年かけてギルバート諸島を巡りサモア諸島に到る（この航海は前年の航海とともに『南海にて』に綴られる）。九月、『バラントレーの若殿』刊行。十二月、サモアのウポル島アピアに到着。

一八九〇年（四十歳）一月、ウポル島に定住する決意を固め、アピア近くに地所（ヴァイリマ）を購入。英国に一時帰国するためシドニーを訪れるが、風邪をひき、病状悪化のため断念、療養のため三度目の南海クルーズに出航（ニュー・カレドニア島、マーシャル諸島など）。途中で喀血しヌメア島で足止め、その後シドニーに戻るが寒さで風邪をひき病状悪化。もう帰国することはないと決断しスケリヴォアを売却する。『バラッド』刊行。

一八九一年（四十一歳）母を迎えにシドニーに渡るが、現地のホテルで病状悪化。二月、「壜の小鬼」の連載が《ニューヨーク・ヘラルド》紙で開始。サモアに戻り、「壜の小鬼」のサモア語訳に取り組む。妻とロイドとともに完成したヴァイリマの邸に入居、五月に母も同居を始める。十月初頭、「ファレサーの浜」を完成。十一月下旬、コルヴィンに、「一日に何時間も働きながら、さらに長い時間を雑草取りや植物を植えるのに使っている」と書き送る。

一八九二年（四十二歳） 一月、インフルエンザに罹るが、作品の校正に励みつつウォルター・スコットの歴史小説『ウェイヴァリー』シリーズを読み返す。サモアのラウペパ王、マタアファ王と交流、マタアファ王にラウペパ王との関係回復を勧める。五月、ヴァイリマ・ハウスの前で家族と召使たちの写真撮影（口絵参照）。『難破船』、サモアの政情を評した『歴史への脚注』を発表するが、書痙を患い、以後の著作は口述筆記でなされた。

一八九三年（四十三歳） 一月、ヴァイリマ増築が完成。インフルエンザに罹り、続く喀血に体力を奪われる。四月、『南海千一夜物語』刊行。七月、マタアファ王とラウペパ王の間に戦争が勃発。九月、『カトリオーナ』刊行。ホノルルに渡るが体調悪化、十月末に発ち、サモアに戻る。

一八九四年（四十四歳） 一月、全著作集（エディンバラ版）の出版をバクスターと計画、コルヴィンに編集を全面的に委任する。ヴァイリマ経営と著作集刊行のための資金問題は、ファニーの体調不良と並び晩年の重圧となった。バリに結婚を祝う手紙を書く。八月、サモアのパゴ・パゴに航海。九月、『引き潮』刊行。十一月、四十四歳の誕生日を祝う宴会を開く。十二月三日、午前中『ハーミストンのウィア』の口述を上機嫌で行っていたが夕方倒れ、午後八時十分、脳出血のため急死。妻とロイドがみとり、ヴァエア山頂に埋葬される。

＊年譜作成にあたっては主に以下の文献を参考にした。
J. R. Hammond, *A Robert Louis Stevenson Chronology*, Basingstoke: Macmillan, 1997.
Ernest Mehew, 'Stevenson, Robert Louis (1850-1894)', *Oxford Dictionary of National Biography*, Oxford: Oxford UP,

2004; Online ed., Sept. 2014.

Bradford A. Booth and Ernest Mehew, eds., *The Letters of Robert Louis Stevenson*, 8 vols, New Haven: Yale UP, 1994-1995.

Roger G. Swearingen, *The Prose Writings of Robert Louis Stevenson: A Guide*, London: Macmillan, 1980.

よしだみどり『物語る人《トゥシターラ》　『宝島』の作者R・L・スティーヴンスンの生涯』毎日新聞社、一九九九年。

（吉野由起＝編）

執筆者紹介

辻原 登

（つじはら・のぼる）1945年和歌山県生まれ。小説家。90年『村の名前』（文藝春秋、のち文春文庫）で芥川賞、99年『翔べ麒麟』（読売新聞社、のち文春文庫、角川文庫）で読売文学賞、2000年『遊動亭円木』（文藝春秋、のち文春文庫）で谷崎潤一郎賞、10年『許されざる者』（毎日新聞社、のち集英社文庫）で毎日芸術賞。他に『父、断章』『韃靼の馬』『寂しい丘で狩りをする』『冬の旅』『東大で文学を学ぶ――ドストエフスキーから谷崎潤一郎まで』など。

中和彩子

（なかわ・あやこ）1969年埼玉県生まれ。東京大学大学院人文社会系研究科博士課程中退。現在、法政大学国際文化学部教授。専門はイギリス小説研究。共著書に『ディケンズ文学における暴力とその変奏――生誕二百年記念』（大阪教育図書）、『モダニズム時代再考』（中央大学出版部）、訳書にウォーナー『フォーチュン氏の楽園』（新人物往来社）。

大久保 譲

（おおくぼ・ゆずる）1969年東京生まれ。東京大学大学院総合文化研究科博士課程中退。現在、専修大学文学部英語英米文学科准教授。専門はイギリス小説研究、表象文化論。共著書に『イギリス文学入門』（三修社）など、訳書にスタージョン『ヴィーナス・プラスX』、マドン『コミック文体練習』、ディレイニー『ダールグレン』（以上国書刊行会）、ウォー『卑しい肉体』（新人物往来社）など。

吉野由起

（よしの・ゆき）千葉県生まれ。エディンバラ大学博士課程修了（英文学）。専門はイギリス文学。現在、三重大学人文学部准教授。論文に 'Writing the Borders: Fairies and Ambivalent National Identity in Andrew Lang's *The Gold of Fairnilee*'（Shane Alcobia-Murphy, and Margaret Maxwell, eds., *The Enclave of My Nation: Cross-currents in Irish and Scottish Studies.* Aberdeen: AHRC Centre for Irish and Scottish Studies, 2008）など。

読者のみなさまへ

『ポケットマスターピース』シリーズの一部の収録作品においては、身体的なハンディキャップや疾病、人種、民族、身分、職業などに関して、今日の人権意識に照らせば不適切と思われる表現や差別的な用語が散見されます。これらについては、著者が故人であるという制約もさることながら、作品の歴史性および文学的な価値を重視し、あえて発表時の原文に忠実な訳を心がけました。

偏見や差別は、常にその社会や時代を反映し、現在においてもいまだ存在しています。あらゆる文学作品も、書かれた時代の制約から自由ではありません。現代の人々が享受する平等の信念は、過去の多くの人々の尽力によって築きあげられてきたものであることを心に留めながら、作品が描かれた当時に差別があった時代背景を正しく知り、深く考えることが、古典的作品を読む意義のひとつであると私たちは考えます。ご理解くださいますようお願い申し上げます。

（編集部）

ブックデザイン／鈴木成一デザイン室

集英社文庫ヘリテージシリーズ

ポケットマスターピース08
スティーヴンソン

2016年5月25日　第1刷　　定価はカバーに表示してあります。

編　者　辻原《つじはら》　登《のぼる》
発行者　村田登志江
発行所　株式会社　集英社
東京都千代田区一ツ橋2-5-10　〒101-8050
電話　【編集部】03-3230-6094
【読者係】03-3230-6080
【販売部】03-3230-6393(書店専用)
印　刷　凸版印刷株式会社
製　本　凸版印刷株式会社

フォーマットデザイン　アリヤマデザインストア　　マークデザイン　居山浩二

Printed in Japan
ISBN978-4-08-761041-3 C0197